KNAUR

Über die Autorin:
Anja Berger wurde im April 1983 in der Schweiz geboren, wo sie in der Nähe von Basel mit ihrer Mutter und zwei älteren Schwestern aufwuchs. Im Alter von acht Jahren verlor sie ihren Vater – ein wegweisendes Ereignis, das Anja Berger schlussendlich zum Schreiben gebracht hat und vor allem in ihren zweiten Roman mit einfloss. Anläufe zum Schreiben nahm die Schweizerin bereits in ihrer frühen Jugend. Bis aber alle Faktoren stimmten, damit aus einer Idee ein fertiger Roman wurde, vergingen noch über zehn Jahre. Mittlerweile hat Anja Berger vier Romane geschrieben und ihre schriftstellerischen Tätigkeiten mit diversen Medienauftritten und Lesungen über den Status eines Hobbys hinausgebracht. Sie arbeitet in einer Basler Anwaltskanzlei und ist glücklich liiert mit einem Winterthurer, weshalb ihre Romane hauptsächlich während ihrer Pendlerfahrten im Zug entstehen.
Mehr über Anja Berger finden Sie hier: www.anjaberger.com

Anja Berger

Spieglein, Spieglein

Thriller

KNAUR

Redaktion: Franz Leipold
Covergestaltung: ZERO Werbeagentur, München
Coverabbildung: © FinePic®, München
Druck und Bindung: CPI books GmbH, Leck
ISBN 978-3-426-21610-1

Prolog

Der Abend war ein Erfolg gewesen. Ihre anfängliche Besorgnis, dass es eines dieser üblichen langweiligen Geschäftstreffen werden könnte, hatte sich bald zerstreut. Sie hatte sich gut amüsiert, es waren interessante Leute auf der Party gewesen. Darunter auch ihr Kollege Adam, der drei Büros neben ihrem arbeitete. Ein gutaussehender, amüsanter, charmanter Kerl – und Single. Wie sie selbst auch. Sie hatte schon lange ein Auge auf ihn geworfen. Eine Beziehung wollte sie jedoch nicht. Das war unter Kollegen zu kompliziert. Eine Bettgeschichte hatte zwar auch ihre Tücken, aber irgendetwas musste sie mit ihm anstellen. War er Manns genug, würde ein One-Night-Stand zu keinen unnötigen Schwierigkeiten führen.

Die Autobahn vor ihr lag dunkel und einsam da. Die Fahrt verlief monoton, aber das kam ihr gerade recht. So konnte sie sich ein wenig in Gedanken verlieren. Sie warf einen Blick in den Rückspiegel. Die beiden Mitfahrer schliefen. Die Köpfe waren nach hinten gekippt, und ihre Münder standen offen. Sie machten nicht gerade die beste Figur, aber sie hatten auch einiges intus, weshalb der Verlust ihrer Selbstkontrolle entschuldbar war. Obwohl, er hatte einiges getankt, sie hatte nur an ihrem Wasser genippt. Beide arbeiteten in einer anderen Abteilung. Sie kannte sie nicht direkt. Man tauschte ein paar höfliche Floskeln aus, wenn man sich im Flur oder in der Pause begegnete, tiefer reichten die Gespräche allerdings nicht. Dass sie nun hier mit im Auto saßen und friedlich vor sich hin schnarchten, hatte sich durch Zufall ergeben.

Sie schmunzelte, als sie auf einmal eine Hand auf ihrem Knie spürte. Ein heißes Kribbeln ließ ihren Magen tanzen.

»Worüber grinst du?«, fragte Adam ganz beiläufig, als hätte er seine Hand nicht soeben auf ihr Knie gelegt. Sie drehte leicht den Kopf. Er sah sie aus seinen unheimlich warmen, braunen Augen an. In seinem Blick lag definitiv mehr als nur freundliches Interesse. Eigentlich nicht weiter verwunderlich, wenn sie genau darüber nachdachte. Es war ja schon eine seltsame Fügung, dass Adam sich von ihr nach Hause fahren ließ. Schließlich hatte er sein Auto am Veranstaltungsort stehen lassen, obwohl er kaum etwas getrunken hatte.

Sie fühlte durch ihre dünnen Strümpfe, wie er seinen Daumen leicht bewegte.

Na endlich, dachte sie. Das war die Annäherung, das Signal. Sie würde die anderen beiden noch schnell zu Hause abliefern, dann konnte sie sich intensiv und in aller Ruhe mit ihrem Büronachbarn beschäftigen.

Seine Hand rutschte etwas weiter nach oben. Im Büro würde das definitiv als sexuelle Belästigung gewertet! Wenn sie gegen diese Berührung protestieren wollte, müsste sie das jetzt tun. Allerdings wurde ihr an eindeutigen Stellen warm, was sie zweifeln ließ, ob sie es überhaupt noch bis zu irgendjemandem nach Hause schaffen würde. Am liebsten wäre sie sofort über ihn hergefallen. Also wehrte sie sich nicht gegen seinen Annäherungsversuch, fuhr schweigend weiter, dabei stoisch durch die Windschutzscheibe starrend, und gab ihm damit grünes Licht, mit seinen Plänen fortzufahren.

Sie gab ihm sogar noch etwas mehr als nur fehlenden Protest. Sie forderte ihn auf, weiterzumachen, indem sie leicht ihre Beine spreizte. Ihr Bleistiftrock spannte sich über ihren Schenkeln. Sie fühlte richtiggehend, wie sein Blick zu dem schwarzen Stoff wanderte und er schwer schluckte. Er wusste, was dort im Schatten lag und wartete. Auf ihn. Auf seine Berührung. Auf seine Männlichkeit. Sie schielte zu ihm, ließ ihren Blick unauffällig über seine Brust wandern zu seinem Hosenbund, wo sie eine verheißungsvolle Wölbung entdeckte.

Zögerlich schob er den Stoff ihres Rockes etwas zurück. Seine Finger kitzelten über die Innenseite ihres Oberschenkels, arbeiteten sich vorwärts. Sie hob ihren Hintern leicht an, damit er den Stoff weiter zurückschieben konnte.

Sie war bereit. Und wie. Sie spreizte die Beine noch etwas mehr, vergaß dabei fast, das Gaspedal weiter hinunterzudrücken.

Nur eine einzige Berührung an der richtigen Stelle ihrer warmen Mitte – und sie würde explodieren. Und es sollte heute nicht bei dem einen Mal bleiben. Sobald der Wagen stillstand, zahlte sie ihm alles doppelt und dreifach heim. Die Straße vor ihr verschwamm, während er sich weiter vorarbeitete. Sie musste sich konzentrieren, nicht die Augen genüsslich zu schließen. Scharf sog sie die Luft ein, als seine Hand das Ziel beinahe erreicht hatte. Er schob ihr Spitzenhöschen flink beiseite und fand, was er suchte. Gierig presste sie ihm ihr Becken entgegen. Sie krallte ihre Finger fest um das Lenkrad. Dann kam die Explosion.

Aber nicht die, die sie erhofft hatte.

Der Wagen krachte in die Leitplanke, wurde auf die andere Straßenseite geschleudert. Schreie hallten in ihren Ohren wider. Glas zerbarst, während der Ford Focus unkontrolliert die Böschung emporschoss und vom Boden abhob. Wie ein Stein knallte das tonnenschwere Fahrzeug wieder auf die Fahrbahn. Blech kreischte, als sich die Karosserie zu einem undefinierbaren Klumpen verbog. Ein Körper schlug gegen die Windschutzscheibe, die aus ihrem Rahmen gedrückt wurde. Schließlich blieb das Auto auf dem Dach liegen.

Sie bekam das alles irgendwie mit. Sie hörte auch die Knochen knacken. Sie spürte, wie der Airbag sie erwischte. Sie fühlte, wie die Hand, die ihr heißes Glück versprochen hatte, weggedrückt wurde und hängen blieb. Wie sie dann auf einmal erschlaffte und der Arm, jetzt unnatürlich verdreht, zwischen ihrem Körper und irgendetwas anderem klemmte. Wahrscheinlich das Armaturenbrett.

Sie konnte sich kaum bewegen. Ächzend versuchte sie, den Kopf zu drehen. Ihre Beine waren eingeklemmt. Sie stöhnte auf und schluchzte laut. Sie wollte schreien, um Hilfe rufen, aber sie war kaum in der Lage, die nötige Luft zu holen. Ihre Brust tat höllisch weh, und ihre Stimme versagte ihr den Dienst.

Sie entdeckte die Splitter, die vom Rückspiegel übrig waren, neben sich. Sie streckte ihren rechten Arm, das einzige Körperteil, das nicht eingeklemmt war. Scharf schoss der Schmerz durch ihre Rippen. Sie heulte auf, gönnte sich ein paar Sekunden Pause und versuchte es dann erneut. Sie bekam die spiegelnde Scherbe nicht zu fassen. Nur ein Zentimeter fehlte ihr. Sie biss die Zähne zusammen, kämpfte gegen den ohnmächtigen Schmerz an und streckte die Finger. Sie berührte die Scherbe mit den Fingerspitzen, grapschte nach ihr und konnte sie endlich zu sich heranziehen. Sie bekam sie zu fassen und hob sie auf. Erst jetzt bemerkte sie, dass der Beifahrersitz leer war. Ein unkontrollierter Schluchzer schüttelte ihren gequälten Körper.

Wann hatte sich dieser Idiot abgeschnallt? Hatte er überhaupt den Gurt angelegt? Sie wusste es nicht.

Sie richtete die Scherbe aus und warf einen Blick zurück.

Kaltes Grauen erfasste sie. Die beiden Körper auf der Rückbank hingen in den Sicherheitsgurten. Überall war Blut. Der Kopf des Beifahrers hinter ihr war teilweise abgetrennt. Der Körper der Beifahrerin hing schlaff nach vorne. Die langen, dunklen Haare schimmerten feucht im Licht der Straßenbeleuchtung. Diese Frau, von der sie im Grunde nichts wusste, wirkte fast, als würde sie noch immer schlafen. Wäre da nicht dieser große unförmige Gegenstand, der sie durchbohrt hatte. Dunkel und blutverschmiert ragte er aus ihrem Bauch. Was war das? Und woher war es gekommen? Durch die Öffnung, die die fehlende Frontscheibe hinterlassen hatte? Durch den Kofferraum? Egal, wie es in ihren Wagen gekommen war, es hatte den zierlichen Frauenkörper geradezu aufgespießt.

Sie konnte sich aber beim besten Willen nicht erklären, worum es sich bei dem Gegenstand handelte. War es der Wagenheber? Nein. Es sah irgendwie aus wie eines dieser Schilder, die auf der Autobahn anzeigten, bei welchem Kilometer man sich befand.

Während sie weiter darüber brütete, um sich nicht mit ihrer eigenen Situation beschäftigen zu müssen, drehte sich ihr unversehens der Magen um.

Mein Gott, es war eines dieser Schilder!

Ohne dass sie es hätte kontrollieren können, übergab sie sich in die Überreste ihres Autos, auf den Airbag, der schlaff aus dem Lenkrad hing.

Gleich darauf verlor Elena das Bewusstsein.

17. Oktober

»Warum bist du hergekommen? Du solltest nicht hier sein. Schon gar nicht bei diesem Wetter!« Unerbittlich strömte der Regen. Zwischen dem schwarzen Himmel und dem dunklen Meer konnte man kaum mehr einen Unterschied ausmachen. Grelle Blitze schossen am Horizont aus den Wolken. Donner krachte bedrohlich, aber sie ließ sich nicht beirren. Triefnass stand sie vor ihm. Ihr kurzes Sommerkleid klebte an ihrem Körper, die feuchte Kälte kroch in ihre Knochen. »Das klingt ja beinahe, als sorgtest du dich um mein Wohlbefinden.«

»Nein. Ich will einfach nicht dafür verantwortlich sein, wenn du dir den Tod holst.«

»Lügner«, entgegnete sie und grinste ihn herausfordernd an.

Er betrachtete sie mit zusammengekniffenen Augen. »Was machst du hier?«, fragte er noch einmal. Leiser diesmal und mit größerem Nachdruck.

Es war so viel mehr als nur eine Frage. Dahinter stand die Aufforderung zu einem Statement. Er hatte ihr klar und deutlich vermittelt, was er von ihr wollte. Er hatte sich entschieden und sich dann zurückgezogen. Um sie nicht zu bedrängen. Um ihr den Freiraum zu lassen, sich darüber klar zu werden, wen und was sie wollte. Der Zufall war es gewesen, der das Boot dazu gezwungen hatte, im Hafen ihrer alten Heimat anzulegen, die Passagiere zu einem unfreiwilligen Zwischenhalt genötigt hatte, bis das Schiff für die Weiterfahrt flottgemacht war.

Zufall? Ihre Großmutter würde sich im Grabe umdrehen. Schicksal, Kindchen. Schicksal, hörte Ella die gütige Stimme ihrer verstorbenen Granny mit dem Wind flüstern. Das Schicksal kann sich anschleichen und unbemerkt an dir vorüberziehen, aber manchmal benutzt es auch den Holzhammer. Wenn du dann nicht zu Boden gehst, dich dem Willen nicht beugst, gegen den du sowieso nichts ausrichten kannst, bist du entweder blöd oder gerne unglücklich. Das waren Großmutters weise Worte gewesen. Die Worte, die hartnäckig in Ellas Ohren hallten, als sie ihren Fuß auf die polierten Planken des Schiffsdecks setzte. Ella hatte die Augen geschlossen und das erste Mal seit langer, langer Zeit auf ihre innere Stimme gehört. Ohne dass sie es bemerkt hätte, rannen ihr auf einmal Tränen über die Wangen. Ihr Magen war ein einziger Knoten, und ihr Herz krampfte sich zusammen. Welcher Gedanke löste das aus?, hatte sie sich gefragt und nur eine einzige Antwort gefunden. Sie rannte von Bord. Obwohl sie wusste, dass ein heftiges Gewitter aufziehen würde, schnappte sie sich den Wagen eines Bekannten und fuhr hinaus aus der Stadt. Jetzt stand sie hier. Klatschnass sah sie ihrer Zukunft in die Augen. Sie musste nur noch zugreifen. Ein wohliger Schauer rieselte ihr durch Mark und Bein und ließ sie erzittern.

»Du frierst.« Ohne weiter nachzudenken, überwand er die Distanz. Er machte die letzten zwei Schritte, die sie voneinander trennten. Er hob die Hände, ließ sie dann aber wieder sinken. Er stand so nahe vor ihr, dass sie seine warme Haut spüren, seinen süßlich herben Geruch einatmen konnte. Sie wollte zerspringen. Aber sich ihm einfach an den Hals werfen wollte sie auch nicht. Er ebenso wenig.

»Das Schiff wird nach dem Gewitter ablegen.« Sie spürte, wie er nach ihren Worten innerlich den verbliebenen Abstand zwischen ihnen wieder ausbaute.

»Das kannst du noch schaffen.«

»Ja, aber ich will nicht. Es sei denn, ich werde weggeschickt.«

»Von wem?«

»Von dir.«

Seine Stimme wurde rau. »Ich habe dich nie weggeschickt. Du bist freiwillig gegangen.«

»Und unfreiwillig zurückgekehrt.«

»Wenn das eine solche Qual für dich war, dann geh.« In seinen blauen Augen schimmerte Schmerz.

»Meine Rückkehr war vielleicht nicht geplant. Diese Begegnung mit der Vergangenheit hat mir aber die Augen geöffnet. Ich brauchte einen Moment länger als du, um das zu begreifen. Ich will nicht mehr weg. Das hier ist mein Zuhause. Du bist mein Zuhause.«

Er blieb misstrauisch. Verständlich, dachte Ella. Nach allem, was gewesen war, liebte er sie noch immer, aber das hieß noch lange nicht, dass er ihr auch vertraute. Doch genau darum wollte sie ihn jetzt bitten.

»Natürlich. Und dann hast du wieder Bock, zu verschwinden, und ich bleib erneut zurück. Darauf hab ich keine Lust, Ella.«

»Was kann ich sagen, um dich davon zu überzeugen, dass ich es ernst meine?«

»Nichts«, stellte er nüchtern fest. Er schüttelte leicht den Kopf und drehte sich weg. Mit in die Hosentaschen gesteckten Händen ging er den Strand entlang im Regen davon.

Sie blieb zurück. Heiße Tränen vermengten sich mit dem kalten Regenwasser auf ihrer Wange. Ich liebe dich!, rief sie ihm innerlich nach. Hatte sie ihm das eigentlich jemals gesagt? Sie wühlte in ihren Erinnerungen, aber sie konnte keine passende finden. War das möglich? Hatte sie ihm niemals gesagt, was sie für ihn empfand? Irritiert über sich selbst, schlüpfte sie aus ihren hochhackigen Sandalen, warf sie achtlos zu Boden und rannte ihm hinterher. Auf dem Sand vorwärtszukommen war nicht ganz einfach, aber sie holte ihn schließlich ein. Einige

Schritte hinter ihm blieb sie stehen und rief ihm zu: »Ich liebe dich. Ich weiß nicht, was ich sonst noch sagen kann, um dich zu überzeugen, aber diese drei Worte müssen einfach genügen: Ich liebe dich!«

Sie starrte seinen Rücken an, musterte seinen Hinterkopf. Suchte irgendeine Reaktion. Aber da war keine.

Wütend ballte sie die Hände zu Fäusten. »Ich bleib hier nicht ewig stehen!«, rief sie ihm nach. Ein letzter, verzweifelter Versuch, ihn zum Umkehren zu bewegen.

Ein paar weitere, quälende Schritte lang reagierte er nicht. Doch dann blieb er stehen.

Ihr Herz machte einen Satz.

Erst neigte er den Kopf. Dann drehte er sich langsam um, strich sich das tropfende Haar aus der Stirn.

Dann setzte er sich in Bewegung. Zielstrebig marschierte er direkt auf sie zu.

Sie war sich nicht sicher, was sie von seinem Gesichtsausdruck halten sollte. Von seiner verbissenen Entschlossenheit, mit der er rasch auf sie zukam. Sein ganzes Auftreten duldete keine Widerrede. Ella wollte schon beinahe zurückweichen, als er sie am Nacken packte, zu sich heranzog und seine warmen, weichen Lippen auf die ihrigen senkte. Ihr Körper bebte. Aber dann hörte er auf, sie zu küssen. Er zog sich nicht zurück. Sein Mund berührte sie noch immer hauchzart. Er öffnete die Augen und sah in ihre. Obwohl sie in seinem Blick versank, spürte sie, wie er lächelte, ehe er sagte:

»Deine paar Minuten im Regen, die du auf mich wartest, gegen meine Jahre, die ich auf dich gewartet hab.«

ENDE

Natürlich. Anfangs störrisch, dann finden sie immer die richtigen Worte, und perfekt ist das Glück. Elena schlug das Buch zu und warf es auf den Fußboden. Langsam schmerzte ihr der Arm, vom Abstützen. Sie drehte sich in dem ausladenden Boxspringbett auf den Rücken und ließ ihren Kopf in das weiche Kissen sinken. Der warme Schein ihrer Nachttischlampe zauberte einen kreisrunden Fleck an die Decke, der sich nach außen hin verdunkelte. Sie fixierte den Kreis, legte einen Arm über ihre Stirn und seufzte.

»Das ist doch scheiße«, murmelte sie. So etwas geschieht nicht. Das ist ja auch der Grund, weshalb sich hoffnungslose Romantiker in Filme und Bücher flüchten. Diese Welten kann man sich aussuchen. Man kann wählen, ob man ein Happy End möchte oder eben nicht. Allerdings dauern diese Buchleben meist nur wenige Tage. Dann sind die Figuren ihrem Schicksal begegnet, das Buch wird zugeklappt, und die reale Welt hält wieder Einzug. Entweder man setzt sich damit auseinander oder man sucht sich das nächste Buch, fiebert mit neuen Akteuren mit.

Bis man wieder die letzte Seite aufschlägt.

Eigentlich gibt es nur eine Story, bei der man nicht auf dieses Problem mit der letzten Seite stößt – und wenn doch, dann ist es kein Problem, sondern einfach das Ende, ohne Möglichkeit auf einen Neuanfang. Das ist die Geschichte, die allgemein unter dem Namen »Leben« bekannt ist. Der Segen dort ist aber auch der Haken: Sie endet nicht, bis sie endet. Man hat keinen Einfluss und man kann nicht vorblättern; den Schluss zuerst lesen geht auch nicht. Man weiß nicht, ob man einfach von einem Auto überfahren wird, ob man zu großem Reichtum kommt, der Armut verfällt, seine Träume erreicht, glücklich wird.

»Das ist doch scheiße«, knurrte Elena noch einmal. Sie wälzte sich auf die Seite und suchte sich einen neuen Punkt, den sie fixieren konnte. Diesmal traf es den Teddybären auf dem Schaukelstuhl in der Ecke. Dieser Bär war das einzige Zugeständnis an das Kind in ihr. Sie galt mit ihren vierunddreißig Jahren als erwachsen und eigenständig, aber irgendwo schlummerte noch immer das kleine Mädchen mit dem leichten Rotstich in dem kastanienbraunen Pony und der riesigen Brille, die ihr andauernd von der Nase rutschte. Das Mädchen mit Wünschen und Träumen, die sie alle, seit sie denken konnte, ihrem Bären anvertraute. Einiges hatte der Gute schlucken müssen. Elena spürte, wie ihr ein leises Lächeln entschlüpfte.

Süße Erinnerung.

Sie beruhigte sich allmählich und schloss schließlich die Augen.

18. Oktober

Dunkel und gespenstisch liegt der Wald da. Das silberne Licht des Vollmonds bricht immer wieder durch das Blätterdach der hohen Bäume. Hie und da raschelt es im Geäst oder im Unterholz. Es ist, als befände man sich in einer anderen Welt. Als Eindringling. Der harte Strahl der Taschenlampe und das matte Glimmen der E-Zigarette passen nicht zu der natürlich friedvollen Umgebung. Jedes Geräusch, das man verursacht, scheint zu laut. Der eigene Atem, die Kleidungsstücke, die durch die Bewegung aneinanderreiben, die Schuhe auf dem feuchten Waldboden. Aber noch viel unangenehmer ist es, sich schlaflos im Bett hin und her zu wälzen, Löcher in die Dunkelheit des Zimmers zu starren, sich danach zu sehnen, dass die Gedanken endlich schweigen, und sie doch nicht still zu kriegen. Also gibt es nur die Flucht an den Ort, an dem trotz oder gerade wegen der Ruhe die Gedanken verstummen. Die Nacht ist kühl. Jeder Atemzug zaubert ein kleines Wölkchen in die Luft. Ich nehme einen Zug von meiner künstlichen Zigarette, beobachte den weißen Dampf, wie er sich in der Luft rasch verflüchtigt. Eine richtige Zigarette wäre mir lieber, aber ich habe mir geschworen, dieses stinkende Zeug nicht mehr anzurühren.

Die Bäume haben nach und nach all ihre Blätter verloren. Der Hebst, der eben erst Einzug gehalten hat, wird vom Winter vertrieben. Doch das macht nichts. Oktober ist ein schöner Monat. Die Natur bereitet sich langsam auf den Winterschlaf vor, die Lebensgeister werden auf ein Minimum heruntergefahren.

Ich nähere mich dem kleinen Weiher, der sich neben einer Lichtung an den Waldrand schmiegt. Geknickte Schilfrohre ragen aus dem Wasser. Ein Lufthauch bringt Bewegung in die Oberfläche.

War es ein Lufthauch? Oder war es etwas anderes? Mir war, als huschte ein Schatten in den Schutz der Bäume. Wahrscheinlich nur die Einbildung meiner überspannten Nerven. Während ich weiter auf den Teich zugehe, schlage ich die Kapuze meiner Jacke hoch. Die Kälte kriecht mir nach und nach in die Knochen, und langsam stellt sich eine angenehme Müdigkeit ein. Ein klares Zeichen dafür, dass es Zeit war, umzukehren. Ich dreh mich schon ab, bereit, den Weg zurückzugehen.

Da dringt eine leise Melodie an mein Ohr.

Zuerst halte ich es für ein Hirngespinst. Ich schüttle den

Kopf und will weitergehen. Aber jetzt, da ich sie aufgeschnappt habe, begleitet mich die Melodie bei jedem meiner Schritte. Ich bleibe stehen, schiebe die Kapuze zurück, recke mein Ohr in die Luft und lausche.

Sanft wie ein laues Lüftchen wabert die Musik durch den dunklen Wald.

Die Melodie kommt mir bekannt vor. Aber ich kann sie nicht zuordnen.

Das ist weiter auch nicht wichtig. Viel drängender ist die Frage, woher diese Musik auf einmal stammt. Es ist mitten in der Nacht in einem menschenleeren Wald. Das habe ich bisher zumindest angenommen. Aber ganz so allein, wie ich dachte, bin ich wohl doch nicht.

Wer ist da noch?

Ich lausche angestrengt, aus welcher Richtung die Musik kommt, und folge ihr, obwohl mein Unterbewusstsein Alarm schlägt.

Die Melodie führt mich zum Weiher. Im Schutz eines breiten Baumstamms verharre ich noch einen Moment und spähe in die Dunkelheit.

Das Bild hat sich verändert. Im ersten Augenblick kann ich jedoch nicht erkennen, was anders ist. Ich suche die Umgebung ab, aber niemand scheint hier zu sein.

Dann trifft mein Blick auf die Wasseroberfläche. Schnell wird klar, was nicht stimmt.

Dort treibt etwas. Etwas Großes. Irgendwie unförmig.

Waren das Gliedmaßen?

Nein, unmöglich.

Mein Mund wird trocken vor Aufregung.

Ich verlasse meine Deckung.

Mein Atem beschleunigt sich.

Vorsichtig nähere ich mich dem kleinen seichten Gewässer.

Ich spüre, wie mein Herz heftig gegen meine Rippen schlägt.

Meine Augen sehen, aber mein Gehirn kann die Information nur schleichend verarbeiten.

Meine Hände beginnen unkontrolliert zu zittern.

Jetzt erst fange ich an, zu begreifen. Wie die Teile eines Puzzles fügen sich die Informationen zusammen.

Eisiges Entsetzen ergreift Besitz von mir, wie ein Dämon, der mir im Nacken sitzt.

Ich will schreien, wegrennen, Hilfe holen. Aber ich bin wie gelähmt. Ich kann mich nicht rühren, mich nicht von dem markerschütternden Anblick losreißen.

Vor mir, inmitten dieses idyllischen Teichs im Wald, treibt der Körper einer Frau. Das Gesicht zum Himmel gerichtet, die Augen friedlich geschlossen. Ihr schwarzes Haar wippt leicht auf der im Mondlicht glitzernden Wasseroberfläche. Sie trägt ein Kleid aus schimmerndem Stoff. Der Rock ist gelb, altmodische Puffärmel zieren die dunkelblaue Korsage mit dem weißen Stehkragen.

Zumindest auf der linken Seite. Auf der rechten ist das Kleid zerrissen bis zur Taille und entblößt eine weiße Brust.

Aber das ist nicht das Verstörendste. Dort, wo das Dekolleté sein sollte, klafft ein Loch. Die Haut ist zerfetzt, die Rippen sind gebrochen. Der Blick fällt frei auf das Innere des menschlichen Körpers. Und wo vormals das Herz saß, ist jetzt ein kleines schwarzes Diktiergerät, das friedliche Musik spielt …

Elena riss die Augen auf. Mit einem Schlag war sie hellwach. Ihr Atem ging stoßweise. Sie rieb sich mit der Hand über das Gesicht, um die letzten Schleier einer durchwegs aufreibenden Bewusstseinsreise zu vertreiben. »Tut mir leid«, murmelte sie.

»Das muss es nicht«, antwortete die tiefe, einlullend vibrierende Stimme des Mannes, der ihr seit mehreren Monaten regelmäßig im Stuhl gegenübersaß. »Sie wissen, dass die Hypnose immer nur so weit geht, wie Sie es zulassen, Elena. Widerstrebt Ihnen der Weg, den die Reise einschlägt, erwachen Sie. So haben wir es besprochen. So soll es sein.«

Elena nickte leicht und schluckte schwer. Ihre Kehle war ausgetrocknet. Sie richtete sich auf der Ottomane auf, schob die Beine über den Rand, stellte die Füße bewusst fest auf den Boden. Mit abgestützten Händen und gesenktem Kopf verharrte sie einige Sekunden, ehe sie zum Wasserglas auf dem Beistelltisch griff. Elena nahm einen großen Schluck. Sie fühlte sich gerädert, obwohl sie eigentlich gelesen hatte, dass Hypnosesitzungen entspannend sein sollten. Der Proband fühle sich im Anschluss an die Fantasiereise frisch und erholt, hatte es in einem Bericht geheißen. Das konnte sie definitiv nicht bestätigen. Aber bei ihr war sowieso manches anders als bei anderen Menschen.

»Geht es Ihnen so weit gut?«, fragte Dr. Steffen.

Elena schaute ihn an. Erstaunlich jung war der Mann, kaum älter als sie selbst. Ein kantiges Gesicht, mittellanges blondes Haar, dunkelblaue Augen, die oberhalb von zwei ausgeprägten Wangenknochen saßen. Der Blick aus diesen Augen vermittelte Ruhe, einem dunklen Bergsee gleich, doch Elena gewann immer häufiger den Eindruck, dass hinter dieser stillen Oberfläche ungeahnte Tiefen lagen.

In seiner üblichen Manier schob Dr. Steffen die filigrane Brille mit dem schmalen Goldrand auf die Nasenspitze und musterte sie aufmerksam.

»Elena? Alles in Ordnung? Sie scheinen abwesend.«

Elena riss sich zusammen. »Außer, dass ich eine rauchen will, ist alles in Ordnung, ja.« Elena krümmte die Finger zur Faust und streckte sie wieder, um das Verlangen, einen Glimmstängel dazwischen zu spüren, loszuwerden und sich aufs Wesentliche zu konzentrieren. »Es war einmal mehr ziemlich anstrengend.«

»Versteh ich. Wir werden es das nächste Mal langsamer angehen lassen. Wie ich schon mehrfach gesagt habe, Sie verlangen sich selbst zu viel ab.«

»Ja, ja, das sagten Sie schon. Wir werden sehen, okay?«

»Für mich schon. Aber es geht um Sie und nicht um mich«, meinte er und schob die Brille wieder vor seine Augen. Er las in seinen Notizen, gekritzelt auf einen Block, den er auf seinem Knie balancierte. »Elena?«, fragte er unvermittelt.

»Ja?«

»Real oder nicht?«

Diese Frage musste ja kommen. Wie immer. Elena war darauf vorbereitet. »Nicht real.«

»Dann haben Sie die Frau im Teich nie gesehen?«

»Nein. Ich habe sie nie gesehen.«

»Elena, sagen Sie mir, was Sie wirklich glauben. Nicht, was ich Ihrer Meinung nach hören will.«

Elena seufzte, rieb die Handflächen aneinander. Mit fester Stimme sagte sie schließlich: »Der Unfall, die Schuldgefühle, der Druck. Faktoren, die ich nicht mehr verarbeiten konnte und die sich in Kombination mit den Medikamenten zu einer Einbildung manifestierten. Es gab sie nicht. Die Tote war und ist nicht existent. Ich ging in diesem Wald nicht spazieren, da war auch keine Musik.«

»In Ordnung.« Ein leises Pling der hübschen Uhr aus Marmor auf dem Schreibtisch des Therapeuten verkündete das Ende der Sitzung.

Elena stand auf. Ihre Beine waren schwer, ihr Kopf rauchte, aber sie ließ sich nichts anmerken. Trotzdem wusste Dr. Steffen Bescheid. Das erkannte sie an seinem leicht tadelnden Gesichtsausdruck. »Elena. Vergessen Sie nicht: Sobald Sie wieder davon träumen, rufen Sie sich nach dem Erwachen in Erinnerung, was nach der Begegnung mit Schneewittchen geschehen ist. Daran können Sie sich festhalten. Das ist Ihr Anker, der Sie auf dem Boden der Realität hält.«

Elena nickte und verabschiedete sich. Leise zog sie die Tür hinter sich zu, schenkte der eisig dreinblickenden Empfangsdame ein freundliches Lächeln, folgte dem Gang in Richtung Ausgang und verließ das Gebäude.

Nach dem Vorfall. Die Worte des Therapeuten hallten in ihren Ohren nach.

Schneewittchen. Der Inbegriff der Unschuld. Das Sinnbild, das sich ihr Unterbewusstsein, ihr belastetes Gewissen, geschaffen hatte. Blödsinn. Ein Ungeheuer war sie. Das schöne Schneewittchen war Elenas ganz persönlicher Albtraum. Nebst den unzähligen anderen natürlich.

19. Oktober, morgens

Sie konnte nicht schlafen. Schon wieder nicht. Eigentlich war sie nicht weiter erstaunt, und doch wunderte sie sich jedes Mal erneut darüber, dass sie pünktlich wie eine Schweizer Uhr um drei Uhr morgens erwachte und kein Auge mehr zutun konnte. Sie versuchte es mit autogenem Training, aber der gewünschte Entspannungszustand blieb aus. Schließlich stand sie auf, tigerte in den Räumen umher, bis sie dann doch wieder nach ihrem Mantel griff und die Wohnung verließ. Der Weg zum Wald war nicht weit. Kein Wunder, wenn man direkt am Rand wohnte. Sie knipste die Taschenlampe an, zog ihren treuen Begleiter, die E-Zigarette, aus der Innentasche des Mantels und nahm paffend ihren üblichen Weg.

Sie spürte, wie die Dämonen der Nacht ihr folgten, aber inzwischen war sie es gewohnt. Ständig dieses Gefühl kalter Klauen im Nacken zu haben ängstigte sie nicht mehr. Sie konnte es verkraften, auch wenn ihre Therapeuten anderer Meinung waren. Sie erklomm die leichte Steigung. Um auf dem feuchten Waldboden nicht auszurutschen, stützte sie sich am breiten Stamm einer alten Eiche ab. Die Luft war feucht, roch nach Erde und moderndem Laub. Jeder Schritt raschelte unter ihren Füßen.

An einer Weggabelung blieb sie stehen. Sie schloss ihre Augen und sog gierig die frische Luft ein, ließ sie dann langsam wieder entweichen. Sie wiederholte das Ganze, nur inhalierte sie diesmal tief den Dampf der Zigarette. Elena spürte, wie ihr Körper allmählich zur Ruhe kam. Wie die Anspannung nachließ, die sie antrieb. Und wie sich die Bereitschaft einstellte, ihrem warmen Bett noch einmal eine Chance zu geben.

Da hörte sie sie.

Ein zarter Lufthauch trug die leisen Klänge zu ihr herüber.

Sie stockte. Sofort spannte sich jeder Muskel ihres Körpers aufs Neue an.

Sie wollte dem Drang widerstehen. Nach Hause gehen. Tun, was der Therapeut ihr geraten hatte. Sie musste aufwachen. Aus dieser Illusion fliehen. Nein, nicht fliehen. Wer floh, wurde gejagt. Sie musste die Einbildung bewusst von sich schieben und ihr dann den Rücken kehren.

Aber dazu fühlte sie sich nicht fähig. Elena konnte nicht

anders, als den Klängen zu folgen und dem Ursprung auf den Grund zu gehen.

Geduckt schlich sie in die Richtung, aus der sie die Töne vermutete.

Was würde sie heute antreffen?

Wahrscheinlich überhaupt nichts. Wie schon gestern und vorgestern und den ganzen letzten Monat – denn da war nichts.

Trotzdem ging sie weiter. Immer wieder musste sie stehen bleiben, um aufs Neue zu lauschen. Sich neu zu orientieren. Die Melodie war so leise, dass sie von ihrem eigenen beschleunigten Atem übertönt wurde, wenn sie sich vorwärtsbewegte.

Wie lange sie schon zwischen den Bäumen herumirrte und ihrem Hirngespinst nachjagte, wusste sie nicht. Doch auf einmal wurde die Musik tatsächlich deutlicher.

Hier musste es sein, ging es ihr durch den Kopf.

Sie drehte sich um ihre eigene Achse, knipste ihre Taschenlampe an, suchte die Umgebung ab.

Aber da war nichts.

Nur diese verstörend sanfte Melodie.

19. Oktober, nachmittags

»Ich hab sie schon wieder gehört.« Elena machte es sich auf dem hölzernen Küchenstuhl bequem, indem sie ihren rechten Fuß hochzog und unter das Knie des linken Beins schob.

Jana ließ die Kaffeekanne, die sie soeben von der Herdplatte gehoben hatte, langsam wieder zurücksinken. Elena spürte Janas Zögern und wartete gespannt.

»Hast du?«, fragte Jana schließlich und hob den kleinen italienischen Kaffeekocher erneut an. Der Duft nach frischem Kaffee erfüllte die ganze Küche und mischte sich mit der leichten Zimtnote, die das Potpourri auf dem kleinen Küchentisch verströmte.

»Ist es nicht etwas zu früh für Zimtdüfte?«, fragte Elena, als hätte Jana nie etwas gesagt.

Jana drehte sich zu ihrer jüngeren Schwester um. »Für Zimt kann es nie früh genug sein.« Jana goss den Kaffee in die hübsch verzierten Porzellantassen mit den goldenen Rändern. »Wann hast du sie gehört?«, fragte sie dann, ohne aufzublicken.

»Gestern Nacht. Drei Uhr morgens, besser gesagt.«

»Pünktlich, wie immer.«

Elena nickte. »Du glaubst mir immer noch nicht, stimmt's?«

Jana stellte die Kanne weg, setzte sich und führte die Tasse zum Mund. »Nein. Nicht direkt zumindest. Ich glaube dir, dass du diese Melodie hörst, aber ich habe echte Schwierigkeiten damit, mir einen Reim darauf zu machen, woher sie kommt. Du bist so überzeugend, wenn du erzählst, dass sie wirklich da ist. Nur ist es dein Therapeut auch: Er hat mir erklärt, dass die Melodie zwar da ist, aber nur in deinem Kopf.«

»Pünktlich. Um drei Uhr morgens.«

»Das mein ich ja. Wie kann dein Kopf funktionieren wie ein Wecker? Das konnte mir dein Doktor Steffen nicht richtig beantworten.« Jana pustete in die Tasse und nahm vorsichtig einen Schluck. »Hast du sie nur gehört oder auch wieder gesehen?«

»Nur gehört. Schneewittchen ist mir nicht mehr begegnet.«

»Das ist so verrückt.« Jana setzte die Tasse ab und sah ihrer Schwester offen in die Augen.

»Ja, das höre ich in letzter Zeit öfter.« Elena brachte ein schiefes Grinsen zustande, das ihre Schwester mit einem ebenso schiefen Lächeln beantwortete. Es war erstaunlich, wie ähnlich sie sich waren, obwohl sie noch nicht einmal auf dem Papier wirklich Geschwister waren. Sie waren nur miteinander aufgewachsen. Janas Vater hatte Elenas Mutter kennengelernt, da waren die beiden Töchter gerade mal drei Jahre alt gewesen. Janas Mutter hatte sich von ihrem Mann getrennt und die Tochter beim Vater gelassen. Elenas Vater war dreißig Jahre älter als ihre Mutter gewesen. Er hatte sie beide vergöttert, aber Elenas Mutter hatte ihn nie wirklich geliebt. Sie hatte ihn sehr gemocht und als Ehemann und Versorger geschätzt, aber das war es dann auch schon gewesen. Er hatte ihnen einiges hinterlassen, als er starb, und Elenas Mutter mit seinem Tod die Möglichkeit eröffnet, in Janas Vater die wahre Liebe zu finden. Bis zu dem schicksalhaften Tag, an dem sie gemeinsam einen Helikopter bestiegen und abstürzten. Ihr Tod war jetzt drei Jahre her. Seitdem war nichts mehr wie vorher. Vor allem in Elenas Leben hatte sich viel verändert, aber nicht zum Positiven.

»Hör Mal, Elena, meinst du nicht, es wäre sinnvoll, dir Abstand zu gönnen?«

»Doch, könnte schon sein. Das war das Ziel, als ich in der Klinik war und auch als ich mich von meinem Job freistellen ließ. Wie viel mir das gebracht hat, wissen wir ja. Ich höre Melodien und sehe tote Märchenfiguren. Erfolgreicher kann man kaum Abstand von der harten Realität gewinnen, meinst du nicht?«, fragte Elena sarkastisch.

Jana wusste, wie ihre Schwester in solchen Momenten zu nehmen war. Sie ließ sich durch die negative Schwingung nicht abschrecken. »Elena, dein Vater hat dir doch eine Hütte hinterlassen, die du schon seit Längerem auf Vordermann bringen wolltest. Vielleicht ist das die richtige Ablenkung oder Therapie?«

Elena nahm ihrer Schwester den Zuckerstreuer aus der Hand und kippte die weißen Körner auf ihren Kaffeelöffel. Sie tauchte den Löffel bis knapp zum Rand in den Kaffee und schaute zu, wie sich die Kristalle mit der dunklen Brühe vollsogen und sich bräunlich verfärbten, ehe sie langsam zergingen. Dann schob sie die Zucker-Kaffee-Mischung in den Mund.

Jana betrachtete Elenas Tun mit gerümpfter Nase.

»Also gut«, meinte Elena schließlich. »Sagen wir mal, ich zieh vorübergehend in die Hütte. Ich war schon eine Ewigkeit nicht mehr da. Sie wird in einem desolaten Zustand sein. Mal ganz abgesehen davon, dass sie am Arsch der Welt liegt. Meinst du, die Einsamkeit ist der richtige Weg? Könnte es nicht sein, dass der Wiedereinstieg ins Alltagsleben die Normalität eher zurückbringt?«

»Doch«, antwortete Jana prompt. »Aber dann läufst du Gefahr, die Schwierigkeiten zu verdrängen, ins alte Muster zurückzufallen und dieselben Fehler erneut zu begehen. Das heißt natürlich nicht, dass du wieder einen Unfall baust. Es ist vielmehr so, dass du dich bis zur endgültigen Erschöpfung in die Arbeit stürzen wirst. Ich kenn dich.«

»Könnte stimmen. Wenn das nun aber die einzige Möglichkeit ist, die Bilder endlich loszuwerden?«

»Du wirst nie ganz vergessen. Weder den Tod unserer Eltern noch deinen eigenen Unfall und alles, was damit einherging. Ziel muss es sein, dass du damit leben kannst, ohne dass es dich zerfrisst.«

»So wie du.«

»So ähnlich, ja. Und glaube mir, das war nicht leicht. Es war ein ganz schönes Stück Arbeit, bis hierher zu kommen. Das weißt du. Du bist auf einem guten Weg, Elena. Die richtige Art der Bewältigung haben wir für dich einfach noch nicht gefunden.«

»Stimmt. Ein fürsorglicher Partner und Kinder, die mich so tragen, wie deine Familie es für dich tut, die fehlen mir.«

»Das wäre auch nicht dein Stil. Abgesehen davon, scheinst du zu vergessen, dass mein fürsorglicher Freund erst aufgetaucht ist, nachdem meine Ehe zerbrochen und mein Ehemann mitsamt den Kindern ausgezogen war. Wie gesagt, es war auch bei mir ein langer und steiniger Weg, mein Leben wieder in geregelte Bahnen zu lenken.«

Elenas Blick trübte sich noch etwas mehr. »Glaube mir, das habe ich nicht vergessen, genauso wenig wie den anderen Teil, der zu dieser Vergangenheit gehört.«

Janas Kiefermuskeln spannten sich an bei der Erinnerung, die Elena mit diesen Worten heraufbeschwor. »Lass uns nicht darüber sprechen. Das ist vergessen und vorbei. Wir haben uns geschworen, nach vorne zu blicken, weißt du noch?« Janas Anspannung wich einem liebevollen Lächeln, als sie ihrer Schwester zärtlich über die Wange strich.

Elena nahm Janas Hand zwischen ihre beiden Hände. »Ich wollte nicht wieder damit anfangen, entschuldige. Du hast natürlich recht. In die Zukunft zu sehen ist klüger, als der Vergangenheit nachzuhängen. Wie wäre es also, wenn ich in naher Zukunft endlich deinen Freund kennenlerne, den du mir schon eine gefühlte Ewigkeit vorenthältst?«

Janas Lächeln wurde geheimnisvoll. »Er ist eben viel unterwegs, aber du wirst ihn kennenlernen, versprochen!«

»Na gut«, gab Elena nach. »Dann kümmere ich mich in der Zwischenzeit weiter um meine Genesung. Ich bin mir nur nicht sicher, ob mich die Probleme in der Einsamkeit einer Hütte am Waldrand nicht erst recht einholen …«

»Direktkonfrontation. Wenn dich Schneewittchen dort einholt, dann guck dieser Schlampe in die Augen und sag ihr, sie soll sich ein für alle Mal verpissen.«

20. Oktober, kurz nach Mittag

Die Hütte lag nicht besonders weit weg von ihrem Wohnort. Bei geringem Verkehr war sie in eineinhalb Stunden Autofahrt von Basel aus gut erreichbar. Erlach war ein beschauliches Dorf am Bielersee – See und beschaulich, zwei Ausdrücke, die Elena lange Zeit rätseln ließen, warum ihr leiblicher Vater diese Hütte damals gekauft hatte. Es war ihr so lange nicht klar gewesen, bis sie erfuhr, dass er ein leidenschaftlicher Jäger gewesen war. Ein Schock für das kleine tierliebende Mädchen mit den großen grünbraunen Kulleraugen. Obwohl, eigentlich hätte sie eben diese Augen nur etwas weiter öffnen müssen, dann wäre der Fall klar gewesen. Oder warum sonst hingen überall an den Wänden in der Hütte diese Hirschköpfe? Aber er hatte auch Trophäen von Tieren nach Hause gebracht, die höher in den Bergen lebten. Zum Beispiel von Gämsen, Steinböcken und sogar von einem Bären.

Elena holperte mit ihrem Yaris über die Pflastersteine und parkte ihr Auto vor der Dorfbäckerei. Sie wagte kaum zu hoffen, dass die Besitzerin immer noch dieselbe war. Elena erinnerte sich dunkel daran, wie die für sie damals schon ältere Dame dem kleinen Knirps ständig hinter dem Rücken der Eltern Schokolade zugesteckt hatte. Natürlich hatte ihre Mutter bemerkt, was los war. Wie hätte sie auch anders gekonnt? Schließlich spazierte Elena nach jedem Bäckereibesuch mit verschmiertem Mund und vollgestopften Backen scheinheilig grinsend neben ihrer Mutter her. Gesagt hatte sie aber nie etwas. Sie hatte immer nur milde gelächelt.

Elena schluckte den Kloß hinunter, den ihr diese süße Erinnerung in den Hals getrieben hatte, verließ den Wagen und öffnete die gläserne Tür zur Bäckerei. Ein leises Klingeln kleiner Glöckchen, die über der Eingangstür hingen, kündete ihren Besuch an. Zuerst tat sich überhaupt nichts. Elena musterte die Auslage und stellte sich in Gedanken ihren Einkauf zusammen. Als das Nötige beieinander war, suchte sie nach dem Überflüssigen. Sie entdeckte die luftigen Gebäckkügelchen mit der Vanillefüllung ganz hinten in der Auslage. Zufrieden in sich hineingrinsend, bemerkte sie nicht, wie Bewegung hinter den Vorhang kam, der den Zugang zur Backstube verdeckte.

»Guten Tag«, krächzte eine Stimme.

Elena zuckte zusammen und schaute auf. Da war sie. Kaum zu glauben. Sie sah irgendwie immer noch genau gleich aus. Die Frau kniff die Augen zusammen und musterte ihre Kundin. »Was darf's sein?«

Elena räusperte sich, zählte auf, was sie brauchte, und schloss ihre Bestellung mit den Worten ab: »Dazu bitte noch sechs von den Vanillebällchen zusammen mit einem Säckchen Marzipannüssen.«

Da stutzte die Frau. Langsam sah sie auf. »Diese Kombination habe ich schon lange nicht mehr verkauft.«

Elenas schiefes Lächeln zeichnete sich auf ihrem Gesicht ab. Auf einmal fiel der Groschen bei der alten Dame. »Elena? Die kleine Elena? Was für eine Freude! Was treibt dich denn hierher? Ist das lange her, seitdem wir uns das letzte Mal gesehen haben. Du warst noch so klein! Und jetzt, mein Gott! Das Mädchen ist eine erwachsene Frau. Dieses braunrote Haar hast du eindeutig von deiner Mutter, die weichen Gesichtszüge auch. Aber um die Augen wirkst du härter als sie. Das wird wohl der väterliche Einfluss sein.« Sie legte eine kurze Pause ein. Über ihre freudestrahlenden braunen Augen huschte ein Schatten. »Und die Spuren, die das Leben hinterlässt. Wir waren entsetzt, als wir von dem Unglück hörten.«

Ehe Elena den Redeschwall der Frau verarbeiten konnte, klingelten die kleinen Glöckchen über der Tür erneut, und ein kühler Lufthauch kitzelte sie in ihrem Nacken. Sie drehte sich instinktiv zur Tür, um zu sehen, wer eintrat. Ein Mann. Groß. Gesenkter Kopf. Rotbraunes Haar lugte unter der Baseballkappe hervor. Elena kehrte dem Neuankömmling den Rücken und wandte sich wieder der Frau zu, die aber an Elena vorbei auf den Mann in der Tür sah. Die Trübseligkeit war aus ihren Augen verschwunden, und das Leuchten war zurückgekehrt. »Hallo Leon.«

Leon. In Elena regte sich etwas, das sie nicht zuordnen konnte.

»Hallo Sarah.«

Diese Stimme. Elena spürte, wie sich die Nackenhaare unter ihrem Pferdeschwanz aufstellten. »Möchtest du das Übliche?«

Leon schien in Elenas Rücken zustimmend zu nicken, denn Sarah meinte: »Gut, ich bin gleich bei dir Leon, ich muss nur eben mal nach hinten eine frische Tüte Marzipannüsse holen.«

Die Frau verschwand hinter dem Vorhang, und sofort fühlte sich der Verkaufsraum leer an, obwohl zwei Menschen darin standen. Die großmütterliche Sarah Meister hatte noch immer die gleiche raumfüllende Wirkung wie früher. Faszinierend.

Während Elena in ihrer Handtasche nach der Brieftasche

kramte, spürte sie, wie der andere Kunde neben sie trat. Sie wagte einen kurzen Blick auf sein Seitenprofil. Er musterte konzentriert die Auslage, obwohl er offenbar genau wusste, was er wollte.

Nett. Dreitagebart. Maskulin geschnittenes Gesicht, aber nicht zu kantig. Irgendwie amerikanisch, schoss es Elena durch den Kopf. Seine Hände steckten halb in der verwaschenen Jeans. Sie wirkten groß und rau. Sofort ging Elenas Fantasie auf Reisen. Wenn der Rest von ihm so aussah, wie Gesicht und Hände es erahnen ließen, und wenn seine Finger das konnten, was sie optisch versprachen … Ein wohliger Schauer rieselte durch ihren Körper und brachte sie erneut zum Grinsen.

»Was ist so lustig?«

Elena geriet ins Wanken. Der sommerregenähnliche Schauer in ihr wandelte sich in nervöse Nadelstiche. Röte stieg in ihr Gesicht, als hätte er ihre Gedankenreise miterlebt.

»Stumm?«, fragte er und sah sie dabei seitlich aus klaren braunen Augen an.

Leon. Die Erinnerungen fluteten die anfängliche Barriere. Elena straffte die Schultern. »Nichts weiter. Ich dachte nur über einen Witz nach, den ich kürzlich gehört habe.«

Sarah kehrte aus dem hinteren Teil der Bäckerei zurück und löste die unangenehme Situation. Sie hielt triumphierend eine Tüte Marzipannüsse in die Höhe. »So, die sind ganz frisch. Nur für dich, Elena.« Dann wandte sich die Frau an Leon. »Und hier hast du deine Nussschnecken. Ich hab sie soeben aus dem Ofen gezogen. Sie sind also noch warm.«

Die Frau begann zu rechnen und nannte Elena den Betrag. Elena bezahlte, sammelte ihre Ware zusammen, die Sarah Meister bereits in Tüten gepackt hatte, und verließ die Bäckerei, ohne Leon noch einmal eines Blickes zu würdigen. Sie schaffte es knapp bis zum Parkplatz.

»Elena, hm?« Elena drehte sich nicht gleich um. Sie biss sich auf die Unterlippe, schloss die Augen und atmete tief durch. Wie sollte sie sich geben? Cool und unnahbar? Offen lächelnd? Warum dachte sie überhaupt darüber nach? War ja sowieso egal! Sie drehte sich um, akzeptierte, was ihr Körper spontan hergab. Es fühlte sich an wie ein neutraler Gesichtsausdruck.

»Genau. Und du bist?« Okay, das war unerwartet. Warum stellte sie sich dumm?

»Du weißt, wer ich bin.«

Oh ja, sie wusste, wer er war. Oder eher gewesen war. Ein süßer Junge, der es faustdick hinter den Ohren hatte. »Nein, tut mir leid. Kennen wir uns?«

Seine Augen blitzten amüsiert. »Nein, ich muss dich wohl verwechseln. Obwohl das kaum möglich ist, sosehr gleichst du deiner Mutter.«

Warum sagten das bloß alle? »Tu ich das? Das scheint nur den Leuten in ländlichen Gegenden aufzufallen. In der Stadt sagt das nie jemand.«

»Ist das so? Na dann. So hübsch, wie deine Mutter war, sollte der Vergleich eigentlich schmeichelhaft sein, aber auf Schmeicheleien hast du noch nie viel gegeben.«

Doch, hatte sie, aber das hatte sie ihn nie spüren lassen. Herrgott waren sie jung gewesen! Sie zuckte gleichgültig mit der Schulter anstelle einer Antwort.

»Gehst du in die Hütte? Oder reist du gleich wieder ab?«

»Die Hütte. Ich werde da wohl mal nach dem Rechten sehen müssen. Sie wird sicherlich eine Renovierung nötig haben.«

»Renovieren reicht da nicht mehr. Eine Grundsanierung

trifft es wohl eher.« Er hob eine Augenbraue und fügte an: »Dafür, dass du mich nicht kennen willst, gehst du mit deinen Informationen aber ganz schön sorglos um.«

Elena öffnete ihren Wagen, warf die Einkäufe hinein und machte sich daran, einzusteigen. Aber bevor sie hinter dem Steuer Platz nahm, grinste sie ihr typisches Grinsen und meinte noch: »Nein Leon, es ist nicht so, als wollte ich dich nicht kennen. Ich kenn dich nicht. Aber den Teenager, der du mal warst, den kannte ich.«

20. Oktober, nachmittags

Ich liebe die Jagd. Egal, worauf, egal, in welchem Sinn des Wortes. Das ist noch nicht lange so. Früher wäre ich nicht einmal auf die Idee gekommen, zu jagen. Aber die veränderten Lebensumstände zwangen mich dazu. Wenigstens etwas Positives, das ich diesen beschissenen Ereignissen der vergangenen Jahre abgewinnen kann. Die Verbitterung und die rasende Wut kochen wieder in mir hoch. Ich presse meine Lippen aufeinander. Ich spüre, wie ich die Kontrolle zu verlieren drohe. Ich brauch ein Ventil, und zwar schnell. Als hätte mich jemand gehört, nehme ich einige Meter vor mir eine Bewegung wahr. Ein kehliges Knurren verrät mir, dass mich gefunden hat, was ich suche. Ich verhalte mich weiterhin ruhig, warte, bis die Falle zuschnappt. Auf ein klickendes Geräusch folgt ein markerschütterndes Jaulen. Mein Zeichen. Ich biege die Äste des dichten Strauches vor mir auseinander und stehe vor dem prächtigen Rotfuchs. Sein rechtes Vorderbein klemmt in der Schlagfalle. Ein Gefühl der Macht durchströmt mich, als sich das Tier zu winden beginnt, während ich weiter darauf zugehe. »Dein Überlebenswille ist vergebene Mühe. Du wirst nicht entkommen.« Als Antwort erhalte ich einen keckernden Laut aus einer weit aufgerissenen Schnauze. Unbeeindruckt ziehe ich mein langes Jagdmesser aus der Scheide an meinem Gürtel und stürze mich auf das Tier. Es reagiert sofort, will sich aus meinen Armen entwinden, mich mit seinen scharfen Zähnen beißen. Aber der Fuchs hat keine Chance. Mit dem Bein in der Falle kann er nicht fliehen, und ohne Flucht ist sein Schicksal besiegelt. Ich hocke mich auf seinen Rücken, packe ihn an den Ohren, reiße dem nun winselnden Tier den Kopf hoch und ramme das Messer in seine Kehle. Ein erneutes Jaulen hallt durch den Wald, ehe der drahtige Körper zusammensackt. Blut sickert aus der Wunde an seinem Hals, benetzt die braunen Blätter, versiegt in dem feuchten Waldboden.

Ich ziehe das Messer aus der Kehle des Tieres. Keuchend richte ich mich auf, wische mir mit dem Handrücken über die Stirn. Er war kein harter Gegner gewesen, dennoch kostete es Anstrengung, ihn zu töten.

Ich gehe in die Hocke und schlitze ihm den Bauch auf. Das Leben spendende Blut blubbert wie ein kleiner dunkelroter Wasserfall aus dem Tier heraus. Aber was soll's, jetzt, da es tot ist, braucht es diese rote Sauce ja nicht mehr.

Ein unangenehmer Geruch wabert um meine Nase, als ich die Bauchdecke öffne, aber das kümmert mich nicht. Ich bin damit beschäftig, die Innereien herauszutrennen, die ich brauche. Ich verpacke sie in einen schwarzen Müllbeutel.

Mein Messer wische ich mit einem Tuch ab, das ich in meine Tasche gestopft habe, und stecke es zurück in die Scheide, wo ich es mit einem Druckknopf sichere. Das ist mir lieber, als wenn ich eine Schusswaffe sichern müsste. Das Messer ist das bessere Jagdinstrument. Du kommst deinem Opfer so nahe, dass du fühlst, wie das Leben durch die Adern pulsiert, bevor du es ihm mit einem einzigen gezielten Stich nimmst.

Ich sehe mich um. Es stehen viele kräftige Bäume an dieser Stelle, ich brauche mir nur einen auszusuchen. Aber der Platz ist nicht geeignet. Ich binde ein Seil um die Hinterbeine des toten Tiers, lege das Seil über meine Schulter und beginne zu ziehen. Ein verhältnismäßig schwerer Brocken, der mir da vor die Klinge gelaufen ist. Er gäbe bestimmt eine nette Trophäe ab. Doch ich habe andere Pläne mit ihm. Die Schweißperlen stehen mir auf der Stirn, nachdem ich den Rotfuchs nun schon eine Weile durch den Wald geschleppt habe. Mein Atem geht schnell, mein Puls rast, aber ich bin noch nicht am Ziel. Ich zerre weiter an dem Seil, bis ich einen geeigneten Platz gefunden habe. Direkt unter einem Baum lasse ich das Tier liegen.

Das Seil werfe ich über einen dicken Ast in knapp zwei Meter Höhe. Ich ziehe daran, lehne mich mit meinem ganzen Körpergewicht zurück, bis sich der Torso des Fuchses vom Boden hebt. Als er in der Schwebe ist, zurre ich das lose Ende des Seils ebenfalls an den Hinterbeinen fest.

Ich mache ein paar Schritte zurück und sehe mir mein Werk an. Wie das Tier so schlaff da hängt, aufgeschlitzt und ausgeblutet. Ein entzückender Anblick.

20. Oktober, abends

Mit jedem Meter, den Elena weiter Richtung Hütte fuhr, kehrten mehr Erinnerungen zurück. Zwischen den letzten Häusern des Dorfkerns bog sie von der Hauptstraße auf eine Nebenstraße ab. Zwei Autos passten gerade mal aneinander vorbei, aber die Kurven waren schmal, und die Hausecken ragten weit in die Fahrbahn hinein. Je weiter sie fuhr, desto mehr lichteten sich die Häuser. Immer weiter standen sie auseinander, immer größer wurden die Grundstücke rundherum. Elena bog in einen Weg ein, der am Waldrand entlangführte. Die Straße war nach wie vor geteert, aber es kam ihr vor, als hätte man den Belag achtlos hingeschmiert. Links und rechts gab es keinen sauberen Übergang zum umliegenden Land, er hörte einfach auf. Noch etwas oberhalb des letzten Hauses erreichte Elena schließlich ihr Ziel. Sie bremste ab und äugte aus der Windschutzscheibe. Nieselregen hatte eingesetzt, und die Scheibenwischer arbeiteten in steter Regelmäßigkeit. Ein Bild wie aus dem Bilderbuch präsentierte sich vor ihr. Das Haus auf dem weißen Sockel mit den dunklen Holzschindeln hob sich von dem grauen, wolkenverhangenen Himmel und dem herbstlichen Wald ab, dessen Bäume nach und nach ihre bunten Blätter verloren. So hübsch die Szene anzusehen war, so sehr graute es Elena davor, sich intensiver mit dem Motiv auseinanderzusetzen.

Doch es half alles nichts. Sie stellte den Motor ab, zog den Reißverschluss ihrer Jacke bis unters Kinn und stieg aus. Elena holte den Schlüssel, den sie seit Jahren bei sich in der Wohnung in einer Kiste weggesperrt hatte, aus der Jackentasche und stapfte auf den Eingang zu. Innerlich wappnete sie sich für das, was sie drinnen erwarten würde. Sie rechnete beinahe mit allem. Schimmel, Moder, undichte Stellen im Dach, gebrochene Rohre, verstopfte Leitungen, tote und lebende Insekten und eine Unmenge Dreck.

Elena steckte den Schlüssel ins Schloss und wollte ihn drehen. Zuerst tat sich überhaupt nichts. Sie ruckelte und rüttelte, zog den Schlüssel wieder heraus, drehte ihn und steckte ihn wieder ins Schloss. Er bewegte sich ein wenig, aber der Riegel saß fest.

Na wunderbar.

Nach einigen vergeblichen Versuchen ließ sie es sein und beschloss, sich einen anderen Weg ins Haus zu suchen. Sie machte sich daran, das Haus zu umrunden. Auf ihrem Weg versuchte sie, einen Blick durch die schmutzigen Fenster ins Innere zu werfen. Um den Lichteinfall zu reduzieren, schirmte sie ihr Gesicht seitlich mit den Händen ab und spähte ins Haus. Sie sah die alten Möbel, die da immer noch standen, als hätte ihre Familie den Ort eben erst verlassen. Nur eine dicke Staubschicht ließ erahnen, wie lange schon niemand mehr da gewesen war.

Elena ging weiter, bis sie an der Hintertür ankam. Sie zog am Fliegengitter, das schräg in den Angeln hing. Es gab knarzend nach und erlaubte ihr den Zugriff auf die dahinterliegende Tür. Rasch holte sie den zweiten Schlüssel von dem Bund in ihrer Hand und steckte ihn in das Schloss. Sie wiederholte die Drehbewegung und wich überrascht zurück. Das Schloss gab genauso nach wie das Fliegengitter, dennoch nicht ganz wie erwartet. Elena sah auf ihre Hand, in der sie immer noch den Schlüssel hielt. Und am Schlüssel hing der komplette Zylinder des Türschlosses.

Gut, wenigstens hatte sie jetzt Zutritt zum Haus. Sie ergänzte ihre Checkliste, die sie in Gedanken führte, um den Punkt »Schloss Hintertür ersetzen«, oder am besten gleich die ganze Hintertür auswechseln, überlegte sie weiter, während sie vorsichtig einen Schritt in die Küche wagte. Der Boden ächzte, als sie einen Fuß auf die morschen Dielen setzte. Die Küchenschränke waren verblasst. Der Staub klebte überall, in jeder Ecke hingen Spinnweben, aber es roch weder modrig noch feucht. Elena verließ die Küche, folgte dem Treppenaufgang entlang dem Korridor, von dem drei Zimmertüren abgingen. Unter der Treppe befand sich eine kleine Kammer, einen Keller gab es nicht. Elena atmete tief ein und wappnete sich gegen das, was in der Dunkelheit der kleinen Kammer so alles auf sie wartete. Sie zog schnell die Tür auf, wartete einen Moment, damit sich verkriechen konnte, was sich durch die überraschende Störung verkriechen wollte, und leuchtete dann mit ihrer Taschenlampe ins Innere des Raumes.

Elena war in der Regel nicht anfällig für Sentimentalitäten. Zumindest hatte sie jegliche Gefühle in diese Richtung erfolgreich verdrängt. Bis heute.

An jeder freien Stelle der Wände hafteten Regalböden. Darauf lag einiges an Plunder. Plunder aus schönen Zeiten. Ihre alten Beachballschläger zum Beispiel. Ein weißer Federball, dessen Plastik spröde geworden war. Eine Luftmatratze, ein Tennisschläger, den nie jemand gebraucht hatte, außer wenn es darum ging, Insekten zu verscheuchen. Elena spürte, wie sich ein Kloß in ihrem Hals bildete. Sie schluckte ihn mit störrischer Entschlossenheit hinunter, ehe er die Augen erreichen konnte. Sie ignorierte den Grill, der unter einer zerrissenen Abdeckplane in der Ecke stand und für noch mehr Gefühlsduselei sorgte. Stattdessen wandte sie sich dem kleinen grauen Kasten zu, der in der Wand eingelassen war. Sie öffnete ihn und besah sich die Sicherungen. Sie schraubte die alten Dinger hinein und hoffte das Beste. Elena zog an der Schnur, die von der Lampe über ihr herunterbaumelte. Tatsächlich wurde es hell im Kämmerchen. Aber gleich darauf gab es einen Knall, und auf einen Schlag war es wieder dunkel.

Elena zuckte vor Schreck zusammen. Laut fluchend, machte

sie sich daran, die Sicherungen mithilfe ihrer Taschenlampe erneut zu überprüfen. Anscheinend brauchte sie für gewisse Teile des Hauses neue Sicherungen und auch neue Glühbirnen, wie sie mit einem Blick auf diejenige in der Lampe über ihr feststellte. Der Draht war komplett durchgeschmort.

Eine Liste. Sie musste unbedingt eine handschriftliche Liste anfertigen, denn allmählich konnte sie sich nicht mehr merken, was alles zu reparieren und zu besorgen war. Mit diesem Gedanken schlüpfte sie aus der Kammer und setzte ihren Rundgang fort. Sie spähte ins Wohnzimmer, dessen Eingang sich schräg gegenüber der Kammer befand, bediente den Lichtschalter und wartete auf den Knall, der aber ausblieb. Wie es schien, sollte sie heute Abend wenigstens hier Licht haben. Sie kehrte dem Wohnzimmer mit der alten grünen Couch und dem braunen Esstisch den Rücken und spähte ins nächste Zimmer. Es war das größere zweier Schlafzimmer mit direktem Anschluss an das Bad. Die Verbindungstür hatte man aber aus Platzmangel im Badezimmer mit einem Regal blockiert, wenn Elenas Erinnerung nicht trog. Da das Bad aber auch vom Korridor her begehbar war, spielte das keine Rolle.

Die Matratze war weg, aber das Bettgestell stand immer noch da. Ansonsten war das Zimmer zu einer Rumpelkammer verkommen. Elena zog die Tür wieder hinter sich zu und sperrte damit auch weitere Erinnerungen weg, die mit diesem Zimmer in Verbindung standen. Die Toilette sah nicht einmal so schlecht aus, wie sie erwartet hatte. Den zweiten Stock ließ Elena aus. Dort oben waren nur noch ein leerer Raum, der je nach Bedarf als Schlafzimmer, Kellerersatz oder Dachboden gedient hatte, und ein kleines Zimmer mit einem schmalen Bett unter der Dachschräge sowie einem hölzernen Regal. Das war ihr Zimmer gewesen. Früher.

Elena versuchte sich erneut am Türschloss der Eingangstür, gab es aber nach mehreren missglückten Versuchen wieder auf. Sie kehrte in die Küche zurück, öffnete den Schrank unter der Spüle und konnte eben noch einen Blick auf eine große schwarze Spinne erhaschen, die schleunigst das Weite suchte. Elena erschauderte. Reiß dich zusammen, mahnte sie sich. Die Spinne hat mehr Angst vor dir als du vor ihr. Eklig ist sie trotzdem. Elena sammelte ihren Mut, unterdrückte ihre Angst und ihren Ekel, ging in die Hocke und griff blind nach dem Hauptwasseranschluss. Sie erwischte irgendetwas Klebriges, tastete aber tapfer weiter und fand schließlich den Hahn. Sie drehte das Wasser an, als sie irgendetwas an den Fingern kitzelte. Schleunigst zog sie die Hand zurück und schnellte hoch.

Wie sollte sie die Tage hier nur überstehen? Von diesem ekelhaften Viehzeug gab es hier so einiges; schlafen wollte sie auf ihrer Campingmatratze, in ihrem Schlafsack auf dem staubigen Boden. Damit war sie den Tierchen quasi ausgeliefert und würde einen wunderbaren Insektenspielplatz abgeben. Sie beschloss, sich ein Hotelzimmer zu nehmen, sollte sie kein fließendes Wasser haben. Hoffnungsvoll drehte sie am Hahn. Die Leitungen gurgelten und klopften. Sonst tat sich nichts. Elena war erleichtert. Sie versuchte, sich an den Namen des einzigen Hotels im Dorf zu erinnern, als der Hahn auf einmal zu tropfen begann.

Nein. Nein. Nein.

Die Tropfen wurden größer, die Leitung gurgelte erneut, und auf einmal ergoss sich ein kräftiger bräunlicher Wasserstrahl ins Becken.

Mist. Aber solange es braun war …

Elenas Hoffnungen zerschlugen sich rasch. Das Wasser wurde mit jedem Zentiliter, der sich aus dem Hahn ergoss, klarer, und Elena musste sich geschlagen geben. Sie drehte das Wasser ab und schlurfte durch die offene Küchentür zu ihrem Wagen. Auf halbem Weg blieb sie stehen. Das Gesicht zum Wald gerichtet, betrachtete sie die Bäume, die Schatten, das Unterholz. Die Sonne fand auf ihrem Weg hinter den Horizont immer wieder Löcher in der ansonsten dichten Wolkendecke und zauberte ein herbstliches Dämmerlicht, in das sie den Wald einhüllte. Vordergründig schimmerte alles in einem spielerisch zarten Wechsel zwischen Silber und Gold. Doch das war alles nur Show. Denn hinter dieser trügerischen Leichtigkeit lauerte unausweichlich die schwarze Nacht mit ihren vielen fiesen Gesichtern.

»Du kriegst mich nicht. Egal, wer oder was du bist, du kriegst mich nicht«, murmelte Elena, den Blick starr auf den Wald vor sich gerichtet. Dann kehrte sie den Bäumen entschlossen den Rücken, sprang in ihr Auto und startete den Motor.

20. Oktober, 21.00 Uhr

Elena kam sich idiotisch vor, als sie die Bar allein betrat. Es waren kaum Gäste da, aber die Anwesenden drehten allesamt ihre Köpfe und musterten den Neuankömmling. Schnurstracks ging Elena zur Theke, ohne den Neugierigen ihre Aufmerksamkeit zu schenken. Wichtig war jetzt einzig und allein der Barkeeper, der auch sofort zur Stelle war. Er war ein brummiger Kerl mit riesigen Händen, sein Gesicht kam ihr irgendwie bekannt vor.

»Hab gehört, dass du wieder da bist«, meinte er ohne Umschweife.

Elena legte die Stirn in Falten, lehnte sich an den Tresen und antwortete: »Schön für dich. Kann ich einen Whiskey Cola haben?«

»Fährst du nachher noch?«

»Ja.«

»Dann nicht.«

Elena verlor kurz die Kontrolle über ihre Gesichtszüge. »Wie bitte?«

»Du hast mich schon verstanden. Lässt du den Wagen stehen, kriegst du deinen Whiskey. Deinen Autoschlüssel nehm ich dir als Pfand ab. Du kannst ihn morgen wieder abholen. Der Weg zu deiner Hütte ist auch zu Fuß machbar.«

Elena meinte, sich verhört zu haben. »Das ist ein Witz, oder?«

»Ist es nicht«, mischte sich eine weitere Stimme vom Ende der Theke ein. Der Typ hob langsam den Kopf. Einem Cowboy gleich kaute er auf einem Zahnstocher herum, den er nun mit der Zunge vom rechten in den linken Mundwinkel schob. Er hob den Fuß von der Stange, auf die er ihn abgestellt hatte, und kam langsam zu Elena und dem Barkeeper herüber.

Das hatte ihr gerade noch gefehlt. Wofür hielt sich dieser aufgeblasene Machotyp mit der umgedrehten Schirmmütze?

»Giusi scherzt nicht. Er nimmt jedem, der mit dem Wagen vorfährt und mehr als ein kleines Bier bestellt, den Autoschlüssel ab. Sehr weise, neigen wir hier in den ländlicheren Gegenden doch dazu, uns unvernünftig zu verhalten.«

Elena wog ihre Möglichkeiten ab. Der Typ drückte sich für einen Macho ziemlich galant aus. Nett anzuschauen war er auch. Also, Autoschlüssel abgeben oder Rückzug?

Elena machte sich an ihrer Jackentasche zu schaffen und kramte den Autoschlüssel hervor. Sie ließ ihn zwischen Zeigefinger und Daumen baumeln, sah Giusi tief in die Augen und meinte: »Wusste ich doch, dass ich dein Gesicht kenne. Du bist noch immer der schottischste Italiener, der mir je untergekommen ist. Und wehe, mein Jackycoke steht nicht innerhalb einer halben Minute vor meiner Nase.«

Giusi schnappte sich Elenas Schlüssel, ehe sie es sich anders überlegen konnte, verstaute ihn sicher in einer Box unter der Theke und mixte den bestellten Drink. Elena beobachtete ihn genau und war äußerst zufrieden mit der Menge an Whiskey in ihrer Cola.

»Den Autoschlüssel gibst du zwar ab, aber dafür sorgt Giusi dann auch gut für seine Gäste«, kommentierte der Unbekannte.

»Sieht ganz danach aus. Sag mal, mischst du dich einfach gerne in die Angelegenheiten anderer ein, oder hat diese Kontaktaufnahme einen tieferen Zweck?«

»Nimm dich vor ihm in Acht, Elena; dieser Cowboy hier schleppt alles ab, was nicht bei drei auf den Bäumen ist.« Giusi setzte Elenas Drink auf der Theke ab, hielt ihn aber weiterhin mit seiner Pranke umfasst. Er musterte prüfend erst Elena, dann den Cowboy. »Ich wollt's nur sagen«, grummelte er noch und gab dann das Glas frei.

»Danke Giusi. Danke, dass du dich so gut um deine Gäste kümmerst und dich um sie sorgst. Aber ich bin inzwischen erwachsen, weißt du?«

»Das heißt nicht, dass du auf dich aufpassen kannst«, meldete sich der Unbekannte wieder zu Wort.

»Nein, das heißt es nicht«, gab Elena zu, obwohl sie den

Spruch reichlich wichtigtuerisch fand. »Also, wer bist du? Oder soll ich dich Cowboy nennen?«

»Gefällt mir, ist aber nicht nötig. Ich bin Mario, und du bist Elena, richtig?«

»Richtig.«

»Was treibt dich in diesen verkümmerten Teil der Schweiz?«

»Ich hab hier ein Haus.«

»Ach, echt? Warum habe ich dich dann noch nie hier gesehen?«

»Entweder weil du unaufmerksam bist oder weil ich seit deiner Ankunft nicht mehr hier war. Wann kamst du denn hierher?«

»Vor vier Jahren.«

»Ja, dann ist es wohl Letzteres. Und warum bist du hier?«

»Wenn ich das wüsste. Ich bin mal hier, mal da. Manchmal hab ich Bock auf die Stadt, dann bleib ich für eine Weile dort. Geht mir die Stadt auf den Geist, zieht es mich wieder aufs Land.«

»Du tourst aber nicht nur in zwei Kantonen herum, oder?«

»Nein. Die ganze Schweiz ist mein Zuhause.«

»Soso. Aber dennoch bist schon seit vier Jahren hier. Gefällt dir dieses abgehalfterte Schlafkaff so gut?«

»Interessanterweise, ja. Es ist alles andere als abgehalftert. Hier ist es friedlich. Das Städtchen hat ein gutes Pub, sieht hübsch aus, liegt sehr nahe an Bern, und man ist sofort mitten in der Natur. In den Wäldern hier kann man tatsächlich mehr als fünf Kilometer laufen, ohne einem anderen Menschen zu begegnen. Das nenn ich einen guten Mix. Außerdem sind die Leute nett, und solange sie oder die Umgebung mir nicht auf die Nerven gehen, bleib ich.« Mario setzte seine Bierflasche an, trank einige Schlucke und stellte sie zurück auf die Bar. Er unterdrückte einen Rülpser, während er die Unterhaltung weiter vorantrieb. »Dir scheint dieser Ort aber auch etwas zu sagen, sonst wärst du kaum zurückgekehrt, und ein Haus hättest du hier auch nicht.«

»Das mit dem Haus ist eine eigene Geschichte, die ich hier nicht breittreten will. Aber du hast recht, früher war ich unheimlich gerne hier. Die Sommer waren toll, und die Leutchen sind wirklich liebenswürdig. Es ist eine ganz eigene kleine Welt. Aber dann wurde ich erwachsen, die Interessen verlagerten sich.«

»Und deine Rückkehr? Was hat dich zurückgebracht?«

Für einen kurzen Moment schweifte Elena ab. Sie dachte darüber nach, wie sie diese Frage am besten beantworten konnte. Sie strich mit dem Zeigefinger über den Rand ihres Glases. »Ich bin nicht wirklich zurück. Ich brauch nur eine Pause.«

21. Oktober, 02.50 Uhr

Obwohl Mario ihr ein eindeutig unmoralisches Angebot gemacht hatte, und noch dazu ein äußerst verlockendes, befand sich Elena nun auf dem Nachhauseweg. Allein.

Die alte Elena hätte die Gelegenheit beim Schopf gepackt. Er war ja wirklich ein ganz nettes Kerlchen und sah auch äußerst attraktiv aus. Das hätte eine ganz schön heiße Nacht werden können.

Aber sie konnte nicht. Das Bedürfnis, die Lust, der Wunsch, der Verlockung zu folgen, waren da. Wach wie eh und je. Aber immer, wenn die Möglichkeiten zum Greifen nah waren, sauste der Fallbaum nach unten und blockierte die Weiterfahrt auf der Straße der Versuchung.

Die Bilder des Unfalls kehrten in ihr Bewusstsein zurück. Wie Blitze schossen sie durch ihre Gedanken, jagten Tränen in ihre Augen und riefen die Schuldgefühle wieder wach, von denen sie glaubte, sie hätte sie tief in sich begraben – offenbar nicht tief genug.

Krampfhaft versuchte sie, die Erinnerungen abzuschütteln, aber es gelang ihr nicht. Sie wurde eingehüllt von diesem dunklen Nebel, der sie beengte und ihr den Atem raubte. Elena fühlte, wie die Panik in ihr hochstieg, weil sie den Ausweg aus diesem Dunst nicht gleich fand.

Sie zog ihre Jacke aus, streifte ihren Pullover ab, zwang sich, konzentriert zu atmen. So stand sie in ihrem Tanktop auf der Straße und wartete. Die Luft war kalt. Sie bekam eine Gänsehaut. Doch die Kälte tat ihr gut. Sie sorgte dafür, dass sie sich selbst wieder spürte. Sie blieb an Ort und Stelle, mit geschlossenen Augen, bis ihre Zähne zu klappern begannen. Dennoch zog sie nichts über, bis auf ihren Schal. Stattdessen wühlte Elena in den Taschen ihres Mantels, zog die E-Zigarette heraus, packte ihre Kleidung unter den Arm und setzte sich langsam in Bewegung. Im Haus würde sie den Kamin anzünden, ihren Schlafsack davor ausbreiten und zur Ruhe kommen.

Ob der Kamin überhaupt brauchbar war?, überlegte sie, während sie vergeblich versuchte, den Dampf aus der Zigarette in Ringen auszustoßen. An einer Kohlenmonoxidvergiftung sterben, nur weil der Abzug verschmutzt oder defekt war, wollte sie eigentlich nicht. Sie würde es darauf ankommen lassen, überlegte sie weiter und schlug den Weg zu ihrer Hütte ein.

Die Haustür erreichte sie aber nicht …

21. Oktober, 03.00 Uhr

Sanft wie ein Lufthauch tanzten die leisen Klänge durch die Nacht. Getragen von dem kühlen Nebel, waberten sie zu ihr herüber, kitzelten sie in den Ohren.

Elena horchte auf. Das Rascheln der Blätter unter ihren Füßen verstummte abrupt, als sie stehen blieb. Sie reckte ihren Kopf, schob ihren Schal beiseite, der ihre Ohrmuscheln wärmte.

Das konnte nicht sein. Nicht jetzt. Nicht hier.

»Wie hast du mich gefunden?«, fragte sie flüsternd den Wald. Aber sie erhielt keine Antwort. Stumm ragten die dunklen Stämme der Bäume in den Nachthimmel.

Nur diese hübsche, leicht melancholische Melodie sprach zu ihr, lockte sie an.

»Nein«, zischte Elena zwischen zusammengebissenen Zähnen.

»Nein!«, wiederholte sie etwas lauter. Entschlossen, sich nicht beirren zu lassen, schob sie ihren Wollschal zurück über ihre Ohren, zog den Kopf noch etwas weiter ein und setzte ihren Weg fort.

Wurde die Musik lauter? Es schien fast, als wäre sie ihr in Mark und Bein übergegangen. Sie fühlte, wie sie unter ihrer Haut vibrierte, obwohl sie die Töne kaum hörte.

Der alte Klumpen der Verzweiflung bildete sich in ihrem Magen. Was war das? Und warum ließ es sie nicht in Ruhe? Niemand glaubte ihr, wenn sie von den wiederkehrenden Erlebnissen erzählte. Nie war jemand in der Nähe, der es ebenfalls hörte. Man tat es ab mit der Begründung, dass irgendwelche Jugendlichen Schabernack trieben oder dass sie sich alles nur einbildete, dass ihre von Schuldgefühlen zerfressene

Seele ein Ventil in der Fantasie suchte. So vieles hatte sie sich schon anhören müssen. Inzwischen glaubte sie beinahe selbst, dass sie allmählich durchdrehte.

Elena versuchte, rational zu denken. Sie wog die möglichen Gründe dafür, was sie hörte, einzeln ab. Die Jugendlichen fielen jetzt wohl weg. Es konnte ja kaum sein, dass diese auch hier zugange waren. Übrig blieb also doch nur Einbildung oder Realität. Aber wenn es real war, was sie hörte, warum spielte die Melodie auch hier? Kilometerweit weg von ihrem Zuhause? Sie hatte nur ihrer Schwester und Dr. Steffen anvertraut, wohin sie gegangen war. Hingegen hatte sich ihre Rückkehr im Dorf rasend schnell herumgesprochen. Geheim war ihre Anwesenheit also nicht im Geringsten. Doch das war noch lange kein Grund, dass sie diese Musik bereits in der ersten Nacht nach ihrem Eintreffen hörte, genau hier, in der Nähe ihrer Hütte. Und wieder kam sie aus dem Wald, wie bei ihr zu Hause. Davon wusste nun wirklich kaum jemand. Wenn sie also herausfinden wollte, was das alles zu bedeuten hatte, musste sie den lockenden Klängen folgen. So lange, bis die Wahrheit ans Licht kam.

Dann konnte sie endlich Ruhe finden, oder man würde sie in die Klapse stecken.

»Scheiße!«, fluchte sie, als sie ihren Pullover wieder überzog und in ihre Jacke schlüpfte, während sie Richtung Wald aufbrach. Im Gehen zog sie ihr Smartphone aus der Tasche. Mit der eingebauten Taschenlampe leuchtete sie den Weg aus, dabei zog sie nervös an ihrer Zigarette.

Sie kannte das Unterholz nicht annähernd so gut wie das daheim. Jede Wurzel war ein heimtückischer Stolperstein. Das tiefhängende, feingliedrige Geäst schlug ihr kratzend ins Gesicht. Unsichtbare Spinnweben klebten an ihrer Haut. In den

Baumkronen hörte sie es bedrohlich rascheln. Das Heulen einer Eule hallte durch den Wald.

Elena stockte in der Bewegung. Sie konnte die Musik nicht mehr hören. Sie hielt den Atem an und lauschte.

Die Melodie war weg.

Langsam stieß sie den Atem aus, rieb sich über ihr Gesicht.

Resigniert trat sie den Rückweg an. Zögerte. Das konnte nicht sein. Sie war nur zu weit gelaufen. Das war alles.

Elena kehrte um. Mit bedächtigen Schritten, wobei sie sorgfältig darauf achtete, jedes Geräusch zu vermeiden, ging sie den Weg zurück, den sie gekommen war.

Ihr Jackenärmel verfing sich an einem Ast. Elena bemerkte den Widerstand zu spät. Sie zerrte, ehe sie genauer darüber nachdachte. Ein Ratsch, und sie war wieder frei. Ohne den Schaden zu begutachten, strebte sie weiter vorwärts.

Ein ungutes Gefühl schlich sich ihr Rückenmark hoch und umfasste erdrückend ihren Brustkorb.

Wie lange war sie schon unterwegs?

Sie wusste es nicht. Sie blieb stehen, holte konzentriert Luft, leuchtete ihre Umgebung ab.

Der Lichtstrahl huschte an einem Baum vorbei. Sie hielt in der Bewegung inne, stutzte, leuchtete den Baum noch einmal an.

»Nein«, murmelte sie ungläubig. An einem Ast des Baumes hing ein beiger Stofffetzen. Zweifellos war es der Fetzen, der ihrer Daunenjacke fehlte.

»Mist, verdammter!«, fluchte Elena.

Sie war im Kreis gelaufen. Sie befand sich in einer Umgebung, die sie nicht kannte. In einem Wald, der noch der Natur gehörte. Von der Zivilisation war nichts zu hören, geschweige denn zu sehen.

Sie musste hier raus. Aber wie?

Und da hörte sie sie wieder. Geisterhaft kam sie aus dem Nichts und hüllte Elena ein.

Das Bedürfnis nach Flucht aus ihrer misslichen Lage war vergessen. Es gab nur noch einen Gedanken, der sie leitete: Folge der Musik.

Elena machte die Richtung aus, aus der die Klänge kamen, und setzte sich in Bewegung. Ungeachtet der Geräusche, die sie selbst verursachte und die die Töne überlagerten, eilte sie durch die Dunkelheit. Sie stolperte, strauchelte, konnte sich aber auf den Füßen halten.

Ihr Atem beschleunigte sich, Schweißperlen schlichen sich auf ihre kalte Stirn. Auf einmal prallte Elena gegen etwas Unerwartetes. Ihr Telefon glitt ihr aus der Hand.

Sie stoppte fluchend, rieb ihre schmerzende Schulter, spähte in die dunkle Nacht. Irgendwo musste doch der leuchtende Bildschirm des Mobiltelefons auszumachen sein, dachte sie. Aber da war nichts. Wo war das Handy?

Die Nacht war zwar dunkel, aber nicht stockfinster. Elenas Augen gewöhnten sich an das graue Licht. Sie erkannte schattige Umrisse, aber das half ihr nicht weiter. Sie wusste nicht, wo sie war, sie wusste nicht, woran sie sich gestoßen hatte, sie wusste nicht, wo ihr Mobiltelefon abgeblieben war, mit dem sie hätte Hilfe holen oder Licht machen können. Sie wusste nur, dass sie am Ziel war. Jetzt, da sie sich nicht mehr hastig bewegte, konnte sie sie deutlich hören.

Nicht weit hinter ihr spielte die Musik.

Elena drehte sich um. Mit einem Aufschrei schrak sie zurück.

Da hing etwas in einem Baum. Schwer und regungslos. Irgendwie unförmig.

Sie kniff die Augen zusammen. Die Melodie ging von diesem Ding aus. Zweifelsohne.

Elena war auf der Hut. Vorsichtig näherte sie sich dem Gegenstand. Die Umrisse wurden deutlicher, dennoch konnte sie sich keinen Reim darauf machen, was da hing.

Das Ding schien in Bewegung zu sein. Es drehte sich. Wahrscheinlich pendelte es noch den vorherigen Zusammenstoß mit Elena aus.

Irgendetwas roch seltsam.

Elena war nun in greifbarere Nähe. Sie streckte zögernd die Hand aus.

Plötzlich leuchteten zwei runde gelbe Flecken auf, dann wurde der ganze Gegenstand in ein groteskes Zwielicht getaucht.

In den Bruchteilen weniger Sekunden stand ihr das ganze grässliche Bild klar vor Augen: ein Fuchs. Die Hinterläufe an einem starken Ast festgezurrt, hing er mit der Schnauze nach unten da. Der Bauch aufgeschlitzt. Die Gedärme quollen aus der Höhle. Das Weiß der Rippen war deutlich sichtbar. Dunkles Fleisch, struppiges, verklebtes Fell. Leere, tote Augen. Rot tropfendes Blut, das sich in einer Lache unter dem Kadaver sammelte. Von dort kam auch das Licht.

Elena riss ihre Hand zurück. Taumelte rückwärts

Ihr Handy, sagte ihr eine innere Stimme. Das Licht kommt von ihrem Handy, das die Akkuschwäche signalisierte. Es beleuchtete das tote Tier von unten. Daher auch das Schimmern der gelben Augen. Geh hin und hol dir das Telefon!, rief es irgendwo in ihrem Unterbewusstsein, doch Elena folgte der inneren Stimme nicht. Das Einzige, was sie bewusst registrierte, war die Musik; so krank es war, sie kam aus dem Fuchs.

21. Oktober, 09.00 Uhr

»Ich habe sie heute in der Früh im Wald gefunden.« Henry stellte eine große Tasse gefüllt mit Hühnerbrühe auf den Beistelltisch, der zwischen den zwei ausladenden Ledersesseln stand. Auf dem einen saß ein grimmig dreinblickender Mann mit weißem Haar und zerfurchtem Gesicht. Sein Bauch reichte fast bis nach vorne zu den Knien, wenn er seine Ellbogen auf die Oberschenkel abstützte.

Elena betrachtete kritisch die verlockend duftende Suppe, machte aber keine Anstalten, nach der Tasse zu greifen.

»Sie lag bewusstlos auf dem Waldboden. Zuerst dachte ich, sie schläft. Als ich näher kam und sie keine Anstalten machte, sich zu rühren, dachte ich, sie sei einfach sturzbetrunken. Ich sprach sie an, aber sie reagierte nicht. Ich schüttelte sie an der Schulter, da begann sie benommen zu blinzeln. Sie hatte zwar eine Alkoholfahne, aber sie machte nicht den Anschein, so betrunken zu sein, dass sie sich im Wald schlafen legt«, fuhr der Mann in der braunen Hose und dem dicken dunkelgrünen Pullover fort. Sein bereits ziemlich schütteres Haar war dunkel gefärbt.

»Mhm«, grummelte Elenas weißhaariges Gegenüber.

Sie selbst schwieg. Was sollte sie auch sagen? Der Herr in Grün namens Henry hatte recht. Er hatte sie im Wald gefunden. Ihr Schädel brummte, als hätte sie den Whiskey am Vortag ohne Cola gekippt, und zwar die ganze Flasche. In einem dunklen Winkel ihres Gehirns fand sie die Erklärung, weshalb sie in den Wald gegangen war. Sie würde sich allerdings hüten, auch nur das Geringste davon zu erzählen, was sie in der Nacht gehört oder gesehen hatte. Der grün Gekleidete hatte schon genug angerichtet, als er dem Weißhaarigen erzählt hatte, wie

Elena direkt, nachdem sie zu sich gekommen war, einen herzlosen Fuchs an einem Baum gesucht hatte.

Der Ausdruck in den Augen des Weißhaarigen hatte Bände gesprochen. Er hielt sie für eine irre Stadttussi, die mehr als einen Schluck über den Durst gesoffen hatte. Elena war sich sicher, er dachte gerade darüber nach, wie viel Unruhe sie in sein Dorf bringen würde und wie er sie schleunigst wieder loswerden konnte.

»Nun gut. Henry, ich danke dir, dass du mich informiert hast. Aber ich glaube, es braucht hier keine Polizei. Schließlich kam niemand zu Schaden. Wenn die Dame sich in der Lage sieht, eigenständig in ihr Zuhause zurückzukehren, würde ich vorschlagen, dass sie das jetzt tut und wir den Vorfall fürs Erste zu den Akten legen. Ich nehme an, das liegt auch ganz im Interesse der jungen Dame, richtig?« Der Weißhaarige sah Elena mit hochgezogener Augenbraue an.

Elena nickte, schälte sich aus der Decke, die Henry um ihre Schultern gelegt hatte, und machte Anstalten, aufzustehen, als es an der Eingangstür rumpelte.

»Scheiße, Henry, wie oft habe ich dir schon gesagt, dass du dein Gewehr nicht direkt neben die Tür stellen sollst?«, bellte aus dem Korridor eine Stimme. Gleich darauf tauchte der Mann zu der Stimme im Türrahmen auf; er ging rückwärts und starrte immer noch konzentriert auf die offenbar umgestoßene Waffe. Als der Mann sich umdrehte, hielt er verdutzt inne. Wie es aussah, hatte er nur Henry erwartet; stattdessen schaute er plötzlich in drei Gesichter, was ihn sichtlich irritierte.

Seine Augen wanderten von dem einen zum Nächsten, bis sie schließlich an Elena hängen blieben. Sie passte augenscheinlich am wenigsten ins Bild.

»Hallo Leon«, begrüßte Henry den Neuankömmling matt.

»Ebenfalls hallo«, fand Leon die Sprache wieder. »Wusste gar nicht, dass ihr euch kennt. Stör ich bei irgendwas Wichtigem?«

»Wir kennen uns nicht direkt, und nein, du störst nicht. Wir sind fertig. Ich wollte gerade gehen.« Elena warf bei diesen Worten dem Weißhaarigen einen kurzen Blick zu und stand auf. Leons Augen folgten ihren Bewegungen und blieben an ihren mit Erde und Dreck verkrusteten Kleidern hängen.

Sie strich sich etwas verlegen das Haar aus dem Gesicht, räusperte sich. »Na, dann.« Vorsichtig drückte sie sich an Leon vorbei, nahm ihre Jacke vom Haken und verließ das Haus, ohne einen Blick zurückzuwerfen. Sie kam kaum bis zur Einfahrt, als sie Schritte hinter sich hörte.

Elena ging unbeirrt weiter, aber Leon hatte die längeren Beine und mehr Energie. Kein Wunder, er hatte ja auch nicht die Nacht bewusstlos im Wald verbracht, dachte Elena grimmig.

»Ich fahr dich.«

»Ist nicht nötig, danke.«

Leon versperrte ihr den Weg und lotste sie allein durch seine Präsenz zu seinem Pick-up. Er öffnete ihr die Fahrertür. »Steig ein und rutsch rüber.«

Widerwillig seufzend, tat Elena wie geheißen.

Leon setzte sich neben sie und zog die Tür mit einem kräftigen Ruck zu. »Was war denn los?«

Elena starrte störrisch aus der Windschutzscheibe und schwieg.

»Du willst nicht darüber reden. In Ordnung. Dann werde ich mich wohl mit der Zusammenfassung zufriedengeben müssen, die Bernard mir gerade eben mit auf den Weg gab.«

Bernard. Das war dann wohl der Weißhaarige. »Tu das.«

»Bist du immer so gesprächig?«

»Ja.«

»Das war mal anders.«

»Das ist lange her.«

»Stimmt. Also, was war los?«

Genervt verdrehte Elena die Augen. »Was willst du von mir hören? Du hast deine Infos ja offenbar schon bekommen.«

»Richtig. Aber ich höre gerne alle Versionen. Bernard macht meiner Meinung nach seinen Beruf schon etwas zu lange. Er mag es nicht, wenn jemand die Ruhe im Dorf stört. Deshalb bildet er sich zu schnell eine Meinung, schließt im Kopf den Fall ab und denkt als Nächstes darüber nach, den Störenfried loszuwerden, anstatt sich wirklich mit dem Problem auseinanderzusetzen.«

»Und du tust das? Du setzt dich mit dem Problem auseinander? Mit welcher Befugnis? Bernard ist doch der Bulle, nicht du.«

»Stimmt so nicht ganz.«

Jetzt war es an Elena, verdutzt dreinzublicken. »Du bist Polizist? In einem Pick-up mit Werkzeug auf der Ladefläche?«

»Oh, wie mir scheint, habe ich nun doch deine gesprächige Seite wiederentdeckt. Neugierde wecken, das ist also der Schlüssel. Nun denn, ich erzähl's dir. Im Gegenzug sagst du mir, was im Wald geschah.«

Sofort verschloss sich Elenas Miene wieder. »Vergiss es.«

21. Oktober, 10.00 Uhr

Leon parkte den Wagen vor Elenas Haus. Den Rest der Fahrt hatten die beiden schweigend verbracht, sie dauerte aber nicht lange genug, um die Stille als unangenehm zu empfinden.

Kaum stand der Pick-up still, drückte Elena die Tür auf. Die Höflichkeit gebot es ihr, sich zu bedanken, aber eigentlich hatte sie nicht einmal dazu Lust. Sie wäre am liebsten einfach aus dem Wagen gesprungen, um sich in ihrem Häuschen zu verkriechen. Oder besser: um ihre sieben Sachen zu packen und wieder zu verschwinden. So wäre auch das Problem von Bernard, dem in die Jahre gekommenen Polizisten, gelöst.

Elena stieg in ihre Gedanken versunken aus dem Pick-up und wollte die Tür zuschlagen. Sie besann sich dann aber doch, hob noch kurz den Kopf in die Richtung, in der Leon saß, und setzte an, ein »Danke« zu murmeln. Doch Leon schien andere Pläne zu haben. Er öffnete die Fahrertür und stieg ebenfalls aus. Er ging um den Wagen herum, blieb auf Höhe der Motorhaube stehen und sah sie an.

»Was soll das?«, fragte Elena schroff.

Leon steckte seine Daumen in die Jeanstaschen. »Passt es gerade nicht? Soll ich ein anderes Mal wiederkommen? Das könnte aber dauern. Mein Kalender ist ziemlich voll.«

Elena sah ihn verständnislos an.

»Die Arbeiten im Haus. Du hast angerufen und einen Handwerker bestellt.«

Langsam dämmerte Elena, worauf Leon hinauswollte. Sie kniff die Augen zusammen und meinte: »Ich habe bei Heer angerufen, dem besten Handwerker des Dorfes, zumindest war das früher der Fall.«

»Ist es auch heute noch. Aber mein Onkel hat den Hammer

im wahrsten Sinne des Wortes an den Nagel gehängt. Er lässt es sich zwar nicht nehmen, jeden Morgen im Betrieb vorbeizuschauen, aber ich glaube, das ist mehr, um seiner Frau zu Hause nicht auf den Füßen herumzutrampeln.«

»Dein Onkel. Natürlich.« Elena schnaubte. »Du hast den Betrieb übernommen?«

»Daher auch die Werkzeuge auf der Ladefläche.«

»Und die Polizei?«

»Eine kurze Episode. Ich musste feststellen, dass der Handwerkerberuf der ehrlichere Job ist. Zumindest was den Umgang mit den Kunden angeht. So absurd das klingen mag.«

Elena zog die Lippen zwischen die Zähne, gab sie wieder frei und meinte: »Ich habe wohl keine andere Wahl, was?«

»Doch. Ich kann dir jemanden empfehlen, wenn du nicht mit mir zusammenarbeiten willst.«

Seine Worte sorgten dafür, dass Elena an seinen Augen hängen blieb. Eine Sekunde zu lange. Das merkte sie daran, wie sich auf einmal ein leises Ziehen in ihrem Bauch meldete. Nicht das Ziehen, das man bei sexueller Anziehung spürte. Es war dieser kleine Stich, den man empfand, wenn man nicht wollte, dass der Moment endete, die Intimität des Augenblicks abbrach. Sie wollte die Zusammenarbeit. Sie wollte ihn in der Nähe haben, schoss es ihr durch den Kopf. Gleich gefolgt von dem Gedanken, der sie eindringlich warnte, sich von ihm fernzuhalten. Oder besser: er sich von ihr. Sie schloss diese leichte Wärme, die ihre unterkühlte Seele anzutauen drohte, an dem Ort ein, an dem sie die anderen positiven Emotionen aufbewahrte.

Niemanden an sich heranlassen. So konnte niemand verletzt werden. Nicht sie selbst und – was noch viel wichtiger war –

niemand anderes. Die Katastrophe durfte sich nicht wiederholen. Es hatte Leben gekostet, auf jede erdenkliche Weise.

»Und, was ist jetzt?«

Seine warme Stimme riss Elena aus ihren Gedanken. Sie schaute auf. »Komm rein.«

21./22. Oktober

Es klopfte. Elena konnte die Augen nur schwer öffnen. Die Müdigkeit saß ihr tief in den Knochen. Leise stöhnend, wälzte sie sich auf die Seite. Sie tastete nach der Armbanduhr und warf einen Blick auf die leuchtenden Zeiger. Drei Uhr morgens.

Warum war sie noch gleich aufgewacht? Die Spinnweben in ihrem Gehirn ließen sich kaumvertreiben.

Da klopfte es erneut.

Nicht eindringlich. Nicht fordernd. Sondern leise. Lockend.

Woher kam das? Wo war sie überhaupt?

Elena strich sich mit der flachen Hand über ihr Gesicht.

Wieder klopfte es.

Komm her, schien das Klopfen zu sagen. Komm an die Tür. Öffne sie.

Beiß in den sauren Apfel und steh auf, du wirst es nicht bereuen!

Apfel?

Der Schlafsack rutschte über Elenas Schulter. Sofort schwand die Wärme an dieser Stelle, und die Kälte der Nacht berührte die nackte Haut. Schaudernd zog Elena die schützende Hülle wieder über ihre Schulter.

Sie träumte, dachte sie. Anders konnte sie sich die Geräusche und die seltsamen Gedanken nicht erklären. Zufrieden mit dieser Lösung, kuschelte sie sich in ihren Schlafsack und schloss die Augen.

Klatsch!

Elena schrak hoch. Aufrecht saß sie auf ihrer Matte.

Wie lange war sie diesmal weg gewesen?

Keine zwei Minuten, wie ihr die Uhr verriet.

Ein Kratzen drang an ihr Ohr. Ihr Kopf schoss in Richtung Tür.

Ein alarmierendes Kribbeln durchlief Elenas Körper.

Sie spürte es in den Fingerspitzen nachhallen, als sie den Reißverschluss des Schlafsacks zurückschob. Ihre warmen Socken trafen lautlos auf den Boden. Sie erhob sich, bemüht, kein unnötiges Geräusch zu machen.

Elena schlich zur Tür. Die Räume des Hauses lagen im Schatten, ihre Augen hatten sich aber an die Dunkelheit gewöhnt.

Elenas Herz klopfte wild, ihr Atem ging stoßweise. In der herrschenden Stille schien sie viel zu laut zu sein.

An der Tür angekommen, ging sie in die Hocke, rutschte an der Wand entlang unter das schmale Fenster neben der Tür. Sie schob ihren Kopf nur so weit über die Kante, um zwischen Vorhang und Fensterrahmen nach draußen zu spähen.

Elena konnte nichts erkennen. Alles war ruhig, nichts regte sich.

Da ist nichts, sagte ihre innere Stimme. Du hast geträumt, dir alles eingebildet. »Geträumt«, wiederholte sie ihre Gedanken flüsternd. Elena drehte sich vom Fenster weg und lehnte sich an das Türblatt. Sie schluckte, um ihre trockene Kehle zu befeuchten. »Da ist nichts.«

Elena atmete tief durch und war im Begriff, aufzustehen und sich wieder hinzulegen.

Da knallte es. Mit einem heftigen Aufprall schlug etwas gegen die Tür. Elena fühlte, wie das Holz erzitterte. Mit einem entsetzten Aufschrei fuhr sie herum. Sie versuchte, einen klaren Gedanken zu fassen, sich rational zu überlegen, was zu tun war, doch die aufsteigende Panik ließ keinen klaren Gedanken zu.

Die Augen starr auf die Tür gerichtet, wich sie Schritt für Schritt zurück.

Sie tastete auf einem Beistelltisch nach etwas, das sie zur Verteidigung verwenden konnte, und fand einen massiven Kerzenhalter. Elena umschloss das wohlgeformte Stück fest mit den Fingern, ohne die Augen von der Tür abzuwenden. Sie gab ihren Rückzug auf und verharrte, wo sie war.

»Komm schon«, forderte sie ihren unsichtbaren Gegner auf. »Komm schon!«

Aber es geschah nichts. Kein Laut war mehr zu hören.

Elena traute der Ruhe nicht. Was, wenn jemand vor der Tür genauso lauerte wie sie dahinter?

Sie schluckte. Zögerlich setzte sie einen Fuß vor den anderen, bis sie zurück an der Tür war. Ehe sie realisieren konnte, was sie im Begriff war zu tun, hob sie ihre Waffe an, legte die andere Hand auf den Griff, riss die Tür auf und trat einen Schritt vor.

Warm, nass und weich traf es sie mitten ins Gesicht. Sie schrie laut auf, schlug wild um sich, taumelte rückwärts. Doch die klebrige Masse hatte sich bereits auf ihrer Haut verteilt. Kroch ihr in den Mund, in die Nase.

Es schmeckte nach Metall und roch streng.

Elena stürzte, verlor ihre einzige Waffe.

Sie japste nach Luft. Blinzelte, strich sich mit dem Handrücken über das beschmierte Gesicht. Führte sich die Hand vor Augen und hielt entsetzt inne.

Blut.

Das war Blut!

Ehe sie zu irgendeiner Regung in der Lage war, hörte sie sie.

Die leise Melodie hallte lieblich durch die Dunkelheit und bildete einen krassen harmonischen Kontrast zu der schaurigen Szene, der sich Elena ausgesetzt sah.

Auf der Suche nach der Ursache des Blutes schaute sie auf und sah sich mit einem seltsam geformten Etwas in der Farbe und Größe einer reifen Avocado konfrontiert. Es baumelte an einer Schnur befestigt von ihrer Regenrinne herunter. Ob vom Wind angetrieben oder vom Zusammenstoß mit Elena, immer noch schwang es leicht hin und her, schien sich im Rhythmus der Musik zu bewegen. Langsam erhob sich Elena, ging auf das Ding zu. Je näher sie kam, desto klarer wurde ihr, womit sie es zu tun hatte. Doch es war einfach zu unglaublich. Sie musste es genauer wissen. Sie trat ganz nahe heran. Vorsichtig streckte sie einen Finger aus und tippte leicht dagegen. Es war weich, irgendwie schleimig.

Elena konnte es nicht fassen. Angeekelt verzog sie das Gesicht. Es war tatsächlich das, wofür sie es hielt: ein Herz. Nicht eines, das als Symbol für die Liebe galt. Nein, eines, das einen Körper angetrieben hatte.

Durch das Antippen kam das Herz ins Rotieren. Da entdeckte Elena, wie etwas daraus hervorragte. Es sah aus wie der Schlüssel, den man für das Aufziehen einer Spieluhr benötigte.

Bei näherem Hinsehen erkannte Elena, dass es genau das war. Ein Schlüssel, zum Aufziehen einer Spieluhr. Der Schlüssel steckte in dem labbrigen Organ, und eben jenes war für die sanfte Musik verantwortlich.

Elena würgte, als sie das ganze Ausmaß dieser Entdeckung erkannte: Irgendjemand hatte aus diesem Organ eine Spieluhr gebastelt …

22. Oktober, 08.30 Uhr

Elena schoss hoch. Ihr Puls raste, kalter Schweiß rann ihr unter dem langarmigen Oberteil den Rücken hinunter. Sie war desorientiert und verwirrt.

Elena zwang sich, den Fragenkatalog abzuspulen, den sie sich für solche Situationen erstellt hatte.

Wie war ihr Name? Elena.

Wo befand sie sich? Im Haus ihres Vaters.

Wie spät war es? Es war neun Uhr morgens.

Ihr Herzschlag beruhigte sich. Zeit für die unangenehmen Fragen.

Was hatte sie geweckt?

Was hatte sie an den Rand dieser Panikattacke getrieben?

Was war letzte Nacht geschehen?

Drei Fragen, die sie nicht beantworten konnte.

»Elena?«

Elena riss den Kopf hoch und sah zum Eingang, als könnte sie durch die Tür hindurchsehen.

Die Tür.

Eine leise Erinnerung regte sich. Aber Elena konnte sie nicht fassen.

»Elena?«, ertönte der Ruf noch einmal.

Elena runzelte die Stirn, dachte nach. Leon. Sie hatte am Vortag mit ihm vereinbart, dass er um neun wiederkommen und weiterarbeiten sollte. Es war neun, und sie hatte verschlafen.

Der Schweiß trocknete, ihre Hände hörten zu zittern auf. Alles normalisierte sich, als wäre nichts gewesen.

Leon polterte gegen die Tür. Elena wusste, sie musste reagieren, sonst würde Leon die Tür eintreten. Er war in Sorge, das hörte sie seiner Stimme an.

Sie schob den Schlafsack zurück – wie sie es diese Nacht schon einmal getan hatte, meldete sich eine leise Erinnerung. Elena wischte den Gedanken entschlossen beiseite. Sie strich sich notdürftig ihr Haar glatt, räusperte sich. An der Tür angekommen, streckte sie die Hand nach dem Knauf aus. Ein ungutes Gefühl begleitete sie. Bevor ihre Finger den messingfarbenen Griff umschlossen, zögerte sie.

Der Knauf begann sich zu bewegen.

»Elena, öffne die Tür, bitte.« Leon gab sich alle Mühe, seine Unruhe zu verbergen, doch das nervöse Rütteln am Knauf strafte seine Ruhe lügen.

Elena riss sich zusammen. Sie griff nach dem Knauf und öffnete.

Leon stand mit ausgestreckter Hand vor ihr. In der zweiten Hand hielt er einen Hammer.

»Was willst du mit dem Hammer?«

»Die Tür oder das Fenster einschlagen.«

»Du hättest sie auch wie in einem Actionfilm eintreten können.«

»Du hättest sie auch einfach früher öffnen können, dann hätte ich mir gar nicht erst Gedanken darüber machen müssen, wie ich ins Haus komme.«

»Das musstest du sowieso nicht. Schätze, es ist immer noch

meine Sache, wann und wem ich meine Tür öffne, meinst du nicht?«

»Das ist es. Normalerweise. Nachdem du allerdings vor gar nicht allzu langer Zeit eine Nacht im Wald verbracht hast und deine einzige Erklärung ein musizierender Fuchskadaver war, ist man eben etwas angespannt.«

»Ist man das?«

»Könntest du diese gereizte Gegenfragerei sein lassen und lieber auf meine Fragen antworten?« Leon legte ihr seinen Zeigefinger auf die Lippen, ehe sie wieder zu einer Gegenfrage ansetzen konnte, die sowieso zu nichts führte. »Lass das. Ich steck jetzt meinen Hammer weg, komme rein, mach uns Kaffee, während du dich duschen und anziehen kannst; dann werde ich wieder zurück an die Arbeit gehen.«

Elena schob seine Hand weg. »Sagst du mir gerade, wann ich zu duschen hab?«

»Ja. Weil ich denke, es wird dir guttun. Du siehst ziemlich mitgenommen aus und deine Tür auch. Glaub mir, ich will es nicht wissen, was auch immer letzte Nacht bei dir abgegangen ist. Du wirst es mir ja sowieso nicht erzählen, aber du solltest das Blut von der Tür waschen. Ich werde die Kratzer abschleifen und das Türblatt neu lackieren.« Leon schob Elena beiseite und trat in das Häuschen ein.

Elena blieb verstört zurück. Blut. Kratzer.

Die Spieluhr. Das Herz.

Die Erinnerungen kehrten mit voller Wucht zurück.

Elena streckte die zittrige Hand aus, schob die Tür weiter auf, bis sie die Außenseite sehen konnte.

Sie schlug vor Schreck die Hand vor den Mund, und in der Bewegung bemerkte sie die dunkel verkrusteten Ränder ihrer Fingernägel.

Sie ließ sich gegen den Türrahmen zurückfallen und betrachtete den Schaden.

Leon hatte recht. An der Tür klebte Blut. Ein Fleck, als hätte jemand etwas dagegengeklatscht. Unten an der Tür fanden sich Kratzspuren. Von einem Tier? Möglich. Vielleicht war ein wildes Tier von dem frischen Blut und dem Organ angezogen worden und hatte versucht, es sich zu holen, war aber an der Höhe gescheitert und bei seinen Versuchen schließlich von Elena gestört worden?

Das klang vernünftig. Doch wie war das Herz dorthin gekommen? Und wieso?

Elena ließ die Hand auf ihr eigenes, wild pochendes Herz sinken. Dabei streifte sie den Rand ihres Pyjamas. Sie stutzte. Der Saum fühlte sich steif an. Sie zog den Stoff so weit von sich weg, dass sie ihn sehen konnte.

Ein dunkler Rand zierte das Kleidungsstück, der nicht da hingehörte.

Eingetrocknetes Blut.

Elena stürzte zum Spiegel in dem kleinen Badezimmer neben der Eingangstür.

Ihr Gesicht war sauber. Sie musste es gewaschen haben, bevor sie sich wieder schlafen gelegt hatte. Es sah ganz danach aus. Was hatte sie sonst noch getan? Elena erinnerte sich nicht. Da waren nur noch graue Schleier in ihrem Gedächtnis.

Doch wie Leon gesagt hatte, sie sah zum Fürchten aus und sie musste sich beruhigen, unbedingt. Ihre Augen waren aufgerissen, ihre Pupillen geweitet; sie war leichenblass, und ihr Puls raste.

Elena blieb im Bad. Sie streckte ihren Arm aus, erreichte die Eingangstür, versetzte ihr einen Stoß und zog dann die Badezimmertür hinter sich zu. Während sie das Wasser in der Dusche aufdrehte und sich von dem Rauschen einlullen ließ, kam ihr ein weiterer Gedanke, der ihr größere Angst einjagte als alles andere.

Das war das erste Mal, dass ihre Heimsuchung Spuren hinterlassen hatte. Das erste Mal hatte jemand anderes sie sehen können. Das erste Mal hatte sie einen Beweis für das, was sie schon immer beteuert hatte, aber ihr keiner glauben wollte: Es war keine Einbildung. Ihre Erlebnisse waren echt und keine Hirngespinste. Sie gehörte nicht in die Klapse, wohin man sie verfrachten wollte.

Das Problem war nur: Wenn das nun aber keine Dämonen waren, die ihr Gehirn erzeugte, was war es dann?

Nach einer erst eiskalten, dann heißen Dusche fühlte Elena sich beinahe wieder wie ein vollwertiger Mensch. Sie konnte sich zwar noch immer keinen Reim darauf machen, was letzte Nacht los gewesen war und was die Spuren an ihrer Tür wirklich zu bedeuten hatten, aber sie fühlte sich alles in allem ruhiger und wohler.

Während sie sich anzog, lauschte sie den scharrenden Geräuschen aus ihrem Wohnzimmer. Sie versuchte auf ihrem Weg in die Küche herauszufinden, welches Lied Leon summend zum Besten gab, kam aber nicht darauf. Die Töne wollten irgendwie nicht zusammenpassen. Ein leises Lächeln entschlüpfte ihren Lippen, als sie daran dachte, dass das bei ihm eigentlich nie der Fall gewesen war. Leon konnte vieles, aber musikalisch war er nicht.

Elena nahm die Tasse aus der Maschine, die bereits mit Kaffee gefüllt war, und stellte die zweite Tassen unter den Auslauf. Fasziniert beobachtete sie die heiße, braune Flüssigkeit, die am Rand des weißen Porzellans entlangrann.

»Alle meine Entchen ist es nicht, aber ich komm nicht drauf, was es sonst sein könnte.« Elena ging ins Wohnzimmer und hielt Leon eine der beiden Tassen hin.

Er sah fragend auf, steckte seinen Schraubenzieher weg und kletterte von der Leiter herunter.

»Danke«, meinte er, als er die Kaffeetasse entgegennahm. »Nun, es war mehr eine Eigenkomposition.«

»Ja, so hat es sich auch angehört.« Elena nippte an der Tasse, ehe sie ihn ansah. »Sei mir nicht böse, aber du kannst es noch immer nicht.«

»Das ist nicht wahr. Ich war immer sehr begabt, was Musik angeht, ich wollte das Talent nur nicht fördern.«

»Nicht fördern? Du hast es komplett verheimlicht und tust es noch heute. Dabei wäre das ziemlich attraktiv gewesen. Ein Mann, der in den Sommerferien ein Lagerfeuer am See macht, Gitarre spielt und ein Liedchen trällert. Romantik pur.«

»Das hattest du nicht nötig, ich war dir auch ohne diesen Schnickschnack gut genug.«

»Stimmt. Bis du mit Susi Sommers durchgebrannt bist.«

»Wer?«

»Na, Susi, die Tochter dieser amerikanischen Familie, die in dem einen Jahr auf einmal am See auftauchte. Als sie kam, hast du mich ignoriert. Blondes, langes Wallehaar, amerikanische Attitüde, und wenn sie sprach, wünschte man sich, sie würde den Waschlappen ausspucken, solch einen Südstaatenakzent schwang sie. Wahrscheinlich hast du ihr genau deswegen die Zunge in den Mund gesteckt, um den Lappen zu finden und sie davon zu befreien.«

Leon grinste Elena über den Rand seiner Tasse hinweg an. »Daran erinnerst du dich?«

»Natürlich. Das war der schönste und der schlimmste Sommer meines Lebens.«

Leon hob überrascht eine Augenbraue.

»Ach komm, schau mich nicht so an. Damals hast du in deinem jugendlichen Hormonrausch vielleicht nichts gemerkt, aber wenn man die Situation in unserem jetzigen Alter in Ruhe analysiert, muss dir doch aufgehen, wie schlimm das für mich war. Ich war total in dich verknallt, ich habe von dir meinen allerersten Kuss überhaupt bekommen. Ich schwebte im siebten Himmel! Doch in deinen Augen war ich nur ein Opfer auf dem Weg zur nächsten Eroberung.«

»Das ist doch nicht wahr!«, rief Leon entrüstet aus, wenn er auch sein Schmunzeln nicht ganz verbergen konnte.

»Nicht wahr? Dann sag ich dir jetzt mal was: Wir waren kurz davor abzureisen. Das Auto war beinahe fertig gepackt, als ich mich auf den Weg machte, dich zu suchen, um mich zu verabschieden. Ich fand dich. In den Armen dieser Amitusse.«

Das schelmische Grinsen war einem forschenden Ausdruck gewichen. »Das hat dich wirklich verletzt«, stellte Leon fest.

»Du erinnerst dich also?«

»An die Situation, die du schilderst, ja. Dass du da warst, wusste ich nicht.«

»Natürlich nicht. Es hätte ja auch nichts geändert, wenn du von meiner Anwesenheit gewusst hättest.«

»Nein, wahrscheinlich nicht. Das Problem war einfach, dass ich sie nicht verstand, mein Englisch war damals nicht so besonders, da musste ich einen anderen Weg finden, mit ihr zu kommunizieren.«

Elena lachte spontan auf, und wunderte sich, wie gut das tat. »Den hast du ja wohl gefunden. Wenn ich dich so ansehe, hat sie mächtig Eindruck hinterlassen.«

»Wie meinst du das?«

»Dein Auftreten, dein Kleidungsstil, dein Pick-up. Stammt dieser amerikanische Einfluss in deinem Leben von ihr?«

»Durchaus möglich. Wir hatten einige gute Jahre zusammen.«

»Heißt das, ihr wart zusammen?«

»Allerdings. Ihre Familie war nicht nur zum Urlaub in der Schweiz. Die Eltern hatten Jobs in der Pharmaindustrie und zogen nach Basel. Wir blieben stets in Kontakt, und je älter und unabhängiger wir wurden, desto mehr Besuche folgten, bis ich mich schließlich in einem Flugzeug nach Chicago wiederfand. Ich flog mit ihr in den Urlaub, und mit dem Auto fuhren wir zusammen nach Georgia, damit sie mir den Rest ihrer Verwandten vorstellen konnte.«

»Ist nicht wahr!«, rief Elena aus.

»Ist es. Aber nur ich kam zurück. Sie nicht. Als sie ihre Familie wiedertraf, spürte sie auf einmal, wie sehr sie sich nach ihrer Heimat gesehnt hatte, und blieb. Das war dann das Ende für unsere Beziehung.«

Elena zwirbelte eine Haarsträhne um ihren Finger und dachte darüber nach. »Okay, ich verzeih dir. Da es keine Affäre, sondern offenbar mehr war, kann ich dir deinen Verrat an meiner Wenigkeit vergeben.«

»Deine Großzügigkeit weiß ich sehr zu schätzen. Außerdem hast du das Feld ja kampflos Susan überlassen. Soweit ich weiß, war es das letzte Jahr, in dem ihr an den See gekommen seid.«

»Nicht so ganz. Mein leiblicher Vater kam immer wieder mal hierher, bevor er starb, und später verbrachten meine Stiefschwester Jana und mein Stiefvater so manche Tage hier am See. Aber ich persönlich habe mir geschworen, nie wieder einen Fuß in dieses Haus zu setzen. Ich war zu sehr gekränkt und wollte dir niemals wieder in die Augen blicken. Als ich dann endlich begriff, wie unreif das war, war es zu spät gewesen, um zurückzukommen.«

»Bis heute.«

»Nun, gewisse Umstände haben meine Rückkehr provoziert.«

»Du wirst mir nicht sagen, was du damit meinst, stimmt's?«

»Nein.«

»Okay. Aber du hast schon Menschen, denen du vertraust, oder?«

»Was soll die Frage?«

»Nun, irgendwo da drin schlummert eine Elena, die rauswill, aber nicht rausdarf. Sie wird von einer unterkühlten verschlossenen Frau in ihrem Käfig festgehalten. Selbstschutz, würde ich sagen. Ich hoffe einfach, dass irgendjemand das Vergnügen hat, diese zweite, eingekerkerte Elena manchmal zu sehen zu bekommen. Es wäre schade und eine Verschwendung, wenn nicht.«

»Was …«, stotterte Elena verdutzt.

»Was mich zum Hobbypsychologen macht? Nichts. Ich habe dich lediglich bei unserem Gespräch beobachtet, und du hast eine Seite durchblitzen lassen, von der ich gerne mehr sehen würde, aber schätzungsweise nie sehen werde, weil du mich nicht lässt. Deshalb hoffe ich, es gibt jemand anderen, der diese Seite kennenlernen darf.« Leon lächelte sie warm an, nahm der verdatterten Elena die leere Tasse aus den Händen und trug sie in die Küche.

Elena blieb im Wohnzimmer zurück und konnte nur einen Gedanken fassen: eiskalt erwischt.

22./23. Oktober

Der Stiel der Schaufel liegt schwer in meinen Händen. Der Stoff der Handschuhe schabt bei jedem Stich in die feste Erde unmerklich über das Holz. Trüge ich keine Handschuhe, hätte sich meine Haut längst gewehrt. Schwielen und Blasen hätten sich gebildet, wären aufgeplatzt. Blutige Wunden hätte die Arbeit hinterlassen. Spuren, die nicht sein dürfen.

Mit einem weiteren kräftigen Stoß gräbt sich die Schaufel in den Boden. Ich lade den Dreck auf und schippe ihn auf den Haufen neben dem sich allmählich vergrößernden Loch.

Der Himmel ist wolkenverhangen, was die Nacht noch dunkler macht. Irgendwo hinter mir im Geäst höre ich ein leises Fiepen. Dann ein Rascheln. Das Fiepen wird lauter, aufgeregter, dann ist es auf einmal still.

Hast du deine Beute erwischt?, denke ich grimmig. Was auch immer da draußen auf der Jagd ist, es scheint Erfolg gehabt zu haben.

Die Geschöpfe der Nacht sind faszinierend. Getarnt in den düsteren Schatten, ziehen sie lautlos aus, ihre Opfer zu suchen. Die Dunkelheit bietet Schutz. Für manche ist sie zum Fürchten, weil man sein Umfeld nur schwer erkennen kann. Andere wiederum fühlen sich aus demselben Grund sicher.

So wie ich. Ich bewege die Schaufel hin und her, löse den Brocken Erde und beförderte ihn aus dem Loch. Mit dem Handrücken wische ich mir über die kühle, feuchte Stirn, puste mir eine Haarsträhne aus den Augen.

Ich begutachte die Grube: Ja, jetzt sollte sie groß genug sein. Ich lege die Schaufel beiseite und wende mich dem in schwarze Müllsäcke gehüllten Gegenstand neben mir zu. Er ist unförmig, sperrig und wiegt schwer. Ich kann nicht nur am Plastik ziehen, der Sack würde reißen.

Ich gehe neben dem langen, schwarzen Etwas in die Hocke und schiebe. Anfangs rührt es sich nicht. Doch auf einmal gibt es den Widerstand auf, rollt zur Seite und plumpst in die Grube.

Außer Atem erhebe ich mich und schaue in das Loch.

Ruhe in Frieden, Ilena, denke ich und schnaube herablassend.

Leichter Nieselregen setzt ein, als ich erneut zur Schaufel greife. Ich ramme sie in den Hügel loser Erde, schippe den Dreck zurück in die Grube, wo er mit einem dumpfen Laut auf den schwarzen Müllsack trifft. Ladung für Ladung landet auf dem Gegenstand, bis nichts mehr zu erkennen ist.

So fahre ich fort, bis dieses schwarze Päckchen sicher unter der Erde verstaut ist.

23. Oktober, 03.00 Uhr

Elena richtete sich pfeilgerade auf. Mit weit aufgerissenen Augen saß sie im Dunkeln. Sie brauchte einen Moment, um festzustellen, was sie geweckt hatte. Als sie es realisierte, wünschte sie sich, taub zu sein.

Die Melodie klang ruhig und friedlich wie eh und je. Doch raubte sie Elena den letzten Nerv.

»Scheiße, verdammte! Lass mich in Ruhe!«, rief sie laut. Sie warf sich auf ihr Kissen zurück und hielt sich die Ohren zu. In der Hoffnung, die Musik würde von selbst zu spielen aufhören, blieb sie regungslos liegen. Aber die Töne waren stärker als ihre Geduld.

Ungehalten schlug sie den Schlafsack zurück, kletterte aus der warmen Hülle, setzte die nackten Füße auf den Boden und zuckte zurück.

Sie tastete mit den Händen nach ihren Fußsohlen. Sie waren nass.

Hatte sie die Flasche umgestoßen, die neben dem Nachtlager stand? Elena griff danach. Die Flasche stand an Ort und Stelle, und der Deckel war fest auf den Hals geschraubt.

Ihre Augen gewöhnten sich allmählich an das Zwielicht. Elena spähte in den Raum, traute dem, was sie sah, aber nicht. Mit nachdenklich gerunzelter Stirn griff sie nach der Taschenlampe. Sie stand auf, knipste die Lampe an und schlüpfte in ihre Pantoffeln. Vorsichtig bewegte sie sich vorwärts, den Strahl der Taschenlampe einem Suchscheinwerfer gleich immer vor sich hin und her bewegend.

Ungläubig folgte Elena der Spur aus kleinen Wasserlachen bis in die Küche.

»Was ist hier los?«, murmelte sie, als sie bei der Hintertür ankam und erkannte, dass diese nur angelehnt war. War jemand bei ihr im Haus gewesen, ohne dass sie es gemerkt hatte? War derjenige vielleicht immer noch hier? Eine beängstigende Vorstellung. Elena wurde heiß und kalt zugleich.

Mit klopfendem Herzen zog sie die Hintertür auf, bereit, alles, was ihr in die Quere kommen sollte, mit dem Griff ihrer Taschenlampe niederzustrecken. Aber da war nichts. Nur der sanft prasselnde Regen, der in der Dachrinne aufgefangen wurde, von wo aus er in die Tonne plätscherte, und die Musik. Diese Klänge, die sich mit den Geräuschen des Regens vermischten.

Elena trat zur Tür hinaus. Innert kürzester Zeit war sie durchnässt. Aber sie merkte es kaum. Angestrengt lauschte sie in die Nacht hinein, spähte zum Waldrand hinüber, suchte ihn mithilfe ihrer Taschenlampe ab. Dort rührte sich nichts. Ihr prüfender Blick wanderte zu ihrem Rasen. Der Lichtkegel der Lampe schweifte darüber. Sie hielt inne, ließ den Strahl zurückgleiten.

Ein Erdhügel? Sie suchte weiter und fand noch einen. Und noch einen.

Die waren doch am Tag noch nicht da gewesen, oder?, fragte sie sich.

Den nassen Boden ignorierend, ging sie in den Garten und fand sich von aufgeschütteter Erde umgeben. Sie verstand die Welt nicht mehr.

Die Musik war hier lauter als noch am Eingang zum Haus. Elena drehte sich um sich selbst.

Beim größten der Hügel blieb sie stehen. Sie ging in die Knie und begann, mit bloßen Händen in der Erde zu wühlen, bis sie auf schwarzes Plastik stieß. Elena blinzelte das Wasser aus den Augen. Sie riss das Paket auf und strauchelte rückwärts.

Die Ursache für die Musik war gefunden.

In dem Müllsack verborgen lag ein Torso. Sämtliche Gliedmaßen fehlten. Der Brustkorb war aufgeschlitzt und leer geräumt. Nur ein kleines Kassettengerät lag darin und spielte diese heimelige Musik.

23. Oktober, 07.00 Uhr

Es ist weg. Es ist einfach verschwunden. Als wären die Worte gefangen in einer Endlosschleife, geisterten sie durch Elenas Gehirn. Wo ist es hin? Es war doch da! Sie hatte es gesehen! Oder doch nicht?

Egal, wie sehr sie sich bemühte, an ihrem Glauben daran, was sie in ihrem Garten vorgefunden hatte, festzuhalten, die Zweifel wurden mit jeder Minute stärker.

Hatte sie sich alles nur eingebildet?

Genau das fragte sich wohl auch Bernard, der weißhaarige Polizist, der inmitten von aufgehäufter Erde stand und mit nachdenklicher Miene die Löcher im Boden betrachtete.

Der Morgen hatte der Dunkelheit den Kampf angesagt und endgültig gewonnen, obwohl der angebrochene Tag nicht viel heller war als die Nacht zuvor. Das Wetter war so trostlos, wie Elena sich fühlte. Mit tief in die Taschen ihrer Daunenjacke gesteckten Händen und noch weiter eingezogenem Kopf stand sie an der Hintertür ihres geerbten Häuschens, das bisher nicht die gewünschte Ruhe, sondern nur noch mehr Ärger gebracht hatte.

Sie wollte ihren Psychiater anrufen. Das hätte sie von Anfang an tun sollen. Stattdessen hatte sie in ihrer Verzweiflung über die vermeintliche Entdeckung die Polizei angerufen, einen hysterischen Anfall unterdrückt, atemlos geschildert, dass jemand in ihrem Garten Löcher gebuddelt und musizierende Leichenteile darin versteckt hatte. Die Polizistin am Telefon hatte sie zu beruhigen versucht. Wie immer.

Die Frau in der Notrufzentrale hatte versucht, den standardisierten Fragenkatalog herunterzuspulen, aber Elena hatte ihn ignoriert und ihren Bericht fortgesetzt. Wie immer.

Mit einer Engelsgeduld hatte die Polizistin Elena dann mit ihren eigenen Worten konfrontiert und sie gefragt, ob man sie richtig verstanden hätte.

Wie immer.

Man hatte sie gebeten, sich zu beruhigen, es werde jemand bei ihr vorbeikommen. Ebenfalls wie immer.

Sich beruhigen, hatte Elena spöttisch gedacht, während sie an ihrer Zigarette herumgenuckelt hatte. Leichter gesagt als getan! Elena hatte sich ans Küchenfenster gestellt, um den Garten im Auge zu behalten. Noch während sie vor sich hin gemurmelt hatte, dass an Beruhigung nicht zu denken war, hatte sie gespürt, wie die Aufregung allmählich abflachte. Der Gedanke, dass die Polizei auf dem Weg war, hatte sie tatsächlich so weit ruhiger gestimmt, dass sogar Platz für ein Gefühl von Müdigkeit frei geworden war.

Letztendlich waren zwei Uniformierte aufgetaucht. Mehr wegen Elena als der Leichenteile wegen, das wusste sie. Trotzdem gingen die Polizisten Elenas Hinweisen nach. Schließlich war es die Pflicht der Polizei, dem Bürger Sicherheit zu vermitteln und das Gefühl, ernst genommen zu werden.

Die Männer hatten sich, nachdem sie, wie sie sagten, länger gegen die Haustür gepoltert hätten, ohne dass sich jemand gerührt hätte, selbst Zutritt zu Elenas Küche verschafft, um zu sehen, ob mit ihr alles in Ordnung war.

Sie hatten Elena in der Küche angetroffen. Schlafend auf einem der Stühle, was Elena nach ihrem Aufwachen unendlich peinlich gewesen war. Allerdings war sie noch viel peinlicher berührt gewesen, als sie den Männern ihren vermeintlich mit Körperteilen verschandelten Garten hatte zeigen wollen.

Die Polizisten sahen sich die zweifelsohne zerwühlte Erde an – aber finden konnten sie nichts.

Wie immer.

Inzwischen waren die beiden Uniformierten wieder gegangen, und nur der Dritte, der später dazugeholt worden war, war noch da: der weißhaarige Bernard. Er hatte seine Kollegen weggeschickt mit dem Hinweis, er schaffe das schon alleine.

Den Eindruck machte er aber nicht, während er so da draußen in der Kälte stand, sein Haar feucht von der nebligen Luft. Er drehte sich um die eigene Achse und besah sich kurz jede der fünf Mulden mit der lockeren Erde darin und daneben. Er schien ratlos, aber nicht der Löcher wegen. Elena hatte mehr das Gefühl, er verschaffte sich Zeit, um darüber nachzudenken, wie er sich ihr gegenüber verhalten sollte.

Bernard ging in die Knie, schob eine Hand unter einen der kleine Erdhügel und nahm etwas von dem Dreck auf. Begutachtete ihn und warf ihn wieder weg. Dann wischte er sich die Hand an der Hose ab, richtete sich entschlossen auf und wandte sich ihr zu. Er schien zu horchen und setzte sich schließlich in Bewegung.

Elena tat es ihm nach. Sie lauschte und vernahm, was der Weißhaarige bereits gehört hatte.

Ein mittlerweile vertrautes Motorengeräusch näherte sich von der Straße her dem Haus und verstummte dann.

Hatte Bernard etwa Leon kontaktiert? Elena behielt die Frage für sich und wartete ab.

»Ich habe mich ein wenig schlau gemacht über Sie.«

Elena richtete ihre gesamte Aufmerksamkeit wieder auf Bernard.

»Haben Sie das?«, fragte sie, obwohl sie wusste, was das bedeutete. Er wusste Bescheid und hielt sie für genauso verrückt wie alle anderen auch.

»Ja. Ihr Psychiater war nicht besonders auskunftsfreudig,

dafür die Kollegen aus dem Baselland. Sie haben einiges erlebt, nicht wahr?«

»Kann schon sein«, antwortete Elena ausweichend.

Bernard musterte sie. »Sie haben die Polizei schon einige Male auf Trab gebracht mit Ihren Anrufen.«

Elena trat ungeduldig von einem Bein auf das andere. »Was wollen Sie von mir hören?«

»Die Wahrheit.«

Elena schnaubte. »Ja, die würde mich auch interessieren.«

»Leiden Sie unter Schlafstörungen?«

»Ich schlaf nicht besonders gut. Albträume, Sie wissen schon.«

»Albträume, mhm.«

»Hören Sie, das führt zu nichts. Ich habe etwas gesehen, das Sie nicht sehen. Das ist nicht das erste Mal, wie Sie inzwischen wissen, und wahrscheinlich auch nicht das letzte Mal. In meiner Krankenakte sind ein Haufen Medikamente aufgeführt, die für einen Außenstehenden eine eindeutige Sprache sprechen, also hören Sie auf, um den heißen Brei herumzureden. Sie glauben, ich leide unter Wahnvorstellungen, und Sie denken darüber nach, wie Sie mich am besten wieder loswerden, damit ich Sie und Ihr ruhiges Dorfleben nicht weiter mit meinen nächtlichen Anfällen störe.«

»Für eine Frau mit Wahnvorstellungen klingen Sie aber ziemlich abgeklärt und scheinen einen gesunden Bezug zur Realität zu haben.«

»Was so viel heißt wie: Ich habe den Nagel auf den Kopf getroffen«, erwiderte Elena.

Bernards Blick wanderte von Elena zu einem Punkt hinter ihr. Elena folgte seinem Blick und drehte sich um. Dort stand Leon in voller Lebensgröße. Er strahlte eine Mischung aus

Mitleid und Unbeholfenheit aus. Bernards Reaktion auf die arme Irre war ihr egal, aber Leon so zu sehen, verletzte sie – auch wenn sie nicht verstand, weshalb. Sie hatte sich bisher immer allein durchgeschlagen und einen Dreck auf die Meinung der anderen gegeben. Bis auf diejenige ihrer Schwester. Solange Jana zu ihr hielt, war alles in Ordnung. Warum gab sie auf einmal etwas auf Leons Meinung?

»Bernard?«, fragte Leon schlicht.

»Geh in den Garten. Den Rest soll sie dir erzählen. Nur so viel: Die Gute hat eine Vorgeschichte, die Bücher füllt. Ich komme nicht an sie heran. Vielleicht hast du mehr Glück. Klär das, bitte.« Während Bernard zu Leon sprach, behielt er Elena im Auge. Ob es clevere Taktik oder pure Verzweiflung war, Bernard machte sich überhaupt nicht erst die Mühe, zu verheimlichen, dass er Leon hinzugezogen hatte – und weshalb.

Bernard stapfte an Elena vorbei, nickte Leon zu und ließ auch ihn stehen. Als sich die Tür hinter Bernard schloss, standen Elena und Leon einander noch eine Weile schweigend gegenüber. Der Raum schien auf einmal riesig und ausgefüllt von einer einzigen Frage: Was nun?

23. Oktober, früher Nachmittag

»Was ist passiert?« Leon fixierte Elena und schien sie nicht mehr aus den Augen lassen zu wollen.

»Warum bist du hier?«

»Eine Frage mit einer Gegenfrage zu beantworten ist nicht besonders effizient. Aber wir können diesen Tanz gerne noch etwas weiterführen. Ich habe den ganzen Tag Zeit, wenn es sein muss.«

»Muss es nicht. Du kannst jetzt gehen, und die Sache ist gegessen.« Abwehrend zog Elena ihren Cardigan fester zu und verschränkte die Arme vor der Brust.

Leon beobachtete die Reaktion aufmerksam, ließ aber nicht locker. »Ist sie nicht. Bernard ruft mich niemals grundlos an. Schon gar nicht, seit ich aus dem Polizeidienst ausgestiegen bin. Also, schieß los. Warum war er hier?«

»Ach komm, das hat er dir doch erzählt! Die verrückte Neue hat schon wieder Alarm geschlagen, ohne dass da irgendetwas ist. So oder ähnlich klang die Botschaft doch, oder? Also tun wir nicht so, als hättest du keine Ahnung. Lass mich einfach in Ruhe.« Elena wandte sich ab und floh in die Küche.

Genauso unerwünscht wie erwartet folgte ihr Leon.

Er blieb im Durchgang stehen und versagte ihr damit die Möglichkeit, erneut die Flucht zu ergreifen. Sofort fühlte sich Elena in die Ecke gedrängt. Ob er bewusst oder unbewusst handelte, nach kurzem Zögern gab er den Durchgang frei und trat ganz in den Raum ein. Elena wusste das zu schätzen, blieb aber argwöhnisch.

»Drücken wir den Resetknopf und beginnen noch mal von vorne.« Seine Stimme war ruhig und warm. Irgendwie einlullend.

Das war gefährlich. Elena blieb auf der Hut.

»Also gut. Reset wurde gedrückt. Was nun?«, fragte sie.

»Heute Morgen erhielt ich einen Anruf von Bernard. Er teilte mir mit, dass du eine Art Notruf abgesetzt hättest, und bat mich, vorbeizukommen. Mehr sagte er nicht, und ich denke, das war Absicht.«

»Absicht? Nett. Willst du mir jetzt auch noch weismachen, dass du meine Akten nicht kennst?«

»Ich kenne deine Akten nicht«, bestätigte Leon.

»Warum ruft er dann dich an? Du kennst meine Akten nicht, du weißt nicht, weshalb ich die Polizei angerufen habe, und du bist kein Polizist mehr.«

»Aber ich kenne dich von früher, ein Pluspunkt, den Bernard nicht hat.«

»Dann denkt er, dank unserer gemeinsamen Vergangenheit vertraue ich dir mehr an?«

Leon nickte. »Wahrscheinlich, ja.«

»Der hat wohl keinen Dunst, wie unsere Vergangenheit geendet hat«, spottete Elena.

»Nein, hat er nicht. Dass ich dir so viel bedeutet habe, wusste ich selbst bis vor Kurzem nicht. Unabhängig davon möchte ich dich etwas fragen: Vertraust du irgendjemandem?«

Elena schluckte. »Nein. Doch. Meiner Schwester.« Und ihrem Psychiater Dr. Steffen. Aber das behielt sie für sich.

»In Ordnung. Deine Schwester setzt sich bestimmt auch für dich ein, wo sie nur kann, und alle anderen können dich mal. Läuft das etwa so?«

»Etwa so«, bestätigte Elena vorsichtig.

»Wie wär's dann, wenn du mich ausnutzt?«

Elena sah Leon verdutzt an. »Dich ausnutzen?«

»Deine Schwester kann viel für dich tun, indem sie für dich da ist und an dich glaubt. Sie hat aber keinen Einfluss auf die Meinung der Behörden. Ich schon, weil ich einer von ihnen war und noch immer meine Kontakte habe.«

Elena musterte Leon ungläubig. »Echt jetzt? Sag mal, funktioniert das bei anderen?«

»Ja. Bei solchen, die einen Strohhalm brauchen, nach dem sie greifen können.«

»Dazu gehöre ich nicht.«

»Doch, tust du. Du fühlst dich in dieser Ihr-seid-mir-alle-scheißegal-Rolle nicht wohl. Du willst da raus, aber du kannst nicht. Ich wüsste gerne, was bei dir abgelaufen ist. Was war letzte Nacht los? Was war im Wald vor einigen Tagen los? Woher kommt es, und wie lange ist das schon so?« Er trat einen Schritt auf sie zu, berührte ihren Arm.

Sie zuckte überrascht zusammen, wollte sich zurückziehen, widerstand jedoch dem Drang und sah ihm störrisch in die Augen.

Er schaute zurück. Offen, warm, vertrauenerweckend. Ganz anders als vorhin, als er den Raum betreten hatte. Er war gut, verdammt gut.

Sie entschied, ihre Taktik zu ändern. Nicht, weil er so überzeugend war, sondern weil sie in der Wahrheit die einzige Möglichkeit sah, ihn loszuwerden.

23. Oktober, Nachmittag

Elena dachte darüber nach, wo sie am besten anfangen sollte. Um etwas Zeit zu gewinnen, begann sie, sich mit dem Wasserkocher zu beschäftigen. Sie klappte den Deckel auf, ließ kaltes Wasser hineinlaufen, setzte ihn auf die Wärmeplatte. Für einen Moment blieb sie so stehen: Leon den Rücken zugekehrt, den Kopf gesenkt. Sie schloss die Augen und holte Luft, ehe sie sich wieder zu ihm umdrehte.

Er beobachtete sie, ließ ihr aber Zeit. Fast so, als würde er spüren, dass sie sich ihm gleich offenbaren würde. Nur, was sollte sie ihm überhaupt anvertrauen? Alles, oder genügten ein paar ausgewählte Fakten?

»Es begann mit einem Autounfall«, setzte sie an. »Nach einem Firmenfest wollte ich drei Mitarbeiter nach Hause fahren. Zwei davon saßen schlafend auf der Rückbank. Was den Dritten betrifft, so hatten wir anderes vor. Er saß auf dem Beifahrersitz und begann bereits im Auto damit, seine Pläne in die Tat umzusetzen. Ich wurde dadurch abgelenkt und jagte den Wagen erst die Böschung hoch, dann drehte sich das Auto aufs Dach und krachte schlussendlich in die Leitplanke. Meine drei Mitfahrer wurden im wahrsten Sinne zerrissen und starben. Ich überlebte als Einzige, und das auch noch körperlich weitestgehend unbeschadet. Was man von meiner Psyche nicht behaupten kann.« Das Wasser im Kocher sprudelte, und Elena unterbrach ihre Erzählung. Sie holte eine Tasse aus dem Schrank, sah Leon fragend an. Als er nickte, nahm sie eine zweite Tasse. Sie goss den Tee auf, ließ zwei Drops Süßstoff in das kochend heiße Wasser plumpsen, reichte Leon seinen Tee und ging ihm voraus ins Wohnzimmer. Dort setzte sie sich an den Esstisch, auf einen der knarzenden Stühle. Sie hätte auch auf die Couch wechseln können, aber sie wollte nicht, dass er es sich zu bequem machen konnte.

»Du wurdest aber freigesprochen. Es konnte dank der Aussage der Sanitäter, der Untersuchungen der Beamten und aufgrund der Wetterbedingungen nachgewiesen werden, dass die Straße an diesem Abend an der Unfallstelle gefroren war. Dein Auto verlor den Bodenkontakt und geriet ins Schleudern.«

Erstaunt sah Elena auf. »Das weißt du also? Ich dachte, du hast keine Ahnung?«

»Ich weiß von dem Unfall selbst. Ich habe in der Zeitung

davon gelesen und erfuhr von einem Bekannten, dass du die Fahrerin warst, also verfolgte ich die Untersuchungen und war froh über den Freispruch. Ab diesem Moment weiß ich aber nicht, wie es weiterging.«

»Tja, dann ging's erst richtig los«, seufzte Elena und trank vorsichtig einen Schluck Tee. »Ich konnte nicht mehr schlafen, ständig verfolgten mich die Bilder der verstümmelten Leichen. Ich träumte von ihnen. Wie sie in dem Wrack festklemmten, leblos. Wie sie dann auf einmal die Augen öffneten und mich für ihren Tod verantwortlich machten. Dummerweise musste ich ihnen recht geben. Ich hatte Schuld. Ich fuhr, also trug ich die Verantwortung. Ich habe drei Menschen umgebracht.«

Leon trank schlürfend einen Schluck, sah Elena an, wartete. Nach einer Weile meinte er: »Ich werde dir nicht sagen, dass du keine Schuld hast. Das haben dir schon viele gesagt, und gebracht hat's nichts. Also lass ich es.«

Elena schnaubte. »Da ist was Wahres dran. Nun, ich rannte von Therapie zu Therapie, doch die Albträume gingen nicht weg. Sie wurden stattdessen wilder. Meine Toten tauchten überall auf und verdunkelten jeden guten Gedanken. Schlechtes Gewissen, nannte es mein Therapeut. Ich fühle mich offenbar so verantwortlich für das Ableben meiner Passagiere, dass ich sie nicht loslassen kann. Ich versuchte es mit arbeiten, aber ich drehte beinahe durch. Ich konnte nicht in meinen alten Beruf zurück, konnte nicht mehr unter Leuten sein. Deshalb schottete ich mich persönlich und emotional von meinem gesamten Umfeld ab, bis auf meine Schwester. Jetzt konzentriere ich mich nur noch darauf, meine Dämonen loszuwerden.«

»Das klingt bisher, als handle es sich um normale Traumabewältigung.«

»Bisher, ja. Jetzt wird's aber richtig abgedreht.« Elena hatte sich warmgeredet und war nun bereit für das große Finale. »Inzwischen höre ich sie. Ich sehe sie.«

»Wen? Deine Beifahrer?«

»Nicht direkt. Ich seh Leichen. Leichenteile. Jeweils nachts höre ich eine Melodie. Manchmal weckt sie mich auf, manchmal höre ich sie, wenn ich schon wach bin. Sie lockt mich zu einem Ort. Dort finde ich Tote. Im Wald vor ein paar Tagen war es ein Fuchs, aufgeknüpft an einen Baum. Sein Bauch war aufgeschlitzt. Ausgeweidet. Bei mir zu Hause war es eine Frau in einem Schneewittchenkostüm. Sie trieb in einem kleinen Weiher. Gestern Nacht lag ein Torso in einem Loch in meinem Garten, das ich nicht gegraben habe, genauso wenig wie die anderen Löcher. Und immer ist da diese Melodie, die mich zu ihnen bringt.«

»Woher kommt die Melodie?«

»Aus ihrem Brustkorb. Von der Stelle, an der normalerweise das Herz sitzt.«

23. Oktober, später Nachmittag

Elena konnte Leon ansehen, wie seine Gedanken kreisten. Er gab sich bestimmt Mühe, sich nicht von irgendwelchen Vorurteilen leiten zu lassen, ihre Situation für bare Münze zu nehmen und sich entsprechend ernsthaft Ratschläge und Lösungen zu überlegen.

»Du musst dich nicht bemühen«, unterbrach Elena Leons Gedanken. »Ich bin es mittlerweile gewohnt, dass mich alle für eine Verrückte halten. Es geht mir ja genauso!«

»Seh ich ein, hab ich verstanden. Aber dennoch darf ich darüber nachdenken, oder?«

Elena hob die inzwischen beinahe leere Tasse erneut an die Lippen. »Klar. Ich wollte dir die Sache ja nur erleichtern, denn darüber nachzudenken hat schlicht keinen Sinn. Da hat sich schon manch einer das Gehirn zermartert, ergebnislos. Selbst mein Seelenklempner ist mit seinem Latein am Ende, aber dennoch nicht bereit, aufzugeben. Einer von dieser Sorte reicht mir.«

»Mhm«, murmelte Leon. »Die zerkratzte Tür?«, fragte er dann unvermittelt.

»Was?«

»Was ist mit deiner Haustür geschehen? War das auch so ein Vorfall?«

Düstere Bilder kehrten in Elenas Erinnerung zurück. Sie dachte an die Nacht, in der sie die Haustür geöffnet hatte und davor ein schmieriges Herz hing. Es spielte die Melodie. Das Blut war noch warm gewesen. Elena erschauderte. »Ja, auch das war so ein Vorfall gewesen. Ich schlief. Ob es die Melodie, das Poltern oder das Kratzen am Türblatt war, das mich weckte, weiß ich nicht. Jedenfalls folgte ich den Geräuschen bis zur Haustür. Ich spähte aus dem Fenster daneben, konnte aber nichts erkennen. Dann öffnete ich die Tür.« Elena verstummte.

»Was dann?«, forderte Leon sie auf.

»Da draußen hing ein Organ. Ein Herz. Es klatschte mir ins Gesicht. Es klebte noch warmes Blut daran. Es war grauenhaft.«

»Die Melodie?«

»Kam aus dem Herzen.«

»Elena, das klingt alles zu fantastisch, um nur eingebildet zu sein. Will dir jemand einen üblen Streich spielen?«

»Ist das dein Ernst?«, fragte Elena skeptisch.

»Sonst hätte ich nicht gefragt«, meinte Leon schlicht.

Elena dachte kurz nach. Eigentlich hatte sie ihn mit ihren Spukgeschichten abschrecken wollen, stattdessen fragte er genauer nach. Sie kaufte ihm sein Interesse beinahe ab –aber eben nur beinahe. »Nein. Außer die Hinterbliebenen der Unfallopfer natürlich, aber die haben nie deutlich gemacht, sich an mir rächen zu wollen. Im Gegenteil, diejenigen, denen ich begegnet bin, waren sogar sehr versöhnlich eingestellt.«

»Verstehe«, antwortete Leon, wobei er nachdenklich die Tasse in seinen Händen fixierte. Dann sah er zu ihr auf. Der Blick klar, als hätte er einen Plan gefasst.

»Was hast du vor?«, fragte Elena, ehe er etwas sagen konnte.

Er hob anerkennend eine Augenbraue. »Wie es scheint, ist mein Gesicht lesbar wie ein Buch. Ein Fuchs und ein Herz kann ich nicht unbedingt nachverfolgen, da ich nicht weiß, um was für ein Herz es sich handelt, ob menschlich oder tierisch. Du sagst, in deinem Garten fandst du Leichenteile, im Weiher schwamm ein Körper. Das hingegen muss doch irgendwelche Spuren hinterlassen haben. Das sind Menschen, die verschwinden in der Regel nicht unbemerkt.«

»Das kann jetzt nicht wahr sein. Du willst einer Sache nachgehen, von der nichts außer meinen Hirngespinsten existiert?«

»Ja.«

»Aber warum?«, rief Elena verständnislos aus.

»Damit du Gewissheit hast. Gewissheit kann heilend sein. Fragst du dich nicht die ganzen letzten Monate, ob du wirklich spinnst? In dem Moment, in dem es geschieht, bist du dir doch sicher, dass es real ist. Richtig?«

»Das ist richtig, ja.«

»Dann wird es Tag, und alles ist verschwunden. Natürlich

fragst du dich dann, ob du dir nicht doch alles eingebildet hast. Ob du schlafwandelst, ob dich die Schuldgefühle in den Wahnsinn treiben. Um das herauszufinden, muss sich jemand die Mühe machen, genauer hinzusehen. Da dir keiner glaubt, tut das offensichtlich niemand. Verständlich, aber womöglich ein Irrtum. Du hast Löcher im Garten, Kratzspuren an der Tür. Das ist Fakt. Das konnten alle sehen. Mal schauen, ob da nicht noch mehr auftaucht.«

23. Oktober, 23.00 Uhr

Die Dunkelheit ist mein Schutzschild. Ich schleiche mich zwischen den mannshohen Baumstämmen hindurch, hocke mich hinter einen dichten Strauch und warte.

Schummriges Licht fällt durch die beschlagenen Fensterscheiben der Bar und wirft fahle Streifen auf die davorliegenden Parkplätze. Es stehen nur zwei Autos vor dem zweistöckigen Gebäude. Eines mit einem Thurgauer Kennzeichen. Das ist die Touristin, die sich kurzfristig hierher verirrt hat. Sie trägt ihr Haar kurz, ist etwa 1,60 m groß und schlank. Sie ist einfach perfekt.

Der Bass der alten Schlager wummert in tiefen Klängen über die Straße bis zu mir herüber. Ich erkenne den Song nicht, der gespielt wird, bis die Tür zur Bar sich öffnet. Aus Giusis Jukebox scheppert eindeutig Wolfgang Petry mit Wahnsinn. Irgendwie passend.

Die Thurgauerin tritt ins Freie, eine Zigarette zwischen die lächelnden Lippen geklemmt.

Geh zum Auto, beschwöre ich sie, geh zum Auto!

Nachdem die Frau ihre Jacke abgetastet hat, geht sie tatsächlich zu ihrem Auto.

Geht doch!, denke ich und lauere weiter im Schatten.

Einsteigen und losfahren, na, mach schon!

Offenbar ist die Macht meiner Gedanken zu schwach. Die Frau öffnet die Beifahrertür, nicht die Fahrertür. Sie beugt sich in den Wagen und scheint etwas zu suchen.

Da öffnet sich die Tür der Bar erneut. Ein Mann kommt heraus. Er mustert das aus dem Auto ragende Hinterteil der Frau, dabei zieht er eine Zigarette und ein Zippo aus der Innentasche seiner Daunenweste. Ein Daumenschlag, und der Deckel des Zippo schnellt mit dem typischen Geräusch zurück – der Moment, in dem die Thurgauerin den Kopf wieder aus dem Auto zieht, sich umdreht und den Mann entdeckt.

Der Mann reagiert prompt. »Brauchen Sie Feuer?«, meint er mit einem Blick auf die Zigarette, die immer noch im Mundwinkel der Frau hängt.

Dankbar lächelt sie, schlägt die Tür des Wagens mit ihrem Hinterteil zu und schlendert mit anziehendem Hüftschwung zu dem Mann hinüber. »Können Sie Gedanken lesen?«

Die Stimmen hallen über die im gelblichen Schein der Laternen schimmernde Straße. Ein Auto fährt vorbei und lässt das auf dem Asphalt gesammelte Wasser aufspritzen. Ansonsten ist es ruhig. Ich kann die Unterhaltung der beiden von meinem Platz aus gut hören, und mir ist klar, worauf das hinausläuft. So, wie sie ihn anlächelt, wie sie von seinem Zippo Feuer nimmt. Ihre Haltung ihm gegenüber spricht eine deutliche Sprache: Sex.

»Schlampe«, murmle ich mit geballten Fäusten.

»Wie heißt du?«, höre ich ihn fragen.

»Helen«, antwortet sie bereitwillig.

»Das klingt ja beinahe wie diese schöne Griechin, wie war noch gleich ihr Name? Die, die die Schuld daran trug, dass Troja unterging?«

»Oh, ein Kenner der Geschichte? Sie meinen die Lady, die als absolute Schönheit gehandelt wird?«, meinte Helen, nicht ohne noch etwas näher an ihren Gesprächspartner heranzurücken.

»Genau die.«

Wird sein Blick noch intensiver, steht sie bald nackt da, denke ich angeekelt.

»Mein Großvater, Gott hab ihn selig, nannte mich früher auch die schöne Helena, exakt deswegen. Ein Königreich habe ich aber noch keines auf dem Gewissen.«

Just in dem Augenblick, in dem sie das sagt, öffnet sich die Tür zur Bar ein weiteres Mal. Heraus kommt diesmal eine etwas fülligere, aber groß gewachsene Frau mit wutverzerrtem Gesicht. »Noch nicht. Aber wenn du schöne Helena nicht gleich die Finger von meinem Mann lässt, sorg ich dafür, dass dein Königreich untergeht.«

Jawohl!, juble ich innerlich.

Helen scheint unbeeindruckt, weiß aber offenbar, wann es besser ist, das Feld zu räumen. Sie schenkt dem Mann noch ein letztes anzügliches Lächeln, zwinkert der Frau in der Tür zu, schnippt die Zigarette lässig auf die Straße und setzt sich in ihren Wagen.

Ein Triumphgefühl breitet sich in meinem Magen aus. »Ja, Mädchen, fahr los, fahr los!«, feure ich sie flüsternd an.

Ich bin so konzentriert auf die Thurgauerin, dass ich beinahe vergesse, mich still zu verhalten. Auf einmal spür ich einen Blick auf mir ruhen. Ich löse meine Augen von dem Auto und schaue auf den Mann vor der Bar. Das Blut gefriert mir beinahe in den Adern.

Er starrt mich an.

Das kann nicht sein, denke ich. Ich bin hier geschützt. Er kann mich nicht sehen.

Aber sein Blick trifft so zielsicher auf die Stelle, an der ich verborgen hocke, dass ich das Gefühl, entdeckt worden zu sein, nicht loswerde.

Der Wagen springt brummend an, und der Augenblick ist vorbei.

Der Mann schaut nun dem blauen Subaru zu, wie er vom Parkplatz rast.

Zum Glück. Denn jetzt muss auch ich los. Und ich muss mich beeilen, damit ich sie vor der Polizei erwische.

23. Oktober, 23.30

Sie fährt wie eine Henkerin. Früher oder später wäre sie mit diesem Fahrstil sowieso umgekommen. Ich sorge nun einfach dafür, dass es früher der Fall ist.

Ich fahre mit dem vom Gesetz vorgegebenen Sicherheitsabstand von zwei Sekunden hinter ihr. Schließlich darf ich nicht auffallen. Dieser Kamikaze-Tussi unauffällig zu folgen ist aber nicht ganz einfach. Allerdings hat es auch Vorteile, wenn sie sich nicht an die Verkehrsregeln hält.

So geht es schneller.

Sie rauscht um die nächste Kurve. Ich habe Mühe, herauszufinden, ob das rasante Tempo von ihr gewählt ist oder ob es mit meiner kleinen Manipulation an ihrem Auto zu tun hat.

Vor ihr liegt eine Haarnadelkurve, die Bremsleuchten glimmen auf, doch der Wagen verlangsamt nicht rechtzeitig. Sie muss bedrohlich weit auf die andere Fahrbahn ausweichen, um die Kurve zu kriegen. Jetzt leuchten die Bremslichter immer häufiger auf. Ein nervöses An und Aus zeigt mir, dass sie es gemerkt hat: Ihre Bremsen greifen nicht mehr.

Es wird also nicht mehr lange dauern. Tatsächlich schafft sie noch eine schlanke Kurve, die nächste ist schon zu viel. Der Wagen ist zu schnell, das Heck bricht aus, sie rauscht haarscharf am Abgrund vorbei. Aber das hilft ihr nicht mehr. Vor ihr liegt der blanke, graue Fels.

Der Knall ist ohrenbetäubend. Blech knirscht. Der Stahl verhält sich wie Butter, die zu lange in der Sonne stand.

Sie hat keine Chance.

Ich halte in einer Nische an und steige aus meinem Auto aus. Vorsichtig nähere ich mich dem, was mal ein Subaru war. Ich muss mir ein Lachen verkneifen, als ich sehe, was ich angerichtet habe.

Der Wagen ist Schrott. Das Wrack klebt am Fels und ist mindestens um die Hälfte kürzer als zuvor.

Die Fahrerin sieht nicht besser aus als ihr Auto, wie ich feststellen muss, als ich mich zu den Überresten des Fahrerfensters vorwage. Ich betrachte sie, wie sie auf dem Lenkrad liegt, gebettet auf dem luftlosen Airbag, den Kopf zur Seite geneigt. Beinahe als würde sie lediglich schlafen. Tut sie ja irgendwie auch. Einfach für immer. Denn so, wie der Rest von ihrem Körper unnatürlich von ihrem Kopf abgedreht zwischen Motorblock und Rücksitz festklemmt, haben sie ihre Lebensgeister mit Sicherheit verlassen. Wie nennt man das in der Fachsprache? Ein simpler Genickbruch kann das wohl kaum sein. Sie ist wahrscheinlich eine der Ersten, die auf einmal hinten Augen haben.

Ich muss mich beherrschen. Über die eigenen Witze zu lachen ist irgendwie erbärmlich. Außerdem gibt es noch Arbeit zu erledigen. Was ich aus dem Wrack rausschälen kann, muss ich schnell einpacken; und dann abhauen, bevor jemand anderes auftaucht und die Überreste findet – von ihr und vom Auto.

24. Oktober, 01.00 Uhr

Er hatte bei ihr übernachten wollen, doch das hatte Elena nicht zugelassen. Zum einen, weil es ihr schon zu eng im Haus wurde, wenn Leon tagsüber anwesend war. Dann konnte sie ihn nachts erst recht nicht ertragen. Zum anderen, weil in den Nächten, in denen jemand bei ihr war, nichts geschah. Dieses Phänomen hatte sie vor langer Zeit beobachtet, und es hatte sie dazu animiert, die Nächte stets in Gesellschaft zu verbringen. Meist in männlicher. Das hatte sie zwar auch schon vor dem Unfall getan, aber seit dem Unfall hatte der Kontakt zu Männern jedes Mal wieder diese entsetzlichen Bilder heraufbeschworen.

Während damals einige Rettungskräfte damit beschäftigt gewesen waren, sie aus dem Autowrack zu schälen und sie bei Bewusstsein zu halten, erhaschte sie in ihren wachen Momenten immer wieder einen Blick auf die Straße vor sich. Wie der Vorhang eines Theaterstücks zeigte jedes Blinzeln eine neue Facette der grausamen Szenerie.

Ein Wimpernschlag.

Wie sich die wild blinkenden Lichter der Rettungsfahrzeuge auf dem nassen Asphalt der Straße spiegelten.

Ein Wimpernschlag.

Adam, wie er unnatürlich verdreht auf dem Asphalt lag. Das Gesicht zur Seite gewendet, die Augen weit offen. Ein Detail, das sich in ihre Netzhaut gebrannt hatte.

Ein Wimpernschlag.

Rettungskräfte stürmten auf Adam zu. Es musste Tumult herrschen, das konnte Elena an den hektischen Bewegungen der Feuerwehrleute und der Sanitäter ausmachen, aber hören konnte sie sie nicht. Auch die Sirenen, die die Anfahrt angekündigt haben mussten, hatte sie nicht gehört.

Ein Wimpernschlag.

Der Schauplatz verschwand und tauchte wieder auf.

Die Rettungskräfte drehten Adams leblosen Körper um. Sie hievten ihn in einen schwarzgrauen Beutel. Sie zogen den Reißverschluss zu.

Ein Wimpernschlag.

Dumpfe Stimmen. Eine Wolke aus Gefühllosigkeit. Elena glaubte, jemand mache sich an ihren Beinen zu schaffen.

Dort, wo Adam gelegen hatte, war nichts mehr; nur noch blinkende Lichter auf dem nassen Asphalt.

Elena öffnete entsetzt die Augen. Im Affekt griff sie nach ihren Beinen, strich sich mit der Hand über die Stirn, übers Haar. Es war trocken. Kein Blut klebte daran, keine Beule bildete sich. Die Beine waren in Ordnung. Sie ließ sich auf das Sofa zurücksinken, auf dem sie eingenickt war, und fuhr sich mit der Zunge über ihre trockenen Lippen.

Was für ein Albtraum! Und mit ein Grund, weswegen sie

sich doch lieber allfälliger seltsamer Erlebnisse in einsamen Nächten stellte, als sich mit Männern zu vergnügen.

Elena hatte auch kurz überlegt, ob sie ihre Dämonen nicht dadurch loswerden könnte, indem sie ins Haus ihrer Halbschwester mit einzog. Doch auf Dauer war auch das keine Lösung, also ließ sie es ganz bleiben. Sie konnte und wollte nicht als die bekloppte, pflegebedürftige kleine Schwester Janas Leben mehr stören und belasten als nötig. Auch wenn ihre Schwester sie vom Gegenteil hatte überzeugen wollen.

Elena musste lernen, mit ihren Problemen umzugehen; sie wollte wieder ein normales Leben führen. Da waren die Profis ins Spiel gekommen. Die Psychiater und Psychologen hatten sich geradezu um sie gerissen, als sie bei ihrem damaligen behandelnden Arzt im Krankenhaus um diese Art von Hilfe gebeten hatte. Wahrscheinlich witterten alle das große Geld, das ein hoffnungsloser Fall abwirft. Nach ein paar unbefriedigenden Therapieversuchen kam Elena schließlich bei ihrem jetzigen Psychiater Dr. Steffen an. Er schien das richtige Händchen zu haben.

Zusätzlich hatte sie jetzt noch Leon, der ihr aus welchen Gründen auch immer seine Hilfe angeboten hatte.

Versonnen drehte Elena die Visitenkarte mit Leons Telefonnummer – sie hatte sie noch beim Aufwachen fest in den Händen gehalten.

Er würde ein Auge auf sie haben, hatte er gesagt. Was bedeutete das? Lauerte er jetzt irgendwo hinter einer Hecke? Er war zwar weggefahren, und sie hatte dem Wagen so lange wie möglich nachgesehen. Das hieß aber nicht, dass er nicht unbemerkt zu Fuß hätte zurückkehren können. Er kannte die Wälder in dieser Gegend besser als so manch anderer und hatte bestimmt schon viele Stunden darin verbracht; aus diesem

Grund würde es ihm wahrscheinlich auch nichts ausmachen, bei Finsternis, Kälte und Feuchtigkeit dort zu übernachten. Bei der Vorstellung, dass er ihretwegen irgendwo allein da draußen verharrte, wurde ihr mulmig zumute. Was, wenn sie tatsächlich eines ihrer Erlebnisse hatte, und er es miterlebte? Oder schlimmer noch, wenn sie nach einer ihrer Horrornächte aufwachte und er überhaupt nichts von den Vorfällen mitbekommen hatte, weil da überhaupt keine Vorfälle gewesen waren? Dann hätte sie die Gewissheit, von der er gesprochen hatte. Aber wollte sie das wirklich? Wovor hatte sie mehr Angst? Vor der Wahrheit oder davor, ihr ganzes Leben mit ihren Geistern zu verbringen?

»Welches Leben?«, murmelte Elena und ließ die Visitenkarte auf den geölten Beistelltisch segeln. Sie stand auf, ging zum Fenster und zog den Vorhang etwas zurück. Vorsichtig spähte sie nach draußen.

»Warum tust du das?«, fragte Elena die Schatten der Nacht. »Warum ist es dir so wichtig, mir zu helfen? Da steckt doch mehr dahinter. Nur was?« Elena ließ den Vorhang zurück vors Fenster gleiten, löschte das Licht und krabbelte in ihren Schlafsack. Hinter seiner Hilfsbereitschaft steckte mehr, da war sie sich sicher; oder war sie doch nur paranoid?

24. Oktober, 01.30 Uhr

Mein inneres Uhrwerk tickt perfekt. Rechtzeitig holt es mich aus dem Schlaf. Ich stehe auf und wandere im Dunkeln durch die Räume. Ich mache kein Licht, Licht schreckt nur auf, was nicht aufgeschreckt werden soll. Im Schein des Mondes, der ab und zu durch die Wolken blitzt, schlüpfe ich ins Bad. Das lange Haar hängt mir ins Gesicht, aber ich streife es nicht weg. Ich stütze mich auf dem Waschbecken auf, fühle das kühle Porzellan und betrachte mich im Spiegel. Die Augen liegen tief in den Höhlen, die Schatten darunter sind Zeugen kurzer Nächte. Ich bin mehr unterwegs als in den Monaten zuvor, das zehrt an der Substanz. Aber mir bleibt keine Wahl. Das Netz muss jetzt enger werden, bis die Falle zuschnappt.

Ich streife den dunkelblauen Overall über meinen nackten Körper und ziehe den Reißverschluss bis obenhin zu. Das Haar schiebe ich sorgsam unter die Kapuze. Dann gehe ich in das unbenutzte Zimmer unter dem Dach. Ich öffne vorsichtig die Tür, als könnte mich das, was dahinterliegt, hören, was natürlich nicht möglich ist. Ich schlüpfe in den Raum. Die alten Möbel sind noch da. Der Bettrost ist hochgeklappt und gegen die Wand gelehnt; davor stehen die zerschlissene Matratze und daneben mehrere kleine Kästen, die früher als Hüter vieler kindlicher Geheimnisse gedient hatten. Alles stumme Zeugen vergangener Zeiten, bis auf die Kühltruhe, die leise surrend in der Ecke steht. Ich gehe auf sie zu und klappe voller Vorfreude den Deckel hoch.

Behutsam hebe ich die Beute der letzten Jagd heraus. Alle Teile sind sorgfältig in einen Plastikbeutel verpackt.

Der linke Arm mitsamt Hand – der rechte war Matsch –, dazu beide Wadenbeine und beide Füße. Die Oberschenkel und den Oberkörper musste ich zurücklassen, welch ein Jammer. Dafür durfte ich etwas anderes, viel Wirksameres mitnehmen: den Kopf.

Zu meinem Glück musste ich ihn kaum noch abtrennen. Die Wirbelsäule war durch den heftigen Aufprall glatt auseinandergerissen worden, die Speise- und Luftröhre waren angeknackst.

Ein kleiner Ruck da, ein bisschen Drehen dort, und ich hatte meine Trophäe. Genau die gilt es jetzt richtig in Szene zu setzen. Aber ich muss aufpassen. Es gibt ein neues Element in dieser Geschichte, das ich nicht unterschätzen darf. Ein ehrgeiziger Bulle, den man aus der Herde ausgestoßen hat und der sich mit seinem ehemaligen Arbeitgeber wieder gutstellen will, ist nicht zu verachten.

Leon hat seine Chance gerochen und will sie wahrnehmen. Aber ich lasse mir meine Tour nicht vermiesen. Ich werde auf der Hut sein und mir meine Pläne nicht von ihm durchkreuzen lassen. Im Gegenteil; er ist Teil davon. Ich werde ihn benutzen. Natürlich werde ich das. Letztendlich ist er ja meinetwegen hier …

24. Oktober, 03.00 Uhr

»Wach auf Elena, wach auf!«, flüsterte die Stimme. Sie war so süß und lieblich, dass Elena kaum anders konnte, als die Augen zu öffnen. Doch als sie um sich schaute, war da niemand außer ihr. Sie blinzelte, um den Schlaf zu vertreiben, setzte sich auf und blickte erneut um sich. Jeder von ihren Atemzügen erzeugte eine kleine Nebelwolke. Als sie das bemerkte, hauchte sie mehrmals hintereinander bewusst in den Raum. Die kleinen Atemwölkchen tauchten so schnell auf, wie sie wieder verschwanden.

Seit wann war es so kalt im Raum?

Fröstelnd zog Elena die Arme aus dem Schlafsack und

streckte die Hand nach ihrer Strickjacke aus, die neben ihr auf der Erde lag. Erst als sie diese zu fassen bekam, schlug sie den Schlafsack zurück und schlang die Jacke fest um sich. Sie knipste die Lampe auf dem Beistelltisch an und eilte zitternd zum Kamin. Das Feuer, das sie vor dem Einschlafen entzündet hatte, war erloschen; die Asche war kalt. Elena legte neues Holz auf, entschied sich nach kurzem Überlegen für einen Zündwürfel und holte das Stabfeuerzeug aus der Schatulle auf dem Kaminsims, womit sie das Feuer entfachte. Gierig züngelten die Flammen am Zündwürfel, leckten am trockenen Holz. Elena blieb noch einen Augenblick vor dem wärmenden Feuer stehen und rieb sich die eiskalten Hände. Auf einmal kam Bewegung in die Flammen. Elena beobachtete angespannt, wie das Flackern in eine Wellenbewegung überging und gleich darauf wieder zu einem Lodern wechselte. Einen Wimpernschlag später spürte sie an den nackten Fußknöcheln, was das Feuer in seiner Ruhe gestört hatte. Ein eisiger Lufthauch zog durch den Raum. Schaudernd sah Elena zur Tür. Sie zog ihre Strickjacke noch etwas fester zu und schlich auf Zehenspitzen zum Eingang des Wohnzimmers. Der Durchgang war offen, da Leon die Tür ausgebaut hatte, um sie abzuschleifen.

Elena spähte vorsichtig in den Korridor. Die Haustür war geschlossen. Von dort kam die Kälte also nicht. Auch die anderen Räume in dem kurzen Gang waren zu. Bis auf die Küche. Elena schlich in Richtung Küche, als es auf einmal krachte. Wie angewurzelt blieb sie stehen, rührte sich nicht vom Fleck. Wartete, lauschte. Aber da war nichts mehr. Nur noch diese Kälte, die durch Mark und Bein kroch.

Elena sammelte ihren Mut und ging vorsichtig weiter. Bei der Küche angekommen, entschied sie sich, den Überraschungsmoment zu nutzen und einfach in den Raum hineinzuplatzen.

»Erwischt!«, rief sie und drückte gleichzeitig auf den Lichtschalter. Surrend sprang die Deckenlampe an und tauchte alles in gelbliches Licht. Allerdings war da nichts, das Elena hätte erwischen können. Alles schien ganz normal. Bis auf die Hintertür. Sie stand sperrangelweit offen. Mit jedem Windstoß schlug sie gegen die Anrichte, sodass das Glas in der Tür leise klirrte. Aber die Küche selbst war leer.

Elena traute ihren Augen nicht. Sie hatte die Tür selbst verriegelt. Von innen, da war sie sich sicher. Das tat sie nämlich bei jedem ihrer allabendlichen Rundgänge. Oder etwa doch nicht? Sie griff sich verzweifelt an den Kopf. Wenn sie sich selbst nicht mehr trauen konnte, wem dann?

Elena ging zur Hintertür, packte den Rahmen und war kurz davor, sie ins Schloss zu schlagen, als ein neuerlicher Windstoß sie innehalten ließ.

Die Klänge wirbelten nur so durch die Luft. Magisch von ihnen angezogen, ließ Elena von der Tür ab und trat hinaus ins Freie. Die Kälte rückte in den Hintergrund, bis sie sie nicht mehr fühlte. Ihre Wollsocken waren vom ersten Schritt an durchnässt. Aber es war ihr egal. Sie musste der Musik auf den Grund gehen, sonst würde sie nie Frieden finden.

Elena eilte durch den Wald, verharrte nur kurz, um die musikalische Spur wieder aufzunehmen. Sie blieb an einer aus der Erde ragenden Wurzel hängen, konnte sich aber noch abfangen, ehe sie stürzte. Auch das war ihr egal. Sie verlor die Orientierung, einmal mehr, doch sie scherte sich nicht darum. Sie wurde nur von einem einzigen Gedanken getragen: Wenn sie schnell genug war, wenn sie nur einmal schnell genug war, dann konnte sie vielleicht den Ursprung dieses Übels erwischen.

Sie hastete weiter, stieß sich an tief hängenden Ästen, kratzte sich die Haut auf, blieb mit ihrer Kleidung hängen. Durchgefroren und nassgeschwitzt landete sie schließlich auf einer kleinen Lichtung. Zu ihrer Linken meinte sie im Mondlicht einen schmalen, holprigen Weg zu erkennen. Gerade mal breit genug für ein Fahrzeug. Genau ein solches Fahrzeug stand neben einem Stapel Holzscheite. Elena wagte es kaum, zu atmen. Ihre Lungen brannten, doch sie hielt die Luft so gut es ging an. Sie kannte diesen Wagen: Es war Leons Pick-up, und von dort kam auch die Musik.

Elena zog sich zwischen die Bäume zurück. Sie versuchte, ihre wild wirbelnden Gedanken zurückzudrängen und sich aufs Wesentliche zu konzentrieren. Sie musste hin zu dem Auto und dabei möglichst unsichtbar bleiben, wenn das nicht eh schon zu spät war.

Diesmal schob sie sich vorsichtig durchs Geäst, auf jeden ihrer Schritte achtend. In der Nähe des Wagens duckte sie sich und arbeitete sich langsam vorwärts, bis sie am Ziel angekommen war. Sie versuchte, ihr nervös klopfendes Herz zu überhören und ihre zitternden Hände zu beruhigen, ehe sie ihre Deckung im Schatten der Bäume verließ und sich neben das Vorderrad des Pick-ups hockte. Auch wenn sie die Musik nur schwer ignorieren konnte, wollte sie nicht gleich auf die Ladefläche zustürmen.

Sie schluckte, dann presste sie die Hände flach an das kalte Metall der Tür und schob ihren Kopf vorsichtig nach oben, bis sie ins Innere der Fahrerkabine spähen konnte. Doch die war leer.

Irritiert und erleichtert zugleich, arbeitete sie sich weiter zur

Ladefläche vor und äugte über den Rand. Sie hatte mit beinahe allem gerechnet, nur nicht mit dem, was sie vorfand.

Das Blut gefror ihr in den Adern. Starr vor Schreck konnte sie sich nicht mehr rühren.

Ihr Gegenüber sich auch nicht. Es glotzte nur, während die hübsche Melodie einfach weiterspielte.

Langsam verarbeitete Elena die schaurigen Einzelheiten. Sie fand sich einer Frau gegenüber. Die Augäpfel in den weit aufgerissenen Augen waren milchig weiß. Der Mund stand sperrangelweit offen. Es hatte den Anschein, als würden die Töne direkt daraus entweichen, als würde sie die lockende Melodie singen. Aber das war nicht möglich. Denn wer immer sie auch war, singen würde sie niemals mehr.

24. Oktober, Morgendämmerung

»Elena! Verdammt noch mal, jetzt wach doch endlich auf!«

Ein stechender Schmerz fuhr Elena durch die Wange, und sie öffnete die Augen. Vor sich sah sie nur ein braunes Augenpaar, das sie anstarrte. Sofort fuhr sie zurück, schlug wild um sich.

Leon ließ von Elena ab und blieb vorsichtshalber auf Distanz.

Verwirrt schaute sie um sich.

Wald. Lichtung. Pick-up. Dämmerung.

Pick-up. Elena sprang auf ihre Füße, knickte aber gleich wieder ein. Da ihre Beine sie kaum zu tragen vermochten, klammerte sie sich an den Rand des Wagens und starrte auf die Ladefläche. Ihre Knie waren nicht nur weich, weil sie unterkühlt war und die Muskeln durch die Anstrengungen der Nacht schwächelten, sondern weil sie wegen dem, was sie auf der Ladefläche fand, beinahe wieder ohnmächtig geworden wäre; denn da war nichts.

»Das kann nicht sein«, stammelte sie. »Das ist doch nicht wahr! Sie war da! Ich schwöre es!« Ihre Augen flehten Leon, der in Reichweite gerückt war, an, ihr zu glauben.

»Wer war da?«

Ihre Augen schossen verzweifelt hin und her. Leon packte sie bei den Schultern. Er wirkte ernsthaft beunruhigt.

»Elena, wer war da?«

»Die Frau«, schwafelte sie. »Sie hatte nur noch den Kopf, und der stand hier auf eine Stange aufgespießt auf deiner Ladefläche und starrte mich an! Sie hat gesungen, Leon, die Melodie, von der ich dir erzählt habe, weißt du noch?«

»Okay, das reicht.« Leon packte Elena in seine warme Jacke, öffnete die Beifahrertür seines Pick-ups und half ihr hinein.

Elena lehnte den Kopf gegen die Kopfstütze, und ehe Leon auf der Fahrerseite Platz genommen hatte, war sie eingeschlafen.

24. Oktober, Vormittag

»Wie geht es dir?«

Elena verzog schmerzerfüllt ihr Gesicht. Sie hatte Mühe, sich zu orientieren; es war zu hell, das Licht brannte in ihren Augen. Irgendwie roch es nach nassem Hund. Das Einzige, was sie auf Anhieb wiedererkannte, war Leons Stimme. »Wo bin ich?«

»Bei mir zu Hause. Entschuldige den Geruch, aber Leonidas ließ sich nicht überzeugen, von deiner Seite zu weichen, seit ich mit dir hier aufgetaucht bin. Dagegen ist eigentlich nichts einzuwenden, nur hat er vorher im veralgten Pool der Nachbarn geplanscht. Wahrscheinlich hat er wieder imaginäre Enten gejagt.«

Elena verstand kein Wort. »Leonidas?«

Der Kater reagierte sofort, als er seinen Namen aus ihrem Mund hörte. Ein leises Klirren des Halsbandes, ein tiefes Grummeln, und dann sah Elena, wie ein riesiges Fellknäuel auf dem Kissen direkt neben ihrer Schulter landete. Der Kater brachte seine Schnauze ganz nah an Elenas Nase und begann, sie laut schnurrend mit der Zunge zu bearbeiten. Elena hob überrascht eine Augenbraue.

»Er hat Mundgeruch«, stellte sie schlicht fest. Aber ein Lächeln konnte sie sich nicht verkneifen.

»Normalerweise nicht, aber eben, er hat schlechte Manieren. Meine …«, Leon brach ab, als hätte er auf einmal gemerkt, dass er drauf und dran war, etwas sehr Persönliches preiszugeben. »Er wurde in der Vergangenheit etwas verzogen«, sagte er schließlich. »Aber er gehört zu den Guten.«

»Das glaub ich dir.« Elena hob ihre Hand, streckte sie dem Kater hin und ließ ihn daran riechen. Offenbar gefiel ihm, was er roch, denn er schob seinen Schädel unter ihre Finger, rieb sich an ihrer Handfläche, platzierte dann die Schnauze auf seine Pfoten und wartete darauf, gekrault zu werden. Elena folgte seiner lautlosen Aufforderung.

Leon beobachtete die Szene schmunzelnd. Doch dann legte sich ein Schatten über seine sonst so hellen Augen. Er zog einen abgewetzten Ohrensessel näher an das Sofa heran, auf das Elena gebettet war, und setzte sich.

Elena beobachtete ihn. Sie wusste, welche Fragen ihn beschäftigten, aber sie war noch nicht bereit, sich ihnen zu stellen. »Du hast nicht zufällig eine Zigarette?«, lenkte sie stattdessen ab. Leon schüttelte den Kopf. »Nein. Aber da fällt mir ein, die hier ist dir aus der Tasche deiner Strickjacke gerutscht, nachdem du dich auf meine Weckversuche endlich gerührt hast.« Leon reichte Elena einen länglichen Gegenstand.

Sie streckte den Arm danach aus. »Meine E-Zigarette«, stellte sie etwas enttäuscht fest. Sie nahm sie Leon aus der Hand, drehte sie in den Fingern. »Eine richtige Marlboro wäre mir im Augenblick lieber, überhaupt keine ist aber besser.« Elena steckte das Gerät weg und widmete sich wieder dem Kater. »Leonidas ist ein ungewöhnlicher Name.«

Der Blick blieb zwar getrübt, aber Leon griff Elenas Thema auf. »Leonidas ist Griechisch und heißt der Löwengleiche. Ich finde, das passt sehr gut zu ihm. Wie es allerdings zu mir passen soll, ist mir seit jeher schleierhaft.«

»Zu dir?«

»Leon ist nur eine Abkürzung.« Leon senkte den Kopf und strich sich verlegen über den Nacken.

»Ist dir das etwa peinlich?« Elena konnte nicht anders, sie musste einfach breit grinsen.

Leon schaute sie schief an. »Irgendwie schon. Ich meine, Leon ist bereits speziell genug, aber dann auch noch Leonidas. Wie meine Eltern darauf kamen, mich so zu taufen, ist mir echt ein Rätsel.«

»Hast du sie nie gefragt?«

»Doch. Die Antwort war ernüchternd. Meine Mutter sagte wörtlich: Leonidas war der König von Sparta, und du bist mein kleiner König.«

Elena musste sich auf die Unterlippe beißen, um nicht laut herauszulachen.

»Ja, schon gut, lach nur. Da bist du nicht die Erste, und du wirst auch nicht die Letzte sein.«

»Tut mir leid. Aber wie kommst du darauf, deinen Kater nach dir zu benennen?«

»Meine Mutter fand es immer schrecklich schade, dass ich mich für meinen stolzen Namen so schäme und ihn verschandle, indem ich ihn abkürze. Also gab ich diesem gefleckten Vieh hier den vollen Namen. Abkürzungsfrei und schonungslos.«

»Er trägt ihn mit Stolz, denke ich«, meinte Elena, während sie ganz nebenbei einen Blick auf die silberne Plakette an Leonidas Halskette warf, als der Kater seinen Kopf hob, damit sie ihn unter dem Kinn kraulen konnte. In geschwungenen Lettern war sein Name eingraviert. »Hübsches Schmuckstück.« Der Kater bezog das offenbar auf sich, denn er schwellte stolz seine Brust und blitzte sie durch halb geschlossene Augenlider hochmütig an.

»Elena?«

Sie horchte bei Leons Tonfall auf. Das Vorspiel war offenbar vorüber. »Leon, kann ich zuerst?«

»Sicher.« Leon beugte sich auf dem Sessel nach vorne, stützte die Ellbogen auf die Knie, faltete die Hände ineinander. Aufmerksam sah er sie an.

»Warum stand dein Truck dort auf der Lichtung?«

»Ich wollte die Umgebung im Auge behalten. In der Nähe gibt es einen Hochstand, von dem aus man die Gegend ziemlich gut überblicken kann. Bis zu deinem Haus seh ich zwar nicht ganz, aber wenn keine Blätter an den Bäumen hängen, so wie jetzt, ist es ein guter Ausgangspunkt für Erkundungstouren.«

»Erkundungstouren?«

»Ja. Du sagtest, manchmal lockt es dich weg vom Haus, manchmal geschieht es vor Ort. Also musste ich mir überlegen, wie ich am besten alles einigermaßen im Griff habe.«

»Hat ja super geklappt«, meinte Elena sarkastisch.

»Entschuldige bitte, dass ich als einziger Helfer bei meinem ersten Versuch nicht gleich erfolgreich war.« Er wirkte nicht verärgert. Es war mehr seine Art des Tadels.

»Tut mir leid. Das war nicht so gemeint.«

»Außerdem hast du mich angerufen und mich zu dir bestellt.«

»Was habe ich?«

»Du hast mich angerufen. Erinnerst du dich?«

»Nein, ich erinnere mich nicht. Ich erinnere mich, dass ich aufgewacht bin, weil es eiskalt war im Haus. Ich entzündete das Feuer im Kamin neu, als ich den Luftzug fühlte. Ich suchte den Ursprung, fand die Hintertür sperrangelweit offen, und dann ertönte wieder die Musik. Ich folgte ihr, ohne nachzudenken. Ich weiß noch, ich wollte schnell sein, in der Hoffnung, jemanden einzuholen, ihn zu überraschen. Aber das gelang mir nicht. Stattdessen fand ich deinen Truck und darauf war …« Ein Bild zuckte durch Elenas Gedanken. Der abgetrennte Kopf, die milchigen Augäpfel, der offene Mund, und die Töne, die der Mund zu summen schien.

»Was? Elena, was war da?« Leon berührte sie leicht an der Schulter. Der Kater maunzte, weil Elena mit dem Streicheln aufgehört hatte. Elena zuckte zusammen, ordnete ihre Gedanken. »Ein Kopf. Auf der Ladefläche deines Pick-ups stand ein aufgespießter Kopf und starrte mich an. Dann weiß ich nichts mehr.«

»Das ist doch unmöglich! Elena, als ich den Truck zurückließ, war die Ladefläche bis auf ein paar Habseligkeiten leer. Ein Kopf war da bestimmt nicht. Als du mich anriefst, bin ich zu deinem Haus geeilt. Die Hintertür habe ich offen gefunden, das Feuer im Kamin loderte, ansonsten war das Haus leer. Dein Handy lag auf dem Kaminsims. Ich hab mich auf die Suche nach dir gemacht, aber ich konnte dich nicht finden, bis ich bei meinem Truck angekommen bin. Du lagst ohnmächtig daneben, aufgeweicht, durchgefroren, zerkratzt und schmutzig. Sonst war da nichts.«

»Die Ladefläche war leer, als du zurückkamst?«, fragte Elena. Aber eigentlich kannte sie die Antwort. Denn so war es immer. Sobald jemand anderes zu ihr stieß, war alles, was sie gesehen hatte, verschwunden.

»Die Ladefläche war leer, ja.« Leon zog ein kleines schwarzes Smartphone aus der Hosentasche. Elena erkannte ihr Mobiltelefon. »Das ist meins!«

»Während du schliefst, bin ich zu deinem Haus gefahren, um nach dem Rechten zu sehen. Schließlich habe ich das brennende Feuer unbeaufsichtigt zurückgelassen, und die Tür stand weit offen. Das ganze Haus war eine einzige Einladung. Ich habe alles in Ordnung gebracht und dein Handy eingesteckt, das noch immer auf dem Kaminsims lag.«

Elena richtete sich vorsichtig auf.

Leon reichte ihr das Telefon. »Unter den ausgehenden Anrufen«, sagte er schlicht.

Elena leckte sich die trockenen Lippen. Wollte sie das wirklich sehen? Sie griff nach dem Handy, aktivierte den Bildschirm, klickte sich zu den ausgehenden Anrufen. Ihr Magen zog sich zusammen. Sie sah vom Display auf und Leon direkt in die Augen.

»Ich habe dich nicht angerufen«, sagte sie mit Nachdruck.

»Warum stehen dann mein Name und meine Nummer da? Sieh dir die Uhrzeit an.«

Obwohl Elena das bereits getan hatte, schaute sie noch einmal darauf. Tatsächlich: Da stand Leons Name, seine Nummer, und der Anruf hatte ihr Telefon um drei Uhr zehn morgens verlassen.

Das war neu. Und es erschreckte sie mehr, als sie zugeben wollte. Flüsternd, beinahe flehend, als könnte sie damit das, was unbestreitbar auf dem Display prangte, ungeschehen machen, wiederholte sie: »Aber ich habe dich nicht angerufen …«

24. Oktober, früher Nachmittag

Er hatte sie ohne Widerworte gehen lassen. Wahrscheinlich, weil er selbst nicht wusste, was er von der Geschichte halten sollte, und sie schnellstmöglich loswerden wollte. Sie konnte es ihm nicht verübeln. Dennoch, er hatte ihr helfen wollen. Sie hatte ihn nicht darum gebeten, im Gegenteil; sie hatte ihm offen gesagt, mit welchen verrückten Dingen sie es zu tun hatte.

Elena ließ das heiße Wasser über ihren Kopf plätschern. Sie rollte mit den Schultern, um die Anspannung zu lösen. Jetzt rief sie also schon bei anderen Leuten an, ohne sich daran zu erinnern. Sie dachte darüber nach, versuchte krampfhaft, den Vorabend zu rekonstruieren, ließ die Abläufe immer und immer wieder Revue passieren. Jedes Mal mit demselben Ergebnis: Sie konnte sich nicht erinnern, das Handy in die Hand genommen, geschweige denn, Leon angerufen zu haben. Hatte sie auch nicht, davon war sie felsenfest überzeugt. Doch ihr Telefon sprach klar eine andere Sprache. Wie sollte sie unter diesen Umständen ihre Glaubwürdigkeit beweisen?

Elena drehte das Wasser ab, als es an ihre Tür klopfte. Sie hatte niemanden kommen gehört, weshalb sie sich umso mehr wunderte. Besuch war eigentlich das Letzte, was sie jetzt gebrauchen konnte. Sie stieg aus der Wanne und wickelte sich in ein großes Handtuch. Das nasse lange Haar hing ihr dunkel glänzend über den Schultern.

Elena öffnete die Tür. Als sie die Gesichter sah, war sie sofort auf der Hut. Jetzt war es wohl so weit, dachte sie. Sie kamen, um sie einzuliefern. Kein Wunder, schoss es ihr noch durch den Kopf, als der Weißhaarige den Mann an seiner Seite fragte: »Und, war sie das?«

»War ich was?«, fragte Elena, aber die Männer beachteten ihre Frage nicht. Elena musterte den Mann, den Bernard mitgebracht hatte: Ihr Flirt aus der Bar. Wie war noch gleich sein Name gewesen?

»Ja, so hat sie ausgesehen.«

Bernard nickte. »Frau Burger, könnten Sie sich bitte anziehen und uns auf den Posten begleiten?«

Elena musterte die Männer. »Warum?«

»Weil ich es sage. Alles Weitere erfahren sie dort. Hören Sie, wir können es einfach machen oder schwierig. Mir wäre einfach lieber, und ich glaube, Ihnen auch«, fügte Bernard streng hinzu.

Elena kniff die Augen zusammen, zögerte kurz. Dann sagte sie: »Augenblick«, und schlug die Tür zu. Was sollte sie tun? Durch die Hintertür fliehen? Quatsch, der Arm des Gesetzes war länger als ihrer. Also zog Elena sich Sweatshirt und Jeans über, band ihre nassen Haare zu einem Pferdeschwanz und öffnete erneut die Tür. Sie hoffte beinahe, dieser Besuch war auch nur eine ihrer Einbildungen gewesen, aber sie wurde bitter enttäuscht. Bernard stand noch da, der andere bog soeben um die Hausecke. Die Hintertür wäre sowieso keine Fluchtoption gewesen, dachte Elena grimmig.

Auf der kleinen Polizeiwache angekommen, führte Bernard Elena an einer Art Schalter vorbei, der den Eindruck erweckte, als wären sie auf der Post und nicht bei der Polizei. Sie gelangten zu einem Nebenraum, in dem ein mit Papieren überfüllter Schreibtisch und zwei Stühle standen. Bernard wies mit einer kurzen Handbewegung Elena einen davon zu.

Elena nahm Platz und wartete, bis Bernard sich eingerichtet hatte.

Er räusperte sich. »Nun, Frau Burger, Sie fragen sich sicherlich, was Sie hier tun, nicht wahr?«

Der Mann kann ja Gedanken lesen, dachte Elena spöttisch, während sie zustimmend nickte.

»Dachte ich mir.« Bernard schob einige Papiere beiseite, bis er gefunden hatte, was er suchte. Er nahm ein Blatt Papier an einer Ecke, hob es an und musterte es. Elena konnte nicht genau erkennen, was auf dem Papier so Spannendes zu sehen war, vermutete aber anhand des kurzen Blicks, den sie erhaschen konnte, dass es sich um das Abbild einer Person handelte.

Ihre Vermutung wurde bestätigt, als Bernard das Papier umdrehte und auf das abgebildete Gesicht deutete. »Kennen Sie diese Frau?«

Elena rückte etwas näher. Die Frau war hübsch. Kurzes, dunkles Haar, schmales Gesicht. »Nein«, sagte sie nach einer Weile der Betrachtung.

»Sind Sie sicher?«

»Ja, bin ich«, erwiderte Elena gereizt.

Bernard ignorierte ihre Stimmung. »Diese Frau erlitt vorgestern Nacht einen schweren Autounfall.«

Elena horchte auf. »Das ist ja furchtbar! Geht es ihr gut?«

»Nein. Sie ist tot.«

»Tot«, echote Elena, »das ist entsetzlich.«

»In der Tat. Wo waren Sie gestern so gegen Mitternacht?«

»Warum?«

»Beantworten Sie bitte die Frage.«

»In meiner Hütte. Allein. Warum?«, wiederholte sie.

Bernard schob das Bild etwas näher zu Elena. »Sie kam nicht von hier. Sie kam aus dem Thurgau. Hat in der Bar bei Giusi etwas getrunken, bevor sie nach Hause fuhr.«

»Dann hatte sie keinen Alkohol konsumiert.«

Bernard horchte auf. »Nein. Woher wissen Sie das?«

»Ich hab nach meiner Ankunft auch bei Giusi vorbeigeschaut und seine Regeln bezüglich Drink and Drive kennengelernt. Ich bin nach Hause gelaufen. Sie verstehen?«

Bernard grunzte. »Ja, es ist mir bekannt, dass Sie auch schon bei Giusi waren. Dort haben Sie Mario kennengelernt.«

Richtig, Mario lautete sein Name. Offenbar war er schon lange genug an diesem Ort, um selbst von der Polizei beim Vornamen genannt zu werden. »Er sprach mich an, ja.«

»Diese Frau hier«, er tippte auf das Bild, »hat Mario auch kennengelernt.«

»Das ist toll. Aber was hat das alles mit mir zu tun?«

Bernard beobachtete sie. Er war zwar etwas in die Jahre gekommen, aber seine Augen waren hellwach, sein Blick gestochen scharf. Diesen Augen entging kaum etwas, das war Elena bereits bei ihren letzten Begegnungen aufgefallen. Er war wortkarg, aber hinter dieser griesgrämigen Fassade arbeitete es auf Hochtouren. Elenas Reaktion auf seine Aussage schien ihm zu missfallen. Er kniff die Augen zusammen, ließ das Bild sinken.

»Die Frau krachte ungebremst in eine Felswand. In ihrem Blut konnten keinerlei Rückstände von irgendwelchen Medikamenten oder Alkohol festgestellt werden, die einen Aussetzer oder Ähnliches hätten hervorrufen können, das als Erklärung für diesen Unfall hätte dienen können.«

»Selbstmord?«, riet Elena.

»Nein. Die Bremsleitungen ihres Wagens waren undicht. Sie verlor Bremsflüssigkeit. Die Art der Verletzung des Schlauches deutet auf Sabotage hin. Ihre Bremsen reagierten nach einer Weile schlicht nicht mehr.«

Elena schluckte schwer. »Das ist entsetzlich. Aber noch mal: Was hat das mit mir zu tun?«

»Das will ich jetzt von Ihnen wissen. Sie waren vorgestern Nacht nicht allein zu Hause. Sie lungerten in der Nähe der Bar herum.«

»Bitte was?«

»Sie versteckten sich gegenüber der Bar im Dickicht. Sie beobachteten das Treiben vor der Schenke, ist es nicht so?«

Elena war empört. »Werfen Sie mir hier gerade ein Verbrechen vor?«

»Nein. Ich will herausfinden, was mit dieser Frau passiert ist.«

»Dann unterstellen Sie mir nicht, dass ich lüge! Ich war gestern um Mitternacht zu Hause. Allein. Ich habe mich in keinen Wäldern versteckt und mich auch nicht rumgetrieben.«

»Denken Sie nochmals darüber nach. Sie sind sicher, dass Sie Ihre Aussage nicht berichtigen wollen?«

»Es gibt nichts zu berichtigen.«

»Dann sagen Sie mir, weshalb Mario Sie im Unterholz gesehen hat, kurz bevor der Unfall geschah.«

25. Oktober, vormittags

»Das ist doch unglaublich! Was sollen diese Unterstellungen? Mario hat mich nicht gesehen, denn ich war nicht dort!«, rief Elena nicht zum ersten Mal entrüstet aus.

Leon blickte stoisch aus dem Fenster. Er blieb stumm und ließ Elena wettern, bis er seinen Pick-up in ihre Einfahrt lenkte. Er stellte den Motor aus, betrachtete noch einen Moment nachdenklich seine Hände auf dem Lenkrad, ehe er das Schweigen brach. »Elena?«

Sie saß mit vor dem Bauch verschränkten Fingern da und murmelte: »Ja?«

»Du hättest Bernards Inneneinrichtung nicht auseinandernehmen müssen. Sie hatten nichts gegen dich in der Hand. Nur deshalb ließen Sie dich überhaupt gehen.«

»Ich ...«, sie japste empört nach Luft, »ich hab ihm doch nicht die Inneneinrichtung zerdeppert! Ich habe seine Lampe zerschlagen, okay, aber er hat mich so wahnsinnig gereizt mit seinen haltlosen Anschuldigungen!« Verständnis suchend blickte sie ihn an.

»Elena, deinem Ausbruch hast du eine Nacht im Knast zu verdanken. Bist du immer so temperamentvoll?«

»Nein. Aber er hat mich geärgert.«

»Natürlich, das ist ja auch ein Grund, einen Polizisten anzugreifen.«

»Ich habe ihn …«

»… nicht angegriffen, ich weiß.« Leon lächelte sie schief an. »Elena, Bernard hat nur seinen Job gemacht. Er ging einem Hinweis nach, und er muss die Wahrheit herausfinden. Warum reizt dich das so?«

»Er hat gesagt, ich hätte im Wald rumgelungert, ich hätte die Bar beobachtet, Mario hätte mich gesehen, er hat angedeutet, ich hätte die Bremsen der Frau manipuliert! Ich! Dabei war ich noch nicht mal da!«

»Weshalb sagt Mario das dann?«

»Weil ich lieber nach Hause gegangen bin als in sein Bett?«

»Dann stünde jeder seiner Flirts unter Mordanklage. Er ist ein Idiot, zugegeben, aber er ist nicht rachsüchtig. Elena, mit dem Risiko, dass du mich verprügelst: Könnte es sein, dass dich Bernards Fragen so reizten, weil du aufgrund deiner seltsamen nächtlichen Abenteuer selbst nicht mehr sicher bist, ob du dir trauen kannst?«

Elena funkelte Leon böse an. »Das Verfallsdatum deines Unterstützungsangebots ist wohl erreicht, hm?« Sie öffnete die Tür des Trucks, stieg aus und donnerte sie zu. Während sie auf den Eingang ihrer Hütte zustapfte, sprang er ebenfalls aus seinem Wagen und stellte sich ihr in den Weg. Sein entspannter Gesichtsausdruck war einer ernsten Miene gewichen. »Du wirst mir jetzt zuhören, verstanden?«

Elena zog spöttisch eine Augenbraue hoch und drückte sich an ihm vorbei. Sie hatte ihre Haustür schon beinahe ganz geöffnet, als er danach griff und sie resolut wieder zuzog. Elena hatte kräftemäßig keine Chance, sich gegen diesen Eingriff in ihr Vorhaben zu wehren.

Beide Arme auf Schulterhöhe, die Hände an der Hausmauer abgestützt, keilte Leon sie ein. Sie drehte sich zu ihm, das Haus im Rücken, einen Mann vor sich, der so nahe viel größer und bedrohlicher wirkte als sonst. Wenn er wollte, könnte er sie zerquetschen wie eine Mücke, ging es ihr durch den Kopf. Sie fühlte seinen Atem in ihrem Gesicht.

»Diese Frau«, setzte Leon an, »nicht genug damit, dass sie durch die Massen ihres Wagens zerdrückt wurde wie eine Aludose in der Presse. Sie wurde geradezu zerlegt.«

Elena schluckte schwer.

»Ihre Körperteile, die nicht festklemmten, wurden entfernt. Der Rest wurde einfach dagelassen. Die Rettungskräfte fanden nur noch den Torso und ein eingeklemmtes Bein.«

Elena schluckte wieder. Ihre Wut verrauchte, ihre trotzige Haltung bekam Risse. »Dann fehlten also ein Bein, die Arme und …« Sie stockte. Leon sprang bereitwillig ein.

»Der Kopf.«

»Das hat bestimmt ein wildes Tier getan«, murmelte Elena, ohne es selbst zu glauben. »Leon, ich habe bei Bernard gelogen.«

»Inwiefern?«

»Bernard hat mir ein Foto der verunglückten Touristin gezeigt, und ich sagte, ich kenne das Gesicht nicht. Aber …« Elena biss sich auf die Unterlippe.

»Aber was?«, drängte Leon.

»Es war ihr Kopf, den ich aufgespießt auf deinem Pick-up gesehen habe.« Elena beobachtete Leons Reaktion, aber sie wurde aus seinem Gesichtsausdruck nicht schlau. »Ich hatte Angst, es Bernard zu sagen. Er hätte das als Schuldeingeständnis gewertet«, versuchte Elena, ihre Lüge zu erklären, wohl wissend, dass Leon sie durchaus noch an Bernard verpfeifen könnte. Er schien mit sich zu hadern und pferchte Elena noch immer ein, obwohl es nicht mehr notwendig gewesen wäre.

Elena floh nirgends mehr hin. Aber das konnte er natürlich nicht wissen. Erst als sie ihren Hinterkopf gegen die Hauswand sinken ließ, die Augen auf die Überdachung des Eingangs gerichtet, ließ er die Arme sinken und trat einen Schritt zurück. Mit dem Raum, den er ihr dadurch zugestand, kam auf einmal die Kälte. Elena fröstelte und begriff. Wenn er sich von ihr abwandte, hatte sie den einzigen Menschen verloren, der die Mittel und Beziehungen hatte, wirklich an die Wahrheit heranzukommen. Aber auf eben diese Beziehungen und Mittel war sie jetzt angewiesen, jetzt, da sie so richtig in der Scheiße steckte.

Die Polizei hatte sie auf dem Radar. Nicht weil sie einen Knacks hatte, sondern weil man sie in Zusammenhang mit einem realen Verbrechen brachte. Wer war da hilfreicher als ein ehemaliger Polizist? Sie durfte Leon nicht aufgeben, auch wenn sie noch immer nicht wusste, weshalb er ihr seine Hilfe angeboten hatte. Abgesehen davon fühlte sie sich wohl bei ihm. Hatte sie schon früher. Nur würde er außerhalb seiner Geschäfte wohl kaum die Gesellschaft einer Verrückten suchen, also musste sie ihn noch ein bisschen ausnutzen. Seine Nähe noch ein wenig genießen, bis die Zeit gekommen war, ihn gehen zu lassen.

Genießen. Wann hatte sie das letzte Mal an Genuss gedacht? Ein Gedanke, den sie später weiterführen musste, denn jetzt stellte sich einzig die Frage: Was wird Leon aufgrund ihres Geständnisses tun?

»Leon?«

Er stand neben ihr, den Daumen in die Jeans eingehakt, und schaute in die Ferne. Er ließ ihr Zeit und sich selbst wahrscheinlich auch. Er hätte gehen können, nachdem er ihr seine Horrorgeschichte serviert hatte, aber er war geblieben. Eigentlich ein positives Zeichen, das ihr Mut für ihre Frage machte. »Bist du noch immer bereit, mir zu helfen?«

Leon senkte den Kopf, betrachtete seine Schuhspitzen, ehe er antwortete: »Das Angebot steht nach wie vor.« Dann drehte er sich zu ihr um, sah sie an. »Was hast du vor?«

»Ich will zu den Orten des Geschehens. Zuerst zur Bar, dann zur Unfallstelle. Ob real oder nicht, wenn ich meine nächtlichen Ausflüge unternommen habe, konnte ich mich immer erinnern. Vielleicht hab ich nur einen Blackout, und sobald ich bei der Bar bin, fällt es mir wieder ein. Allerdings will ich das nicht hoffen, denn das würde bedeuten, ich war wirklich da, aber das war ich nicht, ich könnt's schwören!« Elena rieb sich mit den Händen übers Gesicht. Das war alles zu verwirrend. Leon umfasste ihre Handgelenke, vorsichtig zog er die Hände von ihrem Gesicht, blickte sie mit seinen klaren Augen an. »Ich bin dabei, okay?«

Ihr zog sich der Magen zusammen. »Okay.«

»Dann los.«

25. Oktober, nachmittags

Sie fuhren zu Giusis Bar. Leon parkte den Wagen vor dem Haus, wo nach Marios Aussage das Auto der Thurgauerin gestanden hatte. Elena stieg aus und blieb ratlos stehen.

Leon kam um den Wagen herum und stellte sich vor die Tür, an den Ort, an dem ungefähr Mario gestanden haben musste. »Mario war in etwa hier. Du bist dort, wo die Thurgauerin in etwa gewesen sein muss. Jetzt sieh dich um. Kommt dir etwas bekannt vor?«

Elena tat wie geheißen. Sie kam sich blöd vor, war verunsichert.

»Und?«, fragte Leon nach.

»Da ist nichts. Da kommt nichts, und da wird auch nichts kommen, weil ich nicht hier war!«, antwortete Elena verzweifelt.

Leon ignorierte ihre Anspannung. »Stimmt, du warst nicht da, sondern dort drüben.« Er zeigte mit dem Finger auf den Wald auf der anderen Straßenseite. »Geh dort rüber und versteck dich hinter den Büschen.«

Elena atmete schwer aus, folgte dann aber kommentarlos Leons Anweisungen. Sie versicherte sich, dass kein Auto kam, huschte über die Straße, kletterte über die Leitplanke und tauchte im Unterholz ab. Dort ging sie in die Hocke und spähte hinüber zur Bar. Die Sicht aus ihrer Position war gut, aber sie bezweifelte, dass Leon sie von der anderen Straßenseite aus erspähen konnte. Wenn das bei Tag schon schwer war, musste das bei Nacht so gut wie unmöglich sein. Sie zückte ihr Mobiltelefon und wählte seine Nummer. Sie konnte genau sehen, wie er sein Telefon aus der Tasche zog, aufs Display schaute und dann zum Wald blickte, genau in ihre Richtung. Man könnte meinen, er habe sie entdeckt. Das wollte sie genauer wissen. »Siehst du mich?«

»Wenn ich nicht wüsste, dass du da bist, hätt ich dich nicht entdeckt, nein. Komm mal ein bisschen weiter nach vorne. Vielleicht war sich die Person zu sicher und hat den Schutz der nächtlichen Schatten verlassen.«

Elena suchte sich ein weniger Deckung bietendes Plätzchen. »Und?«

»Ja, ich kann dein Gesicht zwischen den Büschen erkennen. Allerdings habe ich noch immer Mühe, zu glauben, dass ich dich in der Nacht eindeutig hätte identifizieren können. Die Distanz ist nicht zu verachten, und die Dunkelheit kommt erschwerend dazu. Außerdem verdeckt die Leitplanke deinen Körper. Also möglich, dass Mario etwas oder jemanden wahrgenommen hat, eindeutig gesehen hat er die Person im Schutz der Äste aber kaum. Tut sich was in deiner Erinnerung?«

»Nein«, murmelte Elena. Nach einer Pause fügte sie an: »Leon?«

»Ja?«

Sie gab ihre Deckung auf. In jedem Sinn des Wortes. »Es macht mir Angst, dass jemand behauptet, mich gesehen zu haben, obwohl ich meiner Ansicht nach zu Hause war.«

Elena schaute über die Straße und fing Leons Blick auf. Die Strenge, mit der er die Anweisungen erteilt hatte, war einem milden, verständnisvollen Ausdruck gewichen. »Komm zurück, wir haben die Situation genug ausgelotet«, meinte er schließlich.

26. Oktober, später Nachmittag

»Ich wache auf. Ich friere. Ich mache Feuer im Kamin, aber die Kälte bleibt. Die Hintertür ist offen. Deshalb ist es so kalt. Ich will sie schließen, da höre ich die Musik. Ich folge ihr in den Wald hinein. Ein Pick-up steht auf einer Lichtung. Ich kenne das Auto. Es gehört Leon. Ich schleiche mich an, sehe auf die Ladefläche. Da steht ein menschlicher Kopf mit weit aufgerissenem Mund. Er singt die Melodie. Die Augen sind offen. Sie sind milchig. Mir wird schwarz vor Augen. Ich werde ohnmächtig. Dann öffne ich die Augen wieder. An die Stelle der milchigen Äpfel sind Leons warme Augen getreten. Aber sein sonst so ruhiger Blick ist aufgewühlt. Er schreit mich an, ich solle aufwachen, dabei bin ich doch wach!«

»Gut. Nun gehen wir noch etwas weiter zurück. Was war am Tag vor diesem Ereignis?« Doktor Steffen, der Therapeut, sprach in einem angenehm ruhigen Singsang, aber Elena war unruhig.

»Leon war bei mir.«

»Bis in die Nacht hinein?«

»Nein. Er ging am späteren Abend.«

»Was war dann?«

Elena versuchte, sich zu erinnern, sagte lange nichts. Der gefragte Abend war nur ein großes schwarzes Loch. »Ich weiß es nicht. Da ist Dunkelheit«, murmelte sie schließlich. Sie hielt die Augen geschlossen. Immer wieder kniff sie sie fest zusammen, Falten bildeten sich auf ihrer Stirn, aber sosehr sie sich auch anstrengte, ihr Unterbewusstsein wollte die Erinnerung nicht freigeben. »Ich weiß es nicht«, wiederholte sie.

»Wo waren Sie, als die Frau den Unfall hatte?«

»Ich habe sie nicht getötet. So etwas Schreckliches könnte ich niemals tun.«

»Ich glaube Ihnen. Sie sind hier sicher. Sie können sich öffnen. Holen Sie die Erinnerung aus der Dunkelheit.«

Elena stöhnte. Schweiß stand ihr auf der Stirn. »Ich kann nicht!«, rief sie aus. Im nächsten Augenblick öffnete sie ihre Augen. Sie blinzelte mehrmals und fixierte dann einen Punkt an der weißen Decke. Sie schluckte, um ihre trockene Kehle zu benetzen, rieb sich übers Gesicht.

»Alles in Ordnung?«, fragte der Therapeut.

Elena wandte ihm ihre Aufmerksamkeit zu. »Nein. Ich bin

keinen Schritt weitergekommen. Was, wenn ich diese entsetzlichen Dinge getan habe und mich nicht mehr erinnere? Die Hypnose lässt mich doch nur in Winkel blicken, die ich zulasse. Warum sollte ich also die Erinnerungen von besagtem Tag nicht zulassen, wenn nichts vorgefallen ist?«

»Machen Sie sich da mal keine Sorgen. Sie befürchten so sehr, dass Sie eine Erinnerung finden, die Ihre Ängste bestätigt, dass Sie auf diesen Teil ihres Gedächtnisses noch nicht zugreifen können. Aber wir werden daran arbeiten. Einverstanden?«

Elena nickte matt.

»Trinken Sie einen Schluck.« Der Psychiater reichte ihr ein Glas Wasser, das Elena dankbar annahm. Gierig benetzte sie ihre rauen Lippen, befeuchtete ihre trockene Kehle.

»Was ist mit diesem Leon?«, fragte Dr. Steffen unvermittelt.

»Leon?«

»Ja, Sie haben ihn erwähnt.«

»Er will mir helfen, die Wahrheit herauszufinden.«

»Richtig. Aber trauen Sie ihm?«

Elena dachte kurz nach. Sie wollte verneinen, denn sie traute eigentlich niemandem, mit Ausnahme ihrer Schwester, aber sie musste feststellen, dass das so nicht mehr ganz zutraf. »Anfangs nicht. Aber mittlerweile, glaube ich, trau ich ihm, ja.«

»Gut. Das ist wichtig. Bleiben Sie heute hier, oder fahren Sie zurück in die Hütte?«

»Ich bleibe in meiner Wohnung für diese Nacht.«

»Aber Sie haben jemanden, den Sie schlimmstenfalls kontaktieren könnten? Ihre Schwester zum Beispiel?«

Elena lächelte den Therapeuten milde an. »Ja, habe ich.« Sie stand von der Couch auf und drückte ihm die Hand. »Vielen Dank für deine Fürsorge. Das weiß ich zu schätzen.« Als sie bei der Tür ankam, drehte sie sich noch einmal zu dem blonden, ernst wirkenden Mann um. »Ich dachte vorhin, ich trau keinem, bis auf meine Schwester und offenbar Leon. Aber auch das stimmt nicht ganz.«

Der Mann hob eine Augenbraue.

»Dir traue ich auch, Marius.« Sie lächelte ihn warm an und zog die Tür hinter sich zu.

26. Oktober, 21.00 Uhr

Um ihre Gedanken zu zerstreuen, gönnte sich Elena noch einen ausgedehnten Spaziergang, bevor sie sich auf den Weg zurück in ihre Wohnung machte. Während sie in Richtung ihrer Straße schlenderte, rief sie ihre Schwester an und erzählte ihr von den nächtlichen Erlebnissen, den Vorwürfen, mit denen sie sich in Erlach konfrontiert sah, und von der Sitzung mit ihrem Psychiater. Janas Begeisterung hielt sich, vorsichtig ausgedrückt, in Grenzen. Genau das waren ihre Worte gewesen. Elena ließ das unkommentiert, denn ändern konnte sie es schließlich nicht. Sie versprach aber, den wohlgemeinten Rat ihrer Schwester, auf sich aufzupassen, so gut es ging zu befolgen.

Sie steckte ihr Handy zurück in die Tasche und kramte nach dem Wohnungsschlüssel. Der eigentlich so vertraute Hauseingang fühlte sich nach den wenigen Tagen der Abwesenheit irgendwie fremd an. Sie umging den gläsernen Fahrstuhlschacht und begann, die Treppen hinaufzusteigen. Im dritten Stock angekommen, öffnete sie die Wohnungstür. Die Luft, die ihr entgegenschlug, war dick und stickig, als hätte schon lange keiner mehr die Fenster geöffnet; es roch abgestanden, und die Pflanze auf der Kommode neben dem Eingang ließ ihre Blätter hängen. Der kleine Ausflug nach Hause war, abgesehen von den Umständen, also keine so schlechte Idee gewesen, dachte Elena, während sie den Schlüssel neben der Pflanze auf die Kommode warf, die Jacke ablegte und die Stiefel mit einem leisen Ächzen über die Fersen zog.

Der Alltag hatte sie sofort wieder. Die gewohnten Abläufe gingen ihr ganz leicht von der Hand. Der Griff zur Gießkanne, das Öffnen der Fenster. Elena atmete tief die hereinströmende Nachtluft ein. Die Sonne war bereits seit geraumer Zeit hinter den anderen Häusern verschwunden, die Dunkelheit hatte sich nicht lange bitten lassen. Was sie am nächsten Tag tun sollte, war ihr noch nicht klar. In die Hütte zurückkehren oder einfach ignorieren, dass es sie gab? Dass es Leon gab? Den Verdacht gegen sie? Elena stieß sich vom Fensterbrett ab und ging ins Badezimmer.

Nein, überlegte sie, das würde alles nur noch schlimmer machen. Sie konnte sich kaum der Illusion hingeben, dass ignorieren alles ungeschehen machte. Das wusste sie mittlerweile definitiv besser.

Elena öffnete den Reißverschluss ihrer Strickjacke und ließ sie von den Schultern gleiten. Sie drehte den Wasserhahn in der Badewanne auf, schob ihre Jeans über die Hüfte. Sie prüfte die Wassertemperatur, streute ihr Lavendelbadesalz in die Wanne, zündete die drei Kerzen auf dem Hocker daneben an. Dann schlenderte sie in die Küche, öffnete eine Flasche Rotwein, goss sich ein Glas ein, machte auf dem Rückweg ins Badezimmer halt bei ihrer Handtasche, holte ihre E-Zigarette heraus und kehrte ins Badezimmer zurück. Dort zog sie den Rest ihrer Kleidung aus und kletterte in die Wanne. Als Erstes tauchte sie unter. Sie hielt die Luft an, bis nur noch kleine Bläschen an die Wasseroberfläche stiegen. Japsend durchbrach sie die Wasseroberfläche, strich sich das nasse Haar zurück, griff nach dem Glas auf dem Wannenrand und nahm einen kräftigen Schluck des schweren Rotweins.

Sie seufzte. Wenigstens hatte sie die Fähigkeit, sich zu entspannen, nicht komplett eingebüßt. Sie nahm noch einen großen Schluck, gönnte sich einen tiefen Zug ihrer Zigarette und schloss genüsslich die Augen.

27. Oktober, 03.00 Uhr

Elena schreckte hoch. Das Wasser war eiskalt, die Kerzen waren heruntergebrannt, das Glas mitsamt Inhalt in die Wanne gerutscht. Das Wasser hatte einen sanften Rosaton angenommen. Im ersten Moment wusste Elena nicht, wo sie sich befand.

Zu Hause, Elena, du bist zu Hause. Die Nebel lichteten sich, während sie sich über ihr Gesicht rieb. Fröstelnd stand sie auf und zog ihren Bademantel über, den sie um die Taille zusammenschnürte. Irgendetwas war seltsam. Sie fixierte die halb zugezogene Badezimmertür, als könnte sie durch das Türblatt hindurchsehen. Auf einmal wusste sie, was sie gestört hatte. Aus der Nachbarwohnung schallte Musik durch die dünnen Wände. Aber nicht irgendeine Musik. Ihre Musik.

Wutentbrannt kletterte sie aus der Badewanne. Barfuß stapfte sie zur Eingangstür. Sie hinterließ eine Spur feuchter Fußabdrücke auf dem alten Parkett. Ungehalten riss sie die Tür auf. Sie wollte zu ihrem Nachbarn, ihn fragen, woher er diese Melodie kannte. Warum er sie spielte. Ausgerechnet jetzt.

Aber so weit kam sie nicht. Das blanke Entsetzen packte Elena, als ihr Blick auf den gläsernen Liftschacht gegenüber fiel.

Die Melodie kam nicht aus der Wohnung nebenan. Zumindest nicht mehr. Sie kam aus dem hohlen Bauch der Frau, die mit einer Schlinge um den Hals im Liftschacht hing.

Elena taumelte zurück in ihre Wohnung; sie prallte gegen ihren Garderobenständer, musste sich an den Jacken festhalten, um nicht zu stürzen. Die Garderobe gab unter der Zugkraft nach; die Halterungen brachen aus der Wand. Elena stürzte. Ein Kleiderhaken traf sie hart an der Schläfe. Ihr wurde schwindlig, und sie hatte Mühe, die Augen offen zu halten. Das Bild einer zierlichen Frau mit einem rauen Strick um ihren zarten Hals wirbelte vor ihrem inneren Auge, gejagt von einem einzigen Gedanken: abschneiden. Sie musste diese Unbekannte aus dem Liftschacht holen und zu sich in die Wohnung nehmen. Bei ihr bleiben, bis jemand kam, um sie abzuholen. Dann wäre endlich klar, dass sie nicht halluzinierte. Aber ehe sie diesen Gedanken umsetzen konnte, verlor sie das Bewusstsein.

27. Oktober, 09.00 Uhr

»Kann man dich denn keine Sekunde mehr aus den Augen lassen?«

Dumpf drang die Stimme an Elenas Ohr. Sie blinzelte verwirrt, konnte aber nur verschwommen schwarze Umrisse vor einem weißen Hintergrund erkennen. Außerdem war es viel zu hell. Geblendet schloss sie die Augen wieder. Es roch seltsam. So gar nicht nach zu Hause. Elena streckte leicht die Finger. Versuchte, das Gefühl unter ihren Kuppen zuzuordnen. Weich, etwas grob strukturiert.

»Elena!«

Da war sie wieder, diese dumpfe Stimme. Elena. Wer war Elena?

»Jetzt öffne doch bitte die Augen, ja? Du musst dir deine riesige Beule ansehen, die dir dein Kleiderhaken verpasst hat!«

Beule. Kleiderhaken. Elena.

Nach und nach kehrte die Erinnerung zurück. Fetzen rückten zu einem Bild zusammen, aber irgendwie fehlten in diesem Puzzle dennoch einige Teile.

Elena. Sie war Elena. Das war inzwischen klar. Augen öffnen. Einen Versuch war's wert.

Erst hob Elena ein Augenlid, dann das andere. Sie kniff die Augen in Anbetracht der Helligkeit fest zusammen, hielt sie aber offen. »Ich bin da«, krächzte sie heiser. Sie schnalzte mit der Zunge, wollte ihre trockene Mundhöhle befeuchten. Sofort tauchte eine Hand vor ihrem Gesicht auf. Eine zweite spürte sie im Nacken. Mit deren Hilfe konnte sie ihren Kopf einfacher heben, was einen stechenden Schmerz zur Folge hatte. Elena stöhnte auf.

»Tut mir leid, Liebes, aber Kopfschmerzen lassen sich bei solch einem Bums nicht vermeiden. Aber trink jetzt erst mal was.«

Elena spürte, wie ihr ein Strohhalm zwischen die Lippen geschoben wurde. Gierig sog sie daran. Das kühle Nass rann wohltuend ihren Rachen hinunter. Als sie genug hatte, spuckte sie den Strohhalm aus.

»Danke«, murmelte sie. Inzwischen hatte sie sich an das Licht gewöhnt und wagte einen Blick zur Seite.

»Hallo«, meinte Jana mit einem milden Lächeln auf den Lippen.

»Hey.« Elena bemühte sich, zurückzulächeln.

»Du hast mir einen ganz schönen Schrecken eingejagt.«

»Ach ja? Was war denn los?«

»Nun, irgendwie ließ mich unser Gespräch nicht los. Ich erledigte noch einige Dinge, dann wollte ich nach dir sehen, als mein Telefon klingelte. Dein Nachbar war dran und klärte mich darüber auf, er habe deine Wohnungstür angelehnt vorgefunden, woraufhin er anklopfte. Als keine Antwort kam, wagte er einen Blick durch den Türspalt und fand dich inmitten deiner Jacken auf dem Boden liegend. Als du auf seine Ansprechversuche nicht reagiert hast, rief er den Krankenwagen, und anschließend verständigte er mich.«

»Einen Krankenwagen? Ich wurde in einem Krankenwagen hergefahren?«, fragte Elena verdutzt.

Jana nickte. »So sieht es aus, und du hast es nicht einmal mitgekriegt.«

Ein kurzes Klopfen an der Zimmertür kündigte Besuch an. Ohne eine Antwort abzuwarten, ging die Tür auf und ein Mann in weißem Kittel betrat den Raum. »Frau Burger, schön, Sie wach zu sehen! Mein Name ist Holler, ich bin Ihr behandelnder Arzt. Wie fühlen Sie sich?« Der Mann baute sich neben dem Krankenbett auf und lächelte ebenso milde wie Jana auf seine Patientin hinunter.

»Ich will hier raus«, sagte Elena kurz angebunden.

Dr. Holler warf Jana verstohlen einen Seitenblick zu. »Dass Sie so reagieren werden, sagte Ihre Schwester bereits. Gelinde gesagt, bemühte sie sich, dass alle Vorkehrungen für Ihre Entlassung bereits getroffen sind, ehe Sie aufwachen.«

»Dann kann ich also sofort los?«

»Beinahe. Sie haben einen anständigen Schlag gegen Ihre Schläfe bekommen. Das hat Sie außer Gefecht gesetzt. Allerdings hatten Sie Glück, denn Sie haben sich nicht einmal eine Gehirnerschütterung zugezogen. Ich werde jetzt noch ein paar kurze Tests mit Ihnen machen, um mich zu versichern, dass ich Sie guten Gewissens gehen lassen kann. Wenn ich zufrieden bin mit dem, was ich sehe und höre, können Sie die Entlassungspapiere unterzeichnen.«

Es dauerte noch zwei Stunden, bis Elena die Nase in den frischen Wind stecken konnte. Aber dann war sie wieder frei.

»Danke, Jana. Was hast du mit dem Personal angestellt, dass Doktor Holler deinen Einsatz explizit erwähnte?«

»Ach, ich habe meine ekelhafte Seite heraushängen lassen und bin allen so lange auf die Nerven gegangen, bis sie es eingesehen haben, dass der einzige Weg, mich wieder loszuwerden, über deine Entlassung führte.« Jana legte den Arm um ihre Schwester. »Verrätst du mir, warum dein Kleiderhaken aus der Wand gebrochen ist und dich erschlagen hat?«

Elena schaute zu Jana auf. Das war es, was im Krankenhaus noch gefehlt hatte. Diese kleine Information, die sich dank Janas Frage in diesem Augenblick in Elenas Bewusstsein zurückschlich: die Tote im Liftschacht.

Jana las Elenas Gesicht wie ein offenes Buch. »Das war's also. Du hast wieder eine gesehen. Wo diesmal?«

»Im Liftschacht aufgeknüpft«, antwortete Elena leise. Sie erschauerte, als das grässliche Bild vor ihrem inneren Auge auftauchte.

Jana nickte langsam, nachdenklich. »Was hast du jetzt vor? Gehst du zurück nach Erlach?«

»Ich muss. Ich muss endlich Gewissheit haben, und dafür brauche ich Leons Hilfe.«

Jana war sichtlich unglücklich darüber. »Leon. Leon Heldt? Der, von dem du mir gleich nach deiner Ankunft in Erlach erzählt hast? Der Leon von früher?«

»Ja, genau der Leon.«

Jana öffnete schon den Mund, überlegte es sich jedoch anders. Sie drückte ihrer Schwester vorsichtig einen Kuss auf die unverletzte Seite der Stirn. »Tu, was du tun musst.«

Jana stand noch im Eingang ihres Hauses und sah zu, wie Elena davonbrauste. Ihre Finger spielten mit dem silbernen Herz an ihrer Halskette. Da zog ihre kleine Schwester davon – mit einem dicken Pflaster an der Schläfe und Wahnvorstellungen im Gepäck. Ihre Schwester, die sich auf Leonidas Heldt verließ, einen Mann mit vielen Geheimnissen.

27. Oktober, abends

Elena war kaum im Dorf angekommen, da entdeckte sie den Rauch. Sie lehnte sich über ihr Lenkrad und spähte aus der Windschutzscheibe. Die Richtung stimmte. Die Rauchsäule stieg ungefähr dort in den Himmel, wo ihre Hütte stand.

»Was hat das zu bedeuten?«, dachte sie laut nach.

Mit in Falten gelegter Stirn fuhr sie weiter, bog in ihre Straße und schließlich in ihre Einfahrt ein. Sie fand die Hütte unversehrt. Das war doch schon mal etwas. Dennoch blieb sie irritiert. Der weiße Rauch stieg aus ihrem Kamin, vor ihrer Veranda parkte ein Pick-up, den sie inzwischen sehr gut kannte. Elena stellte ihren Wagen daneben und stieg aus. Offenbar hatte der Eindringling ihren Motor gehört, denn hinter dem Vorhang bewegte sich etwas. Elena ging nur zögernd auf das Haus zu. Sie wusste nicht wirklich, was sie von der Situation halten sollte.

Leon öffnete die Tür. Er stand im Eingang, als gehörte er genau hierhin, aber das tat er nicht. Er hatte in ihrer Hütte nichts verloren, auch wenn er es gewesen war, der während ihrer Abwesenheit ein Auge auf das verlassene Häuschen hatte.

»Was tust du in meinem Haus?«, fragte sie frei heraus.

»Mich um dich sorgen«, kam die unerwartete Antwort. »Wenn ich dich so ansehe, ist meine Sorge nicht ganz unberechtigt.«

Ganz automatisch fasste sich Elena an ihre geschundene Schläfe. Hinter der Wunde machten sich Kopfschmerzen breit. »Das berechtigt dich nicht, in mein Eigentum einzudringen und dich häuslich einzurichten.«

»Nein, das tut es nicht. Aber nachdem du einfach verschwunden warst und ich dich nicht erreichen konnte, fällte ich in Anbetracht deiner Vorgeschichte die Entscheidung, in deinem Haus auf deine Rückkehr zu warten, damit ich dich auf keinen Fall verpasse oder, falls du nicht mehr auftauchst, rechtzeitig Alarm schlagen kann.«

»Noble Motive.«

»Ja, nicht wahr? Das vermag dich aber nicht wirklich zu besänftigen, richtig?«

»Nein.«

»Wenn ich dir nun aber sage, dass ich während deiner Abwesenheit nicht ganz untätig herumgesessen bin, ist dann wenigstens deine Neugierde geweckt?«

Elena funkelte Leon an. Sie war noch nicht bereit, ihm das Eindringen in ihr privates Reich zu verzeihen, musste aber zugeben, dass sie mehr hören wollte. »Hast du etwas Nützliches herausgefunden?«

»Komm rein und sieh's dir an. Anschließend kannst du mir erzählen, was mit dir passiert ist.« Leon hielt einladend die Tür auf.

Elena zögerte, drückte sich dann aber an Leon vorbei in ihr Haus. Sie zog die Jacke aus, drehte sich zur Garderobe und hielt dann in der Bewegung inne. Sie betrachtete den Knauf, über den sie die Jacke hatte streifen wollen, überlegte es sich dann aber anders. Garderoben waren ihr nicht mehr besonders geheuer. Also trug sie die Jacke ins Wohnzimmer und legte sie dort sorgfältig über die Sofalehne. Sie spürte, wie Leon ihr mit seinem Blick folgte, ihr Verhalten genau beobachtete. Wahrscheinlich legte er das Gesehene innerlich unter »nicht ganz dicht« ab, aber er sagte keinen Ton.

Elena ließ ihren Blick durch das Zimmer schweifen. Alles sah aus, wie sie es verlassen hatte.

»Was suchst du?«, fragte Leon hinter ihr.

»Wie bitte?« Elena blinzelte ihn verständnislos an.

»Wonach du suchst, habe ich dich gefragt. Irgendwelche Hinweise darauf, ob ich die Hütte verwanzt habe, oder so was in der Art?«

»Eigentlich nicht, nein. Aber wenn wir schon dabei sind …«

Leon ließ sie überhaupt nicht erst ausreden. »Habe ich nicht. Aber ich möchte dir etwas zeigen«, sagte er und ging in die Küche.

Elena folgte ihm und entdeckte auf dem kleinen Küchentisch einen Stapel Papiere, den sie nicht kannte. Außerdem roch es nach Farbe, und der Tisch leuchtete geradezu in frischem Weiß. »Sag mal, wie lange hast du hier auf mich gewartet?«

Leon folgte ihrem Blick und erriet den Hintergrund ihrer

Frage. »Ach, der Tisch. Er hat so schäbig ausgesehen, da habe ich ihn abgeschliffen und neu lackiert. Das ging ganz schnell. Ich hoffe, du hattest nicht etwas anderes mit ihm vor?«

»Nein. Trotzdem muss das aufhören, dass du dich an meinen Sachen vergreifst, ohne mich zu fragen, und schlimmer noch: während meiner Abwesenheit.«

»Du hast recht. Ich habe nur so lange nach dem Haus gesehen, dass ich es inzwischen wohl ein bisschen zu sehr als mein eigenes betrachte. Entschuldige.«

Elena war überrascht, wie aufrichtig er klang und wie simpel und naheliegend seine Erklärung war. Sie hatte dem eigentlich nichts mehr hinzuzufügen. »Hast du die Gelegenheit genutzt und auch gleich das Haus auf Verdächtiges durchsucht?«, fragte sie bissig.

Leon schien sich nicht im Geringsten getroffen zu fühlen. Im Gegenteil, sein Mundwinkel zuckte, als müsse er sich ein Lächeln verkneifen. »Nein. Ich bin durch die Räume gewandert, zugegeben, aber nicht mit dem Hintergedanken, etwas Belastendes gegen dich zu finden.«

»Du hast auch nichts gefunden, sonst stünde ich kaum ohne Handschellen vor dir«, dachte sie laut nach. Dann überlegte sie, ob sie ihn schon vom Haken lassen und das heikle Thema wechseln sollte. »Gut. Lassen wir das. Vorerst. Was hast du für mich?«

»Setz dich«, forderte er sie auf und zog den Stuhl für sie unter dem Tisch hervor. Er nahm auf der anderen Seite Platz und zog die Dokumente zu sich heran.

»Fühlst du dich auch wirklich fit genug, um mir folgen zu können?«, fragte Leon besorgt.

»Tue ich.«

»Also dann. Kurz zusammengefasst: Ich habe mich erkundigt, ob es in der letzten Zeit noch mehr Vorfälle wie diesen Autounfall der Thurgauerin gab. Leider ergebnislos. Auch nachdem ich die Suche bis zum Tag deines eigenen Unfalls erweitert hatte, sprang mir nichts Auffälliges ins Auge. Deshalb habe ich eine weitere Quelle angezapft, die sich noch mehr Einblicke in Polizeidaten verschaffen kann als ich. Da warte ich aber noch auf Antwort. Dann habe ich Vermisstenmeldungen durchstöbert, und jetzt kommt's.« Leon hielt inne und sah Elena ernst an.

»Was?«, fragte sie forsch. Sein Gesichtsausdruck beunruhigte sie.

Ehe er antwortete, breitete er ein paar Blätter vor ihr aus. Es waren einzelne DIN-A4-Seiten. Oben links steckten jeweils Büroklammern am Papier, aber sie hielten nichts zusammen. Der Text auf dem Papier schien eine Sammlung wichtigster Eckdaten zu sein. Aber was hatte das mit ihrem Problem zu tun? Elena schob die Blätter hin und her, konnte sich aber nur schwer auf die Worte darauf konzentrieren.

»Das sind Angaben über vermisste Personen. Ich habe auch hier den Suchzeitraum auf ein Jahr festgelegt.«

»Ein Jahr«, murmelte Elena, »so lange liegt mein Unfall zurück.«

»Genau.«

»Aber gab es da nicht unendlich viele Vermisste? Was waren deine Suchkriterien?«

Leon nickte zufrieden. »Gut mitgedacht. Nein, zum Glück spuckte der Computer nicht viele passende Vermisste aus. Manche fielen schon aus dem Raster, weil sie auf die eine oder andere Art wieder aufgetaucht sind, allerdings ohne Merkmale eines geschändeten Körpers, wie es nach deinen Erlebnissen hätte sein müssen.«

»Du kennst ja noch nicht einmal alle meine Erlebnisse«, warf Elena ein.

»Auch wieder wahr. Aber ich ging davon aus, dass die Körper, die du gesehen hast, sagen wir, exklusivere Verletzungen aufweisen müssten als zum Beispiel einfache Kratz- und Schleifspuren.«

Elenas Kopfschmerzen wurden auf einmal stärker, obwohl das kaum die wirklich schockierende Nachricht gewesen sein konnte. Sie rieb sich die gesunde Schläfe.

»Kopfschmerzen?«

Elena nickte. Leon verschwand in den Flur und kam gleich darauf vom Wohnzimmer her wieder zurück in die Küche. Dann reichte er ihr eine Tablette und stellte eine Flasche Williams neben ihr auf den Tisch.

»Ich habe meine eigenen Tabletten bekommen, aber danke. Alkohol sollte ich wohl in meinem Zustand auch keinen konsumieren, schon gar nicht, um Tabletten hinunterzuspülen.«

»Du wirst den Schnaps brauchen, glaube mir.«

Während Elena entgegen ihren Worten die runde weiße Tablette aus der Verpackung drückte und trocken hinunterschluckte, holte Leon zwei Gläser aus dem Küchenschrank und stellte sie neben die Flasche. »Besser?«, fragte er Elena mit dem Blick auf die leere Tablettenverpackung gerichtet.

»Wird schon. Weiter.«

»Gut. Es blieben also nur ein paar wenige übrig, die nach wie vor als vermisst gelten. Allerdings gibt es Unsicherheitsfaktoren. Zum Beispiel kann ich nicht sicher sein, ob deine Opfer allesamt aus der Schweiz stammen.«

»Verstehe. Sind das hier alle, die noch übrig geblieben sind?«

»Nein. Diese fünf hier blieben aufgrund eines anderen Kriteriums übrig.«

27. Oktober, kurz vor Mitternacht

»Ihre Namen?«, fragte Elena überrascht. »Wie das?«

Leon fächerte die Papiere auseinander, die Elena fein säuberlich gestapelt hatte. »Sieh dir ihre Vornamen an. Was fällt dir auf?«

Sie starrte die Buchstaben auf den Papieren an, konnte sich aber keinen Reim darauf machen. Leon bemerkte das Fragezeichen, das ihr ins Gesicht geschrieben stand, denn er forderte sie auf: »Lies die Namen laut vor, bitte.«

Gehorsam richtete sich Elena etwas in ihrem Stuhl auf, hob die Papiere an und las. »Adena, Lena, Ilena, Jelenica.« Elena sah fragend zu Leon auf. »Ich versteh kein Wort. Was haben diese Namen mit mir zu tun?«

»Es ist dünn, ich weiß, aber es ist der einzige Strohhalm, den ich derzeit habe. Dein Name ist in unseren Breitengraden nicht weit verbreitet. Genauso wenig wie Adena, Jelenica oder Ilena. Ob du es glaubst oder nicht, die anderen Vermissten trugen weniger exotische Namen. Sie hießen Nathalie, Stefanie, Andrea und so weiter. Namen, die in der Schweiz eben beliebt sind oder waren. Weil ich nicht wusste, wonach ich weiter suchen sollte, habe ich im Internet Nachforschungen über deinen Namen angestellt. Da fiel mir ziemlich schnell eine äußerst interessante Begebenheit auf.«

Leon zog ein weiteres Blatt hervor, kehrte die leere Seite nach oben. Mit großen Buchstaben notierte er Elenas Name. ELENA.

»Du weißt, was Elena bedeutet?«

»Nein«, antwortete sie sofort.

»Dein Name kommt aus dem Griechischen. Es heißt strahlen, glänzend oder Sonne.«

»Ist ja nett. Besonders strahlend komme ich mir im Augenblick aber nicht vor.«

Er ignorierte ihre Bemerkung und fuhr unbeirrt fort. »Du hast schon mal von der schönsten Frau der Welt gehört? Die aus der griechischen Mythologie? Diejenige, die von den Trojanern aus Sparta entführt worden ist?«

Elena schaute Leon entgeistert an. »Was wird das? Eine Lektion in Geschichte? Ein Ratespiel?«

»Antwortest du mir?«, fragte er kühl.

Elena holte tief Luft, rieb sich erneut die Schläfe. »Ja, davon habe ich gehört. Wer nicht, nachdem Brad Pitt es mit Orlando Bloom aufnehmen musste.«

»Ein Hoch auf Hollywood«, meinte Leon sarkastisch. »Wen spielte Diane Kruger?«

»Helena«, antwortete Elena entnervt, aber prompt. Gleich darauf stutzte sie. »Helena«, wiederholte sie langsam. Auf einmal sah sie Leons Lektion in griechischer Mythologie in einem völlig anderen Licht. »Hieß nicht die Frau, die mit ihrem Wagen vor Kurzem in den Fels gekracht ist, Helen mit Vornamen?«

»So ist es. Helena oder Helen ist eine Variante deines Namens. Genauso wie …«

»Adena, Lena, Ilena, Jelenica, stimmt's?«, beendete sie Leons Satz, als ihr aufging, wohin das Namensspiel führte.

»So ist es. Adena kommt aus dem Hebräischen, Lena aus dem Englischen, dein Name ist dasselbe in Spanisch und so weiter.«

»Okay. Vor allem Adena und Jelenica habe ich noch nie gehört. Das hat schon Seltenheitswert. Aber dass die beiden Vermissten ausgerechnet einen Zusammenhang mit meinen Erlebnissen haben sollen, die ja eigentlich nur Einbildung sind, halte ich für sehr, sehr weit hergeholt.« Elena weigerte sich schlicht, das zu glauben. Denn würde sie diese Theorie auch nur annähernd akzeptieren, hieße das, jemand entführt Frauen, tötet sie und stellt sie anschließend zur Schau. Das ganze Trauerspiel nur, um Elena in den Wahnsinn zu treiben? Eine Vorstellung, die sie nicht begreifen konnte. Da galt sie lieber als verrückt. »Das kann und darf nicht sein. Dann erkläre ich mich lieber höchstpersönlich für irre und weise mich gleich selbst in eine Anstalt ein.«

Leon öffnete die Flasche Williams und schenkte einen Schluck in ein Glas. »Wenn man das hört und wenn das nur im Geringsten einen wahren Ansatz hat, ja, dann möchte man sich einliefern. Es gibt nun noch eine Chance, meine ganze Theorie als unwahr in den Schredder zu befördern.«

Elena horchte auf. Das war ein Strohhalm, an dem sie sich festhalten wollte. Ob wahr oder unwahr, sie würde über Leons Worte nachgrübeln, es sei denn, sie konnte sie sogleich widerlegen. Dann könnte sie das Ganze sofort mit einem großen Schluck von diesem Williams wegspülen. »Die wäre?«

Leon zog sein Mobiltelefon aus der Tasche, entsperrte es und öffnete einen Ordner. Dann legte er das Telefon vor Elena auf den Tisch. »Sag mir, ob du eine dieser Frauen wiedererkennst.«

Elena wurde nervös. Ihre Fingerspitzen kribbelten, während sie die Hand um das Telefon schloss und es näher zu sich heranholte. Sie betrachtete das erste Foto, kramte in ihrer Erinnerung, doch da war nichts. Einerseits fühlte sie sich erleichtert, andererseits wusste sie, es warteten noch mehr Fotos. Was würde das nächste bringen?

Elena schluckte schwer, sammelte den letzten Rest Mut und strich über den Bildschirm. Das zweite Foto erschien auf dem hellen Display. Eine hübsche Dunkelhaarige. Es war irgendwo im Grünen aufgenommen worden. Sie lächelte. Gelöst und glücklich. Dieses Glück, das die Fotografie eingefangen hatte, in direkter Verbindung damit, weshalb Elena das Bild zu sehen bekam, versetzte ihr einen Stich. Ich hoffe, sie finden dich, wünschte Elena innerlich und blätterte weiter.

Elenas Hand schnellte zurück, als hätte sie sich verbrannt. Den Blick konnte sie aber nicht abwenden.

»Elena?«, fragte Leon behutsam. Doch seine Anspannung war überdeutlich spürbar. »Kennst du sie?«

Das Bild verschwamm vor Elenas Augen. Ein anderes legte sich darüber. Eine Frau im Weiher. Schwarzes Haar. Gekleidet wie Schneewittchen. »Ja«, antwortete Elena schließlich mit bebender Stimme, »ja, ich kenne sie.«

28. Oktober, 01.30 Uhr

Die Hände auf dem Spülbecken abgestützt, stehe ich in der Küche und spähe aus dem kleinen Fenster in die Dunkelheit. Die knorrigen Äste der Bäume geben im Licht des Mondes ein bizarres Bild ab. Zur Musik der Natur führen sie einen skurrilen Tanz auf. Manche sind knöchern und steif, andere bewegen sich elegant im Luftstrom. Der Wind schwingt den Taktstock, die Pflanzen spielen die passende Musik. Eine herrliche Zeit, die Nacht. Unter dem schwarzen Tuch kriechen Geschöpfe hervor, die tagsüber nicht zu dieser Welt gehören. Oder aber Geschöpfe legen ihre Masken ab, die sie tagsüber tragen, und zeigen nachts ihr wahres Gesicht. So wie ich. Denn die Nacht duldet, was der Tag verurteilt.

Wie poetisch, denke ich grinsend. Ich löse meinen Blick vom Fenster und stoße mich von dem Spülbecken ab. Obwohl ich gerne auf die Jagd gehen würde, steht Aufräumen auf dem Programm. Nicht unbedingt meine Lieblingsbeschäftigung, aber wer eine Sauerei macht, muss sie auch wieder wegputzen.

Ich gehe zu dem Küchenschrank, in dem ich die Pfannen aufbewahre, knie mich hin und drücke rechts unten auf die Sockelleiste. Die Leiste gibt nach, sodass ich sie auf der anderen Seite festhalten und wegziehen kann. Ich beuge mich weit nach vorne und strecke meinen Arm in den Hohlraum unter den Küchenschränken. Ich taste, bekomme aber nichts zu fassen.

Wie weit hinten ist es denn?, frage ich mich, beuge mich noch etwas weiter nach unten, drücke die Schulter fest gegen den Schrank. Mein Gesicht liegt beinahe auf dem welligen Linoleumboden, so sehr strecke ich mich. Meine Finger grapschen im Staub herum, scheuchen auf, was sonst noch da unten so herumkrabbelt.

»Herrgott«, fluche ich. Unmutsbekundung und Befreiungsschlag zugleich, wie sich herausstellt, denn die Spitze meines Zeigefingers fühlt das dünne Plastik. Ich schabe mit den Fingernägeln darüber, um das schlüpfrige Material näher zu mir zu bringen, um es endlich richtig fassen zu können.

Wie weit hinten ist der Müllsack denn bloß gelandet?, überlege ich noch, als ich plötzlich einen Zipfel zwischen die Finger kriege. Ich krall mich daran fest und ziehe. Gar nicht so leicht, dieses Päckchen. Kein Wunder, wenn man bedenkt, was darin verborgen liegt.

Schweißperlen zeichnen sich auf meiner Stirn ab, aber ich habe das widerspenstige Ding jetzt sicher in der Hand. Endlich erscheint der schwarze Sack im schummrigen Licht der Küchenbeleuchtung. Ich schnaufe aus, schiebe die Leiste wieder an ihren Platz und richte mich auf. Froh darüber, den schweren Sack gut zugebunden zu haben, pack ich ihn am oberen Ende und schleif ihn zur Tür. Beim Ausgang angekommen, zögere ich. Die Hand bereits am Türknauf, ziehe ich sie noch einmal zurück. Ich lege die Finger auf den Knoten, der den Sack geschlossen hält, und teste mit dem Fingernagel seine Festigkeit. Dann nehme ich einen zweiten Finger dazu. Ehe ich michs versehe, löse ich den Knoten, öffne die Tasche. Ein beißender Geruch schlägt mir entgegen. Der Geruch nach verwesendem Fleisch.

Ich atme ihn tief ein. Was bei anderen den Würgereflex auslöst, hat auf mich die Wirkung einer Droge. Es berauscht und belebt mich. Ich genieße das beißende Gefühl in der Luftröhre, halte den Atem an, lasse mir Zeit. Ich schiebe den Kopf über die Öffnung der Tüte, atme erneut ein. Die Haare an meinen Armen stellen sich auf. Mit einem Lied auf den Lippen ziehe ich den Kopf wieder zurück, greife in meine Hosentasche und ziehe einen Latexhandschuh hervor, den ich mir überstreife. Ohne weiter darüber nachzudenken, stecke ich den Arm in den Sack, taste den Inhalt ab. Einen Zipfel des Gesuchten bekomme ich zu fassen, was ich daran merke, dass es weicher ist als der Rest. Ich ziehe daran und fördere eine weiße, von den Körperteilen und dem zerfallenden Fleisch fleckig gewordene, atmungsaktive Schutzhülle zutage. Ich öffne sie, atme erneut tief ein. Es riecht streng nach Tod, wie ich zufrieden feststelle. Ein herrlicher Geruch.

Ich ziehe die rote Wolldecke heraus, die ich in die Schutzhülle gepackt habe, lege sie beiseite, stecke meine Hand abermals in den Müllsack. Diesmal taste ich nach einem weiteren Teil des Inhalts. Meine Fingerspitzen fühlen Haar, Haut. Ich taste weiter, bekomme etwas zu fassen, das sich nach Zehen anfühlt. Dann finde ich, was ich suche, und ziehe es heraus.

Der Oberarm hängt zwar noch am Unterarm, aber er wurde beim Autounfall gebrochen. Ich bewege ihn ein wenig an der Bruchstelle. Es fühlt sich an, als versuchte ich, einen zu groß geratenen Hühnerflügel an den Gelenken auseinanderzubrechen.

Schließlich höre ich das gewünschte Knacken. Der Knochen gibt nach. Ich betrachte das Stück in meinen Händen im Zwielicht des Korridors. Zufrieden mit dem Resultat, werfe ich den Rest zurück in den Abfallsack, knote ihn wieder zu.

Ich stoße mit der Schulter die Tür zum angrenzenden Badezimmer auf und werfe den Knochen in das Spülbecken links neben der Tür. Scheppernd prallt er auf die weiße Emaille, rutscht vom Schwung des Wurfes hin und her, bis er zur Ruhe kommt. Ich schnappe mir den schwarzen Müllbeutel und schleppe ihn nach draußen. Es hat zu regnen begonnen. Das Wasser sucht sich sofort den Weg unter meine Kleidung. Kalt läuft es in den Kragen meines Hemdes und meinen Rücken hinunter. Es rinnt von meinem Kopf, über die Nase und bildet dort lästige Tropfen. Ich schüttle sie ab und mache mich daran, meine Aufgabe zu beenden. Damit ich den Sack nicht über den matschigen Boden hinter mir herziehen muss, hieve ich ihn auf meine rechte Schulter und stapfe zu meinem Auto. Meine Melodie summend, öffne ich den Kofferraum, drehe mich mit dem Rücken zum Fahrzeug und lasse den Beutel auf das im Wageninneren ausgelegte Plastik gleiten. Schnell schlage ich den Deckel wieder zu und beeile mich, zurück ins Haus zu kommen, denn dort wartet eine weitere Aufgabe auf mich.

28. Oktober, 02.00 Uhr

Kleine Lachen sammeln sich auf dem Boden im Korridor, dort, wo die Ecken der nassen Kleidung ihr Wasser tropfend abgeben. Auch die Dusche tropft in steter Regelmäßigkeit.

Die aufprallenden Wasserperlen zerspringen geräuschvoll. Plopp. Plopp. Plopp. Eigentlich erstaunlich, wie laut so ein unauffälliger, durchsichtiger, kleiner Tropfen sein kann.

Ich bediene den Lichtschalter neben der Badezimmertür. Surrend springt die Lampe des alten Spiegelschranks an. Das schmutzig gelbe Licht vermag das kleine Bad kaum zu erhellen. Der schwächelnde Stromkreis sorgt für ein geisterhaftes Flackern. Ich trete ein, stelle mich vor das Spülbecken und betrachte, was ich zurückbehalten habe.

Vorsichtig, fast ehrfürchtig greife ich danach. Der Knochen ist mit menschlichen Überresten beschmutzt. Dunkel kleben noch Blut und Fleisch daran.

Ich öffne den Spiegelschrank, nehme einen frischen Schwamm heraus. Ich drehe erst das kalte, dann das warme Wasser auf, warte, bis die Mischung die gewünschte Temperatur erreicht hat. Dann beginne ich, mit der rauen Seite des Schwamms den Knochen zu bearbeiten. Ich schmirgle die Überreste sorgfältig weg, schrubbe jede Unebenheit, jede Rille und Furche penibel sauber. Ich habe keine Eile. Ich genieße diese Arbeit, führe jeden Wisch mit Freude aus. Dazu summe ich mein Lieblingslied.

Es arbeitet sich viel leichter mit einem hübschen Lied auf den Lippen.

Nach einer Weile halte ich meinen Knochen gegen das Licht. Drehe und wende ihn. Erst als ich keinen Fleck mehr finde, schließe ich den Wasserhahn wieder. Ich verlasse das Badezimmer und wende mich der Treppe zu. In der Dunkelheit erklimme ich die Stufen ins Obergeschoss, immer begleitet von dem leisen Ploppen der fallenden Wassertropfen in der Badewanne.

Ich öffne die kleine Schlafkammer, trete ein und verschließe die Tür hinter mir sorgfältig wieder. Dann gehe ich zu dem an der Wand stehenden Bett. Ich ziehe den Rahmen des Bettes von der vertäfelten Wand weg. Dann drücke ich an einer bestimmten Stelle gegen die Täfelung. Mit einem leisen Klicken ploppt eine etwa 1,50 Meter hohe und knapp einen Meter breite Tür auf. Niemand würde auf den ersten Blick vermuten, dass sie da war, so gut war sie mit den Nähten der Täfelung vereint, so perfekt eingepasst war sie in diese zusätzlich in den Raum eingezogene Wand. Aber ist es nicht meistens so, dass man zweimal hinsehen muss, ehe man etwas erkennt?

Die Wand gibt eine dunkle Öffnung preis. Ich lächle in mich hinein, während ich hindurchschlüpfe. Ich taste blind in die Dunkelheit, bekomme eine Schnur zu fassen und ziehe daran. Es klickt, und eine einzelne Glühbirne, die von der Decke baumelt, geht an. Ich drehe mich um, und da steht es. Wie jedes Mal verschlägt mir der Anblick kurz den Atem, schnürt mir die Kehle zu.

In der Ecke steht eine Wiege. Das Holzgatter ist filigran geschnitzt. Nicht von einer Maschine gedrechselt. Eine Polsterung sorgt für die nötige Sicherheit. Ausgekleidet ist das Babybett mit einem rosa-hellblau gestreiften Stoff, der einen erfrischenden Kontrast zu der ungemütlichen, staubigen Kammer bildet. Die Decke und das kuschlige Kopfkissen liegen aufgeschüttelt bereit.

Am Kopfende sitzt ein weicher Teddybär. Abgestellt, um

Wache zu halten. Doch er wird nie jemanden haben, den er bewachen kann.

Meine Finger krallen sich fest um den Knochen. Um sie wieder zu lösen, konzentriere ich mich auf jeden einzelnen.

Über der leeren Wiege hängt an einer Stange ein Vorhang. Er ist nicht mit Streifen bedruckt, sondern mit einem Blumenmuster. Am Ende der Stange ist ein Mobile festgemacht, an dem hübsch geschnitzte Figuren weiß schimmern. Ein Fisch, ein Elefant, eine Katze, ein Kaninchen. Bei genauerem Hinsehen kann man entdecken, dass noch ein paar Nylonfäden ohne Anhänger an den Stöcken baumeln.

Der Raum wirkt wie eine kleine Puppenstube, so winzig ist er. Ich kann nicht aufrecht stehen, mich kaum drehen, ohne mich an etwas zu stoßen.

Ich wende mich von der Wiege ab und einem einfachen Holztischchen zu. Ich setze mich auf den Schemel, der davorsteht, nehme die Feile, setze sie am Knochen an.

Konzentriert beginne ich zu schleifen.

Heute soll es ein Pferd werden.

28. Oktober, 03.00 Uhr

Ein dumpfes Geräusch ließ Elena aus dem Schlaf aufschrecken. Sie riss die Augen auf, benötigte jedoch einige Augenblicke, um sich zu orientieren. Sie räusperte sich, sah sich im dunklen Raum um, kramte in ihrer noch verschlafenen Erinnerung, tastete ihre nächste Umgebung ab. Allem Anschein nach war sie auf dem Sofa eingeschlafen. Sie versuchte, das Kabel der kleinen Lampe zu erwischen, die sie vor Kurzem auf den Beistelltisch gestellt hatte, um nicht immer auf ihre Taschenlampe oder ihr Handy angewiesen zu sein. Sie fand den Knopf und drückte ihn. Ein schwaches gelbliches Licht flammte auf und beleuchtete gerade mal den näheren Umkreis der Lampe. Es verlief sich zu den Zimmerecken hin und hinterließ düstere Schatten.

Elena gähnte, was in ein raues Husten umschlug. Sie schnüffelte. Es roch irgendwie ekelhaft. Sie schaute auf den Boden. Dort lag ein Buch mit dem Umschlag nach oben. Sie streckte ihren Arm aus, hob es hoch. Einige Seiten waren umgeknickt. Ein Indiz dafür, dass sie beim Lesen eingenickt und es ihr wohl aus der Hand gefallen war. Elena klappte das Buch zu und legte es auf den Beistelltisch neben die Lampe. Wieder schnüffelte sie. Was um Himmels willen roch hier so grässlich?

Sie wollte der Sache auf den Grund gehen, richtete sich auf, griff nach der Decke. Sie war gerade im Begriff, den Überwurf zurückzuschlagen, als sie verdutzt innehielt. Die Stoffecke noch in der Hand, sah sie ungläubig an sich hinunter.

Wann hatte sie sich zugedeckt? Aber was noch fraglicher war: Womit hatte sie sich bedeckt?

Stirnrunzelnd musterte sie, was sie in der Hand hielt: Eine rote Wolldecke. Sie besaß aber keine rote Wolldecke.

Ein grausiger Verdacht ließ Elenas Nervenbahnen vibrieren. Sie atmete schwer, als sie sich vorbeugte, vorsichtig an der Decke roch – und sogleich zurückschreckte. Panisch riss sie den nach Verwesung riechenden Stoff von sich, während sie vom Sofa aufsprang. Entsetzt starrte sie das rote Knäuel an. Der Geruch war auf einmal überall. In ihrer Kleidung, an ihren Händen, in ihrer Nase. Er klebte an ihr wie Teer. Würgend rannte sie ins Bad. Sie klappte den Klodeckel hoch und übergab sich. Als der Brechreiz abgeklungen war, ließ sie sich erschöpft auf die Fliesen sinken, wischte sich mit dem Handrücken über den Mund. Sofort war er wieder da, dieser Geruch nach sich zersetzendem Fleisch. Sie musste ihn unbedingt loswerden. Sie wollte sich waschen, schrubben, bis nichts mehr nach Tod roch.

Elena kletterte in die Wanne und ließ sich erst eiskaltes, dann heißes Wasser über die angespannten Schultern prasseln. Nach einer Weile beruhigte sich ihre Atmung, die Aufregung verflog, ihre Gedanken wurden wieder klarer. Sie streifte die triefende Kleidung ab, seifte sich mit viel Duschgel ein. Dann stemmte sie die Hände gegen die Rückwand der Dusche, ließ mit gesenktem Kopf das wohltuende Nass über ihren Körper rinnen und begann nachzudenken.

Leon war gegen ein Uhr morgens gegangen, nachdem sie sein Angebot, bei ihr zu bleiben, zum x-ten Mal an diesem Abend abgelehnt hatte. Sie hätte sich dabei einfach nicht wohlgefühlt, ihn in ihrer Nähe zu haben. Sie hatte sich zu schwach gefühlt, um gegen ein allfälliges Aufleben alter Verhaltensmuster anzukämpfen. Und das Letzte, was sie jetzt wollte, war, die Verbindung zu Leon mit einer Bettgeschichte zu zerstören, die sie provoziert hätte. Zweifelsohne wäre sie der Auslöser gewesen. Er hätte sie bestimmt nicht angefasst. Dafür war er zu charakterstark.

Unter einigen Vorbehalten hatte er sie schließlich allein zurückgelassen. Erschöpft hatte sie sich auf ihr Sofa sinken lassen, mit dem Vorsatz, noch ein Buch zu lesen. Darauf konnte sich Elena noch gut besinnen. Doch ab dann verschwammen die Erinnerungen.

Sie drehte das Wasser ab und schlüpfte in ihren Bademantel, der über der Duschstange am Ende der Wanne hing, und kehrte ins Wohnzimmer zurück.

Das Buch, das sie zur Hand genommen hatte, lag auf dem Beistelltisch, wo sie es zuvor hingelegt hatte. Das Licht der Lampe brannte noch. Aber etwas war anders.

Elenas Augen huschten nervös hin und her, suchten das Polster ab. Doch da war nichts; die rote Wolldecke war verschwunden.

Das einzige Überbleibsel war dieser grauenhafte Verwesungsgeruch, der immer noch dünn in der Luft hing. War die Wolldecke wirklich da gewesen? War sie nur der verstörende Abschluss eines äußerst real wirkenden Albtraums gewesen? Aber woher kam dann dieser Geruch? Oder war etwa jemand in ihr Haus eingedrungen und hatte sie geholt, während sie unter der Dusche gestanden hatte? Das war undenkbar – oder?

Elena schauderte, zog den Bademantel fest vor ihrer Brust zu. Sie versuchte, ruhig und tief zu atmen, spürte aber, wie ihr die Kontrolle erneut zu entgleiten drohte. Ihre Knie wurden weich.

Was ging hier vor?

Sie warf ihre Bedenken bezüglich Leon über Bord und sah sich nach ihrem Mobiltelefon um. Sie wollte nicht mehr allein sein. Sie wollte Leons Stimme hören. Ihm sagen, dass sie zu einer normalen Schlafwandlerin zu verkommen drohte und damit die ganze Wahrheitsfindung in Gefahr war.

Hastig suchte sie die Umgebung ab. Auf dem Beistelltisch lag das Telefon nicht. Sie eilte in die Küche, zurück in den Korridor, riss Schubladen auf, wühlte darin herum.

In all der Hast stieg eine tiefe Verzweiflung in ihrer Kehle auf und brach sich in einem lauten Schluchzer Bahn. Schließlich ließ sie von der Schublade ab, die sie gerade malträtiert hatte, sank mit dem Rücken an die Wand und ließ ihren Tränen freien Lauf.

Bei Tagesanbruch würde sie wieder stark und gefasst sein, das nahm sie sich fest vor, aber dann erklang auf einmal eine sanfte Melodie, die sie alles andere vergessen ließ. Unvermittelt zog die Musik Elena in ihren Bann und ließ sie nicht mehr los …

28. Oktober, 04.20 Uhr

Geweckt von einem unguten Gefühl, rollte sich Leon aus dem Bett. Er hatte sowieso nur schwer einschlafen können, und als er endlich weggedöst war, begannen ihn Albträume zu plagen, dank derer er sich unruhig hin und her gewälzt hatte. Keine guten Voraussetzungen für eine erholsame Nachtruhe. Aber das war für ihn eigentlich zweitrangig. In erster Linie sorgte er sich um Elena, denn um sie hatten sich seine schlechten Träume gedreht. In ihnen hatte er sich aufgrund seines schlechten Gewissens zu ihr aufgemacht und ihr verraten, welche Motive ihn in Wahrheit dazu bewegten, ihr zu helfen. Das war zwar nicht gut angekommen, aber er hatte sich besser gefühlt, bis die Bilder der vermissten Frauen sich auf einmal um seinen Kopf herum zu drehen begannen. Sie wurden immer schneller, und mit jeder Umkreisung zerfielen die menschlichen Gesichter mehr und mehr zu verwesenden Fratzen, bis schließlich nur noch aufgedunsene, halb von Maden zerfressene Knochenfragmente von ihnen übrig waren.

Das war der Moment gewesen, in dem Leon die Augen aufgeschlagen hatte.

Er schlüpfte in Jeans und Schuhe, zog sich ein Sweatshirt

über und packte seine Jacke. Auf dem Weg nach draußen nahm er den Autoschlüssel vom Haken neben der Tür.

Egal, aus welchen Beweggründen, um zu beichten oder einfach, um sich zu vergewissern, dass alles in Ordnung war, er musste zu Elena.

Die Scheibenwischer kämpften gegen den inzwischen strömenden Regen an. Die Luft im Auto war feucht, trotz der aufgedrehten Heizung. Das Radio knisterte, die Stimme von Jim Morrison kam nur schwer gegen den schlechten Empfang an.

Ich wandle durch den Wald. Der strömende Regen sucht sich einen Weg durch meine Kleidung. Meine Haut ist klatschnass, meine Hose durchtränkt. Das Frösteln fühlt sich gut an. Es zeigt mir, dass ich lebe. Mit diesem Leben muss ich etwas anfangen. Ich kann mich nicht einfach dieser scheinbar ausweglosen Situation hingeben. Das Wasser tropft mir von der Nase. Ich schniefe, reibe mir mit meinem Handrücken darüber, aber ich habe noch nicht genug vom Wasser. An einer einsamen Stelle verlasse ich den Wald. Beim Anblick, der sich mir bietet, muss ich einen Augenblick innehalten. In einigem Abstand liegt dunkel und bedrohlich der See vor mir. Er wirkt ruhig, aber ich spüre, dass die Ruhe trügt. Dieser See birgt viele Geheimnisse, die er niemals preisgeben wird. Rundherum glimmen Lichter, aber nicht an dieser Stelle. Hier ist kein Mensch, sowieso nicht um diese Tageszeit. Ich reiße mich von dem Anblick los und gehe direkt aufs Wasser zu.

Leon parkte das Auto vor Elenas Hütte, neben ihrem Wagen. Währen der Fahrt kam ihm noch ein anderer Gedanke, weswegen er das dringende Bedürfnis verspüren könnte, nach

Elena zu sehen: Er fühlte sich zu ihr hingezogen. Heute wie damals. Nur war er damals in dieser Sturm-und-Drang-Phase seines Lebens nicht bereit gewesen, sich auf ein einziges Mädchen einzulassen. Er wollte das Leben entdecken, die Welt sehen, was ihm letztendlich unter anderem Susi Sommers ermöglicht hatte. Susi Sommers. Auch in Bezug darauf gab es noch etwas richtigzustellen. Damals, als Elena ihn anscheinend erwischt hatte, war nicht er es gewesen, der Susi geküsst hatte. Sie hatte sich ihm an den Hals geworfen. Elena hatte die Szene nicht lange genug beobachtet, denn sonst hätte sie gewusst, dass er sich von Susi gelöst hatte, um ihr mitzuteilen, dass da ein anderes Mädchen war, das ihm den Kopf verdreht hatte, nämlich Elena. Nur kehrte Elena nach diesem Sommer nicht mehr an den See zurück, Susi hingegen schon. Obwohl er ehrlichkeitshalber eingestehen musste, dass er Elena nie ganz vergessen hatte, führte mit Susi eines zum anderen. Der Rest ist Geschichte.

Leon schob die Vergangenheit beiseite und sprang aus dem Pick-up, wobei er die Tür geräuschvoll zuschlug. Das Haus fest im Blick, stapfte er zielsicher darauf zu. Er hielt den Blick auf die Fenster gerichtet, in der Hoffnung, er würde eine Bewegung ausmachen können oder es würde ein Licht eingeschaltet. Er wollte irgendeine Reaktion auf den Lärm, den er gerade gemacht hatte. Aber da kam nichts. Vielleicht hatte Elena einfach einen sehr tiefen Schlaf. Oder er kannte jetzt den Grund für seine Unruhe: Elena war weg.

Noch ehe er nahe genug war, um mit der Faust gegen die Tür poltern zu können, rief er ihren Namen.

Er hatte einen Fehler gemacht, das wusste er jetzt. Er hatte sich schon wieder von ihr überzeugen lassen, nachts nicht bei ihr zu bleiben. Das würde er ab sofort ändern. Er würde bei ihr einziehen, bis diese unheimliche Sache geklärt war. Ob sie es wollte oder nicht. Aber dafür musste er sie jetzt erst einmal finden.

Ich erreiche das Seeufer, bleibe aber nicht stehen. Ich wandere einfach weiter, wate ins Wasser, das aufgewühlt vom Unwetter gurgelnd gegen das Ufer klatscht. Wind kommt auf, rauscht über den schutzlosen See. Das kalte Nass schwappt gegen mich, zeigt mir an, dass es stärker ist, wenn es nur will. Inzwischen reicht es mir bis zum Bauch, aber ich gehe weiter, denn mein Ziel ist da draußen. Ich weiß, dass es da ist. Ich kann die schattigen Umrisse erkennen. Vor allem aber kann ich es hören.

Mittlerweile kann ich nur noch mit den Zehenspitzen den schlammigen Seeboden berühren. Die Wellen schlagen mir ins Gesicht. Allmählich fällt es mir schwer, zu atmen, ohne Wasser zu schlucken. Der nächste Tritt geht ins Leere. Der Boden ist weg. Aber es ist nicht mehr weit. Trotz der widrigen Umstände kann ich den restlichen Weg schwimmend zurücklegen. Tatsächlich komme ich nach drei kräftigen Zügen bei der Nussschale an.

Das einfache Holzboot liegt nicht weit vom Ufer vor Anker, aber dennoch weit genug, um den Weg bei diesen Verhältnissen zu erschweren. Ich löse teilweise die Abdeckung, stütze mich auf den Rand und lasse mich unter der Hülle hineinfallen. Hier drunter ist es regengeschützt, aber feucht. Ich strecke die Hand aus und bekomme das Gesuchte sogleich zu fassen. Ich bin erstaunt, wie dünn ihre Arme sich anfühlen. Eigentlich kein Wunder, wenn man bedenkt, dass sie schon seit zwei Tagen ohne Nahrung hier liegt. Sie rührt sich nicht, gibt keinen

Ton von sich. Aber sie lebt noch, das weiß ich, denn ich habe es so gewollt.

Ich entferne die Schutzhülle noch etwas mehr, lege die einzelne Holzbank frei. Dann lichte ich den Anker, ziehe die hölzernen Ruder aus der Halterung, die ich außen am Boot angebracht habe und rücke sie zurecht. Sie hätte nicht die Kraft gehabt, ans Ufer zu rudern, selbst wenn ich die Paddel direkt neben ihr ins Boot gelegt hätte. Dennoch entschied ich, die Instrumente, die sie hätten retten können, vor ihr zu verbergen.

Mit kräftigen Schlägen paddle ich ans Ufer, bis das Boot auf Grund läuft. Ich springe raus und ziehe es noch ein wenig weiter an Land, damit es keinesfalls weggeschwemmt wird.

Als sich im Inneren noch immer nichts rührte, umrundete Leon das Haus. Auf der Rückseite fand er seinen Verdacht bestätigt. Die Hintertür stand sperrangelweit offen. Ein sicheres Zeichen dafür, dass Elena sich auf einer ihrer Wanderungen befand. Dennoch rannte er in die Hütte, knipste überall das Licht an, rief nach ihr. Er gab die Hoffnung nicht auf, sich zu irren.

An Elenas Stelle fand er das reinste Chaos vor. Die Hütte wirkte, als wäre ein Orkan durchgefegt. Schubladen waren aus den kleinen Kommoden gerissen, auf dem Fußboden lagen Gegenstände verstreut. Ein Anblick, der Leons Sorge nur noch verstärkte. Was war hier geschehen? Leon fluchte laut und machte seinem Unmut weiter Luft, indem er beim Verlassen der Hütte die Hintertür mit voller Wucht zuknallte. Wo sollte er bloß mit der Suche beginnen? Er schaute nach links, nach rechts, geradeaus, alles voller Bäume. Sie konnte überall hingegangen sein. Noch während er darüber nachdachte, meinte er auf einmal ein Knacken zu hören. Er warf den Kopf in die Richtung, spähte mit zusammengekniffenen Augen in die Dunkelheit. Aber es rührte sich nichts.

Leon glaubte schon, sich geirrt zu haben. Der Regen prasselte laut auf den Boden, das Geräusch hatte auch nur Einbildung sein können. Doch da bewegte sich der Busch zu seiner Linken. Er verharrte, beobachtete. Ein Ast wurde zur Seite gedrückt, und aus dem Schatten des Waldes hinkte ein Mensch.

»Elena!« Sofort stürzte Leon zu ihr.

Elena zitterte am ganzen Leib, konnte sich kaum auf den Beinen halten.

Sie sah ihn verstört an, ließ sich aber von ihm stützen. »Komm, du musst unbedingt zurück ins Haus. Wo hast du dich bloß herumgetrieben?«

Erst jetzt schien Elena zu realisieren, was vor sich ging. Sie wich vor Leon zurück, krallte ihre Finger in seine Arme. Ihr Blick war wirr, als sie ihn mit großen Augen ansah. »Nein!«, sagte sie. »Nein! Sie lebt noch! Wir müssen zu ihr! Ich muss zurück!«

Leon verstand kein Wort, und das ließ er Elena wissen. Er drängte sie zum Haus, aber sie stemmte sich dagegen. »Nein, Leon, sie ist noch nicht tot, und es ist noch nicht morgen!«

»Elena, du redest wirres Zeug, ich verstehe kein Wort.«

Elenas Blick wurde eindringlich. »Leon, begreif doch, ich bin nicht ohnmächtig geworden wie sonst. Wenn wir jetzt zurückgehen, ist sie vielleicht noch da, und du könntest sie sehen. Wir könnten ihr helfen!«

Allmählich verstand Leon, worauf Elena hinauswollte. Sie hatte wieder einen Körper entdeckt. Nur bestand diesmal die Möglichkeit, ihn jemandem zu zeigen. Und zwar ihm.

»Wo ist sie?«, fragte er schließlich.

»Sie ist am Ufer des Sees in einem Ruderboot.«

28. Oktober, 07.00 Uhr

»Ich verstehe das nicht.« Elena presste die Handballen gegen die Stirn, biss die Zähne zusammen, bis der Kiefer schmerzte. Sie saß an ihrem Küchentisch. Ein Handtuch lag um ihre Schultern, mit dem sie sich hätte abtrocknen sollen, aber das interessierte sie nicht. Sie nahm kaum wahr, dass sie fror und noch immer in ihrer tropfnassen Kleidung steckte.

Draußen brach allmählich der Tag an. Der Regen hatte aufgehört, und die Sonne versprach, sich zu zeigen. Aber auch das war egal. »Ich glaube, ich werde langsam ernsthaft verrückt.«

Das Sprudeln des heißen Wassers auf dem Herd gab Leon einen Anlass, sich vor einer Reaktion auf diese Aussage zu drücken. Er wollte sie wirklich beruhigen, sie vom Gegenteil überzeugen. Aber er wollte ihr nicht etwas aufschwatzen, woran er selbst nur schwer glauben konnte. Er goss das Wasser in zwei große Tassen mit jeweils einem Teebeutel. Er beobachtete, wie die Beutel erst getragen vom Wasser obenauf schwammen, sich dann vollsogen und allmählich auf den Grund der Tasse abtauchten. Etwa so musste sich Elena fühlen. Lange Zeit schwamm sie obenauf im Glauben daran, mit diesen seltsamen Ereignissen umgehen zu können. Langsam wird sie mehr und mehr mit Zweifeln durchtränkt, bis sie sich nicht mehr dagegen wehren kann und absäuft. Was dann? Was tat sie, wenn dieser Punkt erreicht war? Er wagte es kaum, daran zu denken.

Leon setzte die Tasse mit dem dampfend heißen Tee vor ihr auf dem Tisch ab. Er stellte einen kleinen Teller und zwei Löffel für die gebrauchten Teebeutel dazu.

»Dein Schweigen verrät so einiges, Leon. Du brauchst dich

nicht zurückzuhalten. Nicht einmal mehr ich selbst wage es noch, an meinen gesunden Menschenverstand zu glauben.«

Aus Leons nassem Haar löste sich ein Wassertropfen und rann über seine Wange. Er wischte ihn gedankenverloren weg. »Warum hast du mich nicht angerufen, als du beim Boot warst? Warum hast du das Boot allein gelassen?«

»Ich bin ohne Handy losgezogen«, antwortete Elena nüchtern.

»Warum?«

Elena erinnerte sich nur ungern an ihren Zusammenbruch vor einigen Stunden, als sie ihre Hütte auf der Suche nach ihrem Telefon verwüstet hatte. »Weil ich es nicht gefunden habe.«

»Genauso wenig wie wir die Tote im Boot fanden, als wir gemeinsam dort ankamen.« Die Art, wie Leon seinen Stuhl zurückschob, ließ deutlich werden, wie angespannt er war. Er ging aus der Küche und kam gleich darauf mit einigen Papieren zurück. »Sieh sie dir an«, forderte er Elena auf, während er die Akte vor ihr auf den Tisch warf, wo sie klatschend auf der hölzernen Platte landete.

Elena erkannte die Dokumente. »Wozu? Was soll das bringen? Ich habe sie mir schon angesehen. Die Frau auf dem Boot ist nicht dabei. Und wenn ich doch das Gefühl habe, eine dieser Frauen lag im Boot, dann ist das bestimmt mein Gehirn, das mir einen Streich spielt.«

»Sieh sie dir an«, wiederholte Leon mit Nachdruck, als sein Telefon klingelte. Er zog das Handy aus der Tasche, drehte Elena den Rücken zu und nahm den Anruf entgegen. Kaum hatte er den Raum verlassen, um sein Gespräch in Ruhe zu führen, kehrte er auch schon wieder zurück. Er hielt sein Handy noch immer in der Hand und schaute Elena mit einem ernsten Blick an, der sie erschaudern ließ.

Leon streckte ihr sein Mobiltelefon entgegen. »Ist sie das?«

Auf dem hell erleuchteten Display prangte das Bild einer Frau. Dunkle, kurze Haare, rehbraune Augen, warmes Lächeln – es ließ Elena das Blut in den Adern gefrieren. »Ja, das ist sie.«

28. Oktober, 07.30 Uhr

»Lena Weiland. Sie wird seit drei Tagen vermisst. Die vermisste Lena, die ich anfangs gefunden und dir gezeigt habe, scheint eine falsche zu sein. Ich hoffe nur, sie begegnet dir nicht irgendwann doch noch.«

»Woher hast du diese Information?«, fragte Elena matt. Sie fühlte sich, als hätte jemand die ganze Kraft aus ihr herausgesaugt.

»Wie gestern erwähnt, habe ich einen meiner alten Kontakte aus Polizeizeiten neu geknüpft.«

»Du hast ihm von alledem erzählt?«

»Ihr. Ich habe ihr alles erzählt. Das war nicht zu vermeiden. Sie hätte sich sonst nie das Versprechen abknüpfen lassen, ein Auge auf Vermisstenmeldungen zu haben, und zwar auf solche mit besonderen Namen.«

»Sie hat noch gelebt, Leon. Ich habe das Boot gesehen, bin der Melodie gefolgt und habe sie darin entdeckt. Ich zwang mich, nicht wegzukippen, aber diesmal war das irgendwie kein Problem. Stattdessen habe ich meine Finger an ihren Hals gelegt. Sie hatte Puls. Schwach, aber er war da. Ich hätte sie retten können! Dass sie jetzt wieder verschwunden ist, ist allein meine Schuld!« Verzweifelt schlug Elena ihre Hände vors Gesicht.

»Das weißt du nicht.« Sie spürte Leons große Hand auf ihrer Schulter. »Vielleicht ist sie ja aus eigener Kraft davongelaufen.«

Elena schnaubte und sah zu Leon auf. In ihren Augen glänzten Tränen der Verzweiflung. »Dazu war sie nicht fähig. Ich weiß nicht, was hier vorgeht. Aber diese Frauen sind nicht mehr einfach Einbildung. Sie haben Namen, Adressen, ein Leben. Entweder ich lasse mich einliefern, oder wir finden heraus, was das alles soll.«

»Bevor du dich einliefern lässt, zieh ich hier ein, damit ich dich im Auge behalten kann.«

Ehe Elena protestieren konnte, sagte Leon schnell: »Ich dulde keine Widerrede. Oder willst du, dass Jelenica auch noch Realität wird?«

Nein, das wollte Elena nicht. Der Schock saß noch zu tief. Sie dachte an die Bilder zurück, die Leon ihr vor ein paar Stunden genau hier am Küchentisch gezeigt hatte. Zwei der Frauen hatte sie nicht erkannt. Zwei andere allerdings schon. Eine davon hatte sie in dem Teich zu Hause gesehen. Mit geöffnetem Brustkorb und einem Diktiergerät, das anstelle des pochenden Herzens hinter den Rippen saß. Später hatte sie die Frau wieder getroffen: Erhängt im Liftschacht ihres Wohnhauses. Die zweite war ihr hier in Erlach begegnet. Oder besser gesagt, ihr Kopf. Aufgespießt auf einen Stock, deponiert auf Leons Pick-up. Den Mund zum Gesang weit geöffnet. Einen Teil ihrer Überreste hatte man im Autowrack gefunden. Sie hatte man zwar noch nicht als Vermisst gemeldet, aber sie war ein Opfer mit besonderem Namen, das ausgerechnet hier mittels Sabotage ums Leben kam. Wer in Elenas Garten vergraben gewesen war, wusste sie nicht. Elena hatte kein Gesicht gesehen. Vielleicht war das doch Ilena oder Jelenica gewesen?

Elena spürte, wie eine Flut der Verzweiflung sie mitzureißen drohte. Was hatte das alles mit ihr zu tun? Was hatte sie getan, um diese Qualen zu verdienen? Eine mögliche Antwort kannte sie zwar: Sie hatte drei Menschen auf dem Gewissen. Ein Autounfall – ausgelöst, weil sie abgelenkt gewesen war. Aber trotzdem konnte sie keine Verbindung zwischen diesem Ereignis und dem jetzigen Horrortrip herstellen. Sie sah zu Leon auf. Langsam schüttelte sie den Kopf. »Nein, nein. Ich möchte nicht, dass noch mehr unschuldige Frauen verschwinden, mir erscheinen, nur um dann wieder vom Erdboden verschluckt zu werden. Ich will, dass das aufhört. Ein für alle Mal. Ich gehe auch in die Klapse, wenn das der einzige Weg ist. Dafür bin ich aber zum jetzigen Zeitpunkt noch nicht bereit. Nicht, solange ich noch ein klein wenig Kraft habe und es eine Alternative gibt. Außerdem scheint eine Veränderung einzutreten. Ich bin nicht umgekippt, als ich die Frau im Boot sah. Ich weiß nicht, was das zu bedeuten hat, aber wenn es nicht nur ein Glücksfall war, dann ist es in dem ganzen Schlamassel eine positive Entwicklung.«

Leon brachte so etwas wie ein schiefes Lächeln zustande. Der Funke Kampfgeist, der noch immer in ihr glomm, schien ihm ein wenig Sorge von den Schultern zu nehmen. Sie versuchte, zuversichtlich auszusehen, während sie fragte: »Wie lange brauchst du, um deine Koffer zu packen?«

28. Oktober, 10.00 Uhr

Leon hatte nicht lange gebraucht. Er hatte Elena eine halbe Stunde Zeit eingeräumt, um sich frisch zu machen und einen Termin bei ihrem Psychiater zu vereinbaren, bei dem er dabei sein wollte. Er wollte mit diesem Mann sprechen, brauchte dafür aber Elenas Einverständnis, sonst würde der Typ aufgrund der ärztlichen Schweigepflicht keinen Mucks von sich geben. Außerdem wollte Leon mit Elenas Halbschwester sprechen. Am liebsten hätte er das alles ohne Elenas Anwesenheit erledigt. Was er wissen wollte, war teilweise nicht für ihre Ohren bestimmt; außerdem würden die Befragten nicht so offen sprechen, wenn Elena daneben saß. Doch Leon war sich sicher, er würde einen Weg finden, Gespräche unter vier Augen zu bekommen.

Mit einer schwarzen Sporttasche, die ihm lässig über die Schulter hing, öffnete Leon die Tür zu Elenas Haus. Er wollte nach Elena rufen, konnte aber ihre Stimme aus dem Wohnzimmer hören. Es klang, als telefonierte sie. Er streckte vorsichtig den Kopf ins Wohnzimmer und fand darin Elena, die tatsächlich mit dem Handy am Ohr auf und ab spazierte. Allem Anschein nach hatte sie das in der Nacht noch verschollene Handy wiedergefunden. Leon war sich nicht ganz schlüssig, ob er sich über diesen Umstand wundern oder einfach freuen sollte.

»Er versucht, mir zu helfen. Es wäre also nett, wenn Sie heute einen Moment Ihrer kostbaren Zeit opfern könnten, um mit ihm zu sprechen.« Elena drehte sich zur Tür und entdeckte Leon. Sie winkte ihn ins Wohnzimmer und formte mit den Lippen das Wort »Therapeut«.

Leon nickte und fragte ebenso stumm: »Und?«

Sie machte eine vage Handbewegung, dann hob sie auf einmal den Zeigefinger und deutete Leon damit an, zu warten.

»Um drei Uhr? Heute? Fantastisch! Vielen Dank. Ja, auf Wiederhören.« Sie legte auf und konzentrierte sich auf Leon. »Du hast es gehört?«

»Ja, habe ich. Um drei können wir zu ihm.«

»Genau. Er hat sich zwar nicht gerade gefreut, aber das ist unter den gegebenen Umständen wohl egal. Wenn wir jetzt losfahren, sind wir um die Mittagszeit in Basel. Dann können wir vor Dr. Steffen noch Jana besuchen, sie ist mittags meist zu Hause.«

Leon bot sich als Fahrer an, doch Elena wollte das Steuer selbst übernehmen. Als sie allerdings die Fahrertür zuschlug und Leon auf dem Beifahrerseite Platz nahm, wurde sie unruhig. Sie spürte nicht nur Leons Anwesenheit überdeutlich, ihr wurde auch auf einmal bewusst, wie schlecht das Wetter war, und die gesunkenen Temperaturen machten ihr plötzlich Sorgen, wo zuvor keine waren. Das Auto schien viel zu eng für zwei. Die feuchte Luft ließ die Windschutzscheibe allmählich von innen her beschlagen. Elena richtete ihren Blick vorsichtig auf den Innenspiegel.

Da saßen sie. Ein Mann und eine Frau. Die Körper durchbohrt, die Köpfe abgeknickt. Sie starrten ihr mit offenen Augen aus dem Rückspiegel entgegen.

Elena wandte entsetzt den Blick ab, da fühlte sie eine Hand auf ihrem Arm. Erschrocken fixierte sie ihren Ellbogen, sah blutverkrustete Finger.

Sie schrie auf, wollte sich der Berührung entziehen, doch die Hand umklammerte ihren Arm nur noch fester.

Von weit her hörte sie ihren Namen. Sie folgte der Stimme,

ihr Blick klärte sich. Als sie erneut auf ihren Arm schaute, sah sie gesunde, kräftige Hände, die sie festhielten. Das Blut war verschwunden. Verstört schaute sie in den Rückspiegel. Doch da war nichts mehr.

»Elena! Sieh mich an!«, forderte Leon sie eindringlich auf.

Endlich folgte sie seiner Aufforderung. »Wo warst du gerade? Was hast du gesehen?«

Er wirkte aufgewühlt, wie Elena feststellen musste. »Zwei Leichen. Sie saßen auf dem Rücksitz und starrten mich an.« Elena schluckte schwer. »Du hast sie nicht gesehen, oder?«

»Nein, das habe ich nicht. Elena, da ist nichts auf dem Rücksitz.«

Er fühlte sich sichtlich unwohl in seiner Haut, brachte aber so etwas wie ein aufmunterndes Lächeln zustande. »Vielleicht ist es doch besser, wenn ich fahre.«

28. Oktober, 10.30 Uhr

Die Fahrt begann schweigend. Elena zog sich tief in ihren Sitz zurück und starrte aus dem Seitenfenster. Sie wagte es nicht, Leon anzusehen, dafür war ihr der Vorfall zu unangenehm. Sie hoffte, wenn sie ihn einfach ignorierte, würde er sie nicht um eine Erklärung bitten. Zu ihrem Bedauern erhörte er ihre stille Bitte nicht.

»Willst du die ganze Zeit so tun, als würdest du die Wassertropfen beobachten, wie sie an der Scheibe entlangwandern?«

»Ja«, antwortete sie schlicht.

»Hoffst du, ich würde dich nicht darauf ansprechen, was

geschehen ist, wenn du mich ignorierst und enormes Interesse am tristen Wetter bekundest?«

»Ja«, sagte sie wieder.

»Das ist zumindest ehrlich. Du kannst dir aber auch vorstellen, dass ich das so nicht durchgehen lasse?«

Elena atmete tief ein, löste ihren Blick schließlich von der vorbeirasenden Außenwelt. »Was willst du hören?«

»Was das vorhin gewesen ist. Du bist ins Auto eingestiegen, und als ich mich neben dich gesetzt habe, wurdest du auf einmal starr und blass wie eine Eisskulptur. Du hast aus der Windschutzscheibe geglotzt, dich am Lenkrad festgeklammert und dich nicht mehr gerührt. Dann hast du einen Blick in den Rückspiegel geworfen, und deine Augen weiteten sich. Du hast nicht reagiert, als ich dich ansprach, du wolltest mich fast panisch abschütteln, als ich dich am Arm gepackt habe. Also, wo warst du?«

»In meinem Auto vor einem Jahr. Als ich den Crash verursacht habe.«

»Verstehe. Und was hast du auf dem Rücksitz gesehen, das dich so in Aufruhr versetzt hat?«

»Die beiden Insassen, die bei dem Unfall ums Leben gekommen sind. Sie waren entsetzlich zugerichtet und auch tot, dennoch starrten sie mich über den Rückspiegel an. Ich habe nicht bemerkt, dass es deine Hand war, die mich festhielt. Ich glaubte, sie gehöre einem von ihnen.«

»Passiert dir das öfter?«

»Abgesehen von meinen nächtlichen Ausflügen, meinst du? Nein. Das hatte ich noch nie. Womöglich war die Situation derjenigen von damals einfach zu ähnlich. Das schlechte Wetter, die sinkenden Temperaturen, ich am Steuer meines Autos, ein Mann, der ein gewisses Begehren auslösen könnte, auf dem

Beifahrersitz – und schon war der Flashback da. Es fehlten nur noch die beiden auf dem Rücksitz. Das erledigte aber meine blühende Fantasie.«

Ob Leon es nicht gehört hatte oder ob er einfach nur so taktvoll war, es in diesem Moment nicht anzusprechen, er kam jedenfalls nicht auf den Teil mit dem gewissen Begehren zurück. Stattdessen nickte er nur nachdenklich. »Du hast dich aber wieder gefangen und fühlst dich stark genug für das, was wir heute noch vorhaben?«

Elena bejahte.

»Gut. Dann kannst du mir jetzt noch kurz erklären, wie du eigentlich ins Krankenhaus gekommen bist, nachdem du letztes Mal zu Hause warst?«

»Hab ich das noch nicht?«

»Ich weiß von der Frau im Fahrstuhlschacht, weil du eine der Vermissten, die ich dir gezeigt habe, mit diesen Worten identifiziert hast. Aber ich weiß nicht, was dann geschehen ist. Wir kamen noch nicht dazu, das auch zu klären. Jetzt haben wir aber etwas Zeit.«

Leon warf Elena einen kurzen Seitenblick zu. Das Verkehrsschild raste vorbei, auf dem angezeigt wurde, dass es bis Basel noch knappe achtzig Kilometer waren.

Ja, sie hatten noch etwas Zeit. Elena rieb sich übers Gesicht, drehte sich zu Leon und legte die Karten auf den Tisch.

28. Oktober, mittags

Das Gespräch mit Jana brachte nichts Neues ans Licht. Leon saß neben Elena auf dem Sofa, ein Wasserglas vor sich auf dem

Couchtisch und eine Schüssel mit Knabbereien neben dem Potpourri. Er hatte beobachtet, wie Jana ihre Halbschwester begrüßt hatte. Sie war sehr herzlich gewesen. Ein weiches Lächeln auf den Lippen, glänzende Augen. Sie liebte ihre Schwester, das konnte man sehen, und sie wollte sie schützen, um jeden Preis. Denn als Elena bereits ins Haus voranging und Leon Jana die Hand entgegenstreckte, wich das Lächeln einem kühlen, distanzierten, fast misstrauischen Ausdruck.

»Leon«, hatte Jana ihn kurz angebunden begrüßt, und er hatte den Gruß ebenso knapp nur mit ihrem Vornamen erwidert.

»Entschuldigt ihr mich mal kurz?«, fragte Elena und stand vom Sofa auf. »Ich muss mal aufs Klo, die Fahrt war lang«, erklärte sie, während sie im Korridor verschwand. Im nächsten Moment hörte man, wie eine Tür abgeschlossen wurde. Das war der Augenblick, auf den Leon gewartet hatte. Er war allein mit Jana und konnte ihr seine Fragen stellen. Doch Jana kam ihm zuvor.

»Was willst du hier, Leon?« Jana fixierte ihn. Ihre schönen Augen sprachen eine deutliche Sprache. Sie misstraute ihm. Sie verstand nicht, was er in ihrem Haus suchte, was er persönlich mit ihr besprechen wollte. Und sie wollte ihn nicht auf ihrem Sofa haben.

»Mit dir reden«, antwortete Leon.

»Da bringst du sie mit? Was soll das Ganze? Du wirst nichts weiter über meine Schwester erfahren. Nicht von mir. Wenn du weiter an Stellen bohrst, an denen es nichts zu bohren gibt, dann werde ich meiner Schwester stecken, was ich über dich weiß, verstanden? Sie wird sich über dein kleines Geheimnis sicher nicht freuen.«

Man konnte wieder das Geräusch des Schlüssels hören. Jana

sah kurz in Richtung Korridor, beugte sich vor, blickte Leon erneut fest in die Augen und fügte mit gesenkter Stimme an: »Elena mag dich. Sehr sogar. Und sie glaubt daran, dass du ihr helfen kannst. Ich wünsche mir so sehr für meine kleine Schwester, dass sie recht hat. Also sorg besser dafür, dass mir nichts zu Ohren kommt, was mir missfällt.«

Leon konnte darauf nichts erwidern, denn exakt in dem Moment, in dem Jana seinen Blick losließ, ihre Schultern straffte und ihren harten Gesichtsausdruck durch ein weiches Lächeln ersetzte, tauchte Elena in der Tür auf.

»Leon?«

Er sah auf, als wäre nichts gewesen.

»Wenn wir pünktlich beim Seelenklempner sein möchten, müssen wir langsam los.«

»Verstehe. Dann wollen wir mal.«

Leon erhob sich, lächelte Jana an. »Vielen Dank für die Gastfreundschaft. Es war sehr aufschlussreich.«

Jana nickte kaum merklich, erhob sich ebenfalls und begleitete ihre Gäste bis zur Tür. Sie schloss ihre Schwester fest in die Arme und gab ihr den guten Rat mit auf den Weg, auf sich aufzupassen. Leon bekam von Jana einen Händedruck, der ihre Worte noch einmal zu unterstreichen schien. Er folgte Elena zum Wagen und setzte sich hinters Steuer. Janas Worte legte er in einer inneren Schublade ab. »Nett, deine Schwester.«

»Ja. Manchmal ist sie aber ein wenig überfürsorglich. Ich komme mir in ihrer Nähe meist wie ein kleines Kind vor.«

»Sie will dich schützen, um jeden Preis«, erwiderte Leon – etwas verbissener als beabsichtigt.

28. Oktober, 15.00 Uhr

»Frau Burger, bitte, kommen Sie herauf.« Als Reaktion auf Elenas Klingeln meldete sich die schnarrende Stimme der Empfangsdame in der Gegensprechanlage. Gleich darauf war ein Surren zu hören, und Elena konnte die graue Eingangstür mit dem großen Sichtfenster aufdrücken. Mit einem Klicken fiel sie hinter Leon und Elena wieder ins Schloss. Das moderne Treppenhaus mit dem weißen, kalten Steinboden wirkte steril und unwohnlich. Elena nahm die Treppe und stieg voran bis in den zweiten Stock. An der hellgrauen Tür hing ein schwarzes Schild. Darauf prangten in weißen Lettern Vor- und Nachname des Therapeuten zusammen mit seinem Titel: Dr. Marius Steffen.

Die Anfangsbuchstaben waren jeweils geschwungen, was nach Leons Eindruck den protzigen Auftritt nur noch verstärkte. »Der Typ hält wohl einiges auf sich.«

»Wie kommst du darauf?«, fragte Elena.

»Schwarzer Untergrund und die weiße Schrift? Hübsche Art, seine Arbeit zu versinnbildlichen: Lass ihn in die schwarzen Tiefen deiner Seele eindringen, und er wird als weißer Retter aus dem Dunkel hervorgehen. Das hat so etwas Ritterliches. Sogar die Buchstaben erinnern in ihrer Form irgendwie an die Wappen alter Rittergeschlechter.«

»Du hältst wohl nicht viel von Psychologen und Psychiatern, was?« Elena grinste Leon über ihre Schulter hinweg an, während sie ihm die Tür aufhielt. Er trat ein und konnte gerade noch sehen, wie sie sich das Türschild etwas länger als nötig ansah, ehe sie die Tür hinter sich wieder schloss.

»Jetzt hast du's auch gesehen, stimmt's?«

Sie klappte den Mund für eine Erwiderung auf, wurde aber

von der Empfangsdame unterbrochen. »Frau Burger und Herr …?« Mit fragend hochgezogenen Augenbrauen musterte sie Leon.

»Heldt«, half er der Dame mit dem strengen Dutt und der ebenso strengen Brille nach. Leon entdeckte ein silbernes Namensschild auf dem Tresen: Th. Streit. Welch passender Name für diese Erscheinung.

»Wir sind beide angemeldet«, ergänzte Elena.

Das schien die Dame wenig zu beeindrucken. »Nun, ich habe nur Sie auf der Liste, Frau Burger. Aber ich werde die Situation selbstverständlich umgehend klären.« Die Dame wand sich um die Empfangstheke herum, klippte gewissenhaft ihr schnurloses Telefon an ihrem feinen Ledergürtel fest und stöckelte zu einer weiteren Tür. Leise klopfte sie zweimal an und verschwand im Zimmer.

»Charmante Erscheinung«, witzelte Leon.

»Echt jetzt? Sag bloß, sie gefällt dir nicht!«

»Na ja, gegen eine Nacht mit ihr hätte ich nichts einzuwenden. Wäre sicher spannend herauszufinden, was sich hinter der ganzen Strenge so verbirgt.«

Elena war drauf und dran, Leon einen freundschaftlichen Hieb zu verpassen, ließ aber die Hand wieder sinken, als Frau Streit auftauchte.

»Die hat wohl für Spaß nicht viel übrig, was?«, wisperte Leon in Elenas Ohr, als er bemerkte, wie sie sich gehorsamer als ein Schulmädchen verhielt.

»Sie können jetzt zu Doktor Steffen reingehen. Beide«, fügte die strenge Frau noch hinzu, wobei sie sich mit Nachdruck an Leon wandte.

»Zu gütig. Danke.«

»Lass das!«, zischte Elena über ihre Schulter hinweg.

»Nimm die Sache ernst! Dass wir hier sind, war schließlich deine Idee!«

Da war etwas Wahres dran. Leon besann sich wieder auf seine Aufgabe. Sofort als er den Raum betrat, legte er seine spielerische Seite ab und schlüpfte in die Rolle des Profis.

Aufmerksam blickte er sich um. Es standen nur wenige Möbel darin. Das obligate Büchergestell war an der rechten Wand aufgebaut. Raumhoch dominierte es das Zimmer und bildete den Rahmen für die schwarze Lederottomane, die auf einem grauen Hochfloorteppich vor dem Regal positioniert worden war. Ein großer Ohrensessel, ein kleiner Beistelltisch und etwas nach hinten versetzt eine hohe grüne Zimmerpflanze vervollständigten die Therapieecke, wie Leon vermutete. Sie sah zugegeben sehr gemütlich aus.

Die Bücher schienen absichtlich durcheinandergebracht, sie wirkten im Grunde nicht besonders unordentlich. Leon vermutete, dass es sich um ein geplantes Chaos handelte und keines dieser Bücher – seit man sie auf diese Weise arrangiert hatte – jemals wieder zur Hand genommen worden war. Die wirklich wichtige Literatur befand sich allesamt auf dem silbernen Laptop, der auf der hinteren Ecke des gläsernen Tisches mit den grauen Beinen stand. Zwar trug der Raum zu viele graue Akzente für Leons Geschmack, denn selbst die bodenlangen Vorhänge waren grau, aber da die Farbe überall zu finden war, ergab es ein stimmiges Bild. Fehlte nur, dass der Mann hinter dem Tisch ebenfalls grau war. Zu Leons Überraschung traf aber genau das Gegenteil zu.

Dieser Doktor der Psychologie war Mitte dreißig, gut gebaut, blond und blauäugig. Gepflegtes Äußeres, die Kleidung ebenso durchdacht wie das Raumkonzept. Leon konnte sich vorstellen, dass manche Patientinnen in Anbetracht dieses attraktiven Mannes in den Therapiesitzungen weit mehr für ihr Seelenheil taten, als nur zu reden.

Das war also der Ritter. Leon konnte ihn nicht ausstehen. Dabei hatte der Psychiater noch nicht einmal den Mund aufgemacht. Umgekehrt schien es sich ähnlich zu verhalten. Der Mann hinter dem Tisch musterte Leon kühl, distanziert, mit einer gewissen Herablassung in seinem Blick. Die Augen wanderten über Leons einfachen schwarzen Pullover, der unter der offenen Jacke hervorlugte, die legere Jeans, blieben kurz an dem robusten, beigen Schuhwerk hängen, das offenkundig missfiel, ehe sie zu Leons Gesicht zurückkehrten. Schließlich erhob sich Dr. Steffen und wandte sich Elena zu, wobei er eine Reihe strahlend weißer Zähne freilegte. Diese Reaktion scheint heute an der Tagesordnung zu sein, ging es Leon durch den Kopf, während er nicht umhin konnte, die Parallelen zwischen Janas Verhalten und dem dieses weißen Ritters festzustellen.

Elena hingegen leuchtete richtiggehend, als sie auf den Blondschopf zutrat und ihm die Hand reichte. »Doktor Steffen, Marius, bitte entschuldigen Sie, dass ich Sie so überfalle. Haben Sie vielen Dank, dass Sie sich die Zeit nehmen.«

»Wenn es Ihrem Wohl dient, tue ich, was ich kann.«

Geleitet von einem leichten Ziehen in der Magengegend, das stark an Eifersucht erinnerte, hätte Leon beinahe ein leises »Schleimer« gehustet. Doch nur beinahe. Schließlich war er keine sechzehn mehr, und er hatte eine Aufgabe zu erledigen. Während seines Polizeidienstes waren ihm immer wieder Menschen begegnet, die er nicht ausstehen konnte, dennoch hatte er sich stets professionell verhalten. Das war zwar schon eine Weile her, aber diese Fähigkeit konnte er jederzeit wieder abrufen, wenn es nötig war – und wenn er denn wollte.

Der Therapeut drückte Elena und Leon über den Tisch hinweg die Hand und forderte die beiden auf, sich zu setzten. Er tat es ihnen exakt in dem Moment nach, sobald seine Besucher den Stuhl mit ihrem Gesäß berührt hatten. Eine Geste, die nicht von Wichtigkeit zu sein schien und zufällig wirken mochte, doch Leon war sich sicher, dass sie geplant war und zum Auftreten seines Gegenübers dazugehörte. Er hätte wetten können, dieser Dr. Steffen hatte eine sehr gute Kinderstube genossen.

»Frau Burger, Elena, wie ich höre, haben Sie sich weitere Unterstützung bei der Wahrheitsfindung geholt?« Der Mann legte die Fingerspitzen zusammen und sah seine Patientin mit einem gewissen Tadel an. »Das klingt ja beinahe so, als glaubten Sie doch nicht, wovon Sie mich in unseren Sitzungen überzeugen wollten.« Er lehnte sich ein wenig nach vorne. »Darf ich offen sprechen?«

Elena nickte. »Leon soll alles erfahren, was er wissen möchte.«

»Das halte ich für keine gute Idee«, antwortete der Doktor prompt und lehnte sich wieder zurück.

Überrascht von der Vehemenz, musterte Leon den Mann. »Sie hat mir soeben die notwendige Vollmacht erteilt; ich glaube, Sie brauchen das nicht zu kommentieren, sondern sagen mir einfach, was ich erfahren will.«

»Wohl wahr. Ich werde natürlich tun, worum mich meine Patientin in diesem Fall bittet. Deshalb muss ich aber ihre Meinung über den freien Umgang mit immerhin äußerst persönlichen Informationen noch lange nicht teilen. Das Wohl meiner Patienten hat oberste Priorität.«

»Genau deshalb bitte ich Sie, Leon zu vertrauen«, ging Elena dazwischen.

Dr. Steffen nickte. »Verstehe. Nun, Elena, ich bin nicht glücklich darüber, dass Sie mich belogen haben. Sie haben mir in vergangenen Sitzungen versichert, inzwischen davon überzeugt zu sein, dass Ihre Erlebnisse nicht real sind. Sie haben begriffen, dass es sich beim Gesehenen und Gehörten nur um Einbildung handelte. Dass Sie nun aber einen ehemaligen Polizisten, dessen Beruf es ist – im Gegensatz zu meinem –, Dinge außerhalb der Psyche zu klären, um Hilfe bitten, zeigt mir, dass Sie doch nicht an Einbildung glauben. Warum haben Sie mich in die Irre geführt? Wollen Sie sich damit frühzeitig aus der Behandlung stehlen?«

»Nein, das will ich bestimmt nicht. Ich kann einfach nicht begreifen, warum ich in Wäldern spazieren gehe, in denen ich allem Anschein nach ohnmächtig werde, und dann wieder mit Erinnerungen an Dinge aufwache, die nicht real sein sollen.«

»Wir hatten das bereits besprochen, Elena, die Psyche ist ein vielschichtiges, machtvolles Instrument unseres Menschseins.«

»Das ist mir klar, aber es gab kürzlich einen Vorfall, der mir recht gibt, Leon engagiert zu haben. Ich habe eine Frau in einem Boot gefunden. Sie lebte noch. Ich fiel aber nicht in Ohnmacht wie sonst, sondern habe es geschafft, zum Haus zurückzulaufen. Dort habe ich Leon angetroffen. Er hat sie zwar dennoch nicht gesehen, aber das Erlebnis selbst war anders. Viel realer als die vorherigen, bei denen ich anschließend irgendwo aus einer Bewusstlosigkeit erwachte, die auf Schlafwandeln und Träumereien schließen lässt«

Langsam ließ der Mann die Hände sinken. Irgendwie kam es Leon so vor, als würde er blasser. Er rutschte kaum merklich auf dem Sitz hin und her. Im nächsten Augenblick hatte er seine Fassung wieder zurückgewonnen.

Leon war sich sicher, Elena hatte von alledem nichts bemerkt, doch er würde diesem Dr. Steffen noch etwas mehr auf den Zahn fühlen müssen.

29. Oktober, 09.30 Uhr

In dieser Nacht war alles ruhig geblieben. Leon hatte Wache gehalten, war schließlich aber doch auf dem Sofa eingeschlafen. Dennoch fand er Elena auf ihrer Matte liegend, als er erwachte. In der Nacht hatte es wieder wie aus Kübeln geschüttet, doch der Fußboden im Wohnzimmer war trocken, es standen keine Türen offen, die nicht offen hätten sein sollen, und Elena schnarchte leise vor sich hin. In ihrem Gesicht, das sie ihm zugewandt hatte, war nichts Ungewöhnliches zu entdecken. Ihr dunkles Haar schien trocken, nicht außergewöhnlich zerzaust, und ihre Haut wies keine seltsamen Flecken oder Schmutzspuren auf. Auch ihre Kleidung war sauber, soweit er das anhand des in eine hellrosa Pyjamahose gehüllten Beins, das sie aus dem Schlafsack herausstreckte, beurteilen konnte. Auch sonst schien alles so zu sein, wie er es am Abend zuvor vorgefunden hatte. Entweder führte sie ihre nächtlichen Ausflüge viel vorsichtiger aus, wenn jemand in der Nähe war, oder sie war in dieser Nacht nicht auf einer unbewussten Reise gewesen. Er tippte auf Letzteres und verspürte eine gewisse Erleichterung. Außerdem ertappte er sich dabei, wie er sie anstarrte und sich seine Mundwinkel bei ihrem Anblick zu einem Lächeln verzogen. Sie war unbestritten attraktiv und anziehend, selbst wenn ihr ein wenig Speichel aus dem Mund floss und die Wimperntusche am linken Auge offenbar nicht richtig abgewaschen worden war, denn über Nacht hatte sie sich rund um Elenas Auge verteilt. Als hätte sie seine Gedanken gehört, gab sie ein Grunzgeräusch von sich und warf sich auf die andere Seite.

Grinsend rieb er sich über sein Gesicht und strich mit den Fingern über die Barthaare, die kaum mehr denn als Stoppeln bezeichnet werden konnten. Ihm war es egal. Es gab Wichtigeres, als sich zu rasieren. Außerdem gefiel Elena der Naturburschenlook, wenn er ihre Andeutungen richtig interpretiert hatte.

Er fragte sich nicht, weshalb er seine Gedanken darauf verschwendete, ob er Elena gefiel oder nicht. Die oberflächliche Antwort auf diese Frage war schnell gefunden: Es war schlicht einfacher, mit ihr klarzukommen, wenn es so war. Dann würde sie ihn nämlich wenigstens ein bisschen an sich heranlassen und ab und zu ihre Maske der Unnahbaren ablegen. Der Blick dahinter offenbarte eine Frau, die ihm noch immer, auch nach so vielen Jahren, gewaltig den Kopf verdrehen könnte. Aber all die Probleme, die sie mit sich herumschleppte, waren nichts für ihn. Daran konnte er sich nur die Finger verbrennen, wie er vor ein paar Jahren schon einmal am eigenen Leib hatte erfahren müssen. Diese alte Geschichte ließ ihn noch immer nicht los, und die Konsequenzen daraus verfolgten ihn bis heute. Er musste an Jana denken und ihre Aussage am gestrigen Tag. Sie wusste davon, nur warum und woher?

Leon wollte nicht weiter darüber nachdenken. Das war eine andere Frau in einem anderen Leben gewesen. Die Demütigung, die er durch sie erfahren hatte, verfolgte ihn nach wie vor, während er die Frau selbst hatte loslassen können. Die Liebe für sie war so weit weg wie sie selbst. Sie war nur noch eine Erinnerung. Sein Herz war bereit für eine neue Beziehung, aber bevor er sich nochmals auf eine Frau mit außerordentlich vielen Problemen einließ, blieb er um seiner selbst willen lieber alleine.

Leon schüttelte die Erinnerungen ab, stand auf und wankte in die Küche. Als er am Beistelltisch vorbeiging und kurz einen Blick auf sein Handy warf, leuchteten auf dem Display ein verpasster Anruf und eine Voicemail-Nachricht auf. Stirnrunzelnd nahm er das Handy mit in die Küche. Er kannte die Nummer nicht, konnte sie auch keinem Kanton zuordnen, denn sie kam von einer Zentrale. Neugierig entsperrte er den Bildschirm und hörte die Nachricht ab. Er staunte nicht schlecht, als er die Stimme von Dr. Steffen erkannte. Der Seelendoktor bat ihn um Rückruf – dringend. Es gäbe da etwas, das er über Elena wissen müsse. Die Nachricht war kühl und knapp, doch in seiner Stimme schwang irgendwie ein nervöser Unterton mit. Leons Neugierde war geweckt, sowieso, wenn dieser Typ, der Leons Rolle in diesem Spiel bisher nur als Angriff auf seine Arbeit betrachtet hatte, ihn plötzlich mit einbeziehen wollte. Er spähte ins Wohnzimmer, um sich zu vergewissern, dass Elena noch schlief, und schlich sich durch die Hintertür, die er leise zuzog, in den Garten. Dabei wählte er die vom Doktor hinterlassene Nummer. Es klingelte dreimal, bis jemand den Anruf entgegennahm.

»Leon Heldt?«

»Ja«, antwortete Leon knapp.

»Doktor Steffen hier. Danke für Ihren Rückruf. Wir hatten gestern keine Gelegenheit, uns unter vier Augen zu unterhalten.«

»Sie haben sich auch nicht um eine Gelegenheit bemüht.«

»Nein, da haben Sie recht. Ist Elena in Ihrer Nähe?«

Leon drehte sich zum Haus. Es rührte sich nichts. »Sie schläft.«

»Dann war diese Nacht ruhig?«

»Sieht so aus, ja.«

»Sehr gut.«

»Was Sie mir auch immer zu sagen haben, warum konnten Sie es gestern nicht tun? Sie hätten Elena einfach aus dem Zimmer bitten können.«

»Natürlich hätte ich das. Aber sie wäre dennoch in der Nähe gewesen. Ich will meiner Patientin ja nichts unterstellen, aber …«

»Sie befürchten, sie hätte gelauscht?«, fragte Leon erstaunt. So, wie er Elena kennengelernt hatte, war sie vielleicht irre, aber nicht hinterlistig.

»Möglich wär's. Je nachdem.«

»Je nach was?«

»Das ist es, was ich Ihnen sagen will. Ich halte es nicht für gut, dass Sie sie darin bestärken, ihr Wahn sei real.«

»Ja, das dachte ich mir schon. Wenn das also alles ist …« Leon wollte sich nicht anhören, wie der Therapeut ihn davon zu überzeugen versuchte, dass Elenas Erlebnisse reine Einbildung waren. Sowieso nicht, da er mittlerweile wusste, dass Elenas sogenannte Einbildungen reale Opfer waren. Aber das hatte er dem ritterlichen Dr. Steffen natürlich nicht verraten.

»Das ist nicht alles. Meine Therapie zielt nicht nur darauf ab, mit Elena auf das Begreifen hinzuarbeiten, dass sie unter Wahnvorstellungen leidet. Da ist noch mehr.«

Leon befiel ein seltsames Kribbeln bei den Worten des Therapeuten. Er hielt das Handy fest am Ohr und lauschte.

»Leon?«

Ertappt schoss er herum. Leon entdeckte Elena, in einen Morgenmantel gehüllt, in der Hintertür stehend.

»Ist sie das?«, ertönte die Stimme des Therapeuten am anderen Ende der Leitung. Leon konzentrierte sich darauf, ein gleichgültiges Gesicht zu machen, und meinte in lockerem Tonfall: »Ja, so ist es.«

»Rufen Sie mich an, wenn Sie wieder reden können. Und seien Sie auf der Hut.« Dann war die Leitung tot.

Was hatte das zu bedeuten? Leon setzte ein Lächeln auf, doch hinter dieser Fassade kreiste eine ganze Menge Fragen, auf die er am liebsten sofort eine Antwort gehabt hätte.

»Alles in Ordnung? Schlimme Nachrichten?«, fragte Elena arglos.

»Keine schlimmen Nachrichten nein, es ist nur ziemlich kalt hier draußen.« Er steckte das Telefon weg und stapfte durch den Garten zum Haus zurück.

»Dann telefonier nicht in der Kälte.«

»Ich wollte dich aber nicht wecken.«

»Mhm. Das war rücksichtsvoll, danke.«

»Na ja, wenn du schon mal durchschläfst …« Leon ließ den Rest des Satzes in der Luft hängen und schlüpfte an Elena vorbei ins Haus.

29. Oktober, 10.00 Uhr

Elena sah ihm nach. Irgendwie war es ein komisches Gefühl. Sie hatte einen Mitbewohner. Einen männlichen. Das allein war schon neu. Dass sie bisher noch nicht versucht hatte, ihn zu verführen, war geradezu erstaunlich. Sie hatte zwar dieses

Verhaltensmuster, die Lücke, die ihre Eltern hinterlassen hatten, mit der Bestätigung von Männern zu füllen, sowieso ablegen wollen – die Beweggründe für ihr Verhalten hatte sie mithilfe von Dr. Steffen herausgefunden –, aber dass sie sich diesbezüglich offenbar tatsächlich geändert hatte, überraschte sie. Schließlich hatte sie auch Marios Gesellschaft verschmäht. Bei Dr. Steffen hielt sie inzwischen auch die Finger still. Sie hatte versucht, ihn anzubaggern, natürlich, denn er war äußerst anziehend, und es bedurfte keiner großen Fantasie, dass er sich ab und zu nicht nur auf professioneller Basis mit seinen Patientinnen vergnügte. So war es ihr zumindest zu Ohren gekommen. Elena hätte also nur gewisse Andeutungen machen müssen, dann hätte womöglich auch sie Chancen gehabt, die Therapierechnung auf andere Weise zu begleichen.

Elena schüttelte die Gedanken ab und folgte Leon in die Küche. Sie fand ihn an der Küchenzeile, wie er an der Kaffeemaschine herumhantierte. Belustigt lehnte sie sich mit verschränkten Armen gegen den Türrahmen und beobachtete ihn.

Noch mehr war neu, schoss es ihr plötzlich durch den Kopf. Das erste Mal seit ewiger Zeit hatte sie durchgeschlafen. Sie war nicht um drei Uhr morgens aufgewacht. Kein nächtlicher Spaziergang, keine Musik, die sie irgendwohin gelotst hatte. Sie fühlte sich ausgeschlafen, und für einen Moment schien die Last ihrer Sorgen weniger zu wiegen. Sie bildete sich nicht ein, dass dieses Gefühl anhalten würde. Sie hatte ein psychisches Problem und eine ganze Menge anderer Schwierigkeiten, aber wenn sie sich einmal nicht so fühlte, als müsste sie eine Maske aufsetzen oder sich verstecken, sondern einfach sie selbst sein konnte, ohne Angst vor ihren Ausbrüchen, dann wollte sie das genießen. Und derjenige, der dafür gesorgt hatte, dass es überhaupt einen solchen Tag gab – einfach, weil er ihr seine Gesellschaft ohne sexuellen Hintergedanken aufgezwungen hatte –, stand ihr gegenüber und war überfordert mit einer Kaffeemaschine.

»Talentiert als Handwerker, untauglich als Hausfrau?« Elena stellte sich neben Leon und drückte grinsend einen Hebel nach hinten. Die Maschine gab ein leises Zischen von sich. Anschließend setzte Elena eine Kapsel in die Maschine ein, klappte sie zu und drückte den Knopf. Heiße, dunkelbraune Flüssigkeit rann in die Tasse unter dem Auslauf. »Entlüften heißt das Geheimnis. Woher kommt diese Maschine eigentlich? Als meine Familie die Hütte das letzte Mal verlassen hatte, gehörte sie noch nicht zum Inventar. Da gab es dieses System noch nicht einmal.« Elena reichte Leon die gefüllte Tasse, holte Milch aus dem Kühlschrank und goss ihm einen Schluck ein.

»Woher …?«, fragte Leon erstaunt.

»Woher ich weiß, dass du Milch in den Kaffee nimmst? Ich hab dich beobachtet und es mir gemerkt. Ganz einfach.«

Anerkennend nickte Leon, ehe er auf Elenas vorherige Frage antwortete: »Ich hab dir gesagt, ich habe mich ein wenig um deinen Besitz gekümmert.«

»Und da stellst du eine Kaffeemaschine in die Küche? Find ich gut. Danke.« Elena beschäftigte sich wieder mit dem Gerät, um sich abzulenken. Sie wollte ihn eigentlich etwas anderes fragen, war sich aber unsicher. Ebenfalls neu.

»Leon?«, Elena räusperte sich.

»Ja?«

»Hättest du Lust, heute etwas mit mir zu unternehmen? Etwas Normales, Reales. Etwas weit ab von meiner seltsamen zweiten Realität.« Elena sah auf. Als Leon nicht sofort antwortete, fügte sie hinzu: »Also nur wenn du Zeit und Lust hast. Es macht auch nichts, wenn du Nein sagst. Tut mir leid, ich mach mich lächerlich. Das war eine blöde Idee. Schließlich haben wir eine Aufgabe. Du bist nicht hier, um mich wie ein Kind zu beschäftigen.« Elena winkte ab. Sie spürte, wie sie vor Scham errötete, und drehte ihr Gesicht weg.

»Klar. Hast du eine bestimmte Vorstellung, was du unternehmen möchtest?«

29. Oktober, 10.30 Uhr

Elena fand sich in Leons Pick-up wieder. Inzwischen schien es beinahe selbstverständlich, dass er das Steuer übernahm. Kein Wunder, nach dem gestrigen Aussetzer, als sie hätte fahren sollen. »Wo geht's hin?«

»Du sollst dich überraschen lassen, habe ich dir doch gesagt.«

Angestrengt schaute Elena aus dem Fenster und suchte nach einem Anhaltspunkt auf der Strecke. Sie hielt es aber nicht lange aus. Bald rollte sie ihren an die Kopfstütze angelehnten Kopf wieder in Leons Richtung. »Ein Tipp?«

Leon grinste schief. »Du gibst wohl nie auf, was?«

»Nein. Sonst wäre ich längst in der Klapse.«

»Ein hartes Urteil.«

»Aber zutreffend. Wo bleibt jetzt der Tipp?«

»Ich habe nicht gesagt, dass ich dir einen gebe.«

»Du denkst aber darüber nach, das seh ich deinem Gesicht an.«

»Na gut. Für den Bauch spielt unser Ziel manchmal eine Rolle.«

»Wir gehen essen? Das ist immer gut. Aber den ganzen Tag?«

»Wer sagt denn, dass es den ganzen Tag dauert? Und nein, wir gehen nicht essen, zumindest noch nicht.«

Elena grübelte weiter über Leons Hinweis nach, als sie knapp bevor sie das Straßenschild das erste Mal richtig wahrnahm, einen lang gezogenen Laut der Erkenntnis von sich gab. Leon raste am Schild »Kerzers« vorbei und warf Elena einen kurzen Blick zu. »Du kennst das Ziel?«

»So eine sanfte Seite hätte ich von dir nicht erwartet«, meinte Elena, anstatt direkt auf die Frage zu antworten.

»Na ja, es ist schön da und warm. Wenn das heutige Wetter hält, was es verspricht, habe ich für heute Nachmittag noch was anderes auf Lager. Bist du dabei?«

Elena lächelte vor sich hin. »Ja, bin ich.«

Leon parkte den Wagen vor der gläsernen Kuppel und stellte den Motor aus. »Willkommen im Papiliorama. Ich hoffe, Sie werden Ihren Aufenthalt genießen.«

»Ich war schon ewig nicht mehr hier.« Fasziniert starrte Elena durch die Windschutzscheibe auf das Schmetterlingshaus.

»Dann wird es höchste Zeit, dich in dieser exotischen Flora und Fauna ein wenig zu entspannen. Je nach Anzahl der Besucher kann man hier herrlich abschalten, und wenn ich mir den Parkplatz mit den vereinzelten Autos so ansehe, haben wir heute Glück.«

So war es dann auch. Elena lauschte den Geräuschen der Tiere, genoss das Flattern, Rascheln und Zwitschern, verursacht durch die im Papiliorama ebenfalls vertretenen Vögel. Auf der Infotafel konnte sie lesen, dass es sich dabei um den Nektarvogel, chinesische Zwergwachteln, Zwergrallen und diverse Entenarten handelte. Tief sog sie den Geruch nach warmer Erde vermengt mit einer blumigen Note tropischer Pflanzen ein, genoss das feuchtwarme Klima. Auf der Suche nach immer neuen bunten Schmetterlingen fühlte sie sich wie ein kleines Kind, das noch mit vollkommener Unschuld das Leben betrachtet.

»Sie sind so sanfte Wesen, so faszinierende Tiere, und doch nur Insekten. Erstaunlich eigentlich, findest du nicht?«

Leon schlenderte neben ihr her. Bisher hatte er kaum ein Wort gesprochen. Sie fragte sich, ob er sich langweilte.

»Erstaunlich«, antwortete er nur.

Elena hörte auf, in dem Weiher vor sich die bunten Fische zu bestaunen, und sah zu Leon auf. Sie fing seinen Blick auf, der auf ihr ruhte. Ein leichtes Lächeln umspielte seine Lippen, und er strahlte eine wohltuende Gelassenheit aus. Elena spürte, wie die Schamröte sich ein zweites Mal an diesem Tag ihren Weg zu den Wangen bahnen wollte, als er ihren Blick auch nach zwei Sekunden nicht losließ. Sie fühlte ein heißes Kribbeln in der Magengrube und musste unweigerlich an seinen Tipp im Auto denken: Für den Bauch spielt unser Ziel manchmal eine Rolle.

Oder übersetzt: Manchmal hat man Schmetterlinge im Bauch.

Das war nicht richtig. Der falsche Ort, die falschen Umstände, der falsche Zeitpunkt. Elena räusperte sich und riss sich los. Ihr Interesse galt auf einmal einer riesigen Palme, die weiter unten gesetzt worden war. Dass er sich nicht wohlfühlte oder gar langweilte, war wohl nur Einbildung gewesen. Bei diesem Gedanken wurde ihr wieder warm in der Magengegend. Doch ihr Gehirn sträubte sich gegen ihr Bauchgefühl.

Sie durfte nicht vergessen, was der wahre Grund für ihr Zusammensein war. Sie wurde verfolgt von vermissten oder toten Frauen, und Leon half ihr, der Sache auf den Grund zu gehen. Diese entspannte und sorglose Atmosphäre, die heute herrschte, war reine Illusion. Obwohl, genau das behauptete man ja auch von ihren seltsamen nächtlichen Ausflügen und Erlebnissen, dennoch schien es diese Frauen, die sie fand, tatsächlich zu geben. Ansonsten hätte sie sie kaum auf Leons Fotos wiedererkannt. Ergo, vielleicht gab es trotzdem irgendwo in ihrem persönlichen Universum ein Plätzchen, an dem dieser ganz normale Moment real sein durfte?

»Alles in Ordnung?«

Elena hatte Leons Anwesenheit beinahe völlig ausgeblendet, obwohl sie im Grunde über ihn nachgedacht hatte. Sie schüttelte ihre Grübeleien ab und beschloss, einfach den Augenblick zu nehmen, wie er war: angenehm aufregend.

Gleichzeitig an einem geheimen Ort

Sie zitterte am ganzen Leib. Ihr Atem ging flach. Das dunkle Haar klebte ihr in fettig feuchten Strähnen an den Wangen, am Hals, im Nacken. Der Boden unter ihren blanken Füßen fühlte sich feucht an, irgendwie lehmig. Sie hatte Durst. Unendlichen Durst. Zum wiederholten Mal tastete sie die Wände ab, bis sie eine nasse Stelle fand. Sie drückte ihre spröden, aufgeplatzten Lippen dagegen und sog das bisschen Feuchtigkeit ein; zuletzt leckte sie die Mauer ab. Wie verfault das schmeckte, was sie abgesehen von dem Wasser sonst noch zu sich nahm, war ihr inzwischen egal – Hauptsache, es hielt sie am Leben, denn so lange gab es Hoffnung. Sie war erschöpft, hungrig. An jeder

Stelle ihres nackten Körpers klebte der Dreck. Ihre Haut juckte, ihre Kopfhaut hatte sie deswegen schon wund gekratzt. Blind hatte sie ihr Gefängnis abgetastet, auf wackligen Beinen, ohne Orientierung. Sie war nicht besonders weit gekommen. Einen Schritt nach vorne. Dort stieß sie auf die nächste Wand. Wenn sie sich mit dem Rücken dagegenlehnte und die Arme nach links und rechts ausstreckte, konnte sie jeweils mit den Fingerspitzen die beiden Seitenwände berühren. Der Raum war also nicht länger als ihre Armspanne. So etwas wie Platzangst keimte beim Gedanken daran auf. Doch weit schlimmer war, dass sie beide Augen weit geöffnet hatte und dennoch nichts sehen konnte. Nicht das Geringste. Kein Licht, keine Graustufen. Jedes Mal, wenn sie kurz wegnickte, weil ihr Körper seinen Tribut forderte, und anschließend wieder erwachte, hoffte sie aufs Neue, dass ihre Augen sich an die Dunkelheit gewöhnten und sie zumindest Schatten erkennen konnte. Doch sie wurde jedes Mal aufs Neue bitter enttäuscht. Sie hatte jedes Zeitgefühl verloren, jeden Bezug zur Realität. Diese absolute Dunkelheit nagte an ihrem Verstand. Sie wollte sich mit Singen ablenken, mit Selbstgesprächen. Sie versuchte es sogar mit einem Trick, den die Gefangenen in den Dunkelzellen von Alcatraz angewendet hatten. Sie schloss die Augen und wartete, bis es vor ihren Lidern zu flimmern begann. Eine Art Film, der genügend Ablenkung bot, um die Zeit in der Dunkelzelle zu überstehen. Denn dort befand sie sich. In ihrer persönlichen Dunkelzelle. Und hier würde sie elend verrecken.

Die einzigen Bilder, die sich vor ihrem inneren Auge abspielten, waren die, wie sie hierhergekommen war. Sie sank auf den klebrigen Boden. Etwas krabbelte über ihr Bein. Sie schnappte blind danach, stopfte es in den Mund und schluckte – ohne auch nur den geringsten Gedanken daran zu verschwenden, was es gewesen sein könnte.

Sie zog die Knie an, verschränkte die Arme darauf, legte den Kopf auf die Arme und gab sich der Erinnerung hin.

Auf ihrem Heimweg spazierte sie allein am Waldrand entlang. Obwohl sie erst seit zwei Wochen hier war, fühlte sich der Weg bereits vertraut an.

Angetrunken, zufrieden in Erinnerungen an die rauschende Party schwelgend. Der Bass der Boxen dröhnte noch in ihren Ohren, das letzte Lied war ihr Begleiter. Das Ufer des Bachs zu ihrer Rechten kam näher als gewollt. Sie drehte ab, wollte zurück auf die Straße, stolperte aber über eine Vertiefung in der Wiese. Sie fing sich wieder, kicherte leise vor sich hin.

»Hoppla!«, murmelte sie ausgelassen, als sie von etwas gerammt wurde. Sie verlor das Gleichgewicht. Irgendwo machte sich Entsetzen bemerkbar, doch ihr benebeltes Gehirn war nicht fähig, das Gefühl zu verarbeiten. Sie stürzte, klatschte in den Fluss. Sie schrie auf, schlug um sich, suchte Halt. In ihrer verzerrten Wahrnehmung fühlte es sich an, als würde sie von einem reißenden Strom mitgerissen, aber mit etwas Konzentration schaffte sie es, sich aufzurappeln. Sie konnte ohne Weiteres in dem seichten Wasser stehen.

Etwas hilflos kletterte sie das Bord hoch. Als sie aufsah, blieb ihr beinahe das Herz stehen.

»Hallo Lena.«

Sie erkannte schwarze Umrisse. Tausend Gedanken schossen ihr gleichzeitig durch den Kopf, ihr Alkoholrausch war wie weggeblasen. Sie fragte sich, wer da vor ihr stand, warum diese Person sie kannte. Ihr Innerstes schlug Alarm. Diesmal laut und deutlich. Doch da war es schon zu spät. Die Gestalt stürzte sich auf sie. Sie fielen beide hin, landeten im flachen Flussbett. Sie wehrte sich, so gut sie konnte, aber als der Angreifer es fertiggebracht hatte, seine Hände um ihren Hals zu schließen, endeten ihre Rundumschläge als klägliche Versuche, die ins Leere gingen. Sie rang nach Luft, keuchte, würgte und verlor den Kampf.

29. Oktober, nachmittags

»Und was jetzt?«, fragte Elena Leon, als sie ihren Besuch im Papiliorama beendet hatten. »Gehen wir zurück?«

»Nein. Jetzt kommt der aufregende Teil des Tages.« Leon zückte sein Mobiltelefon und wählte eine Nummer aus dem Speicher, die Elena von ihrer Position aus nicht erkennen konnte. Er führte ein kurzes Gespräch, offenbar mit jemandem, den er kannte, denn der Umgang wirkte vertraut. Als er auflegte, griff sie das Telefonat auf und fragte prompt: »Wer hat geöffnet?«

»Das wirst du gleich sehen. Wie steht es um dein Rennfahrergen?«

Sein Grinsen verschwand nicht aus seinem Gesicht, bis zur Ankunft am Zielort. Elena äugte aus der Windschutzscheibe und musterte das am Gebäude vor ihr prangende Firmenlogo. »Eine Kartbahn?«

Leons Grinsen wurde breiter. »Was dagegen?«

Elenas Innereien tanzten vor Nervosität. »Nein. Aber ich habe das noch nie gemacht.«

»Dann wird es für mich umso einfacher, dich zu schlagen«, antwortete Leon und stieg aus seinem Wagen aus.

Elena folgte ihm. Angestachelt von seinen herausfordernden Worten, meinte sie nur: »Wahrscheinlich wirst du die Rangliste anführen, ja. Aber von hinten.«

Er lachte spontan auf. Ein Lachen, das Elenas persönliche Schmetterlinge wieder fliegen ließ. Was war nur los mit ihr?

»Ihr Männer werdet wohl nie erwachsen, oder?«

»Nein. Und ihr Weiber?«

»Natürlich. Irgendeiner muss ja vernünftig sein. Dabei fällt mir ein, wenn du es schon nicht hinkriegst, als Erster bei der Tür zu sein, wie willst du mich dann auf der Bahn einholen?« Sie gab ihm einen Stoß mit der Hüfte und rannte in Richtung Eingang los.

Leon nahm die Herausforderung an, holte Elena ein, doch sie hatte bereits die Hand auf den Türgriff gelegt. Er schlang seine Arme um ihre Taille und zog sie weg. Dennoch dachte Elena nicht daran, den Griff loszulassen, womit sie ihm die Tür öffnete. Leon stellte sie auf die Füße und schlüpfte ins Innere des Gebäudes.

Sie stellte sich neben ihn, während er an der Kasse wartete.

»Miese Tricks sind also dein Geheimnis?«, fragte sie ihn, während sie sich lässig an den Tresen lehnte.

»Nein. Das spontane Reagieren auf eine Situation.« Sein ganzes Gesicht strahlte. Sie konnte sich dieser ansteckend guten Laune nicht entziehen und erwiderte sein Lachen. Im Hintergrund rührte sich etwas, und eine hübsche Frau mit blonden Locken kam zur Kasse. »Leon! Schön dich wiederzusehen! Du hast mir gefehlt«, fügte sie mit einem Augenzwinkern an.

Sofort sank Elenas Stimmung um ein paar Punkte.

»Lori, das ist Elena. Elena – Lori«, stellte Leon die Frauen einander vor.

»Hi!«, Lori streckte die Hand aus, Elena drückte sie.

»Nettes Outfit«, meinte Elena noch, mit einem Blick auf den ölverschmierten Blaumann.

»Danke. Einer der Wagen hat den Geist aufgegeben. Aber das wird schon. Folgt mir!«, forderte Lori ihre beiden Gäste auf und marschierte voran durch einen verglasten Korridor in eine Art Aufenthaltsraum. Dort holte sie von einem Tisch zwei Helme und zwei Sturmkappen. »Die dürft ihr anziehen. Wie das hier abläuft, weißt du?«, fragte sie an Elena gewandt.

»Nun äh, nein.«

»Dann werde ich es dir erklären.«

»Lass nur«, sprang Leon ein. »Ich mach das schon. Geh du nur zurück zu deinem Patienten. Ich stell hier alles ein.«

»Alles klar. Aber wenn ihr fertig seid, will ich mich noch von dir verabschieden, Leon, verstanden?«

»Verstanden.«

Mit diesem Versprechen im Gepäck zog Lori davon.

Elena konnte nicht anders, als ihr nachzusehen. »Was war das denn eben?«

»Das war Lori. Die Tochter des Besitzers. Ich habe hier einige Sommer lang mein Taschengeld aufgebessert. Wir sind also quasi zusammen erwachsen geworden.«

»Will ich wissen, wie das zu verstehen ist?«

»Du wirst dir deinen Teil denken, schätze ich, und ich glaube, du liegst mit deinen Gedanken goldrichtig. Jetzt komm, die Bahn ist heute offiziell geschlossen; wir haben sie also ganz für uns allein.«

Leon erklärte Elena die Grundregeln, nämlich, dass es keine gab, solange sie allein auf der Bahn waren. Er zeigte ihr den Gokart und wies sie an einzusteigen. »Hier sind das Gas, die Bremse und der Rückwärtsgang.«

»Der Rückwärtsgang?«

»Du wirst schon bald merken, warum der notwendig ist«, antwortete Leon mit einem breiten Grinsen im Gesicht.

Elena nickte. »Alles klar. Sonst noch was?«

Leon dachte kurz nach, schüttelte dann aber den Kopf. »Nein.«

»Gut. Dann hock dich mal in dein Gefährt und friss meinen Staub, du lahme Schnecke!«

Leon lachte laut heraus, befolgte aber Elenas Rat und zwängte sich in einen anderen Gokart. Er zog die Sturmhaube über und setzte den Helm auf, während Elena sich wunderte, wie dieser große Mann in dieser kleinen engen Metallkonstruktion Platz finden konnte.

Das Gefährt lag unheimlich tief. Als Elena das erste Mal etwas Gas gab, um zur Startlinie vorzufahren, gewann sie bereits einen Eindruck davon, wie wendig diese kleinen Dinger waren und wie schnell sich eine Lenkbewegung auf die Räder übertrug. Das könnte Spaß machen, überlegte sich Elena, und ihr anfangs zögerliches Lächeln wurde um ein Vielfaches breiter. Herausfordernd schaute sie zu Leon hinüber, konzentrierte sich dann auf die Ampel und legte zu ihrer eigenen Überraschung einen souveränen Start hin. In der ersten Kurve verlor sie aber bereits die Kontrolle und rammte die Bande. Von diesem ersten Schreck erholte sie sich rasch und suchte kichernd den ominösen Rückwärtsgang. Sie brachte sich wieder in Position, schaute sich nach Leon um und brauste los. Allmählich entwickelte sie ein Gefühl für das Ganze. Nach der ersten Runde hatte Leon einen beträchtlichen Vorsprung. Seine Streckenkenntnis und seine Erfahrung waren aber auch unfaire Vorteile. Dennoch, Elena gab nicht auf. Nach der ersten Runde hatte sie ein Gefühl für die Strecke, nach der zweiten wusste sie, welche Kurve sie wie anbremsen musste. Ob Leon langsamer fuhr oder sie so viel besser wurde, dass sie ihn einholte, war ihr nicht ganz klar, aber es war auch egal. Wichtig war nur, dass sie mächtig aufholte, und ab diesem Moment lieferten sich die beiden ein verbissenes Rennen. Mehr als einmal landete einer mit seinem Kart in der Bande, weil der andere ihn wegdrückte, schnitt oder aus der Kurve drängte. Nach gut zwei Stunden bester Unterhaltung gewann der Drang nach einer Pause die Überhand.

»Das hat unheimlich Spaß gemacht!« Lachend krabbelte Elena aus dem Kart und riss sich den Helm vom Kopf. Sie schüttelte ihr Haar aus und versuchte, an ihrer platt gedrückten Frisur zu retten, was noch zu retten war.

»Nur blöd, dass du verloren hast. Fünfmal.«

Elena schubste Leon mit einem Hüftstoß zur Seite. »Gar nicht wahr! Hättest du die Strecke nicht so gut gekannt und nicht schon so viel mehr Übung, hätte ich dich um Längen besiegt.«

»Niemals!« Leons Augen leuchteten, seine Wangen waren gerötet, seine Frisur zerzaust. Spontan fühlte sie sich daran erinnert, wie sie als Jugendliche in den Sommerferien herumgetobt hatten und er genauso ausgesehen hatte. »Wir haben uns öfter solche Wettkämpfe geliefert. Das habe ich ganz vergessen«, sagte Elena mit einem Hauch von Wehmut.

»Eine meiner schönsten Erinnerungen an den Sommer«, gab Leon kleinlaut zu. Er sah Elena dabei nicht an.

»Im Ernst?« Die Stimmung war auf einmal mit alten Erinnerungen und Gefühlen aufgeladen, auskosten konnten sie diesen Moment aber nicht, denn auf einmal platzte die Blondine von vorhin herein.

»Du wirst doch nicht gehen, ohne dich zu verabschieden?«

Lori schlenderte zu Leon, ihre Daumen lässig in den Blaumann eingehakt.

Nicht nur, dass sie den kurzen vertrauten Moment zwischen Elena und Leon zerstörte, sie vereinnahmte Leon vollkommen für sich, wie Elena frustriert feststellte. Für sie selbst hatte Lori nur einen knappen Händedruck übrig. Vor Leon baute sie sich mit gestrafften Schultern auf, legte eine Hand vertraut an seine Wange, strahlte ihn mit ihren blauen Augen an. »Ich hoffe, du wartest mit dem nächsten Besuch nicht wieder so lange«, sülzte sie, hauchte ihm einen Kuss auf die andere Backe, umarmte ihn und rauschte davon. Elena würdigte sie keines weiteren Blickes.

Elena fühlte einen Stich und kam sich sofort dumm vor. »Auf Wiedersehen, Lori!«, rief sie ihr hinterher, doch die blonden Locken wippten unbeirrt weiter, ohne auf die Worte zu reagieren.

Schmunzelnd legte Leon den Arm um Elena und zog sie aus dem Gebäude. »Eifersüchtig?«

Entsetzt, weil er sie ertappt hatte, riss Elena ihren Kopf hoch. »Auf keinen Fall!« Sie stieß Leon weg und stieg auf ihrer Seite in den Truck ein.

29. Oktober, 17.15 Uhr

Ihr Kopf schoss hoch. Mit weit aufgerissenen Augen saß sie da, rang nach Luft, rieb über die wunden Stellen an ihrem Hals. Obwohl sie den Überfall nur in ihren Träumen erneut durchlebt hatte, spürte sie dennoch die Finger, die sich unerbittlich um ihren Hals gelegte hatten. Hörte das Keuchen ihres Angreifers, und eine zweite Stimme. Von weit weg. Undeutlich. Weiblich. Die Erinnerung an die Worte war verschwommen. Irgendetwas wie »Hör auf, du bringst sie noch um«, hatte die Stimme gerufen. Aber vielleicht war diese mysteriöse Stimme auch nur in ihrem Kopf gewesen. Ihr eigener innigster Wunsch, den sie nur noch in Gedanken hatte formulieren können.

Ihre Haut war mit einem dünnen Schweißfilm überzogen, obwohl sie fror.

Wieder begann sie darüber nachzudenken, was als Nächstes mit ihr geschehen würde. Ob ihre Peiniger zurückkehrten? Sie wusste nicht, wie viele es waren, vielleicht zwei, vielleicht mehrere. Sie wusste überhaupt nichts. Manchmal dachte sie, sie sähe doppelt; manchmal waren da nur unscharfe Umrisse, die schwankend auf sie zukamen. Die Bewegungen waren verzerrt, verschwommen. Sie kratzte über den juckenden Arm. Dort, wo sie immer wieder feine Stiche spürte, wenn ihre Entführer zurückkehrten. Irgendetwas floss durch ihre Blutbahnen, das sie gefügig hielt. Anders konnte sie sich ihre Wehrlosigkeit nicht erklären.

Irgendwie fühlte sie sich, als wäre ihr letzter richtig wacher Moment der Augenblick gewesen, in dem sie aus dem kalten Fluss gestiegen und ihrem Angreifer das erste Mal begegnet war. Seither fühlte sich alles an wie ein schlechter Drogentrip mit kurzen Phasen, in denen das klare Bewusstsein die Oberhand gewann. Wie in dem Moment, da sich das Boot bewegte, auf dem man sie hungernd zurückgelassen hatte. Auf einmal hörte das Boot zu schwanken auf. Dann hatte sie jemanden gehört. Jemand hatte sie am Handgelenk berührt. Aber anders als ihre Peiniger. Wieder war da ein Flüstern gewesen, aber weit ehrfürchtiger als bisher. Ein gemurmeltes »Ich hole Hilfe« hatte sie noch vernommen. Aber das konnte auch ihre

Einbildung gewesen sein, denn niemand kam, um sie zu retten. Im Gegenteil. Man hob sie im nächsten Moment zwar tatsächlich aus dem Boot, aber anhand der Art und Weise, wie sie angepackt wurde, erkannte der letzte funktionierende Teil ihres Gehirns, dass die Rettung so weit weg war wie eh und je. Rüde ging dieser Mensch mit ihr und ihrem sowieso schon geschändeten, ausgemergelten Körper um. Sie wollte sich wehren. Irgendwo in ihr drin meldete sich etwas, das einmal ihr Kampfgeist gewesen war. Doch die Stimme war so leise. Zu leise, um ihren Körper wirklich zu einer aktiven Tat überreden zu können. Das nächste Mal, als sie zu sich kam, fühlte sie diesen matschigen, feuchtkalten Boden unter sich. Sie öffnete die Augen, sah aber dennoch nichts. Sie erinnerte sich genau, wie sie sie wieder schloss, die Lider fest zusammendrückte und erneut öffnete. Doch um sie herum blieb es finster. Panisch setzte sie sich auf, wollte aufstehen. Doch ihre Beine hatten nachgegeben. Ihr nackter Körper landete wieder im Dreck. Laut schrie sie ihre Verzweiflung hinaus, rappelte sich erneut auf und scheiterte wieder. Sie erinnerte sich, wie sie die Augen weit aufgerissen hatte, sich weigerte zu blinzeln, als ob das die Dunkelheit hätte vertreiben können. Sie wusste bis heute nicht, ob ihre Blindheit nur am fehlenden Licht im Raum lag oder an ihren Augen. Vielleicht lag es an beidem. Aber inzwischen war es egal. Die zweite Panikattacke war gekommen, als sie bemerkte, wie winzig ihr dunkles Gefängnis war. Die Panik hatte zumindest einen Vorteil gehabt: Sie hatte Kräfte mobilisiert, an die sie nicht mehr geglaubt hatte. Doch inzwischen waren auch die letzten Reserven aufgebraucht. Drei Fragen beherrschten ihr ganzes Dasein: Würde man sie diesmal endgültig verrecken lassen? Saß sie bereits in ihrem finsteren Grab fest? War sie womöglich schon tot?

29. Oktober, 17.30 Uhr

»Was jetzt?« Elena hatte es sich in der geräumigen Fahrerkabine des Pick-ups gemütlich gemacht. Ein Bein untergeschlagen, saß sie auf dem gemütlich gepolsterten Sitz, den Oberkörper Leon zugewandt.

»Was meinst du?«, antwortete Leon, ohne den Blick von der Straße zu nehmen.

»Was stellen wir als Nächstes an?«, präzisierte Elena ihre Frage.

Jetzt schielte Leon sie kurz an. Er grinste, als er meinte: »Du kannst wohl nicht genug bekommen, was?«

»Nein. Ich hatte schon so lange nicht mehr so viel unbeschwerten Spaß. Ich bin noch nicht bereit, diesen Tag gehen zu lassen.«

»Musst du aber. Es ist bereits nach fünf, und ich habe Hunger.«

»Dann machen wir doch daraus was. Gehen wir essen.«

»Jemand anderen für uns kochen lassen? Wäre eine Möglichkeit. Wir könnten aber auch deine Unternehmungslust nutzen und selbst etwas zaubern, was meinst du?«

»Mutig.«

Leon hob fragend eine Augenbraue, was Elena veranlasste, sich zu erklären. »Ich bin nicht gerade bekannt für mein Talent in der Küche. Schon gar nicht in einer Küche mit Gasherd, die wahrscheinlich seit meiner Mutter keinen Koch mehr gesehen hat.«

»Anweisungen befolgen kannst du aber?«

Jetzt war es an Elena, ein fragendes Gesicht aufzusetzen. »Willst du mir damit sagen, dass du kochen kannst?«

»Ich bin kein Meister, aber ich kriege was zu essen auf den

Tisch, und wenn's misslingt, gibt es immer noch den guten alten Pizzakurier. Selbst in diesen Breitengraden.« Leon lenkte den Wagen auf den Parkplatz einer Tankstelle. »Gehen wir einkaufen?«

»Eine Pizza vor knisterndem Kaminfeuer?«

»Marshmallows im Kamin geröstet?«, fragte Leon seinerseits.

Elena stellte sich diese Möglichkeiten kurz bildlich vor und entschied, sich auf das Experiment einzulassen.

Die Einkäufe waren schnell erledigt. Leon hatte anscheinend beschlossen, seine Cowboy-Ader raushängen zu lassen und für die Zubereitung des Abendessens ausschließlich das Kaminfeuer zu nutzen. Auch Elenas Bedenken, dass es im Haus womöglich keinen passenden Grillrost gab, konnten ihn nicht davon abbringen. »Dann packen wir alles in Alufolie und legen es direkt in die Glut«, lautete seine Antwort, die Elena schulterzuckend akzeptiert hatte.

Inzwischen waren auch die restlichen Kilometer wie im Flug vorbeigezogen, und ehe Elena sich über die mögliche Tragweite ihres Entschlusses, allein mit Leon ein kuschliges kleines Lagerfeuer zu veranstalten, bewusst werden konnte, stand sie auch schon in der Küche und assistierte ihm.

»Reichst du mir den Pfeffer?« Mit ausgestreckter Hand stand er über das große Stück Fleisch gebeugt da. Er wirkte wie ein Arzt während einer Operation, und sie war die Assistentin, die ihm das Skalpell fest in die Hand legen musste, sobald er es wünschte. Elena lächelte über die Vorstellung, griff nach dem Pfeffer und legte ihm die Mühle in die wartende Linke.

»Danke. Und nun könntest du den Wein öffnen.«

»Soll ich nicht erst Feuer machen?«, wandte Elena ein.

»Ach so, ja. Das könnte durchaus nützlich sein.«

Elena wechselte schmunzelnd ins Wohnzimmer, nahm kleine Holzstücke aus der Kiste neben dem Kamin, schichtete sie auf, stopfte alte Zeitungen dazwischen, öffnete die Klappe des Kamins und entzündete den Haufen. Zunächst wirkte das Feuerchen, als würde es gleich wieder ausgehen, doch die Flammen waren hartnäckig und sorgten bald für eine wohlige Wärme. Elena nahm schließlich größere Holzscheite vom Stapel unter dem Kamin und gab dem Feuer damit noch mehr Nahrung.

Leon kam mit einem breiten Holzbrett ins Wohnzimmer gewankt, das er kurzerhand zum Tablett umfunktioniert hatte. Er setzte alles vor dem Kamin ab und entkorkte den Wein mit wenigen fließenden Handgriffen.

»Du hast Übung, wie ich sehe«, kommentierte Elena anerkennend.

»Du offenbar auch.« Leon hielt beide Gläser in einer Hand, die Flasche in der anderen und goss den Wein ein. Um Elena anzuzeigen, was er mit seiner Aussage meinte, neigte er den Kopf in Richtung Kamin, wo die tanzenden rötlich gelben Flammen gierig am Holz leckten.

»Eigentlich nicht, nein, aber dafür ist mir das jetzt erstaunlich gut gelungen.«

Sie nahm das Glas entgegen, das Leon ihr anbot, und prostete ihm zu. »Auf einen ereignisreichen und wundervollen Tag. Danke, Leon.«

»Gern geschehen. Ich muss allerdings zugeben, das Ganze war nicht ganz uneigennützig. Auch ich hatte etwas Ablenkung bitter nötig.«

»Setzen dir meine Probleme derart zu?«, fragte Elena erstaunt.

Als Antwort erhielt sie aber nur ein vages Kopfschütteln. Leon beobachtete die Flammen, Elena beobachtete Leon. Sie wollte ihre Frage nicht wiederholen, wollte die Stimmung nicht durch das Erzwingen einer Antwort beschweren. Dafür war der Tag zu leicht und schön gewesen. Sie ertappte sich dabei, wie sie ihn anstarrte, fasziniert seine vom Feuer warm beschienenen Gesichtszüge musterte. Verlegen wandte sie sich ab, räusperte sich und trank einen großen Schluck Wein. Sie wollte sich irgendwie beschäftigen, also sagte sie: »Uns fehlt noch der Rost. Ich schau mal, ob ich in der Abstellkammer etwas finde«, und verschwand im Korridor.

29. Oktober, 17.45 Uhr

»Ich hab dich gleich!« Die Stimme überschlug sich vor Aufregung.

»Niemals«, quietschte eine zweite Stimme.

Sie hob ungläubig den Kopf. Hatte sie etwa wieder geschlafen und geträumt? Oder war da draußen jemand? Sie lauschte angestrengt, konnte aber kein Geräusch mehr ausmachen. Mutlos sackte sie noch weiter in sich zusammen. Geträumt, sie hatte es nur geträumt.

»Hei, wo bist du?«

Sie zuckte zusammen. Sie war wach. Oder doch nicht?

»Das findest du nie heraus!«

Okay, das war ganz nahe. Aber nicht in ihrem Kopf. Das kam von der anderen Seite der Mauer. Ehe ihr Verstand alles verarbeitet hatte, stützte sie sich mit den Händen an der Wand ab, rappelte sich keuchend auf. Ihre Beine vermochten sie kaum zu tragen, doch sie blieb stehen. Dabei wagte sie es nicht, die Wand loszulassen. Sag noch mal etwas, flehte sie innerlich, bitte!

»Wetten?«

Das kam irgendwie von oben. Wie war das möglich? Sie reckte den Hals, stolperte zu der Seite ihres Gefängnisses, von wo diese kindliche Stimme erklungen war. Kindlich. Kinder. Spielende Kinder! Nur langsam begann ihr Gehirn, die einzelnen Hinweise zusammenzufügen. Sie musste sich bemerkbar machen, rufen! Würden die Kinder sie hören? Würde ihre Stimme das zulassen?

»Marco!«, rief da das Kind über ihr plötzlich.

»Polo«, flüsterte sie heiser. Polo, Polo, Polo!, schrie es in ihrem Kopf. Ein Kloß bildete sich in ihrem Hals, als sie daran dachte, dass diese Kinder ausgerechnet ein Suchspiel spielten und vielleicht sie finden würden.

»Polo!«, rief das zweite Kind. Sie zuckte herum. Das zweite Kind war quasi neben ihr, auf der andern Seite der Mauer. Es musste so sein! Hastig tastete sie sich auf wackligen Füßen zu der Wand, hinter der dieses Kind stehen musste. Renn nicht weiter, flehte sie. Bleib hier und höre mich!

»Marco!« Das suchende Kind hatte sich vorwärtsbewegt. Wenn es von wo auch immer herunterkam, stieg ihre Chance, gefunden zu werden.

»Polo!«, krächzte sie. Hektisch tastete sie die schleimige Mauer ab, auf der Suche nach irgendetwas, das eine Tür markierte. Aber wie schon bei ihren letzten Versuchen fand sie nichts dergleichen. Keine Kerbe, kein Riegel, kein Knauf. Sie ballte ihre rauen, aufgeschürften Hände zu Fäusten und polterte mit der letzten verbliebenen Kraft gegen die Wand. Irgendein Ausgang musste da doch sein, schließlich war sie ja irgendwie in dieses scheußliche Loch hineingekommen! Im selben Moment, als sie es dachte, kam ihr die erschütternde Lösung: ein Loch. Sie musste von oben durch ein Loch in diesen Raum gekommen sein. Sie hatte sich nach dem falschen Kind orientiert. Das oben hätte auf sie aufmerksam werden müssen. Sie reckte ihren Kopf, schaute nach oben, auch wenn sie nichts sah. Obwohl sie tief in ihrem Inneren ahnte, dass sie die Decke nicht erreichen würde, streckte sie sich, so weit sie nur konnte. Jeder Knochen schmerzte sie bei dem Versuch, an das Dach ihres Gefängnisses und somit an die mögliche Freiheit heranzukommen. Sie stellte sich auf die Zehenspitzen, stieß sich vom Boden ab, doch die Fingerspitzen tasteten ins Leere. Ihre Beine gaben nach, sie verlor das Gleichgewicht, konnte sich aber gerade noch an der Wand abstützen, hinter der eines der Kinder sein musste.

»Marco!« Das andere Kind war nun ebenfalls auf der anderen Seite der Mauer.

Die Rettung so nahe und doch so fern …

»Polo!«, rief das andere Kind in unmittelbarer Nähe des ersten. So nahe, dass das erste Kind überrascht aufschrie und gleich darauf nervös zu kichern begann. Das andere Kind hingegen lachte unbeschwert und gelöst auf, so als würde es sich über den gelungenen Streich amüsieren.

Sie stellte sich die Szene vor, wie das gesuchte Kind vor Vorfreude, seinen Bruder oder Freund zu erschrecken, kaum mehr ausharren konnte. Wie es lauschte und den richtigen Augenblick abwartete, um aus seinem Versteck hervorzupreschen und sich zu erkennen zu geben. Etwa so musste es auch gewesen sein, als ihr Entführer sie sich geholt hatte – nur hatte es da für sie nichts zu lachen gegeben.

Langsam ließ sie die Stirn gegen die feuchte, schmierige

Wand sinken. Noch einmal polterte sie mit den Fäusten dagegen, während sie zuhören musste, wie sich die Kinderstimmen langsam entfernten. Mutlos ließ sie die Hände sinken und ließ ihren Tränen freien Lauf. Mit jedem Schritt, den sich die Kinder entfernten, schwand auch ihre letzte Hoffnung auf Rettung. In der festen Überzeugung, hier zu verrotten, schluchzte sie noch einmal: »Polo.«

29. Oktober, 21.00 Uhr

»Das war lecker!« Elena lehnte sich zurück, bis ihr Rücken das Sofa berührte. Sie fühlte sich wie eine satt gefressene Bärin. Keinen Bissen hätte sie mehr geschafft.

Sie saßen beide im Schneidersitz am Boden und genossen die Restwärme des beinahe vollständig heruntergebrannten Feuers. Vor ihnen lag das zum Tablett umfunktionierte Brett, darauf verteilt standen leere Teller, kleine Schüsseln, davon einige mit Essensresten, Schöpfbesteck sowie eine leere und eine halbvolle Weinflasche. Die Weingläser waren von Fingerabdrücken trübe, schläfrige Stimmung machte sich breit.

Elena fixierte die Glut im Kamin und beobachtete, wie Leon das Feuer wieder zu entfachen versuchte. Er stocherte mit einem Stock in dem Aschehaufen herum und legte neues Holz auf. Funken stoben hoch, tanzten durch die Luft, wehrten sich gegen das Erlöschen, verloren letztendlich aber den Kampf und verglühten. Fasziniert betrachtete Elena das Schauspiel, wobei sich ihre Aufmerksamkeit mehr auf Leon konzentrierte. Sie wusste nicht, ob es an der Wärme lag oder am Wein – wahrscheinlich an beidem –, aber auf einmal fühlte sie sich, als schwebe sie zwischen Gegenwart und Vergangenheit. Das Bild eines Lagerfeuers irgendwo draußen im Wald schob sich vor den Kamin. Der Mann, der in der Glut herumstocherte, war derselbe, nur jünger. Damals hatte sie vor einem Zelt gesessen, nicht vor ihrer Couch. Dieses Wildcampen inmitten des Waldes war eine Mutprobe gewesen. Leon hatte sie dazu herausgefordert, und als sie ablehnen wollte, hatte er sie aufgezogen. Schließlich hatte sie eingewilligt und von ihrer Mutter tatsächlich auch die Erlaubnis erhalten.

Sie waren mit den Zelten losgezogen. Damals hatte sie das Gefühl gehabt, ewig gelaufen und beängstigend weit weg vom sicheren Haus und von der Zivilisation zu sein. Während sie jetzt in dieser Erinnerung schwelgte, war sie davon überzeugt, dass Leon sie einfach im Kreis herumgeführt hatte; wahrscheinlich waren sie keine zehn Minuten vom Haus entfernt gewesen.

»Du hast mich damals an der Nase herumgeführt, nicht wahr?«, fragte sie Leon unvermittelt.

»Wie bitte?« Er hörte auf, das Feuer zu bearbeiten, das inzwischen wieder eine stolze Größe erreicht hatte, legte den Stock beiseite, streckte sich neben ihr auf dem Boden aus und stützte sich auf seinem Ellbogen ab. Sie schaute in seine schläfrig glänzenden Augen. Er roch angenehm nach Rauch und verbranntem Holz.

»Als du mich damals in den Wald geführt hast, um in der Wildnis zu übernachten. Da sind wir im Kreis gelaufen, nicht wahr?« Elena beobachtete die Veränderung in seinen Gesichtszügen genau. Erst verzog sich ein Mundwinkel, dann folgten die Augen. Alles zusammen ergab ein schelmisches Lächeln.

»Und wenn dem so wäre?«

»Du hast mich verarscht. Du hast mich im Glauben gelassen, dass du der einzige Mensch auf Erden wärst, der mich aus dieser Wildnis herausführen könnte. Ich musste mich blind auf dich verlassen, ohne zu wissen, ob ich dir wirklich vertrauen kann.« Noch während Elena die Worte aussprach, merkte sie, wie sehr die damalige Situation ihrer jetzigen ähnelte. Irgendwie beschlich sie das Gefühl, Leon dachte dasselbe, denn er senkte den Blick und flüsterte: »Aber du hast mir vertraut, und ich habe dich nicht enttäuscht.«

»Hast du nicht, nein«, entgegnete Elena mit gedämpfter Stimme. Sie musterte ihr Glas, drehte es in den Händen, betrachtete, wie der letzte Schluck leicht schwappte.

»Die Geschichte wiederholt sich.« Leon hatte sie wieder ins Visier genommen.

Elena verstand die Aussage, die hinter diesen wenigen Worten steckte. Sie fühlte ein angenehmes Kribbeln auf ihrer Haut, ihre Stimme war auf einmal belegt. Dann geschah etwas, das gegen all ihre Vorsätze verstieß: Sie wollte ihn spüren. Sie suchte nach einer Möglichkeit, diesem Verlangen nachzugeben. Sie legte ihm vertrauensvoll die Hand auf die Wange.

Er küsste die Innenfläche. Sofort war das Feuer im Kamin nicht mehr das einzige, das loderte.

Elena zögerte nur kurz, ehe sie sich vorbeugte, seinen Kopf in beide Hände nahm. Aus ihrer sitzenden Position konnte sie leicht auf Leon hinunterschauen. Sie suchte seinen Blick, tauchte in seine Augen ab, während die Schatten der Flammen im Kamin auf seinem Gesicht tanzten. Seine Haut fühlte sich angenehm erhitzt an.

Elena löste ihren Schneidersitz und beugte sich weiter zu Leon hinunter. Sie brachte ihr Gesicht ganz nahe an seines, legte ihren Kopf schräg, behielt ihn aber im Auge, um seine Reaktion sehen und einschätzen zu können.

Er zog sich nicht zurück. Er schien einfach abzuwarten.

Sie spürte seinen Atem auf ihren Lippen, mit denen sie die seinen hauchzart berührte. Die Glut in ihrem Bauch wurde noch weiter geschürt.

Wann er sich aufgerichtet hatte, wusste sie nicht. Doch nun war er es, der auf sie herunterblicken konnte. Er wiederholte ihr Spiel. Er nahm ihr Gesicht in seine Hände, brachte seine Lippen ganz nahe an ihre heran, ohne sie aber wirklich zu küssen. Er reizte sie, forderte sie heraus. Was so unschuldig wirkte, weckte das pure Verlangen. Der Rhythmus, in dem sich ihre Brust hob und senkte, beschleunigte sich. Schließlich hielt sie es nicht mehr aus. Sie brach zusammen. Sie wollte ihn, sie musste seine Lippen ganz und gar spüren. Seinen Körper, seine Hände, seine Haut …

Während sie das dachte, sah sie ihm in die Augen und erkannte diesen verräterischen Funken: Ihm ging es ganz genauso wie ihr. Zeitgleich gaben sie dem Verlangen nach. Pressten ihre Lippen aufeinander, verloren sich in einem ungestümen Kuss. Sie drängte sich an ihn, während er sie gierig in die Arme zog. Sie konnte das Prasseln des Kaminfeuers hören, das die Stimmung nur noch mehr anheizte. Sie hörte ihr eigenes Keuchen, das sich mit seinem vermischte, tastete nach der nackten Haut unter seinem T-Shirt, fühlte, wie seine Hände sich den Weg unter ihre Kleidung bahnten. Sie wollte ihn. Sie wollte ihn so sehr … Mit einem Mal fühlte sie seine Hände an ihren Schultern. Ehe sie es begriff, hatte er sich zurückgezogen und sie von sich geschoben. Verdutzt öffnete sie die Augen. Er sah sie an. Voller Mitleid. »Es tut mir leid, aber ich kann das nicht tun«, flüsterte Leon.

Trotz des wohligen Feuers fühlte sich der Raum auf einmal eiskalt an. Elenas Atmung hatte sich von der lockenden Verheißung noch nicht ganz erholt, doch ihr Kopf war wieder völlig klar. Sie fühlte sich, als hätte ihr jemand eine schallende Ohrfeige verpasst. Verwirrt richtete sie sich auf, zog ihr verrutschtes Shirt zurecht. »Ich, ich brauche ein Glas Wasser«, stammelte sie. Sie konnte seine Hand noch auf der Wölbung ihrer Brust fühlen, als sie hastig aufstand und aus dem Raum eilte.

30. Oktober, 01.00 Uhr

Wieder stehe ich in der Küche und starre aus dem Fenster in die dunkle Nacht. Das Glas mit dem klaren Leitungswasser fühlt sich kühl an in meinen Fingern. Ich nehme einen Schluck in den Mund, schlucke ihn aber nicht sofort hinunter. Ich bewege das erfrischende Nass von einer Wangenhöhle zur anderen, lasse den Tag Revue passieren. Er war für alle Beteiligten aufwühlend gewesen. Für eine wird es der letzte gewesen sein. Ich schaue auf die Uhr, denke über die nächsten Schritte nach. Soll ich ihn wecken? Friedlich döst er noch in seinem Sessel im Wohnzimmer. So unschuldig sieht er aus, wenn er die Augen geschlossen hält, die Muskeln entspannt sind. Ich bin versucht, ihn ruhen zu lassen und mich in meine geheime Kammer zu verziehen, um dem Mobile ein weiteres Tier hinzuzufügen. Aber das wäre nicht richtig. Ich müsste die Figur aus einem alten Knochen schnitzen. Mein persönlicher Plan verlangt jedoch, dass für die nächste Figur der Knochen einer neuen Frau hergenommen werden muss. So hat jede die Möglichkeit, in ihrem Tod ein kleines Kunstwerk zu werden. Ein Geschenk für das Kind, das nie geboren werden wird.

Mir zieht sich bei dem Gedanken das Herz zusammen. Fest schließe ich die Finger um das Glas. So fest, dass die Knöchel weiß hervortreten und ich fürchte, das Glas in meiner Hand könnte zerspringen. Die Scherben würden Schaden anrichten, Blut würde fließen. Schlimmer wäre aber, dass ich meine Hand vorübergehend nicht mehr gebrauchen könnte. Das wäre eine Katastrophe.

Ich muss mich zu diesen rationalen Gedanken zwingen, aber sie helfen, mich zu beruhigen, so wie es mein lieber Dr. Marius Steffen vorausgesagt hat. Ich löse meinen Klammergriff, stelle das Glas beiseite. Wieder schaue ich auf die Uhr. Es wird Zeit. Ich nehme meine Jacke, stecke mein Mobiltelefon ein und verlasse das Haus.

Den Weg zum Bunker kenne ich wie meine Westentasche. Ich bin oft dort gewesen, tagsüber, aber auch nachts. Der Wind pfeift mir um die Ohren, ich klappe den Kragen meiner Jacke hoch. Das Wetter wird immer garstiger, der Winter rückt näher und näher. Während ich durch die Bäume zum Versteck meiner Lena streife, denke ich über die Zukunft nach. Was kommt danach? Ich kann nicht ewig so weitermachen. Irgendwann werden sie mich erwischen – weil ich es so will, weil Leon ein kluger Kopf ist. Bin ich bereit, den Rest meines Lebens im Gefängnis zu fristen? Wenn es sein muss, dann bin ich es. Klappt alles wie geplant, bleibt mir der Knast erspart. Dann bin ich frei. Frei von allem, frei für eine neue Aufgabe, einen neuen Anfang. Worin soll der bestehen? Ich verscheuche die

Leere, die sich bei diesem Gedanken immer wieder breitmacht. Ich werde etwas finden. Ich werde mein Leben leben.

Ich erreiche den Bunker, ziehe einen kleinen Schlüssel aus meiner Hosentasche und greife nach dem Vorhängeschloss. Entsetzt halte ich inne: Das Schloss ist offen.

Mein Herz beginnt zu rasen. Was hat das zu bedeuten? Wer ist hier gewesen? Ist sie noch drinnen? Oder gar geflohen?

Bei diesem Gedanken dreht sich mir beinahe der Magen um. Das kann nicht sein. Das darf nicht sein! Sie ist zu schwach. Wie soll sie ohne Licht die Falltür finden, sie ohne Hilfsmittel von innen öffnen und sich dann auch noch aus dem Loch herausziehen?

Angenommen, sie hat all das irgendwie fertiggebracht, dann muss sie übernatürliche Kräfte haben – oder sie hatte Hilfe.

Hastig reiße ich die verrostete Metalltür des Bunkers auf. Das Türblatt ist nicht so dick, wie ich es eigentlich von einem geschützten Eingang zu einer militärischen Anlage erwartet hätte. Sie schleift am Waldboden entlang, bleibt an einem Stein hängen, gräbt sich vom Schwung in den unebenen Boden ein. Aber das ist alles egal. Ein Spalt ist offen. Ein Spalt, der genügt, damit ich ins Innere der stillgelegten Tunnelanlage schlüpfen kann.

Zielsicher eile ich durch die Gänge, vorbei an einem ehemaligen Waschraum und einem Vorratsraum direkt auf eines der Schlaflager zu. Die Anlage ist seit geraumer Zeit stillgelegt, die Räume stehen leer, das Militär ist ausgezogen. Der Boden ist mit sich zersetzendem Laub bedeckt, alle möglichen Tiere sind nun hier zu Hause. Aber ich habe keinen Kopf für die Eigenheiten dieser inzwischen modrigen Gruft. Neben einem der Schlafräume hat dieser Bunker eine ganz besondere Eigenheit. Ein Chemieklo, Marke Eigenbau. Ich öffne die lottrige Holztür der Latrine. Wo einmal eine Vorrichtung gewesen sein muss, um sich hinsetzen zu können und sein Geschäft zu verrichten, findet sich nur noch ein Loch im Betonboden, das mit einer schweren Falltür verriegelt ist. Der Raum darunter diente als Auffangbecken für die Fäkalien. Mir ist heute noch nicht klar, für wie viele Soldaten dieser Abort gebaut worden war, aber nach dem Depot zu urteilen, hätte eine ganze Armee für eine lange Zeit ihr Geschäft hier verrichten können, ohne dass die Grube übergelaufen wäre.

Obwohl der miserable Geruch, der hier geherrscht haben muss, längst nicht mehr in der Luft hängt, rümpfe ich die Nase, als ich mich am Griff der Falltür zu schaffen mache.

Da höre ich auf einmal leise ein Wort. Ich halte inne. Lausche. Da, da ist es wieder. Ich traue meinen Ohren kaum. Sie ist noch da, schießt es mir sofort durch den Kopf, und die Erleichterung lässt mich beinahe in die Knie gehen. Ich taste nach dem Vorhängeschloss, das einzige, das neu ist in dieser Bunkeranlage. Im Gegensatz zum Schloss am Eingang ist dieses noch verriegelt.

Ich höre sie wieder sprechen. Was sagt sie nur? Ich löse das Schloss vom Griff, öffne die Klappe nur einen winzigen Spalt und lausche.

»Polo, Polo, Polo.«

Wie eine Besessene wiederholt sie dieses eine Wort, als wäre es für sie eine Art Mantra.

Ich schlage die Klappe ganz zurück und leuchte ihr mit meiner Taschenlampe direkt ins Gesicht. Sofort verstummt sie. Einer Kakerlake gleich schlägt sie lichtscheu die Hände vor die Augen und drängt sich in die Ecke. »Hallo Lena. Wie ich sehe, bist du putzmunter. Ich bin erstaunt. Eigentlich habe ich eine Leiche erwartet. Für so zäh hätte ich dich gar nicht gehalten.«

Ich hänge die mitgebrachte Strickleiter an einem Haken in der Wand ein und lasse sie hinunter. »Das erleichtert mir aber die Arbeit. So kannst du selbst raufklettern, und ich muss dich nicht aus diesem Loch ziehen. Du bist nämlich schwerer, als du aussiehst. Klettere rauf. Sofort!«, treibe ich sie an.

Aber sie rührt sich nicht. Wimmernd hockt sie in ihrer Ecke.

»Du dämliches Miststück, glaubst du, ich habe ewig Zeit? Du kletterst jetzt umgehend zu mir hoch und kommst noch ein letztes Mal an die frische Luft, oder ich mach sofort Schluss mit diesem ganzen Theater hier.«

Welches meiner Worte sie auch immer überzeugt hat, sie reagiert. Geschwächt, auf wackligen Beinen, schleppt sich die nackte, schmutzige Frau an den Wänden der Fäkaliengrube entlang zu der Strickleiter. Mit zittrigen Händen umfasst sie eine Sprosse, setzt einen ihrer geschundenen Füße auf eine andere. Als sie sich hochziehen will, lässt ihre Kraft nach. Sie landet auf dem Erdboden und bleibt schluchzend hocken.

Das nervt. »Ich muss nicht warten, bis du es hier herauf schaffst. Ich kann auch anders.«

Das scheint zu wirken. Sie mobilisiert, was sie an Kraftreserven noch hat, dreht sich zur Leiter, klammert sich daran fest und zieht sich hoch. Irgendwie schafft sie es bis zum Rand der Grube. Ich packe sie unter den Armen und zerr sie hinaus. Wieder stolpert sie, fällt hin.

Ich käme besser voran, wenn ich sie schleppen müsste. Während ich darüber nachdenke, wie weit der Weg ist, den wir zurücklegen müssen, und ob ich ihn schneller bewältigen könnte, wenn ich sie niederschlagen würde, rappelt sie sich auf. Ich halte die Taschenlampe in ihre Richtung, beobachte ihre Bemühungen. Offenbar muss ich nicht weiter darüber nachdenken, was zu tun ist. Sie ist in der Lage, selbst zu ihrem Grab zu laufen. Erleichtert, dass ich mir nicht noch einmal die Hände an diesem hässlich zugerichteten Körper schmutzig machen muss, fange ich beinahe an zu grinsen.

Da dreht sie sich auf einmal zu mir um. Diese unbeholfene Gestalt dreht sich im Schein der Taschenlampe so geschmeidig, dass ich es zu spät bemerke. Ich spüre einen Schlag gegen meine Schläfe, merke noch, wie mir die Taschenlampe entgleitet. Ich höre einen dumpfen Aufprall. Die Lampe muss in die Grube gefallen sein. Ob sie dabei ausgegangen ist, kann ich nicht erkennen, ich weiß aber, dass es in meinen Ohren unerträglich rauscht. Ein unbeschreiblicher Schmerz explodiert in meinem Kopf. Bin ich hingefallen? Keine Ahnung. Krampfhaft versuche ich, die Augenlider offen zu halten. Schemenhaft erkenne ich, wie Beine davonstolpern. Dann ist da nur noch Finsternis.

30. Oktober, 10.30 Uhr

»Henry fand sie im Wald«, stellte Bernard mit ernster Miene fest.

»Scheint ein bisschen zur Gewohnheit zu werden.«

Bernard fand Leons Aussage alles andere als amüsant, wie ihm deutlich anzusehen war.

»Ich sag es dir ehrlich, Leon, ich will dieses Weibsbild hier nicht haben. Sie soll verschwinden und ihre Dämonen gleich mitnehmen.«

»Du weißt ja nicht einmal, ob diese Tote, die Henry im Wald fand, mit Elenas Dämonen zu tun hat.«

»Nein, noch nicht. Aber das werde ich sie fragen. Schließlich gibt es einen Grund, weshalb du sie mitbringen solltest. Sie sieht übrigens wieder ziemlich zerrupft aus. Was hast du mit ihr angestellt?«

Eine Frage, die Leon nicht hören wollte. »Nichts«, wehrte er ab und stand von seinem Stuhl auf. Seine abweisende Körperhaltung, wie er sich über den Bart strich und den Blick von Bernard abwandte, strafte ihn Lügen.

»Du bemühst dich nicht einmal, gut zu lügen.«

»Es ist nicht direkt gelogen. Es gab gestern eine verzwickte Situation, und ich habe sie beendet, bevor etwas geschehen konnte, das nicht geschehen darf.«

Bernard musterte ihn, schob seinen Stuhl zurück und meinte dann: »Gut. Damit gebe ich mich für den Augenblick zufrieden, denn wir haben Wichtigeres, um das wir uns kümmern müssen. Aber dieses Gespräch ist nicht vergessen. In meinen Wäldern lag eine nackte Frauenleiche, und ich will denjenigen, der dafür verantwortlich ist. Wo war Elena, als du heute Morgen aufgewacht bist?«

»Im Haus«, antwortete Leon knapp.

»Leon, du bist nicht hier, um sie zu schützen. Du warst selbst Teil dieses Polizeicorps, du weißt, wie es läuft. Vergiss nicht, was deine Rolle in dieser Scheiße ist. Vielleicht sollten wir doch zuerst das aufgeschobene Gespräch führen? Hast du noch die nötige emotionale Distanz, die du brauchst, um deine Aufgabe zu erfüllen? Oder muss ich dich abziehen und mit meinen Methoden weitermachen?«

Leon atmete schwer ein und wieder aus. »Nein, musst du nicht. Sie war heute Morgen im Haus. Ich hab sie in einem Zimmer gefunden, das sie eigentlich nicht benutzt, aber nachdem ich sie gestern zurückgewiesen hatte, benötigte sie wohl einen Rückzugsort, daher habe ich mir darüber keine weiteren

Gedanken gemacht. Als ich allerdings in die Küche kam, stand die Hintertür offen, was nahelegt, dass sie draußen gewesen ist. Ich habe sie geweckt, um sie zu fragen. Sie wirkte verstört, erkannte mich erst nicht, die Falten zwischen ihren Augen deuteten auf Kopfschmerzen hin. Das war allerdings auch kein Wunder, denn sie hat ja bis vor Kurzem wegen einer Kopfverletzung noch im Krankenhaus gelegen. Ihr Haar war zerzaust, ihre Hände waren schmutzig. Das Auffälligste aber war, dass sie ihre Schuhe und ihre Regenjacke trug.«

»Sie hat sich nicht ausgezogen, als sie zu Bett ging?«

»Nein. Es scheint, als hätte sie einen ihrer Ausflüge gemacht, wäre dann durch die Hintertür ins Haus zurückgekehrt und einfach ins Bett gefallen. Den Plaid hatte sie womöglich während der paar Stunden Schlaf noch halbwegs übergeworfen.«

»Wie kommst du darauf, dass sie durch die Hintertür zurückgekommen ist?«

»Die Vordertür war geschlossen; wenn jemand sie ins Schloss gedrückt hätte, wäre ich durch dieses Geräusch bestimmt aufgewacht.«

»Wann bist du eingeschlafen?«

»Gegen Mitternacht, schätze ich. Ich habe das Feuer noch einmal angeschürt, darüber nachgedacht, ob ich ihr folgen, mit ihr sprechen soll, es dann aber gelassen. Ich wollte ihr etwas Zeit geben. Diese Zurückweisung hat augenscheinlich Wunden hinterlassen, die sie erst lecken sollte, bevor wir darüber sprechen können.«

»Na, das hat sie ja wohl auf ihre Art getan. Sie rückte aus und wilderte in meinen Wäldern.«

»Was sagst du da? Du hast keine Beweise für diesen Vorwurf. Hattest du beim letzten Mal schon nicht. Also halte dich zurück mit deinen Anschuldigungen!«

»Nein, Leon. Bis jetzt habe ich keine Beweise, aber glaube mir, die Hinweise verdichten sich.«

»Was meinst du damit? Was verschweigst du mir, Bernard?« Und warum verschweigst du es mir? Aber diese Frage behielt Leon für sich, denn er kannte die Antwort: Bernard sah die Sache mit der emotionalen Distanz anders. Wenn er mehr wissen wollte, musste er Bernard zuallererst von seiner absoluten Loyalität überzeugen. Aber das musste warten.

»Hol sie rein«, forderte Bernard ihn auf.

Leon ging ohne ein weiteres Wort zur Tür und öffnete sie. Elena saß auf einem einfachen Holzstuhl davor. Eine Schülerin vor dem Zimmer des Rektors, ehe sie die Schelte für einen Streich kassieren soll. Nur war das hier weit ernster.

30. Oktober, 11.30 Uhr

Elena sah auf, als sich die Tür neben ihr öffnete. Der Holzstuhl war unbequem, sie war durcheinander. Ein Blick in Leons Gesicht half nicht, das beklemmende Gefühl abzuschütteln, das sie hatte, seit sie heute aufgewacht war. Sie hatte auf dem alten matratzenlosen Bettgestell ihrer Eltern geschlafen, weil sie es nicht fertiggebracht hatte, im gleichen Raum wie Leon zu bleiben. Sie hatte seine Nähe nicht mehr ertragen. Als er dann neben ihr auf der Bettkante saß und sie wach rüttelte, musste sie sich erst einmal neu orientieren. Die Erinnerungen an den Abend kehrten nur schleppend in ihr Gedächtnis zurück, aber in ihrem Bauch war die Schmach noch so wach, als wäre sie eben erst abgewiesen worden. Doch da war noch ein anderes Gefühl gewesen. Diese Beklommenheit, deren Herkunft sie nicht wirklich ausmachen konnte. Erst als Leon ihren Plaid zurückschlug und sagte, sie müssten sofort zu Bernard aufbrechen, hatte sie zumindest eine Ahnung verspürt, wo ihr seltsames Unbehagen herrühren konnte. Verschlafen, ungewaschen und in der Kleidung vom Vorabend schleppte sie sich zum Pick-up. Sie wechselten auf dem Weg zur Polizei kein einziges Wort. Dort angekommen, stopfte sie sich einen Kaugummi in den Mund, nahm kommentarlos den Kaffee entgegen, den Leon ihr in die Hand drückte, und setzte sich auf den ihr zugewiesenen Platz vor Bernards Büro. Sie hatte nicht hören können, was drinnen gesprochen wurde, ahnte aber Schlimmes. Innerlich verabschiedete sie sich bereits von ihrer Freiheit. Heute hatte sie keine Kraft zum Kämpfen. Sie sah entsetzlich aus, wie sie mit einem Blick in den Spiegel hinter der Sonnenblende des Pick-ups festgestellt hatte: Rot geränderte Augen, die Haare standen in alle Richtungen ab, ihre Haut sah fahl aus, und die Kopfschmerzen, die hinter ihren Schläfen hämmerten, seitdem sie aufgewacht war, konnte man von ihren tiefen Falten zwischen den Augen ablesen.

»Nun komm schon«, forderte Leon sie ungeduldig auf.

Elena erhob sich langsam und zuckte leicht zusammen. Die Wunde an ihrer Schläfe war in der Nacht wieder aufgebrochen und verursachte bei jeder Bewegung stechende Schmerzen. Elena trat in Bernards Büro ein. Spürbare Feindseligkeit schlug ihr entgegen.

»Setzen Sie sich«, befahl Bernard und deutete auf den Stuhl, der auf der anderen Seite seines Schreibtisches stand. »Sie sind mit dieser Kleidung aufgewacht. Sie hatten noch die Schuhe und Ihre Regenjacke an. Warum?«

Bernard hatte wohl nicht viel für einleitende Worte übrig. Elena fühlte sich völlig überrumpelt und musste erst einmal ihre Gedanken sammeln. »Weil ich die Kleidungsstücke nicht ausgezogen habe.«

»Kommen Sie mir nicht so. Wo waren Sie gestern Nacht? Was haben Sie getan, als Sie nach Leons Zurückweisung das Zimmer verlassen haben?«

»Ich ging in die Küche, um ein Glas Wasser zu trinken.«

»Dann wollten Sie ein wenig frische Luft schnappen?«

Worauf wollte Bernard hinaus? Elenas Lebensgeister kehrten langsam zurück, gerade rechtzeitig, um ihr doch noch zur Seite zu stehen. Auf einmal fühlte sie sich einigermaßen wach, war auf der Hut und beobachtete Bernard genau. Er wusste, dass sie mit angezogenen Schuhen und ihrer Regenjacke aufgewacht war, also konnte sie ihm gegenüber nicht behaupten, dass sie gar nicht draußen gewesen war. Das wäre zu unglaubwürdig, vor allem, da sie davon ausging, dass er auch über ihre Gewohnheiten in Bezug auf die nächtlichen Ausflüge Bescheid wusste. »Ja, ich brauchte frische Luft. Ich ging raus, und als ich zurückkam, war ich zu erschöpft und fühlte mich immer noch zu gedemütigt, als dass ich die Kraft aufbringen konnte, mich zu entkleiden. Zufrieden?«

»Nein.«

»Hören Sie, dass mich Leons Reaktion so aus der Bahn geworfen hat, ist mir sehr unangenehm, vor allem, wenn ich das vor seinen Ohren breittreten muss, also können wir dieser Peinlichkeit bitte ein Ende machen?«

»Nein«, kam die Antwort noch einmal. »Denn ich glaube Ihnen nicht. Sie werden mir jetzt sagen, warum Sie zum wiederholten Mal im Wald herumgeschlichen sind.«

»Meint Mario etwa schon wieder, mich gesehen zu haben?«

»Sie stellen hier keine Fragen, Sie beantworten sie. Also?«

»Gut.« Elena gab sich geschlagen. Sie wollte hier raus, und

das schaffte sie nur, wenn sie Bernard etwas gab, das er schlucken konnte. »Ich war in der Küche. Da hörte ich auf einmal die Melodie. Ich zog kurzerhand Jacke und Schuhe über, die ich noch nicht in die Garderobe zurückgeräumt hatte, und verließ das Haus durch die Hintertür.«

»Die Melodie?«

»Ja. Diese Melodie, die mich zu meinen Halluzinationen führt. Diejenige, die mich Dinge finden lässt, die nicht existieren. Diejenige, die mich schlussendlich dazu veranlasst hat, Sie wegen Leichenteilen in meinem Garten anzurufen, die nicht da sind, die Melodie, die dafür gesorgt hat, dass ich einen toten Fuchs gesehen habe, der am nächsten Tag, als der Jäger mich ohnmächtig im Wald fand, verschwunden ist.« Elena redete sich in Rage. Sie hatte die Schnauze voll, sich ständig erklären zu müssen. Sich immer wieder vor Augen zu führen, dass sie von allen für verrückt gehalten wurde. Das Schlimmste war jedoch, dass sie selbst immer stärker an ihrem eigenen Verstand zweifelte. Ein Umstand, der ihren Ärger nur noch mehr schürte. »Jetzt zufrieden?«, fragte sie Bernard trotzig.

»Nein.«

Elena warf die Arme in die Höhe und schüttelte den Kopf. Nein, natürlich nicht.

»Sie folgten der Melodie?«

»Ja.«

»Leon war im Nebenzimmer, und Sie informierten ihn nicht über das Gehörte? Warum?«

Eine durchaus gute Frage, die Elena selbst nicht wirklich beantworten konnte. Sie hatte eben einfach nur reagiert und nicht nachgedacht. Das Haus war ihr zu eng, die Blamage zu frisch. Die Melodie kam ihr schlicht gelegen. Es war ein Grund, kurz zu verschwinden. Sie begriff selbst, wie unglaubwürdig diese Antwort aus Bernards Sicht sein musste. Dennoch, eine andere Erklärung hatte sie nicht. Deshalb antwortete sie kaum hörbar: »Ich musste einfach raus.«

»Interessant. Was dann?«

»Die Melodie verstummte irgendwann. Ich habe noch versucht, erneut auf ihre Spur zu kommen, aber vergebens. Also bin ich ins Haus zurückgekehrt. Ich habe mich auf einmal sehr schwach und schwindlig gefühlt. Wahrscheinlich eine Kombination aus der Aufregung des Tages, meiner Kopfwunde und dem Alkohol. Es war wohl alles zu viel. Ich habe mich aufs Bett gesetzt, wollte mich nur kurz ausruhen, muss dann aber eingeschlafen sein.«

»Das ist alles?«

»Herrgott, ja!«, rief Elena aus, zuckte aber sogleich zusammen. Stechend schoss der Schmerz durch ihren Kopf.

»Nun denn, ich weiß, dass Leon Ihnen Fotos von vermissten Frauen gezeigt hat, und ich kenne auch seine Theorie, die er in Bezug auf die Namen aufgestellt hat.«

Bernard schaute dabei zu Leon und nicht zu Elena. Beinahe so, als wollte er in erster Linie, dass Leon erfuhr, dass er alles wusste. Hatte Leon ihm etwa nichts von seinen Vermutungen erzählt? So, wie Leon sich versteifte, musste er Bernard tatsächlich seine Recherchen verschwiegen haben.

Bernard wandte sich wieder an Elena. »Nehmen wir diesen Faden doch auf.«

Er legte Elena ein Foto vor. Darauf abgebildet war das leichenblasse Gesicht einer Frau. Ihre Miene war starr, ihre Haut schmutzig, teilweise bläulich verfärbt. Ihre Augen waren geschlossen.

Elenas Herz begann schneller zu schlagen. Sie wollte wegsehen, konnte den Blick aber nicht von dem Bild abwenden.

»Kennen Sie sie?«, fragte Bernard Elena direkt auf den Kopf zu.

Elena riss sich endlich von dem Gesicht auf dem Foto los und sah Bernard ernst an. »Ja. Ja, ich kenne sie. Sie ist die Frau, die ich vorletzte Nacht im Boot am Seeufer entdeckt hatte.«

30. Oktober, 13.00 Uhr

»Du hast sie laufen lassen?«, donnert die sonst so gefasste Stimme durch den Raum. Mein Schädel fühlt sich auch ohne seinen Wutausbruch schon an, als müsse er in tausend Stücke zerspringen.

»Ich habe sie nicht laufen lassen, sie ist mir entwischt. Sie hat mich mit einem Stein oder etwas in der Art erwischt, den sie vom Boden aufgehoben haben muss, als sie aus der Grube stolperte. Was hätte ich denn tun sollen?«

»Vorsichtiger sein«, kommt die nüchterne Antwort.

Leichter gesagt als getan. »Was soll die Aufregung? Sie ist tot. Sie hat es nicht bis ins Dorf geschafft, konnte niemanden alarmieren, nichts erzählen.«

»Ist das alles? Ist das ein einziger Witz für dich? Wir haben eine unserer Leichen verloren, und sie haben sie gefunden!«

Gut, das ist ein Problem, überlege ich mir. Sie haben sie gefunden. Das war so nicht geplant. Aber ändern kann ich das nun auch nicht mehr. »Dass sie sie gefunden haben, ist beschissen, da gebe ich dir recht, aber besser, sie haben sie tot als lebendig entdeckt.«

»Hol sie.«

Ich glaube, mich verhört zu haben. »Bitte, was soll ich?«

»Hol sie.«

»Du machst Witze! Sie ist bei der Polizei! Ich kann sie nicht einfach holen!«

»Sie ist nicht auf der Polizeiwache, sie ist im Institut für Rechtsmedizin in Bern, denn dort kommen Leichen hin, die im Zuständigkeitsbereich der Polizeiwache Erlach gefunden werden. Sie aus dem Institut rauszuholen ist ein Kinderspiel für dich.«

»Und was dann? Was soll ich tun, wenn ich sie habe? Soll ich sie verschwinden lassen?«

Er denkt nach. Ich seh ihm an, wie er angestrengt überlegt und Gefallen an seinen Gedanken findet. Einmal mehr frage ich mich, ob seine ursprünglichen Beweggründe inzwischen zweitrangig geworden sind und er aus Freude an der Sache handelt. Irgendwie ist eine masochistische Seite in ihm geweckt worden, die an Stärke gewinnt. Ist das sexy …

»Hör auf, mich anzustarren, und hör mir zu.«

Ich zucke ertappt zusammen und bereue die Bewegung. Vor Schmerz ziehe ich scharf die Luft ein und lege die Fingerspitzen an meine intakte Schläfe.

»Hörst du?«

»Ja, ich höre dich«, gebe ich schroff zur Antwort.

»Wir wiederholen das Ganze. Du holst die Leiche, ich sorge für die Musik.«

»Woher soll ich wissen, wo die Leiche ist? Ich kann nicht jede Schublade aufziehen, das braucht zu viel Zeit.«

»Keine Sorge, ich werde dir diese Infos besorgen.«

»Was machen wir mit Leon?«

»Denk dir was aus! Du warst es ja auch, die ihn angeschleppt hat, worin ich nach wie vor keinen Sinn erkennen kann.«

»Musst du auch nicht«, antworte ich ausweichend. »Wie dem auch sei, Leon wird keine Sekunde mehr wegsehen.«

»Es sei denn, er muss. Jetzt sitzt er schließlich auch allein bei Bernard.«

»Aber ich brauche Zeit.«

»Die bekommst du.«

30. Oktober, 14.00 Uhr

»Wo geht sie hin, was denkst du?«, fragte Bernard Leon, nachdem sie wieder unter sich waren.

»Sie wird sich die Beine vertreten, nach Hause gehen oder sonst etwas tun. Mach dir keine Sorgen.«

»Keine Sorgen? Ich würde sie am liebsten wegsperren, stattdessen muss ich sie laufen lassen; ich kann sie nicht einmal so lange hier festhalten, bis wir beide fertig sind und du sie begleiten kannst!«

Leon konnte seinen Standpunkt verstehen. »Begreif ich, aber ich kann sie nicht festhalten, wenn sie hier rauswill, und ich kann es ihr nicht verübeln, dass sie hier rauswollte.«

Bernard hatte schon vor geraumer Zeit machtlos zusehen müssen, wie Elena sein Büro verließ. Leon hatte er zurückgehalten. Bisher war er aber nicht auf das zu sprechen gekommen, was er eigentlich mit ihm diskutieren wollte. »Leon?« Bernard räusperte sich.

»Ja?«

»Wiederholt sich die Geschichte?«

Leon, der im Raum auf und ab gegangen war wie ein eingesperrter Wolf, blieb stehen. Er antwortete nicht gleich. Es war nicht etwa ein schlechtes Gewissen, das ihn zögern ließ, oder das Gefühl, ertappt worden zu sein. Es waren die Erinnerungen. Die Schmach, die Reue, die Wut und alles, was danach noch gekommen war.

Endlich blickte er sein Gegenüber an. »Nein«, sagte er mit fester Stimmte, »nein, die Geschichte wiederholt sich nicht. Glaub mir, was damals war, hat gesessen.«

»Wirst du es ihr sagen?«

»Sagen? Ich werde ihr wohl früher oder später erzählen, was geschehen ist, wenn du das meinst.«

»Das mein ich aber nicht.« Bernard hatte seine geschäftige Miene abgelegt und jene aufgesetzt, die ehrliche Sorge um seinen ehemaligen Kollegen ausdrückte. Bernard war nicht bekannt für väterliche Gefühle, er hatte sich weder bei seinen Verwandten noch bei seiner Ex-Ehefrau den Ruf verdient, nahbar und freundlich zu sein. Er war griesgrämig, meist schlecht gelaunt, misstrauisch, gezeichnet von seinem Beruf. Aber er war ehrlich, und es lag ihm viel daran, dass seine aktuellen und ehemaligen Kollegen es ebenfalls waren. Er ließ nichts auf die Mitarbeiter seiner kleinen Wache kommen, auch wenn sie nur die Anfangsjahre nach der Ausbildung in der Wache Erlach verbracht hatten und später nach Bern zur Kriminalpolizei wechselten, so wie Leon es getan hatte. In Sachen Loyalität konnte man sich auf Bernard verlassen. Aber auch darauf, dass er mit harter Hand durchgriff, wenn irgendjemand sein Vertrauen missbrauchte. Leon war einer der wenigen Menschen, die es fertiggebracht hatten, trotz allem, was geschehen war, bei Bernard nicht vollkommen in Ungnade zu fallen – und das wusste Leon auch zu schätzen.

»Ich meine, wirst du ihr sagen, dass sie nur Mittel zum Zweck ist?«, fragte Bernard.

Leon presste die Lippen aufeinander. »Nein, das werde ich nicht. Zumindest noch nicht.« Leon ging zur Tür und wollte sie öffnen, doch Bernard rief ihn zurück.

»Das war noch nicht alles.«

Leon ließ die Hand sinken und drehte sich langsam wieder um. »Was ist denn noch?«

»Während du dich gestern mit Elena auf der Kartbahn vergnügt hast, habe ich deine Aufgaben erledigt.«

»Woher weißt du …«, Leon brach ab. »Lori.«

Bernard hob kurz seine buschig weißen Augenbrauen zur Antwort. »Meine Nichte ist ein gutes Mädchen. Pflichtbewusst.«

Eine Verräterin ist sie, nichts weiter, dachte Leon, behielt seine Gedanken aber für sich. »Was hast du denn getan, während ich mich auf der Kartbahn und übrigens auch im Papiliorama amüsiert habe?«, fragte er stattdessen.

»Dieser Doktor Steffen hat versucht, mit dir zu sprechen, nachdem du mit Elena bei ihm gewesen bist?« Bernard war wieder ganz bei der Sache. Die winzigen Fältchen um die Augen – das einzige Zeichen, aus dem man schließen konnte, dass er einen Hauch Mitgefühlt besaß –, waren gänzlich verschwunden.

Leon fühlte, wie sich sein Magen zu einem Klumpen zusammenzog. Der Anruf des Psychiaters. Er hatte ihn völlig vergessen.

»Du erinnerst dich wieder? Gut.«

Leon wusste um Bernards Talent, Körpersprache zu interpretieren. Daher wusste er auch um seine eigene Macke, die Zähne zusammenzubeißen, wenn er ertappt worden war. Die Kiefermuskeln spannten sich an, und sofort wurde er zum offenen Buch für Bernard. Leugnen war also keine Option. »Ja, ich erinnere mich. Er hat versucht, mich telefonisch zu erreichen. Er klang tatsächlich erregt und besorgt. Aber als Elena während des Telefonats zu mir stieß, legte Doktor Steffen auf. Er wollte nicht, dass sie von seinem Anruf erfuhr.«

»Du hast ihn aber nicht zurückgerufen, sondern hast in einer kleinen Sardinenbüchse Runden gedreht und geflügelte Insekten beobachtet?« Bernards Stimme klang ruhig, aber innerlich kochte er, das erkannte Leon an seiner linken Hand, die er allem Anschein nach in die Tischplatte zu drücken versuchte. Ja, Leon war Bernards Schüler gewesen – und er hatte viel von ihm gelernt, auch wenn er, seit er nicht mehr bei der Truppe war, viel vergessen hatte. Zum Beispiel einen wichtigen Rückruf zu tätigen und vielleicht ein entscheidendes Glied in der Kette zu finden, das zu Elenas Leichen führen könnte.

»Nein, habe ich nicht.«

»Und jetzt habe ich eine Leiche im Wald und spannende Informationen, die mich einer Verhaftung deines Schützlings näherbringen.«

»Sie ist nicht …« reagierte Leon sofort. Er bemerkte, dass er drauf und dran war, sich zu verteidigen und damit auf Bernards Provokation einzugehen, doch er bremste sich rechtzeitig. »Welche Informationen?«

»Hast du bei Elena Medikamente gesehen?«

Leon dachte nach. »Irgendwelche Tabletten wegen ihrer Kopfverletzung lagen auf der Ablage neben der Eingangstür. Sonst ist mir nichts aufgefallen. Aber ich habe ihre Habseligkeiten bisher auch nur oberflächlich unter die Lupe nehmen können.«

»Dann grab tiefer. Egal, was du findest, auch wenn es nichts ist, ich will es wissen, verstanden?«

Leon nickte. »Natürlich, aber was …?«

Bernard hatte sich zurückgelehnt. Mit vor dem Bauch verschränkten Armen saß er an seinem breiten Schreibtisch und schaute Leon an. Das war das Zeichen: Bernard hatte nichts mehr zu sagen. Zeit, zu gehen. Leon nickte knapp und verließ das Büro seines ehemaligen Vorgesetzten und Mentors mit mehr Fragen als Antworten.

30. Oktober, um 16.30 Uhr

Es ist mir nicht wohl dabei, in der Abenddämmerung zu arbeiten, ohne den Schutz der Dunkelheit. Aber heute muss es sein. Wenn jemand fragt, ich bin auf einem Spaziergang, meinen Schädel auslüften, die Kopfschmerzen mit Sauerstoff anstatt mit Medikamenten bekämpfen. Das klingt plausibel, glaubwürdig und entspricht auch beinahe der Wahrheit. Nur der viereckige Trolley, einer, mit dem man zu Fuß Magazine und Zeitungen austragen kann, passt nicht ganz zu der zurechtgelegten Erklärung. Auf den Seiten der grauen Planen ist in schwarzen Lettern die Abkürzung PTT aufgedruckt – das alte Logo der Schweizer Post. In den Köpfen derjenigen, die Fragen stellen könnten, sind diese Buchstaben noch so sehr mit dem Dienstleister selbst verknüpft, dass sie keinen Verdacht schöpfen würden, selbst wenn die Post sich schon lange Zeit nicht mehr als PTT auswies. Eingehüllt in einen grauen Faserpelz, mit tief ins Gesicht gezogener blassgelber Mütze und meinem Trolley im Schlepptau, gehe ich auf das Hauptgebäude des Instituts für Rechtsmedizin zu. Ich ziehe ein Bein leicht nach, imitiere einen schwerfälligen Gang.

Als ich beim Institut ankomme, herrscht eine beinahe unheimliche Ruhe. Durch einen Seiteneingang schlüpfe ich mit meinem PTT-Trolley ins Innere des Instituts, in dem ich dank meines abgebrochenen Medizinstudiums schon viele Stunden verbracht habe. Niemand hält mich auf, während ich durch die verwinkelten Korridore wandere. Als mir auf meinem Weg zur Treppe zügigen Schrittes eine groß gewachsene Frau mit streng nach hinten gebundenem Pferdeschwanz entgegenkommt, bin ich versucht, stehen zu bleiben. Aber ich zwinge mich, den Weg der Frau in gemäßigtem Schritt zu kreuzen. Sie scheint mich nicht einmal wahrzunehmen, dennoch bin ich froh, als ich um die Ecke biege und ihre Schritte verhallen. Ich bin wieder allein.

Ich spähe zum Empfang. George sitzt hinter dem Computer, rührt sich aber nicht. Ein leises Schnarchen verrät mir, dass er eingedöst ist. Typisch. Ich habe mit ihm studiert. Er hat das Studium gleichzeitig mit mir abgebrochen, den Kontakt zu mir aber nicht. Ich habe die Beziehung zu ihm mit der Zeit vernachlässigt, bis ich ihm während der Planung meines Feldzugs wieder begegnet bin. Es kam mir sehr gelegen, dass er hier im Institut arbeitet, denn man muss alle Eventualitäten abdecken. Also habe ich unsere Verbindung neu geknüpft wie so manch andere auch. Es war kein Problem gewesen, George, diesen Schürzenjäger, ins Bett zu kriegen und ihm dabei seinen Badge zu stehlen, ihn zu kopieren und mir damit freien Zugang zum Institut und den darin befindlichen Räumlichkeiten zu verschaffen.

Er war am Morgen nach unserer für mich erstaunlich heißen Nacht aus meinem Bett gekrochen, um zur Arbeit zu fahren. Damit er beim Verlassen meiner Räumlichkeiten abgelenkt war und nicht gleich überprüfte, ob er alles Notwendige wie Schlüssel, Portemonnaie und Badge bei sich hatte, streichelte ich meine nackten Brüste, während ich ihn zu einer weiteren schnellen Nummer überreden wollte. Mein Manöver funktionierte etwas zu gut, denn er nahm das Angebot an. Nach seinem Badge suchte er hingegen nicht, bis er am Institut vor verschlossenen Türen stand. Ich berechnete ungefähr, wann er dort ankommen musste, rief ihn an und ließ ihn glauben, ich hätte den Badge beim Aufräumen entdeckt. Er holte ihn bei mir ab, war einerseits so peinlich berührt und andererseits so dankbar gewesen, dass er niemals wieder ein Wort darüber verlor.

Ich hebe den Trolley an, schleiche mich lautlos an George vorbei und die Treppe hoch, wo ich den Trolley wieder absetze. Ich sehe mich kurz um, doch der Gang liegt verlassen vor mir. Mit selbstsicherem Schritt folge ich dem Korridor. Solange ich den Anschein erwecke, hierherzugehören, wird niemand unangenehme Fragen stellen.

Dabei ist zurzeit überhaupt niemand da, der Fragen stellen könnte. Alle um mich herum sind tot, während die Lebenden auf dem Weg in den Feierabend oder anderweitig beschäftigt sind. Ich verschaffe mir dank meines Diebesguts Zutritt zu dem sterilen Raum mit den verchromten Schubladenreihen und trete durch die Schwingtür ein. Der Anblick erinnert mich an einen Friedhof in New Orleans, nur dass die Toten dort weniger komfortabel gekühlt werden.

Ich gehe die Reihen ab, suche die richtige Nummer und ziehe die passende Schublade auf. Dort liegt sie, ausgestreckt, gekühlt, wie ein Fisch in der Ladentheke. Ihre Schrammen sind noch gut sichtbar, der Dreck der Fäkaliengrube klebt noch an ihr, die Obduktion hat man noch nicht durchgeführt. Dennoch ist es möglich, dass man bereits mit der Untersuchung des Leichnams begonnen und allfällige Beweise gesammelt hat.

Aber wenn nicht, dann war es jetzt höchste Zeit, den toten Körper wegzuschaffen, um zu verhindern, dass noch mehr Spuren gesichert werden, die besser unentdeckt bleiben.

Ich bin zwar im Umgang mit ihr immer vorsichtig gewesen, habe Handschuhe getragen und versucht, ihr nicht zu oft nahezukommen, aber vermeiden lässt sich der Körperkontakt niemals völlig. Also klebt an ihr DNA von mir. Haare, Hautschuppen, vielleicht auch Speichel, man kann ja nie wissen. Ich klammere mich an die Hoffnung, dass noch keine Proben genommen wurden. Der Gedanke beunruhigt mich, aber ich darf mich dadurch nicht aufhalten lassen. Ich ziehe den PTT-Wagen zu mir heran und öffne die Klappe. Dann versuche ich, die Gliedmaßen des blassen, kalten Frauenkörpers zu biegen. Ich bin gespannt, wie weit die Totenstarre schon fortgeschritten ist. Sie ist mir gegen zwei Uhr morgens entwischt und anschließend vielleicht noch eine halbe bis eine Stunde im Wald herumgeirrt, bevor sie gestorben ist. Demnach wäre sie etwa um drei Uhr morgens im kalten, feuchten, unwirtlichen Wald ihrem Schöpfer begegnet. Nun war es knapp nach fünf Uhr abends. Obwohl die Totenstarre in der Kälte weniger schnell eintritt, sind es doch schon vierzehn Stunden seit ihrem Tod, also befand sich die Versteifung ihrer Körpermuskeln im Endstadium. Verdammt schlechter Zeitpunkt, wenn man es eilig hat. Aber wenn ich sie in meine Transportbox bekommen will, bleibt mir nichts anderes übrig, als die Starre an den nötigen Stellen zu brechen. Selbst lösen wird sie sich nämlich erst in etwa zehn Stunden, und damit eindeutig zu spät.

Ich horche in Richtung Tür. Kein Mucks kommt aus den Gängen vor dem Raum. Vorsichtig beginne ich, die Gliedmaßen anzuheben und die Muskeln zu biegen. Erst das linke Bein, dann das Knie. Als diese Muskelfasern einigermaßen flexibel sind, nehme ich mir das andere Bein vor. Dann drehe ich sie zur Seite, lege sie so zusammen, dass sie einem Fötus ähnlich gekrümmt auf der Bahre liegt. Ich positioniere den Postwagen neben der Liege, gehe wieder auf die andere Seite, drehe den nackten, reglosen Körper, ziele, schiebe und hoffe. Sie ist nicht besonders groß und zierlich gebaut, dennoch fürchte ich, dass der PTT-Trolley zu klein sein könnte.

Meine Befürchtungen lösen sich in Luft auf. Ein dumpfes Geräusch, und die Frauenleiche verschwindet voll und ganz im Wagen.

Ein Gefühl des Triumphs steigt in mir hoch, und ich kann mir ein Grinsen nicht verkneifen. Aber ich darf nicht trödeln. Ich muss meine Tote hier rausbringen, bevor mich doch noch jemand entdeckt oder jemand merkt, dass die Schublade leer ist.

Hastig klappe ich den Deckel zu, verschnüre ihn gut, bringe den spürbar schwereren Trolley auf die Räder und spähe vorsichtig in den inzwischen dunklen Korridor. Jemand hat das Licht ausgemacht, das Zeichen dafür, dass die Angestellten zumindest diesen Teil des Gebäudes allmählich verlassen.

Meine kalte Ware fest im Griff, wage ich einen Schritt in den Flur, sehe mich um und lausche. Vorsichtshalber schleiche ich mich ohne den Trolley zur Treppe und spähe über das Geländer. An George' Arbeitsplatz brennt noch Licht, aber er ist nicht da. Ein guter Augenblick, um zu verschwinden. Ich hole meinen PTT-Wagen und mache mich in der Dunkelheit auf den Weg nach draußen.

Gleichzeitig in Erlach

Leon trat auf die Straße vor der Polizeiwache und atmete tief durch. Was war bloß los mit ihm? Er war in seinem Job gut gewesen, bis geschehen ist, was geschehen war. Seither schien er sämtliche Fähigkeiten, die ihn zu einem guten Polizisten gemacht hatten, eingebüßt zu haben. Himmel, er hatte es doch bis zur Kripo nach Bern geschafft! Wo war bloß sein Instinkt hin, der ihm in seiner Ermittlungsarbeit immer ein guter Ratgeber gewesen war?

Leon rieb sich über sein Gesicht, als wollte er die Erinnerungen an die Vergangenheit wegwischen, und holte sein Mobiltelefon heraus. Elena hatte ihm zugesichert, ihm eine SMS zu schreiben, wo er sie treffen konnte, ehe sie aus Bernards Büro entlassen worden war. Dass sie nicht in den Räumlichkeiten der Polizei auf ihn warten, sondern lieber ihren Kopf lüften wollte, konnte er ihr nicht übel nehmen. Er hatte Verständnis gezeigt und sie gehen lassen, obwohl er Bernards missbilligenden Blick im Rücken gespürt hatte. Ob es daran lag, dass Leon sein altes Gespür für einen Fall langsam wieder zurückgewann? Ob er sich Bernard gegenüber schuldig fühlte, wusste er nicht, doch inzwischen konnte er Bernards Unmut verstehen, als er Elena einfach so hatte ziehen lassen.

Leon hatte schlicht vergessen, weshalb er in Elenas Nähe bleiben sollte. Er hatte seine Aufgabe unbewusst hinter das Bedürfnis gestellt, die Elena aus ihr herauszukitzeln, die er bei ihrem ersten Zusammentreffen in der Hütte hinter der unnahbaren Maske entdeckt hatte, diejenige, die ihn an das Mädchen aus früheren Zeiten erinnerte – Zeiten, in denen alles im Leben irgendwie noch viel einfacher war. Warum er diese Frau hinter der Fassade kennenlernen wollte, ahnte er: Sie ging ihm unter die Haut, damals wie heute. Wirklich eingestehen wollte er sich das aber nicht.

Dass Bernard erkannt hatte, welchen Reiz Elena auf Leon hatte, hatte er ihm nun deutlich aufgezeigt. Dass er seine Position in diesem Spiel überdenken musste, wurde ihm noch einmal deutlich vor Augen geführt, als er das Handydisplay einstellte, um Elenas Nachricht zu lesen. Doch da war keine Nachricht.

»Verdammt! Ich bin ein solcher Idiot!«, fluchte er laut. Am liebsten hätte er das Telefon auf den Asphalt geschleudert, als es zu vibrieren begann. In der Hoffnung, Elenas Namen auf dem Bildschirm zu lesen, schaute er auf das Handy, aber die Nummer war unterdrückt.

»Ja?«, nahm Leon den Anruf entgegen.

»Herr Heldt?«, ertönte dumpf eine Stimme am anderen Ende. Sie war wieder wesentlich ruhiger als noch am Tag zuvor.

»Doktor Steffen.« Es war mehr eine Feststellung als eine Begrüßung.

»Können wir uns treffen? Allein? Sofort? Ich will das nicht am Telefon besprechen und nicht in Elenas Nähe.«

Leon lauschte auf die Stimmfärbung. Der Doktor klang kühl und sachlich. Was auch immer ihn am Tag vorher so aus der Bahn geworfen hatte, er hatte seine Fassung gänzlich wieder zurückgewonnen.

30. Oktober, 17.15 Uhr

George zog die Tür zu den Waschräumen auf, kontrollierte noch einmal, ob er seinen Hosenschlitz auch wirklich geschlossen hatte, und trat in den dunklen Korridor. Er schlenderte zurück an seinen Arbeitsplatz, zog einen zweiten Stuhl hinter die Empfangstheke, als ihn etwas innehalten ließ. Er horchte auf.

War da ein Geräusch gewesen? Wahrscheinlich war er doch noch nicht so allein hier, wie er geglaubt hatte. Zufrieden mit dieser Erklärung ließ er sich schulterzuckend auf seinen Stuhl plumpsen, legte die Beine auf den zweiten, schnappte sich ein Magazin, das er auf die Knie legte, und blätterte unmotiviert hin und her. Es dauerte nicht lange, bis er feststellte, dass er keinen der Artikel lesenswert fand. Daher klappte er das Heft nach wenigen Minuten wieder zu und legte es auf das sterile weiße Gestell neben sich. Überhaupt war alles um ihn herum steril und weiß. Das Einzige, das etwas Farbe in diese deprimierende klinische Atmosphäre brachte, waren seine neongelb leuchtenden Crocs. Gedankenversunken betrachtete er seine Fußbekleidung, durch die Löcher konnte er sehen, wie seine Zehen in den geringelten Socken wackelten.

Schließlich wurde ihm auch bei dieser Beschäftigung langweilig. Mit einem schweren Seufzer stieß er sich mit den Füßen von dem Stuhl ab, auf dem er seine Beine gelagert hatte, und rollte auf seinem Bürostuhl durch seinen wenige Quadratmeter messenden Arbeitsplatz. In der Rollbewegung drehte er sich auf seinem Sitz und bremste vor einer Tischplatte. Er sah auf die runde Uhr mit den goldenen Zeigern, die neben dem modernen Computer mit dem Flachbildschirm stand. In zehn Minuten war seine Schicht für heute vorbei, und er hatte endlich Feierabend. In den Gängen und Hallen war es still geworden, die letzte Gruppe Medizinstudenten war vor einer halben Stunde gegangen, die beiden angehenden Juristen hatten vor fünfzehn Minuten das Weite gesucht. Sie waren etwas blass um die Nase gewesen, als sie eiligen Schrittes aus dem Institut geflohen waren. So erging es den meisten, wenn sie zum ersten Mal eine echte Leiche sahen. Er rieb sich über das Gesicht und wog innerlich ab, ob er noch einen Rundgang durchs Institut machen sollte, um zu sehen, wer noch da war. Außerdem gab ihm das die Gelegenheit, einer der neuen Rechtsmedizinerinnen seine Aufwartung zu machen, von der er wusste, dass sie sich noch im Gebäude aufhielt. Sie war eine Augenweide und Grund genug, um für einen kurzen Augenblick seine Aufgabe zu vernachlässigen und seinen Platz zu verlassen, nur um sicherzugehen, dass nicht Pierre, der Ballistiker, der alles abräumte, was nicht bei drei auf den Bäumen war, sich als Erster an sie heranmachte. Noch während er so darüber nachdachte und Pläne schmiedete, fielen ihm die Augen zu. Er merkte es, als sein Kopf nach vorne kippte, weil die Muskeln sich entspannten.

Nicht schon wieder! Bevor er zur Toilette gegangen war, hatte er schon ein Nickerchen gemacht und war aus seinen Träumen aufgeschreckt, weil er sich eingebildet hatte, ein leises Quietschen wie von schlecht geölten Rädern im Flur über ihm gehört zu haben.

Okay, so konnte es nicht weitergehen. Er stemmte sich mit den Fäusten auf der Tischplatte ab und stand schwungvoll auf. Um einigermaßen wach zu werden, schlug er sich mit der flachen Hand mehrmals gegen die Wangen, dann richtete er sein Namensschild, auf dem der – wie er fand – beeindruckende Name George de Marquis III. stand, und schlich sich von seinem Platz zur Treppe. Das Quietschen der Sohlen seiner gelben Crocs erschien ihm auf den gespenstisch stillen Fluren beinahe zu laut. George hatte das Gefühl, die anderen, die sich noch irgendwo im Gebäude aufhielten, müssten auf ihn aufmerksam werden.

Doch entgegen seiner Vorstellung kam niemand angerannt, um ihm eine Standpauke über die Vernachlässigung seiner Pflichten zu halten. Dafür brauchte es eigentlich auch keinen strengen Vorgesetzten, denn diesen Part hatte bereits sein schlechtes Gewissen übernommen, obwohl er die meiste Zeit davon überzeugt war, überhaupt kein Gewissen zu haben.

George kam unentdeckt oben an der Treppe an und huschte um die Ecke. Er folgte den Wegweisern zu den Obduktionsräumen, ohne sie zu lesen, denn er kannte den Weg.

Immerhin arbeitete er schon eine ganze Weile hinter dem Empfangstresen. Eigentlich hatte er Arzt werden wollen, das Studium war ihm aber irgendwann doch zu anstrengend geworden, deshalb hatte er es geschmissen. Aus dem Doktorkittel wurde nichts, dafür hatte er während des Studiums die eine oder andere heiße Braut abgestaubt.

Er hielt den Badge an das kleine Kästchen, und die Tür zum Obduktionssaal öffnete sich. An einem der marmornen Tische stand Dr. Diener und nähte gerade eine Leiche wieder zusammen, deren Brustkorb sie zuvor im Y-Schnitt geöffnet hatte. Dr. Diener war eine hervorragende Medizinerin. Hausärztin war sie gewesen, ehe ihr diese Tätigkeit zu eintönig wurde – und das trotz unregelmäßiger Arbeitszeiten und unberechenbarer Nachteinsätze. Sie stellte fest, dass sie lieber an toten Menschen wirkte als an lebenden, was nicht unbedingt vereinbar war mit dem Beruf der Hausärztin, die Leben retten und nicht nehmen sollte. Sie ließ sich in Rekordzeit umschulen, gab ihre Praxis auf und wurde mit Handkuss von der Universität Bern eingestellt.

George ertappte sich, wie er inmitten des Saals stand und

über Dr. Diener sinnierte, während er diese interessante Frau intensiv bei ihrer Arbeit beobachtete.

»Mach, dass du aus dem Weg und zurück an deinen Platz kommst, de Marquis!«, zischte sie ihn plötzlich an und riss ihn aus seinen Gedanken.

George blinzelte verlegen. Er fühlte sich wie ein Schuljunge, der beim Schwärmen für seine Lehrerin ertappt worden war.

»Eiskalt erwischt, würde ich sagen.«

Auch diese Stimme und der Spott, der stets darin mitschwang, waren George nur zu bekannt. Er brauchte sich nicht erst umzudrehen, sondern konnte sich auch so Pierres schmieriges Grinsen vorstellen, während dieser ihn verhöhnte.

»Die Neue ist übrigens heiß«, flüsterte Pierre im Vorbeigehen ganz nah an George' Ohr, und als Pierre sicher sein konnte, dass George zu ihm hinsah, wedelte er mit einem weißen Zettel. George konnte knapp erkennen, dass eine Zahlenfolge darauf stand.

Verdammtes Arschloch!, schoss es George durch den Kopf, als er hinter sich ein aufdringliches Poltern bemerkte. Er drehte sich zu der inzwischen wieder geschlossenen Zugangstür zum Obduktionsraum um. Neugierig öffnete er sie. Davor stand ein Mann mit schlohweißem Haar und buschigen Augenbrauen. Obwohl er aussah wie ein Tattergreis, hatte er etwas Autoritäres an sich. Er suchte den Raum ab, musterte die drei Anwesenden. Dr. Diener und Pierre schienen ihn nicht weiter zu interessieren, George nahm er allerdings genauer unter die Lupe, ehe er sich von ihm abdrehte und ihn mit einem Fingerzeig wissen ließ, dass er ihm folgen sollte.

Vor der Tür des Grabes, wie George die Leichenhalle zu nennen pflegte, blieb der Alte stehen. Endlich erfuhr George, welches ungewöhnliche Anliegen den alten Herrn in das Institut geführt hatte: Resolut verlangte er von George Einlass in die Leichenhalle.

»Sie sind noch nicht tot«, antwortete George, ohne seinen Sarkasmus auch nur annähernd zu verbergen.

Der Mann blieb hartnäckig stehen, nestelte an seinem Mantel und zog ein ledernes Etui hervor, das wie eine Brieftasche aussah. George erkannte die Dienstmarke, gab sich aber unbeeindruckt. »Brauchen Sie nicht so etwas wie einen Gerichtsbeschluss? Was wollen Sie denn mitten in der Nacht überhaupt da drin?«

»Es ist nicht mitten in der Nacht. Es ist kurz vor Feierabend, und das stinkt Ihnen. Zudem verlangen Sie Informationen über laufende Ermittlungen. Die kann ich Ihnen leider nicht geben.«

Laufende Ermittlungen?

Ehe George reagieren konnte, kam Dr. Diener aus dem Obduktionssaal.

»Bernard, was willst du denn hier?«, fragte sie den Alten. George war erstaunt, dass sich die beiden kannten.

»Doktor Diener«, der Weißhaarige, der offenbar Bernard hieß, nickte grüßend. Im Gegensatz zu der Ärztin blieb dieser Bernard bei der Höflichkeitsform, wie George interessiert feststellte.

»Es wurde heute eine Leiche bei Ihnen eingeliefert, die zu einem Fall gehört, den ich leite. Ich will sie sehen.«

»Jetzt?«, fragte Dr. Diener erstaunt.

»Es gibt Arbeiten, die dulden keinen Aufschub«, antwortete der Mann und traf damit genau den richtigen Nerv. Dr. Diener nickte, sah sich um und blieb mit den Augen an George hängen.

George schluckte schwer, als er ihren Blick auffing. Das bedeutete Überstunden.

»De Marquis, zeig ihm die Leiche, die er sehen will. Sollte er noch mehr fordern, dann verwehr es ihm. In zehn Minuten seid ihr beide wieder draußen«, bestimmte Dr. Diener und kehrte zu ihrer Leiche zurück.

Innerlich fluchend, öffnete George die Tür, hinter der sich der Raum mit den silbernen Schubladen voller toter Menschen verbarg, und forderte den Weißhaarigen auf, ihm zu folgen. Erst als er den Lichtschalter betätigte und die Leuchtstoffröhren der Reihe nach flackernd und surrend den Saal erhellten, fragte er den alten Mann, der ihn stark an Columbo erinnerte, welche Leiche er denn sehen wolle. Zu seinem Erstaunen nannte ihm der Mann die genaue Nummer der Kammer. George ging ihm voraus, doch hatte er das Gefühl, das sei gar nicht notwendig. Der Mann wusste genau, wohin er wollte.

George fühlte sich in seiner Annahme bestätigt, dass sich sein Begleiter nicht zum ersten Mal in diesem Teil des Instituts aufhielt. Dieser Bernard ließ seinen Blick kurz über die Reihen der Schubladen schweifen und trat dann zielsicher an die Seite derjenigen, die die gesuchte Nummer trug. Er machte keine Anstalten, die Schublade zu öffnen. Stattdessen stellte er sich mit hinter dem Rücken verschränkten Händen daneben und wartete auf George. Irgendetwas gefiel George an diesem Mann nicht, aber er konnte nicht sagen, was es war. Hätte er an übernatürliche Dinge geglaubt, hätte er über den Polizisten gesagt, er besitze eine geheimnisvolle Aura.

George stellte sich vor das Fach, legte die Finger um den Griff und zog es auf.

Er wusste nicht, was genau er erwartet hatte. Eigentlich nicht viel. Aber das hier übertraf seine nicht vorhandene Erwartung bei Weitem. Denn da war nichts, absolut nichts. Die Kammer war leer, die Tote war ausgeflogen.

30. Oktober, 18.00 Uhr

Elena hatte versprochen, Leon eine SMS zu schreiben, um ihm mitzuteilen, wo sie war. Sie hielt ihr Handy in der Hand, starrte auf das dunkle Display und betätigte den Einstellknopf. Der Bildschirm leuchtete auf. Sie biss sich auf die Unterlippe und packte das Handy wieder in ihre Jackentasche. Entschlossen zog sie den Reißverschluss zu.

Sie musste mit ihm sprechen, die Situation klären, dessen war sie sich bewusst. Aber sie war dazu noch nicht bereit. Was sollte sie sagen? Wie konnte sie ihm erklären, was ihre Annäherung tags zuvor bedeutete, wenn sie es selbst nicht wusste? Dann war da noch dieses verstörende Gespräch mit Bernard. Er war der festen Überzeugung, dass sie etwas mit der Toten zu tun hatte, die im Wald gefunden worden war.

Es war zum Verzweifeln. Mit hochgezogener Kapuze stapfte Elena am Rand des Waldes entlang. Ein kühler Nieselregen benetzte ihre Haut, ihre Nase und ihre Hände fühlten sich kalt und klamm an.

Diese ganze Misere hatte aber auch einen Vorteil: Endlich gab es eine Leiche. All die Ungläubigen waren nun mundtot. Fürs Erste.

Aber was würde jetzt geschehen? Würde man ihr aufgrund der jüngsten Entwicklungen endlich glauben? Wohl kaum. Eine Tote im Wald war noch kein Beweis für all die verrückten Dinge, die sie der Polizei schon erzählt hatte: Schneewittchen, das aufgeschlitzt in einem Weiher getrieben hatte, aber nur so lange, bis jemand anderes auf der Bildfläche erschien. Den Kopf einer Frau auf der Ladefläche von Leons Pick-up, den Mund zum Singen geöffnet. Die Musik, die sie ständig zu diesen Plätzen führte, nur damit sie anschließend das Bewusstsein verlor und ihre Erscheinungen bis zum Erwachen wieder verschwanden.

Nein, die Tote im Wald war kein Beweis für das alles. Noch nicht einmal ihre eigene Aussage, dass sie die Frau zuvor in einem Boot noch lebend gesehen habe, konnte mit dem Auffinden dieser Leiche belegt werden. Genau genommen war die Tote im Wald eben doch nur genau das: eine Tote im Wald. Elena hätte sich am liebsten die Haare gerauft. Ihre Hoffnung, damit die Zweifler zum Schweigen bringen zu können, war so schnell zerschlagen, wie sie aufgekeimt war. Um das zu analysieren, hatte sie noch nicht einmal Dr. Steffen gebraucht, dachte sie und verspottete sich selbst. Hinzu kam, dass sie Bernard beim ersten Verhör angelogen hatte. Als er ihr das Foto mit der Frau, die mit ihrem Auto gegen einen Felsen geknallt war, gezeigt und sie gefragt hatte, ob sie diese Frau kannte, hatte sie verneint. Dabei hätte sie schwören können, dass es dieselbe Frau gewesen war, deren Kopf sie auf Leons Pick-up gesehen hatte. Doch sie hatte einfach Angst gehabt, das zuzugeben. Leon hatte sie über diese Lüge aufgeklärt, Bernard nicht.

Aus Hilflosigkeit hob Elena einen Ast hoch, der am Waldrand herumlag, und schlug ihn mit aller Kraft gegen einen Baumstamm. Der Ast zerbrach, der Rückschlag schmerzte Elena in den Armen. Sie warf das zersplitterte Holz weg und blieb frustriert stehen, den Blick starr auf den Wald gerichtet. Da surrte ihr Mobiltelefon.

Sie überlegte, ob sie es überhaupt aus der Tasche ziehen wollte. Nach kurzem Zögern entschied sie sich dafür. Sie erkannte Dr. Steffens Nummer.

»Elena. Wie geht es Ihnen heute?« Der warme Singsang stimmte sie gleich etwas ruhiger.

»Nicht besonders. Sie scheinen ein Näschen für meine Gefühlslage zu haben.«

»Ich bin es einfach nicht gewohnt, dass Sie nicht mehr jede Woche zu einer Sitzung kommen. Da wollte ich versuchen, meine Pflichten aus der Ferne zu erfüllen. Das ist alles.«

»Danke. Aber hören Sie, ich bin jetzt wirklich nicht besonders gut drauf.«

»Dann reden Sie mit mir.«

Elena seufzte. »Man hat heute im Wald eine Leiche gefunden, und die Polizei stand sofort bei mir auf der Matte und fragte mich aus.«

»Stehen Sie denn unter Verdacht?«

»Ich bin noch auf freiem Fuß, also denke ich, sie haben nicht wirklich etwas gegen mich in der Hand, aber sie haben mich eindeutig als Sündenbock vorgesehen.«

Elena erzählte von der Frau im Boot und davon, dass die Leiche im Wald ihrer Meinung nach dieselbe Frau war, von ihrer anfänglichen Hoffnung, mit dem Auffinden einer Toten endlich an Glaubwürdigkeit gewinnen zu können, und von ihren Gedanken, die genau diese Hoffnung wieder zerschlugen. Dr. Steffen hörte schweigend zu. Dann sagte er etwas, das Elena wieder auf die Unterlippe beißen ließ, vor allem weil er vom Sie zum Du wechselte, was er inzwischen nur noch dann tat, wenn er näher an sie heranrücken wollte: »Elena, wir haben doch in vielen langen Sitzungen gelernt, dass deine Erlebnisse nicht real waren. Warum liegt dir denn so sehr daran, dass man dir deine Einbildungen glaubt? Was nicht existiert, kann nicht geglaubt werden.«

Erwischt, dachte Elena bei sich. Sie hatte Dr. Steffen tatsächlich davon zu überzeugen versucht, dass sie das, was sie sah, nicht für real hielt. Dann hatte sie Leon ins Spiel gebracht.

Er sollte Beweise liefern, ob das Erlebte real war oder nicht. Jetzt hatte sie sich eindeutig verraten, dass es nie darum ging, sich selbst zu belegen, dass sie halluzinierte, sondern immer nur darum, die Welt davon zu überzeugen, dass sie eben nicht träumte.

»Elena?«

»Ja?«, antwortete sie, während sie sich die Nasenwurzel massierte.

»Ich muss jetzt leider weiter. Gehen Sie in die Hütte und ruhen Sie sich aus. Rauchen Sie von mir aus Ihre seltsame E-Zigarette, gießen Sie sich ein Glas Wein ein, Hauptsache, Sie entspannen sich. Wir sprechen morgen wieder miteinander, einverstanden?«

Sie konnte hören, wie Dr. Steffen sich in Bewegung setzte. Es klang, als wäre eine Tür geöffnet und wieder zugezogen worden. Die Stille, die zuvor im Hintergrund geherrscht hatte, wich einem Geräusch, das sie sehr an das Geschnatter von Gänsen erinnerte.

Waren das Kinder?, fragte sich Elena unweigerlich. Neben den Gänsen hörte sie ein Rauschen, als wäre ein Lastwagen vorbeigefahren. Etwas leiser, weiter weg, vernahm sie eine einzelne Männerstimme. Hatte sie Dr. Steffens Namen genannt?

»Elena? Haben Sie mich verstanden?«

Elena riss sich von den ablenkenden Geräuschen los und konzentrierte sich wieder auf Dr. Steffens Stimme. »Ja. Ja, habe ich. Ich gehe in die Hütte.«

»Gut«, antwortete Dr. Steffen zufrieden. Auf einmal veränderte sich seine Stimme. Er klang weniger vertraut, geschäftiger. »Verbleiben wir so. Ich melde mich. Passen Sie auf sich auf. Auf Wiederhören.«

Dann war die Leitung tot.

30. Oktober, 18.30 Uhr

»Doktor Steffen.« Leon streckte dem Therapeuten, der gerade sein Telefon wegsteckte, seine Hand entgegen. Er sah ihm direkt in die Augen und entdeckte in diesem seltsamen Blau nur kalte Distanziertheit.

Wer war dieser Mann? Leon verdrängte die Frage und stellte eine für die Situation passendere: »Was wollten Sie mit mir besprechen?« Sogleich veränderte sich der Ausdruck in Dr. Steffens Augen. Die Kälte wich Sorge.

»Sie kommen gleich zur Sache. Gut, gut. Zuerst möchte ich mich aber für meine Verspätung entschuldigen.«

Leon winkte ab, und Dr. Steffen fuhr fort: »Gehen wir ein Stück?«, fragte er und wies mit der ausgestreckten Hand die Richtung.

Leon setzte sich in Bewegung. »Es wundert mich, warum Sie überhaupt den Weg nach Biel auf sich genommen haben.«

»Besondere Umstände verlangen besondere Maßnahmen.«

»Das klingt alles sehr geheimnisvoll, und langsam muss ich mich wirklich wundern. Vor einem Tag noch klangen Sie am Telefon äußerst nervös. In der Zwischenzeit haben Sie sich offenbar mit der Polizei unterhalten, und nun stehen Sie hier.« Der sehnige, groß gewachsene Mann neben Leon hatte die Hände hinter dem Rücken verschränkt und nickte.

»Sie haben nicht zurückgerufen«, stellte Dr. Steffen sachlich fest und bedachte Leon mit einem durchdringenden Blick.

»Richtig«, antwortete Leon ebenso kurz angebunden.

»Sie waren gestern mit ihr unterwegs, nicht wahr?«

»Ja. Und?«

»Ich glaube, ich muss da etwas klarstellen. Elena ist aufgrund ihres traumatischen Erlebnisses eine äußerst labile Person. Sie gibt sich die Schuld am Tod von vier Menschen. Dieses schlechte Gewissen ist so übermächtig, dass es sich in Musik und Bildern manifestiert. Sie hat Phasen, in denen sie halluziniert. Ihr belastetes Unterbewusstsein gaukelt ihr etwas vor, das nicht da ist. Sie hat diese Erlebnisse – wir begannen sie im Verlauf der Therapie so zu nennen – vornehmlich nachts. In dieser Zeit ist nämlich der Puls des Lebens am tiefsten. Sie erfährt dann keine Ablenkung mehr und sollte Erholung im Schlaf finden, die ihr aber nicht vergönnt ist. Stattdessen nickt sie weg, und dann geschieht es.«

»Moment, Moment«, unterbrach Leon. »Ihre nette Zusammenfassung hat einen Fehler.«

»Der wäre?« Dr. Steffen war hörbar verärgert über die forsche Unterbrechung.

»Sie sagten, Elena hat vier Menschen auf dem Gewissen. Aus den Berichten geht aber hervor, dass es drei waren. Auch Elena spricht von drei Mitinsassen.«

»Habe ich vier gesagt? Verzeihen Sie, mein Fehler. Aber das ist jetzt auch nicht das Thema.«

»Das Thema ist, dass sie schlafwandelt, dass ich ihr nicht zu nahe kommen soll, weil Sie befürchten, ich bringe sie aus dem Gleichgewicht …«

Diesmal war es an Dr. Steffen, Leon zu unterbrechen. »Schlafwandeln ist im weitesten Sinn, was sie tut, aber für einen Laien ein guter Begriff, Elenas Ausflüge in ihr Unterbewusstsein zu erklären. Ich bin tatsächlich der Ansicht, sie wirken dem Fortschritt entgegen, den Elena und ich in unseren Therapiesitzungen bisher erzielt haben, auch das haben Sie gut erfasst.«

»Weil Sie ihr einzureden versuchen, die Frauen, die sie im Wald findet und an deren Existenz sie fest glaubt, seien nicht real und ich ihr helfen soll, herauszufinden, was wirklich Sache ist?«

»Ganz genau.«

»Dann kann ich Ihnen ruhigen Gewissens sagen, dass ich selbst nicht ganz sicher war, was ich von der Sache halten soll. Aber ich bin ihr trotzdem nachgegangen und habe eine Art System gefunden. Elena erkannte die Gesichter ihrer Opfer wieder, und zwar handelte es sich um Frauen, die derzeit vermisst werden. Anscheinend gibt es Elenas Frauen irgendwie doch.«

Dr. Steffen ging mit nachdenklich gesenktem Kopf neben Leon her. »Ja«, nahm er schließlich den Faden wieder auf, »dass so etwas geschehen wird, habe ich befürchtet. Ich habe nur gehofft, es ließe sich mit der Therapie verhindern. Aber Sie forcieren es ja mit Ihren Recherchen geradezu.«

»Wovon reden Sie eigentlich?«, fragte Leon ungeduldig.

Dr. Steffen blieb stehen und sah Leon direkt an. »Elena projiziert die Gesichter ihrer Opfer auf tatsächliche, um der Umwelt und sich selbst zu beweisen, dass sie gesund ist.«

Leon fuhr sich mit der Hand über seine Bartstoppeln. Er wollte es nicht zugeben, schon gar nicht Dr. Steffen gegenüber, aber er hatte diese Möglichkeit auch schon in Betracht gezogen. »Ist das schon einmal vorgekommen?«

»Nicht, dass es mir bekannt wäre. Aber betrachten wir einmal die Ausgangslage: Elena, eine Frau, die nachts Menschen sieht, die nicht da sind, die Musik hört, die nicht spielt, die ein unerträglich belastetes Gewissen hat, das mit einem Verstand konfrontiert wird, der mit der Verarbeitung von Traumata überfordert ist – sie versucht verzweifelt, einen Anker zu finden, an dem sie sich festhalten kann. Sie braucht ein Symbol für ihren gesunden oder wiedergenesenen Verstand. Da kann einem das Erinnerungsvermögen gut und gerne aus reinem Selbstschutz einen Streich spielen.«

»Sie erklären mir also genau genommen, dass Elena dank ihrer schizophrenen Züge, die man ihr anhand ihrer Verhaltensmuster wohl attestieren könnte, nicht zurechnungsfähig ist?«

»Nicht so unzurechnungsfähig, dass man sie bevormunden müsste, aber ja. Sie gehört meines Erachtens in ein Therapiezentrum.«

»Sie meinen eine Irrenanstalt.«

»Wenn Sie das unbedingt so nennen wollen. Aber nicht in eine geschlossene Abteilung, wenn Sie das beruhigt.«

Leon ignorierte den ironischen Tonfall. Er dachte zurück an das Gespräch mit Bernard: »Hast du bei Elena Medikamente gesehen?«

»Irgendwelche Tabletten wegen ihrer Kopfverletzung lagen auf der Ablage neben der Eingangstür. Sonst ist mir nichts aufgefallen. Aber ich habe ihre Habseligkeiten bisher auch nur oberflächlich unter die Lupe nehmen können.«

»Dann grab tiefer. Egal, was du findest, auch wenn es nichts ist, ich will es wissen, verstanden?«

Leons Handy surrte in seiner Hosentasche, und er zog es zur Hälfte heraus. Er erkannte Bernards Nummer auf dem Display. Als er Dr. Steffens verstohlenen Blick auf das Handy bemerkte, räusperte er sich, drückte den Anruf weg und nahm den Faden wieder auf. »Nach all dem, was ich von Ihnen erfahren habe, geben Sie mir sicher recht, dass Elena unter den gegebenen Umständen vor allem nachts nicht allein sein sollte. Mich als Mitbewohner akzeptiert sie vorerst.«

»Elegant gelöst, Herr Heldt. Ich sehe Sie nicht gerne in ihrer

Nähe, aber Sie machen aus Ihrer Anwesenheit eine Notwendigkeit. Nun, Sie haben gewonnen.«

Das Handy begann erneut zu surren, Leon ignorierte es.. »Eins würde mich aber noch interessieren, bevor ich gehe.« Leon fixierte den Psychiater. »Sie haben mich bestimmt nicht hierhergerufen, um mir zu sagen, dass Ihre Patientin eigentlich besser in einer Anstalt aufgehoben wäre und ich ihr nicht guttue.«

Dr. Steffen zögerte kurz, hielt aber Leons forschendem Blick stand. »Sie vor Elena zu bitten, sich von ihr fernzuhalten, wäre dem Vertrauen zwischen Arzt und Patient wohl kaum förderlich gewesen.«

»Sie glauben also, dass ich nicht heimgehe und ihr von Ihren Befürchtungen erzähle?«

»Ja, das glaube ich, denn Sie begleiten Elena nicht im Sinn eines Familienmitglieds. Sie haben eine Aufgabe. Sie haben der Polizei ein Versprechen gegeben und halten sich deshalb in ihrer Nähe auf.«

Bernard und Elena haben diesem Mann einiges erzählt, schoss es Leon durch den Kopf, und sie haben ihm damit viel Macht gegeben. »Sie haben recht. Dennoch hätten Sie am Telefon mit mir sprechen können.«

»Nein. Denn ich will Sie warnen. Es gibt da nämlich etwas, das Elena Ihnen bestimmt nicht verraten hat.«

»Und das wäre?« Leon wurde das Gefühl nicht los, dass Dr. Steffen dieses Kräftemessen zwischen ihnen auf Kosten seiner Patientin viel stärker genoss, als es professionell gewesen wäre.

»Elena war nicht immer bei mir in Therapie. Ich hörte von ihrem Fall und wollte sie als Patientin haben. Zu diesem Zeitpunkt war sie in eben einer dieser Anstalten, und zwar aufgrund der Vermutung, dass sie zur Schizophrenie neigt. Ich beobachtete sie eine Weile, ohne mit ihr in Verbindung zu treten.« Dr. Steffen machte eine Pause. Dann fuhr er fort: »Nach einer gewissen Zeit drängte sich mir eine andere Vermutung auf.«

»Die wäre?«

»Elena leidet an einer dissoziativen Identitätsstörung.«

Gleichzeitig an einem anderen Ort

Ich habe mein Päckchen abgeliefert. Es ist nicht einfach gewesen, aber es ist geglückt. Ich bin genauso unbemerkt wieder aus dem Institut heraus- wie hineingekommen. Praktisch, wenn man die örtlichen Begebenheiten kennt.

Den PTT-Wagen habe ich bis zu seinem nächsten Einsatz sicher verstaut. Niemand wird ihn hinter dem gestapelten Holz finden, es sei denn, ich will es so.

Ich sehe auf die Uhr. Bald ist es so weit. Bald muss ich meine Freundin aus ihrem Unterschlupf locken. Aber vorher gibt es für mich noch etwas anderes zu erledigen.

Das frisch gesäuberte Souvenir, das ich mir von meinem kleinen Ausflug mitgenommen habe, fest in der Hand, verlasse ich das Bad, gehe zur Treppe und steige hoch bis zu dem leeren Zimmer. Dort verschwinde ich im dunklen Loch in der Vertäfelung hinter dem Bettgestell. Wie immer, wenn ich diesen Weg gehe, summe ich mein Lied. Es klingt so unschuldig, so rein. Aber es haftet Blut an jeder einzelnen dieser Noten, die zusammengeführt diese Melodie ergeben. Ich habe dieses Lied geliebt, es mit glücklichen Gedanken verbunden, mit der

Hoffnung auf eine glanzvolle Zukunft, auf neue wunderschöne Erinnerungen. Es ist meine Freiheitsstatue gewesen.

Dann hat das Schicksal unerbittlich zugeschlagen. Mein Lebensinhalt hat sich mit einem Schlag verändert. Jetzt sind die zauberhaften Töne Symbol für das erfahrene Leid, für die dunklen Wolken, die sich über die Sonne gelegt haben. Doch auch Dunkelheit kann ein Antrieb sein. Aber egal, was alles ging oder sich veränderte, die Melodie ist geblieben. Sie war und ist die Begleitung bei all meinem Tun.

Ich ziehe an der Schnur, die in der Dunkelheit von der Decke hängt, und die Glühbirne flammt auf. Ich wappne mich für den Anblick, der sich mir bietet, wenn ich mich umdrehe, und dennoch – als ich die Wiege sehe, kann ich mich nicht gegen den Gefühlssturm wehren.

Ich hauche das Mobile an. Die knöchernen Tierchen beginnen sanft zu tanzen. Einen Moment lang schaue ich wehmütig dem Treiben zu, bevor ich meine Hand hebe und meine neueste Errungenschaft betrachte. Einen Tiger braucht dieser Zoo noch, fällt mir spontan ein. Dafür ist dieses Stück hier perfekt geeignet.

Ein schöner Knochen. Gesund und kräftig. Die Frau, der er gehört hat, hätte noch lange Freude daran gehabt. Aber es ist anders gekommen. Ich schnaube spöttisch. Ja, manchmal kommt es anders. Sie ist nun dort, wo sie nach meiner Meinung hingehört. Bald würde sie wieder gefunden, um dann für immer zu verschwinden. Den Knochen von ihr zu bekommen hat sich allerdings als schwierig erwiesen. Selbst im Tod hat sie sich gewehrt. Aber auch diesmal habe ich gewonnen. Es hat eine Weile gedauert, bis sich die Knochensäge durch das Wadenbein gefressen hatte, aber da halte ich nun diesen perfekt geformten Knochen in der Hand. Die Anschnittstelle zerstört zwar ein wenig die Optik dieses prächtigen Gebildes, aber sie wird sowieso mit dem Voranschreiten der Schnitzerei verschwinden.

Ich lege den Knochen auf meinen Arbeitstisch, der einmal als Wickeltisch gedacht gewesen war, nehme mir mein Werkzeug und mache mich summend an die Arbeit.

30. Oktober, 19.30 Uhr

Wo blieb eigentlich Leon? Elena saß in der Hütte an ihrem Küchentisch und drehte eine halb leere Tasse in den Händen herum.

Nachdem Dr. Steffen das Telefonat so ungewohnt distanziert abgebrochen hatte, war sie seinem Rat gefolgt und nach Hause gegangen. Dort angekommen, war sie froh, Leon nicht angetroffen zu haben. Sie hatte noch einen Moment allein sein wollen, um ihre Gedanken zu ordnen. Inzwischen war ihre Dankbarkeit für die Einsamkeit jedoch der Sorge und dem Bedürfnis nach seiner Gesellschaft gewichen. Sie gab es nur ungern zu, aber in dieser schlimmen Zeit, in der sie es noch nicht einmal wagte, sich selbst zu vertrauen, hatte sie Angst, allein zu sein. Leon vermittelte ihr zumindest ein gewisses Gefühl von Halt und Sicherheit, auch wenn er sie nicht von der Realität abschotten konnte.

Elena begriff nicht, was in ihr vorging. Sie verstand nicht, was mit ihr geschah. Sie wusste nicht, was sie tun sollte, was die Zukunft ihr bringen würde. Sie befand sich in einem völligen Schwebezustand. Dabei wünschte sie sich nichts sehnlicher, als wieder Boden unter den Füßen zu bekommen.

Sie trank einen Schluck des mittlerweile kalten Kaffees. Angeekelt verzog sie das Gesicht, stand auf und schüttete das braune Gebräu in den Ausguss. Sie stellte die Tasse in die Spüle und stützte sich mit beiden Händen am Spülbecken ab. Dabei konzentrierte sie sich auf ihre Füße, die zwar die Erde berührten, aber sie fühlte den Boden nicht. Elena streifte die Hausschuhe ab und stellte sich mit nackten Sohlen hin. Sie fokussierte sich fest auf ihren Stand und atmete gleichmäßig ein und aus. Elena, du kannst dich nicht auf Leon allein stützen. Er kann dich nicht aus diesem Labyrinth aus Unsicherheit und offenen Fragen führen. Das kannst nur du. Stützen können dich die anderen bei der Suche nach einer Lösung. Sie finden kannst aber nur du allein. Hör auf, dich zu wehren, und akzeptiere die Wahrheit. Du leidest unter Halluzinationen. Du bist krank und du gehörst nicht in diese Welt.

Elena öffnete die Augen. Sie konnte sich nicht erinnern, sie geschlossen zu haben. Lautlos quollen Tränen hervor und rannen über ihre Wangen, während ihre Gedanken in ihrem Kopf widerhallten: Du bist krank und gehörst nicht in diese Welt.

Sie klammerte sich immer noch an den Rand des Spülbeckens, starrte aus dem Fenster in die Dunkelheit und fasste einen Entschluss.

Morgen würde sie als Erstes Dr. Steffen anrufen und einen Termin vereinbaren. Sie wollte seine Meinung zu ihrem Entschluss, die Hypnosetherapie mit einer anderen Behandlung zu ergänzen: mit Medikamenten. Eine Maßnahme, die Dr. Steffen von Anfang an vorgeschlagen hatte.

Vor allem aber wollte sie seine Begleitung, denn was sie vorhatte, flößte ihr noch mehr Angst ein als die aktuelle Situation.

"Ich bin Elena und ich bin schizophren", sagte sie laut zu sich selbst, als säße sie inmitten einer Selbsthilfegruppe.

Elena schnaubte, halb belustigt, halb verzweifelt. Doch dann geschah etwas, das ihre Entschlossenheit wieder komplett über den Haufen warf.

Beinahe hätte das Pfeifen des aufkommenden Windes alle anderen Geräusche überlagert. Doch zwischendurch konnten sie sich Gehör verschaffen. Sanft und leise, sodass sie beinahe an eine weitere Einbildung geglaubt hätte.

Mit zusammengekniffenen Augen horchte sie auf, schüttelte dann aber den Kopf. Nein, da war nichts. Doch im nächsten Moment hörte sie es wieder. Es war nur ein Hauch, der kaum das Fenster zu durchdringen vermochte, ehe er von der Luft weggetragen wurde.

Elena verharrte still und lauschte. Aber da kam nichts mehr. Sie sah angestrengt aus dem Fenster, konnte aber nichts erkennen, außer ihren Rasen und die Büsche am Waldrand, deren Äste geisterhaft im Wind hin und her wogten. Elena wandte sich vom Fenster ab; sie war geneigt, sich die Ohren zuzuhalten und so ins Wohnzimmer zu fliehen. Kaum hatte sie sich vom Fenster abgewandt, hörte sie es wieder. Allmählich wurde sie wütend. Konnte ihr verblödetes Gehirn nicht einfach schweigen? Mit den Medikamenten würde es besser, redete sie sich ein, drehte sich aber gleich darauf zur Hintertür um und riss sie auf. »Was willst du?«, brüllte sie in die dunkle Nacht hinaus.

Als Antwort folgte das Rauschen einer Windbö, die ihr frischen Regen ins Gesicht schlug. Und zwischen dem Tosen erklang eine sanfte Melodie.

Sie war wach. Sie hatte nicht geschlafen, es war nicht drei Uhr morgens. Sie war also noch ganz sie selbst. Oder? Begann der kranke Teil ihres Gehirns inzwischen, ihr auch dann Streiche zu spielen, wenn sie glaubte, ganz bei sich zu sein? Sie hatte keine Ahnung. Sie wusste nicht, wie es wirklich war, verrückt zu sein. War es so? Erging es denen, die Stimmen in ihrem Kopf hörten, genauso? Zeigte sie jetzt exakt die Symptome? Schwankten ihre Gedanken zwischen Vernunft und Wahnsinn? Alleine schon diese Fragen machten sie verrückt.

»Scheiß drauf«, murmelte sie. Einmal noch. Vielleicht würde dieses eine Mal doch noch alles verändern.

30. Oktober, 19.35 Uhr

»Eine Disso-was? Das klingt für mich irgendwie nach einer gespaltenen Persönlichkeit«, stellte Leon gleichermaßen überrascht wie ungläubig fest. Er stand dem Therapeuten zugewandt mit den Händen in den Hosentaschen da und wusste nicht, was er denken sollte.

»Das ist es auch«, antwortete Dr. Steffen.

Leon schwirrten tausend Fragen im Kopf herum. Womit sollte er bloß anfangen? War es ihm während seines Polizeidienstes so ergangen, hatte er eine einfache Technik angewendet: Er fragte nach der Geschichte hinter dem Vorfall und wartete ab, wie viele Unklarheiten im Laufe der Erzählung beantwortet wurden. Die noch offenen Fragen konnte er anschließend stellen. »Ich will alles wissen, von Anfang an.«

Dr. Steffen schwieg. Er machte den Eindruck, als würde er über Leons Aufforderung nachdenken. »Das kann ich nicht tun. Tut mir leid. Ich habe so schon zu viel gesagt.«

Leon hob fragend eine Augenbraue. »Sie können das nicht

tun? Wollen Sie mir damit sagen, Sie haben sich dafür entschieden, sich doch noch an die Schweigepflicht zu halten?«

»Ich bin diese Verpflichtung meiner Patientin gegenüber eingegangen, ja.«

»Sie wurden in dem Augenblick davon entbunden, als Elena mit mir in Ihrer Praxis auftauchte. Wenn das nicht genügt, dann haben Sie eben erst dagegen verstoßen, als sie mir gegenüber dieses Disso-Dings erwähnten. Also spielt es keine Rolle mehr, ob Sie noch mehr erzählen oder nicht. Zudem geht es im Augenblick um mehr als Ihren ärztlichen Kodex. Elena verlässt nachts ihr Haus, sieht angeblich Tote, die, wie man bisher annahm, nicht da sind. Jetzt ist eine Leiche gefunden worden in einer Nacht, in der Elena draußen war. Soweit ich weiß, fällt Elena nach ihren Begegnungen«, Leon malte bei diesem Wort mit den Fingern zwei Anführungsstriche in die Luft, »in Ohnmacht, wird bewusstlos und hat Momente der Verwirrung, wenn sie erwacht. Ich bin kein Psychiater, aber ich schätze, dass ihre Ausflüge nach Situationen, in denen sie sich unter Druck gesetzt fühlt, verstärkt stattfinden. Davon muss ich zumindest ausgehen. Nach einem entspannten Tag geschah nichts; als unser kleines Intermezzo stattfand, fand ich sie angekleidet in einem Schlafzimmer, das Sie sonst nicht mal nutzt. All diese Vorfälle und Verhaltensmuster, betrachtet man sie noch dazu vor dem Hintergrund der Schizophrenie und der gespaltenen Persönlichkeit, ergeben für mich ein, zugegeben, erschreckendes Puzzle, dessen Teile erst allmählich zusammenpassen – und das, obwohl ich mich noch nicht intensiv mit diesen Krankheitsbildern auseinandergesetzt habe. Ihr Pflichtgefühl Ihren Patienten gegenüber in allen Ehren, aber die Schweigepflicht ist es nicht, die es zu wahren gilt. Am wichtigsten ist jetzt, die Patientin zu schützen und eventuelle unschuldige Opfer. Das geht aber nicht, wenn Sie schweigen.«

Dr. Steffen sagte während Leons langer Rede kein Wort. Erst als er geendet hatte, räusperte sich der Psychiater. »Ich schätze, Sie waren gut in Ihrem Job. Ein Jammer, dass Sie ihn aufgegeben haben. Ihre Interpretation des Zustands von Elena und der Situation kommt der Wahrheit ziemlich nahe. Was wissen Sie über die dissoziative Identitätsstörung?«

»In einem Menschen wohnen zwei oder mehrere Persönlichkeiten. Eine ist dominanter als die andere, und die eine weiß meist nichts von der anderen.«

»Dieses Wissen haben Sie aus Filmen, nicht wahr?«

Leon zuckte mit den Schultern. »Wie gesagt, ich musste mich bisher noch nicht intensiv mit diesem Krankheitsbild auseinandersetzen.«

»Und die Schizophrenie?«

»Wird gerne mit dieser multiplen Persönlichkeitsgeschichte verwechselt. Grundlegend hören diese Menschen aber Stimmen, wo keine sind, bilden sich Dinge ein, driften in eine eigene Realität ab.«

Dr. Steffen nickte. »So weit, so gut. Das Wissen, das Sie haben, reicht fürs Erste aus. Sie wollen Informationen darüber, wie alles begann? Nun gut, dann sollen Sie sie kriegen.«

30. Oktober, 20.00 Uhr

Elena streifte durch den Wald, die Melodie war ihr stetiger Begleiter. Der Regen, der eingesetzt hatte, tropfte von ihrer Nasenspitze. Als fühlten sich dadurch ihre Schleimhäute animiert, begann auch die Nase selbst zu triefen. Im Reflex wischte sie sich mit dem Handrücken darüber und schniefte.

Sauwetter.

Aber sie musste weiter. Der Waldboden war ganz aufgeweicht. Zwar hatte das Wetter tags zuvor einigermaßen gehalten, aber die Erde vermochte bei den winterlichen Temperaturen nicht mehr zu trocknen.

Elena folgte den Tönen bis zu einer kleinen Böschung. Als sie die Anhöhe hinaufklettern wollte, verlor sie den Halt unter den Füßen. Sie rutschte weg, konnte sich aber mit den Händen und dem rechten Knie abfangen. Die Finger sanken tief in die schlammige Erdmasse ein. Das kalte Regenwasser rann über den Handrücken und hinterließ schmutzige Rinnsale, die im Licht der an ihrem Hals hin und her schaukelnden Lampe abwechselnd sichtbar und unsichtbar wurden.

»Verdammt«, fluchte Elena und raffte sich wieder auf. Sie wollte ihre Knie abklopfen, besann sich dann aber. Mit schmutzigen Händen etwas sauber zu machen war wenig sinnvoll. Stattdessen wischte sie sich ihre Hände notdürftig an ihren Oberschenkeln ab. Der Jeansstoff sog sich mit dem Wasser voll. Elena fröstelte. Doch sie musste weiter. Sie hielt die Luft an und horchte.

Wo war die Musik? Geradeaus. Aber sie wurde immer leiser.

Sie bewegte sich von ihr weg. Das, was die Musik trug, bewegte sich also, ging es Elena durch den Kopf. Das hatte sie sich bisher noch nie überlegt. Die Musik war bisher immer leise gewesen und erst lauter geworden, je näher sie dem Ziel gekommen war. Jetzt wurde die Musik leiser, aber Elena bewegte sich nicht von der Stelle. Ihr stockte der Atem, als ihr die Erkenntnis kam: Da war jemand.

Aufgeregt hastete sie die Böschung hoch. Der weiche, rutschige Untergrund war ihr jetzt völlig egal. Sie glitt mehrfach aus, stützte sich mit den Händen auf der Erde ab, suchte in ihrer Eile Halt, wo immer er sich anbot. Hauptsache, sie kam schnell vorwärts. Tatsächlich schien es, als könnte sie die Distanz zwischen der Musik und sich selbst verkürzen. Obwohl ihr Atem raste und sie inzwischen unter ihrer Regenjacke schwitzte, hastete sie weiter, stets angetrieben von einem einzigen Gedanken: Da war jemand, der die Melodie mit sich trug. Sie musste diese Person stellen, koste es, was es wolle. Aber was dann? Ihn zur Rede stellen? Ihn überwältigen? Ihn festhalten und Hilfe oder eher Zeugen holen?

Sie wusste es nicht, aber sie wusste, dieser Musikträger war eine neue Chance auf Rehabilitation.

Elena hörte unweit vor sich ein Knacken. In der ersten Sekunde blieb sie stehen, in der zweiten stürzte sie auf geradem Weg dorthin, von wo das Geräusch gekommen war. Ein Fehler, wie sich herausstellte. Die Anhöhe, die sie erklettert hatte, musste auch eine Senke haben. Die hatte sie nun erreicht. In der Dunkelheit, die von dem schwachen Licht an ihrem Hals nur unzureichend ausgeleuchtet wurde, hatte sie sie zu spät entdeckt. Sie versuchte noch zu bremsen, griff nach einem Ast, verfehlte ihn aber. Die Schuhe fanden keinen Halt, und Elena rutschte den aufgeweichten Abhang hinunter. Auf halben Weg konnte sie sich so weit aufrichten, dass sie ihre Rutschpartie mit einigen schnellen Schritten beenden konnte. Sie lenkte auf einen Baum zu, um sich an ihm abzufangen, stolperte aber über eine Wurzel. Kopfüber fiel Elena in den Schmutz, verfehlte mit dem Schädel knapp einen anderen Baum und prallte mit dem Rücken schmerzhaft gegen etwas Hartes. Stöhnend und ächzend blieb sie einen Moment liegen und rang nach Atem. Innerlich machte sie eine Bestandsaufnahme ihres Körpers. Als sie sich einigermaßen sicher war, dass sie sich nicht ernsthaft verletzt hatte, versuchte sie, sich vorsichtig zu bewegen. Begleitet von einem gedehnten Schmerzenslaut, sog sie scharf die Luft ein. Für einen kurzen Augenblick zog sie es in Erwägung, einfach hier liegen zu bleiben. Sie war nicht gemacht für solche Stürze. Sie war kein Mitglied von Jackass und wusste jetzt auch warum, obwohl sie eine Frau mit gestörter Psyche war.

Während Elena sich und ihre Situation stumm verfluchte, schlängelte sich einer einzigen Rauchschwade gleich eine Tonabfolge in ihr Bewusstsein. Die Melodie. Sie war da. Direkt neben ihr.

Sofort vergaß Elena ihren Unmut und raffte sich auf. Die Lampe um ihren Hals hatte einiges an Schmutz abbekommen und einen Sprung im Glas davongetragen, aber sie leuchtete noch. Elena wischte notdürftig darüber und leuchtete die Stelle ab, die ihre Rutschpartie so schmerzhaft beendet hatte. Eine kreisförmige Aufschichtung von Steinen. Der Rand, gegen den sie gestoßen war, ragte nicht besonders hoch aus der Erde. Etwas mehr Schwung, und sie wäre wohl einfach darüber hinweggesegelt. Oder sie wäre in das große schwarze Loch in der Mitte des Steinkreises gestürzt, wäre da nicht ein Schutzgitter gewesen.

Ein alter Brunnenschacht, dachte Elena, während sie lauschend in das dunkle Nichts hineinleuchtete.

Sie ertappte sich dabei, wie sie ein paar wenige Töne mitsummte, die ihr entgegenschallten. Die Melodie kam aus dem Schacht. Ein Wechselspiel der Gefühle übermannte Elena.

War die Person, die sie verfolgt hatte, in den Brunnen gefallen?, überlegte sie voller Sorge, nur um sich im nächsten Moment zu fragen, wie das möglich sein sollte, wenn das Gitter doch geschlossen war. Oder war noch jemand da gewesen, hatte die Person hineingestoßen und das Gitter anschließend wieder geschlossen? War da unten überhaupt jemand? Oder war einfach ein Tonbandgerät oder Ähnliches in den Schacht gefallen?

30. Oktober, 20.10 Uhr

»Elenas Fall kam mir zu Ohren, während ich auf der Suche nach einer geeigneten Probandin war, und zwar für eine Arbeit über die Fragen, was Hypnose bewirken kann und ob sie eine geeignete, praktikable Heilmethode für Traumapatienten sein konnte«, begann Dr. Steffen seinen Bericht. Inzwischen hatten sich die beiden Männer vor der Kälte und Nässe in eine urige Kneipe geflüchtet und in einer ungestörten Ecke Platz genommen.

»Wie haben Sie davon gehört?«, hakte Leon genauer nach.

»Ich habe aktuelle Gerichtsverfahren und Urteile verfolgt. Verkehrsunfälle mit Todesfolge sind brutal, aber wenn es Überlebende gibt, sind sie womöglich geeignete Studienobjekte.«

Leon verzog angewidert das Gesicht, was Dr. Steffen unkommentiert ließ. Stattdessen fuhr er unbeirrt fort: »Ich las über ihren Unfall in der Zeitung und blieb dran. Schlussendlich wurde sie nicht schuldig gesprochen, was die fahrlässige Tötung anbelangt, aber der Richter hat sie zu einer Therapie verurteilt. Ehe ich mich als Therapeut anbieten konnte, wies sie sich selbst ein. Sie war der Meinung, sie sei eine Gefahr für ihre Umwelt, und wollte weggesperrt werden. Das Gefängnis verwehrte man ihr, also wählte sie die für sie nächste logische Option: die psychiatrischen Kliniken der Universität. Dort habe ich sie gefunden, zerfressen von Schuldgefühlen, am Rande einer Depression, unter Schlafstörungen leidend.«

»Das perfekte Versuchskaninchen«, höhnte Leon.

»Ja, allerdings. Ich überzeugte die Klinikleitung davon, mit mir zusammenzuarbeiten. So durfte ich Elena regelmäßig besuchen. Gemeinsam schafften wir es, dass sie zu sich genug Vertrauen fasste, um sich aus ihrer selbst gewählten Gefangenschaft zu entlassen und mit mir als ihr Psychiater ins Leben zurückzukehren. So hatte sie in der Welt draußen einen festen Anker. Wenn sie sich überfordert fühlte, kam sie zu mir. Das hat gut funktioniert.«

»Wie äußerten sich ihre Schlafstörungen?«

»Anfangs wachte sie jeden Tag um die exakt gleiche Zeit auf.«

»Welche Zeit?«

»Drei Uhr morgens.«

Leon hob den Kopf. »Der Zeitpunkt des Unfalls.«

»Richtig. Sie durchlebte in ihren Träumen den Unfall in unglaublichen Details und erwachte, nachdem ihr Wagen auf dem Dach zu liegen kam. Das haben wir in den ersten Hypnosesitzungen herausgefunden«, sagte Dr. Steffen. Dann schwieg er auf einmal und starrte geistesabwesend auf die durchsichtige Schüssel mit den bunt bedruckten Zuckertütchen.

»Was noch? Wann begann sie, die Musik zu hören und die vermeintlichen Leichen zu finden?«, drängte Leon ihn zum Weitersprechen.

Dr. Steffen räusperte sich. »Nachdem Elena jeweils aufgewacht war, konnte sie keinen Schlaf mehr finden. In der Klinik wanderte sie in den Gängen umher, zu Hause ging sie in den Wald. Sie sagte mir in der Klinik bereits, dass sie manchmal mitten in der Nacht eine Melodie hörte. Ich sprach mit den Ärzten darüber, fragte Patienten, doch niemand wusste etwas von dieser nächtlichen Musik. Da wurde ich zum ersten Mal stutzig und bat, dass man Elena in der Nacht beobachten solle. Die anwesenden Ärzte brachten es aber nicht fertig, also blieb ich über Nacht, ohne dass Elena davon wusste, und behielt sie im Auge. Als ich sie auf den Gängen antraf, lief sie einfach an mir vorbei. Sobald ich sie ansprach, ignorierte sie mich. Sie sah mich nicht, hörte mich nicht. Ich vermutete, dass sie schlafwandelte. Ich wagte es schließlich, sie in diesem Zustand anzufassen – etwas, das man bei einem Schlafwandler tunlichst vermeiden sollte, doch bei Elena war das kein Problem. Sie blinzelte kurz und kehrte ohne Komplikationen in die Realität zurück. Sie war anfangs überrascht über meine Anwesenheit, doch als ich sie aufklärte, war sie zwar eingeschüchtert von dieser seltsamen Gewohnheit, vertraute mir aber, dass wir das in den Griff bekämen. Offenbar eine Fehleinschätzung meinerseits. Nachdem sie die schützenden Mauern der Klinik hinter sich gelassen hatte, ging sie nachts in den Wald spazieren statt durch die Klinikgänge. Sie schien auch innerlich eine Mauer eingerissen zu haben, und zwar diejenige, die ihre

Schuldgefühle einigermaßen in Schach gehalten hatte. Die Illusion der Musik verstärkte sich. Irgendwann kamen Bilder von Toten dazu. Ich bezog Jana, Elenas nächste Bezugsperson, mit in die Therapie ein. Sie versuchte ebenfalls, Elena davon zu überzeugen, dass weder die Musik noch das, was sie sah, wirklich da wäre, sondern dass das ihre Schuldgefühle projizierten.«

»Bisher klingt es für mich, als wäre Elena nur eine Schlafwandlerin mit lebhafter Fantasie. Wann hatten Sie denn erstmals den Verdacht auf die Persönlichkeitsstörung?«

»Ich begann, sie auf alle möglichen Krankheitsbilder abzuklären, um eine geeignete Behandlungsmethode zu finden. Ganz einfach.«

Auf einmal kam Leon wieder Bernards Frage nach Medikamenten in den Sinn. »Sie haben mit der Polizei gesprochen, stimmt's? Sie haben das alles auch Bernard Weiß erzählt.«

»Ja, habe ich, weil Sie nicht erreichbar waren. Als ich hörte, was sich hier ereignet, sah ich es als meine Pflicht, jemanden zu informieren, da Elena es anscheinend nicht tat.«

Leon ignorierte den Vorwurf, der in Dr. Steffens Worten mitschwang. »Sie verschrieben ihr Medikamente?«

»Ja, tat ich.«

»Nimmt sie sie?«

Dr. Steffen war sichtlich unwohl, als er antwortete: »Ich weiß es nicht.«

30. Oktober, 21.00 Uhr

Elena kniete sich auf den Boden und spähte in das Loch, soweit der Lichtstrahl es zuließ. Sie konnte nichts erkennen.

»Hallo?«, fragte sie schließlich zögerlich. »Ist da jemand?«

Keine Reaktion. Sie wiederholte ihre Frage etwas lauter, doch es kam keine Antwort. Erleichtert, keinen menschlichen Körper vorgefunden zu haben, aber auch enttäuscht, weil sie den Musikanten aus den Augen verloren hatte, stand Elena auf, getrieben von einem einzigen Wunsch: eine heiße Dusche.

Sie wollte die vom Kopf gerutschte Kapuze wieder hochziehen und weggehen, aber sie konnte nicht. Erneut drehte sie sich dem Loch zu, lauschte der Musik, die kurzzeitig vom Rascheln der Jacke und vom Rauschen des Regens geschluckt worden war.

Das hier war kein Zufall.

Sie hatte keinen vernünftigen Grund für diesen Verdacht, sie wusste es einfach.

Sie musste in den Schacht. Sie brauchte das Abspielgerät.

Elena hatte keine Ahnung, wie tief der Schacht war. Sie tastete den Boden nach einem großen Stein ab und warf ihn in das Loch. Kein Geräusch war zu vernehmen, das auf die Ankunft des Steines auf dem Grund hätte schließen lassen. Entweder waren die Nebengeräusche zu laut, der Boden im Brunnen zu weich oder der Schacht schlicht und einfach zu tief. Obwohl sie nicht wusste, wie sie da hinunterklettern und vor allem wieder herauskommen sollte, leuchtete Elena den Rand des Gitters ab. Sie entdeckte auf der anderen Seite einen Riegel, der mit einem Vorhängeschloss gesichert war. Halbwegs entmutigt, stolperte sie zu dem Riegel. Als sie das Vorhängeschloss zwischen die Finger nahm, hob sie überrascht eine Augenbraue. Es war offen.

Elena befreite den Riegel davon, packte das Gitter und wollte es anheben. Doch es war höllisch schwer.

Mit aller Kraft, die ihr schmerzender Körper noch hergab, stemmte sie sich gegen das Gitter. Tatsächlich gab es ein wenig nach. Sie versuchte es noch einmal, doch ihre Arme knickten ein. Sie war zu geschwächt.

Erschöpft lehnte sich Elena mit dem Rücken an den Brunnen, zog ihr Mobiltelefon aus der Tasche und wählte eine Nummer, die sie schon lange hätte wählen sollen.

Anfangs schien es, als käme eine Verbindung zustande, aber sie brach bereits nach dem ersten Klingeln wieder ab. »Scheiße!«, rief Elena frustriert aus, riss das Handy vom Ohr und starrte das Display an. Die Balken, die die Stärke des Handynetzes anzeigten, wechselten von einem zu keinem. Sicher trug auch das Wetter Schuld an dieser beschissenen Verbindung in diesem gottverlassenen Teil des Waldes. Wie eine Irre im Wald herumzurennen und Empfang zu suchen, das war alles, was ihr jetzt noch übrig blieb.

Elena versuchte es eine Weile lang, stand auf dem Brunnenrand, wählte Leons Nummer, kam aber entweder nicht durch oder er nahm den Anruf nicht entgegen. Schließlich gab sie es auf. Dennoch war sie nicht bereit, jetzt schon zurückzugehen. Stattdessen versuchte sie sich noch einmal am Gitter und schaffte tatsächlich noch ein beträchtliches Stück. Sie schätzte im fahlen Schein des Lichtes ab, ob sie durch die Lücke passen würde. Wahrscheinlich schon. Nur: Wie kam sie da unbeschadet rein und auch wieder raus? Sie dachte erneut daran, aufzugeben, verknüpfte diese Option aber mit der Voraussetzung, dass sie keinen geeigneten Gegenstand fand, um daran hinunterzuklettern.

Elena tastete den Stein im Brunneninnern ab. Die Fugen waren zu wenig breit, um sicheren Halt zu finden. Erneut sah sie sich im Wald um. Irgendein abgesägter Baumwipfel, der noch Teile seiner Äste am Stamm hatte, wäre ideal. Sie könnte ihn als eine Art Leiter verwenden, die einigermaßen stabil und nicht allzu schwer zu bewegen wäre.

Verzweifelt suchte sie den nassen Untergrund ab, konnte aber nichts Passendes entdecken, und so blieb ihr nichts anderes übrig, als einen anderen Entschluss zu fassen: Sie würde zur Hütte gehen und dort die alte Strickleiter holen – auf das Risiko hin, dass die Musik bis zu ihrer Rückkehr verstummt und die Quelle sogar verschwunden war.

Die Lampe um ihren Hals begann zu flackern, als sie sich die ersten Meter vom Brunnen wegbewegte. »Steig mir jetzt nicht aus«, beschwor sie das kleine Licht, obwohl sie als Plan B noch auf ihre Handytaschenlampe zurückgreifen konnte.

30. Oktober, 21.40 Uhr

Leon war tief in Gedanken versunken, als er das Auto auf der Zufahrt von Elenas Hütte abstellte. Dr. Steffens Ausführungen gingen ihm noch immer im Kopf herum, der Rest seines Gehirns war wie leer gefegt. Er würde instinktiv reagieren, wenn er Elena gegenübertrat. Einen Plan zu fassen war im Augenblick zwecklos. Seine Situation fühlte sich an, als wäre er ein Geier, der vor stahlblauem Wüstenhimmel seine Runden dreht und auf Beute lauert.

Leon schob die Vordertür zur Hütte auf. Dass sie nicht abgeschlossen war, zeigte ihm, dass Elena zu Hause war. Jede seiner Bewegungen fühlte sich ab diesem Augenblick falsch an. Er legte den Schlüssel auf die kleine Kommode neben der Tür, streifte seine Jacke ab und hängte sie ordentlich an die Garderobe. Als er im Begriff war, die Schuhe auszuziehen und sie ebenso ordentlich unter der Garderobe abzustellen, besann er sich. Er richtete sich wieder auf. Nicht nur, dass er Zeit zu schinden versuchte und die Abläufe ihn stark an das Verhalten eines Ehemannes erinnerten, der abends in seine warme Stube zurückkehrte, es beschlich ihn zusätzlich ein seltsames Gefühl. Irgendetwas stimmte nicht. Im Haus war es zu ruhig. Elena war nicht da.

Leon musste sich entscheiden. Sollte er die Gelegenheit nutzen und Bernards Auftrag erledigen, das heißt Elenas Habseligkeiten nach Medikamenten durchsuchen, oder sollte er sich darum kümmern, wo Elena abgeblieben war. Dass die Haustür nicht zugesperrt gewesen war, zeigte, dass sie zumindest heimgekehrt und überstürzt wieder aufgebrochen war – vermutlich auf einen ihrer Ausflüge. Doch was bedeutete das? Leon war sich von Anfang an nicht sicher gewesen, was er von der ganzen Geschichte halten sollte, das war alles zu wirr und unbegreiflich. Mit dem, was Dr. Steffen über Elenas möglicherweise gespaltene Persönlichkeit und die Schizophrenie erzählt hatte, wurde alles nur noch konfuser.

Welche Rolle hatte er in diesem Spiel? Wie sollte er sich ihr gegenüber verhalten? Als Freund? Sie hatten eine gemeinsame Vergangenheit, und so viele Freunde hatte Elena nicht mehr. Aber in den Fall eingestiegen war er aus anderen Gründen. Er war inoffiziell quasi als verdeckter Ermittler dazugekommen, und dafür hatte er persönliche Gründe gehabt. Anfangs hatte er geglaubt, wenn er Elena half, half er auch sich selbst. Inzwischen war er sich da nicht mehr so sicher.

Leon ging zur Hintertür der Hütte und warf auf dem Weg dorthin einen Blick ins Wohnzimmer. Er zog auch die Tür zum Schlafzimmer auf, in dem er sie am Morgen gefunden hatte. Beide Räume waren leer. Als er an der kleinen Kammer unter der Treppe vorbeikam, veränderte sich der Halt seiner Schuhsohlen auf dem Boden, und er rutschte leicht weg. Er hätte es beinahe nicht bemerkt, wäre er nicht auf jede seiner Bewegungen fokussiert. Leon öffnete die kleine Kammer und knipste die Lampe an, die dank seiner Arbeit inzwischen wieder funktionstüchtig war. Ein Surren ließ sich vernehmen, dann flackerte die Glühbirne auf. Ihr schwaches Licht vermochte kaum die ganze Kammer zu erleuchten, aber der fahle Strahl, der auf den Fußboden fiel, reichte aus. Leon sah, was er sehen musste: Auf dem Boden hatte sich eine Wasserlache gebildet. Dazu gab es eine nasse Spur, die aus der Kammer führte. Leon vermutete bereits, wo die Wasserspur endete. Er suchte die Regale in der Kammer ab, um herauszufinden, was eventuell fehlte. Nichts Offensichtliches, wie er feststellen musste. Er rief sich die Kammer in Erinnerung, als er darin das Licht repariert hatte, versuchte, sich Gegenstände in den Regalen vorzustellen, aber er kannte den Inhalt dieses Raumes einfach zu wenig, als dass er darauf hätte kommen können, was Elena geholt haben könnte. Wenigstens in diesem Punkt war er sich sicher: Er wusste, Elena war kurz vor seiner Rückkehr hier gewesen und hatte etwas aus der Kammer entfernt. Eine Taschenlampe?

Er musste die Frage unbeantwortet lassen.

Leon ließ das Licht brennen und verließ die Kammer, den nassen Spuren auf dem Steinboden folgend. Sie führten ihn direkt in die Küche und, wie nicht anders zu erwarten war, zur Hintertür der Hütte. Diesmal fand er sie aber geschlossen vor. Obwohl er sich schon denken konnte, dass Elena nicht mehr im Garten zu finden war, riss er die Tür auf und spähte in die Dunkelheit. Vielleicht war da ja noch irgendein Anzeichen von ihr.

Aber in dem stärker werdenden Regen und dem auffrischenden Wind war nichts Verdächtiges auszumachen.

30. Oktober, 22.00 Uhr

Die aufgerollte Strickleiter fest in der Hand, stapfte Elena den ganzen Weg zurück, den sie gekommen war. Ihre Hände waren klamm, sie fror und wünschte sich nichts sehnlicher als das wärmende Kaminfeuer. Aber obwohl sie diese Option hätte wählen können, trieb sie die Ungewissheit, was in diesem Brunnenschacht auf sie wartete, weg von ihrem Unterschlupf, immer weiter vorwärts in den Wald. Während sie einmal kurz überlegte, ob sie außer dem Blätterrauschen noch ein Motorengeräusch gehört hatte, als sie die Hütte zum zweiten Mal in dieser Nacht verließ, gelangte sie wieder zur Böschung.

Womöglich hätte sie abwarten sollen, ob Leon zurückgekommen war. Aber das letzte Mal, als sie ihm eine ihrer Erscheinungen zeigen wollte, war sie verschwunden, als sie beide den Fundort erreicht hatten. Elena wollte wissen, ob das auch so war, wenn sie allein zurückkehrte. Falls ja, müsste sie sich wenigstens nicht erklären. Aber was, wenn sie wieder ohnmächtig wurde? Die letzten Male fand man sie durch Zufall. Elena glaubte aber auch, dass sie selbst wieder erwacht und nach Hause gekommen wäre. Ihre Entdecker waren nur aufgetaucht, bevor sie sich aus eigener Kraft hatte aus dem Staub machen können.

Im Brunnenschacht würde sie diese These wohl unter Beweis stellen können, denn dort würde sie eine ganze Weile lang niemand finden, da war sie sich sicher.

Bei diesem Gedanken und beim Gedanken an das schwere Gitter, das über dem Schacht lag, wurde Elena mulmig zumute. Dennoch stieg sie die Böschung hinunter. Diesmal vorsichtiger. Sie wollte nicht noch einmal einen Sturz wie vorhin erleben.

»Eines Tages holst du dir den Tod, Elena«, flüsterte sie sich zu, während sie den Abstieg ohne hinzufallen hinter sich brachte. Am Brunnen angekommen, stützte sie sich auf dem Rand ab, neigte den Kopf leicht und lauschte. Doch sie konnte nichts hören außer der umliegenden Natur.

»So ein Mist!«, fluchte sie laut und ließ wütend die Faust auf den Brunnenrand niedersausen.

Da hörte der Wind für einen kurzen Moment zu blasen auf. Fast, als hätte sie auf einen Knopf geschlagen.

Elena fröstelte, aber diesmal nicht der Kälte wegen. Dann hörte sie sie. Leise, dafür umso voller drangen die Klänge aus den Tiefen des Brunnens empor.

Der unheimliche Moment war vergessen. Sofort begann Elena, die Strickleiter mit Karabinern an dem Gitter festzumachen. Sie ließ sie los, und die starken Seile mit den stabilen Sprossen dazwischen rollten sich entlang der Brunnenwand ab. Das Ende der Leiter verschwand in der Dunkelheit – wohin Elena gleich folgen wollte.

Sie stieg auf den Brunnenrand, setzte sich, ließ die Beine in den Schacht baumeln, fischte nach der Strickleiter, stellte erst einen, dann den anderen Fuß auf eine Sprosse. Während sie mit einer Hand das starre Gitter umschloss, hielt sie sich mit der anderen noch an der Mauer fest. Sobald sie genug Balance hatte, ließ sie die Mauer los.

Langsam kletterte sie in den beengenden Brunnenschacht. Ihr kleines Licht um den Hals vermochte zwar die feuchten, bemoosten Wände zu beleuchten, bis auf den Boden aber reichte der Schein nicht.

Der Abstieg war kräftezerrend. Elena musste die Sprossen in der Dunkelheit erfühlen, sie konnte in den tanzenden Schatten nur erahnen, wo die nächste war. Die Leiter schwang unter ihrem Gewicht und ihren Bemühungen hin und her. Die Bewegung der Leiter machte ein sicheres Auftreten auf dem nachfolgenden Holzpaneel zu einer Herausforderung. Das Seil, an dem die einzelnen Holzbalken angebracht waren, war nass, das Holz glitschig.

Elena verfluchte sich für ihren Starrsinn. Sie hätte ihrem Ärger am liebsten lautstark Luft gemacht, doch das hätte sie zu viel Kraft gekostet.

Keuchend hing sie in den Seilen.

Wie tief konnte dieser Brunnen bloß sein? Was, wenn die Leiter endete und der Boden noch immer nicht in greifbarer Nähe war? »Dann musst du wieder raufklettern«, murmelte sie vor sich hin. »Das hast du nicht besser verdient.«

Trotz aller Zweifel und Anstrengung setzte sie ihren Abstieg fort. Das Ziel kam näher, das konnte sie hören. Also folgte sie weiter der sie stets begleitenden Musik.

30. Oktober, 22.05 Uhr

Leon gab der Hintertür einen Tritt und kehrte ihr den Rücken. Er sah sich in der Küche um und dachte nach. Er musste systematisch suchen, sonst würde er zu viel kostbare Zeit verlieren. Medikamente bewahrten die meisten Menschen im Badezimmer auf. Elena hob sie wahrscheinlich in einem Toilettenbeutel auf, da sie hier nur vorübergehend wohnte.

Leon steuerte auf das Badezimmer zu, knipste das Licht an und zog den Spiegelschrank auf. Eine dicke Staubschicht lag auf den Regalen. Leon untersuchte die Schicht auf Ringe und andere Abdrücke, die darauf hingewiesen hätten, dass kürzlich jemand etwas in dem Kästchen verstaut hatte, aber nichts deutete darauf hin. Er machte mit dem Waschbeckenunterschrank weiter. Dort stand Elenas Necessaire. Er zog es raus und leerte den Inhalt kurzerhand in die Spüle. Scheppernd fielen zwei Lidschatten, diverse Schminkstifte und etliche andere Kosmetikprodukte ins Waschbecken, aber Hinweise auf Tabletten fand er keine.

Im Badezimmer gab es keinen weiteren Schrank und auch kein Ablagefach. Er wollte sich Elenas privates Gepäck vornehmen, als er am Spülkasten der Toilette vorbeikam. Er stoppte und öffnete den Deckel. Doch darin war nichts versteckt.

Die Suche führte ihn weiter ins Wohnzimmer, wo Elena seit ihrer Ankunft, bis auf eine Ausnahme, genächtigt hatte. Er fand ihre Tasche, durchsuchte ihre Kleidung, wühlte in ihrem privaten Hab und Gut. Er tastete sorgfältig die Hosentaschen ab, öffnete den Reißverschluss jeder Jacke, die ihm in die Hände kam, und begutachtete sämtliche noch so kleinen Seitenfächer. Fündig wurde er dennoch nicht.

So blieb ihm nichts anderes übrig, als seine Suche zu erweitern. Zuerst die offensichtlichen Versteckmöglichkeiten: Schubladen, Schränke, Möbelunterseiten. Dann ging's an die Feinarbeit: Sofakissen, Überzüge, Matratzen, Pfannen, Töpfe, sonstige Behältnisse, der Holzstapel neben dem Kamin. Wurde er da immer noch nicht fündig, musste er erhöhte und verborgene Kanten abtasten, Vorhangstangen prüfen, Lücken und Aussparungen checken, lockere Bodendielen ausfindig machen usw. Das musste in jedem Raum geschehen. Und auch in den Zimmern, die sie vermeintlich nie benutzte. Die Garderobe, die er mittlerweile unter die Lupe genommen hatte, diente als Ausgangspunkt für seine erweiterte Suche. Als Nächstes wollte er sich im oberen Stock umsehen. Da fiel sein Blick auf die Stufen nach oben: Zum ersten Mal bemerkte er etwas, das ihm vorher nicht seltsam erschienen wäre, unter den gegebenen Umständen war es aber höchst sonderbar: Die Stufen in das obere Stockwerk waren blitzblank geputzt. Warum hätte Elena das tun sollen, wenn sie, wie sie einmal erwähnt hatte, nie nach oben ging?

30. Oktober, 23.00 Uhr

Elena wickelte ihren Arm um das Seil der Leiter. Sie versuchte, ihren Körper so weit zu beherrschen, dass sie die Bewegungen der Leiter auch einhändig ausgleichen konnte. Vorsichtig zog sie die Lampe über ihren Kopf und beugte sich so weit nach unten, wie es eben ging, ohne das Gleichgewicht zu verlieren.

Ehe sie den Blick in die Tiefe richtete, schaute sie noch einmal nach oben. Das Loch, durch das sie eingestiegen war, lag schrecklich weit über ihr. Der Blick glich dem durch ein Fernrohr. Rundherum war es dunkel, bis die Finsternis einem kreisrunden Fleck fahlen, nächtlichen Graus wich.

Elena kämpfte gegen den Drang an, schnellstmöglich wieder nach oben zu klettern, wandte sich von der Richtung ab, die die Freiheit bedeutete, und richtete ihren Blick zurück ins Ungewisse.

Die Kette, an der die Lampe hing, hielt sie ganz hinten fest, damit das Licht noch weiter bis in die Tiefe reichte.

Gefühlsmäßig müsste bald das Ende der Strickleiter erreicht sein. Nun musste sie irgendwie herausfinden, wie nahe sie dem Boden des Brunnenschachts inzwischen gekommen war. Lauschte sie der Musik und vertraute auf ihr Gehör, müsste sie unmittelbar am Ziel sein.

Ächzend hielt Elena sich fest, bewegte den Arm im Kreis um sich herum und suchte mit dem Strahl der kleinen Lampe ihre düstere Umgebung ab. In der Erwartung, ein Aufnahmegerät, feuchte Blätter und eventuell einen dunklen Wasserspiegel zu entdecken – schließlich war sie in einem Brunnenschacht –, beschien das Licht auf einmal etwas anderes.

Das Entsetzen hatte sich in Elenas Gliedern festgesetzt, noch bevor das Gehirn den Anblick verarbeitet hatte.

Braune Augen, weit geöffnet. Regentropfen, die von weit oben nach unten platschten, helle Striemen auf der schmutzigen Haut. Der Nacken überdehnt, das Kinn auf die Brust gesenkt. Elena schrie auf. Dann ging alles ganz schnell. In ihrem Grauen verlor sie den Halt, rang verzweifelt um ihr Gleichgewicht, doch nichts half mehr. Die Leiter glitt ihr aus der Hand, und sie stürzte in den Brunnenschacht. Der Sturz war nicht tief und die Landung kaum schmerzhaft, denn Wasser dämpfte ihren Aufprall. Aber nicht nur Wasser. Elena nahm am Rande wahr, dass sie bis zu den Knien in einer Lache steckte. Was sie jedoch viel mehr beschäftigte: Sie fand sich Auge in Auge rittlings auf einer Frauenleiche wieder.

Zur gleichen Zeit an einem anderen Ort

Ich bin fasziniert von diesem Spiel. Dieser Nervenkitzel, ob alles aufgeht wie geplant; dieser Gang auf dem schmalen Grat zwischen Legalität und Gesetzesbruch. Zeit meines Lebens gebe ich mich seriös, gesetzestreu. Das langweilt mich, es widert mich geradezu an. Dann kam sie. Sie ist faszinierend, herausfordernd, anders. Ihre zwei Gesichter wecken mein Interesse mehr, als irgendjemand sonst es bisher gekonnt hatte. Das Mittel des Regelbruchs nutze ich schon eine ganze Weile, um meinem Leben den nötigen Kick zu geben. Aber irgendwann war es nicht mehr genug, lediglich unmoralisch zu sein. Was ich tue, wie ich mein Leben hinter der gebildeten Fassade führe, ist zwar verwerflich, aber dennoch nicht zufriedenstellend. Ich will mehr. Einem Adrenalinjunkie gleich suche ich meine Herausforderungen und habe sie letztendlich in einer einzigen Person gefunden. In einer Frau, der ich überallhin folgen werde. Dass mir so etwas geschehen könnte, hätte ich mir nicht träumen lassen, aber es ist so: Ich will sie. Ich brauche sie. Sie allein ist in der Lage, diese Unzufriedenheit in mir zu stillen, und noch viel mehr. Sie weckt ein Verlangen in mir, immer wenn ich sie sehe, wenn ich an sie denke. Beinahe schmerzhaft erfüllt mich die Lust, wenn ich nur an ihre nackte Haut denke, diesen runden, perfekten Hintern, ihre unglaublichen Brüste, und daran, was ich alles mit ihr anstellen kann … Sie ist das, was mir in meinem Leben gefehlt hat. Als Ausgleich gebe ich ihr, was sie begehrt, schenke ihr, was immer sie will. Ich folge ihr, wohin auch immer sie geht, ich stehe hinter ihr. Koste es, was es wolle. Selbst wenn die Aufgaben ziemlich ekelhaft sind, so wie die, die ich nun vor mir habe.

Sie genießt diese Arbeit, das weiß ich, aber ich bin mir nicht sicher, ob ich dieselbe Leidenschaft dafür aufbringen kann. Dennoch hat sie recht, wenn sie mir vorhält, dass ich es war, der das Außergewöhnliche suchte, das sie mir hiermit anbietet. Also mach ich mich daran, die Aufgabe zu erledigen.

Die Einzelteile stinken bestialisch. Auch ein Grund, weshalb ich hier draußen stehe, mitten im Wald. Gekleidet in einen Overall, ziehe ich die Maske, die mir um den Hals hängt, über Mund und Nase und knie mich hin. Auf einer Unterlage habe ich meine mitgebrachten Utensilien ausgebreitet: eine Ahle, eine Rolle grobes Garn und einen Kessel, gefüllt mit Wasser, das nicht etwa zum Händewaschen da ist, oh nein – im Wasser lagert der nächste Geniestreich. Mit den behandschuhten Fingerspitzen greife ich nach der Ahle. Dann suche ich mir ein Stück aus, das ich mit Löchern versehen kann. Ich betrachte die Teile, die vor mir ausgebreitet liegen, bleibe mit dem Blick am Kopf hängen, der da vor mir liegt und mich aus toten Augen anstarrt. Das ist irgendwie unheimlich. Ich mag nicht von einer Toten bei meiner Arbeit beobachtet werden. Also strecke ich die Hand aus, drücke die Lider zu. Ich entschließe, dass der Kopf etwas für den Schluss ist. Ich beginne lieber mit dem Arm, überlege ich weiter, und greife danach. Konzentriert beginne ich, den körperlosen Oberarm mit Löchern zu versehen. Sechs Stück, das reicht aus. Dann nehme ich mir den Torso vor, besehe mir die armlose Schulter. Die Haut ist ausgefranst, an diesen Stellen muss ich mit den Löchern weiter hinten ansetzen, damit die Naht später nicht ausreißt.

Als alle Löcher in die erstaunlich zähe Haut gebohrt sind, nehme ich das Garn zur Hand und beginne, das lose Ende durch die gestochenen Öffnungen einzufädeln. Einmal durch den Arm, einmal durch die Schulter. Rundherum wiederhole ich den Vorgang, bis Torso und Gliedmaßen wieder vereint sind. Dass der Arm nicht vom selben Menschen stammt wie der Torso, gibt dem Ganzen noch einen besonderen Touch. Ich fühle mich wie ein Künstler, der etwas Neues, Wunderschönes erschafft. Den üblen Geruch, den die auftauenden Leichenteile absondern, nehme ich inzwischen kaum mehr wahr.

Ich knote die Enden der Fäden zusammen, lehne mich zurück und sehe mir das Resultat im Licht des mitgebrachten Scheinwerfers an. Anfangs war ich noch irritiert, jetzt genieße ich es. Ich spüre, wie mich der Anblick dessen, was ich soeben erschaffen habe, und die Vorstellung davon, was ich noch erschaffen werde, derartig anturnen, dass ich das Ziehen in meinen Lenden nur schwer ignorieren kann. »Du bist ein kranker Mensch«, sage ich zu mir selbst, während ich selbstzufrieden lächle.

30. Oktober, 23.05 Uhr

Leon ging auf den Treppenabsatz zu und klappte den altmodischen Lichtschalter neben dem Aufgang herunter, aber außer einem leisen Surren hinter der Wand gab es keinen Effekt. Er versuchte es ein weiteres Mal, aber es tat sich nichts, deshalb legte er den Schalter wieder auf seine Ursprungsposition um und beleuchtete die Stufen vor sich mit seinem Handy. Er versuchte, auf den gereinigten Stufen Fußabdrücke auszumachen, die eventuell nach dem Putzen entstanden waren, konnte aber nichts entdecken. Zögerlich setzte er einen Fuß auf die erste Stufe. Das alte Holz knarrte unter seinem Gewicht. Instinktiv wich er zurück. Dann bückte er sich und tastete probeweise den Tritt ab, klopfte auf das Holz, konnte aber keine lose Stelle und kein hohles Geräusch ausmachen. Diesen Vorgang wiederholte er mit jeder Stufe. Auf diese Weise arbeitete er sich nach und nach die Treppe hoch, immer auf der Hut, obwohl er glaubte, allein im Haus zu sein. Aber man konnte ja nie wissen. Oben angekommen, versuchte er sich am nächsten Lichtschalter, doch auch da tat sich nichts. Er ließ von dem Schalter ab und beleuchtete die Umgebung. Der Boden war teilweise gereinigt, das kleine Möbelstück in der Ecke hingegen trug eine dicke Staubschicht. Links und rechts gab es eine Tür; größer war der Bereich nicht, in dem Leon sich befand. Er rüttelte an der Klinke der rechten Tür, sie öffnete sich und gab den Blick in ein kleines Zimmer frei. An die Wand gelehnt stand ein Lattenrost, die mit der Zeit fleckig gewordene Matratze daneben. Außer einem Regal war da nichts weiter. Sofort fiel Leon auf, dass auch hier der Fußboden gereinigt worden war; Fußabdrücke gab es wiederum nicht. Leon verschwendete keine weitere Zeit mit diesem Zimmer, zog die Tür wieder zu und drehte sich zu derjenigen zu seiner Linken. Er drückte die Klinke hinunter und stutzte.

Abgeschlossen.

Er tastete den Türsturz ab und wurde prompt fündig. Seine Fingerspitzen fühlten etwas Langes, Schlankes. Er holte es von der Kante und hielt es zwischen Daumen und Zeigefinger ins

Licht der Taschenlampe. Silbern blitzte ein Schlüssel mit einem altmodischen Bart auf.

Leon steckte ihn in das Schloss der Zimmertür und drehte ihn. Doch es tat sich nichts. Er rüttelte, aber in dem Zylinder bewegte sich nichts. Also zog er den Schlüssel wieder heraus und schaute auf die gegenüberliegende unverschlossene Tür. Er versuchte, ob der Schlüssel dort passte, aber wieder Fehlanzeige. So probierte er sein Glück noch einmal bei der verschlossenen Tür, diesmal mit mehr Gefühl. Und tatsächlich, auf einmal gab das Schloss nach. Er schob die Tür auf und leuchtete in das Zimmer, das ihm dasselbe Bild wie schon der andere Raum offenbarte. Ein Bettgestell in der Ecke, das von längst vergangenen Zeiten zeugte, ein paar niedere, leer geräumte Regale und der gereinigte Fußboden. Einzig die Kühltruhe in der Ecke wollte nicht richtig hineinpassen. Leon schlüpfte in das Zimmer, durchquerte es zielstrebig und hob ohne Umschweife den Deckel der veralteten Truhe hoch. Irgendwie empfand er ein Gefühl der Enttäuschung, als er ins Innere leuchtete. Er hatte sich mehr erhofft, als nur gähnende Leere vorzufinden. Er klappte den Deckel wieder zu und sah auf seine Swatch.

Seit gut einer Stunde suchte er nun nach irgendetwas, das Elena belasten könnte – eine Stunde, in der sie nicht zurückgekommen war. Mit einem unguten Gefühl erinnerte er sich, dass man sie bei ihrem ersten Ausflug erst im Morgengrauen ohnmächtig aufgefunden hatte. Zeit, die er nutzen konnte, um ungestört weiterzusuchen; aber auch Zeit, die sie irgendwo da draußen in der Kälte verbrachte. Er wusste nicht, welche Elena unterwegs war. Die angebliche Mörderin oder die arme Irre. War es die Mörderin, musste er sich keine Gedanken um sie machen, sondern um ihr mögliches Opfer. Dann war sie voraussichtlich mit einem Plan unterwegs. War es die arme Irre, die Gesichter sah und Musik hörte, die nicht da waren, hatte er allen Grund zur Sorge, denn sie war planlos und hitzköpfig.

Leon fühlte, wie sich ein stechender Schmerz in seine Schläfen schlich. Worüber dachte er hier bloß nach? Woher kamen diese Gedanken? Wie war er bloß in diese Situation hineingeraten, und wie sollte er sie bewältigen? Er wusste es nicht. Er fühlte sich, wie er sich schon sehr lange nicht mehr gefühlt hatte: überfordert.

Er wollte Ergebnisse, dazu musste er aber erst einmal Abstand gewinnen. Alles Gehörte gedanklich auf einem Tisch auslegen und das Ganze aus der Distanz betrachten. Dafür brauchte er Zeit und Ruhe. Beides hatte er jetzt, wenn er die akuten Probleme ignorierte. Allerdings konnte das kaum der richtige Weg sein.

Leon verließ das Zimmer, verriegelte die Tür wieder, legte den Schlüssel zurück an seinen Platz und stieg die Treppe hinunter. Während er die Taschenlampe seines Handys ausknipste und sich einhändig zum Telefonbuch durchklickte, schnappte er sich den Schlüssel, der auf dem Beistelltisch neben der Eingangstür lag. Er wählte die gewünschte Nummer, klemmte sich das Handy zwischen Ohr und Schulter und verließ das Haus durch die Vordertür.

30. Oktober, 23.30 Uhr

»Ja?«

Die Stimme am anderen Ende der Leitung klang verschlafen. Leon wusste aber, dass diese Andeutung einer schweren Zunge nicht vom Schlafen kam. »Bernard? Bist du aufnahmefähig?«

»Ja«, lautete die brummige Antwort. Was dann folgte, klang bereits wieder nach dem alten Bernard, der seine grauen Zellen vollständig in Betrieb genommen hatte. Bevor Leon überhaupt dazukam, seinen Anruf zu erklären, musste er eine Schimpftirade über sich ergehen lassen. »Wo bist du verdammt noch mal gewesen? Ich habe versucht, dich zu erreichen! Machst du dir das jetzt zur Gewohnheit? Sag's mir lieber gleich, dann werde ich dich von diesem Fall abziehen und die Kleine einbuchten, das schwör ich dir!«

»Du hast ja gute Laune! Wer hat dir um diese gottlose Zeit in die Suppe gespuckt?«

»Dein Weibsbild!«

»Erstens: Sie ist nicht mein Weibsbild. Zweitens: Was ist passiert?«

»Zuerst will ich wissen, wo du dich herumgetrieben hast, und zwar will ich die Wahrheit hören, damit ich entscheiden kann, ob ich dir weiter vertrauen soll oder nicht.«

»Bernard, jetzt komm mal wieder runter. Ich halte mich an den vereinbarten Plan, in Ordnung? Als du angerufen hast, war ich gerade in ein Gespräch mit diesem Doktor Steffen verwickelt. Anschließend habe ich Elenas Hütte weitestgehend durchsucht, aber außer Schmerzmitteln war da nichts.«

Auf einmal schien Bernards Ärger verflogen. »Waren die Schmerzmittel in einem Plastikröhrchen oder einem ähnlichen Behältnis?«

Leon wusste, worauf Bernard hinauswollte. In einem offenen Behälter hätte man sie leicht austauschen können. »Nein. Verschweißte Verpackung mit eindeutiger Kennzeichnung. Ich bin im Augenblick dabei, ihr Auto unter die Lupe zu nehmen, aber Bernard, ich glaube nicht, dass ich etwas finden werde.«

»Glauben kannst du in der Kirche. Sie lässt dich einfach gewähren?«

»So ungefähr, ja.«

»Sie ist nicht da«, stellte Bernard nüchtern fest.

»Nein, ist sie nicht. Sie oder wer auch immer hat das Haus wohl kurz vor meinem Eintreffen verlassen. Jemand war in der Kammer unter der Treppe. Moment.« Leon rutschte das Handy unter dem Ohr weg, als er die Klappe zum Ersatzrad im Kofferraum von Elenas Auto wieder an Ort und Stelle rückte. Er positionierte das Telefon neu und redete weiter. »Im ersten Stock habe ich eine der Zimmertüren verschlossen vorgefunden, ich habe sie geöffnet, aber da war nichts Besonderes drin.«

»Leon, ruf mich an, wenn du fertig bist, das alles bringt uns nicht weiter.«

»Du wolltest Bescheid wissen, jetzt beklag dich nicht. Es geht mir aber eigentlich auch weniger darum, was ich im Haus festgestellt habe. Wir müssen Elena suchen lassen. Sie ist seit über zwei Stunden weg.«

»Dann nutz die Zeit und finde was!«, befahl der alte Mann forsch.

»Ich bin ja dabei. Aber denk nach, Bernard, wir wissen nicht, welche Elena unterwegs ist. Wenn diese Identitätsstörungssache der Wahrheit entspricht, dann können wir nicht sicher sein, ob die Verstörte bloß ihren Gespenstern nachjagt. Es könnte ebenso gut sein, dass ihr Alter Ego eine neue Überraschung im Wald hinterlässt.«

»Warte. Woher weißt du das von der Identitätsstörung?«

»Wie gesagt, ich habe mit dem Psychodoktor geredet, und er war heute sehr gesprächig.«

Bernard schnaubte verächtlich. »Na dann. Was fangen wir mit dieser Info an? Ist sie eine irre Mörderin? Was geschieht da in den Wäldern, wenn sie unterwegs ist? Ich muss gestehen, ich kann das nicht zuordnen. Auch wenn ich sie für schuldig halte, weiß ich offen gestanden nicht, wofür.«

»Wenn wir sie jetzt finden, könnte das Aufschluss geben.«

»Na gut, dann such eben nach ihr, auch wenn das der Suche nach einer Nadel im Heuhaufen gleicht. Bevor du dich aber auf den Weg machst, solltest du noch etwas wissen.«

»Das wäre?«

»Nachdem du die Wache verlassen hast, wollte ich unserer toten Waldfrau einen Besuch abstatten.«

»Du warst in Bern?«

»Ich schon, aber sie nicht.«

»Was? Wie … Wie meinst du das?«, stammelte Leon verwirrt.

»Die Leiche aus dem Wald, sie ist verschwunden.«

30. Oktober, 23.35 Uhr

Wie gelähmt starrte Elena in die braunen Augen ihres Gegenübers. Während Elenas Unterlid nervös zuckte, regte sich im Gesicht der anderen Frau nichts.

Elenas Instinkte drängten sie zur Flucht, aber die Muskeln weigerten sich, den Befehl auszuführen.

Erst als Elenas Blick verschwamm, bemerkte sie, dass sie die ganze Zeit über die Luft angehalten hatte. Japsend atmete sie ein, ein Impuls, der ihre Starre zu lösen vermochte. Sie fand zu sich selbst zurück und erinnerte sich an den Grund, weshalb sie hier heruntergestiegen war. Doch sie verfolgte ihr Ziel nicht sofort weiter, denn eine andere Erinnerung regte sich. Sie blendete die missliche Situation, in der sie sich befand, so weit es ging, aus und konzentrierte sich auf das Gesicht vor ihr. Sie musterte die Züge und versuchte sich vorzustellen, wie die Frau, die sie auf makabre Weise in ihrem kalten, feuchten Grab gestört hatte, unter der Schmutzschicht aussah, die ihre Haut überzog. Vorsichtig streckte Elena ihre zitternde Hand aus. Zögerlich berührte sie mit den Fingerspitzen die Wange der Toten. Ihr Zögern war eigentlich lächerlich, bedachte man, dass Elena auf ihr hockte. Dennoch kostete es sie unheimliche Überwindung, die Frau anzufassen, die sie so intensiv und doch aus leeren Augen anstarrte. Elena schluckte, dann wischte sie mit der flachen Hand über das tote Gesicht. Der Schmutzfilm verschmierte, ihre Züge waren nicht besser zu erkennen als vorher, dennoch war Elena sich sicher: Sie kannte dieses Gesicht.

Das erste Mal, als sie dieser Frau begegnet war, hatte sie in einem Boot gelegen, und sie war noch am Leben gewesen. Das nächste Mal hatte man ihr ein Foto von ihr gezeigt – weil sie tot im Wald gefunden worden war. Das wiederum war der Grund gewesen, weshalb Elenas Tag so miserabel gewesen war. Man hatte ihr vorgeworfen, eben diese Frau getötet zu haben.

Elena drehte sich der Magen um. Und wenn sie es getan hatte? Also nicht sie, sondern ihr anderes Ich? Das war doch unmöglich, unvorstellbar! Steckte in ihrer Seele ein Mensch, der zu so etwas fähig war? Wenn ja, dann müsste ihr doch die Erinnerung an die Stunden fehlen, in der sie diese schrecklichen Taten begangen hatte, oder nicht?

Nicht, wenn sie in der Nacht zuschlug, während sie glaubte zu schlafen. Für ihr Schlafwandeln war sie in der Klapse schon bekannt gewesen. So bekannt, dass die anderen Patienten sie nur noch die Schlafwandlerin nannten. Wenn sie morgens jeweils erwacht war, konnte sie sich an diese Phasen nicht erinnern. Das einzige Indiz, das für ihre nächtlichen Ausflüge gesprochen hatte: Sie war am darauffolgenden Morgen ausgelaugt und völlig erschöpft gewesen.

Im Laufe der psychologischen Behandlung wurden diese Sequenzen kürzer. Elena spürte deutlich, wie sie sich morgens erholter fühlte. Diese Erschöpfung war inzwischen wieder ein Dauerzustand, wie sie feststellte. Bis auf den einen Tag mit Leon.

Heiße Tränen stiegen ihr in die Augen und drohten überzuquellen. Nicht wegen Leon, nicht nur. Wegen dem, was aus ihr geworden war, seit drei Menschen ihretwegen ums Leben gekommen waren – drei, von denen sie sicher wusste.

Dieser Brunnenschacht fühlte sich an wie eine kalte Kammer der Schande. »Die wievielte bist du? Gibt es noch mehr? Kennst du sie?«, fragte sie das starre Gesicht flüsternd und streckte ihre Finger erneut aus. Neben den Schrecken, den die

Leiche anfangs ausgelöst hatte, drängte sich eine tiefe Schuld. Sie schloss der Toten die Augenlider.

»Es tut mir leid«, wisperte Elena und schluckte die bitteren Tränen hinunter.

Sie fokussierte sich wieder auf ihre eigentliche Aufgabe. Erst jetzt bemerkte sie, dass die Musik verstummt war. Mit einem Schlag war auch der restliche lähmende Nebel verschwunden.

»Nein!«, rief Elena aus, hielt ihre Lampe hoch, leuchtete die Umgebung um sich herum ab. Schwarz und unheilvoll schimmerte das Restwasser in dem Brunnen. Konnte sie nicht anhand des Tons ausmachen, wo die Musik herkam, wusste sie nicht, wo sie suchen sollte. Der Schacht war natürlich nicht groß, aber was, wenn das Gerät inzwischen abgesoffen war?

Elena steckte knietief im schlammigen Wasser. In dieser Masse etwas zu finden schien so gut wie aussichtslos.

Obwohl sie sich zur Ruhe zwang, gelang es ihr nicht. Hektisch suchte sie den Schacht einmal um ihre eigene Achse ab. Dann bewegte sie das Licht dem Schiffchen eines Webrahmens gleich hin und her und leuchtete so Streifen für Streifen ab.

Sie fror. Ihre Nase tropfte. Sie war nass bis auf die Knochen und fühlte sich hoffnungslos verloren.

Doch auf einmal streifte das Licht etwas.

Elena hätte es beinahe übersehen, weil der Gegenstand so schwarz war wie alles um sie herum. Doch die eckige Form war zu auffällig; rasch führte sie das Licht zu dem aus dem Schmutzwasser ragenden Fuß der Leiche. Die Beine waren angewinkelt und seitlich weggeknickt. Ein Fuß war zur Haltung der Beine unnatürlich verdreht und ragte teilweise aus dem Wasser. Gleich daneben war es. Eifrig beugte sich Elena halb stehend, halb kniend zu dem Gegenstand. Dass sie zur Hälfte im Wasser lag, war ihr egal.

Sie griff danach und hielt es ins Licht der Lampe. Es war ein eckiges Gerät mit einem Lautsprecher. Das ist es, dachte sie aufgeregt. Das ist es!

Elena steckte das schwarze Kästchen ein, ohne es genauer zu untersuchen.

Mühsam stand sie ganz auf und sank noch etwas mehr in den Schlamm ein. Sie leuchtete nach oben und suchte die unterste Sprosse der Strickleiter. Zwar war sie mit den Händen gut erreichbar, dennoch würde sie sich hochziehen müssen.

Elena hatte Schwierigkeiten, ihre Füße aus der Umklammerung des zähen Morasts zu befreien. Sie stützte sich an der Wand ab, um genügend Halt zu haben, und begann, ihr Bein aus dem Schlamm zu ziehen. Sie musste sich zwingen, ruhig zu bleiben, denn sie benötigte mehrere Anläufe, bis diese klebrige Masse ihren Fuß endlich freigab.

Und was nun? Sie brauchte einigermaßen festen Boden unter den Füßen. Ansonsten würde sie gleich wieder einsinken und die Leiter nicht erreichen.

Elena drehte sich zu der Toten um, deren nackter Körper teilweise aus dem Matsch ragte.

»Es tut mir leid«, wiederholte sie. Dann hob sie den freien Fuß an und setzte ihn auf den Brustkorb der Toten.

Der zweite Fuß saß fester, aber Elena hatte nun die besseren Möglichkeiten. Sie benutzte die Leiche, um sich daran abzustützen, und die Leiter, die sie knapp mit der Hand umschließen konnte, um sich hochzuziehen. Sie zwang sich, ruhig und gleichmäßig zu atmen und der Versuchung zu widerstehen, panisch an ihrem Bein zu zerren. Endlich löste sich auch das zweite Bein aus der sumpfigen Masse. Die Finger der rechten Hand immer noch um die letzten Sprosse geschlossen, setzte Elena keuchend auch den zweiten Fuß auf dem toten Körper ab. Sie wankte leicht vor Anstrengung, musste erst das Gleichgewicht finden.

Sie atmete schwer aus, legte die zweite Hand an die Sprosse und umschloss ganz bewusst das runde Holz mit jedem einzelnen Finger. Noch einmal atmete sie tief ein und wieder aus, dann zog sie sich nach oben – sie versuchte es zumindest. Sie war müde, ihre Muskeln waren kalt, und ihr fehlte schlicht die Übung in Klimmzügen, als dass sie sich einfach so die bewegliche Leiter hätte hochhangeln können, bis sich der erste Tritt sicher unter ihren Füßen befand.

Elena stellte sich wieder hin, ohne die Sprosse loszulassen, denn aufgeben kam nichtfrage. Sie wollte nicht hier unten hocken und hoffen, dass sie jemand fand – oder schlimmer noch: hoffen, dass die Kälte so viel Erbarmen zeigte, dass das Sterben erträglich wurde.

Erneut bat sie die tote Frau unter ihren Schuhsohlen um Vergebung für das, was sie vorhatte. Sie drehte sich mit dem Rücken zum Kopf der Leiche und trat ihr auf die am kalten Stein des Brunnenschachts angelehnten Schultern. Einer Trapezkünstlerin gleich, die sich auf den Schultern ihres Partners für den nächsten Showact einrichtete, stand Elena da und hoffte, die Leiche würde nicht unter ihrem Gewicht wegrutschten oder weiter einsinken. Auf diese Weise erhöht, erreichte Elena die zweite Sprosse mit den Händen. Sie packte die Leiter nun nicht frontal, sondern seitlich an. Noch zögerte sie, zweifelte. Doch sie musste es tun. Mit einem entschlossenen Aufschrei stieß sie sich von der Toten ab, nutzte den Schwung und zog ihre Beine nach oben, bis sie die Fersen auf der untersten Sprosse verkeilen konnte. Mit einem Fuß gelang ihr das Kunststück, der andere zappelte hilflos in der Luft. Beinahe wäre sie wieder abgerutscht, und alles wäre umsonst gewesen – denn Elena wusste, dass sie die Leiche beim Abstoßen in den Schlamm gedrückt hatte und sie jetzt zu tief unten war, um nochmals an die zweite Sprosse heranzukommen. Sie hatte ganz und gar keine Lust, wieder im Dreck zu landen und die Leiche so zu drapieren, dass sie ihr als Leiter dienen konnte. Mit diesem Gedanken schien eine neue Welle der Entschlossenheit durch ihren Körper zu rollen. Starrköpfigkeit hatte manchmal auch Vorteile, dachte Elena, als sie ächzend und knurrend das zweite Bein hochzog und sich eine Ferse zu der anderen gesellte. Wie ein Faultier an einem Ast, so hing sie an der Leiter. An Ausruhen war aber nicht zu denken. Jetzt oder nie. Ihr Gewicht konzentrierte sich auf ihre Körpermitte, deshalb konnte sie die Beine als Stabilisator verwenden und ihren Oberkörper wiederum mit den Armen ein Stück nach oben ziehen, bis sie sich sicher sein konnte, die nächste Sprosse zu erreichen, wenn sie sich nur traute, eine Hand loszulassen und danach zu greifen. Da sie keine andere Möglichkeit hatte, nahm sie all ihren Mut zusammen und wurde mit Erfolg belohnt. So arbeitete sie sich weiter vor, bis sie aufrecht an der Leiter hing.

Elena spürte, wie ihre Kräfte schwanden und ihre Muskeln mehr und mehr erschlafften. Gleichzeitig hielt ein unheilvoller Gedanke Einzug: Ein Fehltritt – und sie landete wieder im Matsch. Ein weiteres Mal würde sie die Energie nicht aufbringen können, um sich hochzuziehen.

Da erinnerte sie sich an einen Ausflug in einen Seilgarten mit ihrer Schwester Jana. Damals hatte Elena auch an einer Strickleiter gehangen und ans Aufgeben gedacht. Natürlich, das war eine vergnügliche Freizeitbeschäftigung gewesen, bei der die Teilnehmer gut gesichert über verschiedene Hindernisse von Baum zu Baum hangelten, balancierten oder glitten, also nicht zu vergleichen mit ihrer Situation hier, aber das war auch nicht wichtig. Ausschlaggebend für den neuen Mut, der Elena beflügelte, war Janas Stimme. Sie hatte Elena damals angefeuert. Sie hatte sie motiviert weiterzumachen und sie glauben lassen, dass sie die Hürde nehmen, die Strickleiter hochklettern und die nächste Ebene erreichen konnte. So war es dann auch gewesen, und so sollte es auch heute sein.

Als stünde Jana direkt neben ihr, hörte sie ihre Anfeuerungsrufe. Sie hallten im Brunnenschacht und in ihren Ohren wider, sodass alles andere ausgeblendet wurde. Langsam setzte Elena sich in Bewegung und arbeitete sich Tritt für Tritt, Meter für Meter nach oben vor, bis sie nach einer gefühlten Ewigkeit das Gitter erreichte, das den Schacht bedeckte. Mit letzter Kraft klammerte sie sich am Gitter fest, schob sich über den Brunnenrand und plumpste schnaufend neben dem Schacht auf den weichen Waldboden. Den trüben Himmel vor Augen, während ihr Regentropfen ins Gesicht prasselten, hörte Elena ihre Schwester jubeln. Wie damals, als sie auf der nächsten Plattform im Seilgarten angekommen war. Eine süße Erinnerung, die ein Lächeln in ihr Gesicht zauberte.

31. Oktober, 00.30 Uhr

Leon war vorne im Auto angekommen, ohne einen Hinweis auf irgendwelche Medikamente zu finden, die Aufschluss darüber gegeben hätten, was Elena fehlte.

Wenn sie die Medikamente nicht bei sich trug, musste er davon ausgehen, dass sie keine hatte. Was sie nicht hatte, konnte sie nicht einnehmen.

Andererseits wäre sie wohl nicht da draußen und würde womöglich auch keine Gefahr für sich oder andere darstellen, wenn sie Medikamente nähme. Vorausgesetzt die Diagnose stimmte, die selbst der Psychiater nach heutigem Wissensstand lediglich als Vermutung geäußert hatte.

Es war verzwickt. Leon hätte Elena am liebsten mit einem ganzen Trupp suchen lassen, sah aber Bernards Argumentation durchaus ein.

Eine Armee auf die Beine zu stellen – aufgrund wovon und um was zu finden?

Sie hatten nichts Handfestes, das ein Großaufgebot an Einsatzkräften gerechtfertigt hätte. Elena war auch nicht lange genug weg, um sie als vermisst zu melden, und so zu tun, als wäre sie viel länger abgängig, nur um die Vermisstenmeldung durchzuboxen, war überhaupt nicht drin, denn dafür hatten sie heute zu viele Leute gesehen.

Leon klappte den Beifahrersitz zurück, unter dem er zuletzt irgendetwas beweisähnliches gesucht hatte, und stieg aus dem Auto. Er wollte soeben die Tür zuschlagen, als er zufällig zum Haus sah.

Hinter der schmalen, schmutzigen Scheibe neben der Tür schimmerte Licht. Es schien von weiter hinten im Haus zu kommen.

Die Autotür glitt ihm aus der Hand, und er konnte sie gerade noch festhalten, ehe sie laut zuknallte. Vorsichtig drückte er sie zu und ging mit nachdenklich gerunzelter Stirn zu der morschen Veranda.

War sie zurück? Wenn ja, in welchem Zustand würde er sie antreffen? Würde er überhaupt sie selbst antreffen, oder würde er endlich ihr anderes Ich kennenlernen?

Leon fuhr sich fahrig durchs Haar. Seit er das mit der gespaltenen Persönlichkeit gehört hatte, drängten sich ihm die irrwitzigsten Gedanken auf, die ihn verrückt machten. Er war aus der Übung, was den Polizeidienst betraf; früher hätte ihn nichts so schnell aus der Bahn geworfen.

Er fragte sich, weshalb er nicht fähig war, Elena eine Chance zu geben, sich zu erklären. Sonst wollte er doch auch immer erst die Meinung der anderen Seite hören, bevor er sich gestattete, sich eine eigene zu bilden. Warum fiel ihm das bei ihr, bei diesem Fall nur so schwer? Wollte er etwa, dass sie schizophren war, psychisch krank? Sollte sie die arme Irre und die Verbrecherin sein, die andere in ihr sehen wollten? Aber warum?

Weil er sie dann von sich schieben konnte, ohne sich weiter Gedanken machen zu müssen über sie und darüber, was mit ihm geschah, wenn sie in der Nähe war …?

Sein Unterbewusstsein gab ihm kaum hörbar die Antwort auf seine unausgesprochene Frage, dennoch hatte er sie vernommen. Sie hallte noch nach, als er sich auf das konzentrierte, was vor ihm lag, und vorsichtig die Haustür aufzog. Sie war erst einen Spaltbreit offen, als Leon eine aufgeregte und schauerlich zugerichtete Elena entgegenwirbelte.

»Da bist du! Ich hab es gefunden! Endlich hab ich es gefunden!«

Leon verstand kein Wort. Vollkommen überrumpelt blieb er im Durchgang stehen, während sie ihm die Tür aus der Hand riss, um sie ganz zu öffnen.

»Was hast du gefunden?«, fragte er schließlich verdutzt.

»Die Musik! Es gibt ein Tonbandgerät, das heißt, es gibt die Melodie wirklich, und das bedeutet auch, es gibt jemanden, der es deponiert, mich damit anlockt, und das wiederum heißt, dass ich doch nicht so verrückt sein kann, wie alle glauben!«

Stolz hielt Elena ihm das schwarze Kästchen entgegen, das sie aus dem Brunnen geborgen hatte. Ihre Augen leuchteten so sehr unter der dicken Schmutzschicht, dass Leon sich nur schwer dazu durchringen konnte, ihre Meinung über das »Nichtverrücktsein« zu teilen.

»Was stehst du so rum, sieh's dir an! Stell es an!«

Leon nahm das Gerät nicht sofort entgegen. Er warf erst einen Blick über ihre Schulter hinweg zur Küche. Die Hintertür, durch die sie zurückgekommen sein musste, stand noch offen. Die Spuren ihrer schlammigen Schuhe führten durch die Küche in den Korridor, von dort ins Wohnzimmer und in das ungenutzte Schlafzimmer. Am Treppenpfosten konnte er noch einen braunen Handabdruck ausmachen. Daran musste sie sich festgehalten haben. Die Stufen hingegen waren so unberührt und sauber wie zuvor.

»Hast du nach mir gerufen, als du hereingekommen bist?«

Er spürte, wie Elena über diese seltsame Frage kurz stutzte. »Als ich reingekommen bin, ja. Aber niemand hat reagiert, und es sah alles irgendwie verlassen aus. Da wollte ich nachsehen, ob dein Auto draußen steht.«

»Weshalb hast du auf dem Weg zur Haustür in jedes Zimmer geschaut, wenn du nicht erwartet hast, mich hier zu finden?«

Langsam ließ Elena den ausgestreckten Arm sinken und musterte Leon kritisch. »Was wirfst du mir vor? Ist das ein Verhör? Was hat Bernard dir erzählt, als ich heute Nachmittag gegangen war?«

Leon hatte sie misstrauisch gemacht. Würde er das nicht wiedergutmachen, würde sie sich zurückziehen; er würde nichts mehr erfahren, und das träfe dann nicht nur auf die gegenwärtige Nacht zu.

»Es tut mir leid, Elena. Wenn ich zu forsch war, dann weil

ich mir Sorgen gemacht hab. Nein, das ist kein Verhör. Und wenn du mir die Bemerkung gestattest: Du siehst fürchterlich aus.«

Er entdeckte ein kurzes Aufblitzen von Humor in ihren Augen. »Das Thema ist noch nicht durch, aber es gibt Wichtigeres zu besprechen.«

Das Thema ist noch nicht durch – ein Satz, den er in letzter Zeit öfter zu hören bekam. Vorerst aber war er froh, dass sie offenbar bereit war, zugunsten ihrer erlebten Abenteuer ihr Misstrauen zu vergessen.

»Hier«, sagte sie und streckte erneut die Hand aus.

Diesmal nahm Leon das kleine schwarze Gerät entgegen. Es war nass und schmutzig. »Was ist das?«

»Das ist eine Art Aufnahmegerät. Da ist die Melodie drauf, die mich immer verfolgt.«

Leon beschloss, sie vorerst nicht danach zu fragen, wie sie an dieses Gerät gekommen war. So desolat, wie sie aussah, war er sich aber sicher, dass es ein Kampf gewesen sein musste.

Leon drehte das Kästchen in seinen Händen und begutachtete es. Es war handlich, hatte jeweils einen Knopf, um vor- und zurückzuspulen, sowie eine Stopp- und eine Playtaste. Auf der Unterseite fanden sich ein Mikrofoneingang und ein Anschluss für Kopfhörer. Die gesamte Rückseite nahm der Lautsprecher ein. Leon konnte sich nur schwer vorstellen, dass dieser kleine Lautsprecher genug Volumen erzeugte, um das Tonmaterial trotz heftigen Regenschauers über einige Entfernung hinweg hören zu können.

»Drück auf Play!«, forderte Elena ungeduldig. »Ich will es endlich hören!«

Vor dem Hintergrund sämtlicher Ereignisse, die Elena in seinem Beisein und davor erlebt hatte, konnte er Elenas Aufregung nachvollziehen. Selbst er wurde von einer gewissen Nervosität erfasst, als er den Daumen über der Playtaste schweben ließ. Was würden sie hören? Was war auf diesem Gerät drauf? Funktionierte es überhaupt noch? So wie es aussah, war es nur noch Schrott.

Mit einem etwas mulmigen Gefühl drückte Leon die Playtaste.

Er sah, wie Elena mit angehaltenem Atem erwartungsvoll auf das Gerät starrte.

Aber nichts geschah.

Ernüchtert ließ Leon die angespannten Schultern sinken. Er betätigte die Vor- und Rückspultaste, versuchte es noch einmal mit Play, doch es tat sich nichts. Wieder drehte er das Kästchen, suchte nach einer Öffnung, aus der man eine Speicherkarte oder Ähnliches hätte entfernen können, fand aber nichts.

Elena war sichtlich fassungslos. »Aber es muss funktionieren, ich habe es doch gehört; ich habe es aus dem Schacht geholt, und da lief es noch …«, stammelte sie.

Aus dem Schacht? Leon fragte nicht. Noch nicht. »Hast du die Stopptaste gedrückt?«

»Was?«, Elena war nicht auf diese Frage vorbereitet gewesen.

»Wenn du sagst, es lief die ganze Zeit, jetzt läuft es nicht mehr. Dann stellt sich mir die Frage, warum es nicht läuft. Hat es von selbst aufgehört, oder hast du dazu beigetragen?«

Elena war so aufgeregt gewesen über ihren Fund und ihre heile Rückkehr, dass sie völlig vergessen hatte, dass die Musik irgendwann aussetzte. »Die Musik hat von selbst aufgehört«, erinnerte sie sich.

»Dann ist wahrscheinlich die Batterie leer oder das Gerät kaputt. So verschlammt und nass wie es ist, wäre das gut möglich. Komm mit.« Leon ging Elena voraus in die Küche. Dort nahm er ein Handtuch und füllte sauberes Wasser in eine Schüssel.

Elena verstand, was er vorhatte, und trug die Utensilien zum Küchentisch. Währenddessen verschwand Leon kurz im Bad und kehrte mit einer Zahnbürste zurück. »Ich mach das hier, geh du dich duschen und zieh dir etwas Trockenes und vor allem Warmes an, du zitterst am ganzen Leib.«

Tatsächlich realisierte Elena erst jetzt, was für ein katastrophales Bild sie abgeben musste. Sie war nass bis auf die Haut, dazu verschmutzte sie noch das ganze Haus. Sie ließ den Blick von Leon über die Gegenstände auf dem Küchentisch gleiten, nickte kurz und verschwand in Richtung Badezimmer.

31. Oktober, 02.00 Uhr

»Hast du sie?«, flüstere ich mit vorgehaltener Hand in die Muschel des Telefonhörers.

»Ja, aber es war nicht einfach, sie rauszubekommen.«

In der Stimme meines Gesprächspartners schwingt Ärger mit, den ich nicht verstehen kann. Die Umstände hatten klar darauf hingewiesen, dass es nicht einfach werden würde. Aber wir hatten den Plan gemeinsam ausgearbeitet, und er hatte zugestimmt.

»Beschwer dich nicht«, zische ich. »Sie runterzuschmeißen war natürlich der leichtere Part gewesen. Aber sie überhaupt bis zum Brunnen zu schaffen, wo ich sie noch aus dem rechtsmedizinischen Institut entführen musste, hat enormen Aufwand bedeutet und Risiken geborgen. Ich bin nur heilfroh, dass ich so geistesgegenwärtig war, mich bei der Planung unseres Vorhabens mit dem Kopieren des Badges genau für einen solchen Fall abzusichern.«

»Ja, ich weiß, dass es schwer war, und ja, du hast gut daran getan, den Badge zu holen«, gibt er widerwillig zu, »auch wenn ich deine angewendeten Methoden nach wie vor nicht billige.«

»Das haben wir schon tausendmal diskutiert; es war nur Sex, George bedeutet mir nichts.«

»Schon klar. Wo bist du jetzt?«

»Zurück«, antworte ich kurz angebunden.

»Gut. Ich bring die Leiche an den üblichen Ort, dann bist du wieder dran.«

»Verstanden. Was meinst du, was passiert, wenn die Rechtsmediziner das Fehlen der Leiche bemerken?«

»Das müssen wir abwarten. Sorgst du dich?«

Es schwingt Fürsorge in seinem Tonfall mit, etwas, das ich nicht leiden kann. »Nein. Ich überlege nur, wie wir auf diese ungeplante Situation reagieren können, ohne alles zu ruinieren. Aber dafür muss ich gezwungenermaßen abwarten.«

»Der Plan erfährt nur geringe Änderungen. Ich wage sogar zu behaupten, dass uns dieses Vorkommnis in die Hände spielt, auch wenn die Flucht deiner Gefangenen und das anschließende Auffinden ihrer Leiche durch die Polizei anfangs mehr nach Bedrohung als nach Nutzen ausgesehen hat.«

Ich nicke. Daran habe ich auch schon gedacht. »Das seh ich auch so. So wie wir es jetzt gelöst haben, kann es uns nur nutzen. Trotzdem, bevor wir weiterdenken, muss die Leiche nun endgültig verschwinden. Also kümmere dich drum!«, zische ich und lege auf.

31. Oktober, 02.10 Uhr

Elena stand in einer weiten Jogginghose und einem warmen Hoodie in der Tür zur Küche, steckte ihr Handy in die aufgenähte Bauchtasche und begann, sich mit dem um ihren Hals gelegten Handtuch das Haar trocken zu rubbeln, während sie auf Leon hinuntersah.

Er hob nur kurz den Kopf und machte sich dann wieder daran, die Kleinteile, in die er das Gerät zerlegt hatte, weiter trocken zu reiben. »Du siehst besser aus«, begann er vorsichtig die Unterhaltung.

»Danke. Ich fühle mich auch beinahe wieder wie ich selbst.«

Leon zuckte bei diesem Kommentar unmerklich zusammen, überging die Bemerkung jedoch. »Gut. Woher hast du die Schramme auf der Wange?«

Elena zog den zweiten Stuhl unter der Tischplatte hervor und setzte sich mit untergeschlagenem Bein darauf. »Wenn du wissen willst, was passiert ist, dann frag«, entgegnete sie mit fester Stimme.

Leon sah ihr direkt in die Augen. In aufmerksam dreinblickende, klare Augen. Wie gerne würde er sich in diesen Augen verlieren, dem Ziehen in seiner Magengrube nachgeben, das er auf einmal empfand. Aber das durfte er nicht. Nicht, solange die Sachlage nicht geklärt war, nicht solange er nicht sicher wusste, womit und mit wem er es hier wirklich zu tun hatte. »Ich will hoffen, deine Auskunft darüber, was passiert ist und warum du so abscheulich zugerichtet nach Hause gekommen bist, erklärt mir auch, weshalb du dich nicht wie versprochen gemeldet hast. Du wolltest mir sagen, wo ich dich nach dem Gespräch mit Bernard treffen kann. Was ist geschehen, nachdem ich dich gehen ließ, obwohl Bernard dagegen war? Ich habe darauf vertraut, dass du deinen Aufenthaltsort wie versprochen meldest!«

»Du kannst mit den Vorwürfen aufhören. Ich weiß, dass ich gegen unsere Abmachung gehandelt und damit mein eh schon schlechtes Image noch weiter verschlechtert habe. Ich wollte gerade dir gegenüber zuverlässig sein, um deine Hilfe nicht zu verlieren; im Grunde genommen ist sie das Einzige, was mich noch auf freiem Fuß hält. Dessen bin ich mir bewusst, Leon. Aber bitte versetz dich in meine Lage: Eine Leiche wurde gefunden, und ich soll die Mörderin sein. Nach diesen Vorwürfen brauchte ich vor allem Luft.«

»Deshalb habe ich dich gehen lassen.«

»Dafür bin ich dir dankbar.«

»Es wäre nur eine SMS gewesen. Mehr hättest du nicht tun müssen. Was hat dich davon abgehalten, mir deinen Standort durchzugeben? Nur Luft war das bestimmt nicht.«

»Du weißt mehr, als du sagst, stimmt's?«

Leon hob eine Augenbraue. »Aus deiner Frage kann auch ich mein Rückschlüsse ziehen. Warum sind wir nicht endlich ehrlich zueinander? Erzähl es mir, Elena.«

Elena rieb sich die Arme, als würde sie frösteln. »Leon, es ist nicht der Vorwurf, dass ich eine Mörderin sein soll. Das höre ich nach dem Autounfall nicht zum ersten Mal, damit kann ich umgehen. Aus der Bahn wirft mich der Umstand, dass ich selbst nicht weiß, ob ich eine bin.«

Leon, der gerade dabei war, das notdürftig gereinigte Gerät wieder zusammenzusetzen, hielt plötzlich inne, sah Elena an und wartete. Ihr Ausdruck war ernst, aber sie wirkte erstaunlich gefasst, obwohl sie gerade zugegeben hatte, über einen Teil ihres Lebens und ihres Bewusstseins keine Kontrolle zu haben.

»Elena?«

»Ja?«

»Was war deiner Meinung nach sonst noch in dem Schacht?«, fragte Leon vorsichtig.

Elena schürzte die Lippen. »Eine Leiche.«

Leon ließ den kleinen Schraubenzieher sinken und rieb sich mit der Hand übers Gesicht, während er sich zurücklehnte. Warum sie das nicht gleich erwähnt hatte, konnte er sich denken und inzwischen sogar annähernd nachvollziehen. Sie hatte schon oft behauptet, eine Leiche gesehen zu haben, und sobald sie Hilfe holte, war nichts mehr zu finden. Ehe sie sich noch einmal blamierte und als Irre outete, woran sie inzwischen selbst zu glauben schien, brachte sie das einzig Handfeste mit, das sie in diesem Fall hatte, und ignorierte den Rest. Nur: Das Aufnahmegerät hatte einen eingebauten Speicher, von dem Leon befürchtete, dass er durch das Wasser und den Schmutz irreparabel beschädigt worden war.

Seine Gedanken begannen von Neuem zu kreisen: Und wenn sie nun tatsächlich ein zweites Ich in sich trug, das vermehrt die Kontrolle übernahm und diese Taten beging? Immerhin schienen dieser Dr. Steffen und auch Bernard irgendwie davon auszugehen. Dann bliebe nur eine Schlussfolgerung: Elena selbst hat jeweils dieses Tonband deponiert, die Leiche dazugelegt und dann ihr normales Ich mit der Musik angelockt. Aber warum? Warum sollte die Killerin die Normale in den Wahnsinn treiben wollen? Um das zweite Ich, das in dem Körper lebt, auszulöschen? War das überhaupt möglich? Wenn das andere Ich so stark war, dass es solch grausame Verbrechen begehen konnte, war es dann überhaupt möglich, dass die Elena, die jetzt vor ihm zu sitzen schien, tatsächlich keine Ahnung von diesem Treiben hatte? Oder führte sie ihn und alle anderen gerade mächtig an der Nase herum?

Die Situation war einfach zu verwirrend, zu verfahren. Elena gab an, in *ihren* toten Frauen die Gesichter von Vermissten zu erkennen. Etwas, das von Dr. Steffen wiederum als Projektion bezeichnet wurde. Genau dort, wo Elena sich aufhält, erleidet eine Frau aufgrund durchgeschnittener Bremsleitungen einen Unfall, gefunden wird nur noch der Torso, und den Kopf will Elena auf seinem Pick-up gesehen haben, aufgespießt auf einer Stange. Dann wird eine Frauenleiche im Wald gefunden. Zumindest eine Leiche gibt es immerhin. Aber warum auf einmal? War das vielleicht ein Missgeschick? Nun taucht auch noch ein Aufnahmegerät auf. Wo es früher keine Anzeichen gab, außer einer armen Irren, waren jetzt auf einmal Tote und Gegenstände. Etwas hatte sich verändert. War das ein Spiel, dessen Regeln er noch nicht kannte und in dem eine neue Stufe angestrebt wurde?

Wie hatte Dr. Steffen gesagt? Schizophrenie und die Persönlichkeitsstörung sind zwei vielschichtige psychische Erkrankungen. Schwer zu erforschen, noch schwerer zu begreifen. Daran, ihre Existenz zu beweisen, arbeiten Spezialisten seit Jahren. Selbst in Fachkreisen spalteten sich die Meinungen über diese beiden Erkrankungen.

Es gab aber noch eine Variante – die, weswegen Elena ihn am Anfang um seine Hilfe gebeten hatte: Elena war das Opfer eines perversen Spiels, das irgendjemand anderes spielte.

31. Oktober, 03.00 Uhr

Elena stapfte zügig durch den Wald. Der Erdboden wurde immer weicher, und sie fand immer weniger Halt, egal, wie sorgfältig sie den Fuß aufsetzte.

»Sag mal, willst du mich abhängen?«

Es spielte keine Rolle, wie schnell sie lief und wie sehr sie sich tatsächlich wünschte, Leon abhängen zu können – sie wusste, dass es ihr nicht gelingen würde. Er kannte die Wälder hier besser als so mancher Jäger. Die schlechten Bedingungen konnten seinen sicheren Bewegungen nichts anhaben. Sie warf einen Blick über die Schulter und sah gerade noch, wie er sich einer Raubkatze gleich an im Weg stehendem Gestrüpp vorbeischlängelte. Elena atmete tief ein und wartete unterhalb der Böschung, bis Leon neben ihr stand. Er wirkte ruhig, ganz im Gegensatz zu ihrer inneren Unruhe, die sie angriffslustig machte. »Ich wünschte, ich hätte dir nichts von der Leiche gesagt.«

»Warum? Weil du schon wieder im Regen stehst und die Böschung da hochmusst?«

»Auch. Und weil ich fürchte, zu wissen, was mich hinter der Böschung erwartet. Der Brunnen wird geschlossen und die Strickleiter, die ich vergessen habe, entfernt sein; nichts wird darauf hinweisen, dass meine Geschichte wahr sein könnte.«

»Elena, ganz ehrlich, ich habe mehr Fragen, als ich im Augenblick Antworten erhalten kann. Aber ich kann Vermutungen anstellen. Gehen wir mal theoretisch davon aus, dass du recht hast und der Brunnen tatsächlich unberührt daliegt …«

»Was dann?«, unterbrach sie ihn. »Wirst du mich dann einliefern lassen?«

»Lass mich ausreden. Gehen wir weiter davon aus, dass du

aber effektiv da unten warst, eine Leiche gesehen und das Tonbandgerät aus dem Brunnen gefischt hast, wie du sagst, dann würde das bedeuten, dass noch jemand anderes die Finger im Spiel hat.«

»Danke, das habe ich schon gemerkt, als ich heute der Melodie gefolgt bin. Deshalb war es mir überhaupt so wichtig, an dieses Gerät heranzukommen. Die Melodie hat sich von mir entfernt; das bedeutet, dass sie jemand getragen hat. Und ich bin der Musik nachgeeilt, um diese Person zu stellen und zu Antworten zu zwingen. Du bist nämlich nicht der Einzige, der Fragen hat, Leon.«

»Das glaub ich dir. Wenn nun aber der Brunnen genauso daliegt, wie du ihn verlassen hast …« Leon stockte und sah Elena von der Seite an.

Elena erfasste seinen Gedanken. Ihr wurden die Knie weich, als sie seinen Satz beendete: »… dann bin ich es selbst gewesen, die alles so präpariert hat, damit wiederum ich selbst die Leiche finde. Du weißt also davon?«

»Ich habe heute auch mit Doktor Steffen gesprochen. Ja, ich weiß von dem Verdacht auf deine gespaltene Persönlichkeit.«

Elena atmete zitternd ein. »Mein Gott, Leon, das macht mir Angst. Geht so was überhaupt? Kann ich selbst mir so etwas antun? Wenn ja, warum?« Tränen der Verzweiflung stiegen Elena in die Augen.

Leon sah selbst aus, als wäre er der Verzweiflung nahe. Verdenken konnte sie es ihm nicht, alles war einfach zu surreal und irre. Er schüttelte nur leicht den Kopf und schloss sie dann fest in die Arme. Die Geste entstand aus einem Gefühl der Hilflosigkeit, das wusste Elena, aber es tat ihr dennoch gut, sich anzulehnen, wenn auch nur kurz.

»Ich kann dir nicht versprechen, dass wir eine Lösung finden, aber ich werde es versuchen. Ich kann mir einfach nicht vorstellen, dass in dir eine kaltblütige Mörderin stecken soll«, flüsterte Leon in Elenas Haar, ehe er sie sanft von sich schob und ihr in die Augen blickte.

»Wir sehen erst einmal nach, was in diesem Brunnen ist.«

31. Oktober, 03.15 Uhr

Leon beherrschte sich, nicht einem Impuls zu folgen und Elena tröstend auf die Stirn zu küssen. Stattdessen nickte er ihr aufmunternd zu.

»Soweit alles klar?«, fragte er Elena, die verhalten nickte. Wenn sie schauspielerte und das alles nur ein gewaltiger Schwindel war, dessen Grund er noch nicht kannte, war sie gut, verdammt gut. Aber wenn er in ihre traurigen und trotzdem kämpferischen Augen blickte, sagte irgendetwas in ihm, dass sie nicht das Monster war, sondern das Opfer. Das hatte er bei einer Frau allerdings schon einmal gedacht – und sich mächtig geirrt. Die Folgen dieses Irrtums waren eine zerstörte Karriere, eine zerstörte Ehe und eine inhaftierte Ehefrau gewesen. Um darüber nachzudenken, war jetzt nicht der richtige Zeitpunkt. Leon schüttelte die Geister der Vergangenheit ab und wandte sich den akuten Problemen zu.

Diesmal übernahm er die Führung. Er richtete seine Kopflampe, die er vor ihrem Aufbruch nebst einem kleinen Etui und einer Kletterausrüstung aus dem Auto geholt hatte, und fragte ganz beiläufig, während er leichtfüßig den Aufstieg bewältigte. »Elena? Warst du seit deiner Ankunft eigentlich jemals im oberen Stockwerk der Hütte?«

»Um was zu sehen? Die Abstellkammer, die einst meine Schlafstätte war?«

»Interessiert es dich denn nicht, wie heute alles aussieht?«

»Verschmutzt und heruntergekommen. Um das zu wissen, brauche ich keine Hausbesichtigung.«

»Wer hat dann alles sauber gemacht?«

Leon war stehen geblieben und hatte sich zu ihr umgedreht. Er war weiter oben als sie, konnte auf sie hinunterblicken. Mit der Taschenlampe leuchtete er sie an.

Elena kniff die Augen zusammen und wich dem blendenden Lichtstrahl aus. »Ist das jetzt ein Verhör, oder warum sonst leuchtest du mir direkt ins Gesicht?« Auch sie blieb stehen und sah ihn von unten herauf an. »Gut, ich war oben und habe geputzt«, gab sie widerwillig zu, »fertig geworden bin ich aber nicht. Das war kurz nach meiner Ankunft. Seither war ich nicht mehr im ersten Stock, und nach Putzen ist mir auch nicht mehr unbedingt zumute, weißt du?«

Leon nahm die Antwort hin. Ein Moment des Schweigens folgte, ehe Elena fragte: »Wenn du das bemerkt hast, bist du oben gewesen. Warum?«

»Ich wollte wissen, ob du Medikamente vor mir versteckst«, gab er rundheraus zu. Leon hatte nicht geplant, ihr direkt und ehrlich zu antworten, doch sein Instinkt entschied sich dafür.

Empört schaute Elena ihn an. »Du hast mein Haus durchsucht?«

»Ja.«

Leon war ganz oben angekommen und streckte Elena die Hand entgegen, als hätte er nicht gerade eben zugegeben, in ihrer Privatsphäre herumgeschnüffelt zu haben.

Elena sah erst auf die Hand, dann in seine Augen. »Verstehe«, meinte sie gedehnt und ergriff die Hand. Er zog sie hoch und ließ erst los, als sie sicher neben ihm stand.

Eine seltsame Spannung herrschte zwischen ihnen. Ein gefährlich reizvolles Zusammenspiel von Misstrauen, gegenseitigem Herausfordern und einem unerklärbaren Bedürfnis, den andern aus eigener Hilflosigkeit zu verletzen. Zumindest empfand es Leon so.

»Und, hast du gefunden, wonach du gesucht hast?«, fragte Elena trotzig.

»Nein.«

Elena schien zufrieden. Sie fragte nicht, nach welcher Art Medikamente er gesucht hatte, wahrscheinlich, weil sie die Antwort ahnte. Stattdessen begann sie den Abstieg in Richtung Brunnen.

Wer war diese Frau?, ging es Leon durch den Kopf, während er ihr nachsah. Eines war klar: Sie war gefährlich. Er wusste nur noch nicht, welche Art von Gefahr sie darstellte. Er folgte ihr den Hügel hinunter bis zum Brunnen, holte sie rasch ein, sodass sie gleichzeitig an dessen Rand ankamen. Beiden fiel zeitgleich dasselbe auf: Das Verdeck war zu und mit einem Vorhängeschloss gesichert. Leon rüttelte daran. Es war fest verschlossen. Ratlos sah er Elena an. »Hast du den Brunnen sicher nicht verriegelt, als du vorhin zur Hütte zurückgekehrt bist?«

Elena schüttelte heftig den Kopf. »Nein, das habe ich nicht! Ich habe die Strickleiter hängen gelassen und bin nach Hause geeilt. Aber auch die Leiter ist weg!«

»Ich muss da runter«, rief Leon plötzlich aus und zückte sein Telefon.

»Du hast hier keinen Empfang«, entgegnete Elena, ohne ihn wirklich anzusehen.

Leon sah auf die Empfangsanzeige und musste ihr recht geben. »Das passt ja perfekt.« Entnervt ließ er das Telefon sinken.

»Was willst du damit sagen?«, fragte Elena, plötzlich auf der Hut.

»Elena, es gibt da einen Gedanken, der mir nicht aus dem Kopf gehen will, sosehr ich mich weigere, dich für schuldig zu halten.«

Elena atmete schwer ein. »Und der wäre?«

»Was würde ich herausfinden, wenn ich von deinen Erlebnissen eine Zeittafel erstelle und festhalte, wo wir uns alle befanden, bevor und während dich die Melodie angelockt hat?«

Sie standen im rauschenden Regen mitten im Wald. Die Regentropfen suchten sich einen Weg unter die Kleidung und fanden ihn. Es war kalt und ungemütlich, aber im Augenblick schien dieses raue Ambiente genau die richtige Umgebung für unangenehme Fragen zu sein.

Elena fröstelte. Leon konnte nicht zuordnen, ob es wegen des Wetters oder seiner Frage war. Womöglich beides. Er war erstaunt, wie sehr er hin und her gerissen war zwischen Mitgefühl, dem Drang, sie zu beschützen, das Offensichtliche nicht wahrhaben zu wollen, und dem Bedürfnis, sie in Handschellen abzuführen und zu schütteln, bis sie wieder zur Vernunft kam, bis sie wieder das bezaubernde Mädchen von früher wurde, das sein Herz erstaunlicherweise selbst heute noch schneller schlagen ließ, wenn er an sie zurückdachte.

Gerade jetzt, da sie ihn aus ernsten Augen ansah, entschlossen, sich allem zu stellen, was auch kommen mochte, war es ihm gegen alle Logik und Indizien unmöglich, zu glauben, dass sie im schlimmsten Fall Täter und Opfer war. Sie wirkte aufrichtig, mutig. Leon musste sich eingestehen, dass er sie, wenn sie tatsächlich unschuldig war, dafür bewunderte, dass sie an allem, was ihr widerfahren war, noch nicht zerbrochen war.

»Du hast diese Zeittafel schon erstellt«, riss Elena ihn aus seinen Gedanken.

Leon nickte, Elena biss sich auf die Unterlippe. »Und?«, fragte sie, obwohl sie die Antwort kannte.

»Du warst immer allein, während du die Leichen entdeckt hast; das ist klar. Wirft man einen genaueren Blick auf die Zeit, während derer du hier in Erlach warst, muss man feststellen, dass es jeweils längere Phasen gab, in denen niemand bei dir war. Du hattest also genug Zeit, um Frauen zu entführen, zu ermorden und irgendwo zu entsorgen.«

Elena zeigte keine Reaktion, deshalb fuhr Leon fort: »Bisher gingen wir davon aus, dass du in den Nächten, in denen du herumstreifst, die Frauen oder deren Bestandteile findest. Diese Ausflüge könnten aber bei genauerer Betrachtung auch eine Tarnung sein, um die Opfer zu beschaffen und die Leichen zu entsorgen.«

Elena schnaubte. »Und das sagst du mir einfach so ins Gesicht?«

»Ich wollte deine Reaktion sehen.«

»Um zu erfahren, ob ich mich mit einer Handlung oder meinem Gesichtsausdruck verrate, verstehe. Und? Test bestanden?«

»Irritierenderweise, ja.«

Elena schüttelte leicht den Kopf, als könnte sie nicht glauben, was sie gerade alles gehört hatte. »Du konfrontierst eine mögliche Massenmörderin, die womöglich keine Kontrolle über ihre Psyche hat, mit deinen Verdächtigungen, während du allein mit ihr im Wald stehst. Hast du Mut, oder bist du einfach nur leichtsinnig?«

»Weder noch. Du hättest mich kaum überwältigen können«, er meinte diese Aussage eigentlich eher scherzhaft, aber noch während er die Worte aussprach, fiel ihm auf, dass es genau das gewesen sein könnte, wieso Elena keine Reaktion auf seine Theorien zeigte. Wieder war er keinen Schritt weitergekommen. Er drehte sich im Kreis. Es war einmal mehr zum Verrücktwerden.

»Mein zweites Ich soll ziemlich gestört sein«, griff Elena den Faden in einem wesentlich versöhnlicheren Ton auf, als hätte sie sich ähnliche Gedanken gemacht wie er. »Doktor Steffen meinte, bei mir ist eine von beiden Persönlichkeiten stärker als die andere. Beim Krankheitsbild der multiplen Persönlichkeit könne es durchaus vorkommen, dass nur eine Persönlichkeit von der anderen weiß, die andere aber nichts von der einen. Meist kennt die schwache die dominante nicht, wobei es schwach nicht richtig trifft, denn sie ist eigentlich der wahre Charakter des Menschen, in dem die andere lebt. Sie dient quasi als Wirt für das Virus. Das wiederum ist die Meinung von Doktor Steffen. Die dominante Persönlichkeit versucht, die schwache zu schützen, so zumindest lautet die Theorie, denn es liegt in der Natur dieser Persönlichkeitsstörung, dass sie unheimlich schwer festzustellen ist und auch viele Mediziner an ihrer Existenz zweifeln. Früher hätte man in solchen Fällen wohl einen Exorzisten geholt.«

»Oder dich gleich auf dem Scheiterhaufen verbrannt.«

Elenas Kopf ruckte hoch. Sie sah ihn aus großen Augen an.

»Tut mir leid, das ging wohl etwas zu weit. Es ist alles nur so unglaublich schwierig zu begreifen und erst recht damit zu arbeiten. Ich hatte schon mit Mördern zu tun, mit kranken Seelen und ziemlich irren Typen. Die verhielten sich aber zu jeder Zeit auch dementsprechend. Du nicht. Du stehst hier vor mir, tropfnass, frierend, ernüchtert, gefasst. Als ginge diese Mordsache nicht um dich, als wären wir nicht hier, weil in diesem Loch eine Leiche liegen soll. Die ich übrigens schon viel zu lange ignoriert habe. Ich muss da runter.«

»Es wirkt nicht real. Man kann es nicht greifen, und genau da liegt der Fluch. Wie ein Damoklesschwert, das unsichtbar über mir hängt. Manchmal so unsichtbar, dass ich gerne glaube, es wäre gar nicht da. Dann kommt wieder diese Melodie, eine Entdeckung, und das Schwert senkt sich ein Stück weiter. Doktor Steffen hat versucht, mich in den Sitzungen davon zu überzeugen, dass ich nie etwas gesehen hätte; ich habe ihm dann gern nach dem Mund geredet, weil ich auch glauben wollte, dass es all diese fürchterlichen Funde nicht gab, weil ich hoffte, wenn ich es mir nur lange genug einrede, dann geht es weg. Schließlich ist das ja das erklärte Ziel gewesen. Ist es nur Einbildung, muss ich nur aufhören, zu glauben, dass ich es sehe, dann wird diese Hölle enden. Dumm nur, dass ich zu keiner Zeit daran geglaubt habe, das Opfer von Einbildungen zu sein. Nach allem, was inzwischen geschehen ist, sind wohl auch andere dieser Meinung. Allerdings hat sich damit meine Situation nicht gebessert, sondern eher noch verschlimmert.«

Während sie sprach, überbrückte Leon die Distanz zu ihr. Er wusste, was er im Begriff war zu tun, war das Dümmste, was er seit Langem getan hatte, aber er wollte sich jetzt und hier einfach nicht mehr zurücknehmen. Noch während sie ihre letzten Worte sprach, legte er seine triefnasse Hand auf ihre Wange, trat ganz nahe an sie heran. Sie ließ seine Augen keine Sekunde lang los, hob leicht den Kopf, als er dicht vor ihr stand und auf sie heruntersah. Nach dem letzten Wort schluckte sie schwer, da wusste er, dass der Augenblick gekommen war. So absurd die Situation war, sosehr andere Prioritäten gesetzt werden müssten, so sehr wollte er genau in diesem Moment diese regennassen Lippen haben. »Du bist ein unglaublich verwirrender Mensch, weißt du das? Ich weiß nicht, wer du noch bist und was in dir schlummert, aber dieser Frau, die jetzt und hier vor mir steht, will ich nicht länger widerstehen«, raunte er und küsste sie.

Eine Entscheidung, die Leons Welt für einen kurzen Moment perfekt machte. Als er diesen zärtlichen Kuss beendete, ließ er ihr Gesicht nicht gleich los. Er gestattete sich endlich, sich für einen kurzen Augenblick in ihren Augen zu verlieren. An ihrem verträumten Blick erkannte er, dass sie für diesen Moment ihren Panzer komplett abgelegt hatte. Schutzlos und verletzlich stand sie vor ihm. Ein Umstand, den er sich zunutze machen musste, ob er es wollte oder nicht.

31. Oktober, 03.45 Uhr

Leon löste sich von Elena, und die Welt nahm so dunkel, nass und grau, wie sie gerade war, die Rotation wieder auf. Mit schnell schlagendem Herzen genoss Elena seinen auf ihren Lippen verbliebenen Geschmack.

»Das wollte ich schon lange tun. Da das nun erledigt ist, können wir uns darauf zurückbesinnen, weswegen wir hier sind. In diesem Brunnen soll immerhin eine Tote liegen. Diese Annahme zu überprüfen muss eigentlich absolute Priorität haben, was ich aber sträflich vernachlässigt habe. Da fällt mir ein, eigentlich könnte es ja auch sein, dass du die ganze Brunnengeschichte erfunden und das Tonbandgerät einmal im Matsch gewälzt hast, und dich selbst gleich mit. Mal sehen, welcher Wahrheit wir auf dem Boden dieses Brunnens begegnen.«

Elena war von der Art, die Leon von einer Sekunde auf die andere an den Tag legte, völlig vor den Kopf gestoßen. »Was ist auf einmal los mit dir?«

»Nichts, wieso?«, antwortete er abwesend, während er das Kletterseil, das er um die Schulter gelegt hatte, als sie die Hütte verließen, über den Kopf zog und sich mit einem dünnen, einer Haarnadel ähnlichen Gegenstand am Vorhängeschloss des Brunnens zu schaffen machte. Zumindest wusste sie jetzt, was in dem kleinen schwarzen Etui drin gewesen war.

Elena blieb im Regen stehen und beobachtete stumm, wie das Schloss aufschnappte. Leon schob das schwere Gitter beiseite, befestigte das Kletterseil und schwang sich behände in den Brunnenschacht. »Bin gleich wieder da.« Er hielt das Seil sicher mit beiden Händen fest, während er mit den Füßen an dem rauen Stein Halt suchte.

Sie nickte abwesend, denn grundsätzlich war es ihr egal, dass er allem Anschein nach im Schlösserknacken so viel Erfahrung hatte wie im Klettern. Sie dachte noch nicht einmal darüber nach, was er in dem Schacht antreffen würde, denn im Grunde wusste sie schon, dass da nichts mehr zu finden war. Wie immer eben.

Elena interessierte sich vielmehr dafür, was in den letzten paar Minuten geschehen war. Ein einziger Kuss, und alles hatte sich geändert? Dieses Mal war er es gewesen, der den ersten Schritt getan hatte. Nicht in feuriger Leidenschaft wie ihr Annäherungsversuch, sondern in unschuldiger Zärtlichkeit. Man müsste meinen, das bedeutete mehr. Aber anscheinend lief es nur darauf hinaus, dass er gekriegt hatte, was er wollte, und damit war die Sache erledigt. Hatte sie ihn derart falsch eingeschätzt?

Elenas Enttäuschung saß tief. So tief, dass sie das Gitter betrachtete und ernsthaft darüber nachdachte, es zu schließen. Er würde es mit seinem Werkzeug leicht wieder öffnen können, vielleicht könnte er auch das schwere Gitter von unten her wegschieben, obwohl das aus seiner Position, an einem Seil hängend, eine größere Herausforderung darstellen würde. Das Risiko bestünde, dass er abstürzte. So gesehen könnte sie eigentlich gleich das Seil durchschneiden. Das wäre einfacher und effizienter.

Als hätte sie sich am Brunnenrand verbrannt, an dem sie sich aufstützte, schreckte Elena zurück. Entsetzt über ihre eigenen Gedanken schlug sie die Hände vor dem Gesicht zusammen und starrte auf die Öffnung, die sich auf einmal erhellte. Gleich darauf kam eine blaue Kapuze zum Vorschein.

Leon hob eine Augenbraue, als er Elenas verschrecktes Gesicht sah. »Bist du einem Geist begegnet?«

Elena schluckte und schüttelte langsam den Kopf. »So ähnlich«, antwortete sie mit rauer Stimme.

Er ging nicht weiter darauf ein, sondern kletterte ganz aus dem Brunnen, entfernte das Seil, zog das Gitter wieder zu, verschloss es mit dem Vorhängeschloss und begann, das Seil aufzurollen. »Wie dem auch sei, da unten ist nichts außer sumpfigem Dreck. Aber das wusstest du schon, nicht wahr?«

Leon gab sich keine Mühe, den Vorwurf in seiner Aussage zu verhehlen.

Neue Wut kochte in Elena hoch, ließ ihr Entsetzen über sich selbst verrauchen. »Du glaubst also auf einmal, dass ich nicht da unten war, dass ich das alles inszeniert habe. Ist es das, was du hören willst? Nun, ich sage dir, ich war da unten, und die

Leiche auch. Ich habe das Tonband gefunden und dir gebracht. Jetzt ist die Strickleiter genauso weg wie die Leiche, und der Brunnen war verschlossen. Wenn ich das selbst getan hätte, müsste ich unendliche Kraft haben. Die Leiche da hineinzuwerfen ist eins, sie rauszuholen etwas ganz anderes. Das Gitter ist schwer. Du hattest selbst Mühe, es zu bewegen.«

»Du bleibst also dabei, du warst da unten?«

»Ja.«

»Dann tendierst du zur Theorie mit dem Komplizen?«

»Ja.«

»Komplize von dir selbst?«

Elena sackte in sich zusammen und ließ die Schultern hängen. »Möglich.«

Leon nickte und trat den Rückweg an. Er sah sich nicht um, ob Elena ihm folgte. Er ließ sie einfach zurück.

Sie war wieder allein mit ihrer Ansicht, das hatte er deutlich gemacht. Nun war sie auch in seinen Augen die Täterin. Sie brauchten nur noch Beweise oder ein Geständnis, dann würden sie sie unwiderruflich wegsperren. Wahrscheinlich würde er ihr höchstpersönlich die Handschellen anlegen. Eine Erkenntnis, die sie mehr schmerzte, als sie zuzugeben bereit war. Das Schlimmste aber war, sie konnte es ihnen nicht verübeln. Sie wusste ja selbst nicht mehr, wer sie war und wozu sie fähig war. Ihre Überzeugung, dass alle sich irrten, hatte in den letzten Wochen starke Risse bekommen.

31. Oktober, 04.30 Uhr

Elena kam oben auf der Anhöhe an. Sie stützte sich mit einer Hand an einem Baum ab, mit der anderen auf ihrem Knie. Ihr Atem ging stoßweise. Leon hielt das Handy am Ohr und wartete, bis sein Anruf entgegengenommen wurde. Sobald er die Böschung passiert hatte, war auch das Mobilfunknetz wieder da gewesen.

Als Leon Bernards vertraut murrende Stimme hörte, drehte er sich von Elena weg.

»Hab ich dich schon wieder geweckt? Tut mir leid. Ich dachte, dich interessiert vielleicht, dass sie kurz nach unserem Gespräch in der Hütte auftauchte. Sie kam mit einem Tonbandgerät bei mir an, auf dem angeblich diese Lockmusik drauf ist, und wollte wieder eine Leiche entdeckt haben. Diesmal im alten Brunnenschacht im Wald, wo es kein Handynetz gibt.«

»Ich kann diese Geschichten langsam nicht mehr hören!«, brummelte Bernard, der nach wie vor mies gelaunt war. »Was ist das eigentlich für eine Melodie, von der sie da andauernd spricht, und warum hat sie angeblich eine solche Anziehung auf sie?«

»Das frag ich mich allerdings auch. Ich hoffte, ich würde es erfahren, wenn ich das Aufnahmegerät in Gang bringe. Aber das Ding ist kaputt. Ich werde sie fragen.«

»Dann kann ich nur hoffen, sie erinnert sich an die Melodie. Was ist mit dieser Leiche, die sie gesehen haben will? Warst du im Brunnen?«

»War ich. Ebenfalls ein Ort ohne Handyempfang«, witzelte Leon. Doch Bernard war nicht zum Scherzen aufgelegt.

»Und, was gefunden?«

»Nein, nichts.«

»Frag sie, ob sie die Brunnenleiche erkannt hat, und erzähl ihr von der verschwundenen Toten. Ich will wissen, wie sie reagiert.«

Leon beobachtete, wie Elena näher kam, und fasste einen Entschluss.

»Ich kümmere mich drum. Wir sprechen uns morgen«, versicherte er und drückte den Anruf weg, als Elena bei ihm ankam.

»Wer war das? Bernard? Musstest du ihn auf den neusten Stand bringen, was mich und meine Spinnereien betrifft?« Elenas Versuch, ihn mit Spott zu überschütten, offenbarte damit allerdings mehr von ihrer Verletztheit, als sie vermutlich beabsichtigt hatte.

»Hast du die Leiche im Brunnenschacht erkannt?«, fragte Leon, ohne auf Elenas bissigen Kommentar zu reagieren.

Sie blickte ihn einen Moment schweigend an, ehe sie antwortete: »Ja, habe ich.« Sie klang aufrichtig, stellte Leon fest, aber darauf war kein Verlass, wie er inzwischen erfahren hatte.

»Und weiter?«, forderte er ungeduldig.

»Es ist die Tote, die man im Wald gefunden hat. Aber das weißt du schon, nicht wahr?«

Leon antwortete nicht. »Wie erklärst du dir das?«

Elena schüttelte heftig den Kopf. »Ich weiß es nicht! Vielleicht habe ich die Tote im Brunnen auch nur mit der auf dem Foto, das Bernard mit gezeigt hat, verwechselt. Vielleicht hat mir meine so blühende Fantasie mal wieder einen bitterbösen Streich gespielt ...« Sie stemmte die Hände in die Seiten, schloss für einen Moment die Augen, sammelte sich, ehe sie die Augen wieder öffnete. »Du hast doch einen Grund für diese Fragen, oder etwa nicht?«

»Hab ich. Die Tote aus dem Wald, sie ist weg.«

»Was heißt weg?«, fragte Elena entgeistert.

»Jemand hat die Leiche heute aus dem Institut für Rechtsmedizin entführt, und die Einzige, die das getan haben könnte, weil sie zu diesem Zeitpunkt unbeaufsichtigt blieb, warst du Elena.«

»Wie hätte ich das anstellen sollen, und warum?«

»Um Beweise zu vernichten. Wenn die Tote eine Gefangene war und entwischt ist, besteht die Möglichkeit, dass wir Hautfetzen, Haare oder irgendwelche DNA-Spuren von ihrem Peiniger gefunden hätten …«

»… und damit den noch fehlenden eindeutigen Beweis, um den Mörder dingfest zu machen«, beendete Elena Leons Satz. »Das ist echt zu viel …« Ihre Stimme brach. Sie schob sich an Leon vorbei und schlug den Heimweg ein. Sie hatte ihn kaum überholt, da blieb sie stehen, drehte sich noch einmal um und sagte mit erhobenem Kopf: »Wenn ich dich auffordere, auszuziehen, wirst du meinem Wunsch nicht Folge leisten, stimmt's?«

Leon fühlte einen leisen Stich, verdrängte das Gefühl aber rasch. »Nicht unter den gegebenen Umständen, nein.« Insgeheim dachte er aber darüber nach, dass sein Auszug aus ihrem Haus durchaus etwas war, worüber er mit Bernard sprechen musste. Die Richtung, die der Fall Elena einschlug, machte womöglich eine unauffälligere Observation nötig. Außerdem rief der Fund einer Leiche automatisch die Kollegen der Kripo Bern und die regionale Staatsanwaltschaft aus Biel auf den Plan, denn Gewaltverbrechen dieser Art lagen in deren Zuständigkeitsbereich, obwohl letztendlich alle Polizisten aus dem Kanton Bern, egal ob aus der Region Berner Jura-Seeland, der Region Oberland oder einer anderen, zur Berner Kantonspolizei gehörten. Bernard würde die Angelegenheit also sehr bald aus der Hand geben müssen.

Elena nickte und machte auf dem Absatz kehrt.

»Elena?«

Sie warf ihre Arme in die Luft und wandte sich ihm wieder zu. »Was?«, fragte sie ungeduldig.

»Wie hast du das gemacht?«

Um Beherrschung ringend, holte sie tief Luft und hielt das Gesicht in den Regen, ehe sie antwortete. »Wie habe ich was gemacht?«

»Wie hast du die Leiche aus dem Institut geholt?«

Entgeistert starrte Elena Leon an. »Ich habe noch nie irgendeine Leiche irgendwo rausgeholt, verflucht noch mal!«

Leon ließ nicht locker. »Du sagst, die Leiche im Brunnen sei die, die Bernard im Wald gefunden hat. Das wäre möglich, da die Leiche aus dem Institut verschwunden ist; aller Wahrscheinlichkeit nach, um Beweise, die zum Täter führen, zu vernichten. Oder dein Doktor Steffen liegt mit der Annahme richtig, dass du einmal gesehene Gesichter auf deine Einbildungen projizierst. Was ist wahr, was ist falsch, Elena, sag es mir.«

»Was ist bloß auf einmal mit dir passiert? Wo ist der Mann hin, der sich im Schmetterlingshaus entspannt und mit mir Spaß auf der Kartbahn hatte? Du kannst mich für verrückt halten, da bin ich die Erste, die dir zustimmt, aber das ist kein Grund, mich auf einmal wie Dreck zu behandeln!«

Leon sah, wie Elena wütend die Fäuste ballte. Sie hätte sie

ihm wohl am liebsten ins Gesicht gerammt. Stattdessen drehte sie sich weg und stapfte davon.

Er blieb im Wald zurück, sah ihr nach. Sie so zu sehen, sie absichtlich zu verletzen, schmerzte ihn mehr, als ihm lieb war. Aber es war nötig gewesen.

Dumm nur, dass er noch immer nicht wusste, um welche Melodie es sich handelte, die Elena immer wieder hörte …

31. Oktober, 09.00 Uhr

»Nun? Ist die Leiche wieder aufgetaucht?«, fragte Leon unmittelbar nachdem er Bernards Büro betreten hatte, frisch geduscht nach der langen, schlaflosen Nacht.

»Nein. Sie ist immer noch verschwunden. Die Untersuchungsberichte der Frau, die das Auto gegen den Fels gesetzt hat, ergaben auch nichts Brauchbares.«

»Bernard hat mich noch nach der Melodie gefragt, die Elena vor ihren Ausflügen hört.« Dr. Steffen stand mit dem Rücken zum Raum, die Hände in die Hosentaschen gesteckt, und schaute aus dem Fenster. Erst jetzt drehte er sich um und streckte Leon die Hand zum Gruß entgegen.

Leon drückte sie, etwas fester als notwendig. Er hatte gewusst, dass Dr. Steffen heute anwesend sein würde. Trotzdem fand er, dass der Psychiater einen immensen Aufwand für seine Patientin betrieb, und er fragte sich, seit er von dem geplanten Vorgehen erfahren hatte, wie Dr. Steffen Bernard dazu hatte überreden können.

Als Bernard eingewilligt hatte, den Plan von Dr. Steffen zu verfolgen, war Elena noch eine arme Irre gewesen, die Tote sah, wo keine waren. Sie sorgte für Aufruhr im Dorf, was Bernard nicht ausstehen konnte. Er wollte sie loswerden. Aber anstatt sie wirklich aus dem Dorf zu ekeln, behielt er sie hier und half auch noch dem Seelendoktor, Elenas angeblicher Krankheit auf die Spur zu kommen. Womöglich sah Bernard darin die sicherere Taktik, sich Elenas zu entledigen. Wenn er dem Doktor half, würde der Psychiater sie wieder mitnehmen. Hingegen hatte sich auch die Situation geändert. Eine Frau war bei einem Unfall ums Leben gekommen, und das wegen eines offenkundig manipulierten Bremskabels. Und nun war noch die Leiche einer weiteren Frau aufgetaucht. Bernard wollte einen Schuldigen, und er hatte Elena dafür im Sinn. Wahrscheinlich hoffte er, sie mithilfe des Therapeuten überführen zu können. Allerdings riskierte er damit, dass Elena, je nach gesundheitlichem Befund, als unzurechnungsfähig eingestuft und weniger lang weggesperrt würde, als wenn er sie wegen kaltblütigen Mordes überführen konnte.

Während Leon darüber nachdachte, spürte er wieder dieses Ziehen in der Magengegend. Irgendetwas stimmte einfach nicht. Aber er kam nicht darauf, was es war – noch nicht.

»Wenn Sie vorhaben, mir die Hand zu zerquetschen, dann machen Sie nur weiter«, sagte Dr. Steffen mit einem fragenden Blick auf seine Hand.

Leon schob seine Gedanken beiseite und ließ Dr. Steffens Hand los. »Vorerst können Sie sie behalten.«

»Zu gütig. Danke.«

»Du hast ihn wegen der Melodie gefragt?«, wandte sich Leon an Bernard und lenkte geschickt die Unterhaltung zurück in die richtigen Bahnen.

»Ja, das hat er«, antwortete Dr. Steffen an Bernards Stelle, während er seine zerquetschten Finger streckte. »Ich wollte mit der Erklärung warten, bis Sie ebenfalls anwesend sind.«

»Ich bin ganz Ohr. Schießen Sie los.«

Der Therapeut bedachte Leon mit einem prüfenden Blick und lenkte ein. »Nun, sie wacht von dieser Melodie auf, fühlt sich animiert, ihren Schlafplatz zu verlassen und der Musik zu folgen. Manchmal trifft sie dann auf eine Leiche, ein Leichenteil oder auf überhaupt nichts. Versucht sie, Hilfe zu holen, ist beim Eintreffen der Hilfe nichts von dem da, das sie meint, gesehen zu haben.«

»Angenommen, sie findet diese Dinge wirklich, wie kann es sein, dass sie verschwanden, wenn sie Hilfe rief? Sie war doch da, sie hatte ein Auge auf den Fund, oder etwa nicht?«

»Manchmal musste sie sich auch vom Tatort entfernen. Dafür gibt es vielerlei Gründe. Handy vergessen, kein Empfang, kein Akku.«

»Sie kehrte nicht an den Ort des Geschehens zurück, nachdem sie den Hilferuf abgesetzt hatte?«

»Doch, aber egal, ob sie mit oder ohne Unterstützung auftauchte, zurück am Tatort ist alles weg.«

»So erlebten wir es bisher auch«, stimmte Bernard zu.

Leon war nicht bereit, die Theorie, dass Elenas Versionen der Geschichten stimmten, einfach so fallenzulassen. »Der Rückweg müsste jeweils unterschiedlich lang gewesen sein. Angenommen, sie hat sich nur etwa zehn Meter vom Fundort oder, wie Sie es nennen, vom Tatort entfernt, wie können die Fundstücke so schnell beseitigt werden?«

»Indem sie nicht existieren«, lautete Bernards Antwort.

»Oder Elenas Alter Ego einspringt, um aufzuräumen«, ergänzte Dr. Steffen.

»Diese Minuten müssten in Elenas Erinnerung dann aber

fehlen. Hat man diesbezüglich nie Fragen gestellt?«, bohrte Leon weiter.

»Doch, aber ohne deutliche Resultate. Es kommt auch immer wieder vor, dass Elena nach diesen seltsamen Begegnungen das Bewusstsein verliert und erst Stunden später wieder zu sich kommt. Ob ihr Alter Ego in diesen Stunden aktiv war, konnten wir bisher noch nicht eindeutig feststellen.«

»Das liegt ja wohl auf der Hand. Ihr konntet ja noch nicht einmal feststellen, ob es überhaupt ein Alter Ego gibt«, unterbrach Leon den Psychiater.

Dr. Steffen ließ sich nicht beirren und fuhr fort: »Wir konnten inzwischen aber herausfinden, dass sie das Bewusstsein vor allem dann verliert, wenn die Musik zu spielen aufhört.«

»Dann kippt sie einfach um. Verstehe.«

»Ihr redet ja so, als wäre dieser ganze Spuk real!«, rief Bernard aus.

»So ist es einfacher zu besprechen. In gewisser Weise ist es auch real, zumindest für Elena. Außerdem hat die Sache auch für uns an Realität gewonnen, seit die Leiche im Wald gefunden wurde«, antwortete Dr. Steffen, während Leon nachdenklich im Zimmer umherwanderte.

»Bevor sie wieder verloren ging«, schaltete sich Leon in die Unterhaltung ein. »Wissen Sie, um welche Melodie es sich handelt? Ist es ein Song? Oder eine neue Tonabfolge?«

»Neu ist die Melodie nicht, nein. Es gibt sie bereits seit geraumer Zeit.«

»Ach ja? Zu welchem Song gehört sie? Summen Sie sie mir vor.«

»Leon, was soll das Theater?«, insistierte Bernard. »Was hat die Melodie mit alledem zu tun? Das ist doch im Grunde völlig wurscht!«

»Ich will das Gesamtbild verstehen; das kann ich nur, wenn ich alle Fakten kenne. Das hast du mich gelehrt«, konterte Leon und wiederholte gegenüber dem Therapeuten seine Frage. »Was für eine Melodie ist es?«

Dr. Steffen zögerte. »Nun, kennen Sie sich mit Walt-Disney-Filmen aus?«

Leon hob fragend eine Augenbraue. »Nicht so richtig. Warum?«

»Elena hat die Titelmelodie eines Klassikers im Ohr.«

Leons Augenbraue hob sich noch ein Stück mehr. »Wie jetzt, so was wie Dumbo?«

»Nicht ganz, obwohl fliegende Elefanten ganz gut zur Situation passen würden. Es ist Schneewittchen.«

»Schneewittchen«, wiederholte Leon langsam. »Die Königstochter, die im Auftrag der Stiefmutter vom Jäger hätte getötet werden sollen?«

»Das Herz hätte er ihr rausschneiden sollen, ja.«

Diesmal wurde Leon hellhörig. »Ich bin ja kein Psychodoktor, aber ich kann nicht leugnen, dass mir eine gewisse Symbolik auffällt.«

»Dann wird es Ihnen bestimmt gefallen, dass Elenas erste Tote eine Frau im Weiher war. Sie trug das klassische Kleid, das die Figur Schneewittchen unverwechselbar macht, und anstelle des Herzens hatte sie ein Tonbandgerät in der Brust.«

»Nett«, meinte Leon trocken. Er erwähnte nicht, dass Elena ihm von Schneewittchen im Weiher bereits erzählt hatte, denn es tat im Augenblick nichts zur Sache. »Ziemlich heftig für eine Illusion.«

»Zeugt von einem ziemlich schlechten Gewissen«, warf Bernard ein.

»Und von alledem wissen Sie, weil …?«, fragte Leon den Therapeuten.

»Sie erzählt es mir. Wir kehren bei unseren Sitzungen an die Orte des Geschehens zurück.«

»Wie läuft so eine Therapiesitzung ab?«

»Ich versetze sie in Hypnose, und sie kehrt, wie gesagt, in ihrem Unterbewusstsein an den Ort des Geschehens zurück.«

»Sie erzählt Ihnen, wie sie erwacht ist, wie sie ihre Jacke geholt hat, in den Wald ging und so weiter?«

»Ja.«

»Und sie erwacht in der Regel immer um drei Uhr morgens«, hielt Leon nachdenklich fest, ehe er seine Gedanken weiterspann: »Hypnose geht nur so weit, wie der Proband es zulässt, richtig? Es kann ihr niemand etwas einreden, das sie nicht will.«

Dr. Steffen sah Leon fest in die Augen. »Wollen Sie mir etwa unterstellen, Elenas Verhalten durch meine Behandlung herbeizuführen?«

»Eigentlich war es mehr eine allgemeine Frage, aber da Sie es selbst ansprechen …« Leon ließ den Rest des Satzes in der Luft hängen.

»Leon, Doktor Steffen ist nicht der Feind. Er versucht, uns zu helfen«, warf Bernard ein, nachdem er die Unterhaltung bisher schweigend verfolgt hatte.

Leon räusperte sich. Selbst heute drückte beim normalerweise so griesgrämigen Bernard etwas wie väterliches Gefühl durch, und wenn es sich nur in Form dieses Tadels äußerte, was Leon nicht unbedingt für angebracht hielt.

»Die Antwort auf Ihre Frage lautet nein«, überging Dr. Steffen Bernards Einwand. »Elena lässt mir viele Freiheiten und gewährt mir Zugang zu Orten in ihrem Unterbewusstsein, wo andere längst blockiert hätten und aus der Hypnose erwacht wären, das ist richtig. Aber sie hat auch allen Grund dazu. Sie will die Ursache der Krankheit finden und sich heilen. Sie ist bewundernswert in ihrem Willen.«

Bewundernswert? Die Art, wie er die Worte ausgesprochen hatte, weckte in Leon wieder diesen leisen Verdacht, den er bei der ersten Begegnung in Dr. Steffens Praxis bereits gehegt hatte: Hinter dem intensiven Engagement für seine Patientin steckte mehr als nur Verantwortungsbewusstsein. Aber er behielt seine Vermutung für sich und musterte den Doktor mit zusammengekniffenen Augen. »Dann haben nicht Sie ihr die Melodie eingeflüstert, um sie zu Ihrem Roboter zu machen, sobald sie sie hört?«

Bernard riss überrascht die Augen auf, eine Geste, über die Leon kurz stutzte. War Bernard dieser Gedanke noch nie gekommen? War er von Elenas Schuld so überzeugt, dass er andere Möglichkeiten gar nicht mehr in Erwägung zog? War er mittlerweile eben doch etwas zu alt für seinen Job?

»Sie kam mit der Melodie zu mir. Nicht umgekehrt.« Dr. Steffen warf Leon denselben Blick zu, mit dem auch Leon ihn zuvor bedacht hatte. »Sie hängen sehr an dem Gedanken, Elena sei unschuldig und gesund, ist es nicht so?«

»Und Sie hängen sehr am Gegenteil. Sie verlören eine ihrer wichtigsten Patientinnen für Ihre Studien über diese Persönlichkeitsstörungsdinge.«

Dr. Steffen nickte anerkennend. »Sie haben Ihre Hausaufgaben gemacht. Ja, Elena ist eine sehr wichtige Probandin für meine Arbeit. Um nicht zu sagen, sie ist die Schlüsselfigur in meinen Studien, die mir, wenn ich sie beenden kann, einige Anerkennung in der Ärzteschaft einbringen werden. Aber ich würde Elena deswegen niemals zu etwas machen, das sie nicht ist. Dafür ist sie mir …« Dr. Steffen brach ab.

Doch Leon schnappte das Ungesagte dennoch auf. »… zu wichtig?«, beendete er Dr. Steffens Satz, ohne wirklich eine Antwort zu erwarten.

»Wo wir schon bei Manipulationen sind«, schaltete sich Bernard ein, ehe Leon dem Therapeuten weiter auf die Pelle rücken konnte. »Was hast du erreicht, Leon?«

Leon löste den Blick von dem Doktor.

»Nichts. Euer wunderbarer Plan hat nicht funktioniert. In der Hypnose will sie nicht einsehen, dass sie eine andere Persönlichkeit in sich trägt, dass sie sich die Musik und die Toten nur einbildet, genauso wenig lässt sie sich bei vollem Bewusstsein aus der Reserve locken.«

»Hast du alles versucht?«, hakte Bernard nach.

»Ja. Das volle Programm. Ich habe es letzte Nacht so schnell abgespult, dass mir selbst fast schwindlig wurde. Ich habe sie gelockt, gereizt, stark verärgert, enttäuscht und verletzt. Die Elena mit den Reißzähnen, die Beschützerin blieb in Deckung. Ich weiß auch nicht, warum sie in Erscheinung treten sollte. Entgegen der Meinung unseres Spezialisten hier ist das Verhalten, das Elena Nummer zwei an den Tag legt, alles andere als beschützend. Elena zwei versucht die ganze Zeit, Elena eins in die Pfanne zu hauen. Wir verfolgen demnach quasi dasselbe Ziel. Wenn Elena zwei so schlau ist, wie wir es ihr attestieren, gibt es für sie erst einen Grund, sich zu zeigen, wenn wir Elena eins mit allen zur Verfügung stehenden Mitteln beschützen. Dann sollte sich Nummer zwei eigentlich zeigen, sofern es sie denn gibt. Und wenn es sie nicht gibt, finden wir das auch eher raus, wenn wir Nummer eins unterstützen.«

»Es sei denn, ich habe recht, und sie verarscht uns. Es gibt weder eine Nummer eins noch eine Nummer zwei. Sie will uns das nur Glauben machen«, knurrte Bernard.

»Nenn mir einen Grund dafür, Bernard«, sagte Leon ruhig. »Warum dieses ganze Schmierentheater? Sie lässt sich selbst in eine Irrenanstalt einweisen, sie schlafwandelt, sie lässt alle glauben, dass sie Musik hört und Tote sieht, sie ruft sogar regelmäßig die Polizei aufs Parkett. Sie klappt irgendwo im Wald zusammen, um sich dort finden zu lassen; sie kommt nach Erlach, lässt mich in ihr Haus einziehen. Gut, es soll ja Menschen geben, die sehr viel für ein wenig Aufmerksamkeit tun. Ohne die gefundene Leiche hätte man mir das Bedürfnis nach Aufmerksamkeit auch verkaufen können. Aber jetzt haben wir eine reale Tote gefunden. Wir haben sie alle gesehen. Das geht doch irgendwie zu weit. Wir können zwar nicht zu einhundert Prozent sagen, dass die Tote in irgendeinem Zusammenhang mit Elena steht, aber wir vermuten es alle. Was meint unser Experte dazu?«, erteilte er Dr. Steffen das Wort.

»Nun, Folgendes könnte natürlich sein: Als sie gemerkt hat, dass die Leute ihr die überdurchschnittliche Aufmerksamkeit entziehen, die ihr zuteilgeworden war, wollte sie länger im Gespräch bleiben, indem sie tatsächlich jemanden umbrachte.«

»Es ergäbe Sinn«, gab Leon zu. »Die Unfalltote mit der manipulierten Benzinleitung würde ins Bild passen, und das Verschwinden der Toten aus der Leichenhalle des Instituts auch. Hätte man ihre Spuren an der Leiche gefunden, wäre sie überführt und weggesperrt worden. Lässt sie die Leiche verschwinden, kann sie ihr Spiel noch länger am Leben halten. Mit dieser These könnte man einiges schlüssig erklären.«

Bernard nickte zufrieden. »Schön, dass du es auch einsiehst, Leon. Lieber spät als nie. Wahrscheinlich wollte sie uns auch an der Nase herumführen. Schlauer als die Polizei zu sein hat auf manche Leute einen unwiderstehlichen Reiz.«

»Bleiben wir also dabei, Elena ist verrückt, aber nicht so wie bisher vermutet. Wie kam es dazu? War sie vor dem Unfall schon so? Wie kann es sein, dass ein Unfall so etwas auslöst?«, überlegte Leon laut. »Sie wurde zum Sündenbock, kam von allen Seiten unter die Räder. Auch wenn sie vor den Augen der Justiz nicht als Mörderin angesehen wurde, so wurden anscheinend doch Stimmen laut, die sie des Mordes beschuldigten, das hat sie mir gegenüber angedeutet. Ist es das? Damals der Täter, will sie heute das Opfer sein. Damals der Wolf, und heute sollen wir sie alle für das Schaf halten?« Leon sah zu Dr. Steffen auf, der erneut anerkennend nickte. »Das ist durchaus eine akzeptable Analyse. Ich ziehe meinen Hut, Herr Heldt.«

»Lassen Sie den ruhig auf, wenigstens solange alles nur Theorie ist.« Zumindest war diese Theorie fassbarer als dieses zwiegespaltene Persönlichkeitszeugs, dachte Leon insgeheim. »Eigentlich treten wir noch immer auf der Stelle. Die Theorien klingen ganz hübsch, zugegeben. Aber der Fall ist deswegen nicht gelöst. Wir müssen die Wahrheit herausfinden. Wie gelingt uns das?«, Leon stellte die Frage in den Raum und lieferte auch gleich einen Vorschlag. »Elena muss ab sofort rund um die Uhr beschattet werden. Macht sie einen Wank, müssen wir es wissen. Jetzt ist sie wieder allein, und ich will mir nicht ausmalen, wie sie diese Zeit nutzt, wenn unsere Annahmen auch nur annährend zutreffen.«

»Warum hat man sie denn bisher nicht intensiver beobachtet?«, fragte Dr. Steffen.

»Weil es nichts Handfestes gab. Eine Frau, die sich regelmäßig im Wald verläuft und wirres Zeug redet – das reicht nicht aus, um sie beschatten zu lassen. Jetzt haben wir eine Leiche«, erklärte Leon.

»Wir hatten«, warf Bernard ein.

»Richtig. Ein Grund mehr, weshalb eine verstärkte Überwachung angezeigt ist«, konterte Leon.

»Du trägst die Verantwortung für diese Misere. Du hast sie unbeaufsichtigt aus diesem Büro laufen lassen. In dieser Zeit muss sie die Leiche aus dem Institut geholt haben.« Bernards Vorwurf traf Leon an der richtigen Stelle, aber ändern konnte er daran nun auch nichts mehr.

»Ja, vielleicht. Vielleicht habe ich die Situation falsch eingeschätzt und Elena unterschätzt. Es ist aber noch nicht alles verloren.«

»Erklär das bitte den Eltern der verschwundenen Leiche!«, donnerte Bernards Stimme durch den Raum. Er schlug mit der Faust auf den Tisch und stand von seinem Sessel auf. Die Augen unter den buschigen Brauen zusammengekniffen, deutete er mit dem Zeigefinger drohend auf Leon. »Du wirst das richten. Du wirst sie um den Finger wickeln und sie glauben lassen, wir seien auf ihrer Seite und nicht gegen sie. So wirst du entweder den Mitbewohner in ihrer Psyche herauslocken, der nach deinen Angaben eben nicht auftaucht, wenn man Elena verletzt, sondern nur, wenn man sie bestärkt. Oder sie fasst so viel Vertrauen zu dir, dass sie dir wegen dieser Sucht nach Aufmerksamkeit etwas über ihre Pläne verrät. Vielleicht wird sie auch unvorsichtig und lässt sich in eine Falle locken. Wie du es auch anstellst, überführ sie. Alle Mittel sind erlaubt. Alle«, fügte Bernard mit Nachdruck an.

»Ich soll sie verführen«, stellte Leon kühl fest.

»Ganz genau«, bestätigte Bernard, was Dr. Steffen ein leises Schnauben entlockte, das Leon nicht entging.

»Was hält denn der Doktor davon, wenn er hört, wie seine Patientin, die ja eigentlich unter seinem Schutz steht, derart hinters Licht geführt werden soll?«

Dr. Steffen räusperte sich. »Findet sie es heraus, wird ihre Psyche wohl noch weit mehr Schaden nehmen. Schlussendlich muss ich aber das Wohl der Allgemeinheit über dasjenige meiner Patientin stellen. Wenn die Chance besteht, mehrere Leben zu schützen, indem ich so tue, als hätte ich von alledem hier nichts mitbekommen, dann soll es so sein. Ich werde anschließend versuchen, den bei ihr angerichteten Schaden zu begrenzen, sofern sie mich dann noch lässt und nicht längst bemerkt hat, dass ich Mitwisser bin.«

Leon nickte.

»Dann sind wir hier fertig?«, fragte Bernard.

»Nicht ganz«, antwortete Leon. »Wie soll das mit der Beschattung nun ablaufen?«

»Du bleibst bei ihr. Den Rest lass meine Sorge sein.«

»Du willst mir nichts über deine Pläne sagen?«

»Nein«, meinte Bernard schlicht.

Leon nickte erneut, ging zur Tür und öffnete sie. Ehe er Bernards Büro verließ, drehte er sich noch einmal um. »Es gibt noch eine weitere Sache, die es zu klären gilt.«

Bernard hob fragend eine seiner buschigen Augenbrauen.

»Wie hat sie die Leiche aus dem Institut geholt? Und was mich am meisten interessiert: Wohin hat sie sie anschließend gebracht? Sie kann sie doch nicht einfach verschwinden lassen.«

»Finde es heraus«, hörte er Bernard sagen, als er die Tür hinter sich zuzog.

31. Oktober, 09.05 Uhr

»Ich werde dir helfen, hat er gesagt, für dich da sein, hat er versprochen. Und wo ist er jetzt? Nirgends. Weg, wie alle anderen auch. Wieder bin ich auf mich allein gestellt, wieder muss ich mir selbst helfen.« Wie verbittert ich mich anhöre, während ich grummelnd meinem Ärger Luft mache, ist mir bewusst. Allerdings habe ich gelernt, dass die Verbitterung nicht mein Feind, sondern mein Antrieb ist. Genauso wie die Wut und der Hass. Starke Gefühle, die wie Drogen wirken können. Berauscht davon, kann ich beinahe alles schaffen. Aber nicht allein! Je komplexer das Vorhaben, desto eher brauche ich Unterstützung. Das geht mir definitiv gegen den Strich, denn je mehr involviert sind, desto mehr Ungeplantes kann geschehen. Menschen sind unberechenbar, aber man kann sie manipulieren und damit wenigstens ein bisschen kontrollieren. Das wiederum mag ich. Ich halte eigentlich die Fäden in der Hand, während die anderen denken, sie haben die Macht und die Kontrolle. Das ist gut. Denn solange niemand ahnt, wer wirklich auf dem Thron sitzt, kann keiner auf die Idee kommen, den König zu stürzen. Mit diesen Gedanken geht es mir bereits etwas besser. Der Ärger ist weitestgehend verraucht, es ist wieder Platz für die eigentliche Aufgabe geschaffen.

Ich nähere mich dem Haus, das abseits des Dorfes liegt. Auf dem Geländer wuchert Unkraut. Die Natur ist drauf und dran, sich das Grundstück zurückzuerobern. Die ehemals grünen Fensterläden sind geschlossen. Der Verputz platzt von dem verrottenden Gemäuer, die Vernachlässigung ist deutlich zu erkennen. Das, obwohl es eigentlich noch keine fünf Jahre leer steht. Das »Zu Verkaufen«-Schild, das noch immer neben dem Eingang in der Erde steckt und mit einem Kleber, auf dem

»Verkauft« prangt, überklebt ist, hat sich inzwischen seitlich abgesenkt. Irgendwann würde es einfach umkippen. So, wie es all die Träume getan hatten, die mit diesem Gebäude einen Rahmen hätten finden sollen. Teile des Baugerüsts, das der Anfang von Renovierungsarbeiten darstellte, stehen immer noch. Die riesige Röhre, um den Bauschutt aus dem oberen Stock in einen Container im Garten zu befördern, ist auch noch da. Das allerdings hat seinen guten Grund.

Ich erklimme das Baugerüst und klettere bis zum zweiten Stock. Dort, neben dem Fenster, vor dem die Röhre endet, schiebe ich einen der Fensterläden beiseite. Die Scheibe dahinter ist zertrümmert. Ich greife durch das Loch und öffne den Fensterflügel, durch den ein erwachsener Mann problemlos passt. So schlüpfe ich ins Innere des Hauses. Ich komme in einem Raum mit verstaubten Möbeln zum Stehen. Er diente früher als Büro und hätte es auch heute tun sollen, wäre nicht alles anders gekommen.

Der schmutzige Schreibtisch steht zu meiner Rechten, und gleich daneben ist der Wandschrank, hinter dem sich das befindet, was ich suche. Ich gehe darauf zu, drücke gegen die in den Angeln quietschende Tür. Sie gleitet knarzend auf. Dahinter erwartet mich gähnende Leere. Ich nehme die beiden Regalbretter heraus und lehne sie neben dem Schrank an die Wand. Dann drücke ich gegen die Rückwand des Kastens. Wie durch Zauberhand öffnet sie sich. Dahinter kommt ein großer schwarzer Safe zum Vorschein, etwa 1,50 Meter hoch und ungefähr einen Meter tief. Ein Zahlencode versperrt den Zugriff. Aber das ist für mich kein Hindernis. Ich drehe so lange an dem dunklen Rad mit den weißen Ziffern, bis das Schloss aufschnappt. Die Zahlen, die den Code ergeben, haben sich unwiderruflich in mein Gedächtnis eingebrannt: Es ist der Tag, an dem mein Leben zerstört wurde.

Als die Tür des Safes aufspringt, schlägt mir ein unangenehm fauliger Geruch entgegen. Es ist eindeutig höchste Zeit, umzusetzen, weshalb ich hier bin.

Ich ziehe die schwere Stahltür ganz auf und gehe in die Hocke. »Hallo, Süße«, begrüße ich die Brünette freundlich. »Zeit, deine letzte Reise anzutreten.«

Als hätte sie noch Leben in sich, kippt bei meinen Worten ihr Kopf in meine Richtung. Mit offenen, starren Augen sieht sie zu mir. Ich zucke leicht zurück, obwohl ich weiß, dass das reiner Zufall ist. Doch der Reflex ist meist schneller als die Vernunft. »Sieh mich nicht so vorwurfsvoll an. Du hast mich wie keine andere herausgefordert. Selbst den Autounfall mit der Thurgauerin konnte ich einfacher inszenieren, als du zu beseitigen bist.«

Ich knie mich hin und stecke den Kopf in den Safe, um ihren leblosen Körper mit meinen Armen umfassen zu können. Ich ziehe sie aus dem stählernen Kasten raus, packe sie fest unter den Schultern und schleppe sie zum Fenster. Dort lege ich sie ab. Um mir selbst eine kleine Pause zu gönnen, gehe ich zurück, schließe den Safe und den Schrank. Gegen die Schleifspuren im Staub auf dem Boden kann ich nichts tun, aber das ist auch nicht nötig. Das Haus wird sowieso nicht mehr lange gebraucht. Bald sollte es genauso in Flammen aufgehen wie die Leiche unter der Fensterbank.

Erneut greife ich der toten Brünetten unter die Arme, hieve sie so hoch, wie es mir einst von einem Rekruten beigebracht wurde. Sie kommt – wie ein Halstuch um meinen Nacken geschlungen – schwer auf meinen Schultern zu liegen. Es kostet mich immense Kraft, mich mit ihr so weit aufzurichten, dass ich sie auf der Fensterbank absetzen kann. Ich wische mir den Schweiß von der Stirn, atme durch. Dann schiebe ich sie die Füße voran in das große blaue Rohr, das eigentlich für Bauschutt gedacht gewesen ist. Während sie durch die Röhre nach unten rutscht, verlasse ich das Haus auf demselben Weg, wie ich es betreten habe. Unten angekommen, lasse ich das Gerüst los und schau nach meiner Patientin.

Sie steckt noch halb in der Röhre, die Füße ragen aber so weit hervor, dass ich sie packen, rausziehen und in den Postwagen zurückstopfen kann, in dem ich sie bereits aus dem Krankenhaus geschmuggelt habe. Ächzend mache ich mich ans Werk. Als sie schließlich gut verpackt und die Abdeckung zugeklappt ist, hebe ich den Wagen an und ziehe ihn mit aller Kraft über den erdigen Untergrund bis zu meinem Mietauto. Ein unauffälliger Škoda Fabia. Ich öffne den Kofferraum, ziehe die beiden Bretter heraus, die ich als Rampe benutze, und ordne sie so an, dass ich den Wagen wie auf Schienen in den Kofferraum stoßen kann. Letzten Endes sitze ich keuchend und nass geschwitzt in dem kleinen Auto und lasse erst einmal die Stirn auf das Lenkrad sinken, gönne mir eine winzige Pause. Erst dann starte ich den Motor und fahre zur endgültig letzten Ruhestätte meines schweren Gepäcks.

31. Oktober, 11.00 Uhr

Leon stieg in seinen Pick-up. Die Hand bereits am Zündschlüssel, wollte er den Motor starten, um zu Elena zu fahren und der Erfüllung seiner Aufgabe und damit auch Elena näherzukommen. Bei diesem Gedanken hielt er inne, ließ die

Hand und den Kopf in den Nacken sinken. Er hatte sich geschworen, niemals wieder so viel von sich selbst in einen Fall zu investieren. Jetzt hatte er versprochen, Körper und Seele für die Aufklärung zu verkaufen. Leon hob den Kopf von der Nackenstütze und hämmerte mehrere Male mit dem Hinterkopf gegen das Kissen, ehe er sich mit einem lang gezogenen »Verdammt!« Luft machte.

Endlich startete er den Motor und fuhr vom Parkplatz. Er schielte in den Rückspiegel, wo er einen Blick auf Dr. Steffen erhaschte. Er stand, offenbar von Bernard in die Freiheit entlassen, in der Eingangstür zur Polizeiwache und schaute Leon nach.

Wie viel hatte er gesehen?

Wenn diesem Dr. Steffen der Verdacht kam, Leon sei zu labil für seine Aufgabe, würde er es Bernard melden. Dann wäre für ihn die letzte Möglichkeit, seinen Ruf endlich reinzuwaschen, definitiv vorbei. Zurück in den Polizeidienst wollte er nicht, er hatte sich seit seiner Entlassung mit dem Handwerksbetrieb ein neues Leben aufgebaut, das ihm sehr gut gefiel. Doch die Art, wie seine Karriere bei der Polizei geendet hatte, wollte er dennoch nicht akzeptieren.

Was wusste dieser Psychofritze sonst noch von ihm und seiner Vergangenheit? Leon hielt an der roten Ampel und schlug mit der Faust gegen das Lenkrad.

»Konzentrier dich, Mann!«, ermahnte er sich.

»Du hast dich im Griff, du hast dein Leben wieder im Griff. Jetzt musst du es dir nur vollständig zurückerobern. Lass dich nicht durch ein Paar hübsche Augen und eine Vergangenheit, die aus jugendlichem Leichtsinn entstand, erneut aus der Bahn werfen«, beschwor er sich selbst.

Fokussiere dich aufs Wesentliche und überführ den Verbrecher. Traue niemandem. Sein Tantra funktionierte. Allmählich beruhigte er sich. Die Ampel schaltete auf Grün, und Leon fuhr an, als sein Telefon klingelte, das er nach dem Einsteigen achtlos auf den Beifahrersitz geworfen hatte. Er warf einen verstohlenen Blick auf das Display. Der Name, der aufleuchtete, erfreute ihn ebenso wenig wie der Rest der Situation, in der er festsaß. Er atmete durch, griff nach dem durch den Vibrationsalarm tanzenden Handy und nahm den Anruf entgegen.

31. Oktober, 11.15 Uhr

»Jana«, begrüßte Leon die Anruferin kühl.

»Du kennst mich also noch?«

»Was willst du?«, überging er ihre ironische Frage.

»Du ignorierst mich seit zwei Tagen, Leon. Was ist bei euch los?«

Wenn ich das wüsste. »Es ist kompliziert.«

»Das ist nichts Neues. Du klingst angeschlagen.«

»Sorgst du dich etwa?«

»Um dich? Kannst du vergessen. Diese Zeiten sind vorüber.«

War sie etwa immer noch wütend auf ihn? »Du kannst doch nicht immer noch wütend sein!«

»Kann ich. Aber es geht nicht um mich oder uns. Es geht um Elena. Wie geht es ihr? Wo ist sie jetzt? Was tut sie? Klär mich auf! Dafür habe ich dich schließlich angeheuert!«

»Ich soll auf sie aufpassen, hast du gesagt.«

»Und du warst einverstanden. Das war der einzige Grund,

weshalb ich sie zu dir geschickt habe. So wie ich das sehe, hast du die Situation aber nicht unter Kontrolle.«

Nein, hab ich nicht, dachte sich Leon, aber das würde sich bald ändern, nur nicht so, wie Jana es sich wünschte. »Es ist zurzeit schwierig, Jana. Deine Schwester hat ernsthafte Probleme.«

»Erzähl mir etwas Neues.«

»Nein, ich meine nicht nur ihre Psychoscheiße. Sie steckt tief drin im Schlamassel. Wenn ich nicht bald einen Weg finde, Elena zu *entlasten,* findet die Polizei einen Weg, sie weiter zu *belasten.*« Was konnte er Jana alles anvertrauen? Ihre Schwester stand unter Mordverdacht. Wusste Jana von der Leiche? Sie wirkte nicht so, als hätte Elena ihr etwas erzählt, und er selbst hatte bestimmt nichts verlauten lassen.

War es gut, wenn Jana davon wüsste? Nur wenn er sie davon überzeugen konnte, dass er die Situation im Griff hatte und ihre Schwester retten konnte. Unter Umständen würde er es jedoch nicht tun, weil eine Rettung in Janas Sinn je nach der Wahrheit, die er finden würde, allenfalls nicht machbar war. Ihr Vertrauen in ihn stand allerdings auf wackligen Beinen. Würde Jana aus anderer Quelle von der Sache mit der Leiche und dem Mordverdacht gegen Elena erfahren, würde sie auch wissen, dass Leon ihr diesen Punkt verheimlicht hatte. Damit würde das Vertrauen nur noch weiter schwinden, was seine sowieso schon beschränkten Handlungsmöglichkeiten noch weiter einschränken könnte. Jana würde wohl ihre Schwester nach Hause rufen oder selbst herkommen, was der Sache überhaupt nicht dienlich wäre.

»Leon?«

»Man hat eine Leiche im Wald gefunden, und Elena soll sie

dorthin gebracht haben. So lautet die Theorie der hiesigen Polizei.« Von Dr. Steffen sagte Leon vorerst nichts.

Es blieb eine Weile still am anderen Ende der Leitung.

»Jana? Geht es dir gut?«

»Nein«, japste sie. Dann folgte ein Schluchzen. »Ich wollte, dass meine Schwester zur Ruhe kommt, nicht dass sie noch tiefer in was auch immer hineingerät. Verstehst du, was vor sich geht?«, fragte Jana versöhnlicher gestimmt.

»Nein, ich verstehe seit geraumer Zeit überhaupt nichts mehr, bin aber noch nicht bereit aufzugeben.«

Jana schnäuzte sich. »Was denkst du, wie die Chancen stehen, der Wahrheit auf die Spur zu kommen? Ich meine, wäre es nicht besser«, ihre Stimme brach, sie fasste sich aber schnell wieder. »Wäre es nicht besser, aufzugeben? Wäre Elena nicht sicherer in einer spezialisierten Institution aufgehoben?«

Jana war tief getroffen und verunsichert, das war deutlich an ihrem Ton erkennbar. Genau dieser schwache Moment war ideal, um ihr das nötige Vertrauen abzuringen. »Ich denke, so komplex ihre Persönlichkeit auch sein mag, Elena ist nicht fähig, jemanden zu ermorden und irgendwo im Wald liegen zu lassen wie ein erschossenes Wild.«

Leon hörte, wie Jana zittrig einatmete. »Meinst du, du kannst sie da irgendwie rausholen?«

Bingo, dachte Leon. Das war der Freipass, den er brauchte. »Ich versuch's. Ich melde mich wieder.«

31. Oktober, 11.20 Uhr

Ich fahre auf Nebenstraßen, um nicht aufzufallen und unnötigem Verkehr aus dem Weg zu gehen. Es dauert so zwar länger, bis ich in Biel ankomme, aber das nehme ich in Kauf, obwohl die Zeit knapp ist. Ich muss bald zurück sein, damit niemand unangenehme Fragen stellt. Die Straße macht eine Kurve, und als ich das nächste Mal aus dem Fenster schaue, taucht das gedrungene Gebäude vor mir auf. Der Vorgarten ist gepflegt wie eh und je. Der kunstvoll angelegte Bachlauf schlängelt sich von der linken Seite des Vorgartens zu der rechten Seite durch ein harmonisches Zusammenspiel von Steinen und Pflanzen. Gespeist wird diese Idylle von einer leise vor sich hin sprudelnden Quelle, über die eine Engelsstatue in der Größe eines Sechsjährigen wacht.

Die mit üppigen Schnitzereien verzierte Eingangstür erreicht man über eine hölzerne Brücke, die das Rinnsal überspannt. So kitschig die Front des blassgelben Gebäudes aussieht, so beruhigend und friedvoll wirkt diese Anlage auch, weshalb sie für das Geschäft, dem hinter diesen Mauern nachgegangen wird, perfekt ist.

Für meine Mission ziehe ich es vor, an dem Haus vorbeizufahren und eine Straße weiter abzubiegen. Aus Diskretionsgründen hat man um den Platz auf der Rückseite des Hauses vor langer Zeit einen Sichtschutz aus Natursteinen errichtet. Etwas, das mir nicht ungelegen kommt. Ich parke den silbernen Škoda neben der schwarzen, auf Hochglanz polierten Limousine, steige aus und gehe zum Kofferraum. Die Mühe, erst die Rampe aufzubauen, ehe ich den Karren aus dem Kofferraum ziehe, mache ich mir diesmal nicht. Ich reiße den Wagen einfach aus dem Auto heraus. Scheppernd krachen die Räder auf den Boden. Die graue Abdeckung rutscht weg, und ein Haarbüschel lugt aus der Öffnung. Schnell schiebe ich das Haar zurück und ziehe das Verdeck wieder zu. Verstohlen sehe ich mich um, aber niemand ist in der Nähe, der den kleinen Zwischenfall bemerkt haben könnte. Ich werfe einen kurzen Blick in die Limousine und kann mir ein Lächeln nicht verkneifen, als ich auf der Ladefläche einen schnörkellosen Holzkasten mit einer Plakette entdecke, auf die eine Nummer gepresst ist.

Ich öffne die Tür zur Ladefläche. Wie gewohnt ist sie unverschlossen. Schnell klettere ich ins Innere des Fahrzeuges. Als ich den dunkelbraunen Deckel anpacke, das erwartete Gewicht leicht anhebe und den Deckel zur Seite schiebe, denk ich darüber nach, den PTT-Wagen mit ins Gebäude zu nehmen. Drinnen gäbe es ebenfalls Tote in Särgen und dazu Hilfsmittel, die das Umladen der Leiche erleichtern würden. Die drinnen würden allerdings erst später weggefahren. Dieser hier sollte relativ bald in den Ofen geschoben werden. Das wiederum treibt mich zur Eile an. Ich schiebe den schlichten Holzdeckel noch etwas weiter auf und betrachte, was ich freigelegt habe.

Graues, schütteres Haar, ein fahles, faltiges Gesicht. Die Augenfarbe erkenne ich nicht, denn die Lider sind geschlossen. Ich schätze, früher hatten sie sicher ein kräftiges Blau gehabt, mit dem Alter hat es sich verwässert.

Obwohl der Leichnam eingeäschert werden soll, liegt er anständig hergerichtet auf dem Rücken da. Die Arme vor der Brust verschränkt, der Mund zugenäht. Es sieht beinahe aus, als würde der alte Herr nur schlafen. Ich taufe ihn spontan

Otto. »Hallo Otto. Du siehst nach einer geselligen Person aus. Wahrscheinlich hattest du viele Menschen, die sich an deinem Totenbett von dir verabschiedeten. Diese Gesellschaft fehlt dir nun sicher, hm? Aber keine Sorge, da kann ich Abhilfe schaffen. Ich habe dir jemanden mitgebracht. Du kannst sie Elena nennen, das mag sie. Leider ist sie nicht ganz so nett zurechtgemacht wie du. Ernst hat es gut mit dir gemeint, als er deinen Körper für seinen allerletzten Gang vorbereitet hat.«

Ich tätschle Otto die Wange und springe aus der schwarzen Limousine. Aus meinem Škoda hole ich die Bretter, bastle die Rampe und ziehe den Wagen mit der Frau drin, die ich Otto als Elena vorgestellt habe, ins Heck des Wagens. Ich klappe den grauen Deckel zurück, greife Ottos Elena unter die Arme und ziehe. Sie weigert sich, beim ersten Versuch den Wagen zu verlassen.

»Immer noch störrisch? Das wird dir noch vergehen, das verspreche ich dir. Ich pack dich zu Otto, und wenn ich dich in deine Einzelteile zerlegen muss!«

Während ich das sage, ziehe ich erneut kräftig. Ottos Elena scheint mich verstanden zu haben, denn auf einmal gibt sie nach. Ich hole Schwung und wuchte sie über die hölzerne Kante. Mit einem dumpfen Geräusch landet der nackte Oberkörper bei Otto. Ihr Kopf kommt etwas ungeschickt in seiner Lendengegend zu liegen, aber auf Ästhetik kann ich jetzt keine Rücksicht nehmen. Ich stopfe den Rest ihres Körpers zu Otto, grinse ihn an. »Amüsiere dich gut! Sie ist ein Wildfang und macht einige Probleme, aber du wirst gut mit ihr zurechtkommen, da bin ich mir sicher.«

Ich schiebe den Deckel zurück, räume die Rampe und meinen grauen PTT-Wagen weg und schlage keine Sekunde zu früh die Tür der Limousine zu. Als ich aufsehe, bewegt sich die Klinke der Hintertür zum Haus. Die Tür gleitet auf, und Ernst tritt in seinem klassisch geschnittenen schwarzen Anzug auf den Parkplatz. Sein dunkelbraunes Echthaartoupet sitzt etwas schräg auf dem Kopf, aber wenn man nicht weiß, wo das Haar eigentlich hingehört, fällt es nicht weiter auf.

Mein Herz klopft mir bis zum Hals, obwohl ich weiß, dass er nichts von meiner Aktion hier draußen mitbekommen hat. Er hat meine Anwesenheit bis jetzt nicht bemerkt, tastet seine Hosentaschen ab, sucht den Autoschlüssel. Wie immer.

»Im Jackett«, sage ich spontan.

Ernst sieht auf und weicht erschrocken einen Schritt zurück.

Er hat mich tatsächlich nicht bemerkt.

»Meine Güte! Wenn du so weitermachst, kannst du bald mich in eine dieser Kisten packen!« Ernst greift ins Jackett und zieht den Autoschlüssel raus. »Habe ich verpasst, dass du heute arbeitest?«

Ich schüttle den Kopf. »Nein.«

»Dann hast du etwas vergessen?«

»Ja.«

»Schon wieder? Du machst mir langsam Konkurrenz!«

»Ja, nicht wahr? Tut mir leid.« Ich zucke entschuldigend mit der linken Schulter. »Aber lass dich nicht aufhalten, ich find mich schon zurecht.«

»Das weiß ich. Ich melde mich, wenn ich dich brauche, ja?«, fragt Ernst, während er in die Limousine einsteigt.

»Sicher.« Ich lächle ihn unschuldig an und sehe ihm nach, wie er in dem schwarzen Leichenwagen vom Parkplatz fährt. Nichts ahnend, dass der dunkle, schlichte Sarg im Kofferraum inzwischen doppelt belegt ist.

31. Oktober, 11.30 Uhr

Leon dachte darüber nach, was er als Nächstes tun sollte. Er wusste, er müsste auf direktem Weg zu Elena und sich an die Arbeit machen. Es wäre immerhin möglich, dass noch weitere vermisste Frauen irgendwo vor sich hin siechten. Wenn er nur schnell genug war, könnte er sie vielleicht noch retten. Aber schnell genug worin? Mit Elena in die Kiste zu steigen? Er zweifelte daran, dass er damit die Wahrheit finden würde. Sie um den Finger zu wickeln, damit sie ihm allenfalls etwas verriet oder unvorsichtig wurde, brauchte Zeit – und was sowieso Zeit brauchte, musste nicht sofort angepackt werden, oder?

Leon war durcheinander, fühlte sich nicht wohl in seiner Haut; seine Aufgabe war ihm nicht klar, denn der Plan war zu schwammig. Was aber noch viel schlimmer war: Er kannte seinen Gegner nicht.

Er musste seinen Kopf lüften. Dafür gab es ein zuverlässiges Mittel. Leon setzte den Blinker und bog auf die Nebenstraße ein, die ihn auf einem Umweg zur Kartbahn und damit zu Lori brachte. Den Umweg nahm er in Kauf, damit er nicht ganz durch den Wind war, wenn er bei ihr ankam. Denn ließ er sich zu sehr gehen, würde er sich vergessen und mit Lori das tun, was er eigentlich mit Elena tun sollte. Wie tief er doch gesunken war!

Leon ließ den Ort hinter sich. Obwohl das trübe Herbstwetter alles in einen Grauschleier hüllte und das Geäst der im Sommer frisch leuchtenden Bäume in bizarre Skulpturen verwandelte, hatte diese Route etwas Friedliches an sich. Vor allem aber stand an dieser Straße etwas, das Leon sich immer wieder ansehen musste, auch wenn er es nicht haben konnte. Noch nicht.

Das erste Haus, seit er aus dem Dorf hinausgefahren war, zeigte sich erst nach einigen Kilometern. Es war auf einem riesigen Grundstück erbaut worden. Das Gemäuer hatte immer etwas hergemacht, doch seit es leer stand, verwahrloste es zusehends. Leon hätte es gern zu neuem Leben erweckt, aber jemand anderes hatte es ihm vor der Nase weggekauft. Trotz der Geschwätzigkeit der Leute hatte er nicht in Erfahrung bringen können, wer diese Liegenschaft nun sein Eigen nannte. Seine Kontakte zur Polizei wollte er nicht heranziehen, um den Eigentümer zu ermitteln. Für etwas so Unwichtiges wie ein altes Haus wollte er keine Kanäle anzapfen, die er für wichtigere Dinge nutzen konnte.

Was er hingegen wusste, war, dass die neuen Besitzer mit den geplanten Renovierungsarbeiten nicht weit gekommen waren. Es hatte sich das Gerücht verbreitet, dass ein Schicksalsschlag dem Bauvorhaben ein jähes Ende gesetzt habe. Was genau geschehen war, wusste niemand. Ein Umstand, der für die Entstehung zahlreicher Gerüchte den Nährboden lieferte. So soll das Ehepaar bei einem Autounfall ums Leben gekommen sein. Eine mögliche These. Hartnäckig hielt sich auch das eher unglaubwürdige Gerücht, dass der Ehemann seine Frau in flagranti erwischt und im Affekt getötet habe.

Leon drosselte seine Geschwindigkeit, als das Dach rechts in seinem Blickfeld auftauchte. Er beugte sich weit nach vorn, stützte sich mit den Ellbogen auf dem Lenkrad ab, um eine bessere Sicht zu haben. Die abgeplatzte Farbe, das verwitterte Holz der Veranda, die windschiefen Fensterläden – all das war für ihn inzwischen ein vertrauter Anblick. Das Baugerüst, einst Symbol für Veränderung, war mittlerweile nutzlos geworden. Selbst der Bauschuttcontainer stand noch an Ort und Stelle. Ein Fakt, über den sich Leon wunderte, denn diese

Dinger kosteten einiges an Miete. Wenn sich niemand für das Haus zuständig fühlte, müsste man eigentlich davon ausgehen, dass niemand für den Container bezahlte. Das musste früher oder später doch die Baufirma oder die Vermietung auf den Plan rufen. Bis heute hatte aber niemand Anstalten gemacht, den Container abzuholen. Vielleicht gehörte der Container ja dem Hausbesitzer, dann sah die Situation natürlich anders aus.

Leon hatte seinen Wagen am Straßenrand geparkt. Er stieg aus und schlug die Tür zu, immer das Haus im Blick.

Ich hocke im Gebüsch und beobachte, wie Leons Pick-up am Straßenrand anhält. Als er aussteigt, werde ich unruhig. Das gute Gefühl, das ich nach der geglückten Entsorgung der Leiche in Ernsts Sarg empfunden habe, ist mit einem Schlag verflogen.

Fieberhaft überlege ich, was weiter zu tun ist, sollte er tatsächlich in das Haus eindringen. Meine hinterlassenen Spuren entdecken. Er würde kaum darauf kommen, dass er soeben das Versteck der Leiche, die er suchte, entdeckt hatte. Er würde wohl vorerst auch noch keine Verbindung zwischen diesem Ort und den Vorfällen der vergangenen Tage herstellen. Aber er war nicht dumm. Verwirrt, aber nicht dumm. Der Polizist, der er einst war, schlummerte immer noch tief in seinem Inneren. Sein Riecher, auf den er eine ganze Zeit lang nicht mehr richtig vertraut hatte, würde ihn leiten.

Ja, ich kenne Leon und seine Spürnase. Ich weiß, dass meine Arbeit ihn verstört hat, aber gleichzeitig hat sie auch das Vertrauen in seine alten Fähigkeiten geweckt. Damit hatte ich rechnen müssen, als ich mit meinem Schauspiel begann.

Ich will ja, dass er herumschnüffelt, aber ich will nicht, dass der Zufall ihm so zu Hilfe kommt wie gerade eben. Was tut er überhaupt hier? Warum hat er angehalten? Aus der Distanz ist nichts Seltsames an diesem Haus oder dem Grundstück auszumachen.

31. Oktober, 11.50 Uhr

Irgendetwas hatte sich verändert seit seinem letzten Besuch. Leon konnte es nicht benennen, aber dieses gewisse Gefühl saß so tief in seiner Magengrube, dass er sich dem Grundstück näherte. Ehe er sichs versah, hatte er es betreten. Er ging zum Eingang, wo das überklebte »Zu Verkaufen«-Schild schräg in der Erde steckte. Er ließ seinen Blick über den verwilderten Rasen schweifen, als er auf einmal stockte.

Seine Aufmerksamkeit galt nun nicht mehr dem Gebäude, sondern dem Rasen davor und dem blauen Container, der auf einer Seite geöffnet war. Er trat darauf zu und stutzte.

Die feuchte Erde der Wiese wies Furchen auf. Im Schmutz des Containers erkannte Leon etwas, das wie Schleifspuren aussah. Er sah nach oben und entdeckte zwischen all den geschlossenen Fensterläden einen, der leicht offen stand. Die Spuren in der Erde konnten alt sein, die im Container hingegen wirkten seltsam frisch. Leon ließ sich hinreißen und erklomm das Baugerüst. Im zweiten Stockwerk angekommen, besah er sich die Plattform genauer. Schmierige Abdrücke aus frischer Erde von profillosen Schuhspitzen waren zu erkennen. Während an den Fensterrahmen der Staub der Zeit klebte, wirkte der Sims eigenartig abgewischt.

Ich werde zunehmend nervös. Jetzt muss ich mir auch noch ansehen, wie er das Grundstück betritt. Er geht zum Container, bleibt stehen, geht in die Hocke, schaut sich den Rasen an.

Der kalte Schweiß bricht mir aus, als er nun auch noch das Baugerüst erklimmt. Wenn er den Safe im Arbeitszimmer findet und dazu nur ein Fitzelchen Stoff oder ein Tröpfchen Blut, würde die Hölle losbrechen. Er würde natürlich die DNA testen lassen. Dann wäre es nur noch eine Frage der Zeit, bis die Polizei wüsste, dass hier die Leiche versteckt gewesen war, die man aus dem Institut für Rechtsmedizin entwendet hatte.

Ich muss handeln. Sofort. Ich muss meinen Plan in die Tat umsetzen, der mich hierher zurückgeführt hat, nachdem ich die Leiche im Sarg des Bestatters entsorgt habe. Sämtliche Beweise müssen verschwinden, und damit auch der, der kurz davor ist, sie zu finden. Das Haus muss brennen. Mit allem, was drinnen und auch draußen ist.

Es tut mir leid, Leon.

31. Oktober, 12.10 Uhr

Leon vermutete, dass sich jemand unerlaubten Zutritt zu dem Gebäude verschafft hatte. Ein Einbrecher? Aber was hätte er aus dem alten Gemäuer stehlen sollen? Wertvoll war da drin nichts mehr. Vielleicht waren Teenager hier gewesen, die sich einer Mutprobe stellten?

Den Schleifspuren im Container und in der Wiese nach zu urteilen, musste aber etwas Schweres entwendet worden sein. Die Art der Spuren erinnerte ihn stark an eine Sackkarre.

Seine Neugierde trieb ihn weiter, deshalb zog er den angelehnten Laden ganz auf. Das Glas des dahinterliegenden Fensterflügels war an einer Stelle zerbrochen und wies ein faustgroßes Loch auf. Leon stellte sich seitlich zum Fenster und betrachtete den Riegel auf der Innenseite. Er saß schräg.

Im Schutz der dicht beieinanderstehenden Bäume, die das Grundstück säumen, schleiche ich mich in einem weiten Bogen um das Haus herum. Leon macht sich gerade an dem nur notdürftig geschlossenen Fenster zu schaffen. Es wird nicht lange dauern, bis er ins Haus hineinklettert, davon bin ich überzeugt. Ich werfe noch einmal einen letzten Blick auf ihn.

Tatsächlich spüre ich, wie sich mein Magen in einem Anflug von dummen Gefühlen der Zuneigung zusammenzieht.

Ich habe dich geliebt.

So, wie tot geglaubte Emotionen in diesem Moment des Abschieds wieder in mir hochkochen, liebe ich dich anscheinend noch immer. Aber das spielt jetzt keine Rolle mehr. Nie hätte ich gedacht, dass es auf diese Weise endet. Niemals hätte ich geglaubt, dass ich dich eines Tages hier töten würde. Du stehst auf meiner Liste, ja. Aber nicht heute, nicht an diesem Ort. Doch es muss sein. Ich kann nicht zulassen, dass du zum jetzigen Zeitpunkt schon alles auffliegen lässt.

31. Oktober, 12.15 Uhr

Leon fühlte nur kurz Skrupel aufkommen, dann griff er beherzt durch das Loch in der Scheibe, drehte den Riegel und beobachtete mit zusammengekniffenen Augen, wie der Flügel nach innen aufschwang.

Er stellte sich vor, wie eine unbekannte Person sich aufs Fensterbrett gesetzt hatte und sich so ins Haus gleiten ließ. Ein möglicher Grund, warum der Sims so abgewischt wirkte. Der Schmutz klebte am Hosenboden des Eindringlings.

Leon spähte in den schwach durch das Tageslicht erhellten Raum. Es schien sich um ein Arbeitszimmer zu handeln. Zumindest die übrig gebliebene Möblierung sprach dafür. Auch hier sah es so aus, als hätte sich schon lange Zeit niemand mehr um die Zimmer gekümmert. Staub tanzte in den Strahlen des trüben Lichts, das durch Spalten der geschlossenen Fensterläden eindrang. Spinnweben waberten in der von Leon hereingelassenen Luft.

So verlassen alles aussah, so deutlich wiesen die Spuren auf dem alten Holzboden, die soeben Leons Aufmerksamkeit erregten, darauf hin, dass der Schein trog.

Er kletterte in das Zimmer und folgte der Schleifspur bis zu einer Schranktür.

Inzwischen starre ich nur noch auf ein offenes Fenster. Er hat das ehemalige Büro betreten und damit sein Todesurteil unterschrieben.

Ich wende meinen Blick ab und eile los. Mein Ziel ist der Keller, in dem der alte Gastank steht.

Der Zugang zum Keller liegt auf der von der Straße abgewandten Seite des Hauses. Ehe die Gasheizung eingebaut worden war, hatte man hier mit Kohle angefeuert. Der Schacht, durch den man die Kohlevorräte jeweils in den dafür vorgesehenen Lagerraum im Untergeschoss geschüttet hatte, existierte noch. Er war bei seiner Stilllegung mit einem Riegel von innen verschlossen worden, doch dieser lässt sich leicht von außen öffnen.

Geduckt husche ich auf der Höhe des Kohlekellers auf das Haus zu und mache mich an der Klappe zu schaffen. Ich ziehe sie so weit es geht auf. Der schmale Spalt zwischen Mauer und Holzklappe reicht aus, um mit den Fingern dazwischenzukommen.

Ich umschließe mit meinen Fingern den unteren Rand der Klappe und fahre daran entlang, bis ich auf den an der Innenseite befestigten Riegel stoße. Aus dem spröden Holz lösen sich feine Splitter, die sich unter meine Haut schieben, aber ich ignoriere sie.

Mit dem Zeige- und dem Mittelfinger beginne ich, den Riegel aus seiner Halterung zu befördern. Die Aufgabe ist mühselig, und ich habe weder Nerven noch Geduld für diese Sisyphusarbeit, aber mir bleibt keine andere Wahl; im Gegensatz zum Bürofenster im ersten Stock ist der Rest des Gebäudes nämlich gut verriegelt. Ein Fenster einzuschlagen würde zu viel Lärm verursachen, und die Haustür ist verschlossen, einen Schlüssel habe ich nicht. Oder besser gesagt, nicht mehr.

Meine Idee, die Toten im Safe im zweiten Stock aufzubewahren, habe ich anfangs als zu mühselig empfunden; während ich darüber grüble, spüre ich, wie der Riegel allmählich nachgibt.

Ich erinnere mich noch gut an eine diesbezügliche Unterhaltung. Die Toten hätten auch im Keller verscharrt werden können, bis sie wieder gebraucht wurden. Das hätte ich allein wegen des Sprichworts mit den Leichen im Keller für eine witzige Idee gehalten. Das Gegenargument leuchtete hingegen ein: Der Safe war gut getarnt, und vor allem war er luftdicht. So drangen keine Gerüche nach draußen, die Tiere oder andere Neugierige anlocken konnten.

Noch ein Fingertipp, und der Riegel löst sich aus der Halterung. Rasch ziehe ich die Abdeckung ganz zurück und lasse mich ins Haus gleiten. Die Umrisse des Tanks kann ich im Halbdunkel bereits ausmachen. Ich taste mich vorwärts, und als ich beim Boiler ankomme, drehe ich ohne zu zögern das Gas auf.

Da ich wusste, dass dieser Tag kommen würde, habe ich bereits früh Vorkehrungen getroffen: In sämtlichen Räumen sind die Leitungen ganz aufgedreht. Der Herd und der Backofen, die ebenfalls noch mit Gas betrieben werden, laufen auch auf Hochtouren. Außerdem stehen in der Abstellkammer im Erdgeschoss Benzinkanister, dafür gedacht, den zusätzlichen Stromgenerator zu füttern. Einer der Kanister ist zufälligerweise kürzlich umgekippt.

Eine ordentliche Explosion muss her, bei der sämtliches unerwünschtes Beweismaterial in die Luft fliegt. Das dürfte gewährleistet sein.

Ich verlasse den Keller durch das Treppenhaus, stelle mich neben ein Fenster und spähe hinaus in Richtung Straße. Der Pick-up steht noch immer da. Ich wage es, ein paar Stufen zu den oberen Stockwerken zu erklimmen. Das alte Holz knarzt unter meinem Gewicht, ich halte inne, lausche. Tatsächlich kann ich Schritte vernehmen. Leon ist noch immer im Haus.

Zeit also, sich aus dem Staub zu machen und das kleine Feuerwerk aus der Distanz zu zünden. Ich verschwinde in die Küche, schnappe mir die im Schrank unter der Spüle versteckten, gut verschlossenen Flaschen. Ich drehe sie auf. Der Geruch nach Benzin schlägt mir entgegen und lässt mich die Nase rümpfen. Mit einem Grillspieß, den ich ebenfalls unter der Spüle, neben den Flaschen lagerte, fische ich die in der Flüssigkeit schwimmenden Stofflappen und ziehe deren Enden durch den Flaschenhals. Auf diese Weise bewaffnet verlasse ich das Haus durch die Hintertür.

31. Oktober, 12.30 Uhr

Leon stand vor dem Schrank im Arbeitszimmer. Er war den Abdrücken im Staub gefolgt, die ihn direkt hierhergeführt hatten. Er besah sich den Fußboden, entdeckte einen Fußabdruck, der unter der Schranktür verschwand.

War jemand in den Schrank hineingegangen? Warum?

Neugierig öffnete er die Tür. Im Schrankinneren verdichteten sich die Fußabdrücke zu einem Wirrwarr, das ihm den Weg wies. Das unterste Regal war zu tief eingesetzt, als dass ein Erwachsener hätte aufrecht stehen können, die Abdrücke wiesen aber darauf hin, dass hier jemand gestanden hatte. Es gab auch größere Abdrücke, so als hätte jemand gesessen, allerdings wiesen die Fußspitzen in die falsche Richtung. Ob es sich um zwei Personen handelte? Eine stehende und eine sitzende? Nur, wo waren dann die Fußspuren der sitzenden? Sämtliche Schuhprofile, die Leon entdeckt hatte, wiesen dieselbe Musterung auf, nämlich gar keine.

Der Eindringling musste einen Schuh mit glatter Sohle getragen haben. Leder zum Beispiel. Der Abdruck war eher schmal. Ein Damenschuh?

Leon zog die Bretter aus dem Regal und stellte sie beiseite. Vorsichtig klopfte er gegen die Rückwand. Es klang hohl. Er drückte leicht gegen das Holz, und auf einmal gab die Rückwand des Schranks nach. Leon fand sich einem Safe gegenüber. Er zog am Riegel, ohne große Erwartungen. Ein Safe mit Zahlenschloss würde kaum unverschlossen herumstehen. Doch er irrte sich. Erst geschah nichts, doch als er etwas kräftiger zog, gab die Tür nach und glitt auf. Ein entsetzlicher Gestank schlug ihm entgegen, so überraschend, dass er zurücktaumelte. Leon brauchte jedoch nicht lange, um sich wieder zu fassen. Er hätte sich die Sache gerne genauer angesehen und zog bereits sein Mobiltelefon aus seiner Jeans, um es als Taschenlampe zu nutzen, als er ein Geräusch vernahm, das ihn unterbrach. Es klang, als wäre eine Tür ins Schloss gefallen.

Stirnrunzelnd hielt er inne, lenkte seine Aufmerksamkeit auf die offen stehende Tür des Arbeitszimmers. Alles blieb still, daher wagte er sich aus der Deckung. Das Geräusch war von der anderen Seite des Hauses gekommen. Er schlich den Korridor entlang und schlüpfte in den Raum, der dem Arbeitszimmer gegenüberlag. Er war leer. Nur die hellblaue Blümchentapete und die verblichenen Vorhänge zeugten davon, dass hier einst jemand gelebt hatte. Leon stellte sich neben das Fenster und spähte durch die Lamellen des geschlossenen Fensterladens ins Freie.

31. Oktober, 12.45 Uhr

Es mag unklug sein, aber genau das gibt mir einen Kick: Als ich mich ungeschützt auf dem Rasen unweit des Gebäudes aufbaue, weiß ich, dass Leon mich sehen kann. Ich wünsche es mir geradezu. Genauso wie ich es eben noch bedauert habe, ihn zusammen mit dem Haus in die Luft sprengen zu müssen, so sehr freue ich mich jetzt darüber, denn im Vordergrund steht die Mission. Diese umzusetzen ist aufregend, ganz gleich, welche Verluste sie nach sich zieht. Ich bin im üblichen Blutrausch, das Adrenalin pumpt durch meine Adern, während ich zu den Fenstern in den oberen Stockwerken schaue und dem Gas noch einen Augenblick länger Zeit gebe, sich im Haus auszubreiten.

Die Fensterläden sind geschlossen; sollte Leon mich also sehen, werde ich es nicht bemerken. Aber allein schon die Vorstellung löst bei mir einen wohligen Schauer aus: Wie er durch die Lamellen der Läden späht, eine Gestalt auf dem Rasen sieht und glaubt, sie zu kennen. Wie er dann aber seinen Augen nicht traut, sie zusammenkneift, um besser sehen zu können, um sich zu vergewissern, dass ihm sein Sehvermögen keinen Streich spielt. Und das nur, um sie dann im Augenblick der Erkenntnis weit aufzureißen. In dem Augenblick, in dem auf einmal alles einen Sinn ergibt, sich sämtliche offenen Fragen und Mysterien auflösen, während sich das Wissen in das Bewusstsein einnistet, niemals mit jemandem diese Offenbarungen teilen zu können, weil er diesen Moment der Klarheit nicht überleben wird. Darauf folgt dann eine allerletzte Frage, die niemals geklärt werden wird: Warum?

Ich weiß genau, wie sich das anfühlt, denn ich habe es erlebt. Das Gefühl, zu sterben, ist mir vertraut, denn man hat mir einst das Leben genommen. Grausam war es, festzustellen, dass man dennoch nicht tot ist. Ich hätte diesen Umstand aus eigener Kraft ändern, mich selbst umbringen können, aber das erschien mir feige. Stattdessen erkannte ich einen Weg, mit meiner Hölle zu leben. Ich begann, sie nicht mehr in mich hineinzufressen, sondern das Toben in mir kreativ umzusetzen. Andere malen Bilder. Ich ermorde Menschen.

Ich lächle bei diesem zutiefst befriedigenden Gedanken, während ich den Lappen in der Flasche anzünde, die ich die ganze Zeit über in Händen halte. Einen Moment lang betrachte ich die züngelnden Flammen, dann werfe ich den Molotowcocktail durch die gläserne Hintertür, aus der ich zuvor ins Freie getreten bin.

Leon wusste nicht, was er erwartet hatte, aber das sicher nicht. In eine dunkle Jacke gehüllt, die Kapuze über die Baseballmütze gezogen, stand eine Gestalt auf dem Rasen. Er konnte das Gesicht nicht erkennen, da es vom Schirm der Mütze verdeckt war, aber der Statur nach zu urteilen, war es eine Frau. Sie hielt eine Flasche in der Hand, aus der ein Lappen hing. In dem Augenblick, als er realisierte, was es war, nahm er auch schon den schwachen Gasgeruch im Zimmer wahr.

War dieser Geruch vorhin schon da gewesen?

Bestimmt nicht, da war er sich sicher. Leon wartete nicht ab, bis die Person dort draußen das Zippo entzündete, das in ihrer anderen Hand silbern glänzte, sondern drehte sich vom Fenster weg und ergriff die Flucht.

Er hastete zurück ins Arbeitszimmer, kletterte aus dem Fenster und sprang in die Bauschuttröhre, dicht gefolgt von dem Geräusch berstenden Glases.

Sie hat den Cocktail ins Haus geworfen, schoss es ihm durch den Kopf. Jetzt konnte er nur noch beten.

Seinen Sturz in den Container bremste er mit seinen langen Beinen. Dann rollte er sich ab und duckte sich dicht hinter die stabile Metallwand der Mulde. Die Arme zog er schützend über den Kopf und presste die Unterarme gegen die Ohren, während er die Beine anzog, um sich so klein wie möglich zu machen. Auf diese Weise reduzierte er die Angriffsfläche für herumfliegende Teile, sollte es denn wirklich zur Explosion kommen.

Er hatte sich kaum in Position gebracht, da wurde seine Annahme zur Realität.

Ein ohrenbetäubender Knall durschnitt die Luft. Der Boden unter Leon erzitterte, und mit einem Schlag wurde es brütend heiß. Das Feuer, das sich mit dem Druck der Explosion ausdehnte, erhitzte das Metall der Mulde innerhalb von Sekunden. Dennoch verharrte Leon an Ort und Stelle. Er versuchte, die Hitze, die ihm den Schweiß aus allen Poren trieb, zu ignorieren und sich auf das restliche Geschehen rund um ihn herum zu konzentrieren. Er spürte, wie Gegenstände neben ihm in die Mulde prallten. Ein Stück Holz schrammte haarscharf an seinem Bein vorbei.

Lange konnte er hier nicht bleiben. Sobald das Gröbste vorbei war, musste er weg. Denn ein einziger brennender Gegenstand würde ausreichen, um das Material in der Mulde zu entzünden.

Außerdem war das Risiko hoch, dass weitere Explosionen folgten.

Leon zählte bis drei. Dann brachte er sich auf die Beine, geriet aber ins Wanken. Obwohl er seine Ohren so gut wie möglich geschützt hatte, musste sein Gehör durch den lauten Knall etwas abbekommen haben. Ein dumpfes Gefühl und ein leises Pfeifen brachten seinen Gleichgewichtssinn durcheinander. Er konzentrierte sich. Dann eilte er in geduckter Haltung los, um sich in Sicherheit zu bringen.

Eine weitere Explosion und die folgende Druckwelle würden ihn zu Boden reißen, wenn er nicht schnell genug war.

Leon stolperte aus der Mulde und stürzte im nächsten Moment hart auf den Rasen. Er konnte nicht sofort zuordnen, was ihn zu Fall gebracht hatte.

Auf dem Bauch liegend, drehte er sich um. Das Haus bot

einen surrealen Anblick. Es stand lichterloh in Flammen. Nur noch ein schwarzes Gerippe war übrig, das dem gierigen Feuerinferno aber nicht mehr lange standhalten würde.

Leon rieb sich die schmerzende Schulter, befreite sich von dem, was ihn niedergestreckt hatte. Was genau ihn getroffen hatte, war nicht mehr zu erkennen.

Schließlich konnte er sich zu seinem Auto retten, wo er innehielt und die düstere Szenerie beobachtete, die sich vor dem grauen, wolkenverhangenen Himmel abspielte. Er suchte die Umgebung mit wachsamem Auge ab. Aber er spürte, dass die Person, die den Molotowcocktail geworfen hatte, schon längst über alle Berge war.

In der Ferne hörte er die Sirenen der Feuerwehr. Sie kamen rasch näher, dennoch würden sie nichts mehr von dem herrschaftlichen Haus retten können.

Auch wenn dieser Gedanke ähnlich schmerzte wie seine Schulter, so beschäftigte ihn etwas anderes weit mehr: Der Brandstifter musste gewusst haben, dass er im Haus gewesen war. Entweder wurde sein Tod in Kauf genommen, oder man hatte ihn gezielt umbringen wollen. Das konnte eigentlich nur bedeuten, dass er eine Gefahr darstellte, auch wenn der Zufall diesem Feuerteufel in die Hände gespielt hatte, denn niemand konnte wissen, dass Leon ausgerechnet an diesem Tag zu dieser Zeit das Gebäude betreten würde.

Offenbar war er, ohne es zu wissen, ganz nahe an etwas herangekommen. Er saß jemandem im Nacken, machte ihn nervös genug, um aus dem Weg geschafft zu werden, wenn sich die Gelegenheit bot.

Das bedeutete, dass er der Wahrheit ganz nahe war. Nur, welche Wahrheit war das?

31. Oktober, 13.30 Uhr

»Was hast du an unserer Übereinkunft nicht verstanden, Leon?«, brüllte Bernard ins Telefon. »Mach endlich deinen verdammten Job! Ohne Umwege!«

Leon widerstand dem Drang, die Stöpsel aus den Ohren zu ziehen. Durch den Druck, den sie auslösten, wurde das Summen noch verstärkt, das er seit der Explosion hörte. Dass Bernard ihn anbrüllte, störte ihn nicht. Er wusste selbst, dass er sich einmal mehr zum Narren gemacht hatte.

Leon hatte nicht gewartet, bis die Einsatzkräfte am Tatort angekommen waren. Er war in seinen Wagen gesprungen, hatte ihn gewendet und war mit Vollgas zurück ins Dorf gerauscht. Während der Fahrt informierte er Bernard über den Vorfall. Dieser schien sich weniger darüber zu echauffieren, was Leon in dem Haus vermutete und dass er beinahe ums Leben gekommen wäre, als darüber, dass er seine Aufgabe vernachlässigt hatte.

Schon wieder.

Mit quietschenden Reifen kam er vor Elenas Hütte zu stehen. Er drückte Bernard weg, obwohl dieser mit seiner Schimpftirade noch nicht fertig war, stieg aus dem Wagen und schlug übertrieben heftig die Tür zu. Wenn er sich nicht am Blech abreagierte, wusste er nicht, was er mit Elena anstellen würde, falls sie zu Hause war.

Hastig riss er die Haustür auf. Noch bevor er seinen Fuß über die Schwelle gesetzt hatte, rief er nach ihr. Er musste ihren Namen zweimal wiederholen, ehe sich etwas rührte.

Verwundert registrierte er, dass sie nicht aus einem der üblichen Zimmer kam. Ihre schlanke Silhouette tauchte aus dem Schatten des im Dunkeln liegenden oberen Stocks auf. Am

Treppenabsatz blieb sie stehen. Sie hielt etwas in Händen. Länglich, weiß. Leon konnte nicht gleich zuordnen, was es war. Als er den Gegenstand erkannte, hob er erstaunt eine Augenbraue.

»Was ist denn los?«, fragte Elena einigermaßen überrascht über Leons ungehaltenen Auftritt. Sie wischte sich die Stirn ab und bückte sich, um den weißen Schrubber in den mit Wasser gefüllten Kessel neben sich einzutauchen. Dann stieg sie die Treppe herunter.

Einzelne Strähnen stahlen sich aus dem Tuch, mit dem sie ihr kastanienbraunes Haar zurückgebunden hatte, und kräuselten sich auf ihrer Stirn.

»Was tust du da?«, fragte Leon. Er wirkte irgendwie irritiert. Vor allem aber sah er entsetzlich aus. Seine Kleidung war schmutzig, sein schwarzes Oberteil, das unter der geöffneten Jacke zu sehen war, hatte einen breiten Riss über der Brust. Irgendetwas schien mit seiner Schulter zu sein, denn sie hing leicht nach vorne. Über seine Wange, gefährlich nah bei seinem Auge, zog sich eine Schramme, die sich zu verfärben begann.

»Ich putze«, antwortete Elena, während sie auf Leon zukam.

»Du putzt? Jetzt?«

»Du hast mich daran erinnert, dass ich damit nicht fertig geworden bin. Außerdem wurde es allmählich Zeit, sich auch den Geistern der oberen Räume zu stellen. Du und die gesamte Situation haben mich so sehr aufgeregt, dass ich die Putzarbeit nutzte, um mich abzureagieren.«

»Hat's funktioniert?«

Sie stand jetzt direkt vor ihm auf der letzten Stufe und musterte ihn. Er wirkte verwirrt. Verletzt. Forsch - und unglaublich anziehend. Seine braunen Augen strahlten etwas aus, das sie nicht zuordnen konnte. Er schien jede ihrer Bewegungen genau zu beobachten.

Sie strich vorsichtig über die Schramme unter seinem Auge. »Was ist mit dir passiert?«

Er kniff seine Augen zusammen und blickte suchend in die ihrigen. Was hoffte er, zu finden?

»Wo bist du gewesen, als ich nicht da war?«, fragte er.

Er nahm ihr Handgelenk und legte den Zeigefinger auf ihre Hauptschlagader.

»Was soll das werden? Ein Lügendetektortest für Laien?«

»Wo bist du gewesen?«, fragte er noch einmal mit Nachdruck.

»Ich war hier. Seit unserem Disput im Wald habe ich die Hütte bis auf einen kurzen Gang zum Dorfladen nicht mehr verlassen. Du hingegen bist heute Morgen weggefahren. Ich habe dich gehört. Was hast du gemacht, dass du jetzt so aussiehst?«

»Das weißt du genau.«

Elena schloss die Augenlider. Sie atmete langsam ein und ermahnte sich, nicht wieder die Beherrschung zu verlieren. Sie hatte nachgedacht und war zu dem Schluss gekommen, dass es keinen Wert hatte, sich mit Leon zu zerstreiten. Ihr primäres Ziel war es, die Wahrheit ans Licht zu bringen. Der Weg war egal. Ob sie nun unter Verdacht stand, mit Vorwürfen bombardiert oder für unschuldig gehalten wurde, spielte dabei keine Rolle – solange die Untersuchungen nur weiterliefen. Natürlich wünschte sie sich, dass Leon auf ihrer Seite stand und nicht gegen sie war. Er war ein Mann, den sie viel näher bei sich haben wollte, als es gut war. Deshalb war es womöglich sogar besser, dass er ihr misstraute. So hielt er die Distanz, zu der sie allmählich nicht mehr fähig war. Solange er jeweils zu ihr zurückkehrte, aus welchen Gründen auch immer, war sein Interesse an diesem Fall hoch. Ihr war es wichtig, dass er nachbohrte, denn bei ihm konnte sie sich einigermaßen sicher sein, dass er wirklich die Wahrheit suchte, welche das auch immer sein mochte, und sie nicht einfach nur in die Pfanne hauen wollte. »Ich weiß überhaupt nichts.«

»Ach nein? Und was ist mit dem Haus, das du in die Luft gejagt hast, während ich drin war?«

Elena zog die Hand zurück, mit der sie noch immer seine Wunde berührt hatte. Entsetzt starrte sie ihn an. »Das war kein Donnern?«

»Oh doch, es hat gedonnert. Kurz nachdem ein Molotowcocktail durch eine Scheibe auf der Gebäuderückseite flog.«

»Ich hörte vor Kurzem ein seltsames Donnern in der Ferne, das nicht nach einem Unwetter, sondern eher nach Silvesterböllern klang. Aber ich habe mir keine weiteren Gedanken darüber gemacht.«

Wieder dieser Scannerblick. Er wollte wissen, ob sie die Wahrheit sagte, ging es Elena durch den Kopf. Die Finger hielt er noch immer auf ihre Schlagader am Handgelenk gedrückt.

Diese Hand zog sie bewusst nicht weg. »Du verdächtigst mich also, dass ich vorhin ein Haus in die Luft gejagt habe, um dich umzubringen?« Elena schluckte schwer. »Das ist eine grauenhafte Unterstellung, das toppt alles Bisherige.«

»Was gibt es denn sonst noch für Möglichkeiten? Da stand jemand auf dem Rasen. Ich habe das Gesicht nicht erkannt, das Haar steckte unter einer Kapuze, aber der Statur nach war es eine Frau. Was soll ich also denken?«

Elena gab einfach einem Impuls nach. Sie löste ihr Handgelenk von seinen Fingern, nahm sein Gesicht behutsam in beide Hände und sah ihn ernst an. »Dass ich dir niemals etwas antun könnte. Ich habe dich geliebt, und ich tue es noch.«

Ehe sie selbst das Ausmaß oder die Folgen ihrer Worte begreifen konnte und bevor er reagieren konnte, legte sie ihre Lippen auf die seinen und küsste ihn. Es war ein sanfter Kuss, in dem das Vertrauen lag, das sie ihm entgegenbrachte, auch wenn ihr Verstand etwas anderes sagte. Ihre Gefühle waren irrational, das wusste sie. Wohin der Kuss führen würde, ahnte sie, denn dieses Mal wies er sie nicht zurück. Er ging auf ihre intime Annäherung ein, legte seine Hände auf ihre Hüften, strich über ihren Rücken. Anfangs vorsichtig, dann wurden seine Lippen gierig, seine Berührungen immer fordernder, bis er sie etwas anhob. Sie schlang ihre Beine um seine Hüfte, krallte ihre Finger in sein dichtes, rotbraunes Haar. Er trug sie ins Wohnzimmer und sank mit ihr auf die Couch. Seine Hände waren überall, öffneten ihre Kleidung, machten den Weg frei für seinen Mund, seine Zunge. Er erforschte ihren Körper vom Hals, über ihre Brüste, zu ihrem Bauch und ihren Beinen, bis hin zu ihrer warmen Mitte.

Nein, diesmal lehnte er sie nicht ab …

1. November, 03.00 Uhr

Leon erwachte, weil seine Schulter höllisch schmerzte. Instinktiv griff er danach. Als er den gesunden Arm bewegte, wurde ihm bewusst, dass Elena nicht mehr da war. Sie war in seinem Arm eingeschlafen, doch nun lag er allein auf dem Boden vor dem Kamin. Wie lange hatte er gepennt? Nach der vergangenen Nacht ohne Schlaf war es eigentlich nicht weiter verwunderlich, dass sein Körper seinen Tribut gefordert hatte.

Der Schlafsack war ihm bis zum Bauchnabel heruntergerutscht, seine blanke Brust lag frei. Er tastete nach seinen Boxershorts, bekam aber nur die Jeans zu fassen. Das musste reichen. Er streifte sie über, bedacht darauf, die schmerzende Schulter nicht zu sehr zu beanspruchen. Vermutlich eine Prellung, weshalb er nichts weiter tun konnte, als sich zu schonen. Da war das Tragen einer Frau nicht gerade hilfreich gewesen. Er hätte ihren sexy Leberfleck am Hals auch ohne diese Turnübung erreicht. Schon als sie noch Teenager gewesen waren, hatte dieser dunkle, ovale Fleck immer unheimlich anziehend auf ihn gewirkt.

Wie dem auch sei, er war wieder im Rennen. Er hatte seinen Plan umsetzen können, ohne sich besonders bemühen zu müssen. Ob sie ihm wirklich vertraute oder ob sie ihn genauso benutzen und irreführen wollte wie er sie, musste er allerdings noch herausfinden. Wenn sie ihn an der Nase herumführte, dann pokerte sie hoch. Ihm zu sagen, dass sie ihn liebte, war ein Schachzug, den er nicht einordnen konnte. Hatte sie ihn nach dem seltsamen Streit, den er im Wald angezettelt hatte, testen wollen? Aber weshalb? Er wusste es nicht. Wenn es wichtig war, würde er es herausfinden. Doch er musste aufpassen. Auf sich, auf seine eigenen Gefühle, denn während er sich die Situation noch einmal vor Augen führte, wie sie zerzaust auf der Treppe stand, mit zurückgebundenem Haar, vor Schweiß leicht glänzendem Gesicht, vor Anstrengung geröteten Wangen, der Sorge im Blick um sein desolates Aussehen, regte sich eine leise Hoffnung in ihm – die Hoffnung, ihr Geständnis möge der Wahrheit entsprechen.

»Verfluchte Gefühlsduselei!«, mit diesen Worten verscheuchte Leon die aufkeimende Zuneigung. Es war nicht der richtige Ort, nicht die richtige Zeit und schon gar nicht die richtige Frau für solche Empfindungen – auch wenn die vergangenen Stunden mit ihr verdammt gut gewesen waren, und geradezu nach einer Wiederholung schrien.

Er besann sich wieder aufs Wesentliche: Er musste feststellen, wo sie sich versteckte.

Aus Gewohnheit ging er zuerst in die Küche, um nachzusehen, ob die Hintertür offen stand. Er war einigermaßen erstaunt, als er sie geschlossen vorfand. Draußen pfiff der Wind um die Hausecken, schüttelte die Bäume durch, dass die restlichen verdorrten Blätter nur so abfielen, aber eine menschliche Gestalt konnte er nicht ausmachen.

Irgendetwas sagte ihm, dass er sie nicht dort draußen finden würde. Sie war im Haus. Diese Gewissheit beruhigte ihn aber kein Stück. Er wusste nicht, wozu sie fähig war, noch weniger, seit er am vergangenen Nachmittag nur knapp dem Höllenfeuer entronnen war. Angenommen, sie hatte das Feuer gelegt und sich bewusst auf dem offenen Rasen postiert, sodass er sie sehen konnte – könnte es dann nicht gut sein, dass sie tatsächlich ihre Taktik änderte? Vielleicht wurde aus dem doppelten Lottchen nun eine Person, die ihm ihr wahres Gesicht zeigte. Das wäre der Sechser im Lotto.

Leon war auf der Hut. Er schlich leise in den Korridor, lauschte auf mögliche Geräusche. Die meisten kamen von draußen.

Da hörte er auf einmal Wasser rauschen.

Er ging zur Badezimmertür, sah sich vorsichtshalber um.

Eine Falle, warnte seine innere Stimme, als er die Hand auf die Türklinke legte. Doch ehe er sie hinunterdrücken konnte, zerschnitt ein gellender Schrei die Luft. Er kam aus dem Inneren des Badezimmers, und er klang sehr nach Elena.

Ohne weiter an die Mahnung seiner inneren Stimme zu denken, riss er die Tür auf.

Sogleich entdeckte er Elena.

Sie lag in der Wanne. Nackt. Blutüberströmt.

1. November, 03.10 Uhr

»Elena!« Leon sprintete zur Badewanne, umfasste den hilflosen Körper, suchte nach einer Verletzung. Endlich begriff er, dass das Blut nicht von ihr stammte. Er blickte auf seinen Arm, über den das Wasser aus dem Duschhahn floss.

Blutrot tropfte es in die Wanne und floss in einem dunklen Rinnsal dem Abfluss entgegen. Er hob den Kopf. Das Blut kam aus dem Wasserhahn.

Leon drehte den Hahn zu, schob einen Arm unter Elenas Kniegelenke, während er mit dem anderen ihre Schultern umfasste. Den stechenden Schmerz in seiner Schulter ignorierend, hob er sie aus der Wanne und trug sie zurück ins Wohnzimmer. Ihr Kopf ruhte in seiner Armbeuge, bis sie sich auf halbem Weg regte.

»Was ist passiert?«, murmelte sie geistesabwesend.

»Das würde ich gerne von dir erfahren«, antwortete Leon. Obwohl ihre Haut mit einem Gemisch aus Wasser und Blut überzogen war, ließ er sie auf das Sofa gleiten und deckte sie zu. Sie rollte sich sofort ein, als wäre sie eine Katze.

Der Vergleich ist nicht einmal so abwegig, dachte Leon. Katzen waren genauso undurchschaubar.

»Ruh dich aus, wir reden nachher. Zuerst muss ich herausfinden, was da aus der Wasserleitung gekommen ist, wie es hineinkam und wie ich es entfernen kann.«

Leon zog sich einen Pullover über und kehrte ins Badezimmer zurück. Zuerst öffnete er den Toilettendeckel. Das Wasser in der Toilette wies keine Einfärbungen auf. Allerdings hatte vielleicht noch keine Spülung stattgefunden. Wasser für einen Spülgang war noch im Spülkasten; erst wenn dieser sich neu füllte, konnte er herausfinden, ob auch dieses Wasser verseucht war. Also bediente er die Spülung. Während sich der Kasten blubbernd neu füllte, drehte er den Kaltwasserhahn des Waschbeckens auf. Er wartete kurz. Das Wasser blieb klar. Dann versuchte er es mit dem Warmwasser. Unmittelbar darauf sprudelte rote Flüssigkeit aus dem Hahn.

Das Blut war also im Warmwasserboiler. Der Boiler war in der Küche verbaut, da der Platz im Badezimmer nicht ausgereicht hatte. Leon drehte das Wasser aus, trat in den Korridor. Während er in die Küche ging, dachte er darüber nach, wie er die Ereignisse einordnen sollte. So wie es ihm zugetragen worden war, wurde Elena jeweils von einer Melodie an einen Ort gelockt und fiel dann in Ohnmacht. Es war davon auszugehen, dass eine Art Schockmoment für diese Ohnmachtsattacken verantwortlich war. Ein solcher Moment konnte durch das Auffinden von Leichen oder Leichenteilen hervorgerufen werden. Oder durch eine Blutdusche.

Ging man davon aus, dass sie zwei Persönlichkeiten in sich trug, dann war jeweils die gewaltbereite Persönlichkeit am Werk, bevor die Friedfertige angelockt wurde.

Das zielstrebige Vorgehen der Frau, mit der er einige Stunden zuvor Sex gehabt hatte, stand nicht ganz im Widerspruch zu der Elena, mit der er die meiste Zeit hier verbracht hatte. Sie hatte immer wieder bewundernswerte Stärke bewiesen, aber weniger aus einem gesunden Selbstbewusstsein heraus als aus Trotz. Aus verzweifelter Entschlossenheit, sich nicht unterkriegen zu lassen.

Der Frau vor ein paar Stunden war nichts Trotziges oder Verzweifeltes anzumerken. Wenn er also davon ausging, dass er mit der Gewaltbereiten geschlafen hatte, die die Wasserleitungen vor seinem Eintreffen präpariert hatte, und die Friedfertige neben ihm aufgewacht und unter die Dusche gegangen war, wäre das Muster eingehalten. Wodurch war sie aufgewacht? Hatte die Melodie sie geweckt? Warum hatte er sie dann nicht gehört? Und wenn die Melodie da gewesen war – vielleicht so leise, dass er nichts mitgekriegt hatte –, wie war sie dann ins Haus gekommen, und wer hatte sie eingeschaltet? Hatte sich jemand Zugang zum Haus verschafft?

Irgendwie schien alles zu kompliziert. Zu viele Fragen, die man ganz einfach beantworten konnte: Ein zweites Ich hin oder her, Elena war die Täterin, und sie verarschte alle nach Strich und Faden. Diese Einsicht würde Bernard gefallen, dachte sich Leon, als er die schnörkellose Holztür in der Ecke neben der Küchenzeile aufzog und sich daranmachte, den Boiler abzusuchen.

Auf den ersten Blick konnte er nichts entdecken. Er tastete das Gehäuse ab, die Rohre, prüfte die Verbindungsstücke. Auf Augenhöhe fand er nichts Ungewöhnliches. Also zog er sich einen Stuhl heran, stellte sich darauf und musste sich vor Überraschung am Boiler festhalten, um nicht umzukippen.

»Das gibt's doch nicht!«

Ganz hinten an der Wand hing ein transparenter Beutel, der zur Hälfte mit einer dunklen Flüssigkeit gefüllt war.

Eine Blutkonserve, ging es Leon spontan durch den Kopf. Er streckte den Arm aus und grapschte mit den Fingerspitzen nach dem Beutel.

Jemand musste mit einer Leiter ans Werk gegangen sein, denn mit einem Stuhl kam man nicht hoch genug, um über den Boiler bis an die Wand greifen und die Vorrichtung installieren zu können.

Leon bekam den Behälter zu fassen und zog ihn zu sich heran. Eine Kanüle war daran befestigt, die in ein Loch oben im Boiler führte. Das ganze Konstrukt erinnerte ihn stark an einen Tropf, wie er in Krankenhäusern verwendet wurde. Nur dass nicht lebenserhaltende Medikamente in Venen wanderten, sondern einem Warmwasserspeicher Blut eingeimpft wurde. Um sicherzugehen, ob es wirklich Blut war, drehte Leon den Beutel um, befreite ihn von dem Plastikschlauch, träufelte ein klein wenig des Inhalts auf seinen Zeigefinger und kostete.

Kein Zweifel: Das in dem Beutel war Blut.

In einen Boiler dieser Größe musste allerdings eine Menge Blut gemischt worden sein, um das Wasser so dunkel zu färben, wie es aus der Duschbrause gekommen war. Mit nur einer Konserve war das nicht machbar. Entweder hatte jemand eine ganze Menge Blut übrig, mit dem er einen Teil des Wassers im Boiler ersetzt hatte, oder das Boilerwasser wurde mit einer Chemikalie rot eingefärbt, und die Konserve diente als makabre Irreführung. Wann war das alles von Statten gegangen? Als er in die Hütte zurückkam, war Elena damit beschäftigt gewesen zu putzen. Diesem Gedanken folgend ging Leon in den Korridor und dort die Treppe hoch, wo er den Eimer vorfand. Er hob ihn an, hielt ihn gegen das Licht, das aus dem Flur nach oben drang. Das Wasser war farblos. Diese Feststellung war umso verwirrender, da Leon davon ausging, dass Elena kaum mit kaltem Wasser putzte und es wohl auch nicht schon Stunden vor seiner Rückkehr eingefüllt hatte. Außerdem bestand die reelle Chance, dass er sich die Hände hätte waschen wollen oder ähnliches. Wäre das Wasser schon den ganzen Tag präpariert gewesen, hätte auch er die rote Entdeckung machen können, was kaum das Ziel gewesen wäre. Das wiederum führte Leon zu der Vermutung, dass die Apparatur vielleicht am Nachmittag installiert worden war, der Farbstoff den Boiler jedoch erst abends verseuchte. Am Nachmittag? Während sie, wie sie erwähnt hatte, beim Einkaufen war? Oder war sie es, die den Boiler vorbereitete? Wie und wann heute Abend hätte sie das Wasser einfärben können? War sie aufgestanden, nachdem er eingeschlafen war und hatte die Substanz freigesetzt? Oder war jemand in die Hütte eingedrungen, ohne dass er etwas bemerkt hatte? Leon schluckte. War jemand in der Hütte gewesen, während er und sie miteinander … Er wollte den Gedanken überhaupt nicht zu Ende führen, aber seine Phantasie verstummte nicht. Hat ihnen schlimmstenfalls sogar jemand beim Sex zugesehen? Leon erschauderte. Er war in einer anderen Welt gewesen, hatte sich gehen lassen. Es wäre also gut möglich, dass ein Dritter sein Unwesen trieb, ohne, dass er es bemerkt hätte.

Leons Überlegungen machten ihm nicht gerade Mut. Die Einzige, die heute nachweislich genug Zeit gehabt hatte und im Haus gewesen war, war Elena. Das hätte sie auch noch bewerkstelligen können, bevor sie die Villa in die Luft gejagt hatte. Die Verdachtsmomente gegen sie erhärteten sich immer mehr. Wenn sie nicht bald erklären konnte oder wollte, was sie tat oder wo sie gewesen ist, während sie in den vergangenen

Tagen ganz allein war, würden die Menge an Indizien und ein überzeugender Polizist, wie Bernard einer war, langsam, aber sicher ausreichen, um sie in Untersuchungshaft zu nehmen.

Leon musste sich eingestehen, dass es genau genommen allein schon aufgrund dieser Blutgeschichte möglich wäre, Elena zu inhaftieren. Wenn bei der Untersuchung der Konserve herauskam, dass das Blut einer Vermissten aus Leons für Elena zusammengestellter Kartei gehörte, dann wäre ihre Schonfrist definitiv abgelaufen.

Apropos Kartei. Leons eigene Ermittlungen waren wegen der Ereignisse der vergangenen Tage vollkommen in den Hintergrund gerückt. Das musste er ändern. Aber zuerst musste er überlegen, was er mit Elena anstellen sollte. Sie konnte nicht hierbleiben. Vielleicht war eine Festnahme der beste Weg, sie zu schützen, vor allem vor sich selbst. Dann wäre Bernard zufrieden, die Ermittler könnten ihr auf den Zahn fühlen, und er selbst hätte die nötige Ruhe und Zeit, der Wahrheit auf den Grund zu gehen, dessen war er sich sicher. Denn egal, wer oder was die treibende Kraft in diesem Psychospiel war, der Auslöser war in jedem Fall Elena. Wenn sie nicht mehr da war, gab es keinen Grund, diesen Terror weiterzuführen. Hörte der Terror auf, blieb Zeit für fundierte Ermittlungen.

Wenn sie nicht mehr da war. Leon stutzte. War es das? War es das eigentliche Ziel, Elena loszuwerden? Wenn ein Dritter involviert war, ja. Wenn sie es war, die die Attacken auf sich selbst wissentlich auslöste, um einem abartigen Aufmerksamkeitsdrang gerecht zu werden, dann konnte es nicht das Ziel sein.

Obwohl ihm die zweite Theorie, je länger er darüber nachdachte, zunehmend glaubwürdiger erschien, war es nicht ganz ausgeschlossen, dass es sich ein Dritter zum Ziel erklärt hatte,

Elena zu zerstören. Sie sollte nicht einfach nur getriezt und für gestört gehalten werden, sie sollte so lange in den Wahnsinn getrieben werden, bis sie verschwindet. Entweder durch Inhaftierung oder durch ihren Tod, ganz nach Wut des Peinigers. Die Vorgehensweise, dieses Spiel mit der Psyche, sprach sehr dafür, dass als Todesart Selbstmord vorgesehen war, ansonsten wäre der ganze Aufwand viel zu übertrieben, selbst für einen Psychopathen.

Warum Leon trotzdem wieder auf die Version des externen Peinigers zurückkam, wusste er selbst nicht genau. Es war ein undefinierbares Gefühl, das an ihm nagte. Er konnte trotz aller Indizien nicht glauben, dass man unbemerkt derart verrückt werden konnte, um sich in diesem Maß selbst zu quälen und gleichzeitig Morde in Perfektion zu planen –, obwohl eine Frau beinahe für seinen eigenen Tod verantwortlich gewesen wäre.

Vielleicht war er erneut von einer Frau so sehr benebelt worden, dass er die Wahrheit nicht mehr sehen konnte?

Vielleicht.

Leon kehrte ins Wohnzimmer zurück und stupste Elena, die eingeschlafen war, an der unter der Decke hervorlugenden Schulter, um sie aufzuwecken. Sie öffnete die Augen, aber die Lider schienen unendlich schwer. Sie schmatzte leise, was ihn doch tatsächlich zum Lächeln brachte.

»Was ist denn los?«, murmelte sie.

»Das scheint die Frage des Tages zu sein. Zieh dir was über, wir gehen.«

»Aber es ist mitten in der Nacht oder etwa nicht?«

»Es ist kurz vor vier Uhr in der Früh. Aber das spielt keine Rolle. Ich hätte dich schon viel früher von hier wegbringen sollen«, flüsterte er sanft.

»Weg? Aber wohin denn?« Zwischen den Augen hatte sie tiefe Falten, so sehr strengte sie das Aufwecken ihres Denkapparates an.

»Vorerst zu mir, dann sehen wir weiter.«

Ich hocke im Gebüsch, lauernd wie ein Wolf, und sehe zu, wie sie gemeinsam zum Wagen gehen. Er hilft ihr in den Wagen, als wäre sie ein kleines Kind. Zugegeben, sie wirkt etwas labil, und das ist alleine meine Schuld. Habe ich Mitleid? Keineswegs! Ich freue mich darüber, wie ein Kind an Weihnachten. Ich kann kaum stillhalten. Dieses Mal war es mein Plan gewesen, nicht ihrer. Sie hat die Idee nicht besonders gut gefunden, eine Infusion in den Boiler zu legen. Das sei nicht ihr Stil, hat sie gesagt. Ist es auch nicht, es ist meiner. Sie war am Nachmittag weg gewesen, weil sie etwas wichtiges zu erledigen hatte. Also schlüpfte ich in die Hütte und präparierte den Boiler. Abends kehrte ich zurück, um die Substanz freizusetzen, verbarg mich hinter demselben Gestrüpp, hinter dem ich erneut verharre, und wartete auf einen geeigneten Zeitpunkt. Dann kam Leon zurück. Er sah schändlich aus, was mich zum Lächeln brachte. Meine Geliebte, meine Seelenverwandte hatte allem Anschein nach ganze Arbeit geleistet.

Kurz nachdem er das Haus betreten hatte, ging im Wohnzimmer das Licht an und ich konnte zusehen, wie er sie zum Sofa trug, wo sie es miteinander trieben. Obwohl ich mich kaum hatte losreißen können und mir am liebsten selbst einen runtergeholt hätte, ergriff ich die Chance: Ich kehrte ins Haus zurück und setzte die Substanz frei. Das Risiko, dass Leon zuerst duschen würde, nahm ich in Kauf. Aber es gab kein Grund zur Sorge, wie ich jetzt feststelle, denn es hat wie geplant und gehofft sie erwischt und nicht ihn.

Selbst jetzt, in der Erinnerung daran, wie die beiden es miteinander getrieben hatten, bekomme ich einen Ständer, obwohl ich auf den Anblick von Leons nacktem Arsch gut hätte verzichten können.

Leon schlägt die Beifahrertür zu, klemmt sich hinter das Steuer. Der Motor des schweren Wagens röhrt durch die Stille der Nacht, die Scheinwerfer durchbrechen die Dunkelheit und zeigen genau in meine Richtung. Rasch ziehe ich mich in die Schatten zurück. Er darf mich nicht sehen. Er ist sowieso schon näher am Ziel, als er ahnt, da will ich ihm durch meine Unvorsichtigkeit nicht noch in die Hände spielen.

Ich sehe zu, wie der Pick-up wendet. Als er außer Sichtweite ist, wage ich mich aus meinem Versteck hervor. Jetzt muss alles schnell gehen. Ich schultere mein Paket, das eingehüllt in schwarze Mülltüten zu meiner Rechten liegt, und mach mich auf den Weg zur Hintertür der Hütte.

1. November, 06.00 Uhr

»Warum tust du das noch immer?«, fragte Elena, während sie sich neben dem Kater auf das Sofa setzte. Gleich nach der Ankunft in Leons Haus hatte sie eine Dusche genommen und sich in einen warmen Cardigan eingehüllt, den sie aus ihrer Hütte mitgebracht hatte. Der Kater sah sie gelangweilt an, ehe er seinen riesigen Kopf wieder auf seine Pfoten bettete und leise schnurrend die gelben Augen schloss.

»Warum tue ich was?«

»Du spielst nach wie vor meinen Babysitter. Aber ich weiß auch, dass du darüber nachdenkst, mich einfach loszuwerden, obwohl wir miteinander geschlafen haben. Ich würde es dir noch nicht einmal übel nehmen, weißt du?«

Leon setzte sich ihr gegenüber auf die Kante eines gemütlich wirkenden Ohrensessels mit abgewetzten Armlehnen. Er stützte die Ellbogen auf die Knie und legte die Zeigefinger aneinander. In dieser Pose hatte er ihr genau hier schon einmal gegenübergesessen. Das war erst ein paar Tage her, es kam ihm aber wie Monate vor.

Nach einer Weile des Nachdenkens entschied er, die Karten auf den Tisch zu legen. »Ich denke über so einiges nach. Ich bin hin und her gerissen. Ich weiß nicht, was ich glauben soll und kann. Du handelst tatsächlich wie zwei unterschiedliche Menschen, dennoch glaube ich nicht, dass das auf eine Persönlichkeitsstörung zurückzuführen ist. Ich könnte dich der Justiz ausliefern. Die Verdachtsmomente erhärten sich.« Leon machte eine Pause, tippte mit einem Zeigefinger gegen die Unterlippe, legte ihn dann wieder auf den anderen und setzte seine Ausführungen fort: »Inzwischen gibt es weit mehr, das gegen dich als für dich spricht. Vor allem sind da die Zeiten, in denen du allein warst. Sie reichten jeweils aus, um eine Leiche aus dem Institut für Rechtsmedizin zu holen, ein Haus in die Luft zu jagen, einer Unfalltoten die Gliedmaßen zu klauen, eine Tote im Wald zu hinterlassen. Alles andere, diese wilden Geschichten über Schneewittchen-Melodien, Frauenleichen in Brunnen und abgetrennte Köpfe, die singen, sind mir zu abstrakt, als dass ich etwas damit anfangen könnte. Ich habe es versucht, sonst hätte ich nicht die Vermisstendatenbank durchgesehen und dir die Bilder gezeigt. Außerdem hätte ich nicht die Verbindung zu den Namen der Vermissten hergestellt. Aber sosehr ich mir einen Reim auf deine Erlebnisse und dein Verhalten machen wollte, ich konnte es nicht. Somit komme ich zu folgender Schlussfolgerung: Die Sache mit den zwei Persönlichkeiten stimmt, aber der Wechsel ist exakt berechnet, und die Persönlichkeiten sind bewusst bis ins Detail ausgearbeitet. Du buhlst mit allen Mitteln um Aufmerksamkeit. Dabei ist dir auch ein Menschenleben nicht zu schade. Du arbeitest erstaunlich präzise und führst uns äußerst erfolgreich an der Nase herum. Wenn das nicht zutrifft, bist du schlicht die arme Irre, für die dich alle halten.«

Elena saß mit offenem Mund da. Sie blinzelte brüskiert und rang nach Worten. »Das ist ja mal eine Einschätzung! Ich weiß nicht, ob ich lachen oder weinen soll. Ich will hier raus; das ist der erste Gedanke, den ich fassen kann. Aber ich werde nicht fliehen. Denn wenn ich davonrenne, wäre ich wieder allein, und wenn morgen wieder eine Leiche oder sonst was entdeckt wird, wäre ich klar hauptverdächtig. Ohne deinen Schutz würde ich tatsächlich in den Knast wandern. Was mich zu einer weiteren Frage führt: Wenn das, was du gesagt hast, wirklich deiner Ansicht entspricht, warum bin ich dann hier und nicht hinter schwedischen Gardinen? Und warum hast du mit mir geschlafen? War das so eine kranke Fantasie von dir?« Elena war inzwischen aufgestanden und ging vor dem Sofa auf und ab. Leonidas, der sein Nickerchen vorerst aufgeschoben zu haben schien, folgte ihrer Bewegung mit seinen leuchtenden Augen.

»Was bist du?«, war das Einzige, was Leon aufgrund von Elenas Reaktion einfiel. »Du reagierst vollkommen unlogisch, weißt du das?«

»Ja.« Elena nickte. »Das liegt vielleicht daran, dass so manches in meinem Leben seit langer Zeit überhaupt keinen Sinn ergibt. Womöglich war ich noch nicht irre, werde es aber langsam.«

Leon starrte auf seine Fußspitzen und dachte über Elenas letzte Worte nach. Ein unbestimmtes Gefühl regte sich in seiner Magengrube. »Dich will jemand in den Wahnsinn treiben«, sagte er und hob den Kopf.

Elena sah ihn fragend an. »Ich versteh kein Wort.«

»Nach deiner Blutdusche habe ich das erste Mal über diese Möglichkeit nachgedacht und frage mich nun, warum ich nicht früher darauf gekommen bin. Du bist auf ganzer Linie nur das Opfer, aber nicht von dir selbst, nicht von einer gespaltenen Persönlichkeit, sondern von jemand anderem. Du wirst manipuliert, fremdgesteuert und so in den Wahnsinn getrieben«, platzte er heraus.

»Jetzt klingst du aber verrückt.«

»Hast du dir das noch nie überlegt? Das müsste doch das Erste sein, was dir als Betroffene eingefallen ist.«

»Ja schon, aber ich konnte mir nicht vorstellen, wer so etwas tun sollte und warum. Wer hätte die Möglichkeiten, die Energie, Zeit und Muße, all das zu inszenieren. Ich war in therapeutischen Einrichtungen unter strenger Beobachtung, also unantastbar. Ich wachte immer um dieselbe Zeit auf, ich schlafwandelte. Wie könnte mich ein Externer dazu gezwungen haben? Das klingt ja fast so, als wäre ich einer Gehirnwäsche unterzogen worden, als wäre ich ein dressierter Zirkuselefant.«

»Wurdest du neurologisch untersucht? Warst du in einem Schlaflabor, als du deine nächtlichen Ausflüge begonnen hast?«

Elena wirkte verwirrt. »Nein, war ich nicht. Es gab keinen Anlass. Die Mitarbeiter der Klinik nannten psychische Gründe für meine Schlafstörungen.«

»Hast du jemals Psychopharmaka eingenommen?«

»Anfangs ja. Doch ich habe sie bald wieder abgesetzt, selbstständig, ohne das Wissen der Ärzte. Ich wollte nicht, dass mein Wohlbefinden aus einem Tablettendöschen stammt. Allerdings muss ich zugeben, dass ich die Wiederaufnahme der medikamentösen Behandlung kürzlich erst in Betracht gezogen habe.«

»Darum habe ich keine Medikamente in deinem Haus gefunden. Bekommst du sie noch immer verschrieben?«

»Doktor Steffen hatte von meiner heimlichen Weigerung Wind bekommen und ließ mir nach einigen längeren Diskussionen schließlich meinen Willen. Aufgrund meiner medizinischen Vorgaben verschrieb er sie zwar weiter, aber das war nur, um den Schein zu wahren, damit niemand Fragen stellte.«

»Nett von Doktor Steffen. Kein Wunder, dass er immer etwas nervös ist, wenn die seltsamen Vorfälle zur Sprache kommen und du als Verantwortliche beschuldigt wirst. Er fragt sich bestimmt, was gewesen wäre, wenn er auf die Medikamenteneinnahme bestanden hätte. Er ist gewissermaßen mitverantwortlich, wenn du mal wieder durchdrehst, wie es dir unterstellt wird. Solltest du wegen Mordes angezeigt werden und dabei herauskommen, dass er deine Gebrechen nicht mit den üblichen Medikamenten behandelt hat, ist er seine Lizenz los.«

»Du wirst doch nicht …«, Elena ließ den Rest des Satzes in der Luft hängen. Leon ahnte, dass sie sich nicht über das Ausmaß ihrer Worte im Klaren war, als sie ihm die Sache mit den Medikamenten anvertraut hatte.

»Nein, ich werde deinen Doktor vorerst nicht verraten. Genauso wenig, wie ich dich ausgeliefert habe. Aber ich werde Bernard über dein heutiges Erlebnis berichten müssen, und er wird deine Hütte vom kriminaltechnischen Dienst durchsuchen lassen. Das heißt, bald steht die Kripo auf der Matte. Von der Leiche im Wald wissen sie schon. Davon, dass wir hier in Erlach zwischen ihr und dir eine Verbindung vermuten, allerdings noch nicht. Von all unseren Vermutungen und von alledem, was vorgefallen ist, werden wir dem Staatanwalt aber erzählen müssen. Ich kann dich nicht mehr lange schützen, aber ich werde dir unter die Arme greifen können, wenn die Kavallerie dich auseinandernehmen will. Dafür brauche ich allerdings ein paar Antworten von dir.«

Elena schluckte nervös, setzte sich aber wieder hin, legte die Hand auf den riesigen Kopf des Katers, vergrub die Finger in seinem Fell und sagte: »Na gut, schieß los.«

1. November, 06.30 Uhr

»Hattest du etwas mit Doktor Steffen?«

Elena benetzte ihre trockenen Lippen mit der Zungenspitze, ehe sie antwortete: »Beinahe. Er hat rechtzeitig die Reißleine gezogen. Das war eine einmalige Sache.«

»Wie kann er dich dann weiterhin behandeln? Ist das nicht irgendwie seltsam? Ist nicht das Vertrauen gestört? Oder besteht gar ein Interessenkonflikt?«

»Wir haben darüber gesprochen und uns darauf geeinigt, dass dieser Beinaheausrutscher eine dumme Idee war. Es war erstaunlich leicht, wieder auf die rein professionelle Ebene zurückzukehren. Das schafften wir problemlos, deshalb sprachen wir uns, obwohl wir um ein Haar intim geworden sind, nie mit Vornamen an, bis auf ein paar wenige Ausnahmen vielleicht. Womöglich haben wir paradoxerweise durch diesen

Fehler das Vertrauensverhältnis nicht zerstört, sondern noch vertieft. Wer sich so nah war, teilt etwas, verstehst du?«

Leon nickte langsam. Ja, er verstand. Die Erinnerungen an die letzte Nacht, an die Hitze, an den Schweiß, an ihre weiche Haut unter seinen rauen Händen waren noch ganz frisch. »War das das Ziel? Mich mit den drei Worten und dem Sex an dich zu binden?«

Elena sah ihn kühl an. »Ist das ein Test? Willst du wissen, ob ich es noch weiß oder ob die andere Elena, die man mir andichtet, das gesagt hat? Wie dem auch sei, ich weiß es sehr wohl noch – und es ist mir peinlich. Um deine Frage zu beantworten: Nein, ich wollte dich nicht durch dieses Maximum an Intimität in irgendein Vertrauensverhältnis zwingen. Was mich dazu trieb, dir zu sagen, dass ich dich liebe, weiß ich nicht. Es war eine seltsame Laune, vergiss es also wieder. Ich fühle mich ohne Frage zu dir hingezogen, aber das war's dann auch. Und was den Sex angeht, warst du nicht ganz unbeteiligt.«

»Schuldig im Sinne der Anklage. Zurück zum eigentlichen Thema.« Sie hätte also beinahe etwas mit Dr. Steffen gehabt. Ob der Doktor das so gut weggesteckt hatte wie sie, davon war er nicht so überzeugt. Seiner Reaktion während des Gesprächs in Bernards Büro nach zu urteilen, war er an Elena nicht uninteressiert, und das nicht nur auf beruflicher Ebene. Es ist also anzunehmen, dass er ihr nicht schaden will, es sei denn, er ist in seinem Stolz verletzt, weil die private Beziehung keine Fortsetzung fand. Das wäre auch möglich, obwohl er sie abgewiesen hatte, wie sie sagte. Vielleicht hatte er nicht damit gerechnet, dass sie so einfach aufgab. Möglicherweise hätte sie seiner Vorstellung nach um ihn buhlen sollen oder so etwas in der Art.

»Die Attacken auf dich sind so perfekt vorbereitet, geplant

und getimt. Die Gestaltung ist enorm aufwendig und auch riskant. Wer sich solche Mühe gibt, muss einen triftigen Grund haben. Muss ich außer dem Unfall noch etwas wissen? Hast du jemanden verletzt oder jemandem etwas zuleide getan?«

»Trifft alles nur auf mich selbst zu, womit wir wieder beim Thema wären, dass ich der Übeltäter bin«, versuchte sie zu scherzen.

»Ich finde das in der derzeitigen Situation nicht witzig. Abgesehen davon, bist du trotz der Theorie, die wir hier gerade durchspielen, nach wie vor auf der Täterliste, und zwar ganz oben. Denk daran.«

Elena schnaubte, antwortete dann aber ernst: »Mir fällt niemand ein. Ich hatte ja kaum mehr Kontakt zur Außenwelt. Warum besprichst du das alles so offen mir? Ich stehe unter Verdacht. Bernard würde dich lynchen.«

»Das ist wahr, aber ohne dich kommen wir nicht weiter.«

»Du könntest mich auch im Gefängnis verhören.«

»Könnte ich«, bestätigte Leon, ging aber nicht weiter darauf ein. »Ich brauche die vollständigen Unfallakten. Hast du die?«

»Ich hatte. Sie fielen einem hübschen kleinen Lagerfeuer zum Opfer.«

»Dein Anwalt dürfte sie noch haben.«

»Ich hab mir keinen genommen.«

»Hast du denn überhaupt nichts richtig gemacht?«

»Offenbar nicht, sonst wäre ich jetzt nicht hier, sondern säße meine Strafe wegen fahrlässiger Tötung ab. Aber die Untersuchungsbeamten hatten anscheinend andere Pläne.«

»Nun denn, die Staatsanwaltschaft hat die Dokumente noch, und Bernard auch. Ich besorg mir eine Kopie.«

»Hat dir Bernard denn keine ausgehändigt? Ich dachte, du kennst den Fall und hättest ihn mitverfolgt?«

»Habe ich, aber Bernard lässt mich die Unterlagen wenn überhaupt nur lesen, er händigt sie mir nicht aus. Ich bin schließlich nicht offiziell an den Ermittlungen beteiligt. Ich habe keine Dienstmarke mehr«, erinnerte sie Leon.

»Dann gebe ich dir eine Vollmacht.«

»Gut. Ich zapf dennoch meine Quelle an, denn ich will vor allem wissen, ob irgendein Familienmitglied, Verlobter, Freund oder Bekannter der Opfer, die damals in deinem Wagen umgekommen sind, sich seither auffällig verhalten hat.«

Elena schmunzelte. »So siehst du also aus, wenn du ermittelst. Dieser nachdenkliche Blick in Kombination mit einer Uniform hat sicherlich Eindruck gemacht.«

Leon zog kurz den Mundwinkel zu einem schiefen Lächeln hoch, setzte aber gleich seine Gedankengänge fort. »An den Tagen X wachst du um drei Uhr morgens auf. Der Zeitpunkt des Unfalls. Das kann kein Zufall sein. Dann stehst du auf und gehst aus dem Haus. Erinnerst du dich daran?«

»Ja, immer. Ich weiß nicht wirklich, was mich jeweils weckt. Ich gehe raus, höre die Melodie und folge ihr. Das mache ich bewusst. Dann sehe ich die Leiche oder was auch immer es zu sehen gibt – und kippe in Ohnmacht. Sobald ich aufwache, ist alles weg.«

»Nur nicht die Erinnerung.«

»Nein, die ist noch da.«

»Ich kann mir kaum vorstellen, dass jemand jede Nacht im Wald hockt, sein kleines Theaterstück inszeniert und sich darauf verlässt, dass du nachts von allein aufwachst, um es zu sehen. Das wäre auch zu riskant. Das bedeutet, dein Aufwachen muss ebenfalls geplant sein. Nur: Wie wirst du geweckt, wenn du doch allein in deinem Zimmer bist?«

Elena erschauderte. »Ich weiß es nicht.«

Leon nahm es zur Kenntnis und ließ die Frage stehen, als hätte er sie sich in einer Art Fragenkatalog notiert, den er in seinem Gehirn führte. »Inzwischen kippst du aber nicht mehr weg. Das letzte Mal, als du nach deiner Entdeckung bewusstlos wurdest, war bei dem singenden Frauenkopf auf meinem Pick-up. Vom Boot und vom Brunnen bist du ohne Ohnmacht zurückgekehrt. Richtig?«

»Richtig.«

»Wie kann das gehen? Mir scheint, du wachst auf Kommando auf und schläfst auf Kommando wieder ein.«

»Wenn die Musik aufhört.«

»Was?«

»Wenn die Musik aufhörte zu spielen, muss ich jeweils weggetreten sein, denn das plötzliche Aussetzen der Musik ist immer das Letzte, woran ich mich erinnerte.«

»Dann löst die Musik die Ohnmachtsanfälle aus? Oder besser gesagt, sie hält dich wach, bis sie stoppt?«

»So kann man es auch sehen.«

»Aber das hat inzwischen aufgehört«, murmelte Leon nachdenklich. »Der Einsatz ist erhöht worden. Warum?«

»Warum was?«, verlangte Elena zu wissen.

»Vorausgesetzt, es gehört zum Plan: Wenn du nicht mehr in Ohnmacht fällst, hast du schneller die Möglichkeit, eine Drittperson über das Geschehnis zu informieren. Das Risiko, dass jemand anderes deine Entdeckung tatsächlich sieht und dir damit glauben muss, steigt beträchtlich. Wer auch immer dahintersteckt, schränkt sich selbst in der Möglichkeit ein, die Hinterlassenschaften wegzuräumen. Das wirkt fast so, als lege er es darauf an, dass endlich jemand anderes sieht, dass du richtigliegst. Oder aber, der Übeltäter ist so von seinem Können überzeugt, dass er nicht an das Risiko glaubt, entdeckt zu werden.«

»Darf ich weiterspinnen?«

»Bitte.«

»Ich habe diese Dinge in der Nacht entdeckt, mein Unterbewusstsein hat mich dann aber ausgeknockt, und als ich aufgewacht bin, war nichts mehr da – so konnte man mir einreden, ich hätte nichts gesehen. Irgendwie habe ich versucht, das zu glauben. Es gelang mir zwar noch nicht, aber ich denke, es wäre nur eine Frage der Zeit gewesen, bis ich selbst davon überzeugt gewesen wäre, dass alles Illusionen waren. Jetzt klappe ich nicht mehr zusammen, und alles wird realer. Ich kann mit absoluter Sicherheit sagen, dass ich alles bewusst erlebt und gesehen habe. Dennoch glaubt mir niemand, weil es nach wie vor niemand anderes gesehen hat. Damit bin ich einfach nicht mehr glaubwürdig. Das macht mich wahnsinnig. Diese Situation zermürbt mich viel mehr als diese Gratwanderung zwischen wach und schlafend.«

Leon schossen tausend Gedanken gleichzeitig durch den Kopf. Er versuchte sie einzureihen, denn Ordnung war das einzige Mittel gegen dieses Chaos. Irgendwie hatte er die Hoffnung, dieses Gespräch brachte ihn endlich weiter. Bisher konnte er in dieser Geschichte keine Erfolge feiern, weil er die Ziele anderer verfolgt hatte und ein eigenes Ziel in den Vordergrund stellte, das dort nichts zu suchen hatte. Er hatte sich durch diesen Fall rehabilitieren wollen. Irgendwie war das alles aber auf einmal nicht mehr wichtig. Ob es daran lag, dass ihn die Explosion mit dem Tod konfrontiert hatte, wusste er nicht. Aber es war, als hätte sie die Spinnweben, in denen sämtliche Fragmente des Falles Elena festklebten, einfach weggeblasen und seinen einzigen Erfolgsgaranten wieder freigelegt: Seine Leidenschaft dafür, der Wahrheit auf den Grund zu gehen, wobei ihm sein Gerechtigkeitssinn stets eine große Hilfe war.

»Kann man grundsätzlich davon ausgehen, dass ein Mensch hilfloser wird, wenn er eindeutig weiß, was er gesehen hat, und ihm dennoch keiner glaubt? Oder kennt unser Übeltäter dich so gut, dass er um diesen Charakterzug von dir weiß?«

Elena riss entsetzt die Augen auf und wollte etwas sagen, doch Leon bremste sie mit einer abwehrenden Handbewegung und fuhr fort: »Gibt es noch einen anderen Grund dafür, dass du inzwischen wach bleiben darfst nach deinen Entdeckungen? *Will* dieser jemand womöglich, dass eine Drittperson früher oder später auch auf deine Funde stößt? Ich bin mir nicht sicher, ob die Leiche im Wald Absicht war. Sie war zu wenig inszeniert, das passt nicht zu deinen Erzählungen. Womöglich ist das Opfer entwischt und auf der Flucht gestorben. Das könnte der Anlass für eine Planänderung gewesen sein.«

»Sie hatte zuvor noch im Boot gelegen, wo ich sie gefunden habe. Ich hätte dich beinahe zu ihr bringen können, du erinnerst dich?«

»Das ist wahr. Somit hat er schon vorher begonnen, deine angeblichen Einbildungen zur Realität zu machen. Du sagtest, sie hätte im Boot noch gelebt?«

Elena nickte bedrückt.

»Dir wurde also das Gefühl vermittelt, sie retten zu können, aber das konntest du nicht. Das führt zu Selbstvorwürfen, die nur schwer zu verkraften sind. Dennoch hätte man dich der üblichen Ohnmacht aussetzen können und dich nicht davonlaufen lassen müssen. Warum durftest du gehen? Ist es das Ziel, dass tatsächlich jemand sieht, dass du die Wahrheit sagst? Was geschieht dann?« Leon kannte die Antwort, musste sie aber nicht aussprechen. Das übernahm Elena, die seinen Gedankengängen allem Anschein nach sehr genau folgte.

»Ich wäre die Einzige, die davon gewusst hat, also kann nur ich für diese Schandtaten verantwortlich gemacht werden. Die Verdachtsmomente gegen mich werden zunehmend erdrückender, aber was noch viel schlimmer ist: Sie werden realer. Ich hätte nicht gedacht, dass ich mir jemals wünschen könnte, sämtliche Vorfälle wären tatsächlich nur Ausgeburten meiner beschädigten Fantasie. Im Traum hätte ich mir nicht vorstellen können, jemals unter Mordverdacht zu geraten.«

»Wer kann das schon?«, fragte Leon, ehe er fortfuhr. »Der Übeltäter ändert also seine Taktik, wird risikofreudiger. Ich bin mir nur nicht sicher, ob das zu seinem Plan gehört oder ob er aus irgendeinem Grund unter Zeitdruck gerät und deshalb nachlässiger wird.«

»Zeitdruck spricht dafür, dass er bis zu einem bestimmten Zeitpunkt ein bestimmtes Ziel erreichen muss. Was kann das sein?« Kaum hatte Elena den Satz beendet, hellte die Erkenntnis ihr Gesicht auf. Die Augen weiteten sich, sie richtete sich auf. »Ich hätte es tatsächlich beinahe vergessen. Mein Gott!«

Leon betrachtete sie eingehend. Er hatte gelernt, die Reaktionen seines Gegenübers einzuschätzen; er wusste, worauf er achten musste, um herauszufinden, ob ihm jemand etwas vormachte. Was die praktische Anwendung betraf, war er zwar etwas eingerostet, aber um Elenas Verhalten einzuordnen, dazu war er durchaus noch fähig. Er hatte sich zu sehr von seinem Umfeld beeinflussen lassen, doch inzwischen hatte er seine Selbstsicherheit zurückerlangt – auch auf dem Gebiet der Menschenkenntnis. Elenas Erstaunen, das die alles entscheidende Erkenntnis mit sich brachte, war eindeutig echt. Sie hatte es tatsächlich vergessen oder vielleicht auch verdrängt.

»Der Unfall …«, murmelte Elena. Sie brachte den Satz aber nicht zu Ende. Das wiederum übernahm Leon.

»… feiert morgen sein trauriges einjähriges Jubiläum.«

1. November, 07.00 Uhr

Elena fühlte sich auf einmal entsetzlich elend. »Warum erst jetzt?«

»Denk darüber nach, wo du in diesem Jahr warst. Der Prozess lief noch, das Urteil wurde nach einem halben Jahr gesprochen, was immer noch reichlich schnell ist. Wer auch immer dahintersteckt, er wusste damals nicht, wie der Prozess enden würde. Er hatte keine Ahnung, ob du in seinen Augen angemessen bestraft und für deine Taten zur Rechenschaft gezogen wirst. Das kam erst nach dem Urteilsspruch raus. Dann hast du dich selbst eingeliefert und warst eine gewisse Zeit wieder unerreichbar. Außerdem brauchte die Person Zeit, um einen Rachefeldzug auszuhecken und bis ins kleinste Detail zu planen. Das war eine Mammutaufgabe.«

»Mir ist schlecht.«

»Es wird dir gleich noch schlechter gehen«, sagte Leon, ohne mit der Wimper zu zucken.

Elena presste eine Hand auf ihren Bauch. »Wie das?«

»Wir müssen zurück in deine Hütte. Sofort.«

Elena schloss die Augen für einen Augenblick. Doch die erhoffte Beruhigung ihrer Nerven trat nicht ein. Stattdessen blitzten vor ihrem inneren Auge Bilder auf.

Elena schlug die Augen auf. Im ersten Moment wusste sie nicht, wo sie sich befand. Der Platz fühlte sich seltsam behaglich an. Ein sanfter Geruch nach erfrischendem Männerdeo stieg ihr in die Nase. Sie hob den Kopf etwas an. An der Stelle ihrer Wange, an der die weiche Haut sie gewärmt hatte, wurde es kalt. Ein Lächeln huschte über ihr Gesicht, als sie begriff, dass sie in Leons Armbeuge eingeschlafen war. Ihr Kopf hatte sich bequem in die Mulde unter seinem Schlüsselbein geschmiegt. Er hatte so perfekt dorthin gepasst, dass es beinahe unheimlich war. Sie wollte aufstehen, musste sich dafür aber aus seinem Arm befreien, der ihren Rücken umfing. Seine große Hand mit den langen, schwieligen Fingern ruhte auf ihrem Becken. Es reute sie, dieses Nest zu verlassen, aber die Natur rief. Sie erhob sich von ihrem ungewöhnlichen Nachtlager und registrierte zufrieden, dass sie noch immer splitterfasernackt war. Sie schlich sich in den Korridor, wollte ins Bad gehen. Auf halben Weg stockte sie. Sie konnte nicht sicher sagen, ob sie etwas gehört hatte, aber auf einmal beschlich sie das Gefühl, nicht allein zu sein. Instinktiv umfasste sie ihren nackten Körper mit den Armen. Die innere Stimme, die sie zur Flucht drängte, ignorierte sie. Sie blieb stehen, lauschte und dachte darüber nach, Leon zu wecken. Doch da war nichts mehr. Und auch wenn Elena hätte schwören können, die letzten Töne ihrer Musik gehört zu haben, legte sie den Eindruck in ihrer persönlichen Bibliothek unter Einbildung ab und huschte ins Bad. Die Gedanken flogen schnell wieder zurück, zu dem Ereignis vergangener Stunden. Ein wohliger Schauer rieselte über ihre schutzlose Haut, als sie an Leons erkundende Hände dachte. Und erst seine Lippen!

Sie betätigte die Toilettenspülung. Elena fühlte sich, als könnte sie Bäume ausreißen. Sie wollte diese Welle nutzen und

Leon etwas Gutes tun. Obwohl sie keine Ahnung hatte, wie früh es wirklich war, ahnte sie, dass noch keine Bäckerei geöffnet haben würde. Dennoch sprang sie schnell unter die Dusche, um anschließend zur Tankstelle zu fahren und dort etwas zum Frühstück zu holen. Dann drehte sie das Duschwasser auf.

Sie hörte ihren eigenen Schrei in ihren Ohren widerhallen, während sie entsetzt ihre Hände anstarrte. Von den Fingerspitzen tropfte rot eingefärbtes Wasser. Es rann über ihren ganzen Körper und verschwand gurgelnd im Abfluss.

Ab dann verschwamm die Erinnerung, bis sie sich mit einer gepackten Tasche in Leons Pick-up wiedergefunden hatte.

Jetzt saß sie hier, in seiner Wohnung mit geschlossenen Augen, und er verlangte von ihr, dass sie in dieses Horrorhaus zurückkehrte. Sie fühlte, wie ihr der kalte Schweiß ausbrach. »Warum?«

»Weil du genau jetzt die perfekte Zielscheibe darstellst. Du bist nicht daheim. Wenn es jetzt wirklich so weit ist, dass deine Erlebnisse nicht mehr geheim bleiben sollen, sondern dir jemand etwas anhängen will, dann ist jetzt der richtige Augenblick, Beweise gegen dich in deinen eigenen vier Wänden zu platzieren.«

»In meiner Hütte? Jemand soll bei mir einbrechen?«

»Ist bei deiner Hütte nicht besonders schwer. Hast du dich bei deiner Ankunft nicht über die intakten Wasserleitungen und den gereinigten Kamin gewundert?«

Leon hatte sich während ihrer Abwesenheit um das Haus gekümmert, aus reiner Freundschaft zu einer Familie, deren Mitglieder größtenteils verstorben waren, und zu einer Frau, die er als Teenager geküsst, aber als Erwachsene nicht eine Sekunde gekannt hatte. Er hätte das nicht tun müssen; es lag kein Auftrag vor, und er hatte nicht mal einen Schlüssel zu der

Hütte gehabt. Dennoch waren die Wasserleitungen bei ihrer Ankunft gut gewartet gewesen, und die Stromversorgung im Parterre funktionierte, auch wenn er es unterlassen hatte, die alten Sicherungen auszutauschen. Er hatte sich unbefugt Zutritt zu ihrem Haus verschafft, sie war nicht böse gewesen. Im Gegenteil, sie schuldete ihm ihren Dank.

Abgesehen davon, war sie selbst in ihr eigenes Haus eingebrochen, als sich die Vordertür nicht hatte öffnen lassen, und an der Hintertür war beim Abziehen des Schlüssels auch gleich der Zylinder aus der Verankerung gerissen.

Jeder hätte hineingekonnt.

Inzwischen war auch dieser Missstand behoben, trotzdem war es nicht weiter schwierig, die Hintertür mithilfe einer Kreditkarte zu öffnen. Eigentlich war es ja egal, denn in der Hütte gab's nichts zu stehlen – außer den Verstand und das Leben der Bewohnerin.

»Du hast recht. Aber wer weiß, dass ich weg bin?«

»Dir klebt ein Schatten an den Fersen, anders kann ich mir das perfekte Timing nicht erklären. Jedes Mal, wenn du allein warst, geschah etwas. Ich habe dich kaum zehn Minuten aus den Augen gelassen, da bist du auch schon durch die Hintertür verschwunden. Da muss jemand sehr genau über dich wachen, dich kontrollieren, vielleicht auch irgendwie manipulieren; und er muss spontan sein, alles im Vorfeld geplant haben, um nur noch den richtigen Moment abpassen zu müssen. Ich habe nun weiß Gott keinen präzise strukturierten Tagesablauf. Es ist nicht vorhersehbar, wann ich dich allein zurücklasse, trotzdem ist immer dann etwas passiert. Das ist verdammt clever, denn so wirst du nur noch verdächtiger.«

Elena war schlecht; sie presste die Faust in ihren Magen und dachte kurz darüber nach, ob sie sich ins Badezimmer verabschieden musste, um sich zu übergeben. »Manipuliert? Wie kann es sein, dass ich davon nichts bemerkt habe?«

»Hast du nicht?«

Elena schüttelte vehement den Kopf.

»Ich denke sogar, du hast es bewusst zugelassen.«

Sie verstand nicht, worauf Leon hinauswollte, und ließ ihn das auch wissen.

»Deine Hypnosetherapie. Das perfekte Werkzeug für eine Gehirnwäsche.«

»Wie bitte?«, rief Elena entrüstet aus. »Du beschuldigst Doktor Steffen? Er hat niemals etwas damit zu tun, niemals! Außerdem muss ich dich wohl darüber aufklären, was Hypnose bedeutet. Er kann mir nichts gegen meinen Willen ins Gehirn einpflanzen, er kann mich auch nicht zu einer Tat überreden. Geht etwas gegen meinen Willen, wache ich auf. So läuft das.«

Leon saß ihr ruhig gegenüber. Sein Blick sprach Bände: Er glaubte ihr nicht. Dabei hatte sie gedacht, das hätten sie langsam hinter sich. »Leon, ich bin Teil dieser Sitzungen, meinst du nicht, wenn er mich irgendwie manipuliert hätte, wüsste ich es? Zugegeben, er leitet mich durch die Sitzungen. Aber das muss er ja auch, wie sollte er sonst die Ursache für meine verkorkste Psyche finden? Nur dann kann er sie ja überhaupt therapieren. Aber er impft mir nichts ein, das nicht zur Problembehandlung gehört.«."

»Da bin ich anderer Ansicht. Genau das ist es ja. Ich weiß noch nicht, wie er das anstellt. Ich weiß nicht, was er dir erzählt, damit dein Unterbewusstsein nicht blockiert, damit du weiter das Gefühl behältst, dass du und nicht er die Kontrolle hat, aber es ist zurzeit die einzig mögliche Erklärung für dein Aufwachen exakt um drei Uhr nachts, dein Schlafwandeln, deinen

Drang, einer Melodie zu folgen, und die Ohnmachtsanfälle, die mir im Moment unabhängig von der dir angedichteten psychischen Störung einfällt.«

»Das würde er nicht tun«, behauptete Elena überzeugt. Auch wenn sie widerwillig feststellen musste, dass die Zweifel, die Leon soeben gesät hatte, auf fruchtbaren Boden trafen. »Nein, das ist nicht wahr«, sagte sie noch einmal, diesmal mehr, um sich selbst zu überzeugen. »Warum sollte er mir das antun?«

»Das wiederum«, meinte Leon, »ist eine außerordentlich gute Frage.«

1. November, 07.45 Uhr

Leon hatte Elena keine Sekunde mehr aus den Augen gelassen. Er hatte sie sogar nur widerwillig zur Toilette gehen lassen. Aber ihr auch noch dahin zu folgen wäre nun wirklich zu viel des Guten gewesen. Während der Fahrt zurück zur Hütte starrten beide geistesabwesend auf die feucht glänzende Straße vor ihnen. Elena ging davon aus, dass Leon genau dasselbe tat wie sie: über alles nachdenken.

Je länger sie ihre gemeinsame Zeit mit dem Doktor Revue passieren ließ, desto weniger konnte sie sich vorstellen, dass er zu derart abartigen Taten fähig war. Er war ein ruhiger, besonnener, geduldiger Mann. Doch wie hieß es so schön? Stille Wasser sind tief.

Dass Dr. Steffen eine andere, sehr leidenschaftliche Seite hatte, konnte sie während der Beinahe-Affäre feststellen. Klug, aufgeräumt und strukturiert war er zweifelsohne auch. Aber er konnte doch nicht so abgrundtief schlecht sein, dass er ihr Lieder in den Kopf pflanzte, Leichen in Weiher und Brunnen legte, nur um sie dann während der Therapiesitzungen davon zu überzeugen, dass sie sich alles nur einbildete. Das traute sie ihm nicht zu. Dazu war er nicht fähig. Dennoch, er hatte sich um sie als Patientin gerissen. Sie wusste von seinem Eifer, den er damals an den Tag gelegt hatte. Einerseits hatten die Pflegerinnen immer wieder von den Bemühungen des äußerst attraktiven Psychiaters erzählt, andererseits hatte er sie auch direkt kontaktiert, um sie als Patientin zu gewinnen. »Er hat mich mehrmals gefragt, ob ich nicht meinem behandelnden Arzt meinen Wunsch kundtun könnte, seine neue Therapiemethode auszuprobieren«, brach Elena das Schweigen im Auto. Leon drehte den Kopf kurz zu ihr. Die schmalen Falten zwischen seinen Brauen vertieften sich. »Wer?«

»Doktor Steffen. Damals in der Klinik. Ich habe mich lange Zeit nicht beeinflussen lassen, aber an einem dieser Tage, als ich in meinem Krankenzimmer hockte und mich fragte, ob ich jemals wieder ein normales Leben führen kann, und die Hoffnungsachterbahn mal wieder in einer Senke angekommen war, entschloss ich mich, Dr. Steffens Vorschlag anzunehmen. Was hatte ich denn zu verlieren? Anfangs hatte ich ihn begleitend zu der damaligen Therapie hinzugezogen und ihn seine Hypnosesitzungen durchführen lassen. Mit der Zeit kehrte mein Mut zurück, und ich entließ mich aus der Obhut der Klinik. Ob das der Hypnose zu verdanken war, weiß ich nicht, ich war einfach nur froh, wieder genug Kraft gefunden zu haben, um mich der Welt zu stellen.«

Leon lenkte seinen riesigen Wagen sicher über den schlecht geteerten Weg. »Er hat sich um dich als Patientin gerissen. Er hatte mich angerufen, um mir von deiner Persönlichkeitsstörung und deiner Schizophrenie zu erzählen. Angeblich suchte er den Kontakt zu mir, um dir zu helfen. Inzwischen bin ich mir da nicht mehr so sicher. Er behauptete, nicht zu wissen, ob du die verschriebenen Medikamente einnimmst oder nicht«, fasste Leon laut nachdenkend zusammen.

In Elenas Magen, dort, wo die Gefühle saßen, herrschte dumpfe Leere. »Er weiß es ganz genau. Ich habe es ihm gesagt. Ich sagte, er könne es ebenso gut bleiben lassen, mir weiter Medikamente zu verschreiben, weil ich sie sowieso nicht nehme. Ich glaubte ja nicht an Einbildung. Dabei war ich schon sehr verunsichert, ob ich nicht einfach alles geträumt hatte und jeweils an diesen Orten aufwachte, weil ich vielleicht schlafwandelte. Diese Erklärung war zwar auch beängstigend, aber besser, als irgendwelche persönlichkeitsverändernden Pillen zu schlucken, die mich zum Zombie machen.«

»Worauf genau zielten denn die Hypnosesitzungen ab? Er wollte dich von deiner Einbildung, vom Schlafwandeln und von den schlechten Träumen befreien?«

»So in etwa. Vor allem aber wollten wir herausfinden, was den Erlebnissen wirklich zugrunde lag. Ob Einbildung, Traum oder was auch immer, ich war überzeugt, da war ein tiefliegender Knick in meiner Seelenleitung, der gerade gebogen werden musste. Und wenn das gelingen würde, wäre alles gut. So meine Vorstellung.«

»Die Hypnosetherapie begann aber noch in der Klinik, oder etwa nicht? Dort hattest du noch keine Begegnungen mit Schneewittchen, oder doch?«

»Nein. Aber schlechte Träume hatte ich schon, und ich bin auch eines Nachts im Schlaf in der Klinik herumgewandelt. Die diensthabende Nachtschwester brachte mich ins Zimmer zurück. Von diesem Augenblick an schlossen sie nachts meine

Zimmertür ab, natürlich mit meinem Einverständnis. Wie mir erzählt wurde, polterte ich manchmal dagegen, hätte aber nach zwei bis drei Versuchen, aus dem Zimmer zu kommen, davon abgelassen.«

»Wie sind die Hypnosesitzungen ganz zu Beginn abgelaufen? Was war Doktor Steffens Ziel?«

»So wie ich das verstanden habe, ging er davon aus, dass die Ursache für das Schlafwandeln und die Albträume meine Schuldgefühle waren. Davon konnte ich mich nicht befreien, mein Bewusstsein ließ das nicht zu. Also sollte das Problem im Unterbewusstsein angegangen werden. Es musste davon überzeugt werden, dass ich loslassen darf. Um dorthin zu gelangen, mussten wir jedoch behutsam vorgehen, so Doktor Steffens Worte. Er wollte sich dadurch herantasten, dass wir die Albträume besprechen und erneut durchleben. Auch den Auslösern fürs Schlafwandeln wollte er auf den Grund gehen. Ziel war es, die Ereignisse von A bis Z erneut zu durchleben, nur diesmal quasi in seiner Begleitung.«

»Anstatt das Gänseblümchen oberirdisch ausreißen, gräbt man es unterirdisch mit der Wurzel aus?«

»Ja, so in der Art. Eine nette Analogie übrigens«, fügte Elena leise an.

»Hast du ihn deshalb so weit in dein Unterbewusstsein vorgelassen?«

»Das hat er dir auch anvertraut?«

»Er hat mir erklärt, wie das funktioniert mit der Hypnose und der Mitarbeit des Probanden, ja. Er durfte bei dir also tief blicken. Wie lange ging es, bis das erste Mal Schneewittchen auftauchte?«

Elena dachte nach. »Ich weiß es nicht mehr genau. Kurz

bevor ich entlassen wurde, träumte ich wohl das erst Mal von ihr.«

»Und die Melodie? Wann hast du die zum ersten Mal gehört?«

»Daran erinnere ich mich nicht«, antwortete Elena nach kurzem Überlegen.

»Würdest du sagen, nach deiner Entlassung aus der Klinik wurden die Träume und das Schlafwandeln schlimmer?«

»Nun«, Elena zögerte. »Irgendwie schon, ja.«

»Inwiefern?«

»Eines Morgens erwachte ich im Keller meines Wohnhauses«, besann sie sich. »Die Tür zu einem antiken Kleiderschrank, den ich dort abgestellt habe, war offen. Ich weiß noch, dass der Pelzmantel meiner Großmutter vom Kleiderbügel gerutscht war und auf dem Schrankboden lag. Orientierungslos, wie ich war, habe ich mich zuerst erschrocken, weil ich ihn für ein Tier hielt. Richtig verunsichert wurde ich aber, als ich mich vom Boden aufrappelte, den Pelz wieder aufhängte, die Schranktür schließen wollte und auf einmal eine Erinnerung durch meinen Kopf jagte: Wie ich in den Keller kam, eben diese Tür öffnete und im Schrank nicht den Pelz meiner Großmutter, sondern das Kleid von Schneewittchen sah.«

Leon zog überrascht die Augenbrauen hoch. »Nur das Kleid?«

»Ja, damals war es nur das Kleid gewesen. Von diesem Moment an begannen meine sporadischen Waldspaziergänge um drei Uhr morgens. Manchmal fand ich etwas, wenn ich der Musik folgte, manchmal nicht.«

»Die Leiche im Weiher war die erste Tote?«

»Der erste menschliche Leichnam. Zuvor fand ich noch ein totes Eichhörnchen. Es hing an einem Baum und hatte die

Schleife, die Schneewittchens Haar im Märchen ziert, um den Bauch gebunden.«

»Das hat auf dich real gewirkt?«

»Allerdings.«

»Bist du damals schon nach der Entdeckung in Ohnmacht gefallen?«

»Bin ich.«

»Hast du mit Doktor Steffen darüber gesprochen, dass die Ereignisse schlimmer werden?«

»Das habe ich. Er meinte, das könnte eine Reaktion darauf sein, dass ich aus dem geschützten Umfeld der Klinik wieder in die Freiheit übergetreten bin.« Beim Wort Freiheit zeichnete Elena mit den Zeige- und Mittelfingern Striche in die Luft. »Dass die Angst, im normalen Leben mit der Situation überfordert zu sein, zu einer vorübergehenden Verstärkung der Symptome führt. Ich müsse mir aber keine Sorgen machen, er wäre ja da, um mir zu helfen«, erinnerte sie sich.

»Also hat Dr. Steffen damals deine Erlebnisse schon als Einbildung abgetan«, folgerte Leon. »Veränderte sich sein Vorgehen in den Sitzungen, als du ihm das erste Mal davon erzähltest, was du gesehen hast?«

»Nun, wie erwähnt, haben wir in den Sitzungen alle Ereignisse von A bis Z noch einmal gemeinsam durchlebt. Auch hier war es das Ziel, mich von dem Moment, in dem ich schlafen ging, über den Augenblick, da ich aufwachte und durch die Gegend wandelte, bis hin zur Ohnmacht und letztendlich zum erneuten Erwachen zu begleiten. Die Gründe dafür waren dieselben wie schon bei den Sitzungen zuvor. Einerseits sollte ich Faktoren entdecken, die mir aufzeigten, dass wirklich alles nur Einbildung war; andererseits führte er mithilfe von Fragen und Suggestionen durch die Erlebnisse, damit ich nach dem

Aufwachen, also in der Realität, verstand und begriff, dass nichts vom Erlebten real, sondern nur auf meine enormen Schuldgefühle und die seelische Verarbeitung des Unfalls und seiner Folgen zurückzuführen war.«

»Augenblick. Suggestionen? Was sagte er denn zum Beispiel?«

»So genau weiß ich das nicht. Ich erinnere mich nach dem Aufwachen kaum an seine Worte. Ich weiß auch nicht, welche Worte ich wähle, um ihm zu erzählen, was geschehen war. Ich durchlebe das Ganze einfach noch einmal zusammen mit einer Art Off-Stimme. Wenn ich erwache, bleiben seine Interaktionen mehr als Gefühl hängen, weniger als deutliche Worte.«

»Verstehe. Da du ihm vertraut hast und dein Trauma unbedingt loswerden wolltest, hast du ihm bewusst und unbewusst freie Hand gelassen.«

»Das musste ich doch, sonst könnte das ganze Hypnoseding ja überhaupt nicht funktionieren. Allerdings gab es Momente, da wehrte sich mein Innerstes gegen seine Versuche, mich davon zu überzeugen, dass alle meine seltsamen Erlebnisse nur Einbildung sein sollten. Dann erwachte ich frühzeitig aus der Hypnose. Aber das wurde immer seltener der Fall; ich lernte, ihn gewähren zu lassen, und brachte das auch meinem Unterbewusstsein irgendwie bei, damit er mich möglichst weit in meinem Träumen begleiten konnte. Ich bildete mir ein, wenn wir die Erlebnisse immer detaillierter und bis zum Schluss durchgehen konnten, würde das die gewünschte Heilung bringen. Nach den Sitzungen, im Wachzustand, dann, wenn es wichtig gewesen wäre, davon überzeugt zu sein, dass alles Erlebte nur Einbildung gewesen war, war ich dennoch nicht überzeugt.«

Leon hatte längst vor der Hütte geparkt, den Motor des Pick-ups ausgestellt. Den linken Ellbogen auf das Lenkrad gestützt, hörte er Elena aufmerksam zu. Die Scheiben des Wagens beschlugen allmählich, und ohne die Heizung wurde es merklich kühler im Innern des Autos.

»Mhm. Die Sache mit der Suggestion beschäftigt mich. Wenn er die Worte clever wählt, könnte er dich manipulieren, ohne dass du Verdacht schöpfst, weil du ihm vertraust. Wenn er zum Beispiel sagt, du hörst um drei Uhr morgens eine Melodie. Dann ist das keine Frage, die dich an den Beginn der Reise heranführt, aber du empfindest es so, denn für dich ist die Melodie der Beginn der Reise. Seine Worte sind aber mehr eine Art Befehl. Ich müsste wissen, wie die Hypnosesitzungen genau ablaufen, was er sagt, wie er es sagt. Es gibt nicht zufällig Aufnahmen davon?«

»Nicht dass ich wüsste. Er führt handschriftlich Protokoll.« Leons Gesichtsausdruck ließ Elena erahnen, was er als Nächstes vorschlagen wollte. »Möchtest du bei einer Sitzung dabei sein?«

»Ich weiß noch nicht so genau. Wenn wirklich der Unfalltag als Zeitpunkt für ein großes Finale auserkoren worden ist, müsste die Sitzung bald stattfinden. Wenn Doktor Steffen wirklich in die Manipulation verwickelt ist, wird er in meiner Gegenwart kaum das übliche Vorgehen wählen. Du müsstest die Sitzung schon allein bestreiten und heimlich aufnehmen.«

»Wenn ich ihn nach nächtlichen Ausflügen kontaktiert habe, bekam ich jeweils sehr schnell einen Sitzungstermin. Ich könnte ihm also einen Ausflug vorflunkern. Inszeniert er das Ganze, wird er sich vielleicht durch seine Reaktion auf meine Lüge verraten.«

»Er könnte aber auch merken, dass du etwas von seinen Plänen ahnst. Das könnte sehr gefährlich werden.«

»Ich bekomme kurzfristig einen Termin, keine Sorge. Ich war ja eine ganze Weile nicht mehr dort, und seither haben sich so einige Erlebnisse aufgestaut.«

Leon kniff die Augen zusammen. »Augenblick. Du sagtest, kurz nach den Erlebnissen bekamst du immer gleich Termine bei ihm.«

»Ja«, bestätigte Elena.

»Wie lange lagen die Termine jeweils vor den Erlebnissen zurück?«

»Meist eine Woche vielleicht.«

»Eine Woche«, wiederholte Leon. Dann sagte er: »Du warst schon eine Weile nicht mehr dort, sagst du. Ist vielleicht das der Grund, weshalb sich deine Erlebnisse verändern? Zum Beispiel, dass du nicht mehr in Ohnmacht fällst, wenn die Musik endet? Nimmt sein Einfluss ab?«

Elena war durcheinander. Während sie von den Sitzungen erzählt hatte, dämmerte ihr allmählich, dass Leons Theorie, Dr. Marius Steffen für die Ereignisse verantwortlich zu machen, nicht ganz von der Hand zu weisen war. Einer der wenigen, dem sie ihr Vertrauen geschenkt hatte, den sie so nahe an sich herangelassen hatte wie kaum jemand anderen –, sollte er diese Nähe zu ihr nur gesucht haben, um sie ins Elend zu stürzen? Das musste sie erst einmal verdauen. Aber ihr Magen rebellierte noch immer. »Ich weiß es nicht. Schon möglich. Aber da fällt mir etwas anderes ein. Was, wenn es auch die Musik ist, die mich aufweckt? Ich weiß ja nicht wirklich, warum ich aufwache, und ich erinnere mich nicht, jeweils etwas gehört zu haben, aber das will ja nicht heißen, dass da nichts war.«

»Das ist wahr. Nur, wo soll die Musik im Moment des Aufwachens herkommen?«

Elena ließ die eben erst gestrafften Schultern wieder hängen und schüttelte den Kopf. »Ich habe keine Ahnung.«

»Ich werde darüber nachdenken.« Er klang, als wollte er sie aufmuntern, was ihm nicht wirklich gelang.

»Hast du denn noch andere Gewohnheiten, wenn du nachts auf Tour gehst?«

Elena presste ihre Lippen zusammen, griff dann in ihre Handtasche und zog ihre E-Zigarette heraus. »Mein Laster«, gab sie schuldbewusst zu. »Mit den echten Nikotinschleudern habe ich aufgehört. Ich will auch damit aufhören, aber wenn die Rastlosigkeit die Oberhand gewinnt, ich die Melodie höre oder diese seltsamen Dinge sehe, wird das Bedürfnis nach einer Zigarette so stark, dass ich meine E-Zigarette paffe.« Elena fiel auf, wie Leons Blick an dem Gerät in ihrer Hand kleben blieb. Sein seltsamer Gesichtsausdruck veranlasste sie dazu, selbst die E-Zigarette anzustarren. Sie konnte sich aber nicht erklären, was er darin sah. Bis er sein Schweigen brach.

»Wann hast du das letzte Mal geraucht?«, frage er langsam.

Elena wurde misstrauisch. Sie dachte nach, schüttelte den Kopf. »Ich weiß nicht …«

»Versuch, dich zu erinnern, bitte«, forderte er sie mit Nachdruck auf.

»Als ich auf einmal deinen Pick-up auf der Lichtung fand, denke ich. Oder«, Elena legte nachdenklich die Stirn in Falten. »Nein, warte, wie dumm von mir!«

»Was?«, drängte Leon.

»Nach unserem Stelldichein. Die Zigarette danach, du weißt schon. Als ich erwachte und ins Bad ging, hab ich ein paar Züge genommen.«

»Und dann bist du in der Dusche ohnmächtig geworden.

Elena, ich denke, du solltest mir deine E-Zigarette für eine Weile ausleihen …«

1. November, 08.15 Uhr

Leon hatte ihr ihre Frage, wie die Melodie für ihr Erwachen verantwortlich sein sollte, nicht beantworten können. Aber wer weiß, vielleicht entwickelte er auch dafür noch eine Theorie. Er schien auf einmal ziemlich gut darin zu sein, überzeugende Zusammenhänge herzustellen. So hatte er zum Beispiel mit grimmigem Blick zugesichert, bei nächster Gelegenheit die Flüssigkeit in Elenas E-Zigarette untersuchen zu lassen.

Elena fühlte sich matt und niedergeschlagen, als sie die Tür des Pick-ups zuschlug. Sie trottete kraftlos zur Hütte. Ihre Übelkeit wollte nicht abklingen, ihre Energie war verpufft. So idyllisch die Hütte sich zwischen die knorrigen Äste des mittlerweile fast laublosen Baumes schmiegte, so sehr löste ihr Anblick Unbehagen aus. Vor gar nicht allzu langer Zeit, als Jana ihr den Vorschlag gemacht hatte, in der Hütte Erholung zu suchen, hatte der Gedanke, an diesen Ort zurückzukehren, bereits für gemischte Gefühle gesorgt. Elena hatte es auf die Geister der Vergangenheit geschoben und die Gelegenheit nutzen wollen, diese Gespenster wegzusperren und einen Neuanfang zu wagen.

Das ist mir ja wunderbar gelungen, dachte sie voller Ironie.

Sie hatte geglaubt, ihr Leben in Basel sei schon das reinste Chaos gewesen, aber gegen das hier waren die dortigen Ereignisse nur ein warmer Hasenfurz gewesen.

Leon stand bereits an der Tür, den Blick auf sie gerichtet, als Elena zu ihm auf die kleine, morsche Veranda trat.

»Alles klar bei dir? Du bist so blass.«

»Nichts ist klar. Mir ist speiübel, aber das dürfte kein Wunder sein, nach all den Erkenntnissen der vergangenen drei Stunden.«

Leon legte die Hand auf die Türklinke. »Seh ich ein. Du kannst dich gleich aufs Sofa setzen. Ich bring dir eine Tasse Tee und mache das Feuer im Kamin an. Dann kannst du wenigstens für ein paar Minuten zur Ruhe kommen. Ich muss sowieso ein paar Telefonate führen.«

»Dein geheimnisvoller Informant?«

»Informantin, und so geheimnisvoll ist sie überhaupt nicht. Du kennst sie.«

»Ach?«

»Ihr seid euch auf der Kartbahn begegnet.«

»Die Blondine? Ich dachte, die schraubt nur an Gokarts rum?«

»Zum Leben reicht das nicht. Sie arbeitet Teilzeit bei der Staatsanwaltschaft.«

»Daher kennt ihr euch? Der Bulle und die Untersuchungsbeamtin? Klingt nach einer vielversprechenden Romanze.«

»Wir hatten eine ziemlich intensive Zeit, ja. Wie hast du vorhin gesagt? So eine Affäre kann zusammenschweißen, auch wenn sich die intimen Wege wieder trennen.«

Dieses belanglose Geplänkel tat Elenas Kreislauf offenbar gut. Sie spürte, wie ihr Blut wieder in Bewegung kam. »Diese Beziehung zwischen euch scheint ganz praktisch zu sein, wenn man unbürokratisch an Informationen herankommen möchte.«

»Diese Beziehung ist reine Freundschaft – und ja, es ist praktisch, wenn auch nicht unbegrenzt nutzbar.«

Leon steckte den Schlüssel ins Schloss, drehte ihn und drückte die Türklinke nach unten. Ächzend schwang das Türblatt auf. Die Klinke prallte dumpf gegen die hölzerne Garderobe.

Als Elena an ihm vorbei ins Haus gehen wollte, streckte er den Arm aus, um sie am Eintreten zu hindern.

»Wir waren immerhin etwa zwei Stunden weg. Zeit genug, um dir irgendeine unangenehme Überraschung zu hinterlassen«, warnte er sie.

»Es war auch genug Zeit, die blutige Sauerei und damit alle Spuren zu beseitigen«, merkte Elena an. »Oder meinst du, der Dreck ist jetzt, da du ihn auch gesehen hast, noch da?«

»Weil ich das Blut gesehen und den präparierten Boiler gefunden habe oder weil du die ganze Zeit bei mir gewesen bist und deshalb keine Möglichkeit gehabt hast, aufzuräumen …?« Leon lächelte Elena freudlos an, ehe er ihr voraus ins Haus ging. Vorsichtig setzte er einen Fuß vor den anderen und sah sich aufmerksam um.

Elena schluckte die aufkeimende Entrüstung über Leons Bemerkung hinunter, während sie beobachtete, wie er sich zuerst vergewisserte, dass im Badezimmer nichts Ungewöhnliches lauerte, und sich anschließend auf den Weg in die Küche machte.

Elena hatte keine Lust, länger zu warten. Von Neugier getrieben, trat sie ebenfalls in ihr Haus ein. Zögerlich legte sie die Hand auf das poröse Holz der Badezimmertür und drückte sie auf. Während die Badewanne in Sicht kam, wuchs ihre Anspannung. Wie würde sie aussehen? War sie gereinigt oder war die Schweinerei noch da?

Elena tat einen Schritt in den Raum und starrte auf die Wanne, auf die Fliesen. Es fiel ihr schwer, zu erfassen, was das bedeutete, was sie vor sich sah.

Es war alles noch da.

Die Emaille war rötlich verschmiert, auf dem Fußboden fanden sich dunkle Flecken, die inzwischen eingetrocknet waren.

Elena trat aus dem Bad zurück, begegnete Leon im Flur. Er musterte ihr Gesicht, schien ihren Ausdruck zu deuten. »Auch die Küche sieht noch so aus, wie ich sie verlassen habe.«

Er klang irgendwie enttäuscht. Da kam Elena ein Gedanke. Ihrer Eingebung folgend, fragte sie: »Hast du nicht Bernard über deinen Fund informiert? Ich meine, es hätte doch sofort jemand hierherkommen müssen, um Spuren zu sichern, oder etwa nicht?«

Leon wirkte abwesend, schien Elena nicht zugehört zu haben. »Es kam niemand, um aufzuräumen«, murmelte er.

Elena hörte Leon hingegen sehr genau zu. Sie kniff misstrauisch die Augen zusammen. »Was deutest du damit an, Leon?«

»Nichts oder alles«, lautete seine kryptische Antwort, während er sich abdrehte und ins Wohnzimmer trat.

1. November, 08.30 Uhr

Als Leons Blick auf die Rückenlehne der Couch fiel, die frei im Raum positioniert war, blieb er stehen. Er spürte, wie Elena leicht gegen ihn stieß, als er auf einmal nicht mehr weiterging. Sie folgte ihm dicht auf den Fersen und musste auch gleich entdecken, was ihn zum Stehenbleiben bewogen hat.

»Wer ist das?«, flüsterte Elena hinter ihm, kaum hatte er seinen Gedanken zu Ende gedacht.

»Bleib hier«, wies er sie an.

Ohne Widerworte blieb sie stehen. Sie klammerte sich an den Türrahmen, als wäre er ihr Rettungsanker. Vorsichtig tastete sich Leon weiter ins Wohnzimmer vor, seine ganze Aufmerksamkeit auf das Sofa und die seltsame Person darauf gerichtet.

Er behielt den Hinterkopf fest im Blick. Irgendwie erwartete er jeden Moment eine Regung, ein Zucken der schmalen Schultern, ein Drehen des Kopfes. Aber eigentlich wusste er es besser: Diese Person hatte ihre letzte Bewegung längst getan.

Das verklebte, matte Haar hing schlaff im Nacken. Trockenes Laub hatte sich in den dunklen Strähnen verheddert. An einer etwa untertassengroßen Stelle fehlte das Haar ganz. Stattdessen klaffte dort eine hässliche Wunde. Der Schädel wirkte eingedellt.

Als hätte ihn jemand eingeschlagen, dachte Leon, während er sich weiter näherte.

Die rechte Schulter war nackt und dreckverschmiert. Die linke steckte in einem dunklen Stück Stoff. Er kannte sich in

Stoffen nicht aus, aber das flaumig wirkende Material erinnerte ihn stark an Samt. Ehe er das Sofa umrundete, um die darauf sitzende Person von vorne zu betrachten, holte er noch einmal tief Luft und warf einen kurzen Blick über seine Schulter zu Elena. Sie sah etwa so angespannt aus, wie er sich fühlte.

Leon fixierte die Gestalt, während er sich vor sie hinstellte.

Der Anblick verschlug ihm den Atem.

Womit er gerechnet hatte, konnte er nicht definieren, aber das übertraf in jedem Fall seine kühnsten Vorstellungen.

Vor ihm saß eine Frau. Das Alter war schwer zu schätzen. Ihre Haut wirkte wie ein zerknittertes Stück Papier. Sie war aschfahl. Die Wangen eingefallen. Die Lippen so schmal, dass die Zähne zu sehen waren. Die Augen waren offen und lagen tief in den Höhlen. Von ihren nackten, knochigen Armen war einer unnatürlich verdreht, als hätte man sie mit roher Gewalt in das puffärmelige Kleid mit dem gelben Rock gezwungen. Ob sie das lebend oder tot erleiden musste, wollte Leon überhaupt nicht so genau wissen.

Was ihn jedoch am meisten anwiderte, war die Tatsache, dass dieser Körper zusammengesetzt war wie Frankensteins Monster. Den Kopf hatte man mit Schnur in groben Stichen auf den Hals genäht. Der nackte Arm war auf die gleiche Art an der Schulter befestigt. Obwohl die Beine und die zweite Schulter bedeckt waren, hätte Leon schwören können, dass auch sie nicht festsaßen, sondern nur angenäht waren.

Auf den Schoß der Toten war ein durchsichtiger Beutel gebettet. Reste von zäh wirkender, roter Flüssigkeit waren darin noch auszumachen. Von dem Beutel führte ein Schlauch weg zu einer Infusionsnadel, die tief in der Beuge ihres Unterarms steckte.

Leon erkannte den Beutel und die Schrift darauf. Es war

dieselbe Art Infusionsbeutel, die er schon auf dem Boiler in der Küche entdeckt hatte.

Er würde deren Herkunft bestimmen lassen müssen.

Leon registrierte, wie Elena sich vom Türrahmen löste. Er fing ihren Blick auf.

Verunsichert blieb sie im Durchgang stehen. Sie leckte sich die Lippen, ehe sie leise fragte: »Was?«

»Schneewittchen ist zurück.«

1. November, 08.40 Uhr

Leon hatte die unheilvollen Worte kaum ausgesprochen, da klopfte es an der Haustür. Beide sahen sich fragend an.

»Erwartest du jemanden?«, fragte Leon.

Elena schüttelte den Kopf. Ihr war nicht wohl in ihrer Haut, das konnte man deutlich erkennen. Leon eilte zurück zu Elena. Im Vorbeigehen ermahnte er sie: »Bleib hier.«

Das Klopfen an der Tür wurde energischer, glich bald einem Poltern. Da meldete sich eine tiefe Stimme von außen. »Polizei. Aufmachen.«

Leon wusste nicht, was er davon halten sollte. Er spähte durch das Fenster neben der Tür und musterte den Mann, der mit zum Anklopfen erhobener Hand davorstand. »Till?«, murmelte er. Teilweise von Tills breitem Brustkasten verdeckt, stand noch ein anderer Mann vor der Hütte. Sein Gesicht war nicht zu erkennen, aber das war auch nicht nötig. Um ihn zu identifizieren, reichten das schlohweiße Kopfhaar und der Mantel, der stark an Inspector Columbo erinnerte, vollkommen aus.

Bernard und Till, ein Beamter der Kriminalpolizei. Bernard hatte also Meldung über die seltsamen Vorkommnisse in Erlach gemacht und wahrscheinlich auch die Brücke zwischen der Leiche im Wald und Elena geschlagen.

»Wir bekommen hohen Besuch«, sagte Leon an Elena gewandt. Als er noch einmal einen kurzen Blick aus dem Fenster warf, zuckte er erschrocken zurück.

Till hatte mit dem Klopfen aufgehört und stattdessen sein Gesicht dicht an die Scheibe gedrückt, um ins Haus hineinspähen zu können. Er wirkte ebenso erschrocken wie Leon, als er sich auf einmal Auge in Auge mit ihm wiederfand. Leon formte stumm die Worte »Ich mache auf«. Die Nachricht kam an, denn Till richtete sich wieder zu seiner vollen Größe auf.

»Bernard, hast du wie besprochen jemanden in der Nähe des Hauses postiert, um es im Auge zu behalten, als ich mit Elena weggefahren bin?«, fragte Leon als Erstes, nachdem er die Tür aufgezogen hatte.

»Habe ich. Deshalb weiß ich auch, dass ihr inzwischen zurückgekehrt seid, und darum steh ich jetzt auch mit Till vor der Tür«, bluffte Bernard zurück und verschaffte sich unaufgefordert Zutritt zum Haus. Till tat es ihm mit einem entschuldigenden Blick zu Leon nach.

»Gut. Dann hat dir dein Posten sicherlich die ungewöhnlichen Vorgänge in der Hütte während unserer Abwesenheit geschildert und den Täter festgenommen oder zumindest ein Bild von ihm gemacht, mit dem wir ihn identifizieren können.«

Bernard sah Leon mit hochgezogener Augenbraue an. »Heute mit dem falschen Bein aufgestanden, Leon? Man sollte meinen, ich hätte dich um vier aus dem Bett geklingelt, nicht umgekehrt.«

Leon ging nicht auf Bernards Provokation ein. »Haben wir einen Täter, oder haben wir keinen?«

»Du hast Bernard also angerufen, nachdem ich in der Dusche zusammengeklappt bin?«, schaltete sich Elena ein. Leon, der diese Unterbrechung nicht gerade schätzte, drehte sich zu ihr um. »Ja, habe ich. Ich habe dich aus der Wanne geholt, auf das Sofa gelegt und bin der Ursache für das rot eingefärbte Duschwasser auf den Grund gegangen. Dabei habe ich darüber nachgedacht, wie diese Situation für uns genutzt werden kann. Also rief ich Bernard an und weihte ihn in meinen Plan ein.«

»Der da lautete?«, verlangte Elena zu erfahren. Die Luft in dem kleinen Korridor war auf einmal derart aufgeladen, dass es kaum erträglich war.

»Ich nehm dich zu mir nach Hause, Bernard stellt in der Zeit unserer Abwesenheit jemanden ab, der das Haus beobachtet. Ziel war es, zu sehen, ob etwas passiert und was. Der Idealfall wäre die Überführung des Täters oder eines Komplizen gewesen.«

»Meines Komplizen. Verstehe«, sagte Elena tonlos.

»Falls es im abgesteckten Zeitrahmen zu keinen ungewöhnlichen Vorkommnissen käme, würden wir die Spurensicherung aufbieten«, beendete Leon seinen Bericht, ungeachtet von Elenas Kommentar.

»Leider konnte Leon Sie mit seinem Plan nicht entlasten. Im Gegenteil: Sie, Frau Burger, wurden nur noch verdächtiger.« Bernard schien sich seiner Sache sehr sicher zu sein und den Moment zu genießen. »Als Sie nicht da waren, ist nichts passiert. Keine Heinzelmännchen kamen, um aufzuräumen, wie sie es Ihren Darlegungen zufolge tun sollten. Das kann ja nur bedeuten, dass *Sie* jeweils das Heinzelmännchen waren. Oder sind Sie anderer Meinung, Frau Burger?«

»Sie ist anderer Meinung«, meldete sich Leon zu Wort, ehe Elena Bernard ihre Antwort ins Gesicht schleudern konnte. Nach ihrem verkniffenen Mund zu schließen, wäre sie zweifelsohne nicht sehr freundlich formuliert gewesen.

Bernard funkelte Leon vorwurfsvoll an, doch er ließ sich nicht beeindrucken. »Elena ist anderer Meinung«, wiederholte Leon. »Hier war nichts los während unserer Abwesenheit? Ich weiß nicht, welches Haus dein Posten beobachtet hat, aber ich weiß, dass die hier noch nicht da saß, als wir die Hütte verließen.«

Leon trat zur Seite und gab Till und Bernard den Blick in den Raum mit dem gemütlichen Kamin frei.

Beide Beamten blieben gleichzeitig vor dem Durchgang stehen. Es war nicht schwer zu erkennen, wann sie die seltsame Erscheinung auf dem Sofa entdeckten. Es war der Moment, in dem beide zurückwichen und ihre Augen sich ein klein wenig weiteten. Leon achtete genau auf diese kaum wahrnehmbaren Bewegungen, denn er kannte diese natürliche Reaktion auf etwas absolut Unerwartetes.

Tills Kiefermuskeln begannen unter der Haut nahe seinem Ohr zu arbeiten. »Bernard, ich glaube, wir brauchen Verstärkung.«

1. November, 14.00 Uhr

Nachdem Bernard den kriminaltechnischen Dienst, eine Ambulanz und den Rechtsmediziner gerufen hatte, hatten alle die

Hütte verlassen, um nicht noch mehr Spuren zu vernichten, als sie es vielleicht schon getan hatten. Inzwischen hatte der Rechtsmediziner den Tatort zur weiteren Untersuchung durch den kriminaltechnischen Dienst freigegeben. Die Sanitäter warteten im Krankenwagen auf ihren Einsatz.

Bernard hatte niemanden entlassen. Alle standen sie draußen in der Kälte, während im Haus alles auf den Kopf gestellt wurde.

»Woher kommt diese Leiche?« Bernard blickte einem nach dem anderen ins Gesicht, als hoffte er, dort eine Antwort zu finden.

»Ich verließ die Hütte zusammen mit Elena um fünf Uhr. Wann traf denn dein Mann hier ein, Bernard?« Es war Leons Versuch, das Geheimnis zu klären, indem er die Vorkommnisse in eine chronologische Reihenfolge brachte.

Bernard stieß einen Fluch aus. »Er meldete um fünf Uhr fünfzehn, dass er seine Position bezogen habe.«

»Fünfzehn Minuten. Ein enges Zeitfenster, aber mit etwas Glück ausreichend.« Leon kickte einen Ast weg, der vor seiner Fußspitze gelegen hatte, um seinem Frust Luft zu machen.

»Er hat im Wald gelauert, den Moment abgepasst. Einmal mehr. Als wir vorne aus dem Haus gingen, muss er zur Hintertür hineingeschlüpft sein. Verdammter Mist! Hast du denn deinen Mann nicht gleich nach meinem Anruf hierhergeschickt?«

»Natürlich habe ich das! Aber es war halb fünf in der Früh! Mein Ermittler musste erst aufstehen, sich anziehen, seine Sachen packen und losfahren. Keine Ahnung, wie viel Zeit er dafür verplempert hat, aber es war in jedem Fall zu viel.«

»In der Tat«, stimmte Leon ihm zu. »Wir haben ihn verpasst. Die Polizei observiert das Haus, während der Grund für diesen Auftrag schon längst gemütlich drinnen auf dem Sofa sitzt. Wäre es nicht so beschissen, könnte ich beinahe darüber lachen.« Leon fuhr sich fahrig durchs Haar, ehe er sich wieder fasste. »Okay, wir können nicht mehr ändern, was passiert ist. Dieser Fall fordert weiterhin unsere Aufmerksamkeit. Deshalb brauch ich deine Hilfe, Bernard. Es hat sich inzwischen einiges getan in dieser Geschichte. Ich habe Informationen, deren Überprüfung sich lohnt. Aber ich brauche Zugriff auf die Unterlagen. Auf alle Unterlagen.«

»Nein, ich lasse dich nicht auf die Unterlagen zugreifen. Und ich verlange von dir, dass du auch meine Nichte aus dem Spiel lässt, verstanden?«, antwortete Bernard prompt.

Leon funkelte ihn an. »In dieser Geschichte scheint Vertrauen ein zentrales Thema zu sein, vor allem fehlendes Vertrauen. Diesmal liege ich richtig Bernard, glaub mir. Wenn du mir die Berichte nicht gibst, die ich brauche, dann muss ich deine Nichte fragen. Lori hat kein Problem damit, mir zu glauben.«

»Du verheimlichst nicht einmal, dass du sie nur ausnutzt. Wenn jemand erfährt, dass sie vertrauliche Daten an Unbefugte weitergibt, verliert sie ihren Job bei der Staatsanwaltschaft. Was ist bloß mit dir los?«

»Dasselbe könnte ich dich fragen, Bernard. Warum fragst du mich nicht einfach, warum ich Elena glaube?«

Bernards buschige Augenbrauen zuckten. Er schien abzuwägen, wie viel Sinn es hatte, sich die Erklärung anzuhören. »Also gut. Sag, Leon, warum sollte ich dich voll und ganz auf den Fall ansetzen, obwohl es ganz den Anschein hat, dass du dieselben Fehler begehst, die du schon einmal gemacht hast. Das hat hässlich geendet, erinnerst du dich?«

Tat er. So sehr wie schon lange nicht mehr. Er musste sogar

zugeben, dass Bernard womöglich recht hatte: Er hatte Elena näher an sich herangelassen, als es gut für ihn war. Aber das war es nicht, was ihn leitete. Nicht dieses Mal.

»Glaube mir, ich erinnere mich nur zu gut daran. Das hier ist anders. Ich habe Elena gefunden, als sie ohnmächtig neben meinem Pick-up lag, erinnerst du dich?«

Bernard nickte.

»Diese Ohnmacht war nicht gespielt. Ich habe ihren Puls gefühlt, um zu sehen, was mit ihr los ist; er war von einem normalen Herzschlag weit entfernt, so ruhig und regelmäßig, als würde sie schlafen. Ihre Augenlider zuckten nicht, wenn ich in ihre Nähe kam und sie berührte. Sie war vollkommen weg, glaub mir.«

»Dann hat sie halt neben deinem Pick-up geschlafen. Sie wusste, dass du früher oder später zurückkommst.«

»Hallo? Ich stehe direkt neben euch!«, schaltete sich Elena entrüstet ein. Aber sie wurde weiterhin ignoriert.

»Sie war beinahe tiefgefroren und völlig verstört, als sie zu sich kam.«

»Kälte ist ein gutes Mittel, um schläfrig zu werden und den Puls runterzufahren. Jemand mit psychischer Störung tut sich so etwas womöglich selbst an, wenn's der Sache dient, auch wenn es mit einem gewissen Risiko verbunden ist«, konterte Bernard.

»Es hat keinen Zweck, weiter mit dir darüber zu debattieren«, lenkte Leon ein. »Nun, zumindest kann ich mit Sicherheit sagen, dass Elena diese Leiche nicht an ihren Platz im Wohnzimmer gesetzt hat. Denn die Tote war noch nicht da, als wir zusammen weggingen. In der Zwischenzeit habe ich sie keine Sekunde aus den Augen gelassen, und als wir zurückgekommen sind, wartete auf dem Sofa die kleine Überraschung auf uns.«

Ehe Bernard etwas erwidern konnte, kam ein Mann aus dem Haus und trat auf das kleine Grüppchen zu. Er gehörte zu den Kriminaltechnikern, die die Spuren im Haus sicherstellten. Als er bei Bernard ankam, zeigte er ihm einen Beutel, den er in der Hand hielt und in dem ein Beweisstück eingetütet war.

Leon erkannte sofort, worum es sich bei dem Beweis handelte.

»Das haben wir beim Boiler in der Küche gefunden«, sagte der schmalschultrige Mann.

»Was ist das?«, fragte Bernard, während er den Inhalt des Beutels begutachtete.

»Eine Blutkonserve«, antwortete Leon anstelle des Mannes, dessen Namen er nicht kannte.

»Das ist richtig«, meinte dieser. »Man hatte quasi eine Infusion in den Boiler gelegt. Als ich das Wasser aufdrehte, war es rot.«

»Rot.« Bernard war nicht überrascht, denn das wusste er bereits von Leon. »Rotes Wasser, der Grund, weshalb du Elena aus dem Haus geholt hast. Leon, du hast sie heute Morgen in der Badewanne gefunden, während blutrotes Wasser aus dem Hahn lief. Die Vermutung liegt nahe, dass jemand das Wasser im Boiler mit einer roten Substanz eingefärbt hat. Dafür reicht ein solches Beutelchen aber nicht aus«, erkannte Bernard auf den ersten Blick. »Konntet ihr schon feststellen, was für eine Substanz im Wasser war?«

»Chemie. Aber nicht nur«, meinte der Mann. »Ich habe die Flüssigkeit mit einem Schnelltest auf Blut getestet.«

»Und?«

»Positiv.«

In dem Augenblick wurde von einer korpulenten Frau mit kurzem Haar und einem schlaksig wirkenden Mann ein Gestell aus dem Haus gerollt. Ein weißes Tuch verdeckte eine menschliche Gestalt.

Schweigend beobachteten die Anwesenden, wie das Gestell in den bereitstehenden Krankenwagen geschoben wurde.

Ein Windstoß wirbelte gelbe und braune Blätter durch die Luft und ließ Leon frösteln. Der Nebel, der sich nicht verziehen wollte, hüllte alles in einen grauen Schleier. Das Ganze wirkte wie für einen schlechten Horrorfilm inszeniert. Als die Türen des Krankenwagens klickend im Schloss einrasteten, sagte der Mann mit dem Beutel in den Händen gedämpft: »In dieser Leiche ist kein Blut mehr. Sie ist vollkommen ausgetrocknet. Sie weist einen großen Schnitt an der Innenseite des Oberschenkels auf, den man dazu benutzt haben könnte, sie ausbluten zu lassen.«

Leon verstand, was dieser Mann mit dem weißen Schutzüberzug damit andeutete, und er war sich sicher, dass es auch die anderen verstanden: Das Blut, mit dem Elena sich geduscht hatte, stammte höchstwahrscheinlich von der Toten.

1. November, 14.15 Uhr

Der Krankenwagen rollte den unbefestigten Weg entlang in Richtung Dorf. Von dort sollte er den Weg auf die Autobahn einschlagen, um die Leiche ins Institut für Rechtsmedizin nach Bern zu bringen. Olga, die Fahrerin, übte ihre Aufgabe schweigend aus. Sie war müde. Nicht wegen des Jobs, sondern wegen ihrer Kinder. Zwei Jungs im anstrengendsten Alter.

Dazu diese unregelmäßigen Arbeitszeiten – nie schien sie zu Hause zu sein, wenn sie gebraucht wurde. Die Jungs waren außer Rand und Band, sodass Olga immer damit rechnete, dass einer ihrer Söhne in den nächsten Unfall involviert war, zu dem sie gerufen wurde. Sie machte sich heute schon Vorwürfe, obwohl noch nichts Ernsthaftes vorgefallen war. Mehrere Male hatte sie bei der Lehrerin der beiden vorsprechen müssen, war von überforderten Babysittern nach Hause gerufen worden, hatte die beiden nach einer Prügelei beinahe nur mit dem Brecheisen auseinander gebracht. Alles nur, weil sie nicht mit eiserner Hand zu Hause durchgreifen konnte, weil sie nicht regelmäßig mit den Jungs zu Abendessen konnte, weil sie sie nicht jeden Abend ins Bett bringen konnte, nachdem sie ihre Hausaufgaben korrigiert hatte. Stattdessen fuhr sie ausgetrocknete Leichen in der Gegend herum.

1. November, 14.30 Uhr

»Sag mir, warum ich sie nicht festnehmen soll?« Bernard quetschte die Worte zwischen den Zähnen hervor. Inzwischen waren sie auf der Polizeiwache eingetroffen, und während Till Elenas Aussage aufnahm, führten Leon und Bernard ihren Streit fort.

»Weil Elena die Leiche nicht auf das Sofa gesetzt hat. Sie war in dieser Zeit bei mir.«

Die beiden Männer standen sich gegenüber und knurrten einander an, dass selbst Bulldoggen den Schwanz eingezogen hätten. Leon überragte Bernard um einen halben Kopf, das machte Bernard aber nicht weniger bedrohlich.

»Und das Wasser im Boiler? Das hätte sie sehr wohl selbst präparieren können, denn du warst den Nachmittag über damit beschäftigt, dich aus einem brennenden Haus zu retten. Zu dem du dir übrigens unerlaubten Zutritt verschafft hast.«

»Dann verhafte mich.«

»Elena darf ich nicht anrühren, obwohl ich ihr Mord vorwerfe, dich aber darf ich einbuchten, weil du auf einem privaten Grundstück herumgeschnüffelt hast?« Bernards Schultern senkten sich. Er beendete den Blickkontakt mit einem Kopfschütteln. Auf einmal wirkte er müde und abgespannt. Nur sehr selten sah man ihm sein wahres Alter an. Jetzt war ein solcher Moment.

»Unser Streitgespräch vor Elena zu führen ist ein kluger Schachzug gewesen. Du hast sie äußerst glaubhaft gegen meine Attacken verteidigt. Sie wird dir aus der Hand fressen. Sogar ich wäre beinahe darauf reingefallen. Aber jetzt können wir dieses Theater beenden. Sie hört uns nicht mehr zu.« Bernard umrundete schwerfällig seinen Schreibtisch und ließ sich in seinen Drehstuhl fallen.

»Ich verstehe sowieso nicht ganz, weshalb es dir noch immer so wichtig ist, dass sie mir vertraut. Du willst sie einbuchten, was bringt es dir da, wenn ich dieses Schauspiel aufrechterhalte?« Leon rieb sich mit seiner schwieligen Hand übers Gesicht. Auch er war müde und fühlte allmählich, wie sehr dieser Fall an seinen Kraftreserven zerrte. Wahrscheinlich mehr als bei den anderen, denn im Grunde saß er zwischen sämtlichen Stühlen. Er hatte Jana gegenüber ein Versprechen abgegeben, das im krassen Widerspruch zu der Aufgabe stand, die ihm Bernard aufgebürdet hatte. Durch Janas Bitte, auf Elena aufzupassen, konnte Elena ihm wiederum das Versprechen abknüpfen, ihr zu helfen. Gleichzeitig wollte er die Chance nutzen und das wiedergutmachen, was er bei der Polizei so blauäugig verbockt hatte. Nur dass er kein Polizist mehr war und deshalb auch nicht mehr dieselben Möglichkeiten und Rechte besaß, wie zum Beispiel Akteneinsicht wann und wo immer er wollte. Er war das schwarze Schaf, der Geächtete, der sich selbst in eine unmögliche Situation gebracht hatte. Und jetzt schon wieder. Er stand zwischen drei Parteien, die er alle irgendwie zufriedenstellen musste, nur dass ihre Belange nicht weiter hätten auseinanderliegen können.

»Du sorgst für das Gleichgewicht.«

Leon riss sich aus seinen Gedanken und schlüpfte zurück in die Rolle, die er für die Polizei zu spielen hatte. »Das Gleichgewicht?«, fragte er nach.

»Am plausibelsten scheint mir immer noch die Theorie, dass sie nach Aufmerksamkeit lechzt. Alles andere, dieses Gefasel von Schizophrenie und gespaltener Persönlichkeit, ist mir zu abstrakt, zu wenig handfest. Aufmerksamkeitsdrang funktioniert in zwei Richtungen. Man kann jemanden positiv befeuern oder negativ.«

»Also so in der Art guter Bulle, böser Bulle? Und ich bin der Gute?«

»Nur dass du kein Bulle mehr bist.«

»Wer hat dir das eingeredet? Der Psychodoktor?«

»Fachbücher über Kindererziehung.«

»Du hast keine Kinder.«

»Nein, aber mein Bruder, der sein Töchterchen immer bei mir zu Hause abgesetzt hat, sobald er mal wieder die Schnauze voll hatte vom Vatersein, was reichlich oft vorkam.«

Er spielte auf Lori an. Soweit sich Leon erinnern konnte, war sie von klein auf erstaunlich oft bei Bernard gewesen. »Verstehe. Und wenn es darum geht, dass ihr sie in die Enge treibt, soll ich als ihr Vertrauter mit ihr sprechen und ihr nahelegen, mit euch zu kooperieren.«

»In die Richtung, ja. Ich habe sie während unseres Disputs beobachtet Leon. Du hast sie im Sack, das sag ich dir.« Dieser Teilerfolg brachte Bernards müde Augen zum Funkeln.

Leon stellte sich vor Bernards Schreibtisch und stützte sich auf der Platte ab. »Also gut. Dann müssen wir jetzt aber zusehen, dass uns dieses kleine bisschen, das wir haben, zum Erfolg führt. Du kannst Elena von mir aus für eine Nacht haben. Aber morgen wird sie wieder auf freiem Fuß sein, solange nicht alle Spuren ausgewertet sind, das weißt du.«

»Es besteht Fluchtgefahr.«

»So ein Quatsch, dann wäre sie schon längst abgehauen. Abgesehen davon, eine Flucht passt auch nicht direkt mit der Theorie über ihre Sucht nach Aufmerksamkeit zusammen. Es gibt keinen schwerwiegenden Grund, sie in Untersuchungshaft zu nehmen und über längere Zeit zu behalten.«

»Die Staatsanwaltschaft wird allmählich aufdringlich. Die wissen, dass bei uns etwas Heißes am Laufen ist. Auch wenn ich heute Morgen Till mitgebracht habe und du vielleicht glaubst, ich hätte Elena bereits an die Kripo und den Staatsanwalt verraten, so sollst du wissen, ich habe ihnen nicht alles erzählt. Ich habe im Gegenteil versucht, Fuchs davon abzuhalten, persönlich zu erscheinen. Er wollte nach dem Leichenfund in unseren Wäldern sofort herkommen. Das hätte die sowieso schon verfahrene Situation noch viel schwieriger gemacht. Ich konnte ihn letztendlich davon überzeugen, dass vorerst nur Till hier aufkreuzt. Till, dein Freund«, unterstrich Bernard. »Ob du es glaubst oder nicht, ich versuche tatsächlich, dir Rückendeckung zu geben, auch wenn ich selbst nicht weiß, weshalb. Nun haben wir eine zweite Leiche, und noch dazu in

Elenas Hütte. Fuchs wird nicht mehr lange auf sich warten lassen. Er ist jetzt schon unheimlich nervös.«

»Das sieht ihm ähnlich.« Staatsanwalt Fuchs war ein durch und durch penibler Mensch. Sein schmales Gesicht, seine dünne Nase und sein spitzes Kinn verliehen ihm ein maskenhaftes Aussehen. Unter seinen Mitarbeitern nannte man ihn nicht selten den Pestdoktor, weil sein Gesicht der mittelalterlichen Maske ähnelte. Er nahm Unordnung persönlich, traute der Ermittlungsarbeit der Polizei nicht über den Weg und wurde nervös, wenn ein Gesetzesübertritt nicht innerhalb von fünf Tagen auf seinem Schreibtisch landete.

»Fuchs soll sich in seinem Bau verkriechen. Ich bin hier noch nicht fertig. Gib mir vierundzwanzig Stunden lang dein volles Vertrauen und alles, was damit zusammenhängt.«

Bernard legte die Stirn in Falten, dass sich seine zottigen Augenbrauen auf Höhe der Nasenwurzel berührten. Er studierte den kleinen Tischkalender, einen der Sorte, die man noch von Monat zu Monat umblätterte. »Vierundzwanzig Stunden? Bis zum zweiten November? War da nicht Elenas Unfall? Denkst du, das ist eine Art Deadline?«

»An dem Tag erwarte ich den Showdown dieses kleinen Schmierentheaters, ja. Morgen jährt sich Elenas Unfall zum ersten Mal.«

»Ein Showdown? Du meinst noch mehr Leichen? Wie kommst du darauf?«

Das war die Frage, auf die Leon gewartet hatte. Er nahm sie zum Anlass, Bernard alles zu erzählen, was er wusste, was er sich überlegt hatte, was ihm aufgefallen war. Er begann damit, Bernard darüber aufzuklären, dass er Dr. Steffen aufgrund seines Einflusses, den er auf Elena hatte und der anscheinend langsam zu schwinden schien, verdächtigte, etwas mit der Sache zu tun zu haben. »Elena wird allmählich wieder Herr über sich selbst. Sie kann inzwischen den Opfern begegnen, ohne gleich umzukippen.«

»Schauspielerei«, widerlegte Bernard seine Äußerung über Elenas positive Entwicklung prompt.

Leon überging den Kommentar seines ehemaligen Vorgesetzten. »Außerdem ist der Doktor über alles informiert, was wir planen und was wir tun. Er kennt jeden von Elenas Schritten, und wenn er sie nicht kennt, ist er der Einzige, der in der Lage ist, Elena zu steuern.«

»Wie ein Roboter?« Bernard hörte zu, wirkte aber alles andere als überzeugt.

»Klingt verrückt, das ist mir klar, aber der Vergleich ist nicht übel.«

»Ich habe den Doktor überprüfen lassen; er ist sauber, Leon.«

»Ich weiß, ich habe mich ebenfalls schlaugemacht.«

Bernards Blick nach dieser Offenbarung sprach Bände: Er wusste genau, dass Leon sein Wissen nur von Lori geholt haben konnte. Ändern ließ sich das jetzt aber nicht mehr, also sprach Leon einfach weiter, als wäre nichts gewesen. »Nur weil nichts in seinem Lebenslauf steht, das Verbrecher schreit, heißt das noch lange nicht, dass er keiner ist.«

»Auch wieder wahr«, räumte Bernard ein, offenbar gewillt, vorerst darüber hinwegzusehen, dass Leon seine Nichte Lori gegen seinen mehrfach geäußerten Willen als Informationsquelle missbraucht hat. »Irgendetwas am Verhalten dieses Doktors passt mir nicht, das gebe ich zu.«

»Dann überprüfe, ob es etwas gibt, das ihn mit Elenas Unfall verbindet.«

»Da ist wirklich nichts. Ich habe ihn von A bis Z durchleuchten lassen«, erwiderte Bernard.

»Ach, tatsächlich?«, fragte Leon sarkastisch. »Auch unter dem Gesichtspunkt, dass er Elena nicht nur aus rein ärztlichem Interesse als Patientin auserkoren hat, sondern möglicherweise auch deshalb, weil sie ihm etwas genommen hat, was ihm lieb und teuer war?«

»Setz mich auf Doktor Steffen an. Er muss unter Berücksichtigung der neuen Aspekte nochmals genau überprüft werden.«

Als er Bernards Abwehr spürte, ergänzte er: »Oder hetz wenigstens Lori auf ihn, dann muss ich sie nicht hinter deinem Rücken fragen.«

Ein kurzes Zögern, ein Grummeln und dann ein knappes Nicken – das war alles, was Leon bekam, aber es reichte ihm. Er wusste, Bernard würde Lori die Aufgabe übertragen, den Doktor noch genauer unter die Lupe zu nehmen. Das war gut. Lori war der geborene Spürhund.

»Ich habe da noch etwas, das unsere Aufmerksamkeit verdient hat.« Leon zog Elenas E-Zigarette aus der Tasche, die sie ihm überlassen hatte. »Ich möchte wissen, was für eine Flüssigkeit in dieser Zigarette ist. Ich bin mir nicht sicher, aber möglicherweise liefert uns das eine Antwort darauf, warum Elena in den heißen Phasen ihrer seltsamen Erlebnisse so wegtritt, dass sie nichts von allfälligen Aufräumarbeiten mitbekommt«, erklärte Leon und beantwortete damit Bernards fragenden Blick.

»Wer weiß«, murmelte Bernard, während er nach der E-Zigarette griff.

»Danke. Lass mich das Resultat möglichst schnell wissen, ja?«

Bernard nickte, wenn auch widerwillig. »Hast du sonst noch etwas?«

»Da ist tatsächlich noch etwas, ja«, erwiderte Leon. »Vorausgesetzt, der Doktor hat die Finger im Spiel, dann arbeitet er jedenfalls nicht allein. Ich seh ja ein, dass Elena verdächtig bleibt, bis nicht das Gegenteil eindeutig bewiesen ist. Aber ich habe das Gefühl, die Brandstifterin, die vor der Villa stand, war größer und breiter als Elena. Sicher, Perspektive und Kleidung könnten getäuscht haben«, räumte Leon ein, »darauf will ich jedoch nicht hinaus.«

»Worauf denn dann?«

»Du erinnerst dich, was ich dir gleich nach der Explosion noch erzählt habe? Die Spuren im Container? Das Fenster, das nicht richtig geschlossen war, dazu die Abdrücke auf dem Fensterbrett und die Schleifspuren in dem ehemaligen Büro, die zu einem Safe führten?«

»Ich erinnere mich. Dort wiederum hast du Flecken entdeckt, die dich stark an getrocknetes Blut erinnerten, und Überreste, die eventuell von einem verdorrten Blatt stammten. Leon, ein paar Jugendliche haben sich in dem verlassenen Haus die Zeit vertrieben und vielleicht Mutproben abgehalten oder makabre Spiele gespielt.«

»Wegen ein paar Jugendlicher fliegt mir das Ding nicht um die Ohren. Generell nicht und nicht, wenn ich drin bin. Eine Frau auf der Wiese, die einen Molotowcocktail ins Haus wirft, obwohl sie von meiner Anwesenheit weiß! In einem verlassenen Haus, dessen phantomähnliche Besitzer anscheinend verschollen sind, steht ein Tresor, der groß genug ist, um eine Leiche darin zu verstecken. Spuren, die zum Safe führen, sind frisch und könnten vom Transport eines Körpers stammen. Im Safe sind weitere Spuren zu finden. Wie passend, dass unsere

Hauptdarstellerin in diesem Theater weiblich ist und wir derzeit eine Leiche vermissen. Will man nicht ertappt werden, müssen allfällige Beweise verschwinden. Am einfachsten geht das mit Feuer und einer gewaltigen Zündkraft. Wer zufällig über diese möglichen Beweise stolpert, hat eben Pech gehabt und muss ebenfalls verschwinden. Also frag ich dich: Ist diese Abfolge seltsamer Ereignisse wirklich Zufall? Oder sollten wir schleunigst herausfinden, wem dieses Haus gehört?«

1. November, 15.00 Uhr

»Kann ich jetzt gehen?«, fragte Elena müde. Sie hatte erst eine halbe Stunde in diesem grauen Raum an diesem grauen Tisch auf dem ebenso grauen Stuhl gesessen und sich Tills Befragung gestellt. Doch angesichts des Schlafmangels, der sich so richtig bemerkbar machte, seit Elena die geheizten Räume der Wache betreten hatte, kamen ihr die dreißig Minuten wie zwei Stunden vor.

Till hatte ihr anfangs empfohlen, einen Anwalt zu kontaktieren, aber Elena hatte mit den Worten »ich habe nichts zu verbergen« abgelehnt.

»Sie können diesen Raum verlassen, aber nicht die Dienststelle«, beantwortete Till ihre Frage.

»Nehmen Sie mich fest?«

»Nein.«

»Also bin ich frei?«

»Ja.«

»Dann kann ich auch gehen, wann und wohin immer ich will«, argumentierte Elena gereizt.

»Sie warten in den Räumen der Polizei auf Leon. Ich spendiere Ihnen einen Kaffee und eine Zimtschnecke. Die sind gut, glauben Sie mir.«

»Sie können mich nicht gegen meinen Willen festhalten.«

»Sie wollen nicht wirklich allein da raus, wenn Sie unschuldig sind, denn Sie wissen nicht, was dann Neues geschieht.«

Das saß. »Sind die Zimtschnecken aus der hiesigen Bäckerei?«, fragte Elena schließlich und ließ sich von Till aus dem grauen Raum in die kleine Küchennische führen. »Könnte ich meine Schwester kurz anrufen, während der Kaffee durchläuft? Sie macht sich bestimmt Sorgen, weil ich mich so lange nicht gemeldet habe. Abgesehen davon, muss Leon nicht die ganze Zeit über meinen Babysitter spielen; vielleicht könnte sie ihn kurzfristig mal ablösen, damit er zum Beispiel euch helfen oder seinem eigenen Geschäft nachkommen kann, das er seit meiner Ankunft sträflich vernachlässigt hat?«

Till stand neben dem Kaffeeautomaten und schien kurz darüber nachzudenken. »Aber Sie verlassen nicht das Gebäude, verstanden?«

»Verstanden«, nickte Elena.

»Gut. Einen Café Crème?«

Elena hatte bereits ihr Handy gezückt und war mit den Gedanken schon bei ihrem Gespräch mit Jana, sodass sie jedes Interesse an Kaffee verloren hatte. Sie sah irritiert zu Till, der mit erwartungsvollem Blick einen Finger über den Auswahlknöpfen der Kaffeemaschine schweben ließ.

»Ehm, ich, einen Café …«, stammelte Elena, ehe sie entschlossener anfügte: »Crème ist gut, ja. Danke. Bin gleich zurück.« Elena huschte um die nächste Ecke und suchte sich ein Plätzchen weiter hinten im Korridor, das ihr einigermaßen ruhig erschien. Sie drückte sich hastig zur Favoritenliste ihres

Handys durch und tippte schließlich mit dem flachen Zeigefinger auf Janas Namen. Das Handy wählte die hinterlegte Nummer, während Elena bereits beim ersten Klingeln innerlich darum bettelte, Jana möge den Anruf entgegennehmen und auch Zeit haben, ihr zuzuhören. Mit ihrer Tagesstruktur war das meist eher schwierig zu bewerkstelligen.

Es klingelte mehrmals, doch niemand ging ran.

Enttäuscht ließ Elena das Handy sinken. Sie wollte den Anruf wegdrücken, ihr Daumen schwebte schon über dem leuchtenden Display, da hörte sie ein gehetztes »Hallo?« in der Leitung. Sofort riss sie das Telefon wieder an ihr Ohr.

»Jana?«

»Ja, ich bin dran, was einem Wunder gleicht. Ich hätte zwischen Autoschlüssel suchen, Einkaufstüten buckeln, Kinder ins Auto verfrachten und Parkticket entwerten beinahe das Klingeln überhört. Außerdem hätte ich um ein Haar noch das Handy fallen lassen, was ein schöner Mist gewesen wäre. Bei meinem Glück wäre es in tausend Splitter zersprungen, und ich hätte die SIM-Karte unter dem Minivan hervorgrapschen können.«

Obwohl Jana angespannt und außer Atem klang, schien sie die Situation doch mit dem nötigen Humor zu nehmen, sodass sich die Klammer um Elenas Herz ein wenig löste, während sie Janas Erzählungen lauschte. Nur würde dieses Gefühl nicht lange anhalten.

»Du hast die Kinder heute?«, fragte Elena, um noch etwas Zeit zu schinden.

»Ja. Mein freundlicher Ex war so nett und hat sich ausnahmsweise an unsere Besuchsvereinbarung gehalten«, antwortete Jana, ohne den Frust, der dieses leidige Thema immer wieder in ihr hervorrief, zu verbergen. »Aber lassen wir das.

Elena, wie läuft es denn bei dir? Gibt es Neuigkeiten? Weitere Erkenntnisse?«

Und da war sie wieder, die Hand, die gnadenlos jeglichen Anflug von Leichtigkeit wegfegte. »So kann man es sagen, Jana. Ich war schon wieder bei diesem Bernard. Diesmal wurde ich von einem Till einvernommen, eigentlich ein netter Kerl, wie mir scheint.« Elena hörte Jana schnauben, dann sagte ihre Beinahe-Schwester: »Das kann ja nur bedeuten, dass schon wieder etwas vorgefallen ist.«

»So kann man es sagen, ja«, bestätigte Elena. »In der vergangenen Nacht habe ich in Blut geduscht, und nachdem Leon mich aus dem Haus weggebracht, zu sich genommen und schließlich wieder zurückgebracht hatte, saß auf meinem Sofa eine hübsch zugerichtete Tote. Rate mal, was sie anhatte.«

Jana schien das mit der Toten nicht wahrgenommen zu haben, und die Blutdusche interessierte sie offenbar auch nicht, denn sie fragte nur: »Leon hat dich mit zu sich nach Hause genommen?«

»Ja, wir haben viel geredet. Ich erzähl dir alles noch im Detail, erst mal musst du dich mit der Zusammenfassung der Ereignisse zufriedengeben, denn ich kann nicht lange sprechen. Jedenfalls kamen Leon und ich am Ende des Gesprächs zum Schluss, dass womöglich Doktor Steffen aus irgendwelchen Gründen gegen mich anstatt für mich arbeitete und dass es außerdem nicht clever ist, mein Haus allein zu lassen, wenn ich verdächtigt werde, Entführungen und Morde zu begehen, von denen ich aber behaupte, sie nicht begangen zu haben. Ist mein Haus verwaist, bietet das eine hübsche Angriffsfläche, mir weitere Tote unterzuschieben. Leider haben wir zu lange gebraucht, um das zu erkennen; das Phantom war schneller, und so hockte da schon diese Frau mit Schnitt im Bein und Loch im Kopf.«

»Geredet«, wiederholte Jana.

»Ja, geredet. Sag mal, ich erzähl dir von Leichenfunden, Blutduschen und Morden, die mir angedichtet werden, und dass das alles womöglich auf die Kappe meines Therapeuten geht, dem ich vertraut habe, und du scheinst von alledem nur gehört zu haben, dass Leon mich zu sich genommen hat, um zu reden. Woran liegt das? Was ist los, Jana?« Elena hatte diesen Tadel anfangs noch scherzhaft gemeint, aber jetzt, da sie ihn ausgesprochen hatte, beschlich sie ein seltsames Gefühl. In der Leitung war nur Rauschen zu hören.

»Jana? Bist du noch dran?«

»Eh, ja, ja, bin ich. Elena, ich glaube, ich muss dir etwas Wichtiges sagen, das ich dir schon lange hätte sagen sollen.«

Elena schluckte schwer. Was konnte da noch kommen? Obwohl die Neugierde stark war, hatte Elena doch ein Gefühl für ihre Schwester. »Nein, warte. Fahr die Kinder nach Hause, stell die Einkäufe ab und ruf mich später noch mal an, wenn wir uns in Ruhe unterhalten können, ja?«

»Elena …«

»Fahr die Kids nach Hause, Jana, die nehmen dir sonst den Wagen auseinander oder essen sämtliche Einkäufe auf. Ich weiß, wo du einkaufst, du brauchst nicht lange, um nach Hause zu kommen. Wir hören uns in zwanzig Minuten wieder, okay?«

Keine Antwort. »Jana«, hakte Elena nochmals energisch nach, »einverstanden?«

Ein lautes Jaulen aus dem Hintergrund sorgte dafür, dass Elena den Hörer erschrocken vom Ohr nahm. »Jana?«

»Vielleicht hast du recht«, kam die Antwort, nachdem das

Geschrei wieder verstummt war. »Die Monster randalieren, so können wir wirklich nicht reden. Die Große hat nachher Karate und die Kleine Ballett. Ich liefere sie ab und ruf dich wieder an. Aber Elena, eins noch.«

»Was?«

»Ist Leon jetzt bei dir?«

»Nein, er ist bei Weißkopfseeadler Bernard. Warum?«

»Sorg dafür, dass er auch nachher nicht in Hörweite ist, ja?«

»Jana, ich versteh nicht …«

»Tu's einfach. Leon ist nicht derjenige, den er zu sein vorgibt, und ich schätze, ich habe einen großen Fehler begangen, dich ihm anzuvertrauen.«

»Mich ihm anzu… Was sagst du da Jana?« Jetzt wollte Elena doch lieber sofort Bescheid wissen.

»Du kannst ihm nicht trauen. Sei auf der Hut.«

»Jana, wovon sprichst du? Jana? Jana!« Aber die Leitung war bereits tot.

1. November, 15.20 Uhr

Elena wartete keine zwanzig Minuten. Sie rief bereits nach zehn wieder bei Jana an, doch ihre Schwester nahm den Anruf nicht entgegen. Fluchend steckt sie das Handy weg.

»Alles in Ordnung?«

Erschrocken drehte sie sich um und sah sich direkt mit Tills breiter Brust konfrontiert. Sie wollte sich nicht anmerken lassen, dass er sie bei Heimlichtuereien erwischt hatte, aber es gelang ihr nicht, ihr wild klopfendes Herz zu zügeln. »Ja. Nein. Nun …« Fahrig fuhr sie sich durchs Haar und versuchte, sich in der Zeit eine Taktik auszudenken, wie sie von sich ablenken konnte. Ihr kam nichts Schlaueres in den Sinn, als scheu zu lächeln. »Ich habe meine Schwester angerufen und ihr alles erzählt. Tut mir leid, ich weiß nicht, ob ich das hätte tun dürfen. Aber ich musste einfach mit jemandem sprechen.«

»Sie sagten doch, dass Ihre Schwester Leon ablösen soll, da ging ich davon aus, dass Sie ihr die heutigen Geschehnisse erzählen werden.«

»Ach, wie dumm von mir. Tut mir leid.«

»Schon gut. Der Kaffee ist durch, und die Zimtschnecke wartet. Kommen Sie.«

Elena wusste, wenn sie jetzt mitginge, würde sie von Till beobachtet, bis Leon auftauchte, und dann würde wiederum Leon sie nicht mehr aus den Augen lassen, es sei denn, sie konnte ihn davon überzeugen, dass sie allein zu ihrer Schwester wollte, um ihm etwas Luft zu verschaffen. Ob er ihr jedoch diese Bitte gewähren würde, da war sie sich nicht so sicher. Nach dem, was Jana gesagt hatte, war sie sich bei Leon sowieso bei nichts mehr sicher. Sie musste unbedingt mit Jana sprechen, ehe er zurückkam. Nur, wie stellte sie das an?

»Kann ich mal kurz auf die Toilette?«, sprudelte es aus ihr heraus, ehe sie den Gedanken wirklich gefasst hatte.

Till hob fragend eine Augenbraue, willigte aber ein. »Fünf Minuten oder ich hole Sie eigenhändig von der Schüssel, klar?«, warnte er.

Elena nickte kurz, eilte aber bereits davon. Die Tür zur Damentoilette war noch nicht hinter ihr zugeschlagen, als sie das Telefon schon wieder in Händen hielt und Janas Nummer wählte.

»Ich kann jetzt nicht«, murmelte ihre Schwester, als sie nach dem fünften Klingeln endlich abhob.

»Und ich kann nachher nicht mehr. Ich habe fünf Minuten, dann muss ich zurück und werde wieder Leons Obhut unterstellt. Also?«

Es raschelte in der Leitung, dann hörte Elena Janas Absätze, wie sie rasch über Steinboden klackerten. Elena fragte sich, wo ihre Schwester sich befand, mahnte sich aber, dass es jetzt Wichtigeres zu erfahren gab. »Jana!«, zischte Elena ungehalten.

»Leon war schon einmal verheiratet«, platzte es aus Jana heraus.

»Na und?«, fragte Elena verblüfft.

»Seine Frau gehörte einer Diebesbande an, und er merkte es nicht oder wollte es nicht merken. Er war verliebt und blind für die Wahrheit, und sie nutzte ihn aus. Er glaubte, sie würde ihn auch lieben, mit ihm zusammenarbeiten, ihm in die Hände spielen und die Bande ans Messer liefern. Doch er irrte sich. Stattdessen fütterte sie ihre Komplizen mit Insiderinformationen, an die sie dank ihm gelangt war. Die Bande räumte ganz schön ab, und als ein Opfer ums Leben kam, flog alles auf und Leon aus dem Polizeikorps raus.«

»Das ist schlimm und hat ihn sicher sehr getroffen. Wie ging's weiter mit den beiden?«

»Elena, willst du denn nicht verstehen?«, fragte Jana der Verzweiflung nahe. »Er ist nicht an deinem Wohl interessiert, sondern an seinem! Er will seinen Ruf reinwaschen, und wenn er dich dafür ans Messer liefern muss! Du bist ihm vollkommen egal, du bist nur Mittel zum Zweck. Du …«

»Schon gut!«, fiel Elena Jana forsch ins Wort. »Ich hab's kapiert.« Doch in ihren Gedanken fragte sie sich, ob sie wirklich verstanden hatte, was ihre Schwester ihr da offenbarte. Elena war klar, dass sie das ganze Ausmaß, die gesamte Tragweite erst nach und nach begreifen würde.

»Dann weißt du, was du tun musst, Elena«, durchbrach Jana ihre Gedanken.

»Ich denke schon«, antwortete sie, obwohl sie keine Ahnung hatte. Ihr Kopf war auf einmal wie leer gefegt. Leon nutzte sie nur aus. Sie war für ihn Mittel zum Zweck. Was sollte sie davon halten? In gewisser Weise war er ja dasselbe für sie, also warum sollte sie sich daran stören und nicht, solange es ging, weiter von ihm profitieren, wie es schon seine Ehefrau getan hatte? Weil er dich nicht retten, sondern opfern will, schoss es ihr spontan durch den Kopf. Er hält das bessere Blatt in der Hand. Ein Wort von ihm, und sie wäre dran. Würde er sogar einen Meineid leisten, wenn es ihm dienlich wäre?

Sie wusste es nicht. Aber wenn sein Wort gegen ihres stünde, würde man trotz seines Fehltritts eher ihm glauben, das war ihr vollkommen klar. »Jana?«

»Ja?«

»Was soll ich tun?«

»Mach, dass du da wegkommst.«

»Weglaufen? Das bringt doch nichts.«

»Nicht direkt, nein«, gab Jana zu. Nach einer kurzen Pause fügte sie an: »Komm nach Hause, ohne ihn. Dann besprechen wir, was am besten zu tun ist. Wir finden gemeinsam eine Lösung, versprochen.«

»Leichter gesagt als getan. Ich sitze hier auf der Wache fest, bis Leon seine Besprechung beendet hat. Dann werde ich mit ihm mitgehen müssen. Ich schätze, wir werden in seine Wohnung zurückkehren, denn meine Hütte ist Sperrzone. Er wird mich keine Sekunde mehr aus den Augen lassen.«

»Überleg dir etwas. Aber sei vorsichtig. Ich trau ihm nicht. Wie man so hört, hat ihn die Sache mit seiner Frau schwer getroffen. Seither tickt er nicht mehr sauber, so sagt man. Ich könnte mir vorstellen, dass er sich nicht zu schade ist, schmutzige Tricks anzuwenden, um dich ans Messer zu liefern und seinen Ruf reinzuwaschen.«

Elenas Herz trommelte wild in ihrer Brust. Die Situation schien immer auswegloser. »Woher weißt du das eigentlich alles, Jana? Du sagtest außerdem, du hast mich ihm anvertraut, was bedeutet das?«

»Es tut mir leid Elena, ich muss jetzt wirklich gehen. Wir reden, wenn du wieder zu Hause bist, versprochen. Wenn ich etwas für dich tun kann, lass es mich wissen, ja?«

»Jana, du wirst jetzt nicht auflegen, sag mir, was hier gespielt wird!«, rief Elena ungehalten ins Telefon. Aber da polterte es bereits gegen die Toilettentür. Elenas Kopf schoss hoch. Sie wusste, wer vor der Tür stand, ehe sie seine Stimme hörte.

»Elena, sofort raus da. Ich hab es gesagt. Fünf Minuten. Es waren bereits sechs«, mahnte Till auf der anderen Seite der Tür.

Elena war hin und her gerissen. Sie wollte mehr von Jana wissen, wusste aber auch, dass Till nicht scherzte. »Ich komme!«, rief sie ihm schließlich durch die verschlossene Tür zu. »Jana, ich will genau wissen, wo du mich da reingeritten hast, verstanden? Ich werde mit zu Leon gehen und in der Nacht zu fliehen versuchen.«

»Wenn dir die Flucht geglückt ist, melde dich sofort, ja?«

»Versprochen«, versicherte Elena, dann legte sie auf. Sie entriegelte das Schloss, gerade als sich Till von der anderen Seite daran zu schaffen machte. Sie öffnete die Tür und schlüpfte an ihm vorbei.

»Krieg ich jetzt noch eine Zimtschnecke?«

1. November, 15.25 Uhr

Im obersten Stock der ruhig gelegenen kleinen Hütte angekommen, leuchtete Wiegald Lehner die hölzerne Wandvertäfelung des rechten Raumes mit einer hellen Lampe ab. Das triste Grau des Tages vermochte den Raum durch das winzige Fenster kaum zu erhellen.

Allmählich verzieht sich der Herbst und macht dem Winter Platz, dachte Wiegald nach einem kurzen Blick durch die dünne, schmutzige Fensterscheibe. Seine Augen waren auch ohne die winterlichen Lichtverhältnisse nicht mehr die besten, aber das musste niemand wissen, sonst würden sie ihn nur an den Schreibtisch setzen und nicht mehr die Arbeit verrichten lassen, die er so sehr liebte: das Spurensichern.

Das Gesicht ganz nah an der Wand, suchte er Zentimeter für Zentimeter der Holzverkleidung ab. Seine Sehschwäche hatte auch Vorteile: Da er erst recht befürchtete, ihm könnte etwas Wichtiges entgehen, war er viel aufmerksamer und gründlicher als so mancher seiner Kollegen.

Wiegald fuhr mit seinen Fingerkuppen über den Rand eines jeden Holzpaneels. Hinter dem Bettgestell wurde er endlich fündig. Die Rille war mit bloßem Auge kaum zu erkennen. Das Holz war sorgfältig zugeschnitten und beinahe bündig verarbeitet worden. Er begutachtete das Bettgestell, den Boden darum herum und kam zum Schluss, dass er keine Spuren zerstören oder verwischen würde, wenn er das Bett ein Stück von der Wand wegzog. Langsam ließ er sich auf die Knie sinken, schaute unter das hölzerne Gestell, versicherte sich, dass auch dort nichts Wichtiges zu finden war. Dann ging er in die Hocke, legte seine behandschuhten Finger um das Holz und zog das Bettgestell vorsichtig von der Wand weg.

Sein Rücken knackste, als er sich wieder aufrecht hinstellte, und Wiegald verfluchte seinen älter werdenden Körper, ehe er sich wieder konzentriert an die Arbeit machte. Er trat direkt an die verkleidete Wand heran, grummelte in Gedanken versunken vor sich hin, tastete die Vertäfelung erneut ab, wobei er mit dem Finger über den schmalen Spalt glitt.

Wiegald kannte diese Art von Türen. Er hatte früher, als er noch ein Kind war, auch ein Zimmer in der Dachschräge. Damit der Platz, wo die Dachschräge auf den Boden traf, nicht verloren war, hatte man eine Wand eingezogen und damit einerseits eine Kammer geschaffen und andererseits eine größere Fläche, wo man eine niedrige Kommode hinstellen konnte. Hier stand ein Bettgestell davor, was Wiegald irgendwie sinnlos vorkam, denn so konnte man ja die Kammer überhaupt nicht nutzen. Das wiederum war genau der Grund, weshalb ihn das, was hinter dieser präzise ausgesägten Tür lag, so interessierte.

Einen Türgriff gab es nicht. Auch keinen Knauf, keine Rille, keine Vertiefung, kein Schlüsselloch. Man konnte nicht unter den Rahmen fassen und das Türchen aufziehen.

Was sich nicht aufziehen ließ, musste man eben aufdrücken. So wie der Aufbewahrungsschrank in seiner Küche, dessen magnetische Verriegelung sich auch nur durch Druck an der richtigen Stelle öffnen ließ.

Wiegald presste seinen Zeige- und Mittelfinger Zentimeter für Zentimeter gegen das Holz. Er begann auf der rechten Seite etwa in der Mitte, ungefähr auf der Höhe, auf der normalerweise ein Türknauf oder Ähnliches hätte zu finden sein müssen. Er arbeitete sich erst nach oben vor. Wenn das nicht funktionierte, die Tür sich nicht öffnete, wollte er von der Mitte nach unten weitermachen. Aber das war nicht nötig. Als er seine Finger ganz oben in der Ecke ansetzte und mit leichtem Druck auf die Vertäfelung einwirkte, hörte er ein leises Knacken, und das Türchen öffnete sich einen Spaltbreit.

Eine wohlbekannte Aufregung, so wie sie ein Kind an Weihnachten empfinden muss, ehe es entdeckt, was in den bunt verpackten Päckchen verborgen liegt, krabbelte Wiegalds Wirbelsäule hinauf bis in den Nacken und sorgte dafür, dass sich die dort sitzenden feinen Härchen aufstellten.

Wiegald zog die Tür auf, die ihm gerade mal bis zur Brust reichte, strapazierte seinen Rücken erneut, senkte den Kopf und steckte ihn in einen schmalen Raum auf der anderen Wandseite. Ein muffiger Geruch hüllte ihn ein. Es war stockfinster in der Kammer, dennoch konnte Wiegald Umrisse eines Gegenstandes erkennen, die ihn neugierig werden ließen. Er zog seine Lampe aus der Tasche seines weißen Kittels und leuchtete in die Finsternis.

Gespannt betrachtete er seine Entdeckung. Akribisch, wie er auch schon die Tür abgesucht hatte, ließ er den Schein der Taschenlampe über den eckigen Gegenstand unter dem schmutzig weißen Tuch wandern. Wiegald fasste nach einer Ecke der Abdeckung und zog sie vorsichtig weg.

Als er die hübsche Wiege sah, die unter dem Laken auftauchte, war er nicht weiter überrascht. Eher enttäuscht. Doch dann fiel ihm ins Auge, was über der Wiege an der Stange hing, die den Baldachin hielt.

Dieses filigran gearbeitete Mobile war nicht aus Holz. Die detailliert geschnitzten Tierchen waren auch nicht aus Speckstein geschaffen.

Ohne zu zögern, griff Wiegald in seine Hosentasche und zog das kleine schwarze Mobiltelefon heraus, das er lediglich für seine Arbeit benutzte. Den Blick auf das Mobile gerichtet, wählte er Bernards Nummer.

Wiegald war klar, er musste das Kinderspielzeug noch im Detail untersuchen lassen müssen, aber allein schon das Material, woraus es gefertigt worden war, dürfte die Polizei brennend interessieren – denn Wiegald war sich beinahe sicher: Das Mobile war aus Knochen gefertigt worden, und er hoffte inständig, dass es nur tierische Knochen waren.

1. November, 15.30 Uhr

Nachdem die Fahrt aufgrund eines Verkehrsstaus, dessen Ursache Olga nicht hatte eruieren können, länger gedauert hatte als die übliche Dreiviertelstunde, parkte sie den Krankenwagen endlich vor dem Institut für Rechtsmedizin. Sie rüttelte ihren Partner, der während des Stop-and-go-Verkehrs eingedöst war, an der schmalen Schulter, öffnete die Tür des Transporters und sprang seufzend ins Freie.

Eigentlich mochte sie ihren Job. Sie trug gerne die Kleidung, die sie als Sanitäterin auswies und dafür sorgte, dass andere Menschen sie für eine Retterin hielten. Der Moment, in dem sich auf die angstvollen Gesichter der überforderten Opfer und ihrer Begleiter eine Spur Erleichterung schlich, nur weil sie auf der Bildfläche erschien, war ein befriedigendes Gefühl. Wohin sie gerufen wurde, herrschte in der Regel das Chaos, und sie war geschult, ihren Teil in dem Durcheinander souverän und mit ruhiger Hand aufzuräumen. Während ihrer Einsätze konnte sie das. Auf ihren Partner war auch Verlass. Zwei Dinge, die sie von ihrem Privatleben nicht behaupten konnte.

Olga öffnete die Heckklappe des Fahrzeuges, wo ihre leblose Fracht auf einer Bahre lag. Die Ankunft der Toten war angemeldet, Olga musste sie nur noch abliefern. Sie wollte die Transportbahre aus dem Wagen hieven, als sie stutzte.

Olga schnüffelte, legte die Stirn in tiefe Falten, sah zu ihrem schweigsamen Partner hinüber, der sich inzwischen zu ihr gesellt hatte, um ihr zur Hand zu gehen. Dieser schien ebenfalls irritiert.

»Riechst du das?«

Der schlaksige Mann neben ihr nickte.

»Das riecht irgendwie …« Olga suchte nach den richtigen Worten, als ihr Kollege ihre Gedanken unterbrach.

»… verbrannt.«

»Ja«, bestätigte Olga, »es riecht nach verbranntem Plastik. Woher kommt das?«

Olgas Partner wollte in den Krankenwagen steigen, um nachzusehen, aber Olga hielt ihn zurück. »Nein, warte, da stimmt etwas nicht. Hol noch einen Feuerlöscher aus dem Institut.« Noch während sie das sagte, geschah etwas, das Olga in ihrer gesamten Karriere noch nicht erlebt hatte: Im oberen Drittel des Leichensacks bildete sich eine Öffnung. Das Material des Sacks schmolz wie heiße Butter an der Sonne, es löste sich richtiggehend auf.

Olga traute ihren Augen kaum, als aus dem Loch auf einmal orangerote Flammen züngelten.

Was im ersten Augenblick noch ein kleines Feuerchen war, breitete sich rasend schnell aus.

»Hol einen Feuerlöscher!«, befahl Olga ihrem Partner noch einmal, während sie in den Wagen sprang.

Das Feuer hatte bereits ein beachtliches Loch in den Sack gefressen.

Der steife Körper war den gierigen Flammen ausgeliefert. In Windeseile fraßen sie sich durch das vertrocknete Fleisch, verschlangen das Gesicht. Es roch nach verschmortem Haar und verbrannter Haut.

Erstaunlich schnell entwickelte das Feuer eine enorme Hitze, die Olga zum Schwitzen brachte. Sie griff nach dem Feuerlöscher, den sie im Krankenwagen mitführten, entsicherte ihn und sprühte.

Mit klopfendem Herzen sah sie zu, wie der weiße Schaum den Brandherd bedeckte und das Feuer erstickte. »Was zum Teufel war das?«, fragte sie ihren Kollegen, der sich mit dem Feuerlöscher aus dem Institut hinter ihr in Position gebracht hatte. Langsam drehte Olga sich zu ihm um. »Spontane Selbstentzündung der Toten kann's jedenfalls nicht gewesen sein, daran glaube ich nämlich nicht«, witzelte sie, um die Anspannung aufzulockern. Aber ihr Partner grinste nicht, wie er es sonst tat. Im Gegenteil, entsetzt starrte er an ihr vorbei und hob seinen Feuerlöscher an. Ungläubig folgte Olga seinem Blick. Als sie sah, was er sah, verging ihr die Lust zu scherzen: Das Feuer hatte sich erneut entzündet.

Gleichzeitig in Erlach

»Wie fühlst du dich?« Kaum hatte Leon den Motor gestartet und den Pick-up aus dem Parkplatz auf die Straße gelenkt, tauchte das Dach seines Elternhauses mit dem scheunenartigen Anbau, der zur Schreinerei umfunktioniert worden war, im Blickfeld auf. Das stattliche Gebäude war teilweise aus Stein, teilweise aus Holz; man hatte es etwas von der Straße zurückversetzt erbaut. Ein Platz mit einem hübschen runden Trinkwasserbrunnen, der von drei stolzen Eichen gesäumt wurde, schützte das Haus weitestgehend vor neugierigen Blicken.

Sie hätten den Weg von der Polizeiwache zu Leons Elternhaus gut zu Fuß bewältigen können. Das wäre Elena sehr entgegengekommen, denn sie hatte ein extremes Bedürfnis nach frischer Luft, um ihre Gedanken ordnen zu können. Auf einem Spaziergang. Allein. Aber dazu würde sie keine Chance erhalten, Leon würde sie keine Sekunde aus den Augen lassen, das war ihr inzwischen bewusster denn je. Vor allem, da Jana ihn offenbar gebeten hatte, auf sie aufzupassen. Wann und warum sie das getan hatte, wieso Jana Leon kannte, weshalb sie Kontakt zu ihm hielt, war Elena nicht klar. Überhaupt hatte Elena inzwischen mehr Fragen denn je.

Zumindest einige Antworten würde sie erhalten, dazu war sie wild entschlossen. Nur wusste sie noch nicht, wo sie ansetzen sollte. Sollte sie zuerst Leon damit konfrontieren, dass sie seine wahren Absichten hinter seiner Hilfsbereitschaft kannte? Dass sie von seiner Vorgeschichte erfahren hatte? Dass sie von Janas Auftrag an ihn wusste? Oder sollte sie damit warten, bis sie mit Jana hatte sprechen können? War es wirklich besser, zu schweigen und bei der nächsten Gelegenheit einfach abzuhauen? War es nötig, sich vor Leon in Sicherheit zu bringen? Wollte er sie wirklich um jeden Preis ans Messer liefern, anstatt ihr zu helfen?

Jana hatte erwähnt, sie könne Leons Absichten nicht trauen. Aber wem konnte sie überhaupt noch trauen? Bisher hatte sie geglaubt, ihre eigene Psyche war ihr größter Feind, doch inzwischen war sich Elena da nicht mehr so sicher.

Verstohlen sah sie zu Leon, der den wuchtigen Wagen vor

dem Haus parkte. Es schien ihn nicht weiter zu stören, dass sie seine Frage nach ihrem Befinden ignoriert hatte. War das etwa ein Zeichen dafür, dass es ihn im Grunde überhaupt nicht interessierte und niemals interessiert hatte? Oder litt sie jetzt vollends unter Verfolgungswahn?

Elena schloss kurz die Augen, drückte die Spitzen der Zeigefinger in die Augenwinkel. Ihre Fingerkuppen fühlten sich kühl an, was guttat. Sie verharrte in dieser Position, atmete tief ein und wieder aus. Das mochte auf Leon seltsam wirken, aber er könnte ihre Reaktion ebenso gut darauf schieben, dass sie emotional unter den aktuellsten Ereignissen litt, was wiederum seine Frage beantworten würde.

»Ich tippe darauf, dass du aufgewühlt bist«, kommentierte er ihr Verhalten.

Reiß dich zusammen. Du brauchst einen Plan. Janas warnende Worte lassen dich an allem zweifeln, dachte Elena bei sich, in der Hoffnung, ihre Gedanken und Gefühle rasch in eine brauchbare Ordnung bringen zu können.

Einer der wenigen Freunde, die sie noch zu haben glaubte, nutzte sie auch nur für seine eigenen Zwecke aus. Auf einmal wollte sie sich auf jede erdenkliche Art und Weise von Leon distanzieren. War eventuell doch Dr. Steffen der Gute? Oder verfolgte auch er andere Ziele? Sie spürte, wie sie an der Loyalität aller zweifelte, aber noch musste sie sich beherrschen, das Spiel mitspielen, als wäre sie ahnungslos.

Elena fühlte, wie sich eine Hand sanft um ihr Gelenk schloss und leicht an ihrem Arm zog. Er wollte, dass sie ihn ansah, um ihr irgendetwas Beruhigendes, Aufmunterndes sagen zu können.

Elena kannte die Verhaltensregeln für einen solchen Moment und setzte sie um. Wie es sich gehörte, gab sie seinem Druck nach, ließ die Hände sinken und sah ihn an.

Seine warmen Augen schrien geradezu »Vertrau mir!«, aber sie konnte es nicht mehr.

»Gehen wir einfach rein, ja?«, fragte Elena schließlich.

»Sicher.« Leon ließ ihr Handgelenk los, zog den Autoschlüssel ab und öffnete die Fahrertür. Elena nutzte den Moment, in dem er ihr den Rücken zukehrte, um noch einmal durchzuatmen. Sie würde Schritt für Schritt vorgehen, situativ entscheiden. Sie durfte sich nur nicht von ihrer Nervosität durcheinanderbringen lassen.

Immer noch verwirrt, folgte sie Leon zum Haus. Ehe er die Haustür aufschloss, leerte er den Briefkasten, holte die wenigen Kuverts und die Zeitungen aus dem Fach. Er beachtete seine Post nicht weiter, sondern verschwand gleich damit in seinem kleinen Büro, dessen Regale mit weißen Ordnern vollgepackt waren.

Elena sah ihm nach, spähte um die Ecke und erhaschte einen Blick auf den kleinen Raum. Ihr fiel auf, dass Leon die Tür nicht ganz aufschob, sondern sich umständlich durch den schmalen Spalt zwängte, durch den sie einen Blick auf das Innere seiner Schaltzentrale werfen konnte. Er zog die Tür hinter sich zu. Keine Minute später öffnete er sie wieder und kehrte in den Korridor zurück, wo Elena noch immer regungslos verharrte.

Sie fand sein Verhalten irgendwie verdächtig. Seine Geheimnistuerei um diesen Raum, sein augenscheinliches Interesse, das Innere vor ihr zu verbergen, erregte ihr Misstrauen. Sie wollte sich diesen Raum bei Gelegenheit genauer ansehen, und zwar schon bald. Vielleicht müsste sie die Gelegenheit auch provozieren. Die Frage war nur: Wie?

»Willst du deine Jacke nicht ausziehen?«, fragte Leon, während er aus seiner schlüpfte und sie über einen Kleiderbügel stülpte.

»Oh, natürlich.« Elena beeilte sich, es ihm nachzutun, und übergab ihre Jacke Leon, der schon die Hand danach ausstreckte.

»Wie wär's mit etwas Heißem zu trinken, ehe wir uns Gedanken darüber machen, wie es weitergehen soll?«, fragte er sie mit Unschuldsmiene.

»Ja. Gut.« Elena war sich bewusst, dass ihre Antworten auffällig kurz waren, aber zu mehr war sie einfach nicht in der Lage. Er ging in die Küche voraus, und sie folgte ihm dicht auf den Fersen.

Leon machte sich am Wasserkocher zu schaffen, als sich Leonidas neugierig dazugesellte. Der Kater strich Leon um die Beine, in der Hoffnung auf Futter und Streicheleinheiten.

»Was hast du gesagt, wo du den Kater noch mal herhast?«

Leon hantierte weiter mit dem Wasserkocher. Er stand mit dem Rücken zu Elena, sodass sie sein Gesicht nicht sehen und aus seinem Gesichtsausdruck nichts lesen konnte.

»Das ist eine unspektakuläre Geschichte.«

»Ich würde sie aber gerne hören«, beharrte Elena.

Jetzt setzte Leon den Wasserkocher ab und sah aus dem Fenster über der Spüle. Sein Gesicht wurde von dem Glas reflektiert. Er wirkte nicht besonders amüsiert.

Langsam drehte er sich um. »Mit wem hast du telefoniert, während ich mit Bernard sprach?«, fragte er sie direkt.

Innerlich wich Elena zurück, äußerlich gab sie sich kämpferisch. Sie reckte ihr Kinn vor und antwortete, ohne weiter darüber nachzudenken. »Mit meiner Schwester.«

»Dann hat sie es dir gesagt?«

»Ja«, antwortete Elena, im Wissen, dass sie ihm direkt ins Gesicht log. Jana hatte ihr nur einen Bruchteil verraten, aber das würde sie Leon sicherlich nicht auf die Nase binden und ihm damit einen Freipass liefern, ihr ebenso Informationen vorzuenthalten.

Jeder schien hier irgendein schmutziges Spiel zu spielen – und sie war das Spielbrett. Elena hatte die Schnauze gestrichen voll davon. Sie wollte endlich wissen, was hier gespielt wurde, von jedem einzelnen Beteiligten.

Das Handy, das neben Leon auf der Anrichte lag, begann im Rhythmus des Vibrationsalarms zu tanzen. Er schielte auf das hell erleuchtete Display und betrachtete es eine Weile, als würde er darüber nachdenken, ob er den Anruf annehmen sollte oder nicht, zeigte aber keine Regung. Der grelle Bildschirm verdunkelte sich wieder, das nervöse Surren verstummte.

»Nichts Wichtiges?«, fragte Elena schnippisch.

»Nichts, das nicht warten kann.« Leon wirkte nach wie vor nachdenklich, in sich gekehrt. Er schwieg und musterte Elena eingehend, was ihr zunehmendes Unbehagen bereitete.

»Was ist?«, verlangte sie zu wissen.

Leonidas setzte sich genau in der Mitte zwischen ihnen auf den Küchenboden und maunzte einmal kurz, ehe er, den Kopf hoch erhoben, mit seiner rauen Zunge die eigene Nasenspitze ableckte. Er wirkte wie ein Schiedsrichter zwischen den Fronten, als wüsste er genau, dass er der Schlüssel zu dem brisanten Thema war, über das keiner der Anwesenden sprach und das trotzdem präsenter war denn je.

Leon löste seinen Blick von Elena, schaute auf den großen grauen Kater.

»Sie hat recht«, ergriff Leon dann schließlich das Wort.

»Wer?«

»Jana, deine Schwester. Als sie mich anrief, um mich zu bitten, auf dich aufzupassen und dir zu helfen, wo ich nur kann, habe ich mich nicht von Anfang an einverstanden erklärt. Ich hatte selbst genug um die Ohren und keine Lust, mir deine Probleme auch noch aufzuhalsen. Jana erzählte mir, was du so erlebt hattest, und kaum warst du hier, begannen auch schon die Schwierigkeiten, von denen Jana gesprochen hatte. Ich kenne Bernard bereits lange Zeit. Er mag es nicht, wenn jemand Probleme macht und damit Aufsehen erregt. Du hast vom ersten Moment an beides getan. Da witterte ich meine Chance. Ich dachte, wenn ich ihm dieses Problem mit dir abnehme, vielleicht sogar das Geheimnis um deine Erlebnisse klären könnte, würde ich von meinen Sünden reingewaschen, um es mal biblisch auszudrücken.«

»Du warst bei meiner Ankunft nicht zufällig in der Bäckerei?«

»Ja und nein. Jana steckte mir, wann du ungefähr eintreffen würdest und dass du noch erwähnt hättest, erst in der Bäckerei vorbeischauen zu wollen. Ich versuchte mein Glück und musste nicht lange warten, ehe du auftauchtest. Ich hatte mich zu dem Zeitpunkt aber noch nicht entschieden, ob ich Janas Bitte, ein Auge auf dich zu haben, nachkommen wollte.«

»Wann hast du dich denn dazu entschlossen?«

»Ich sagte Jana zu, nachdem Heinz dich im Wald gefunden hatte, was im Dorf ziemlich schnell die Runde gemacht hatte.«

Wieder begann Leons Mobiltelefon, sich geräuschvoll surrend auf dem dunklen Granit zu bewegen. Leon blickte erneut auf das Display, machte aber einmal mehr keine Anstalten, den Anruf entgegenzunehmen.

1. November, 16.10 Uhr

»Was hast du jetzt mit mir vor? Wem hilfst du? Mir oder noch immer nur dir selbst?« Elena fühlte sich, als schwebe sie in luftleerem Raum. Sie hatte es kaum für möglich gehalten, dass das überhaupt geht, aber ihr war mehr denn je, als hätte man ihr den Boden unter den Füßen weggezogen. Seit Jana in ihr Leben getreten war, hatte sie der Frau, die unabhängig vom tatsächlichen Verwandtschaftsverhältnis zu ihrer Schwester geworden war, bedingungslos trauen könnte. Nun hatte auch sie sie hintergangen. Obwohl ihre Motive ritterlich sein mochten, war Elena doch enttäuscht über Janas heimliche Intervention. Darüber wollte sie dringend mit Jana sprechen, und zwar in Ruhe. Aber nicht nur darüber. Sie wollte auch wissen, woher Jana alle diese Informationen über Leon hatte.

Dazu kam noch ein neuer, unangenehmer Gedanke: Verheimlichte Jana ihr etwa noch mehr? Das konnte und wollte Elena nicht glauben, dennoch musste sie ihrer Schwester diese Frage stellen, und zwar persönlich. Das bedeutete, dass sie aus Leons Obhut fliehen musste. Aber wie sollte sie ihre Flucht angehen? Sich auf die Toilette entschuldigen und aus dem Badezimmerfenster klettern?

»Das ist genau die Frage, die ich mir auch zu stellen begann.«

Elena war derart ins Grübeln geraten, dass sie im ersten Augenblick nicht verstand, was Leon damit meinte. Sie sah ihn offenbar derart fragend an, dass er sich zu einer Erklärung bemüßigt fühlte.

»Auf welcher Seite ich stehe, kann ich dir nicht beantworten, Elena. Obwohl, das stimmt nicht ganz. Ich war hin und her gerissen zwischen den einzelnen Parteien, denen ich mich verpflichtet hatte, verpflichtet fühlte, verpflichten musste, sodass ich mich nicht mehr aufs Wesentliche konzentrieren konnte. Damit unterliefen mir eine Menge Fehler. Erst jetzt, da ich mich neu auf ein Ziel konzentriere – und nicht mehr auf drei, habe ich das Gefühl, wenigstens etwas vorwärtszukommen.«

»Mal sehen, ob ich das richtig verstehe. Du hast dich meiner Schwester verpflichtet, musstest dich deshalb mir verpflichten, obwohl du dich eigentlich nur dir selbst gegenüber verpflichten wolltest. Das Pflicht*gefühl* hast du Bernard gegenüber. Stimmt das soweit?«

Leon nickte.

»Aber keiner durfte vom anderen wissen?«

»So ist es.«

»Das klingt verwirrend und nach einer anstrengenden Gratwanderung. Warum durfte keiner vom anderen Kenntnis haben?«

»Jana bat mich darum, dir nichts zu sagen. Bernard gegenüber zu erwähnen, dass Jana mich beauftragt hatte, auf dich aufzupassen, erschien mir unnötig. Er sollte nicht den Eindruck gewinnen, dass ich auf der falschen Seite stehe, denn genau deshalb bin ich heute überhaupt in dieser Situation. Ich wechselte damals wegen einer Frau die Seite, ohne es realisiert zu haben. Also musste Bernard glauben, ich stehe auf seiner Seite und arbeite gegen dich und damit gegen Jana. Jana musste glauben, ich arbeite für sie, indem ich dich unterstütze. Dein Leben zu infiltrieren, um gleichzeitig für und gegen dich zu sein, war von Anfang an zum Scheitern verurteilt, dennoch wollte ich das Unmögliche versuchen, um endlich mein Gewissen zu reinigen. Stattdessen habe ich es nur noch mehr belastet.«

»Bernard weiß von alledem aber noch nichts?«

»Nicht nötig, er traut mir sowieso nicht. Ich habe mich in

seinen Augen zu sehr auf dich eingelassen. Für ihn wiederholt sich die Geschichte bereits.«

»Dann würde es doch helfen, wenn du ihm sagst, dass du dich nur auf mich eingelassen hast, weil Jana es gewünscht hat. Auf diese Weise konntest du dich ungestört an mich heranmachen. Jana wurde nicht skeptisch, weil sie es so gewollt hatte, ich schöpfte keinen Verdacht, dass du ständig in meiner Nähe warst. Das war eigentlich ziemlich clever. Diese Situation hätte Bernard für sich nutzen können, hätte er es nur gewagt, dir zu vertrauen. Er hatte einen Spion in der Schaltzentrale, ohne etwas dazu beitragen zu müssen. Praktisch, wenn du mich fragst.«

Elena musste den tiefen Stich, den ihre eigenen Worte in ihr auslösten, mit aller Macht ignorieren, damit ihr die Stimme nicht versagte. Am liebsten hätte sie wie ein kleines Kind losgeheult, denn ihr war klar geworden, dass sie sich das Hätte und das Wäre sparen konnte. Sie sah es in seinen Augen. Genauso war es abgelaufen. Ob Bernard Leon vertraute oder nicht, er hatte ihn darauf angesetzt, Elena für sich zu gewinnen, wie Leons Frau ihn damals für sich gewonnen und benutzt hatte.

Leon wiederum schien Elena anzusehen, dass sie alles verstanden hatte. Seine braunen Augen verdunkelten sich, als er flüsterte: »Es tut mir leid.«

Elena wandte verächtlich schnaubend den Blick ab und richtete ihn auf Leonidas, der sich inzwischen neben sie gehockt hatte. »Das war ihr Kater nicht wahr? Du hast ihn behalten, nachdem deine Frau …?« Sie ließ den Satz unvollendet, denn sie wusste nicht, wie die Sache zwischen ihm und seiner Ehefrau geendet hatte. Sie wusste nur, dass er aus dem Polizeicorps geflogen war.

»… inhaftiert wurde. Sie haben sie eingesperrt. Ich habe gegen sie ausgesagt und mich scheiden lassen. Ich habe sie nie wiedergesehen. Sie wird in zwei Jahren entlassen. Und ja, ich habe ihn behalten. Als Mahnung, nicht noch einmal eine solche Dummheit zu begehen; außerdem konnte ja das Tier nichts dafür.«

Als hätte er sie verstanden, maunzte der Kater zustimmend, erhob sich auf seine Pfoten und trottete mit erhobenem Schwanz aus der Küche.

Beide sahen ihm schweigend nach.

»Er scheint es nicht mehr für nötig zu befinden, für uns den Schiri zu spielen«, beendete Elena das Schweigen. Sie war sich nach wie vor nicht sicher, inwiefern sie Leon wirklich vertrauen konnte, aber seine Offenheit hatte sie zumindest ein wenig beruhigt. Dennoch hallten Janas warnende Worte in ihren Ohren wider: »Ich könnte mir vorstellen, dass er sich nicht zu schade ist, schmutzige Tricks anzuwenden, um dich ans Messer zu liefern und seinen Ruf reinzuwaschen.«

Elena erinnerte sich an eine Aussage, die Leon etwas früher in ihrer Unterhaltung gemacht hatte. Stirnrunzelnd griff sie sie auf. »Du hast gesagt, es stimme nicht ganz, dass du nicht wüsstest, auf welcher Seite du stehst. Das bedeutet, du hast dich für eine entschieden. Welche ist es?«

Er sah sie offen aus seinen warmen, braunen Augen an. »Ich habe mich gegen euch alle und für die Wahrheit entschieden. Nur wenn ich mich von den auf mich einwirkenden Parteien unabhängig mache, habe ich den Kopf frei, herauszufinden, was hier wirklich geschieht. Im Endeffekt dürfte uns damit allen in irgendeiner Form geholfen sein.«

Elena dachte kurz über seine Worte nach und deutete ein

Nicken an. »Klingt einleuchtend. Dann habe ich vorerst nichts zu befürchten und kann jetzt nach Hause gehen?«

»Du hast immer etwas zu befürchten, Elena. Ich weiß noch immer nicht sicher, ob etwas in dir direkt mit den Vorfällen zusammenhängt, denn ich habe nach wie vor keine Ahnung, was wirklich gespielt wird. Ich weiß nur, seit du unter ständiger Beobachtung stehst, ist nichts mehr passiert. Das kann kein Zufall sein.«

»Wir könnten den Ernstfall provozieren. Du könntest mich im Glauben lassen, dass ich allein bin, dabei beobachtest du mich und zeichnest auf, was geschieht.«

»Allein schon deshalb, weil du diesen Vorschlag jetzt gemacht hast, glaube ich, dass es nicht funktionieren wird. Ich habe schon versucht, dich ohne dein Wissen zu beobachten, und es ist kläglich gescheitert. Auf unerklärliche Weise hast du mich mit einem Anruf von deinem Handy von meinem Posten geholt und bist neben meinem Pick-up erwacht. Ich nehme an, du erinnerst dich. Außerdem läuft uns die Zeit davon. Dein Unfall jährt sich in einem Tag.«

»Gut. Was tun wir also?«

»Ich will wissen, woher die Blutkonserve kam, die in deinem Haus gefunden wurde. Das dürfte anhand der Konservennummer leicht herauszufinden sein. Vielleicht bringt uns das weiter. In der Zwischenzeit können wir damit anfangen, sämtliche Akten von damals zu studieren. Wir beginnen bei deinem Autounfall und schauen uns alle deine medizinischen Unterlagen bis heute an. Irgendetwas müssen wir übersehen.«

»Und was ist mit Doktor Steffen?«

»Die Polizei hat schon ohne mein Wissen ganze Arbeit geleistet. Sie haben ihn durchleuchtet und …«

»… nichts gefunden«, beendete Elena seinen Satz, nicht ohne eine gewisse Frustration zu empfinden, obwohl sie eigentlich hätte froh sein sollen, dass ihr Therapeut doch nicht das faule Ei war.

»So ist es«, bestätigte Leon und ergänzte: »Leider.«

1. November, 16.40 Uhr

Wieder machte sich Leons Telefon bemerkbar. Anscheinend schien es dem Anrufer außerordentlich wichtig zu sein, Leon zu erreichen.

»Nimm ab. Ich werde auch nicht hinhören. Ich muss aufs Klo.« Elena stand auf, ging zur Tür, fühlte, wie Leons Blick ihr folgte. Im Türrahmen drehte sie sich nochmals um und fragte herausfordernd: »Wenn ich das allein darf?«

Leon antwortete nicht. Stattdessen griff er nach seinem schwarzen Handy. Als er mit »Ja, Leon hier« den Anruf annahm, setzte Elena ihren Weg zur Gästetoilette fort. Ehe sie die Tür erreichte, spähte sie noch einmal in die Küche und lauschte auf Leons angenehme Stimme. Sie war selbst dann noch so warm wie seine Augen, wenn er militärisch kurz angebunden antwortete. Ihr Blickfeld war von dieser Position aus auf einen Spalt begrenzt, aber es reichte, um ihn zu beobachten.

Elena vergewisserte sich, dass er nicht zu ihr hersah. Sie wartete noch einen Moment ab, und als er den Kopf leicht senkte und sich mit den Fingern über die Augenbrauen fuhr, huschte sie am Badezimmer vorbei in sein Büro. Sie musste die Gelegenheit nutzen und verschwinden, wie Jana es ihr geraten hatte.

Zu Fuß würde sie aber nicht weit kommen. Elena hatte vorhin gesehen, wie Leon seinen Autoschlüssel auf dem Tisch abgelegt hatte, als er die Post in sein Büro brachte. Ob er sie allerdings beim Verlassen wieder aufgehoben und eingesteckt hatte, wusste sie nicht. Sie musste ihr Glück versuchen, auch wenn es ihr falsch vorkam, hier zu sein.

Elena trat an den Tisch heran. Auf den ersten Blick sah sie die Schlüssel nicht. Sie erkannte aber die Zeitung von heute, die er mit der Post abgelegt hatte. Sie hob den Stapel an, unter dem die Zeitung lag. Ein Kuvert rutschte aus dem Stoß heraus, und eine Reihe von Fotos ergoss sich auf den abgewetzten Holzboden.

Elena blieb wie angewurzelt stehen, starrte die Bilder an. Sie konnte nur schwer verarbeiten, was sie da vor sich sah.

Zu ihren Füßen lagen Fotos von Frauen. Toten Frauen. Sie kannte diese Gesichter. Alle. Sie waren in den Posen abgelichtet, wie Elena sie gefunden hatte. Da war die Frau mit dem offenen Mund ohne Körper. Wie war ihr Name gewesen? Etwas Griechisches, erinnerte sie sich. Genau genommen, war es ihr eigener Name auf Griechisch gewesen. Helen. So hieß sie.

Elena ging in die Hocke, hob das Bild auf. Am unteren Bildrand war noch die Fläche zu erkennen, auf der der Kopf aufgebaut war. Elena identifizierte sie als die Ladefläche von Leons Pick-up. Sie ließ das Foto sinken, zog mit dem Zeigefinger ein anderes heran, dessen Ecke unter der Aufnahme mit Lena, der Frau im Brunnenschacht, hervorlugte. Darauf abgebildet war Schneewittchen aus dem Teich. Diese Aufnahme zeigte nicht nur den Kopf, sondern auch das hässliche Loch in ihrer Brust.

Auch Schneewittchen auf Elenas Couch war da.

Elena war fassungslos. Was hatten diese Bilder zu bedeuten? Wieso waren sie hier, bei Leon? Warum war sie selbst hier?

Einem Damoklesschwert gleich hingen Janas warnende Worte über ihr. Sie wurden immer lauter, je länger sie die Fotos anstarrte: »Elena, sofort raus da …«

Sie ließ die Fotos, wo sie waren, richtete sich auf und suchte eilig den Schreibtisch ab. Aus Fassungslosigkeit wurde Hektik. Sie ahnte, dass Leon sie bald suchen würde. Ihr Zeitfenster, in dem sie nicht unter Beobachtung stand, schloss sich allmählich. Sie musste handeln. Sofort.

Endlich fand sie den Schlüssel des Pick-ups, der unter einen aufgefalteten Bauplan gerutscht war. Sie schnappte ihn, spähte in den Korridor und lauschte. Sie konnte Leon nicht hören.

Der Gedanke, dass er ihr Treiben in seinem Büro beobachtet haben und irgendwo hinter einer Tür lauern könnte, ließ ihren Puls weiter in die Höhe schnellen.

Hastig sah sie sich im Korridor um, konnte ihn auf den ersten Blick nirgends ausmachen.

Die Haustür war zum Greifen nah. Den Autoschlüssel fest in der Hand, eilte sie zum Eingang. Sie griff nach der Türklinke und wollte die Tür zur Freiheit aufreißen. Doch sie gab nicht nach.

»Scheiße!«, fluchte Elena leise, als sie realisierte, dass Leon die Haustür verriegelt hatte. Sie kehrte ins Büro zurück. Angestrengt versuchte sie, die auf dem Boden verstreuten Fotos zu ignorieren.

Sie würde leicht durch eines der Fenster passen. Aber als sie davorstand, rutschte ihr das Herz in die Hose. Die Fensterhebel waren ebenfalls mit Schlössern versehen. Keines ließ sich öffnen, in keinem steckte ein Schlüssel.

Inzwischen wurde Elena klar, weshalb er sie trotz des ge-

genteiligen Auftrags aus den Augen gelassen hatte: Er hatte sie eingesperrt.

Elena wurde panisch. Sie musste hier raus, ehe Leon auf sie aufmerksam wurde. Sie war schon viel zu lange weg, und er würde sich sicher bald fragen, wo sie abgeblieben war.

Denk nach, Elena, denk nach!, feuerte sie sich an, um die aufkommende Panik niederzuringen.

Waren die Fenster und Türen im oberen Stockwerk ebenfalls verriegelt? Einen Versuch war's wert.

Sie drückte sich an den Türrahmen und schielte um die Ecke. Es war noch immer niemand in Sicht. Irgendeine leise Stimme in ihr fragte sich, wo Leon stecken mochte, aber sie ignorierte sie und verließ das Büro, eilte zu der breiten Treppe und hastete die freihängenden, lasierten Holzstufen hinauf.

Oben angekommen, schoss ihr Kopf nach links und rechts. Sie entschied sich für rechts, stürzte den Flur entlang bis zu der Tür an seinem Ende. Während sie die Türklinke hinunterdrückte, hoffte sie inständig, die Tür möge sich öffnen.

Ihre Bitte wurde erhört, denn das Türblatt gab nach; erleichtert schlüpfte Elena in das Zimmer dahinter. Es entpuppte sich als Schlafzimmer, den offenen Kleiderständern nach zu urteilen Leons Schlafzimmer, und das Beste daran war der offene Zugang zu einem kleinen Balkon unter der Dachschräge.

Elena zögerte keine Sekunde. Sie durchquerte den Raum und trat auf den Balkon. Sie beugte sich gerade über das Geländer, als sie ihn hörte.

»Was hast du vor?«

Seine Worte erwischten sie so kalt wie Eisregen auf nackter Haut, egal, wie warm seine Stimmfärbung sein mochte.

Für einen sich ewig anfühlenden Moment verharrte Elena in ihrer Position.

Was sollte sie tun? Was antworten?

Sie biss sich auf die Unterlippe.

Durch das verglaste Balkongeländer fiel ihr Blick auf den Blumentopf, der direkt neben ihr stand. In der Erde neben einer verdorrten Pflanze steckte auf einem Spieß eine honigmelonengroße Metalleule. Die dicken Schweißnähte, die die einzelnen Teile der Figur zusammenhielten, passten gut zu der kugelrunden Form der Eule.

Elena wog ihre Möglichkeiten ab. Wenn sie jetzt das Risiko einging, über das Geländer zu klettern und zu springen, wie schnell würde er bei ihr sein? Bekam er sie noch zu fassen?

Sollte sie aufgeben und eine Ausrede erfinden?

Oder sollte sie … Ihre Hände handelten, ehe sie den Gedanken zu Ende gebracht hatte. Elena richtete sich auf, griff nach dem Spieß, auf dem die Eule saß.

Ihr Blick traf Leons. Sie erkannte, dass er ihr Vorhaben durchschaute, wahrscheinlich noch ehe sie selbst realisiert hatte, was sie zu tun im Begriff war. Leon trat auf sie zu. Da brach sich der Fluchtinstinkt endgültig Bahn.

Sie holte aus und schlug mit der Eule nach ihm. Er war wendig und ihr einen Schritt voraus. Der Vogel sauste über seinen Kopf hinweg.

Leon nutzte den Moment, in dem Elenas Arme mit der Schwungbewegung auf die andere Seite ihres Körpers segelten, und packte mit beiden Händen ihre Unterarme.

Er rief, sie solle damit aufhören, aber sie war so beschäftigt damit, sich zu wehren, dass sie seine Stimme durch den Nebel des Adrenalins kaum wahrnahm, geschweige denn fähig war, seiner Aufforderung Folge zu leisten.

Ihr Instinkt mahnte sie, egal, wie viel Druck er ausübte, den Spieß keinesfalls loszulassen. Er war ihr Weg in die Freiheit.

Sie wand ihr Handgelenk in seinem Griff. Das spitze Ende des Spießes erwischte Leon unerwartet unterhalb der Rippen.

Elena hatte keine Vorstellung davon, ob und wie sehr sie ihn verletzt hatte. Sie spürte nur, wie sich seine Aufmerksamkeit kurzzeitig verlagerte und sein Griff um ihr Handgelenk lockerte. Sie versuchte ihr Glück erneut und brachte es fertig, ihr Gelenk aus seinen Fingern zu winden.

Jetzt durfte sie den Augenblick nicht ungenutzt verstreichen lassen.

Die Schläfe, die Schläfe!, brüllte es in ihr.

Während sie fühlte, wie ihre eigene Kopfwunde pulsierte, die sie sich beim Sturz gegen ihre Garderobe zugezogen hatte, holte Elena erneut aus. Diesmal prallte die kugelrunde Eule auf etwas Hartes, und im nächsten Augenblick war Elena frei. Sie drehte sich von Leon ab, ohne sich darum zu kümmern, wo sie ihn getroffen hatte.

Der Balkon war gut zwei Meter über dem Boden, aber das hielt Elena nicht davon ab, über das Geländer zu klettern und zu springen. Sie hoffte, die grüne Plastikplane unterhalb des Balkons deckte einen Gartenteich oder einen weichen Komposthaufen ab – beides würde ihren Sprung wenigstens ein bisschen abfedern.

Als sie auf der Abdeckung landete, brach jene ein. Sofort sammelte sich Wasser um ihre Beine. Elena hatte Mühe, aus dem Weiher herauszuwaten. Die Wasserpflanzen, der Schlamm, die Plane wickelten sich um ihre Beine, und ihre Jeans sogen sich sofort mit Wasser voll. Sie kämpfte sich auf den Rasen, blickte noch einmal nach oben zum Balkon. Dort stand Leon, hielt sich mit einer Hand am Geländer fest. Blut strömte von seiner Schläfe über sein Gesicht. Das schien ihn aber nicht weiter zu beeindrucken. Im Gegenteil; er wirkte wild entschlossen, sie zurückzuholen. Irgendwie beschlich sie das ungute Gefühl, er hätte ihre Gedanken gelesen, ihren weiteren Fluchtplan durchschaut, auch wenn das absurd war.

Elena schüttelte das seltsame Gefühl ab und rannte los in Richtung Vorderseite des Hauses. Sie erkannte, wie Leon sich ebenfalls vom Geländer abstieß und ins Innere seines Hauses stürmte.

Sie musste schneller sein. Noch im Laufen drückte sie auf die Fernbedienung des Autoschlüssels. Als sie um die Ecke schoss, sah sie, wie die Blinker des Pick-ups aufleuchteten. Der Wagen war entriegelt.

Sie drückte den silbernen Knopf auf der schwarzen Fernbedienung, und der Zündschlüssel schnappte auf. Nur noch wenige Schritte trennten sie von dem großen dunklen Fahrzeug. Sie streckte die Hand nach dem Türgriff aus, hatte bereits die Finger darum geschlossen und zog, da öffnete sich die Haustür.

Panisch zerrte Elena die Fahrertür auf, kletterte eiligst auf den Sitz, rammte den Schlüssel ins Zündschloss und drehte. Sie atmete erleichtert auf, als der Wagen sofort mit einem tiefen Grollen ansprang. Elena legte den Rückwärtsgang ein.

Sie schrie auf vor Schreck, als Leon am Seitenfenster auftauchte und am Türgriff riss. Doch vergeblich, die Tür war verriegelt, wie Elena realisierte. Sie dankte im Geiste den Erfindern von Autos, die sich nach dem Motorstart selbst verriegelten, und drückte das Gaspedal durch. Der Pick-up preschte mit dem Heck voran auf die Straße. Im nächsten Augenblick hatte Elena den Vorwärtsgang eingelegt und jagte mit dem geklauten Wagen in Richtung Autobahn davon.

1. November, 17.30 Uhr

»Wie siehst du denn aus?«, höhnte Bernard, als Leon durch die Tür trat. Leon hätte nicht gedacht, so schnell wieder in der Hütte am Waldrand zu stehen. Ohne Elena wirkte sie irgendwie trostlos. Jegliches Leben in dem Haus fehlte. Wie Leon am Telefon erfahren hatte, traf dies in doppeltem Sinn der Aussage zu. In diesem Haus lauerte der Tod, und er, Leon, hatte direkt daneben gestanden und es nicht bemerkt. Die Rede war nicht mehr von der Leiche, die auf dem Sofa sitzend auf ihn und Elena gewartet hatte, sondern von einem weiteren absurden Fund, den einer der Polizisten, die die Hütte auf den Kopf gestellt hatten, gemacht hatte.

Als Bernard ihn angerufen hatte, hätte sich Leon niemals vorstellen können, aus einem solchen Grund hierher zurückzukehren.

»Ich habe dir ja gesagt, dass Elena ziemlich schlagfertig war, ehe sie mit meinem Wagen getürmt ist.«

Leon hatte gleich nach dem Vorfall Bernard informiert, und dieser hatte eine Fahndungsmeldung herausgegeben. Elena konnte nicht weit kommen, auch wenn Leon davon überzeugt war, dass sie nach Hause fuhr und sich nicht irgendwohin absetzen wollte. Griff man sie nicht auf der Autobahn oder auf Nebenstraßen auf, so würde man sie in Kürze zu Hause antreffen. In jedem Fall würde sie unterwegs eine Menge Geschwindigkeitsbußen gesammelt haben, wenn sie sich weiter mit dem Fahrstil fortbewegte, den sie bei ihrer Abfahrt an den Tag gelegt hatte.

Sollte sie nicht zu Hause sein, war sie entweder bei Jana oder bei ihrem Psychodoktor. Wie dem auch sei, sie würden sie finden. Leon hoffte nur, dass sein Wagen diese wilde Fahrt heil überstanden hatte und nicht so aussah, wie sein Schädel sich anfühlte.

»Du solltest ins Krankenhaus. Das sieht übel aus. Womit hat sie dich erwischt?«

»Mit Loris Eule.«

»Sie war auf dem Balkon?«, Bernard wusste genau, wo sich die Eule befand, die Lori einst aus Blechteilen für Leon zusammengeschweißt hatte – ein ganz besonderes Geburtstagsgeschenk. Er wusste es deshalb so genau, weil er das Vieh aus Angst um den guten Umgang seiner Nichte nicht ausstehen konnte. Als Leon ihn damals wissen ließ, er habe die Eule auf dem Balkon vor seinem Schlafzimmer in einen Topf gesteckt, in dem Rosen wachsen sollten, war Bernards Adamsapfel vor Rage wild herumgehüpft.

Das mit den Rosen war gelogen gewesen. In dem Topf hatte es nie etwas anderes gegeben als bemooste Erde – und eben die Eule. Aber allein schon zu sehen, wie sich Bernards Gesichtsfarbe verändern konnte, war es wert gewesen, ihn anzuflunkern.

»Ist runtergesprungen, direkt in den Teich.«

»Warum nahm sie nicht die Haustür?«

»Weil ich im Parterre alles verriegelt habe, auch die Fenster, wie du weißt.«

»An die Fenster erinnere ich mich«, schaltete sich Till ein, der gerade die Treppe im Korridor hinunterstieg. »Einst eingebaut, um die Kleinkinder deiner Kollegin, die vorübergehend bei dir eingezogen war, vor dem Ausbüchsen zu schützen, inzwischen als Einbrecherschutz.«

Auch eine dieser Erinnerungen, die Leon nicht zu sehr vertiefen wollte, darum wechselte er lieber das Thema. »Genau.

Danke Bernard, dass du mich angerufen hast. Wirst du mich nun vollständig einbeziehen?«

»Nicht deinetwegen, sondern um meine Nichte zu schützen«, grummelte Bernard. »Sag mir, welche Unterlagen du sehen willst; ich besorg sie dir.«

»Mach ich«, nickte Leon. »Dabei fällt mir ein, ich habe da noch was für dich. Das ist ziemlich sicher auch der Grund, weshalb Elena getürmt ist.« Leon öffnete den Reißverschluss seiner Jacke und zog aus der Innentasche einen Umschlag hervor. »Den habe ich heute aus meinem Briefkasten gezogen. Keine Ahnung, was ich davon halten soll.«

»Was ist das?«, fragte Bernard erstaunt.

»Fotos«, antwortete Leon. »Fotos von Elenas Leichen. Auch von den angeblich eingebildeten. Die Frauen sind fotografiert, wie Elena sie beschrieben hat, als sie sie fand. Eine liegt mit einem Loch in der Brust in einem Biotop, eine mit geknicktem Hals in einem Brunnenschacht und so weiter. Ich bin noch nicht dazugekommen, sie mit den Bildern der Vermissten, die ich rausgesucht habe, zu vergleichen, aber wenn mich meine Erinnerung nicht vollständig trügt, sind die Toten auf den Fotos identisch mit meinen Vermissten. Ich war vorsichtig, als ich bemerkte, was sich in dem Umschlag befindet, habe versucht, unnötige Fingerabdrücke zu vermeiden. Ich fürchte, Elena war da nicht so zurückhaltend, denn ich fand die Bilder auf dem Fußboden zerstreut. Ihr werdet also meine und sicher ihre Abdrücke finden.«

»Du meinst, sie ist geflohen, weil sie ertappt wurde?«

»Wenn dem so ist, wer hat dann die Fotos in meinen Briefkasten getan?«

»Sie selbst.«

»Dann hat der Aufmerksamkeitsdrang wieder zugeschlagen, denkst du?«

»Bestimmt.«

»Oder jemand ganz anderes ist der Täter und Elena das Opfer.«

»Warum schickt man dann dir diese Bilder?«

»Keine Ahnung. Um aufzuzeigen, dass Elena doch nicht so verrückt ist, wie alle meinen?«

»Was hat der Täter davon, wenn er dir das aufzeigt?«

Leon zuckte mit den Achseln. »Ich weiß es nicht. Ich konnte mir bisher noch nicht so viele Gedanken dazu machen. Allerdings bin ich auch nicht deswegen hier. Ihr habt etwas gefunden?«

»Du solltest deine Wunde von einem Arzt untersuchen lassen«, meinte Till mit kritischem Blick auf Leons Schläfe, anstatt dessen Frage zu beantworten.

»Es geht mir gut, bis auf den Brummschädel, den ich mit Aspirin bekämpfe, also lasst uns loslegen, ja?«

»Dir ist es wohl peinlich, von einem Mädchen verprügelt worden zu sein«, grinste Till, ehe er sich daranmachte, die Treppe wieder hochzusteigen, und den beiden Männern bedeutete, ihm zu folgen.

Bevor Till den ersten Schritt machen konnte, klingelte sein Handy. Er nahm den Anruf entgegen, setzte sich in Bewegung, lauschte und blieb im nächsten Augenblick wie angewurzelt stehen. Entgeistert schaute er auf seine Begleiter, während er seinem Gesprächspartner lauschte. »Verstehe, danke«, beendete Till das Telefonat und steckte das Handy wieder weg. Einen Augenblick lang blieb er schweigend stehen.

»Was ist los?«, fragte Leon, als Till gedankenverloren ins Leere starrte.

»Ihr werdet es nicht glauben«, setzte Till schließlich an und fixierte Leon. »Die Leiche, die du heute hier entdeckt hast, sie ist in Flammen aufgegangen.«

»Was heißt in Flammen aufgegangen?«, fragte Bernard verständnislos. Till richtete seinen Blick auf Bernard. »Die Ambulanz brachte sie direkt nach Bern. Als die Sanitäter sie ausladen wollten, fing sie Feuer.«

»Wie ist das möglich?« Leon konnte sich keinen Reim auf das Gehörte machen.

»Das haben sie sich auch gefragt. Das Feuer war extrem schwer zu löschen gewesen, der größte Teil der Leiche ist vernichtet. Wenigstens hat die Rechtsmedizin den Auslöser für den Brand gefunden.«

»Mach's nicht so spannend, Till, was war's?«, verlangte Leon zu wissen.

»Man hat im Rachen des Opfers, oder besser gesagt in den Überresten, weißen Phosphor gefunden.«

»Weißer Phosphor?«, fragte Bernard erstaunt.

»Eigentlich ungefährlich, solange er nass ist; trocknet er jedoch, kann er sich selbst entzünden und ist dann nicht einfach zu löschen«, erklärte Leon an Tills Stelle.

Till nickte. »Der Phosphor wurde wohl auf irgendeine Weise vorübergehend feucht gehalten, und als diese Feuchtigkeitsquelle versiegte oder der Phosphor sich durch den Transport verlagerte, trocknete er und fing Feuer.«

»Die Leiche wurde präpariert, um sich selbst zu vernichten?«, kommentierte Bernard ungläubig.

»Entweder das oder die Tote ging zu ihren Lebzeiten an der Nordsee spazieren, wo sie den gefundenen Bernstein schluckte, der sich nun als Phosphor entpuppte«, gab Leon sarkastisch zurück.

Till schüttelte den Kopf. »Das wird ja immer verrückter!«

»Willkommen in meiner Welt.« Leon klopfte Till auf die Schulter, drückte sich an ihm vorbei und stieg die restliche Treppe hoch.

1. November, 17.50 Uhr

Ich stehe hinter dem Schlafzimmerfenster. Der flauschige Teppich fühlt sich warm unter meinen Füßen an. Ich grabe meine Zehen in die weißen Fäden und beobachte zwei Kinder, wie sie draußen miteinander spielen. Es sind zwei Mädchen. Sie wirken so vertraut, unbeschwert und glücklich. Sie haben keine Ahnung.

Aus dem Wintergarten höre ich ein Geräusch. Ich drehe mich vom Fenster weg, lasse die Kinder Kinder sein. Sie werden noch früh genug die Enttäuschungen des Lebens erfahren. Verrat ist eine davon.

»Bist du da?«, hallt die Stimme von unten zu mir herauf.

Natürlich, wo soll ich denn sonst sein. Aber ich muss mich beherrschen, darf mir nicht anmerken lassen, dass ich ganz und gar nicht in der Stimmung nach Gesellschaft bin. Schon gar nicht nach seiner. Deshalb werde ich mich dieser Gesellschaft auch entledigen.

Alles zu seiner Zeit.

Ich setze mein Lächeln auf, als er durch die Tür zu mir ins Schlafzimmer kommt. Er tritt auf mich zu, gibt mir einen Kuss. Mein Lächeln gefriert. Ich muss nett zu ihm sein, schließlich ist er auch nett zu mir. Er hat mir viel geholfen in den vergangenen Monaten, und ich hätte ihn beinahe ganz in mein Leben aufgenommen, das darf ich nicht vergessen. Wie er mich in seins. Er hat seinen Weibergeschichten entsagt, zumindest für eine gewisse Zeit, das weiß ich. Auch wenn er seinen Schwanz nicht immer in der Hose lassen konnte, glaube ich ihm, wenn er mir immer wieder beteuert, wie sehr er mich vergöttert, wie bereichernd ich für sein Leben bin. Wie er meine Stärke, meine Taten, meine Leidenschaft bewundert. Wie glücklich er sich schätzt, Teil davon zu sein, wie froh er ist, seine fehlende Hälfte gefunden zu haben. Sex ist nicht dasselbe wie Liebe, das hat er mir nicht erst klarmachen müssen, das wusste ich bereits.

Diese Heuchelei war anfangs romantisch, ich genoss seine Bewunderung und die Aufmerksamkeit, verwechselte diesen Balsam für mein angeschlagenes Selbst mit Liebe. Inzwischen habe ich erkannt, wie erbärmlich er ist. Er ist nicht der starke, bodenständige Mann mit dem Hang zum Masochismus, der mein Blut in Wallung brachte, er ist nur noch ein lästiges Schoßhündchen, das mir treuherzig an den Fersen hängt.

Er widert mich nur noch an. Er ist nutzlos geworden und eine Gefahr für meine Pläne. Seine Loyalität in Ehren, aber sie bringt mir nichts, wenn er sich so ungeschickt anstellt und das vordergründige Ziel gefährdet. Eigentlich habe ich von Anfang an geahnt, dass es irgendwann so kommen muss.

»Das ist ja ein Ding, nicht? Die Polizei durchleuchtet schon wieder meine Akten, als würden sie diesmal etwas finden. Nur ist da nichts, das sie finden könnten.«

Er setzt sich aufs Bett und zieht die Socken aus. »Was für ein Tag.«

Seine Augen leuchten vor Aufregung. Ist ihm denn der Ernst der Lage nicht klar? Ist ihm nicht bewusst, dass das kein lustiges Brettspiel mit Papiergeldeinsatz ist? Das hier ist bitterernst. Die Einsätze sind immerhin Menschenleben!

»Komm her«, fordert er mich auf. »Diese Irrungen und Wirrungen machen mich ganz heiß.«

Ich kratze mir das Lächeln aus dem Gesicht. »Du willst Sex? Jetzt?«

»Und wie ich das will. Komm schon her!« Er klopft aufmunternd auf das stiefmütterlich beige Bettlaken.

Kein übler Gedanke, geht es mir auf einmal durch den Kopf. Aber nicht hier. Hier ist alles zu flauschig. Ich will es lieber steriler.

»Hol uns einen Wein und komm ins Badezimmer«, fordere ich ihn mit rauer Stimme auf. Ich sehe, wie sich seine Hose im Schritt wölbt, und lächle zufrieden. Diesmal meine ich das Lächeln sogar ernst.

Ich folge ihm mit meinem Blick, als er das Schlafzimmer wieder verlässt. Die Zeit, die er im Weinkeller verbringen wird, muss ich nutzen, um mir genau zu überlegen, wie ich vorgehen soll. Es darf nichts schieflaufen. Ich wechsle ins angrenzende Badezimmer. Während ich mir in Gedanken einen Plan zurechtlege, drehe ich den Wasserhahn der Eckbadewanne auf. Das Wasser rauscht in einem kräftigen Strahl in die weiße Wanne und übertönt mein Summen. Es ist nicht wirklich ein Lied, das ich auf den Lippen habe, ich reihe lediglich ein paar Töne aneinander; dabei hole ich das Schaumbad aus dem Spiegelschrank und gieße es in die Wanne, die sich rasch füllt. Ich bleibe einen Augenblick stehen, sehe zu, wie sich allmählich Schaumberge anhäufen. Eine Blase ist so groß wie mein Daumen. Sie schimmert in den schönsten Regenbogenfarben.

Der kleine Schaumhügel, auf dem sie sich gebildet hat, treibt zum Hahn; noch bevor die hübsche Blase durch die Gewalt des Wassers zermalmt werden kann, zerplatzt sie. »Wie schade«, murmle ich ohne wirkliches Bedauern. »So schnell kann es enden.«

Ja, so schnell kann es enden. Ein bisschen wehmütig werde ich bei dem Gedanken, dass nun bald alles vorbei sein wird. In der Tiefkühltruhe wartet noch ein Opfer auf seinen Einsatz.

Sie war leicht zu überwältigen gewesen, sinniere ich, während ich weiter die zerstörerische Macht des Wassers beobachte.

Mit gebrochenem Herzen hatte sie in einer Bar gesessen und Trübsal geblasen. Ich wusste, dass sie am anderen Ufer fischte, also habe ich mich persönlich an die Arbeit gemacht. Ich flirtete mit ihr, spendierte ihr Drinks, verführte sie dazu, mit mir in meinem Auto, das ich zuvor angemietet hatte, zu einem einsamen Plätzchen zu fahren, gab ihr zu verstehen, dass ich mit ihr Sex haben wollte. Für sie klang das nach erregendem Vergnügen, für mich war es harte Arbeit gewesen. Ich überredete den Barkeeper, mir noch eine geschlossene Flasche Wein und zwei Gläser zu verkaufen. Er wehrte sich nicht lange, nachdem ich ihm erklärte, dass ich mit der Rothaarigen ein Schäferstündchen plante und ihm vielleicht ein kleines Video davon zukommen lassen würde. Aussicht auf Sex zwischen zwei Frauen war meistens ein überzeugendes Argument. Ich glaube sogar, ich hätte seinen Wagen dafür bekommen können, wenn ich nur gefragt hätte.

Ich fuhr mit ihr auf einen einsam gelegenen Parkplatz. Fummelte mit ihr herum, öffnete die Flasche Wein. Die Gläser zwischen meine Beine geklemmt, hielt ich die Flasche in einer Hand und goss ein Glas ein. Mit der anderen Hand beschäftigte ich mich mit ihrer feuchten Mitte. Sie schloss genüsslich die Augen, stöhnte erregt. Ich hätte kotzen können. Der Moment war mehr als geeignet. Rasch klemmte ich auch die

Weinflasche zwischen meine Beine, kramte das kleine Röhrchen aus meiner Hosentasche, öffnete den Deckel mit dem Daumen und schüttete den Inhalt in ihr Glas. Das Röhrchen ließ ich wieder verschwinden, zog meine Hand weg, ehe sie kam. Sie protestierte, ich drückte ihr das Weinglas in die Finger.

»Nur mit der Ruhe, du kommst schon noch auf deine Kosten, aber ich will nicht, dass das alles zu schnell vorüber ist.«

Sie hatte mich mit vom Alkohol und von sexueller Erregung verschleiertem Blick angelächelt, mir zugeprostet und das Glas in einem Zug geleert. Dass sie es so eilig gehabt hatte, war mein Glück gewesen. In kürzester Zeit klagte sie über ein seltsam schummriges Gefühl, das sie auf den Alkohol schob. Ich wusste es besser.

Sie verlor das Bewusstsein. Ich fuhr sie zum Haus, packte sie in die Kühltruhe, verriegelte diese sicherheitshalber mit einer Metallkette, falls sie doch noch zu sich kam, bevor ihr Körper erfroren war.

Dieses Risiko besteht nicht mehr. Endgültig. Jelenica, dieses geile Miststück, erwacht nie wieder.

Gleichzeitig in Erlach

»Wiegald hat die Kammer entdeckt«, wandte sich Till an seine Begleiter und nahm den Faden wieder auf, nachdem er sich einigermaßen von der Nachricht über die Phosphorleiche erholt hatte.

Welche Kammer?, schoss es Leon durch den Kopf. Er kannte keine Kammer, bis auf diejenige unter der Treppe. Dabei fiel ihm ein, dass er eigentlich nie hier oben gewesen war, bis auf den Tag, als er die Medikamente gesucht hatte. Er hatte sich die karg ausgestatteten Zimmer angesehen, keine Auffälligkeiten entdeckt, außer dass der Fußboden gereinigt gewesen war, und war wieder gegangen. Dazu, die Räume genauer unter die Lupe zu nehmen, war er nicht mehr gekommen.

Oben an der Treppe wandten sich die Männer nach links, betraten den Schlafraum, stellten sich in dem winzigen Zimmer auf.

»In der Täfelung befindet sich eine Tür. Das Bettgestell hat davorgestanden. Wiegald hat es weggezogen. Die Tür lässt sich mit Druck öffnen«, erklärte Till und machte es gleich vor. Das kleine Türchen in der Wand ploppte auf. »Aufrecht kommt hier keiner rein, man muss sich schon etwas ducken. Dahinter befindet sich eine Kammer. Nicht weiter erstaunlich, Dachschrägen werden immer mal wieder auf diese Weise genutzt. Spannend ist, was in der Kammer verborgen liegt.«

Leon wollte Till gerade erneut zurechtweisen, es nicht so spannend zu machen, aber Bernard kam ihm zuvor. »Till, die Zeit drängt, und es steht eine Menge auf dem Spiel, also red nicht weiter drum herum, sondern rück raus mit der Sprache!«

»Schon gut, schon gut. Am einfachsten ist, ihr seht's euch selbst an.« Till trat beiseite und gab Bernard den Weg frei. Bernard besah sich das gedrungene Loch und kratzte sich im Kreuz. »Nichts für alte Männer. Leon?«

Leon nickte, trat zu der Tür, zog den Kopf ein und bückte sich durch die Öffnung; Till erklärte, dass es eine Schnur gab, mit der man eine Deckenlampe entzünden konnte. Leon wagte es nicht, sich aufzurichten; er drückte sich vorsichtig an die Wand, die das Zimmer von der Kammer trennte, denn dort war der Raum am höchsten. Dennoch behielt er den Kopf eingezogen. Er tastete im Dunkeln nach der Schnur, zog daran. Als sich der Raum erhellte, blinzelte Leon verdutzt.

»Was siehst du?«, drang von außen Bernards ungeduldige Stimme in die Kammer.

Bei dem Anblick, der sich ihm bot, huschte Leon ein Gedanke durch den Kopf, aber so schnell, wie er gekommen war, war er wieder weg. Nur ein vages Gefühl, den Schlüssel zur Lösung des Falles vor sich zu sehen, blieb haften.

»Was ist da?«, fragte Bernard erneut.

Leon knipste das Licht aus und kroch aus der Kammer zurück zu den anderen. Mit einem kurzen Blick zu Till antwortete er schließlich: »Eine Kinderwiege.«

Eine Kinderwiege, versteckt in Elenas Haus. Das Holz war noch ganz hell, das fein gearbeitete Holzgitter wirkte wie eben erst gedrechselt, die Bettwäsche leuchtete in frischen Farben. Unter dem muffigen Geruch der Kammer hing eine zarte Duftnote nach Waschmittel. Nichts an der Wiege wirkte muffig oder modrig, es lag kaum Staub auf dem schmalen Geländer, die Knopfaugen des Teddybären, der am Kopfende in einer Ecke saß, glänzten wie neu. Es gab keine Anzeichen dafür, dass diese Wiege schon lange hier gelagert war.

Bernard legte die Stirn in Falten. »Was soll ich mit einer Wiege anfangen?«

»Damit im Grunde noch nichts. Sie wird demnächst abgeholt und untersucht werden«, ergriff Till das Wort.

Aber Leon war anderer Meinung. Die Wiege teilte ihm etwas mit, er kam nur noch nicht darauf, was. Es war, als würde er jemanden rufen hören, den er nicht verstehen konnte.

»Wir sind also nicht nur wegen der Wiege hier?« Bernards Nerven schwanden hörbar. Er hasste es, den anderen immer alles aus der Nase ziehen zu müssen.

»Nein«, bestätigte Till. »An der Wiege war ein Mobile befestigt. Eine Reihe hübsch geschnitzter Tierchen hing daran.«

Bernard hob die Augenbrauen. »Und?«

»Das Material der Tiere ist das, was Wiegald alarmiert hat. Sie waren aus Knochen gefertigt.«

»Knochen?«, echote Bernard. »Ich nehm an, es waren keine tierischen Gebeine?«

Till schüttelte den Kopf. »Ich habe vor ein paar Minuten die Bestätigung erhalten. Die Anhänger des Mobiles sind aus menschlichen Knochen geschnitzt. Das rechtsmedizinische Institut ist zurzeit dabei, herauszufinden, von wem sie stammen.«

»Ich möchte wetten, ich weiß es bereits«, brummte Bernard düster.

»Du denkst, sie stammen von Elenas Opfern«, stellte Till nüchtern fest.

»Du etwa nicht?«, konterte Bernard. »Ganz ehrlich, ich wäre froh, wenn's so wäre, dann hätten wir endlich etwas gegen diese Unruhestifterin in der Hand.«

Ein Mobile aus Menschenknochen. Eine Wiege. Im Haus einer angeblich verrückten Mörderin; in Elenas Haus. Dann noch dieser Teddybär. »Es wirkt alles so vorbereitet«, murmelte Leon vor sich hin. Und auf einmal wich der Nebel, der den Blick auf die Erinnerung behinderte. Vier Tote. Dr. Steffen hatte von vier Toten gesprochen. Leon riss den Kopf hoch. »Elena war schwanger!«

1. November, 18.05 Uhr

Ich atme entspannt ein und wieder aus, bücke mich und rolle den grünen Badezimmerteppich auf, um ihn dann im schmalen Hochschrank am anderen Ende des Raumes zu verstauen. Ich schau mich um, bin zufrieden. Gläserklirren klingt von der Treppe her zu mir, ich muss mich beeilen. Ich husche zurück ins Schlafzimmer, nehme meinen Hausschlüssel aus meiner Hosentasche, löse rasch den Anhänger vom Schlüsselbund. Dann ziehe ich mich bis auf meine dunkelviolette Spitzenunterwäsche aus. Zurück im Bad rücke ich gerade noch die Shampooflasche zurecht, hinter der ich den Schlüsselanhänger, das wichtigste Utensil für meine heutige Aufgabe, versteckе, als ich ein heiseres »Wow« hinter mir höre.

Kurz sortiere ich meine Gedanken, konzentriere mich darauf, was nun ansteht. Mit lange geübtem Schlafzimmerblick drehe ich mich um, die Hüfte übertrieben geknickt, die Hand darauf abgestützt, und fahre mit den Fingerspitzen der anderen Hand den oberen Rand meines Körbchens nach. »Gefällt es dir?«, frage ich mit anzüglicher Stimme, ziehe anschließend meine Unterlippe zwischen die Zähne, beiße leicht darauf, ehe ich sie wieder freigebe. Zum Glück ist mein Gegenüber nett anzusehen, so fällt mir dieses Getue etwas leichter.

»Oh, und wie«, kommt die erwartete Antwort.

»Dann gib mir die Gläser und die Flasche, ich kümmere mich darum, während du dich brav ins Schlafzimmer verziehst, um dich auszuziehen.«

»Aber das kann ich doch hier tun.« Seine Hände machen sich bereits an seiner Hose zu schaffen, aber ich halte ihn auf.

»Sei ein braver Junge und geh ins Schlafzimmer. Das Einzige, was hier herumliegen soll, ist mein Spitzenhöschen, das du mir von der Hüfte schälen sollst.«

Das wirkt. Er verschwindet im Schlafzimmer, und mir bleibt gerade genug Zeit, in seinen Wein ein starkes Schlafmittel zu mischen, das er in seinem Spiegelschrank aufbewahrt.

Kaum habe ich das Mittel wieder zurückgestellt, schleicht er sich von der Seite an mich heran und macht sich am Verschluss meines Büstenhalters zu schaffen. Ich drehe mich ab, strecke ihm sein Glas entgegen. »Erst mit den Gläsern, dann anderweitig anstoßen, mein Lieber, ich habe Durst.«

Er nimmt das Glas zum Glück ohne Widerworte entgegen, prostet mir zu, hebt es an den Mund und beobachtet mich über den Rand hinweg, wie ich einen Schluck nehme.

Trink! Trink, du Idiot!, denke ich, während ich ihn ebenfalls über den Rand meines Glases hinweg anzüglich anlächle. »Mmmh, wunderbar«, schnurre ich, trinke noch einen großen Schluck und fahre mit der Zunge über meine Lippen.

Endlich nimmt er auch einen Schluck und noch einen. Ich schnappe mir die Flasche, schlendere mit einem Blick über die Schulter zur Wanne, trinke mein Glas fast aus. Wie erhofft, verfehlt es nicht seine Wirkung. Er macht es mir nach, und bald ist sein Glas halb leer.

Gut. Weiter. Ich lasse ihn an meinem Büstenhalter und meinem Höschen herumfummeln, stöhne hie und da auf, bemühe mich, dass es nicht so angewidert klingt, wie es sich anfühlt. Schließlich klettere ich mit ihm in die Wanne.

Das Vorspiel lasse ich mir noch gefallen, denn das hatte er schon immer ziemlich gut im Griff, dann drücke ich ihn resolut von mir weg, bis er mit ausgestreckten Beinen, halb sitzend, halb liegend, am Wannenrand lehnt. Eine gute Position, um mich auf ihn zu setzen. Ich umschließe ihn mit meinen Oberschenkeln, nehme ihn in mich auf.

Während ich ihm den Hals küsse, überprüfe ich verstohlen die Position der Shampooflasche, versichere mich, dass der Gegenstand, den ich versteckt habe, noch dahinter liegt. Dann konzentriere ich mich ganz auf seinen Hals. Mein Mund arbeitet sich hinter seinem Ohr zu seinem Nacken vor. Langsam, vorsichtig. Er atmet schwer, sein Blut gerät weiter in Wallung, sein Puls beschleunigt sich – genau das, was ich brauche. Unter der zarten Haut meiner Lippen fühle ich jetzt deutlich seine Halsschlagader.

Jetzt oder nie. Ich umklammere ihn fest mit meinen Beinen, lasse mein Becken auf ihm kreisen, wandere mit einer Hand über seine Brust, zu seinem Bauch, zwischen meine Beine. Seinen Hals bearbeite ich weiter mit meinem Mund, während ich mit der anderen Hand die Shampooflasche beiseiteschiebe. Er merkt nichts davon, ist viel zu sehr damit beschäftigt, was ich mit meinen Fingern in meiner Mitte anstelle.

Ich grapsche nach dem Gegenstand hinter der Flasche. Nach meinem Schlüsselanhänger, meiner Waffe. Ich klemme sie zwischen Ring- und Mittelfinger ein, wappne mich für den Kampf, der gleich folgen wird. Dann hole ich aus, spanne sämtliche Muskeln meines Körpers an. Er ebenso, wie ich zufrieden feststelle, aber aus anderen Gründen.

Er steht kurz vor dem Höhepunkt. Als er ihn erreicht, in dem perfekten Gefühl der Ekstase aufstöhnt, ramme ich ihm den vergoldeten Hufnagel in den Hals. Er durchstößt seine Haut exakt an der Stelle, an der zuvor noch meine Lippen seinen rasenden Puls gespürt hatten.

Seine Reaktion erfolgt sofort. Er bäumt sich auf, überrascht weiten sich seine Augen. Ich halte seinen Blick so fest, wie ich seinen Körper umklammere. Sein Ausdruck ist undefinierbar. Gerade eben hat er glückselig den Gipfel der körperlichen Befriedigung erreicht, jetzt bestreitet er voller Panik den Kampf ums Überleben – den er verlieren wird.

Das Betäubungsmittel scheint zu wirken, denn die Gegenwehr ist heftig, aber zu bewältigen. Er packt mich an den Hüften, will mich von sich stoßen, schnappt sich meinen Arm, um ihn wegzudrücken. Wasser schwappt über den Rand, wir rutschen tiefer in die Wanne. Schaum benetzt sein Gesicht, er schnappt nach Luft, japst, als sein Kinn die Wasseroberfläche durchbricht, sich eine Welle in seinen Mund ergießt.

Noch wage ich es nicht, den alten Hufnagel aus seinem Hals zu ziehen. Ich presse ihn weiter mit aller Macht in seinen Hals, bis seine Zuckungen allmählich schwächer werden. Mit den Oberschenkeln halte ich ihn weiter fest umklammert, auch als sein Kopf zur Seite kippt. Schließlich weiß man ja nie.

Erst als überhaupt keine Regung mehr kommt, auch nicht, als das Wasser ihm über den Mund bis zur Nase reicht, ziehe ich den Hufnagel aus seinem Hals. Sofort spritzt das Blut aus der Wunde.

Offenbar war er noch nicht tot, aber nahe dran.

Die weißen Kacheln werden mit einem roten Muster dekoriert, das an ein Feuerwerk erinnert. Der Schaum in der Wanne nimmt die Farbe von Erdbeeren an, das Wasser erinnert mich an den Rotwein, den ich in die Hand nehme, während ich mich von ihm löse, entspannt zurücklehne und das Schauspiel noch ein wenig verfolge.

Genüsslich nehme ich einen Schluck, seufze gelöst und betrachte in jedem Sinn befriedigt mein Werk. Ich weiß, ich muss bald mit dem Aufräumen beginnen, aber einen kurzen Moment gönne ich mir, um das Schaumbad in dem heißen Wasser und dem warmen Blut mit einem Glas Rotwein zu genießen.

Den Hufnagel lasse ich spielerisch durch meine Finger gleiten. Er hat vor langer Zeit einem Schweizer Armeepferd gute Dienste geleistet, heute hat er sich für mich als äußerst nützlich erwiesen. In einem Anflug von Sentimentalität halte ich ihn an meine Zunge, genieße den bittersüßen Geschmack des Blutes und gebe dem goldenen Nagel den Kuss der Sieger.

Gleichzeitig in Erlach

»Schwanger?«, wiederholten Bernard und Till im Chor.

»Ja. Es ergibt alles einen Sinn. Während der Besprechung zwischen mir und Doktor Steffen sprachen wir unter anderem über Elenas Autounfall, bei dem alle Fahrzeuginsassen, bis auf sie selbst, getötet wurden. Dieses Unglück war der Auslöser für ihren Zusammenbruch. Während ich allerdings von drei Opfern sprach, sagte er auf einmal etwas von vier Toten. Er tat diese Aussage später als Fehler ab, ich ließ es dabei bewenden. Inzwischen bin ich mir aber sicher, dass er gemeint hat, was er sagte. Es kamen vielleicht nicht alle Insassen des Autos ums Leben, aber es gab vier Tote, nicht drei. Nur war ein Opfer noch nicht geboren.«

»Du behauptest also, Elena erwartete ein Kind und verlor es durch den Unfall?« Till schien diesem völlig neuen Aspekt einiges abgewinnen zu können. »Das könnte auf grausame Weise passen. Sie erleidet einen Verlust, der durch nichts ausgeglichen werden kann. Was ist schlimmer, als zu glauben, das eigene Kind auf dem Gewissen zu haben? So etwas haut den stärksten Typen um.«

»Und es sorgt für eine innerliche Zerrissenheit«, warf Leon ein. »Ein Teil von ihr will sich verzeihen, zurück ins Leben finden. Der andere Teil weigert sich beharrlich, sich selbst diese Tat zu vergeben. Sie lässt sich therapieren, kann aber nicht loslassen, hält an diesem Kind fest, das es nicht geben wird, bereitet ein Kinderbett vor, schafft ein Heim.«

»Also doch dieses Ding mit der gespaltenen Persönlichkeit.« Till tippt sich mit dem Zeigefinger an die Oberlippe.

»So weit würde ich mich nicht aus dem Fenster lehnen. Aber ich denke, es sind schon Menschen aus geringerem Anlass durchgedreht.«

»Das klingt irgendwie traurig. Aber warum mordet sie?«, fragte Till achselzuckend.

»Sie bestraft sich indirekt, indem sie gewissermaßen sich selbst quält und tötet.«

»Du sprichst deine Theorie mit den Namen der vermissten Frauen an.« Bernard, der bisher still der Unterhaltung gefolgt war, zog eine seiner weißen Augenbrauen hoch.

»Nach wie vor halte ich das nicht nur für eine Theorie. Im Gegenteil, so wie sich alles entwickelt, glaube ich, dass ich richtigliege. Sie hat die Frauen auf den Bildern, die ich ihr gezeigt habe, ihre Namensschwestern, erkannt.«

»Doktor Steffen hat das als Hirngespinst, als Trugbild ihrer Psyche abgetan«, merkte Bernard an.

»Sie tötet sich, indem sie Frauen ausfindig macht und opfert, die denselben Namen tragen wie sie selbst?« Bernard hatte Till offenbar noch nicht in Leons Theorie eingeweiht. Kein Wunder, bisher hatte er diesen Ansatz auch stets als Schwachsinn abgetan.

»Ich selbst habe etwas recherchiert, und als ich nicht weitergekommen bin, hat mir Lori geholfen«, setzte Leon zu einer Erklärung an. Er spürte Bernards Wut deutlich, als er Lori wiederum als seine Verbündete nannte, ignorierte ihn aber. »Elena erzählte mir, sie sähe Frauenleichen. Keiner glaubte ihr. Es klang ja auch alles völlig verrückt. Dennoch begann ich nachzuforschen. Wenn es Leichen gab, mussten diese Frauen doch von irgendjemandem vermisst werden. Also durchstreifte ich die Datenbanken. Ohne einen Anhaltspunkt, wonach ich eigentlich suchte, war es unmöglich, etwas zu finden. Ich musste die Suche einschränken. Wie üblich filterte ich nach Wohnort, nach der Entfernung zu Elenas Aufenthaltsort, nach dem Zeitpunkt der Vermisstenmeldung usw. Irgendwie führte das zu nichts, also wurde ich etwas kreativer, ich hatte ja nichts zu verlieren. Nach welchen Attributen sucht sich ein Mörder sein Opfer aus, wenn der Mord nicht willkürlich oder im Affekt geschieht? Die Polizei kennt aus der Praxis so einiges. Haarfarbe, Augenfarbe, Familienzugehörigkeit oder allgemeiner gehalten auch die Ethnie. Die Liste ließe sich beliebig verlängern. Nachdem alles keinen Sinn ergab, kam ich bei der Namensgebung an, und siehe da, ich wurde fündig. Es gab tatsächlich Vermisste, die Elenas Namen trugen, wenn auch in anderen Sprachen. Helen und Lena sind nur zwei Beispiele. Ich konfrontierte Elena auf gut Glück mit den Fotos ihrer vermissten Namensschwestern, und sie erkannte sie prompt. Aber anstatt das weiterzuverfolgen, tat man es als Streich von Elenas überlastetem Gehirn ab.«

Till massierte sich die Schläfen. Das schienen etwas zu viele Infos auf einmal für ihn zu sein. »Gut. Verstehe. Die Theorien klingen irgendwie einleuchtend. Wir haben nur ein Problem: Es sind Theorien. Wir wissen nicht, ob Elena zum Zeitpunkt des Unfalls tatsächlich schwanger war. Und falls dem so war, warum wurde nicht bekannt, dass sie ihr Kind verloren hat? Oder wurde es bekannt, und wir haben es übersehen?«

»Na ja, sagen wir es so: Bisher gab es noch keinen Grund, die Akten ihrer Gynäkologin zu verlangen«, gestand Bernard ein.

»Das müssen wir ändern«, stellte Leon fest. »Und wenn wir schon dabei sind, können wir vielleicht auch gleich noch die Autopsieberichte der verstorbenen Insassen ordern?«

»Können wir. Außerdem werde ich mich um den Haftbefehl kümmern.« Bernard zückte bereits sein Telefon und entfernte sich von Till und Leon in Richtung Zimmereingang. Die beiden folgten ihm, da es in diesem Raum nichts mehr für sie zu tun gab.

»Ich muss zu Elena«, Leon blieb unvermittelt stehen. »Ich muss sie finden, bevor die Polizei sie abholt.«

»Warum?«

»Weil ich mit ihr sprechen muss. Obwohl alles plausibel klingt, kann ich mir irgendwie nicht vorstellen, dass diese Wiege schon die ganze Zeit da gewesen ist.«

»Leon, bei allem Respekt, aber um sie in die Kammer zu kriegen, hätte man die Wiege auseinandernehmen und drinnen wieder zusammenbauen müssen. Das kostet Zeit, hinterlässt Spuren.«

»Dann hat sie vielleicht deswegen den oberen Stock geputzt«, überlegte Leon laut. »Sie hatte aber nie nervös gewirkt. Wenn jemand, vor dem man ein solches Geheimnis verbergen muss, bei einem einzieht, wird man doch auf gewisse Weise nervös. Davon habe ich aber nichts bemerkt.«

»Müsste man meinen, ja. Es sei denn, man ist ein wirklicher Psychopath. Womöglich hat sie dich mit Ablenkung beschäftigt, sodass du keine Zeit hattest, dich um etwas anderes als um sie persönlich zu kümmern, wenn du im Haus anwesend warst.«

»Ich hatte jeweils alle Hände voll zu tun, als ich hier war, bis auf einmal. Ich war hier drin, habe mich umgesehen, aber nichts Verdächtiges ausmachen können. Zugegeben, ich habe das Zimmer nur sehr oberflächlich untersucht.«

»Dann hat sie vielleicht einfach nur Glück gehabt, dass die Wiege nicht früher entdeckt wurde.«

Leon nickte nachdenklich, da vibrierte sein Telefon in der Hosentasche. Er zog es gerade so weit heraus, dass er sehen konnte, wer anrief.

»Ist sie das?«, fragte Till.

»Nein, das ist Ernst.«

»Ernst, der Bestatter? Das ist kein gutes Zeichen, wenn er gerade jetzt anruft.«

»Da stimme ich dir zu.« In Leon baute sich die Anspannung weiter auf, als er den Anruf entgegennahm. »Leon hier. Brauchst du einen neuen Sarg?«

»Nein«, meldete sich die Stimme des Bestatters am anderen Ende. »Zumindest nicht sofort. Ich möchte, dass du in meinem Bestattungsinstitut vorbeischaust.«

»Warum?«

»Das erklär ich dir dann.«

»Hör mal, im Moment ist hier einiges los, kann das nicht noch warten?«

»Ich schätze nicht. Ich habe gestern eine Urne vorbereitet, die muss morgen unter die Erde. Die Beerdigung kann ich nicht verschieben.«

»Verstehe. Kannst du mir zumindest einen Hinweis geben,

worum es geht und warum ich antanzen muss? Kann dir nicht jemand anderes helfen?«

»Es kann niemand anderes helfen. Du hast den Sarg angefertigt. Benutzt du seit neuestem Schmucksteine, Metallplättchen und kleine Kugeln zur Verzierung von gewöhnlichen Särgen?«

»Bitte was?«

»Das dachte ich mir. Meine Leiche war ein alter Mann. Ich habe ihn gewaschen und präpariert, er trug so etwas nicht, das weiß ich mit Sicherheit.«

»Ernst, was möchtest du mir damit sagen?«, verlangte Leon zu wissen.

»Als ich nach der Kremation die verbrannten Überreste des Leichnams kontrollierte, fand ich einen Schmuckstein, verbunden mit einem Metallplättchen, und drei kleine Metallkugeln in der Asche des Toten. Ich kann mir nicht erklären, woher diese Gegenstände stammen sollen, wenn nicht aus deinem Sarg.«

Leons Magen zog sich nervös zusammen. »Bleib, wo du bist. Ich bin gleich bei dir.« Er drückte den Anrufer weg, ohne sich zu verabschieden, und wandte sich an Till, der ihn fragend anstarrte.

»Till, organisier mir sämtliche Unterlagen über die Tote, die aus dem Institut verschwunden ist, und über alle anderen Opfer. Sofort.«

1. November, 18.40 Uhr

Elena parkte Leons Pick-up vor Janas Haus. Ihr Adrenalinspiegel war noch immer erhöht, ihr Puls wollte sich einfach nicht beruhigen. Sie drehte den Schlüssel im Zündschloss, der grummelnde Motor erstarb, und es wurde ruhig im Auto. So ruhig, dass sie ihre Gedanken überlaut hören konnte. Was hatte sie bloß getan?

Elena ließ den Kopf auf das Lenkrad sinken, wollte tief durchatmen, aber irgendwie roch alles nach Leon, und das Atmen fiel ihr schwer. Auf einmal vermisste sie ihn schmerzlich. Ihm würde es mit ihr sicher nicht so gehen, im Gegenteil. Wahrscheinlich war er fuchsteufelswild und bereits auf dem Weg hierher. Oder die Polizei klingelte bald an ihrer Tür, um sie wegen Körperverletzung und Diebstahls einzubuchten. Instinktiv sah sie in den Rückspiegel, aber ein Polizeiwagen stand nicht da. Im Augenwinkel nahm Elena wahr, wie die Haustür oben an der kurzen Treppe geöffnet wurde. Elena drehte den Kopf, schaute aus dem Seitenfenster zum Hauseingang. Dort wartete Jana, die Sorgen standen ihr ins Gesicht geschrieben.

Elena öffnete die Wagentür. Ihre Arme wogen tonnenschwer. Sie fühlten sich an, als gehörten sie nicht zu ihr. Unweigerlich stellte sie sich die Frage, wie fest sie wirklich ausgeholt hatte, um Leon niederzustrecken. So sehr, dass sie die Arme kaum mehr anheben konnte, hatte sie ihn nicht geschlagen. Schließlich war er ihr noch bis zur Wagentür gefolgt. Er hatte schaurig ausgesehen, blutüberströmt, wirkte aber nicht unsicher auf seinen Beinen. Elena schob die Schwere, die sie nun auch in ihren Beinen fühlte, als sie die Füße auf den Boden setzte, auf die psychische Belastung, die sie seit dem Vorfall mit sich herumschleppte.

Elena kroch die Treppe hoch, wo Jana sie mit offenen Armen in Empfang nahm. »Was machst du bloß für Sachen?«, fragte sie, als sie gemeinsam ins Haus gingen und Jana die Tür hinter ihnen schloss.

Elena ließ sich gleich auf die Bank im Eingangsbereich fallen, die dort stand, um sich bequem die Schuhe an- oder auszuziehen. »Ich weiß es nicht.«

»Du weißt es nicht? Du hast mich aus dem Auto angerufen und mir erzählt, du hättest Leon niedergeschlagen. Sag mir bitte, dass du dich daran erinnerst.«

»Ich habe das nicht vergessen – im Gegensatz zu so manch anderem, das mir in die Schuhe geschoben wird und ich mich nicht erinnern kann, es getan zu haben. Ich meinte eher, ich weiß nicht, was in mich gefahren ist. Er hat mich eingesperrt, ich bekam Panik.«

»Elena, es fällt mir schwer, das zu sagen, aber das ist kein gutes Zeichen. Das kann doch nur heißen, du hast etwas ausgefressen. Warum sonst solltest du in Panik geraten, sobald du keinen Fluchtweg mehr siehst?«

»Oh Gott«, flüsterte Elena und verbarg ihr Gesicht in den Händen.

Jana hockte sich vor sie, umfasste ihre Handgelenke, zwang Elena, sie anzusehen. »Es wird schlimmer, Elena. Es tut mir so leid, aber wir können die Wahrheit nicht weiter ignorieren. Wir müssen uns der Tatsache stellen, dass du krank bist, und etwas dagegen unternehmen. Verstehst du das?«

Elena traten Tränen der Verzweiflung in die Augen, aber sie nickte.

»Gut«, sagte Jana. »Ich habe bereits versucht, Doktor Steffen zu erreichen. Leider erfolglos. Ich schlage vor, wir fahren zu ihm. Das ist ja nicht weit. Ich hoffe, er ist da. Dann besprechen wir alles Weitere. Komm, Liebes.«

Jana ließ von Elena ab, zog ihre Jacke über und nahm die Autoschlüssel vom selbst bemalten Schlüsselbrett. Dann legte sie den Arm um Elena und führte sie auf diese Weise behütet zu dem silbernen Mercedes. Als sie aus der Einfahrt auf die Straße bogen, fiel Elenas Blick auf den Pick-up, den sie am Rand abgestellt hatte. Erneut spürte sie einen heftigen Stich, beinahe so, als würde ihr jemand ein Messer in den Rücken jagen.

»Ich fühle mich, als hätte ich eine heftige Grippe.« Elena schaute zu Jana hinüber, die sie nur mitleidig ansah. Elena schloss die Augen und weigerte sich, sie zu öffnen, bis Jana den Motor wieder abstellte.

1. November, 18.55 Uhr

Leon hatte das Polizeiauto, das er sich von Till geliehen hatte, auf dem Parkplatz hinter Ernsts Institut geparkt und steuerte zielsicher den Hintereingang an. Ernst öffnete ihm die Tür und streckte ihm einen Druckverschlussbeutel entgegen, noch bevor er das Haus betreten hatte.

Der alte gebeugte Mann machte seinem Namen alle Ehre. Seine grauen, schütteren Haare, seine lange, gebogene Nase, die tiefen Falten zwischen seinen Brauen ließen ihn so ernst wirken, dass man sich vor ihm hätte fürchten können. Im Grunde war er jedoch ein freundlicher Greis, der sich rührend um seine »Gäste« kümmerte, wie er die Toten nannte, die ihm anvertraut wurden. Die Voraussetzung, um in den Genuss seiner Freundlichkeit zu gelangen, war, dass man ihn kannte und er zu dieser Bekanntschaft Vertrauen gefasst hatte. Ansonsten war er, wie er aussah: vergrämt.

Leon hatte das Vertrauen des Alten bereits in seiner Jugend gewonnen, was ihm später als Geschäftsmann sehr gelegen kam. Durch Ernst war Leon überhaupt auf den Gedanken gekommen, Särge in der Schreinerei herzustellen. Ernst hatte Leons geschickte Arbeiten bald zu schätzen gelernt, und so wurde er ein Hauptabnehmer von Leons neuem Produkt.

Ernst kniff die Augen zusammen, als er das Säckchen schüttelte, dass der Inhalt auf und ab hüpfte. »Was ist das, Leon?«

Leon nahm die kleine Tüte entgegen und betrachtete die silbern im Licht glänzenden Gegenstände. »Wenn ich das wüsste, Ernst. Erzähl mir, wie du darauf gestoßen bist.«

Ernst, der Leon knapp bis zu den Schultern reichte, zog eine Augenbraue hoch, als würde er Leons Aufforderung infrage stellen, antwortete dann aber. »Ich habe gestern den Gast eingesargt, lud ihn in den Leichenwagen. Ich ging noch mal rein, weil ich mein Hörgerät vergessen hatte, und kam etwa fünfzehn Minuten später wieder raus, stieg in den Wagen und fuhr in die Verbrennungsanlage, wo ich den Kremationssarg auslud. Wie üblich führte ich den Sarg höchstpersönlich in die Einäscherungskammer ein. Du weißt ja, dass ich den Kremationsvorgang immer selbst überwache; ich traue diesen Angestellten nicht. Nach etwas mehr als drei Stunden war die Einäscherung so weit erledigt, dass die Asche in der Ausbrennzone auf der Aschenplatte ausglühen konnte. Dann zog ich die Asche in den Kühlkasten und begann als Letztes mit der Trennung allfälliger Metallteilchen von der Asche. Dabei bin ich auf diese Dinger gestoßen. Mein Gast hatte höchstens ein künstliches Hüftgelenk, aber bestimmt nicht solches Glitzerzeug.«

Leon betrachtete nachdenklich die Kugeln in der Plastiktüte. Dass der Bestatter vom Empfang des Toten bis zum Moment, in dem die reduzierte Asche in die Urne gefüllt werden konnte, alles selbst erledigte, war zwar unüblich, aber diese Eigenheit von Ernst konnte gerade in der jetzigen Situation von unschätzbarem Wert für Leons Arbeit sein. Nur mit einer Person den ganzen Ablauf besprechen zu müssen, sparte Zeit. Lücken im Ablauf konnten einfacher aufgedeckt werden.

Leon dachte über das Zeitfenster nach, in dem Ernst sein Hörgerät geholt und der Tote unbeaufsichtigt im Wagen gelegen hatte. »Als du während dieser Viertelstunde nochmals im Bestattungsinstitut warst, ist dir draußen nichts aufgefallen?«

»Draußen? Nein. Ich habe mein Hörgerät gesucht. Es ärgert mich zwar, aber ohne dieses Ding bekomme ich nicht mehr viel mit, es sei denn, es springt mir vor die Augen.«

»Hast du den Leichenwagen abgeschlossen, als du ins Haus zurück bist?«

»Daran erinnere ich mich nicht. Ich würde aber meinen, dass ich ihn wahrscheinlich offen gelassen habe. Ich wollte ja nur kurz rein und dann gleich wegfahren.«

»Als du mit deinem Hörgerät wieder rauskamst, bist du ins Auto gestiegen und weggefahren?«

»Ja. Nein. Ich hielt noch einen kurzen Schwatz mit diesem Mädchen, wie hieß sie noch gleich ...« Ernst rieb sich nachdenklich übers Kinn.

Leon horchte auf. »Welches Mädchen?«

»Herrje, ich kann mich nicht mehr an ihren Namen erinnern. Sie hat mir manchmal ausgeholfen, hat ein Praktikum bei mir gemacht. Sie war, glaube ich, nicht von hier, besucht mich aber seit damals regelmäßig, so auch gestern, nur konnte ich mir keine Zeit für sie nehmen, da ja mein Gast ins Krematorium musste.«

»Ernst, wie sah sie aus? Woher kam sie?«

»Ach, früher war sie mal blond, mal brünett, einmal hatte sie sogar violettes Haar. Heute ist sie brünett. Ihr Name fällt mir ein, wenn ich nicht darüber nachdenke, du weißt ja, wie das ist. Mein Denkapparat ist leider auch nicht mehr das, was er einmal war.«

»Ernst, egal, wie du zu dieser Information kommst, ich muss unbedingt wissen, wer dieses Mädchen ist.« Es fiel Leon ungeheuer schwer, Geduld zu bewahren und die Antwort auf diese Frage zurückzustellen, aber weiter in Ernst zu dringen nutzte auch nichts; also versuchte er, weitere Informationen über die gefundenen Metallkugeln zu bekommen. »Du kannst dir nicht vorstellen, woher diese Kugeln stammen?«

»Doch.«

Leon sah überrascht zu dem alten Mann. »Aus meinem Sarg sind sie nicht, wenn du das meinst.«

»Habe ich verstanden. Meine ich auch nicht. Ich hatte mal so ein junges Geschöpf, das ich einäschern musste. Ihren ganzen Körper hatte sie mit Tattoos verunstaltet. Ihre Haare waren scheußlich zurechtgemacht gewesen. Als wäre das nicht genug, hatte sie in ihren Unterarmen so seltsame Wölbungen. Damit ich wusste, ob ich sie damit verbrennen kann oder nicht – du weißt ja, es dürfen keine umweltbelastenden Stoffe in den Brennofen –, habe ich mich genau erkundigt.« Während der alte Mann den Kopf schüttelte, als könnte er noch immer nicht fassen, was sich die Jugend von heute alles antat, dämmerte Leon allmählich, worauf er hinauswollte.

»Was hast du erfahren?«, verlangte Leon zu wissen.

»Implantierte Piercings. Als ich die Dinger von der Asche getrennt habe, hatte ich am Ende so ähnliche Kugeln in der Hand. Ich sag dir, ich kann diese Trends nicht verstehen.«

»Musst du auch nicht«, antwortete Leon. Mit seinen Gedanken war er aber schon viel weiter. Implantierte Piercings. Sämtliche Fundstücke, auch die durch einen Metallstab verbundenen geschliffenen Steine, passten auf diese Beschreibung. Ernst war für eine Viertelstunde nicht bei dem Leichnam gewesen. Der Parkplatz von Ernst liegt abgeschirmt hinter dem Haus. Leons spontane Eingebung, die ihn kurz vor seinem Treffen mit Ernst dazu veranlasst hatte, die Akten von Elenas Opfer bei Till zu verlangen, nahm immer mehr Form an.

»Leon?«, Ernst sah ihn eindringlich an. »Warum fragst du mich, ob ich in der Viertelstunde, in der mein Gast allein war, etwas Ungewöhnliches bemerkt habe?«

Leon erwiderte seinen Blick. »Weil ich glaube, dass dir eine zweite Leiche in den Sarg geschmuggelt wurde.«

1. November, 19.15 Uhr

»Jetzt drehst du wohl vollkommen durch, Leon!« Bernards Stimme donnerte durch den Raum, dass man sich unweigerlich fragen musste, wer wirklich am Durchdrehen war.

Leon hatte nach dem Gespräch mit Ernst sofort Till und Bernard über die neuesten Erkenntnisse und seine Vermutung informiert. Till hatte sich sogleich darangemacht, die Akten des verschwundenen Leichnams auszuwerten, womit er noch immer beschäftigt war.

»Nein, Bernard, ich fürchte, ich bin so klar, wie seit Wochen nicht mehr. Denk kurz darüber nach. Das wäre die ideale Lösung, um eine Leiche für immer verschwinden zu lassen.«

»Sie könnte auch einfach an einen Ort geschafft worden sein, den wir nicht kennen. Die Wiege und das Mobile haben wir in einem Geheimversteck gefunden. Wer sagt, dass es von solchen Verstecken nicht irgendwo noch mehr gibt? Die Leiche könnte genauso gut in einem Keller hier in Erlach liegen, wir haben ja außer Elenas Haus noch überhaupt nichts anderes durchsucht, weil wir keine Ahnung haben, *was* noch durchsucht werden soll. Die Krematoriumsgeschichte scheint mir nun wirklich etwas zu abgedreht.«

»Ist sie, und dennoch. Gerade jetzt, da eine Tote spurlos aus dem Institut für Rechtsmedizin in Bern verschwindet, die wir zur Bearbeitung unseres Falls bräuchten, findet Ernst etwas in der Asche eines Toten, das da nicht hingehört. Spurloser kann eine Leiche nicht verschwinden, als in einem Krematorium verbrannt zu werden.«

Bernards Nerv unter dem Auge begann zu zucken. Ein Zeichen dafür, dass er die Geschichte nicht mehr ganz so unglaubwürdig fand, wie er Leon glauben machen wollte. »Gut, gut, mal angenommen, aber nur angenommen«, Bernard streckte zur Unterstreichung seiner Worte einen Finger in die Luft, »da ist was dran. Wie war es dann möglich, die Leiche unbemerkt aus dem Institut zu schaffen? Wo war die Tote in der Zwischenzeit gelagert? Wie wurde die Leiche unauffällig in Ernsts Sarg gemogelt?«

Noch bevor Leon überhaupt dazukam, über Bernards Fragen nachzudenken, gab dieser sich gleich selbst die Antwort. »Sekunde mal«, murmelte er und umrundete seinen Schreibtisch.

Leon wartete angespannt, während Bernard einige Blätter auseinanderschob, die kreuz und quer auf seinem Tisch verteilt lagen. Endlich griff er nach einem gelben Klebezettel und streckte ihn Leon hin.

»Was ist das?«

»Die Antwort auf deine Frage nach dem Besitzer der Villa und auf meine nach dem Leichendepot. Ich hab's selbst eben erst erfahren, deshalb weißt du noch nichts davon«, erklärte Bernard unaufgefordert.

Leons Finger kribbelten vor Aufregung, als er den Zettel entgegennahm und den Namen darauf las: Dr. Marius Steffen. »Doktor Marius Steffen?«, las Leon laut. Zeit, seinen Schock zu verdauen oder über die Bedeutung dieser Information nachzudenken, bekam er aber nicht.

Hinter Leon flog die Tür zu Bernards Büro auf.

»Ihr werdet es nicht glauben«, platzte Till ohne anzuklopfen in den Raum. »Seht euch diese Bilder an.« Till klatschte Fotos einer blassen weiblichen Leiche, die auf einem Tisch aus rotem Marmor lag, auf die Holzplatte zwischen Bernard und Leon.

Leon zog eines der Bilder zu sich, das einen Arm zeigte. Selbst wenn er sich nur das Foto ansah, hatte er das Gefühl, die Kälte, die von diesem lieblosen Totenbett ausging, zu spüren. Leon fröstelte, während er sich den Arm des Opfers ansah. Er sagte nichts, musterte nur stumm die Wölbungen unter der Haut. Erwartungsvoll schaute Till erst zu Leon, dann zu Bernard. »Wollt ihr noch die Größe der Implantate wissen? Sie stehen im Kurzbericht, den das Institut angefertigt hat, ehe sich die Leiche aus dem Staub gemacht hat.« Till strahlte Leon an, als hätte er bei der Olympiade eine Goldmedaille gewonnen. Leon wusste, dass Till immer auf seiner Seite gestanden hatte und ihm diesen Triumph gönnte.

»Lass mich raten«, meinte Leon selbstzufrieden, ohne einen Blick auf den Bericht zu werfen, den Till ihm entgegenstreckte, »die implantierten Kugeln haben einen Durchmesser von fünf Millimetern?«

»Dieser Fall entwickelt sich allmählich zu einem Horrorkabinett«, murmelte Bernard, als er das Foto sinken ließ, auf dem das Brustbein des Opfers abgebildet war. Direkt oberhalb des Knochens war ein Stab unter der Haut eingeführt worden, dessen Enden jeweils mit einem regelmäßig geschliffenen Schmuckstein verbunden waren. Es sah aus wie ein eingepflanzter Anhänger einer Halskette. Bernard nahm den Druckverschlussbeutel zwischen die Finger und hielt den Inhalt gegen das Licht der Deckenlampe. »Dieser Schmuck in diesem Säckchen entspricht in Länge, Breite und äußerer Optik dem Schmuck, der den Körper des Opfers ziert?«

»So ist es«, bestätigte Till.

»Das sind eindeutige Indizien dafür, dass Ernst unsere verschwundene Tote zusammen mit seiner eigenen Leiche kremiert hat«, hielt Leon fest.

»Dann müssen wir uns wohl darum kümmern, die offenen Fragen nach dem Wie und dem Wer zu klären. Wie kommt die Leiche unbemerkt aus dem Institut in Ernsts Sarg?«

Leon starrte ein Loch in die Luft. Er sah nicht den verschrammten Boden unter seinen Füßen, er sah etwas ganz anderes. »Sekunde mal.« Leons verschleierter Blick klärte sich. »Ich glaube, ich kenne die Antwort. Sie lautet Elena …«

Gleichzeitig in Basel

»Ich verstehe was von meiner Arbeit, meinst du nicht auch?« Hier stehe ich nun und betrachte mein letztes Opfer. Meine Schwester neben mir schnappt nach Luft. Sie japst richtiggehend, fasst sich mit einer Hand an die Kehle, die andere hat sie zur Faust geballt und presst sie gegen ihren Brustkorb; dort, wo das Herz sitzt. Sie scheint tatsächlich in ihrem tiefsten Innern erschüttert zu sein. Ein Gefühlsausbruch, den ich sogar irgendwie nachvollziehen kann. Jetzt, da ich den Mann, der mir eine Hilfe hätte sein sollen, nackt und tot vor mir sehe, wie er mit seinen vor Entsetzen weit aufgerissenen Augen im allmählich abkühlenden Badewannenwasser liegt, tut er mir beinahe ein bisschen leid. Es hätte nicht so weit kommen müssen. Aber er hat seine Aufgabe nun mal nicht richtig erledigt – und meine ist bald beendet. Ich brauche ihn einfach nicht mehr.

Sein Tod hätte schlimmer sein können. Wer hat schon das Vergnügen, mitten in einem Orgasmus das Zeitliche zu segnen? Nur schade, dass er tiefer in die Wanne gerutscht ist, nachdem ich ihn allein gelassen habe. Sein Kopf ist untergetaucht. In Kombination mit den offenen Augen und dem rötlich eingefärbten Wasser ergibt sich ein gruseliges Bild.

Meine Schwester neben mir strauchelt zurück. Ich schätze, das liegt am Sauerstoffmangel, den ihr unkontrolliertes Gejapse zur Folge hat.

»Was hast du nur getan?«

Wenn sie nicht gerade nach dem Warum wimmert, wiederholt sie diese vier Worte immer und immer wieder, und ich fürchte, sie kippt mir langsam wirklich aus den Latschen, wenn ich nicht etwas unternehme. Schnell öffne ich den Badezimmerschrank hinter ihr und ziehe einen Hygienebeutel für Tampons heraus – das Einzige, was ich in Reichweite habe.

»Atme in die Tüte, schnell, das wird helfen«, weise ich sie an.

Sie starrt mich mit weit aufgerissenen Augen an, ähnlich wie mein Doktor Steffen in der Wanne. Offenbar weiß sie überhaupt nicht, wie sie mit der Situation umgehen, geschweige denn, was sie damit anfangen soll. Sie hat keine Ahnung, was vorgeht, und wagt wohl nicht daran zu denken, was sie erwartet. Das ist auch besser so. Solange sie in diesem Schockzustand ist, kann sie nicht klar denken. Das macht die Sache etwas einfacher für mich.

Vorerst.

Später werde ich wohl trotzdem zu drastischeren Mitteln greifen müssen, um sie ruhigzustellen. Erst muss ich aber mit ihr reden. Dazu sollte ihr Verstand nicht von Drogen benebelt sein. Verschreibungspflichtige Beruhigungsmittel gibt es in diesem Haus glücklicherweise zu Hauf. Meinem toten Psychodoktor sei Dank.

»Jetzt versteh ich, warum du wusstest, dass die Hintertür zu seinem Haus offen ist.«

Aha, mein Schwesterchen kommt allmählich wieder zu sich.

Ich schiebe mich zwischen sie und die Badezimmertür, damit sie nicht fliehen kann. Meine Hand schiebe ich in meine Jackentasche, meine Finger umschließen die vorbereitete Spritze. Sie ist vollgesogen mit einem starken Betäubungsmittel. Natürlich habe ich die Spritze gewissenhaft entlüftet. Obwohl eine ganze Menge an Luft in den Adern eines Menschen nötig ist, um eine Embolie auszulösen, gab das Klopfen gegen die Nadel der Spritze und das Herausspritzen von ein wenig Flüssigkeit dem ganzen Vorhaben einen Hauch von Professionalität. »Nun, ja, ich habe beim Gehen darauf geachtet, dass ich im Bedarfsfall wieder zurückkehren kann.«

»Du hast sicher Spuren hinterlassen, die dich überführen werden.«

Eine für die belastende Situation erstaunlich nüchterne Feststellung. »Habe ich. Aber bis die ausgewertet sind, ist sowieso alles vorbei. Ich weiß, dass ich ins Gefängnis oder ins Zuchthaus oder sonst wohin komme, aber ist mein Plan erst einmal erfolgreich umgesetzt, ist der Rest egal.«

»Was soll das bedeuten? Was sagst du da? Was soll das alles hier? Was soll *ich* hier?«

Der klare Moment ist vorbei. Meine liebe Schwester droht erneut, zu hyperventilieren. »Vergiss das Atmen nicht.«

»Ich kann nicht, ich bekomme keine Luft«, japst sie und sackt zur Seite weg. Ich widerstehe dem Drang, zu ihr zu stürzen, um sie aufzufangen. Ihre Schulter hat das zusammen mit der weiß gekachelten Wand übernommen. Schlimmstenfalls kippt sie rückwärts in die Badewanne. Nicht angenehm, auf einer nackten Leiche zu landen, aber zumindest ist der Aufprall durch das Wasser ausreichend gedämpft.

Ich weiß, dass meine Miene versteinert ist, das ist Absicht. So sehe ich sie ungerührt an und warte. Sie hebt die Tüte ans Gesicht, atmet. Es hilft.

Nach einer Weile lässt sie die Hände wieder sinken. Ihre Haut ist aschfahl. Ihre Augen wirken eingefallen. Sie sieht entsetzlich aus. Der Schock sitzt in jeder Faser ihres Körpers. Gut so.

»Was soll ich hier? Du hast doch gewusst, dass er tot ist, schließlich hast du ihn getötet! Weshalb sind wir trotzdem hierhergefahren? Was bezweckst du damit? Was hast du vor?« Die Weinerlichkeit in ihrer Stimme fängt an, mich zu nerven.

»Ganz einfach: Ich mag meine Männer nicht mehr mit dir teilen!«, rufe ich heftiger aus als bezweckt.

Sieh an, der Schock ist wie weggeblasen. Sie sieht aus, als hätte ihr jemand ins Gesicht geschlagen. Habe ich im Grunde genommen ja auch.

»Ja, ich weiß es. Ich weiß von eurer Liebschaft. Unser lieber Doktor war ein untreuer Schweinehund, rammelte alles, was nicht bei drei auf den Bäumen war. Er war nicht darauf aus, zu helfen; er war darauf aus, zu verführen. Ich konnte ihn eine ganze Weile halten, er war nett, freundlich, hilfsbereit, in jeder Hinsicht. Ich kann mit seinen Affären leben, wenn ich sie nicht kenne. Aber ich kann nicht damit leben, dass er meine Schwester vögelt! Ich dachte, er wäre anders, aber das ist er nicht. Er ist derselbe Dreckskerl wie …« Ich breche ab, ich habe die Kontrolle verloren. Die Wut kocht in mir hoch und will raus, aber ich muss sie eindämmen, sonst laufe ich Gefahr, Fehler zu machen. Ich darf mir aber keine Fehler erlauben! Nicht jetzt. Nicht in dieser wichtigen Phase des Geschehens.

»… wie wer?«, hakt sie prompt nach. Ich kenne den forschenden Blick, den sie nun hat. Sie ist hellhörig geworden. Nun denn, ich wollte sowieso, dass sie es weiß, also kann ich es ihr genauso gut jetzt sagen. Sie wird ihn eh nicht mehr warnen können.

»Wie Leon.«

1. November, 20.15 Uhr

»Lori, gut, dass du anrufst, du musst mir einen Gefallen tun.« Leon war ohne ein weiteres Wort der Erklärung aus Bernards

Büro gerannt. Till und Bernard hatten ihm beide nachgerufen. Sie wollten Antworten, aber er konnte sie ihnen nicht liefern. Nicht im Augenblick. »Tut mir einfach den Gefallen und findet heraus, ob Elena schwanger war, als sie den Unfall hatte, ja?«

Seine Gedanken überschlugen sich. Vier Worte in der vorherigen Unterhaltung mit Bernard hatten nach so langer Zeit plötzlich eine zündende Wirkung gehabt. Womöglich lag es daran, dass alles im selben Gespräch genannt worden war. Jedenfalls fühlte es sich an, als hätte er den Teppich angehoben, auf dem das Puzzle lag, und die fehlenden Teile darunter gefunden.

Die Wiege. Das Krankenhaus. Das Bestattungsunternehmen. Das Krematorium.

Leon hastete über den Parkplatz zu dem geborgten Polizeiauto. »Habt ihr Elena gefunden?« Leon brüllte ins Telefon, als würde das etwas an der verfahrenen Situation ändern.

»Nein, Leon. Und schrei mich nicht so an. Komm zu dir, sonst kannst du nicht klar denken«, erwiderte Lori mit müder Stimme. »Glaub mir, ich brauche jetzt deinen Denkapparat, der Tag war verflucht lang; dass ich jetzt noch im Büro sitze, habe ich euch zu verdanken.«

»Wieso? Was ist passiert?« Einem verspielten Welpen gleich, der etwas witterte, wechselte Leons Gemüt von einer Sekunde auf die andere von aufgebracht zu aufmerksam. »Ihr habt Elena nicht gefunden?«

»Nein, aber deinen Wagen.«

»Gut.« Leon atmete erleichtert aus. »Wo ist er?«

»Dein Wagen steht auf der Autobahnraststätte in Pratteln mit einem Insassen.« Lori zögerte, räusperte sich, als wüsste sie nicht recht, wie sie sich ausdrücken sollte.

»Und weiter?«, fragte Leon anhand von Loris Zögern vorsichtig. Er verlangsamte seinen Schritt und blieb dann stehen.

»Wir wissen noch nicht sicher, wer dieser Insasse ist.« Lori atmete ein, wappnete sich offenbar für das, was sie zu sagen hatte. »Aufgrund der Fahndungsmeldung nach Elena und deinem Wagen haben uns die Polizisten vor Ort kontaktiert, nachdem sie das Nummernschild auf dem Fahrzeug überprüft hatten. Dass man überhaupt so schnell auf dein Auto aufmerksam wurde, hat einen Grund.«

»Der wäre?«

»Leon, dein Wagen steht in Flammen.«

Einen kurzen Moment lang wusste Leon nicht, was er sagen sollte. Er musste Loris Worte erst verarbeiten. »In Flammen? Was meinst du mit *in Flammen?*«

»Na ja, dein Wagen brennt oder eher hat gebrannt. Die Feuerwehr konnte das Feuer inzwischen löschen.«

»Du machst Witze! Mein Pick-up, den Elena geklaut hat, steht abgebrannt auf der Autobahnraststätte in Pratteln?«, wiederholte Leon ungläubig. Und es gab einen Insassen. Die spontane Schlussfolgerung, wer dieser Insasse sein könnte, beschleunigte seinen Herzschlag. Elena?

»Leon, wir wissen nicht, ob sie es ist«, redete Lori auf ihn ein, als hätte sie seine Gedanken gehört. »Die Leiche ist ziemlich übel zugerichtet. Der erste Eindruck der Brandermittler ist, dass das Feuer etwa auf Bauchhöhe des Insassen entstanden ist und sich dann ausgebreitet hat.«

Leon stutzte. Er sprach aus, was ihm als Erstes in den Sinn kam. »Selbstmord?«

»Daran habe ich spontan auch gedacht.«

»Es muss doch Zeugen geben. Hat niemand etwas gesehen? Haben die Überwachungskameras etwas aufgenommen?«

»Leon, so weit sind wir noch nicht. Die Auswertung des Beweismaterials und der DNA steht noch aus. Das geht nicht so schnell, das weißt du. Wie es aussieht, müssen wir die Leiche anhand der Zähne identifizieren, viel mehr ist nicht mehr übrig.«

»Scheiße, verdammte!«, fluchte Leon laut und machte seinem Unmut Luft. »Lori, hast du dein Auto bei dir?«

»Ja, warum?«

»Ich wollte dich um einen Gefallen bitten, aber du kamst mir mit deinem Anruf zuvor. Ich brauche schnellstmöglich ein Auto. Ich muss nach Basel. Sofort.«

»Leiht dir Till seinen Wagen nicht? Der kommt heute sowieso nicht mehr nach Bern.«

»Er hat mir seinen Wagen schon geliehen, aber ich habe ihm den Schlüssel zurückgegeben. Wenn ich ihn in den nächsten Stunden spontan brauchen sollte, muss er mobil sein.« Leon war klar, dass seine Aussage Fragen aufwarf und bei Lori Unbehagen auslöste. Er hoffte aber inständig, dass sie ihm einmal mehr vertraute.

»Du kannst mein Motorrad haben«, bot sie ihm nach kurzem Zögern an. »Es steht in der Garage. Mein zweiter Hausschlüssel ist dort, wo ich ihn damals versteckt habe. Der Motorradschlüssel hängt am Schlüsselbrett. Leon?«

»Ja?«

»Wenn das hier vorbei ist, will ich eine Erklärung, verstanden?«

Lori legte auf und lehnte sich in ihrem Stuhl zurück. Sie war erschöpft und in Sorge. In Sorge um Leon. Sie fühlte sich nicht wohl dabei, ihm ihr Motorrad anzuvertrauen. Nicht, weil er nicht damit hätte umgehen können, er war ein guter Fahrer.

Nein, sie sorgte sich, weil sie nicht wusste, in welche Schwierigkeiten er sich dank ihrer Mithilfe als Nächstes manövrierte. Sie liebte ihn. Bei Gott, das tat sie. Nicht wie eine Frau einen Mann liebte. Sie hatten ihre heiße Zeit gehabt, während derer sie sich einredete, mehr für ihn zu empfinden. Er hätte so gut zu ihr gepasst. In der Theorie. Sie teilten viele Interessen, hatten Spaß, verstanden sich gut. Sie waren gemeinsam aufgewachsen. Wie eine Familie eben, und genau das war der Punkt. Lange Zeit hatte sie die Zuneigung, die sie für Leon empfand, falsch interpretiert. Immer hatte sie sich gefragt, weshalb sich das Zusammensein, die Intimität mit ihm irgendwie seltsam anfühlte. Bis sie auf die Lösung gekommen war: Sie liebte ihn, aber mehr wie einen Bruder als einen Liebhaber. Als sie ihm das letztendlich beichtete, hatte sie befürchtet, ihn ganz zu verlieren. Sie hatte ja nicht ahnen können, dass es ihm ganz ähnlich erging. Sie erinnerte sich gut an diesen Tag, es war der Tag gewesen, bevor sie sich beide für die Polizeischule einschrieben. Nachdem der unangenehme Teil des Gesprächs vorbei gewesen war, hatten beide aus reiner Erleichterung lachen müssen – erst verlegen, dann gelöst. Seither verstanden sie sich besser denn je.

»Dass du nur auf dich aufpasst, Leon. Ich flehe dich an, mach keine Dummheiten«, betete Lori, ehe sie sich seufzend ihrem Computer zuwandte.

1. November, 20.40 Uhr

Lori nannte ein altes Bauernhaus etwas außerhalb des Dorfes ihr Eigen. Obwohl Leon den ganzen Weg rannte, brauchte er eine gute Viertelstunde, bis er außer Atem dort ankam. Als er sein Handy aus der Tasche zog, um zu prüfen, ob inzwischen neue Nachrichten eingetroffen waren, fand er ironischerweise die Push-Meldung einer Zeitung vor: »Brennender Pick-up auf Autobahnraststätte«. Sonst wurden keine neuen Aktivitäten angezeigt.

»Na toll«, murmelte er und steckte das Handy wieder weg. Rasch eilte er um das Haus herum in den Schuppen. Dort schob er eine alte Milchkanne beiseite und hob die lose Bodendiele darunter an. Wie von Lori erwähnt, lag dort ein silberner Schlüssel verborgen. Sie hatte ihm einst mitgeteilt, dass sie den Zweitschlüssel für Notfälle dort aufbewahrte, falls sie zum Beispiel ihren Hausschlüssel vergessen oder verlieren sollte.

Ihm hatte sie diese Information zu einer Zeit anvertraut, in der sie immer mal wieder zusammen im Bett gelandet waren. Lori hatte ihm damit auf ihre ganz eigene Art und Weise einen Schlüssel zu ihrem Haus und ihrem Schlafzimmer überlassen. Leon hatte den Schlüssel kein einziges Mal benutzt. Bis heute.

Er verschaffte sich Zugang zu Loris Haus. Die Tür schwang auf, und der Geruch nach Feuerholz in kühler Luft schlug ihm entgegen. Das Bauernhaus war nur mit einem Holzofen beheizbar, dessen Feuer vermutlich erst kürzlich ausgegangen war.

Das dunkel lackierte, mit Bauernmalerei verzierte Schlüsselbrett hing direkt neben der Tür. Sehr fahrlässig, dachte sich Leon. Da konnte sich ein potenzieller Einbrecher wunderbar bedienen, nachdem er ins Haus eingedrungen war. Für ihn hingegen war es ausgesprochen praktisch. So musste er sich nicht lange mit Suchen aufhalten.

Der Motorradschlüssel stach ihm dank des großen Yamaha-

Anhängers direkt ins Auge. Leon trat ganz ins Haus ein, verriegelte die Tür von innen, steckte den Hausschlüssel ein und krallte sich den Schlüssel der schwarzen MT01.

Der Eingangsbereich hatte einen direkten Zugang zum ehemaligen Stall, der heute als Garage diente. Leon trat in den dunklen, mit altem, finster wirkendem Gebälk ausgekleideten Raum ein. Man konnte das Alter und den seit Jahrzehnten herumwirbelnden Staub riechen, obwohl die Holzplanken nicht dicht schlossen. Durch manche Ritzen drang ein grauer Lichtstrahl, und die kalte Luft pfiff durchs Gebälk. Leon schob das schwere Holztor auf, um mehr Licht hereinzulassen.

Als er sich umdrehte, entdeckte er in einer Ecke eine Plane. Er ging darauf zu, hob einen Zipfel an, und ein glänzend schwarzer Pneu auf einer mattsilbernen Felge kam zum Vorschein. Leon ließ sich nicht zweimal bitten. Mit einem Ruck zog er die graue Plane von der eleganten Maschine. Ein gedrungenes Schmuckstück, das ohne Plastikverschalung auskam. Zu jeder anderen Zeit hätte er sich auf den Ritt gefreut, jede Kurve ausgekostet, dem Druck auf seinen Körper, wenn er beschleunigte, einer Herausforderung gleich freudig entgegengewirkt. Heute war das Motorrad nur Mittel zum Zweck.

Er löste den Helm, der an den Soziusgriffen befestigt war, und stülpte ihn sich über. Einmal mehr wunderte er sich, wie groß Loris Schädel war, denn der Kopfschutz passte, als wäre es sein eigener. Dann schwang er sich auf die Maschine, brachte sie in eine aufrechte Position und kickte den Ständer weg. Er zog den Kupplungshebel und drückte die Zündung. Ein tiefes Grollen ließ das Gefährt erzittern. Die Vibration des kräftigen Motors übertrug sich auf jede Faser seines Körpers. Eins mit der Maschine, drehte er den Gashahn auf und rauschte aus

Loris Garage, ohne genau zu wissen, was ihn an seinem Ziel erwarten würde.

1. November, 20.50 Uhr

In halsbrecherischem Tempo schlängelte sich Leon zwischen den Fahrzeugen hindurch; wo es zu knapp wurde, nutzte er den Pannenstreifen. Nicht selten hupte ihn ein erschrockener Autofahrer an oder drehte sogar die Scheibe nach unten, um ihm den Stinkefinger zu zeigen.

Das kratzte Leon kein bisschen. Nach knapp sechzig Minuten tauchte vor ihm das in Orange gehaltene, die sechsspurige Autobahn überspannende Ungetüm einer Raststätte auf. Er stemmte sich aus dem Sattel und sah sich um. Auf welcher Seite der Raststätte hatte sein Pick-up gestanden? Es war zwar dunkel, der Tag längst zu Ende, aber das Areal war gut ausgeleuchtet. Er konnte in seiner Fahrtrichtung keine Absperrbänder oder Ähnliches entdecken, deshalb ging er davon aus, dass er in der Gegenrichtung fündig wurde. Leon fuhr auf die Ausfahrt, überquerte die Autobahn und fädelte auf der anderen Seite wieder ein. Dort bog er auf den Rastplatz ab. Er schaltete in den ersten Gang und gönnte der Maschine etwas Ruhe. Mit angepasster Geschwindigkeit rollte er über das Areal, vorbei an parkenden Fahrzeugen.

Auf der Seite der Pkws entdeckte er nichts, das auf ein kürzlich ausgebranntes Fahrzeug hinwies. Daher fuhr er unter dem Gebäude der Raststätte durch und passierte die Tankstelle. Auf der anderen Seite befanden sich die Lastwagen und Busparkplätze. Bis auf vier Fahrzeuge war dieses Gelände leer.

Leon klappte das Visier auf, ließ seinen Blick über das Grundstück schweifen. Gerade als er dachte, dass sich das Spektakel doch auf der anderen Seite der Raststätte abgespielt haben musste, entdeckte er ganz am Ende des Parkplatzes eine geschwärzte Stelle auf dem Asphalt und einen Fetzen orangefarbenen Absperrbandes, der im Wind zuckte.

Fest umschloss er mit seinen Fingern den Gasgriff, beschleunigte und bremste abrupt vor dem verkohlten Flecken Erde ab.

Die Einsatzkräfte hatten schnell gearbeitet. Bis auf den dunklen Fleck auf dem grauen Asphalt war nichts mehr von dem brennenden Fahrzeug übrig. Leon klappte mit der Ferse den Seitenständer nach vorne und stellte das Motorrad darauf ab, ehe er den Zündschlüssel drehte und die grummelnde Maschine zum Schweigen brachte.

Er schwang sich vom Sattel, öffnete gleichzeitig den Helmverschluss und zog ihn von seinem Kopf. Er bemühte sich gar nicht erst, sein zerzaustes Haar zu glätten. Den Helm stülpte er über den Rückspiegel, dann machte er sich daran, sich die Umgebung genauer anzusehen. Noch während er den Brandfleck umrundete und die Böschung, die das Gelände nach hinten begrenzte, mit gesenktem Kopf absuchte, wurde ihm klar, dass es hier nichts mehr zu entdecken gab.

»Hat ganz schön gebrannt hier«, hörte Leon auf einmal eine Stimme in seinem Rücken. Er drehte sich um. Hinter ihm stand ein Mann in Jeans und rot kariertem Holzfällerhemd, dessen Ärmel er trotz der Kälte bis unter die Ellbogen hochgekrempelt hatte, womit er zwei kräftige Unterarme zur Schau stellte. Auf dem Kopf trug er eine locker sitzende Schirmmütze.

Leon musterte den Mann, kniff die Augen zusammen, um

das Emblem auf der Mütze besser zu sehen, und schielte dann zu dem Lastwagen ein paar Meter hinter dem Mann. Das Logo auf dem Anhänger war identisch mit dem auf der Mütze. Anscheinend gehörten die beiden zusammen.

»Das habe ich auch gehört. Haben Sie gesehen, was passiert ist?«

»Sind Sie von der Presse?«, fragte der Mann mit skeptisch zusammengekniffenen Augen. Leon war für einen kurzen Augenblick versucht, die Frage des Lastwagenfahrers mit Ja zu beantworten, entschied sich aber aufgrund seines Gesichtsausdrucks dafür, es zu lassen. Leon war sich nicht sicher, ob der Mann lieber mit der Presse sprechen wollte oder eher mit einem Passanten.

»Nein, nur neugierig.«

Der Chauffeur ließ die angespannten Schultern etwas sinken, die Falten zwischen den Augen glätteten sich. Leon hatte sich also nicht getäuscht, was die Haltung des Mannes gegenüber den Medien anbelangte.

»Sie sehen die Bremsspuren auf dem Asphalt?«, fragte der Mann im Karohemd. Leon nickte.

»Der Pick-up kam einfach über den Parkplatz gebrettert, legte eine Vollbremsung hin, wo sie jetzt stehen. Die Beifahrertür flog auf, eine Person duckte sich am Wagen entlang und rannte über die Böschung zu der Gewerbehalle dort hinten.

Eine Person? Leon wurde hellhörig. »Wie hat die Person ausgesehen?«

»Schwer zu sagen. Sie war ganz in Schwarz gekleidet, hatte eine Kapuze über den Kopf gezogen. Ist die ganze Strecke gebeugt gelaufen, sodass die Statur oder Größe kaum zu erkennen war. Spontan hätte ich gesagt, es muss ein sehr schmal gebauter Mann gewesen sein oder eine Frau. Aber wie gesagt, es war schwer zu erkennen.«

»Hat das Auto schon gebrannt, als es hier zum Stehen kam?«

»Das weiß ich nicht. Es hat nicht danach ausgesehen. Aber kaum war die Person weg, stand die Führerkabine in Flammen. Das ging ziemlich schnell.«

»Haben Sie die Polizei gerufen?«

»Ja, und ich schätze, noch eine Menge anderer Leute. Das Feuer war kaum zu übersehen. Oben im Restaurant drückten sich so manche die Nasen an den Fenstern platt.«

»Verstehe«, murmelte Leon nachdenklich. »Von wo aus haben Sie das alles beobachtet?«

Der Mann zeigte mit dem Daumen hinter sich. »Wollt hier in meinem Laster übernachten, bin gerade angekommen, als es passiert ist.«

»Ist Ihnen aufgefallen, ob jemand auf der Fahrerseite gesessen hat?«

»Nein. Hab ich aber auch nicht darauf geachtet. Ich war zu abgelenkt von dem, was auf der Beifahrerseite geschehen ist, und von dem Feuer.«

»Sie haben sich dem Fahrzeug demnach nicht genähert, um allenfalls Hilfe zu leisten, wenn nötig?«

»Ich nähere mich keinem brennenden Auto, wenn niemand um Hilfe schreit, bin doch nicht lebensmüde!« Offenbar wurde es dem Mann auf einmal zu viel, denn er drehte sich kopfschüttelnd ab, hob die Hand noch zum Gruß und kehrte zu seinem Laster zurück.

Leon sah nachdenklich zu, wie der Fremde einstieg, dann zog er sein Handy aus der Jackentasche. Die Einzigen, die ihm weitere Informationen liefern konnten, waren die lokalen Behörden oder Lori. Das Display zeigte an, dass er einen Anruf verpasst hatte, aber auf der Mailbox befand sich eine Nachricht. Leon entsperrte das Handy und drückte sich zu dem Anruf durch. Als er die Nummer sah, kam er ins Grübeln. Er hatte Loris Nummer erwartet. Aber diese Ziffernfolge gehörte nicht ihr. Sie gehörte Elena.

Leons Puls schoss mit einem Mal in die Höhe. Seine Hand zitterte leicht vor Aufregung, als er die Mailboxnachricht abrief.

Er ahnte Böses.

1. November, 22.00 Uhr

»Es waren einmal zwei Mädchen, die aufwuchsen wie zwei Schwestern. Sie standen sich nahe, verließen sich aufeinander und vertrauten sich gegenseitig. Die eine hatte ihren Vater verloren, die andere ihre Mutter. Doch das Schicksal meinte es gut mit ihnen, und sie bekamen mit dem Elternteil des jeweils anderen eine neue Familie. Leider währte das Glück nicht ewig. Die Eltern ließen ihr Leben bei einem Helikopterabsturz. Die ältere Schwester fühlte sich fortan noch mehr für die jüngere verantwortlich, als sie es sowieso schon tat. Die Ältere versuchte, der Jüngeren jeden Wunsch zu erfüllen, so, wie sie es gewohnt war. Die Jüngere bekam immer alles, was sie begehrte, auch wenn sie dabei die Wünsche der Älteren überging. Die Ältere war bereit, das zu akzeptieren, denn sie baute sich ein eigenes Leben auf, auf das die Jüngere einen gewissen Neid empfand. Die Ältere fand einen Lebenspartner, der zwei Kinder mit in die Beziehung brachte. Zauberhafte Kinder. Die Schwester, der früher alles so leicht von der Hand zu gehen schien, kam

nicht klar mit dem Tod ihrer Eltern. Die Ältere genoss es, der Jüngeren zu helfen, ihr beizustehen. Sie liebte es, ihre perfekte Familie zur Schau zu stellen, nach außen zu tragen, wie gut sie mit allem klarkam. Sie war nicht bereit, diesen Status, das Ansehen, das sie sich erarbeitet hatte, einzubüßen. Also hielt sie es geheim, als die Familie auseinanderfiel. Der Mann zog aus, nahm seine Kinder mit. Lange konnte sie diese Entwicklung in ihrem Leben nicht vor ihrer jüngeren Schwester verbergen. Es war rührend, wie die Jüngere mitlitt und der Älteren helfen wollte, etwas zurückzubekommen, das der Älteren genommen wurde: ihre Kinder. Das war alles sehr belastend für die Ältere. Sie suchte sich Unterstützung bei einem Psychiater. Er half ihr. In jeder Hinsicht. Sie wollten gemeinsam eine Familie gründen, bis ein Autounfall alles zunichtemachte. Die Jüngere brauchte daraufhin erneut Unterstützung und Aufmerksamkeit, und bekam sie – auch von ihrem Psychiater.«

Die seltsam mädchenhafte Erzählerstimme endete, es klickte, dann rauschte es in der Leitung. Leon schaute auf sein Display. Die Nachricht war noch nicht zu Ende. Es waren noch etwas mehr als zwei Minuten übrig. Er hielt das Handy wieder ans Ohr und wartete ab. Er hielt den Atem an, als er eine vertraute Stimme vernahm.

»Atme ruhig. Du bist in deinem Bett. Du schläfst. Es ist drei Uhr morgens, was passiert?«

»Ich drehe mich, greife nach meinem Handy, weil das Display leuchtet.«

»Bist du wach?«

»Meine Augen sind offen, aber ich bin müde, kann nicht richtig denken.«

»Was geht in deinem Kopf vor?«

»Nichts.«

»Hast du nicht Schneewittchens Melodie gehört, als du erwacht bist?«

»Ich weiß nicht.«

»Doch, du weißt es.«

»Ich weiß es.«

»Du hast sie gehört.«

»Ich habe sie gehört.«

»Und du hast das Bedürfnis aufzustehen, ist es nicht so? Du willst raus, kannst nicht mehr schlafen.«

»Ja, ich will raus.«

»So ist es immer, wenn du Schneewittchen hörst. Sie ruft dich, bringt dich um deine Ruhe, nicht wahr, Elena?«

»Ich … Nein …«

»Ganz ruhig. Nicht blockieren, Elena. Du bist hier in Sicherheit, du kannst mir vertrauen, ich bin bei dir. Gehen wir weiter. Du bist wach, siehst auf die Uhr, es ist drei Uhr früh. Was dann?«

»Ich kann nicht mehr schlafen. Ziehe meinen Mantel über, gehe raus. Im Wald höre ich die Melodie wieder. Ich muss ihr folgen, will sie einholen.«

»Was dann?«

»Ich komme an einen Teich. Eine Frau liegt darin.«

»Sieh sie dir an, beschreibe sie mir.«

»Sie ist tot. In ihrem Brustkorb klafft ein Loch. Ich will das nicht sehen! Mir wird übel, ich will weg!«

»Nein, Elena, bleib noch. Wir haben es gleich geschafft, ich bin bei dir. Was trägt die Frau?«

»Ich weiß nicht, es ist dunkel. Einen gelben Rock.«

»Sie trägt Schneewittchens Kleid.«

»Schneewittchen.«

»Ja, Schneewittchen. Die, der das Herz hätte herausgeschnitten werden sollen.«

»Das Herz war draußen.«

»Was befand sich stattdessen im Brustkorb?«

»Musik.«

»Welche Musik?«

»Ihre Musik.«

»Stört sie dich?«

»Ja.«

»Was tust du dagegen?«

»Ich schalte sie aus.«

»Wie das? Holst du das Abspielgerät?«

»Mhm. Ich fische nach der Leiche. Stecke die Hand in ihren Brustkorb, hole ein schwarzes Kästchen heraus.«

»Dann drückst du die Stopp-Taste, damit diese Töne aufhören und du deine Ruhe hast, damit du weiterschlafen kannst.«

»Dann drücke ich die Stopp-Taste. Die Töne verstummen. Endlich ist es ruhig, endlich kann ich wieder schlafen.«

»Jetzt hör mir zu, Elena, du hast diese Begegnung geträumt. Schneewittchen gibt es nicht, die Melodie auch nicht.«

»Oh doch, es gibt sie.«

»Elena, nein. Wenn du das nächste Mal erwachst, geh raus, folge der Melodie, wenn du sie hörst. Stell dich vor das hin, was auch immer du antriffst, und sag mit fester Stimme: Nein, es gibt dich nicht. Widerstehe dem Drang, die Musik auszustellen, solange es geht. Zähle Fakten auf, die real sind, die du kennst. Deinen Namen, dein Alter. Lerne deine AHV-Nummer auswendig und wiederhole sie, bis die Illusion verschwindet. Tust du das, Elena? Denk daran, was du mit der Musik machen

sollst. Wenn sie an ist, erwachst du, wenn sie aus ist, schläfst du. Okay?«

»Ja, wenn sie aus ist, schlafe ich.«

Wieder ein Knacken in der Leitung, wieder ein Rauschen. Leon holte tief Luft, wappnete sich für den Rest der Aufnahme. Erneut ertönte die mädchenhafte Stimme. Sie hatte nicht mehr den unschuldigen Singsang, die Färbung hatte sich verändert, war härter, wütender geworden. Ihre Worte waren eine reine Herausforderung.

»Er war ein guter Mann, dieser Doktor, aber er war nur Mittel zum Zweck. Jetzt ist auch er baden gegangen. Oder doch nicht? Welche Schwester ist die Böse? Welche die Gute? Du weißt es nicht. Illusion und Realität, was ist wahr, was falsch? Wem kannst du glauben? Deinem eigenen Verstand? Oder ist auch er nur ein Heuchler und Betrüger? Findest du es raus, Leon?«

Mit einem Knistern in der Leitung endete die Nachricht. Leon ließ das Handy sinken. Sein Kopf war wie leer gefegt. Was hatte er soeben alles gehört? Wen hatte er gehört? Die Stimme eines kleinen Mädchens, dann die von Elena und Dr. Steffen. Es hatte wie die Aufnahme einer Hypnosesitzung geklungen. Elena wirkte schläfrig, sprach langsam, brabbelte manchmal undeutlich. Zumindest hatte Leon jetzt eine Vorstellung davon, was Elena damit gemeint hatte, dass Dr. Steffen ihr während der Sitzungen Dinge suggeriert habe. Wenn sie diese Szenen in mehreren Sitzungen hintereinander durchgespielt hatten und er ihr immer noch etwas mehr ins Ohr gesetzt hatte, war es kein Wunder, wenn sie allmählich nicht mehr wusste, was sie glauben sollte und was nicht, was sie wirklich gesehen hatte und was nur Einbildung war. Leon konnte es selbst nicht einordnen. Er hatte geglaubt, inzwischen etwas Ordnung in das Chaos gebracht, manche Fragen entschlüsselt und Dinge geklärt zu haben. Aber nach dieser verstörenden Nachricht war er sich auf einmal nicht mehr sicher, ob seine Antworten die Wahrheit widerspiegelten oder ob er nur wollte, dass sie der Wahrheit entsprachen.

Was nun? Das Einzige, das er sicher wusste: Es hatte zwei Leichen gegeben, denn er hatte sie beide gesehen. Eine davon hatte sich im Ofen des Krematoriums aufgelöst, die andere hatte auf dem Weg zur Rechtsmedizin Feuer gefangen, aber zuvor hatte er sie gesehen. Derjenige, der sie auf dem Sofa drapierte hatte, hat davon ausgehen müssen, dass Elena nicht allein in die Hütte zurückkehrte. Der Leichenfund war auch für ihn bestimmt gewesen. Dann die Tote in seinem Pick-up. Sie schrie geradezu danach, von anderen – Unbeteiligten – gefunden zu werden. Das konnte nur eines bedeuten: Das Versteckspiel war vorbei. Der Showdown stand bevor, man musste die Spuren nicht mehr verwischen. Im Gegenteil; es wurden Spuren hinterlassen und gestreut, um zu den Tätern hinzuführen.

Obwohl, inzwischen dürften es vier Leichen sein, schoss es Leon auf einmal durch den Kopf. Durfte man der Nachricht auf seiner Mailbox Glauben schenken, war auch Dr. Steffen mittlerweile tot.

Gleichzeitig in Biel

Dankbar, dass sie anscheinend nicht die Einzige war, die zu dieser Stunde noch Gefallen einlöste, klickte Lori die E-Mail in ihrem Posteingang an, die sie von der Staatsanwaltschaft Basel-Stadt erhalten hatte. Im Anhang der kurz gehaltenen Nachricht fand sie drei Dateien. Die angeforderten Autopsieberichte der Menschen, die Elenas Unfall nicht überlebt hatten. Lori führte die Computermaus zu der ersten angehängten Datei und klickte sie doppelt an. Die Akte des weiblichen Opfers öffnete sich, als Loris Tischtelefon klingelte. »Ja?«, schnauzte sie ungeduldig in den Hörer.

»Loreanne Imgarten?«

»Ja. Mit wem habe ich das Vergnügen?«

»Doktor Rosanna Aebersold.«

Lori ruckte wie eine Springfeder in ihrem Sessel auf. »Doktor Aebersold, danke, dass Sie zurückrufen, und das zu dieser späten Stunde. Sie wurden bereits informiert, weshalb ich Sie sprechen wollte?«

»Ja, ich weiß nur nicht, was das plötzlich rege Interesse an meiner Patientin soll.«

»Reges Interesse?«

»Die Polizeiwache Erlach hat mich bereits kontaktiert, ein gewisser Till Oberer der Kriminalpolizei Bern, und nun auch noch Sie. Könnten Sie mich bitte aufklären, was meine Patientin ausgefressen hat, um so viel behördliche Aufmerksamkeit zu erhalten?«

»Kann ich leider nicht, nein. Laufende Ermittlungen, über die ich nicht sprechen darf, Sie verstehen das sicher.«

»Ärztliche Schweigepflicht, ich darf auch nicht mit Ihnen sprechen, das verstehen Sie sicherlich genauso.«

Lori schnaubte. Touché. »Wir wissen ehrlich gesagt noch nicht so genau, was Ihre Patientin ausgefressen hat. Genau genommen wissen wir noch nicht einmal, ob sie etwas getan hat. Sie scheint zumindest in einem entsprechenden psychischen Zustand zu sein. Dass nun zwei Leichen gefunden wurden, die vermutlich in irgendeiner Weise mit Ihrer Patientin in Verbindung stehen, ist nicht unbedingt hilfreich.«

»Unter uns gesagt: Wenn ich Ihnen Auskunft erteile«, setzte die Ärztin vorsichtig an, nachdem sie sich Loris sehr grobe Zusammenfassung angehört hatte, »hilft es meiner Patientin, oder schadet es ihr?«

»Es kommt darauf an, was Sie als gut für Ihre Patientin definieren. Wird sie überführt, ist es zu ihrem eigenen Besten und zum Schutz anderer Menschen, wenn wir sie aus dem Verkehr ziehen. Stellt sich heraus, dass sie unschuldig ist, hat ihre derzeitige Höllenfahrt endlich ein Ende, und sie kann zur Ruhe kommen. Die Chancen stehen fünfzig zu fünfzig. Ich brauche nur ein einfaches Ja oder Nein von Ihnen. Wir werden über kurz oder lang so oder so erfahren, was wir wissen wollen. Hilfreich wäre es, wenn Sie kooperieren und wir die Informationsbeschaffung verkürzen könnten, indem wir die richterliche Verfügung erst mal außen vor lassen und Sie mir jetzt einfach auf meine Frage antworten. Wir können den schriftlichen Teil gerne nachholen, damit Sie keine Probleme bekommen, sollte das überhaupt nötig werden.«

Die Ärztin dachte kurz nach, dann sagte Sie: »Schießen Sie los.«

Lori stieß triumphierend die Faust in die Luft, ehe sie mit ernster Stimme fragte: »War Ihre Patientin vor etwa einem Jahr schwanger?«

1. November, 22.20 Uhr

Leon jagte das Motorrad über den Pannenstreifen in die Stadt hinein. Er war Lori dankbar, dass sie ihr Auto selbst genommen und ihm deshalb das Motorrad überlassen hatte. Die Maschine machte ihn flexibler und schneller. Wo er vom Verkehr behindert wurde, wich er zum Unmut der wenigen Fußgänger auf den Bürgersteig aus, bis er vor einem gut gepflegten Stadthaus zu stehen kam. Kaum hatte er das Motorrad sicher abgestellt, sprang er auch schon aus dem Sattel. Während er die Stufen zum Eingang hinaufeilte, zog er sich den Helm vom Kopf; in Pratteln hatte er sich nicht einmal die Mühe gemacht, ihn zu schließen.

Er klingelte, klopfte, polterte gegen die Tür, aber niemand reagierte. Er rüttelte daran, sie war jedoch verschlossen. Schließlich hielt er sich nicht länger mit der Vordertür auf, sondern nahm den schmalen Weg, der zwischen der Hausmauer und dem angrenzenden Grundstück in einen sichtgeschützten Garten führte. Es gab kaum Rasen. Der größte Teil der Fläche war mit einer Teakholz-Terrasse verbaut. In einer Ecke stand eine abgedeckte, achteckige, etwa anderthalb Meter hohe Installation, die stark an einen Jacuzzi erinnerte.

Leon hastete daran vorbei und auf die Terrassentür zu. Sie war ebenfalls verriegelt. Doch im Gegensatz zur Vordertür bestand sie aus Glas.

Leon fackelte nicht lange. Er sah sich um, schnappte sich einen der weißen Marmorsteine, die den Gehweg zierten, und warf ihn zielsicher gegen die Scheibe. Mit einem lauten Klirren zerbarst das Glas in tausend Stücke, gleichzeitig heulte ohrenbetäubend ein Alarm auf. Leon ignorierte ihn. Umso besser, wenn demnächst gleich die Polizei auftauchte, dann musste er sie nicht erst rufen.

Er zog sich die Jacke aus, stülpte sie über seine Hand und schlug die gefährlich abstehenden Glasscherben aus dem Rahmen, damit er unbeschadet nach innen greifen und die Tür entriegeln konnte.

Leon stürmte hinein, warf in jeden Raum einen Blick.

In einem der Zimmer stand ein polierter Mahagonischreibtisch, die Wände konnte man wegen der vollgestopften Bücherregale kaum mehr sehen. Er wollte die Tür, deren Knauf er noch immer in Händen hielt, bereits wieder zuziehen, da blieben seine Augen an einem eingerahmten Foto haften, das in einem der Regale vor ordentlich aufgereihter Fachliteratur stand. Leon trat in den Raum ein, zog sein Handy aus der Tasche und schoss ein Bild von dem Foto. Dann verließ er das Zimmer wieder und suchte den Rest des Hauses ab.

»Doktor Steffen?«, rief er. »Sind Sie da?« Keine Antwort. Leon war sich fast sicher, dass Dr. Steffen nie mehr irgendjemandem antworten konnte. Er ist baden gegangen, hatte die Stimme in der Nachricht gesagt. Wenn sie ihn nicht gerade im Rhein versenkt hatte, dann müsste er eigentlich …

Leon sprintete die Treppe hoch. Als er auf dem Teppichboden zu stehen kam, gab es ein schmatzendes Geräusch. Wie um sich zu vergewissern, ob er das wirklich gehört hatte, hob er seinen Schuh vom Teppich und setzte ihn wieder ab. Hier oben war alles nass. Passend dazu drang ein plätscherndes Geräusch aus dem geschlossenen Raum zu seiner Rechten. Er wandte sich in die Richtung, aus der das Geräusch kam und riss die weiß lackierte Holztür auf.

… im Badezimmer sein.

Bingo.

Der Doktor trieb in seiner riesigen Eckbadewanne. Splitterfasernackt, die Augen weit offen. Der Wasserhahn der Badewanne war aufgedreht, ebenso der des Waschbeckens. Das Wasser schwappte über den Rand.

Leon suchte den Raum systematisch ab und prägte sich so gut es ging die Details ein. Die künstliche Pflanze auf dem dunklen Regal zu seiner Rechten, die weißen Keramikplatten mit der silbernen Maserung, die die Wände bis hinauf zur Decke zierten. Die Decke selbst war weiß gestrichen und mit unzähligen winzigen LED-Lampen bestückt, wahrscheinlich um einen Hauch von Sternenhimmel in die Badelandschaft zu zaubern. Links die Toilette und das Waschbecken, beides in modernen ovalen Formen gehalten, nüchtern weiß. Das alles war eher uninteressant. Bis auf den Toten im Wasser und den Spiegel über dem Lavabo. Leon watete ins geflutete Bad.

Auf der Ablage unter dem Badezimmerspiegel fand er den Nagel eines alten Pferdehufes. Es klebte eine dunkle, verkrustete Masse daran. Leon brauchte nicht besonders viel Fantasie, um sich vorstellen zu können, was er da sah: die Mordwaffe, an der noch Dr. Steffens Blut klebte.

Das Blut war womöglich noch weiter zweckentfremdet worden, überlegte sich Leon, als er sich den Spiegel betrachtete. In krakeliger Schrift hatte jemand Buchstaben auf die glatte Fläche geschmiert. Es wirkte beinahe, als wären die Worte mit dunkelroter Wasserfarbe aufgemalt, aber das Szenario rundherum machte deutlich, dass es höchstwahrscheinlich keine Wasserfarbe war.

Weit mehr als das für die Nachricht verwendete Material beschäftigte Leon die Nachricht selbst. Es stand nur ein Wort auf dem Spiegel, aber er wusste, es war für ihn bestimmt: Galgenhaus.

In der Ferne hörte Leon Sirenen heulen. Sie kamen, weil er den Alarm im Haus ausgelöst hatte. Leon konnte nicht riskieren, von der Polizei aufgehalten zu werden. Er musste der Nachricht folgen, und zwar allein.

1. November, 23.00 Uhr

»Leon, verflucht, jetzt nimm schon ab!«, beschwor Lori den schwarzen Telefonhörer in ihrer Hand, wohl wissend, dass Leon ihren Anruf womöglich nicht entgegennehmen konnte, weil er gerade auf ihrem Motorrad unterwegs war. Statt seiner Stimme hörte sie letzten Endes die maschinelle Standardansage seiner Mailbox. »Leon, wenn du das hörst, ruf mich sofort an! Hier hat sich so einiges getan. Du hattest recht, Elena war schwanger, aber nicht wie erwartet während des Zeitpunkts des Autounfalls, sondern ein Jahr davor. Sie hat das Baby verloren, Leon. Das ist aber noch nicht alles: Die Frau, die bei Elenas Autounfall ums Leben kam, erwartete ein Kind. Das geht aus ihrem Autopsiebericht hervor. Mach keine Dummheiten, ruf mich zuerst an, ehe du etwas riskierst!«

Lori knallte den Hörer auf die Gabel und strich sich frustriert eine Haarsträhne hinters Ohr, die sich aus ihrem blonden Pferdeschwanz gelöst hatte. »Dann eben der offizielle Weg«, murmelte sie und hob den Hörer erneut ab. Die Nummer tippte sie auswendig ein, sie konnte sie im Schlaf. Das Freizeichen ertönte, und schon wurde der Anruf entgegengenommen.

»Lori? Wo zum Teufel ist Leon?«, bellte Bernard ins Telefon.

»In Basel, schätze ich«, antwortete sie schuldbewusst.

»Ach nein, wie passend! Will ich wissen, wie er so schnell dorthin kam?«, bluffte Bernard.

»Mit meinem Motorrad«, gab Lori kleinlaut zu. »Warum sagst du, es passt, dass er dort ist? Was weißt du?«, fragte sie ihren Onkel neugierig.

»Die Frage müsste eher lauten, was weißt du, Lori? Was hast du für Leon recherchiert, ohne dass wir informiert wurden? Das wird dich eines Tages den Kopf kosten«, schallt Bernard seine Nichte. »Was hat Leon dazu bewogen, nach Basel zu fahren? Raus mit der Sprache!«

Lori sank erneut auf ihrem Drehstuhl zusammen. »Ich habe ihm gesagt, dass sein Pick-up auf der Autobahnraststätte in Pratteln entdeckt wurde.«

»Das wusstest du also. Ich nehme an, dann weißt du auch, dass er in Flammen gestanden hat? Was noch?«

»Dass eine Leiche drin war.«

»Die Identität?«

»Noch unklar.«

»Dann weißt du nicht, dass eine kleine Box bei der Toten gefunden wurde, deren Inhalt das Feuer einigermaßen unbeschadet überstanden hat?«

»Nein, das ist mir neu. Was war in der Box?«

»Ohrstöpsel. Nicht die üblichen, billigen Plastikdinger, sondern solche, die an ein Ohr angepasst werden. Wusstest du, dass die mit einer Nummer registriert werden und ihr Besitzer gleich mit?«

»Ich kenne dieses Vorgehen nur von Hörgeräten. Dann wisst ihr, wer im Wagen verbrannt ist?«

»Wir haben zumindest einen Hinweis. Hör zu Lori, Till ist auf dem Weg nach Basel. Er will sich den Pick-up ansehen. Überlass Leon, Elena, den Fall und das Ermitteln ihm, hast du mich verstanden, Lori?«

»Aber Bernard ...« Lori versuchte sich Gehör zu verschaffen, doch ihr Onkel schien nicht zu hören oder nicht hören zu wollen, was sie zu sagen hatte.

»Lass die Finger von der Sache!«, überging er ihren Zwischenruf. »Ich habe keine Lust, dass du zwischen die Fronten gerätst, es reicht mir schon, dass Leon bis zur Nasenspitze mit in der Scheiße drinsteckt. Till ist sein Freund, er wird versuchen, ihn ohne großes Aufhebens da rauszuholen, sollte das nicht schon zu spät sein. Also halte dich raus!«

»Bernard, das kann ich nicht! Bernard ...«, versuchte Lori zu protestieren.

»Verstanden, Lori?«

»Ja, ich habe dich verstanden, aber so hör mir doch bitte auch zu, Bernard!« Ehe ihr Onkel sie nochmals überging, sprach sie ohne Einleitung weiter: »Elena war tatsächlich schwanger!«

Das zeigte Wirkung. »Wie bitte?«

»Leon hat mich gebeten, das abzuklären«, erklärte Lori bedeutend ruhiger. »Ich habe mit ihrer Frauenärztin gesprochen, sie hat's mir verraten. Der Zeitpunkt ihrer Schwangerschaft stimmt aber nicht mit dem Zeitpunkt ihres Unfalls überein. Sie war ein Jahr früher schwanger, verlor jedoch das Kind. Aber die andere Frau, die mit im Unfallwagen saß, erwartete ein Kind. Ich bin gerade dabei, sie zu durchleuchten, nicht einfach um diese Uhrzeit. Bisher habe ich noch keine Ergebnisse. Ich kann jetzt nicht aufhören, zu recherchieren, Bernard.«

Lori hörte, wie Bernard seufzte und offenbar eine Entscheidung fällte, denn er sagte: »Gut, aber bitte, bitte halt mich auf dem Laufenden, keine Alleingänge mehr, und wenn Leon sich meldet, rufst du mich sofort an.«

»Mach ich«, versprach Lori, froh, dass damit die Wogen zwischen ihr und ihrem Onkel wieder geglättet waren.

»Gut. Halt mich auf dem Laufenden.«

»Bernard, warte!«, rief Lori noch, bevor er das Gespräch wegdrückte. »Verrätst du mir, wessen Leichnam in Leons Pickup vermutet wird?«

»Der von Jana Kreuz, Elena Burgers Stiefschwester.«

Gleichzeitig in Pratteln

Till stand am Rande des Lkw-Parkplatzes der Autobahnraststätte Pratteln und starrte auf den verkohlten Fleck, der sich auf dem Asphalt gebildet hatte. Hier soll Elena also ihre Schwester Jana in den Flammen zurückgelassen haben. Allem Anschein nach drehte Elena nun endgültig durch, wenn sie sogar ihre eigene Schwester opferte. Nur, was war der Grund? Was bezweckte sie damit? Wie passte Jana in die Sache mit hinein? Das Namensmuster, dem die anderen Opfer folgten, traf jedenfalls nicht auf Jana zu. Hatte Jana etwas entdeckt, das sie nicht hätte entdecken dürfen? Musste sie deshalb sterben? Aber warum dann diese Inszenierung mit Leons Pick-up auf dem Rastplatz? Abgesehen davon, wo war Leon? Was trieb dieser Mistkerl?

Das Handy des Polizisten, der neben Till stand und ihm den Ort des Geschehens zeigen sollte, ließ einen seltsamen Laut ertönen. Till erinnerte sich, dass der kleine Roboter aus Star Wars solche Laute zwecks Kommunikation von sich gegeben hatte.

Till hatte sein Kommen und sein Interesse am Tatort bei den Kollegen im Kanton Baselland angekündigt. Er wollte es vermeiden, dass man ihn unter Umständen in seinen Ermittlungen, die ihn in den Zuständigkeitsbereich eines anderen Kantons führten, behindern würde. Die Jungs der Kantonspolizei Baselland hatte sich über das Einmischen eines Vertreters der Berner Kripo nicht besonders erfreut gezeigt. Till kam das gelegen. Er wollte überhaupt nicht, dass ihm zu viel Aufmerksamkeit geschenkt wurde. Um Zeit zu sparen und eventuell unangenehmen Fragen aus dem Weg zu gehen, unterließ er es, die Zusammenhänge zwischen seinem Fall und den hiesigen Vorkommnissen zu erklären. Immerhin war es Leons Pick-up, der hier gebrannt hatte, und Leon war sein Freund. Egal, was er ausheckte, Till würde ihm Rückendeckung geben, solange es eben ging. Auch wenn das bedeutete, dass er seine Kollegen aus dem Kanton Baselland auf Abstand halten musste, damit er in Ruhe seine eigenen Nachforschungen anstellen konnte.

Ganz ohne Beisein eines Beamten hatte ihn die Kantonspolizei Baselland dann aber doch nicht herumschnüffeln lassen wollen. Also hatten sie ihm einen Autobahnpolizisten zur Seite gestellt. Till vermutete, sie hatten den Mann, der sich ihm als Mike vorgestellt hatte, mit den nötigsten Infos gefüttert, um ihn bei Laune zu halten.

Mike zog verstohlen sein Handy aus der Tasche seiner dunkelblauen Uniform und prüfte das Display. Die eingegangene Nachricht schien interessanter zu sein als erwartet, denn Mike nahm das Handy ganz aus der Tasche und entriegelte klickend die Tastensperre. Anscheinend hatte ihn der Text völlig eingenommen. »Hier ist heut ja echt die Hölle los«, teilte er Till kopfschüttelnd mit, während nach Druck auf den Knopf am oberen Rand des Telefons ein weiteres Klicken ertönte und sich der helle Bildschirm verdunkelte.

»Ach ja?«, fragte Till mehr aus Höflichkeit als aus Interesse nach.

»Oh ja«, antwortete der andere mit wichtigtuerisch in den Waffengurt eingehängten Daumen und geschwellter Brust. »Zuerst dieser Brand, dann scheucht ein Verrückter auf einem schwarzen Motorrad unbescholtene Bürger auf, weil er die Straße nicht vom Gehweg unterscheiden kann, und jetzt simst mir ein Kollege, dass sie gerade im Badezimmer einer Villa eine nackte männliche Leiche gefunden haben; auf den Spiegel war das Wort ›Galgenhaus‹ geschmiert worden. Mysteriös, was?«, ergänzte Mike mit leuchtenden Augen.

Till war sich nicht sicher, ob dieser rege Informationsaustausch den Regeln entsprach, aber er behielt seine Bedenken für sich.

»Klingt in der Tat interessant, ja«, murmelte er, mit den Gedanken bereits wieder bei seinem eigenen Problem. Er ging in die Hocke, um die Überreste des Brandes auch aus dieser Perspektive unter die Lupe zu nehmen, in der Hoffnung auf eine brauchbare Eingebung.

»Der Typ war Psychologe oder so ähnlich. Da ist sicher ein durchgeknallter Patient ausgerastet oder so was in der Art.«

Als wäre irgendwo ein Startschuss gefallen, schoss Tim aus der Hocke hoch und sah auf seinen fast halb so großen Aufpasser hinunter. »War es nicht vielleicht ein Psychiater?«

»Ob Psychologe oder Psychiater, Psychodoktor ist Psychodoktor.«

»Wohnte dieser Psychodoktor zufällig auf dem Bruderholz?«

Jetzt hob Mike erstaunt seine blonden Augenbrauen. »Woher wissen Sie das?«, fragte er misstrauisch.

»Nur so eine Vermutung. Können Sie mich hinbringen?«

»Nicht mein Zuständigkeitsbereich, tut mir leid.«

Till wähnte sich bereits in der Bürokratiefalle, aber für die offiziellen Wege fehlte ihm schlicht die Zeit. Also versuchte er es anders. »Mike, Zuständigkeit ist doch nichts, was jemanden mit Ihren Verbindungen aufhält!« Till erkannte daran, wie Mikes Schultern sich noch etwas mehr strafften, sodass die Uniform beängstigend über seiner Brust zu spannen begann, dass er die richtigen Knöpfe gedrückt hatte.

»Ich werde sehen, was ich tun kann. Aber wir nehmen meinen Dienstwagen, sieht offizieller aus. Ich bringe Sie hierher zurück, wenn wir fertig sind, damit Sie Ihren Wagen holen können.« Mike warf einen Blick auf den silbernen Audi, mit dem Till vorgefahren war, und blieb an dessen Kennzeichen hängen. »Schon interessant, wie das Leben manchmal so spielt. Lange Zeit habe ich überhaupt nichts mit Bernern zu tun gehabt, dann gleich zwei an einem Tag. Erst dieser kranke Motorradfahrer, und jetzt Sie.«

Till wurde erneut hellhörig. Dieser Mike ahnte nicht annähernd, wie wertvoll seine beiläufigen Äußerungen waren.

»War's wenigstens ein schönes Motorrad?«, fragte Till unschuldig.

»Oh, und ob. Eine Yamaha MT01 in schwarz, soweit ich weiß«, antwortete Mike über das Dach seines Dienstwagens hinweg, ehe er einstieg.

Ein Motorradfahrer auf einer schwarzen MT01 mit Berner Kennzeichen. Er verwettete ein Monatsgehalt darauf, dass das Loris Maschine war. Das konnte nur eines bedeuten: Leon war hier, und Lori gab ihm Rückendeckung.

1. November, 23.50 Uhr

Die Leiche von Dr. Steffen wurde gerade abgeholt, als Till am Tatort ankam, zu dem er sich mithilfe von Mike ohne Umstände Zugang hatte verschaffen können. Till betrat das Haus durch die Vordertür, und schon der erste Blick in den Eingangsbereich machte klar, dass hier nur mit den besten Materialien gearbeitet worden war. Dr. Steffen hatte einen extravaganten Geschmack, der ihm im Tod absolut nichts mehr brachte, ging es Till durch den Kopf, als die schlichte Trage, mit der alle Toten, ob reich oder arm, abtransportiert wurden, von zwei kräftigen Männern an ihm vorbeigeschleppt wurde.

Till sah den Männern kurz nach, ehe er sich der Treppe zuwandte und in den oberen Stock stieg, immer dicht gefolgt von Mike. Das schmatzende Geräusch des von der übergelaufenen Badewanne nassen weißen Teppichs ließ ihn nur kurz zögern. Vor dem Badezimmer angekommen, blieb sein Blick direkt am Spiegel kleben. Er hatte keine Zeit zu verlieren, er musste sich auf das Wesentliche konzentrieren.

Till trat nicht ins Badezimmer ein, denn dort war eine Frau mit kurzem braunem Haar mit der Spurensicherung beschäftigt. Sie schien seine Anwesenheit nicht zu bemerken oder gekonnt zu ignorieren.

Till las die Aufschrift auf dem Spiegel immer und immer wieder, aber egal, wie er es drehte und wendete, er konnte sich keinen Reim auf das Wort machen, das dort prangte.

»Sie wissen nicht zufällig, ob hier noch jemand anwesend war, als die Polizei eintraf?«, fragte er Mike, der nach einem kurzen Gespräch mit einem anderen Beamten neben ihn getreten war und ebenfalls auf den Spiegel starrte.

»Der Kollege meinte, es sei niemand mehr da gewesen, als sie eintrafen, aber eine erste Befragung der Nachbarn, die sich draußen zum Gaffen versammelt haben, hat ergeben, dass kurz vor dem Eintreffen der Einsatzkräfte ein Typ aus dem Garten geprescht und mit einem schwarzen Motorrad davongerauscht sei. Das Nummernschild hätten sie nicht erkennen können.«

Till schaute verwundert drein. Offenbar hatte er Mike und seine polizeilichen Fähigkeiten unterschätzt. Zumindest hätte Till nicht erwartet, dass Mike sich sogleich bei einem Kollegen nach dem aktuellen Stand der Situation erkundigte. Er hatte eher angenommen, er würde sinnlose Floskeln austauschen. »Ein schwarzes Motorrad? Schon wieder?«

»Das habe ich auch gedacht. Vielleicht hat ja doch jemand die Nummer erkannt, wir werden es erfahren.«

Aber womöglich zu spät, ging es Till durch den Kopf. Für ihn war der Fall aber auch ohne Nummernschild klar: Das musste Leon gewesen sein.

Bisher hatte er Mike noch nichts von seinem Freund und ehemaligen Partner Leon erzählt, der derzeit aus noch undurchsichtigen Motiven hier sein Unwesen trieb. Dabei wollte Till es für den Augenblick auch belassen. Da sich Mike aber als ganz nützlicher Komplize erwies, könnte es sich lohnen, ihn zu gegebener Zeit aufzuklären, überlegte Till, ehe er sich wieder dem Tatort zuwandte. »Irgendeine Idee, was es mit dieser Nachricht auf dem Spiegel auf sich hat? Galgenhaus ... das klingt irgendwie nicht besonders vertrauenerweckend.«

Mike zuckte mit den Achseln. »Ich habe keine Ahnung, was das bedeuten könnte.«

Ratlos standen die Männer im Eingang, als sich die Beamtin, die mit dem Rücken zu den beiden Polizisten arbeitete, umdrehte und zu voller Größe aufrichtete.

»Ich hätte eine Idee«, meldete sie sich zu Wort und pustete sich eine ihrer kurzen Fransen aus dem Augenwinkel.

Till fing den Blick der Frau auf, der in etwa erraten ließ, wie entgeistert er und Mike die Brünette anstarren mussten.

»Schießen Sie los«, forderte Till die Mitarbeiterin der Basler Spurensicherung schließlich auf.

»Kennen Sie sich am Rheinufer um Basel bis, sagen wir, zum Kraftwerk Birsfelden ein wenig aus?«

Till schüttelte den Kopf, Mike nickte.

Die Frau fasste Mike ins Auge und fuhr fort: »Dann kennen Sie die kleinen Fischerhäuschen, die dem Ufer diesen charakteristischen Charme verleihen?«

Mike nickte wieder eifrig. »Die sind wahnsinnig schwer zu kriegen, werden meist durch Erbschaft weitergegeben, und wenn mal eins zu haben wäre, wenn auch durch Vitamin B, sind sie schweineteuer«, ratterte Mike sein angesammeltes Wissen über diese ominösen Häuschen herunter.

Till hatte keine Ahnung, wovon die beiden sprachen.

»Ja, genau die«, bestätigte die Frau. »Mein Großvater hat

auch eines besessen, meine Mutter hat es nach seinem Tod verkauft, das trag ich ihr heute noch nach.« Sie pustete sich erneut dieselbe Franse weg. »Jedenfalls war ich als Kind oft mit meinem Großvater dort. Er war ein leidenschaftlicher Fischer, und ich habe es geliebt, ihm zu helfen. Das Besondere dieser Hütten ist eine Vorrichtung, die daran oder darin verbaut ist, um auf sanfte Weise Fische zu fangen. Ein Netz ist unter einem langen Arm befestigt, den man aufs Wasser dreht. Dann lässt man mittels eines Rads das Netz ins Wasser hinunter, bis es auf dem Grund liegt. Man wartet einen Moment, bis die Fische sich oberhalb des Netzes sammeln konnten, und holt es dann wieder ein, in der Hoffnung, einen Haufen Fische vorzufinden. Diese Art zu fischen hat in früheren Zeiten so manchem Basler Haushalt ein sicheres Einkommen beschert. Die Ausbeute ist aber stark geschrumpft, und für viele sind die Häuschen nur noch ein Hobby.«

»Klingt nach Idylle, aber was hat das Ganze mit diesem Massaker hier zu tun?«, fragte Till etwas ungeduldig. »Hier ist die Rede von einem Galgenhaus, nicht von einem Fischerhäuschen. Gibt es vielleicht noch irgendwo das Haus des damaligen Basler Henkers oder so etwas in der Art?«

Anstatt zu antworten, stellte die Frau eine Gegenfrage: »Wurde der Typ hier drin erhängt oder ertränkt?«

»Ertränkt. Aber was …«

»Augenblick mal«, unterbrach Mike das Gespräch. Mit gedankenverlorener Miene tippte er sich mit dem Zeigefinger an die Nasenspitze. »Diese Art zu fischen, die hat einen besonderen Namen, ich nehme an aufgrund der Konstruktion, an der das Netz zu Wasser gelassen wird.«

Die Frau schien zufrieden, Till verstand nach wie vor nichts.

»Das nennt man Galgenfischen«, führte Mike an die Frau gewandt weiter aus.

»Genau«, bestätigte sie. »Und die Fischerhäuschen am Rhein nennt man deshalb auch …«

»Galgenhäuschen«, fiel der Groschen nun auch bei Till.

»Dann ist das auf dem Spiegel ein Hinweis auf ein solches Galgenhäuschen?«, fragte Till laut in die Runde.

»Wäre möglich. Die Frage ist nur, auf welches. Es gibt etwa um die sechzig, vielleicht sogar mehr«, antwortete die Frau und wandte sich wieder ihrer Arbeit zu.

»Gibt es ein Register, in dem die Besitzer verzeichnet sind?«, fragte Till die Beamtin, obwohl sie ihm schon wieder den Rücken zugekehrt hatte.

Sie wandte den Kopf. »Nun, es gibt sicher Dokumente, aber die Datenschutzbestimmungen dürften eine Hürde darstellen. Ich nehme an, Sie brauchen schnelle Ergebnisse, weil Sie sofort zu dem angesprochenen Häuschen wollen. Da viele der Häuschen, wie Ihr Kollege bereits festgestellt hat, vererbt werden, sind sie über viele Generationen noch in Familienbesitz. Daher könnte Ihnen vielleicht das Buch von einem gewissen Meier weiterhelfen. Ich weiß leider nicht mehr genau, wie es heißt, aber er hat Daten über die Besitzer gesammelt und durfte sie veröffentlichen, weil er seine Forschungen noch vor dem Theater mit den Datenschutzbestimmungen abgeschlossen hatte. Heute müssten alle Besitzer per Unterschrift ihr Einverständnis zur Veröffentlichung ihrer Personendaten abgeben. Ich persönlich habe das Buch nie gelesen, aber es ist das Einzige, was mir spontan einfällt, was Ihnen kurzfristig helfen könnte. Sie finden den Titel auf jeden Fall im Internet.«

Till bedankte sich und kehrte dem Badezimmer den Rücken.

»Erbschaften über Generationen hinweg«, murmelte Mike.

»Das bedeutet unter Umständen, dass eine Menge Stammbäume durchforstet werden müssen.«

»Vielleicht haben wir ja auch Glück. Wir müssen es auf jeden Fall versuchen«, entgegnete Till, der Mike inzwischen als neuen Verbündeten in dieser Sache auserkoren hatte. »Was denkst du, kannst du hier jemanden aufbieten, der sich schlaumacht, während wir uns über dieses Buch informieren?«

»Na ja, die städtische Polizei ist hier zuständig, ich bin vom Land. Sich auf einen Tatort zu schmuggeln, ohne zuständig zu sein, ist eine Sache, aber Nachforschungen in Auftrag zu geben ist eine ganz andere.«

»Ihr wart doch alle auf derselben Polizeischule, oder etwa nicht?« Till setzte darauf, dass man sich untereinander kannte; ob Land oder Stadt spielte keine Rolle, um jemanden inoffiziell um einen Gefallen zu bitten. Auf diesem Weg waren sie letztendlich auch in Dr. Steffens Haus gekommen.

Mike blies seine Backen auf, ließ die Luft geräuschvoll entweichen und nickte dann. »Womöglich habe ich da jemanden, der uns kurz aushilft.« Inzwischen saßen die Männer wieder in Mikes Dienstwagen. Während Till sich daranmachte, dieses Buch zu googeln, von dem sie soeben erfahren hatten, startete Mike den Motor.

»Was meinst du«, fragte Mike, »ob dieser Doktor Steffen eines dieser Galgenhäuschen besessen hat?«

»Das gilt es nun herauszufinden.«

2. November, 00.05 Uhr

Während Leon gegen den Fahrtwind ankämpfte und sich einen Weg zwischen den Autos hindurch zu seiner nächsten und womöglich letzten Mission bahnte, wappnete er sich dafür, was ihn erwartete. Genau genommen hatte er keine Ahnung, womit er zu rechnen hatte, aber er wusste, dass es nichts Gutes sein konnte. Allem Anschein nach war Elena komplett durchgedreht. Wie die Dinge derzeit standen, musste er davon ausgehen, dass sie ihren Therapeuten auf dem Gewissen hatte; und nun war auch noch ihre Schwester in Gefahr.

Elena schien sämtliche Zurückhaltung verloren zu haben. Wenn sie jemals einen Plan gehabt hatte, hatte sie ihn geändert. Sie schien die Art, wie sie mit ihrer Vergangenheit abrechnete, geändert zu haben. Müsste er Elenas Verhalten analysieren, so würde er es dahin gehend interpretieren, dass sie sich anfangs Frauen mit ähnlichem Namen ausgesucht hat, um sich aufgrund ihrer Schuld am Tod der Insassen ihres Unfallwagens selbst zu bestrafen und sich anschließend indirekt selbst zu töten, indem sie diese Namensvetterinnen über den Jordan schickte. Inzwischen hatte sie anscheinend genug von der Selbstgeißelung, weshalb sie mit denen aufräumte, die den letzten direkten Zusammenhang zu ihrer Vergangenheit darstellten. Elena hatte wohl tatsächlich versucht, sich therapieren zu lassen, aber keine Fortschritte erzielt. Oder es war ihr zu anstrengend geworden, gegen ihren inneren Dämon anzukämpfen. Dr. Steffen war, wenn er nicht in irgendeiner unerklärlichen Weise mit Elena zusammengearbeitet hatte, auch nicht unbedingt der beste Hypnosetherapeut gewesen. Die Aufnahme von dieser Sitzung, die man Leon auf seine Combox gespielt hatte, bestärkte ihn eher in dem Gefühl, dass Dr. Marius Steffen seiner Patientin mehr einreden wollte, als es bei der Hypnose bis zu einem gewissen Grad vielleicht nötig war, anstatt sie davon zu überzeugen, dass sie sich alles nur einbildete.

Im Umkehrschluss war klar, dass Elena einen Komplizen haben musste. Sie hatte nicht alles allein bewerkstelligen können. Um alle an der Nase herumführen zu können, anwesend zu sein, wenn sie für ihre Taten eigentlich hätte abwesend sein müssen, wie zum Beispiel um eine Leiche auf ein Sofa zu setzen, während sie selbst bei ihm war, dafür brauchte sie Hilfe. Diese Hilfe hätte gut der Doktor sein können. Oder ihre Schwester Jana?

Leon wusste, dass Elena beinahe eine Affäre mit dem Doktor gehabt hatte. Vielleicht hatte sie ihn diesbezüglich auch belogen? Vielleicht hatte sie doch eine Liebschaft mit ihm gehabt? Von der Mailbox wusste er, dass Jana mit Dr. Steffen sogar eine Familie hatte gründen wollten. Ging man nun davon aus, dass Elena von der Beziehung zwischen Jana und dem Doktor erfahren hat, stellt sich die Frage, ob das der Auslöser für den endgültigen Ausraster war, der sie in blinde Raserei fallen ließ.

Leon gab noch etwas mehr Gas. Das Dröhnen des Motors vermochte seine Gedanken jedoch nicht zu übertönen.

Wenn Dr. Steffen und Elena ein Team waren, warum dann die Hypnosesitzungen? Die beiden lassen es nach außen so aussehen, als würde Elena therapiert, dabei spricht er ihr gut zu? Sie kommt quasi beichten, und er nimmt ihr die Beichte ab und bestärkt sie in dem, was sie tut? Oder gab es die Sitzungen überhaupt nie? War die Mailboxnachricht nur Theater gewesen? Haben sich die beiden während der Therapiestunden, deren Existenz Dr. Steffens strenge Sekretärin im Bedarfsfall sicher eindeutig bestätigen konnte, auf andere Weise vergnügt? Haben sie ihren Plan in dieser Zeit weiter ausgefeilt?

Warum wollten sie, dass alle Elena für verrückt halten sollten, und sie dann trotzdem verdächtig werden lassen? Weshalb dieses perverse Spiel? Tatsächlich aus dem bei Bernard diskutierten, krankhaften Bedürfnis nach Aufmerksamkeit heraus? Eine andere Erklärung hatte Leon nicht. Bis auf diejenige, die ihm sein Bauchgefühl schon von Anfang an glaubhaft machen wollte: Elena war unschuldig. Aber wer war dann der Täter? Oder bestand doch die Möglichkeit, dass ein Angehöriger, der durch den Unfall einen geliebten Menschen verloren hatte, auf perfide Art und Weise Rache an Elena übte?

Leon hatte bisher keine Möglichkeit gehabt, sich näher mit dieser Option auseinanderzusetzen.

Was hier abging, war ein Irrsinn, dem er ein Ende setzen musste. Jetzt bot sich die Gelegenheit dazu. Sehr bald würde er die Wahrheit wohl auf die harte Tour erfahren.

Die Fischerhäuschen, die durch die laublosen Bäume blitzten, während Leon daran vorbeirauschte, wirkten alle ruhig und verwaist. Die Fensterläden waren geschlossen, die leeren Netze schwebten ein paar Meter neben den kleinen Bauten. Manche hatten eine Art winzige Terrasse, die auf den Rhein hinausgebaut war, zu anderen gehörte ein Steg oder eine Treppe, die bei niedrigem Wasserstand das Ufer unter dem Häuschen begehbar machten.

Die meisten dieser Holzhütten wurden aufgrund der Hanglage zum Wasser hin von kräftigen Balken gestützt, die sie auch bei Hochwasser noch über dem Wasserspiegel hielten.

Allmählich begann Leon, daran zu zweifeln, ob er auf der richtigen Fährte war. Er war sich beinahe sicher, dass er auf der Kleinbasler Seite suchen musste, aber er konnte sich nicht mehr erinnern, von welchem Standort genau damals die Rede gewesen war. Stand das Häuschen oberhalb oder unterhalb des Kraftwerks? Was, wenn er schon daran vorbeigefahren war?

Ihm wurde klar: Er musste so nahe wie irgend möglich an die Hütten ran. Entschlossen bremste er oberhalb der Treppe ab, die in eine schmalen Spazierweg mündete. Er atmete noch einmal tief durch, dankte Lori in Gedanken einmal mehr, dass sie ihm das Motorrad und nicht das Auto überlassen hatte, und bat sie, ihm zu verzeihen, was er jetzt mit der Maschine vorhatte. Dann legte er den ersten Gang ein und gab Gas. Die Stoßdämpfer sanken tief in die Gabel ein, als das Vorderrad über die Stufen holperte. Auf halbem Weg verließ er die steinerne Treppe nach links über den Rand. Das Motorrad hob leicht ab, setzte gleich darauf mit beiden Rädern sicher auf dem naturbelassenen Pfad zwischen den Bäumen wieder auf, wo Leon es weiter vorwärtstrieb. Das Hinterrad schlingerte leicht, kleine Steinchen flogen in alle Richtungen davon, als er beschleunigte und den beschaulichen Spazierweg zu seiner persönlichen Rennbahn machte.

2. November, 00.20 Uhr

Weiße Nebelschwaden waberten wie kleine Wattewölkchen hie und da in der kalten Nachtluft, schwebten über den dunklen Wassermassen des Rheins. Der trübe Fluss wirkte friedlich, mutete schwerfällig an. Aber das hin und wieder durch die grauen Wolken blitzende Mondlicht, das sich silbern schimmernd auf dem Wasser brach, machte deutlich, wie kräftig der breite Strom war, wie heimtückisch und unerbittlich er alles mitriss, was sich nicht wehren konnte.

Leon schaute suchend durch das Gerippe der entlaubten Äste, die den lauschigen Häuschen im Sommer Schutz und Schatten boten. Es standen nicht mehr viele Galgen zur Auswahl, und Leon fürchtete schon, das richtige Gebäude verpasst zu haben, als eines der Häuschen in wenigen Metern Entfernung auf einmal seine Aufmerksamkeit erregte. Er verlangsamte das Motorrad, kniff die Augen zusammen und spähte flussaufwärts.

Das Fischerhäuschen lag wie alle anderen im Dunkeln. Dem Anschein nach stand es leer. Aber etwas war anders. Der Galgen schwebte knapp über dem Wasser, und im Netz schien etwas zu liegen. Dunkel und unförmig. Hinzu kam eine undefinierbare, hellere Wölbung nahe an der Hauswand.

Ein ungutes Gefühl zuckte durch Leons Magen, als er den Motor der Maschine ersterben ließ, das Motorrad auf dem Seitenständer abstellte und abstieg. Er zog sich den Helm über den Kopf und stülpte ihn über den Rückspiegel.

Plötzlich fühlte er, wie sein Handy vibrierte. Er hatte es in die Innentasche seiner Jacke gesteckt, nachdem er die Mailboxnachricht, die von Elenas Telefon ausgegangen war, abgehört hatte. Es war bereits das zweite Mal, seit er vom Haus des Doktors weggefahren war, dass er den Vibrationsalarm spürte. Anhand der verschiedenen Vibrationsarten, die er eingerichtet hatte, wusste er, dass er beim ersten Mal einen Anruf verpasst hatte. Der Anrufer hatte eine Nachricht auf der Mailbox hinterlassen, wie ihm die kurz auf den Anruf folgende Vibration verraten hatte. Jetzt war es eine SMS, die eingegangen war.

Er versuchte, die Nachrichten auf seinem Handy zu ignorieren und sich dadurch nicht aufhalten zu lassen. Doch die Vernunft gewann die Oberhand. Er musste einen kurzen Blick auf sein Handy werfen, vielleicht konnten ihm die erhaltenen Infos bei seinem weiteren Vorhaben helfen.

Leon zog sein Telefon aus der Tasche und erkannte Loris Nummer, noch bevor er ihren Namen las. Hastig hörte er ihre Nachricht ab, die sie auf seiner Mailbox hinterlassen hatte.

Lori klang angespannt. Sie erzählte, dass Elena einst schwanger war, aber nicht zum Zeitpunkt des Unfalls. Allerdings war ihre Mitfahrerin in guter Hoffnung gewesen, als sie den Crash hatte. Trieb etwa der Vater dieses Kindes hier sein Unwesen?, schoss es Leon durch den Kopf. Er hatte aber keine Zeit, sich weiter dieser Frage zu widmen – was nicht weiter schlimm war, denn er war sich beinahe sicher, dass Lori sich dieses Themas bereits angenommen hatte. Doch auf einmal kam ihm eine andere Idee. Ehe er sich damit befasste, hörte er noch den Rest von Loris Message ab.

»Leon, es gibt da noch etwas.« Ein paar Sekunden war nur noch Rauschen in der Leitung, als hätte sich Lori für das, was sie noch zu sagen hatte, erst sammeln müssen. Dieser Umstand ließ Leon erst recht aufhorchen, seine Anspannung wuchs weiter, als er Loris Stimme hörte: »Jana Kreuz, Elenas Schwester, die Vermutung liegt nahe, dass sie in deinem Pick-up verbrannt ist.«

Jana? Tot? Leon ließ sein Handy langsam sinken. Diese Information riss ihm endgültig den Boden unter den Füßen weg. Er wusste nicht mehr, was er denken sollte, aber er wusste, dass er mehr denn je herausfinden musste, was sich in diesem Galgenhäuschen weiter vorne verbarg.

Erneut widmete er sich seinem Handy, schickte das Bild, das

er in Dr. Steffens Büro abgelichtet hatte, an Lori, und bat sie, herauszufinden, wer die dritte Person darauf war. Leon betrachtete das Foto noch einmal, ehe er auf »senden« drückte. Drei Gesichter lächelten ihn an: links der ermordete Dr. Steffen, rechts Jana, die jetzt ebenfalls tot sein sollte, in der Mitte eine Frau, die er nicht kannte. Sie hielt grinsend eine Röntgenaufnahme in die Kamera. Zwar erkannte Leon in der Regel nichts auf diesen Röntgenbildern, sie waren für ihn ein Buch mit sieben Siegeln. Doch anhand der Formen und Linien auf dem Bild wusste er, was er da vor sich sah: Es war ein Ultraschallbild.

Wie er das einordnen sollte, war ihm nicht klar, und ob es wichtig war, wusste er auch nicht. Aber irgendwie war dieses Thema mit den Kindern und den Schwangerschaften auf einmal zu präsent, als dass er es hätte ignorieren können.

Nachdem Leon seine Message an Lori abgesandt hatte, las er noch die SMS, die, wie er erstaunt feststellte, von Till stammte. »Leon, keine Alleingänge, bin unterwegs. Welches Galgenhäuschen ist es?«

Leon schaute nachdenklich auf das Display. Till war also hier und wusste über die Fischerhäuschen Bescheid. Sollte er ihm die Koordinaten durchgeben und sich selbst damit die Zeit verkürzen, in der er freien Handlungsspielraum hatte?

Leon kannte die genauen Koordinaten und die Nummer der Hütte nicht; er wusste lediglich, wenn es die war, die er anpeilte, war sie nicht mehr weit von seinem Standort entfernt. Dementsprechend schickte er Till seine aktuelle Position durch und fügte den Hinweis »Die Hütte mit dem Kreuz oberhalb des Kraftwerks« hinzu.

Der Abend, an dem er von diesem Galgenhäuschen erfahren

hatte, lag schon sehr lange zurück. Leon konnte nur hoffen, dass das Kreuz inzwischen nicht entfernt worden war.

Nachdem er auch diese Nachricht abgesandt hatte, steckte er das Handy weg, zog den Schlüssel von der Maschine ab und steckte ihn in seine Hosentasche, während er die letzten Meter zu Fuß überbrückte. Wenn jemand auf ihn wartete, hatte er das Motorrad bereits gehört und wusste, dass er im Anmarsch war; dennoch war er besser geschützt, wenn er sich die letzten Meter im Dunkeln anschlich, anstatt mit laut dröhnendem Motor direkt vor die Hütte zu fahren.

Leon duckte sich hinter den kahlen Büschen, nutzte die spärliche Deckung, die ihm die nächtlichen Schatten boten. Auf diese Weise näherte er sich der Hütte. Als er sie besser erkennen konnte, unterdrückte er einen Fluch. Die Hütte stand frei auf vier Pfeilern. Der einzige Weg zum Eingang war ein schmaler, kurzer Metallsteg, der geradewegs vom Ufer zur einzigen Tür führte. Direkt neben dem Eingang befand sich ein Fenster. Wäre er derjenige, der in der Hütte lauerte, würde er den Steg durch das Fenster ganz genau im Auge behalten. Ansonsten hatte die Hütte nichts rundherum außer glatten Holzwänden und einem weiteren simslosen Fenster in der einen Seitenwand und der Rückwand.

Leons Blick schweifte zu dem Netz. Er konnte nach wie vor nicht erkennen, was genau darauf lag. Es war länglich und in eine Art Sack eingehüllt.

Er brauchte einen Plan. Prüfend musterte er das Ufer. Das Wasser stand hier relativ hoch, die Pfeiler waren fast völlig verschwunden. Er schätzte die Distanz zwischen der dunklen, die Pfeiler umspülenden Wasseroberfläche und dem Hüttenboden. Mit etwas Glück könnte er ganz nahe der Hütte zu dem schmalen Metallsteg schwimmen und sich an der Verstrebung hochziehen. Aber was dann?

So oder so, er musste zur Vordertür rein, und dann würde er intuitiv entscheiden müssen.

Das konnte er ebenso gut, oder noch besser, wenn er trocken war. Blieb er dem schweinekalten Wasser fern, würde er sein Handy mitnehmen können, das hatte unter Umständen Vorteile. Eine andere Waffe als sein Telefon hatte er nicht, was ihm, gelinde ausgedrückt, Unbehagen bereitete. Wie sollte er sich wehren? Mit seinen Händen, wenn er denn nahe genug an den Täter rankam. Das dürfte möglich sein, denn wenn er richtiglag, hatte man ihn mit der Nachricht auf dem Spiegel hierherbestellt, weshalb er nicht davon ausging, dass man ihn gleich beim Betreten der Hütte abknallen würde. Er ging viel mehr davon aus, dass man mit ihm sprechen wollte – um ihn anschließend zu beseitigen.

Hervorragende Aussicht. Leon trat seitlich an den kurzen Steg heran, wappnete sich für sein Vorhaben und ging direkt auf die kleine braune Holztür zu.

2. November, 00.40 Uhr

Leon legte die Handfläche auf die Tür und versuchte, sie vorsichtig aufzustoßen. Es rührte sich nichts, also umschloss er mit seinen kräftigen Fingern die kurze, mattsilberne Klinke. Mit einem mulmigen Gefühl im Magen, als trüge er einen Ameisenhaufen in sich, drückte er den Hebel nach unten. Ein leises Klicken verriet ihm, dass das Schloss nachgegeben hatte. Er schob die Tür einen Spalt auf. Der Raum dahinter lag finster da, die Fensterläden waren geschlossen. Über das Wasser des Rheins schimmerten fahle Lichter vom anderen Ufer herüber, konnten sich jedoch keinen Weg durch die eng aneinandergereihten Lamellen bahnen; nicht einmal das Grau der Nacht brach durch.

Nur die Außenwelt, die Leon hereinließ, vermochte einen schmalen grauen Streifen auf den staubigen Hüttenboden zu werfen; erkennen konnte man dennoch nicht, was in den dunklen Ecken lauerte.

Wenn es auch nicht sichtbar war, so konnte Leon es deutlich spüren, dass in diesen vier Wänden jemand anderes anwesend war und geduldig wartete. Auf ihn.

Er war versucht, sein Handy hervorzuholen, um es als Taschenlampe zu gebrauchen, ließ es aber bleiben. Er blieb stehen, schob die Tür noch weiter auf. Der Streifen nächtlichen Graus verbreiterte sich – und ließ aus dem Nichts auf einmal Umrisse erkennen. Ein Pfahl in der Mitte des Raumes. Daneben eine gänzlich in Schwarz gekleidete Gestalt. Angelehnt an eine Art Rad.

»Hallo Leon, komm herein und schließ die Tür.«

Leon konnte nicht erkennen, wer vor ihm stand. Die kindliche Stimmfärbung kannte er von der Nachricht auf seiner Mailbox. Aus der Größe der Person ließ sich nichts ableiten. Nur anhand der Silhouette in dem hautengen Anzug konnte er erahnen, dass er es mit einer Frau zu tun hatte.

Damit war seine Theorie von dem Rache suchenden Kindsvater gestorben.

Elenas alter Ego?, schoss es ihm spontan durch den Kopf.

Der Anzug, der den Körper betonte und sehr an einen Taucheranzug erinnerte, schien eine Art Kapuze zu haben, die das Gesicht zum größten Teil verdeckte. Das nicht vorhandene

Licht und der gesenkte Kopf der Person halfen nicht gerade bei der Identifizierung.

Leon kniff die Augen zusammen, versuchte, einen Blick auf dieses Gesicht zu erhaschen. Doch die Frau drehte sich weg.

»Schließ die Tür«, forderte sie erneut.

Er beschloss, sie nicht unnötig zu reizen, und tat, wie geheißen. Langsam betrat er den Raum, schloss die Tür hinter sich, blieb aber in ihrer Nähe. Seine Augen hatten sich einigermaßen an die Dunkelheit gewöhnt. So finster, wie es am Anfang gewirkt hatte, war es in der Hütte gar nicht. Immerhin ließen sich Umrisse ausmachen, wie zum Beispiel der schemenhafte Umriss des Gegenstands, der an der Wand zu seiner Rechten hing und der stark an eine Harpune erinnerte. Sie mochte zwar nur Deko sein, denn mit einer Harpune konnte man in diesen Gewässern normalerweise nichts jagen, aber es war eine potenzielle Waffe.

»Ich bin da. Die Tür ist zu. Wir sind allein. Was nun?«, fragte Leon ruhig. »Werde ich erfahren, was hier gespielt wird?«

»Allein?«, fragte die Frau. Sie klang, als würde sie lächeln.

»Etwa nicht?«

»Nein, nicht ganz.«

In Leons Gehirn begann es zu arbeiten.

Wie meinte sie das? Alter Ego oder eine reale weitere Person? Wenn eine zweite Person da war, wo war sie?

Meine Güte, dachte er plötzlich. War da etwa ein Mensch verpackt in dem Netz dort draußen vor der Hütte? Wenn ja, lebte dieser Mensch noch?

Wenn er nicht wusste, woran er war, wo sollte er ansetzen? Welche Maßnahmen konnte er ergreifen, um die Situation zu klären?

»Du denkst gerade darüber nach, wer noch anwesend ist,

nicht wahr? Sind es zwei Personen in ein und demselben Körper oder ist da noch jemand anderes, den du retten musst?«

»Warum bin ich hier?«, umging Leon die Feststellung seines Gegenübers, die erstaunlich gut ins Schwarze traf.

»Du kommst nicht drauf, hm? Dann habe ich alles richtig gemacht, und mein Doktor auch. Schade nur, dass er diesen Triumph nicht mehr mit uns genießen kann. Du weißt nicht, was du glauben sollst, nicht wahr, Leon? Hin und her gerissen zwischen der Frage, ob deine Elena irre ist oder nur ein Opfer. Tja«, die Frau trat einen Schritt zur Seite und stieß das Fenster mitsamt den Fensterläden hinter sich auf.

Leon wagte es nicht, sie zu überwältigen, denn er wusste nicht, was sie in der Hinterhand hatte.

Kraftvoll drehte die Frau am Rad, das an dem Pfahl befestigt war.

Mit einem gespenstisch leisen Quietschen wurde ein Mechanismus in Gang gesetzt.

Draußen tat sich etwas. Leon schaute an der Frau vorbei durch das offene Fenster. Das Netz begann sich zu senken. Der Himmel war bewölkt, dennoch war es nicht stockfinster. Das leichte Glühen des Nachthimmels über der Stadt reichte aus, dass Leon erkennen konnte, wie Seile über Rollen geführt wurden. Er wusste nicht, ob es zwei oder drei Umdrehungen des Rades gebraucht hatte, doch auf einmal schob sich aus dem Schatten der Hauswand etwas in Leons Sichtfeld. Es war länglich, in weiße Bänder gewickelt. Dem Kokon einer Raupe gleich baumelte dieses Ding an dem Galgen. Es drehte sich um die eigene Achse.

Leon stockte der Atem. Alles spielte sich wie in Zeitlupe ab. Plötzlich klebte ein Lichtstrahl am oberen Ende dieses mumifizierten Etwas.

Leon hatte nicht bemerkt, wie die Schwarzgekleidete eine Taschenlampe gezückt und angeknipst hatte.

Alles an dem Wesen da draußen war in schmutzig weiße Stoffbahnen eingehüllt. Alles, bis auf den Hals. Dort glitzerte ein goldenes Herz an einer kurzen Halskette.

Leon kannte dieses Herz: Es gehörte Jana.

2. November, 01.00 Uhr

Unwillkürlich erinnerte sich Leon an die Nachricht auf seiner Mailbox, hörte wieder diese trotzige Stimme in seinem Ohr: »Welche ist die gute, welche die böse Schwester?«

Leon hatte das Rätsel für sich geknackt. Die Frage war nur, ob sein Gegenüber auf dieselbe Lösung kam.

»Lebt sie noch?«, fragte Leon vorsichtig.

»Ja, sie lebt. Noch. Sie ist ein wenig benommen von dem Anästhetikum, das ich verabreichte, um sie so hübsch verpacken zu können, aber sie wird wieder.«

»Sie wird wieder?«, fragte Leon verunsichert.

»Natürlich. Denkst du, ich lasse sie sterben, solange sie betäubt ist und nichts mitbekommt? Sie soll verrecken, und sie soll es wissen wie die anderen auch.«

»Verstehe. Warum bin ich hier?«

»Warum du hier bist?« Leons Gegenüber schien fassungslos. »Das weißt du nicht? Und du schimpfst dich Exbulle? Du bist der Ursprung von alledem! Mit dir hat mein Unglück begonnen, mit dir wird es enden. Du hast alles gerammelt, was nicht bei drei auf den Bäumen war, aber mich hast du von dir gestoßen, dabei war ich die Einzige, die dich je geliebt hat, Leon.«

»Geliebt? Ich konnte ja nicht ahnen, dass deine Gefühle so tief waren.« Leon klang ehrlich betroffen.

»Nein, du hast nichts geahnt, nichts verstanden. In den letzten Wochen bist du Phantomen nachgejagt ohne den Hauch einer Ahnung. Du tappst auch jetzt noch im Dunkeln, obwohl du glaubst, Zusammenhänge zu erkennen. Nachdem ich dich verloren habe, glich mein Leben einem Dominospiel. Dein Stein kippte um und riss alle weiteren mit sich. Meine Eltern, meine Männer, die Kinder, meine Verbündeten, alle wurden mir genommen.«

Die Kinder. Die schwangere Frau, die beim Unfall ums Leben kam. Das Foto. Auf einmal dämmerte Leon, worum es wirklich ging. »Warte, lass es mich versuchen. Lass mich dir erklären, was ich denke, worum es hier wirklich geht.«

»Oh, der ehemalige Polizist will sich beweisen. Na gut, Leon, schieß los, worum geht es?«, spottete sie, während sie ihm mit der Taschenlampe direkt ins Gesicht leuchtete. Leon kniff geblendet die Augen zusammen. »Die Kinder sind ausschlaggebend. Die Schwangere, die beim Unfall vor einem Jahr ums Leben kam, sie trug das Kind von dir und Marius Steffen unter dem Herzen. Nicht wahr?« Leon ließ die Worte wirken; er konnte sein Gegenüber nicht sehen, aber er konnte es hören. Es klang, als schnappe sie nach Luft.

»Sie war die Leihmutter für euer Baby.«

Sie schniefte, klang aber gefasst, als sie sagte: »Sehr gut, Leon, sehr gut. Ich hätte nicht gedacht, dass ihr so schnell hinter das Geheimnis um die verborgene Wiege kommt.«

»Das wäre gelüftet, andere Antworten fehlen mir nach wie vor. Antworten, die nur du mir geben kannst. Warum mussten diese Frauen sterben? Warum diese Inszenierungen? Der Durst nach Aufmerksamkeit? Wie hast du Marius Steffen dazu bewegt, dir zu helfen? Er war doch dein Komplize? Alleine hättest du das niemals alles bewerkstelligen können.«

»Die Mörderin musste sterben. Nicht einmal, nicht zweimal, nein, so oft es ging! Marius sah das nicht anders.«

»Warum hast du ihn dann umgebracht, wenn er deine Gesinnung teilte?«

»Weil er seinen Schwanz auch nicht in der Hose lassen konnte.«

Obwohl sie es nicht direkt aussprach, hörte Leon die Botschaft hinter den Worten: Sie verglich den Psychiater mit ihm.

»Verstehe.«

»Nun denn, Leon, genug geplaudert. Mehr brauchst du nicht zu wissen. Außer, dass meine Schwester nun sterben wird. Und du wirst nichts dagegen unternehmen können, auch wenn du es sicherlich versuchen wirst.« Die Schattengestalt bewegte sich auf das offene Fenster zu.

»In diesem Netz befindet sich Nitroglycerin. Es reicht nur ein kleiner Schlag, und alles fliegt in die Luft. Versuch gar nicht erst, das Netz einzuholen. Ich habe die Vorrichtung ein wenig modifiziert und das Seil vorne am Galgen gekappt.«

»Du scheinst etwas für Explosionen übrigzuhaben«, warf Leon einer plötzlichen Eingebung folgend ein. »Oder warst das nicht du, die mit Molotowcocktails Häuser in die Luft jagt, während noch Leute drin sind?«

»Schon möglich.« Wieder schwang dieses Grinsen in ihrer Stimme mit. Sie war es also tatsächlich gewesen, die ihn bereits in der Villa beinahe getötet hätte.

»Genieß deine letzten Atemzüge, Leon.«

Ehe Leon begreifen konnte, was diese Worte zu bedeuten hatten, war die schwarze Gestalt elegant wie eine Raubkatze aus dem kleinen Fenster gesprungen.

Er stürzte zu der Öffnung und konnte noch sehen, wie ihr Körper geschmeidig in die Fluten des Rheins eintauchte und unter der Oberfläche verschwand. Leon suchte hastig das Wasser ab, konnte sie aber nicht entdecken.

Da tauchte auf einmal ein Seil aus dem dunklen Strom auf. Erst hing es noch durch, dann spannte es sich nach und nach, von der Strömung mitgerissen.

Leon stutzte. Ein Seil hatte zwei Enden. Eines davon verschwand im Rhein. Leon folgte dem Verlauf des Seils. Das andere Ende …

»Dieses kranke Miststück!«, rief er aus, als er das andere Ende entdeckte. Sein Kopf schoss zurück in Richtung Kraftwerk. Er behielt das Seil genau im Auge, das sich zum Ufer hin zu bewegen begann. Und genau in der Flucht des Seils entdeckte er auf einmal die schwarzen Umrisse ihres Kopfes und den Ansatz der Schultern.

Sie hat es sich um die Hüfte umgebunden, war sein erster Gedanke.

Besorgt registrierte er, dass das Seil nicht mehr viel Spiel hatte. Noch wenige Meter, dann wäre es gespannt, und die Katastrophe nähme ihren Lauf. Dann würde sich der Knoten, der den Kokon oben am Galgen hielt, lösen, und das weiße Knäuel würde auf eine beachtliche Menge Sprengstoff fallen. Durch die anschließende Explosion würde auf jeden Fall auch das Galgenhäuschen in die Luft fliegen und er gleich mit, während der Ursprung allen Übels in sicherer Entfernung die Detonation auslösen und die Macht der Zerstörung beobachten konnte. Er musste handeln, und zwar sofort. Er stieß sich vom Fenster ab, hechtete zu der Wand, an der die Harpune hing, griff sich das Jagdgerät und hastete zurück zum Fenster.

Das Seil war beinahe gespannt.

Leon bemühte sich, Ruhe zu bewahren, hob die Harpune an, zielte, als hätte er die alte Armbrust seines Vaters in Händen, und suchte erneut die dunklen Wassermassen nahe des Ufers ab. Im Augenwinkel sah er, wie sich das Seil weiter straffte.

»Wo bist du? Zeig dich!«, rief er den dunklen Fluten zu, während er nervös mit dem Finger gegen den Auslöser tippte.

Plötzlich entdeckte er sie. Nahe am Ufer, im Schutz des Geästs, ragten der schwarze Umriss ihres Kopfes und der Ansatz der Schultern aus dem Wasser. Sie schwamm noch, Leon war sich aber sicher, dass sie aus dem Rhein klettern wollte. Im Kraftwerk wollte sie jedenfalls bestimmt nicht enden.

Leon dachte nicht weiter nach. Es spielte keine Rolle, ob er sein Sturmgewehr, seine alte Dienstwaffe oder eine Harpune in Händen hielt, die Abläufe waren ihm in Fleisch und Blut übergegangen. Er atmete ruhig, nahm sein Ziel ins Visier und gab den Schuss ab. Zischend flog das pfeilartige Geschoss durch die Luft.

Erst jetzt kamen die Zweifel. Innerhalb von Sekunden rasten die Gedanken durch seinen Kopf. Was, wenn die Rückholleine nicht lange genug war? Wenn er traf, sich das Ziel aber noch zu weit im Wasser befand, trieb es dank der Strömung unkontrolliert weiter, und er hätte trotz allem sein letztes Gebet sprechen können.

Leon hielt die Harpune mit beiden Händen fest, beobachtete den Pfeil, behielt gleichzeitig das straffe Seil im Auge und flehte, die Rückholleine mochte lange genug sein.

Das Seil um meinen Bauch gebunden, schwimme ich mit der Strömung im eisigen Wasser. Die Gebäude des Kraftwerks ragen dunkel und bedrohlich aus dem Rhein. Dort ist Endstation. Ich muss unbedingt vorher ans Ufer gelangen. Aber nicht nur des Kraftwerks wegen, schlimmstenfalls könnte ich mich auch auf die Fischtreppe retten – nein, es geht auch darum, dass ich um nichts in der Welt die herrliche Explosion verpassen will. Ich freue mich bereits diebisch auf den Knall, die Druckwelle, die Hitze, die herumfliegenden Teile, die siegessicher tanzenden Flammen. Am meisten freue ich mich aber darauf, zu sehen, wie der Kokon sich vom Galgen löst, schwerfällig auf das Netz plumpst, um im nächsten Moment von der Sprengkraft des Nitroglycerins in unzählige Stücke zerfetzt zu werden.

Ich spüre plötzlich einen Widerstand, sehe mich kurz um. Zufrieden stelle ich fest, dass das Seil gespannt ist. Ich greife mir einen Ast, der über dem Wasser schwebt, hangle mich daran ans schlammige Ufer, bis ich stehen kann. Ich bleibe im Wasser, lehne mich mit dem Rücken an den Ast an und blicke stromaufwärts. Den finalen Zug will ich selbst ganz bewusst ausführen. Ich sehe an mir herunter, greife mit der freien Hand nach dem Seil.

Ein ungewohntes Geräusch dringt an mein Ohr. Es klingt beinahe wie ein Pfeifen. Ich sehe auf.

Überrascht klappe ich den Mund auf, als ich begreife, dass ein Pfeil aus der Dunkelheit auf mich zuschießt.

Es bleibt mir keine Zeit, zu reagieren. Mit ungeahnter Wucht bohrt sich die Spitze tief in meinen Brustkorb, zerfetzt das Fleisch, zerreißt, was ihr in den Weg kommt.

Ich schnappe nach Luft, kann aber nicht mehr richtig atmen. Die Widerhaken haben meinen rechten Lungenflügel zerfressen.

Ich lasse das Seil los, umfasse instinktiv mit beiden Händen den Schaft des Pfeils.

Dieser Mistkerl!, geht es mir durch den Kopf.

Röchelnd atme ich ein. Das wird er mir büßen.

Ich fixiere die Hütte, sehe seine Umrisse im Fenster, er sieht zu mir herüber. Gut so. Er soll es sehen. Er soll sehen, wie ich von dem mich durchbohrenden Pfeil ablasse, zu meinem Seil greife.

Ja, ich werde sterben, aber euch nehme ich mit.

Leon kniff die Augen zusammen, um besser sehen zu können. Die Rückholleine war zu kurz. Als er das realisiert hatte, löste er sie, damit der Pfeil zumindest ungehindert sein Ziel traf. Vielleicht verletzte er sie so schwer, dass es sie von der geplanten Tat abbrachte. Wenigstens das schien geglückt zu sein. Aber die Gefahr war nicht gebannt. Leon sah, wie erneut Zug auf das gespannte Seil ausgeübt wurde. Sie versuchte trotz allem, den Knoten zu lösen und die Explosion herbeizuführen. Wenn sie das schaffte, war es aus.

Mit diesem Wissen stürzte er zu dem in der Mitte der Hütte festgemachten Pfosten. Er drückte gegen das Querholz, um den Balken über dem Fluss vom offenen Wasser weg Richtung Ufer zu drehen, aber er rührte sich nicht.

Leon hatte keine Zeit, um aufs Dach zu klettern und die Vorrichtung nach einer Blockade abzusuchen. Er sah aus dem Fenster, beobachtete, wie der Zug auf dem Seil nachließ, nur um dann wieder stärker zu werden. Es brauchte nicht mehr viel, dann wäre der Knoten, von dem Leben oder Tod abhing, gelöst.

Er drückte noch einmal mit aller Kraft, legte seine ganze Verzweiflung in sein Unterfangen. Endlich gab die Vorrichtung nach. Der Galgen drehte sich, das Seil wurde durch die Bewegung locker. Leon bewegte den Galgen, bis es nicht mehr weiterging. Er hatte damit ein wenig Zeit gewonnen, die er nutzte, um die Hütte durch den Eingang zu verlassen. Der

Galgen war nahe beim Ufer, erreichen konnte er den daran hängenden Kokon aber dennoch nicht. Wenn er ins Wasser stieg, wäre er zu weit unten, um an den Kokon heranzukommen – der Kokon, in dem sich seit geraumer Zeit nichts rührte. Leon hoffte inständig, die Person darin war nicht erstickt, weil sie durch den Stoff, der ihr über Mund und Nase lag, zu wenig Luft bekam.

Plötzlich spannte sich das Seil wieder.

Stirb endlich!, er schickte seine Verwünschung zu der Frau, die das Seil trotz Harpune in der Brust noch immer bediente. Leon setzte zu der letzten verzweifelten Aktion an, die ihm einfiel, als er registrierte, dass sich der Knoten endgültig löste.

Er stieß sich vom Ufer ab, hechtete auf den Kokon zu, umfasste ihn mit beiden Armen. Er spürte, wie etwas das Netz streifte, wusste nicht, ob er es war, aber er wusste, dass diese eine Berührung zu viel war.

Ein ohrenbetäubender Knall erfüllt die Luft, während ein riesiger Feuerball die Nacht erhellt. Ich kann sehen, wie es die Hütte in Tausende kleine Stückchen zerreißt. Die Druckwelle ist enorm. Ich werde gegen meinen Ast gepresst, hoffe, dass er hält. Mit Wucht trifft mich auch Hitze. Ich genieße das Gefühl auf meinem eiskalten Gesicht, meinen durchgefrorenen Händen.

Leon hat es nicht geschafft. Der Sieg ist mein. Triumphierend lache ich auf, doch das Lachen geht gurgelnd in einen Hustenanfall über. Ich spucke Blut.

Kraftlos hänge ich an meinem Ast und betrachte das Schauspiel ungestört noch eine Weile. Es wird nicht mehr lange dauern, bis die ersten Neugierigen hier ankommen und die Kavallerie anrückt. So eine Explosion nahe der Stadt sorgt für eine Menge Wirbel. Aber das stört mich nicht, denn ich werde es nicht mehr erleben. Nur noch ein paar Minütchen, dann lasse ich den Ast los und gebe mich dem Fluss hin. Er soll mich tragen, wohin er will. Die Wasserwalzen des Kraftwerks werden den Rest erledigen. Röchelnd genieße ich den Moment, bewundere die Anmut der tanzenden Flammen. Teile der zerborstenen Holzhütte liegen noch brennend zwischen dem Geäst, die Flammen versuchen züngelnd auf die weitere Nahrung überzugreifen.

Einfach wunderschön.

Ich gebe mich meiner letzten Erinnerung hin, die ich geschaffen habe. Wie ich mit meiner verbleibenden Energie noch einmal an dem Seil gezogen habe. Wie ich innerlich jubelte, als ich spürte, wie der Knoten endlich nachgab. Wie das Hochgefühl in sich zusammenbrach, als ich sah, wie Leon sich vom Flussufer abstieß und den Kokon packte. Und wie mein Herz dann jauchzte, als ich beobachtete, wie er mit seinem Päckchen in dem Feuer verschwand, bevor er sich in den Fluss retten konnte.

Ich weiß nicht, was die Explosion letzten Endes ausgelöst hat, denn das dafür geplante Gewicht hatte Leon von der Leine genommen. Aber ich kann mir vorstellen, dass bei diesem Manöver der schwere Haken, an dem ich die Raupe befestigt hatte, auf den Sprengstoff gefallen ist. Oder Leon ist am Netz hängen geblieben, die mit Nitroglycerin gefüllten Kugeln gerieten in Bewegung, stießen aneinander und flogen in die Luft. Was am Ende auch immer zu der Explosion führte, ist egal. Wichtig war einzig und allein, dass sie überhaupt stattgefunden und beseitigt hat, was zu beseitigen war.

Allmählich weicht sämtliches Gefühl aus meinem Körper. Ich spüre weder Kälte noch Schmerzen. Ich bin nur unendlich müde. In der Ferne höre ich Sirenen heulen. Sie kommen. Aber sie kommen zu spät. Zufrieden lächelnd schließe ich die Augen. Ich bin bereit, alles gehen zu lassen, angefangen mit dem sicheren Halt an meinem Ast.

»Nein, nein, nein, nein!« Außer Atem kam Till am Rheinufer zu stehen. Als er auf halbem Weg zur Hütte die Explosion gehört hatte, war er wie der Teufel losgerannt. Jetzt stand er da und musste hilflos zusehen, wie sich das Feuer an den Überresten des Fischergalgens gütlich tat. Seine Gedanken wirbelten durcheinander, seine Augen suchten fieberhaft die Umgebung ab. Wo war Leon? War er in der Hütte, als es passiert ist? Was genau ist hier überhaupt passiert?

Mike baute sich neben Till auf. »Ach du Schei…« Der Rest des Satzes blieb ihm in der Kehle stecken.

»Leon, verflucht, wo bist du? Du lebst. Du musst einfach leben!«, beschwor Till das im Feuer schimmernde Wasser. Till war elend zumute, aber er war nicht bereit, seinen Freund so schnell aufzugeben.

»Was ist das denn?«, fragte Mike auf einmal staunend.

»Was ist was? Wo?« Tills Kopf schoss zu Mike, dann folgte er dessen Blick.

»Na dort!« Mit zusammengekniffenen Augen und erhobener Hand deutete Mike auf einen Punkt in dem dunklen Fluss, der sich anscheinend bewegte, denn Mikes Finger wanderte mit der Strömung flussabwärts.

Till sah in die Richtung, die Mike anzeigte.

Dort, inmitten des Rheins, trieb etwas Helles. Aber nicht genug damit. Auf einmal schoss ein Arm aus dem Wasser und platschte kräftig wieder zurück. Das helle Etwas begann, sich langsam parallel zur Strömung zu bewegen.

»Das fass ich nicht«, murmelte Till, ehe er ausrief: »Leon! Das ist Leon!« Aber die Erleichterung währte nicht lange. Till sah den Fluss hinunter, betrachtete mit wachsendem Unbehagen die grauen Schatten des Kraftwerks. »Er ist zu weit draußen, ohne Hilfe schafft er es nicht vor dem Kraftwerk bis zum Ufer. Wir brauchen ein Boot!«

»Die haben hier nur Ruderboote. Bis wir ein Motorboot haben, ist Leon Geschichte«, gab Mike, der die Situation ebenso einzuschätzen schien, zu bedenken. »Aber ich habe eine andere Idee.«

Bevor Till nachfragen konnte, was Mike plante, hatte dieser sich bereits flussabwärts in Bewegung gesetzt. Er blieb vor einer Vorrichtung stehen, die am Flussufer angebracht war, und machte sich daran zu schaffen.

Als Till bei Mike ankam, sah er, was dieser vorhatte. Einen rot-weiß gestreiften Rettungsring unter den Arm geklemmt, band Mike das Rückholseil um einen Baum und watete dann in den Fluss, soweit es ihm möglich war, um die Wurfdistanz zu verkürzen.

»Leon!«, rief Till laut über das Tosen des Kraftwerks und die lauter werdenden Sirenen hinweg.

»Leon!«, rief er noch einmal, als sich draußen auf dem Wasser nichts tat. »Komm schon Mann, sieh zu uns her, sieh her!«, beschwor Till seinen Freund.

Nach einer gefühlten Ewigkeit dann endlich die erlösende Bewegung: Der heftig mit den Armen rudernde Mensch in den kalten Wassern des Rheins wandte sein Gesicht den Männern am Ufer zu.

»Er ist es, ich kann es nicht glauben, er ist es wirklich!« Till fuchtelte wie wild mit den Armen, deutete auf Mike. »Er wirft dir einen Rettungsring zu!«

Mike sah besorgt zum Kraftwerk, dann zu Leon. »Wir müssen uns beeilen«, stellte er fest, packte den Ring und warf.

Der Ring verfehlte sein Ziel.

Schnell holte Mike die Leine wieder ein, umfasste den Ring erneut. Till konnte sehen, wie Mike durchatmete, dann blickte er zu Leon, der immer noch gegen die Strömung ankämpfte und versuchte, mit seinem seltsamen Paket im Rettungsgriff in Richtung Ufer zu schwimmen. Leon würde nicht aufgeben, auch wenn ihn die Strudel hinter dem Damm des Kraftwerks in seiner Gewalt hätten, das wurde Till in diesem Moment klar.

»Lass mich es versuchen.« Till trat neben Mike ins Wasser, der ihm den Rettungsring ohne Widerrede reichte. Till wappnete sich, holte aus und warf.

Diesmal landete der Ring knapp hinter Leon.

»Ja!« Triumphierend stieß Till die Faust in die Luft.

»Hol ihn dir, na los!«, murmelte Mike neben ihm, bereit, die Leine einzuholen, aber diesmal mit Leon.

Leon stand das Wasser im wahrsten Sinn bis zum Hals. Ihm war eisig kalt, er hatte Mühe, seine Muskeln davon zu überzeugen, seinen Befehlen weiter Folge zu leisten. Der kräftezehrende Kampf gegen die Strömung fühlte sich sinnlos an, dennoch gab er ihn nicht auf. Nicht jetzt. Nicht, nachdem er weggestoßen von einer Druckwelle einer Explosion entkommen war, und das zusammen mit diesem Kokon.

Hart waren sie aufs Wasser aufgeschlagen. Wahrscheinlich war er von der Mischung aus brütender Hitze und eisiger Kälte kurzzeitig zu benommen gewesen, um sofort gegen die Strömung anzukämpfen, deshalb hatte ihn die Kraft des Wassers weit in die Flussmitte gezogen, bevor er den Kampf gegen sie aufnahm. Erschwerend und motivierend zugleich kam die stetige Bewegung in Richtung Kraftwerk hinzu. Er wollte um keinen Preis in den Wasserwirbeln hinter den Kraftwerksmauern enden. Wenn er etwas hasste, dann waren es solche Wassermassen, die einen nicht mehr gehen ließen.

Da platschte auf einmal etwas in seine Gedanken. Es landete direkt neben seinem Kopf im Wasser. Keuchend sah Leon auf und hätte jubeln können, wäre die nötige Kraft da gewesen. Er musste schnell reagieren, sonst trieb der Rettungsring an ihm vorbei. Die letzten Reserven anzapfend, ruderte er zu dem rotweiß gestreiften Rund, das das Ende dieser Tortur versprach.

Leon konnte sein Glück kaum fassen, als er nach dem Ring griff, die glatte Oberfläche unter den Fingern spürte. Den freien Arm legte er über den Ring und klammerte sich daran fest, während er dem Kokon in seinen Armen zuflüsterte: »Gleich haben wir's geschafft. Gleich hast du es überstanden.«

Leon wusste nicht, ob sie ihn hören konnte. Ob sie überhaupt jemals wieder irgendetwas mitbekommen würde, aber auch die Hoffnung darauf würde er nicht aufgeben, bis er unumstößliche Gewissheit hatte.

Der Ring kam in Bewegung. Leon unterstützte die ziehenden Männer, indem er mit den Beinen paddelte. Auf einmal prallte sein Knie gegen etwas Hartes. Es war unter Wasser. Ein Baumstamm? Ein Stein? Was es auch war, es bedeutete, dass sicherer Boden nicht mehr weit entfernt sein konnte. Er hatte den Gedanken kaum zu Ende geführt, da packten ihn zwei kräftige Hände bei den Schultern und zogen ihn ans Ufer. Weitere Hände versuchten, ihm sein Paket abzunehmen. Als er nicht loslassen wollte, hörte er, wie jemand sagte: »Ich kümmere mich darum, keine Sorge.«

Vor Erschöpfung war Leon nicht mehr in der Lage, zuzuordnen, wem die helfenden Hände gehörten, aber er entschloss sich, sie einfach gewähren zu lassen.

Auf einmal blinkte es überall. Blaue Lichter huschten durch das Geäst über ihm. Rund um ihn herum bewegte sich alles. Er schnappte Stimmengewirr auf, aus dem er nur einzelne Worte verstand. Er meinte, Tills Stimme zu erkennen. Sie war direkt neben ihm. »Tu mir das nie wieder an, hast du mich verstanden?«

Leon glaubte, ein Lächeln zustande zu bringen. Er spürte seine Lippen nicht mehr, konnte seine Zunge kaum bewegen. Er fühlte sich wie ein Fischstäbchen aus der Tiefkühltruhe, aber er antwortete, wenn auch lallend: »Verstanden.«

2. November, 02.30 Uhr

Leon drehte den Kopf zur Seite. Als er sah, wie sich ein Sanitäter daranmachte, den nassen, schmutzig weißen Kokon mit einer Schere zu öffnen, rollte er sich schwerfällig auf den Ellbogen.

»Was machst du da?«, erkundigte sich Till. Er hatte eine Wolldecke organisiert, die er Leon über die Schultern legte.

»Ich muss zu ihr.« Leon brachte sich mühsam auf die Beine und schleppte sich zu der eingehüllten Gestalt. Till folgte ihm wortlos.

Der Sanitäter befreite zügig, aber vorsichtig das Gesicht von den weißen Stoffbahnen, überprüfte den Puls.

»Und?«, fragte Leon vorsichtig.

»Sie lebt.«

Erleichtert atmete Leon auf. »Sie war betäubt mit einem

Narkosemittel«, ließ er den Sanitäter wissen. Dieser nickte. »Wir bringen sie ins Krankenhaus.«

»Ich will mit ihr reden.«

Der Sanitäter musterte Leon von Kopf bis Fuß, schürzte die Lippen. »Sie gehören auch ins Krankenhaus. Es ist zwar nicht weit, aber während einer Autofahrt lässt sich gut reden.«

Leon verstand. »Danke.«

Der Sanitäter klopfte Leon auf die Schulter und bereitete alles für den Transport vor. Kurz nachdem er seiner Patientin die Atemmaske übergestülpt hatte, schnappte sie einer Ertrinkenden gleich nach Luft. Sie riss die Augen auf, wollte die Atemmaske runterreißen. Die Verwirrung stand ihr ins Gesicht geschrieben. Sofort versuchte der Sanitäter, sie zu beruhigen, aber sie kam erst zur Ruhe, als ihr nervöser Blick demjenigen von Leon begegnete. »Es ist vorbei. Beruhige dich. Du bist in Sicherheit.« Er griff nach ihrer Hand. Schaute sie an. Sie sah furchtbar aus. Eine Platzwunde an ihrer rechten Augenbraue, die Wunde an der Schläfe war aufgebrochen, zerrissene Haut legte das Fleisch ihrer linken Wange frei, unter dem Auge begann sich ein Veilchen abzuzeichnen.

Leon wusste nicht, ob sein mitleiderfüllter Blick oder die Erleichterung darüber, dass es endlich vorbei war, die einzelne Träne über ihre Wange kullern ließ, während sich ihr Mundwinkel gleichzeitig zu einem schwachen Lächeln verzog. Aber das war auch vollkommen egal. »Das ist das schönste Lächeln, das ich je gesehen habe.«

Sie lachte spontan auf, was ihr sichtlich Schmerzen bereitete. Ihr Atem hinterließ beschlagene Stellen in der Maske. Sie griff danach, zog sie sich vom Gesicht.

»Hallo Leon.«

»Hallo Elena.« Die Last fiel erst jetzt, da er ihren Namen laut aussprach, gänzlich von seinen Schultern.

Ihr Blick verschleierte sich, ihre Gedanken schienen abzudriften. »Lebt sie noch?«, krächzte sie mit rauer Stimme.

»Nein. Die Leiche wurde weiter unten ans Ufer gespült«, antwortete Till an Leons Stelle. »Ich fahr auch mit«, fügte er noch hinzu.

Der Sanitäter versuchte gar nicht erst, es ihm auszureden. Er wartete, bis sich alle in dem für die Personenzahl viel zu kleinen Krankenwagen eingefunden hatten, schlug die Tür zu und setzte sich ans Steuer.

»Sie hat Marius ermordet«, begann Elena ihren traurigen Bericht, als der Krankenwagen sich schaukelnd in Bewegung setzte. »Sie hat mich mit irgendeinem Mittel betäubt, das mich zwar wehrlos machte, aber ich blieb voll aufnahmefähig. Während sie mich in den Kokon wickelte, hat sie mir alles erzählt. Als ich in meiner Jugend deinetwegen nicht mehr nach Erlach zurückgekehrt bin, war sie noch manches Mal allein da. Leon, du hast sie kennengelernt, und sie hat sich in dich verliebt. Aber du hast sie abgewiesen, was sie mir anlastete.«

»Dir?«, fragte Leon erstaunt, ehe er verstand. »Meine Güte, ich erinnere mich. Es gab da eine heikle Situation zwischen Jana und mir. Ich habe Jana gesagt, es gäbe eine andere. Aber da warst nicht du gemeint, sondern Susi!«

»Ein Missverständnis«, Elena lächelte freudlos. »Jedenfalls kam dann ihr Ehemann mit zwei Kindern. Aber er verließ sie, kurz nachdem unsere Eltern starben. Die Situation damals war schwierig zu verkraften, für alle Beteiligten.« Elena schniefte. Es ging ihr unter die Haut, aber sie wollte loswerden, was sie wusste, denn als der Sanitäter ihr die Sauerstoffmaske wieder überziehen wollte, hinderte sie ihn daran. »Schließlich fand sie einen neuen Partner, der sie glücklich machte. Sie hat ihn mir nie vorgestellt. Jetzt weiß ich, weshalb: Es war Doktor Steffen.« Elena röchelte, wartete, bis sie wieder zu Atem kam. »Sie hat sich in ihn verliebt, wollte eine neue Familie gründen, fand in einer Mitarbeiterin meiner Firma eine geeignete Leihmutter, die ich umbrachte. Sie heckte mit Marius einen ungeheuerlichen Racheplan gegen mich aus. Als sie erfuhr, dass Marius beinahe mit mir fremdgegangen wäre, beschloss sie, auch ihn umzubringen, in seiner eigenen Badewanne.«

»Was sie auch ausgeführt hat. Wir haben im Badezimmer seine Leiche gefunden, und ich habe mich auf den Weg hierher gemacht dank einer Nachricht auf dem Badezimmerspiegel«, sagte Leon.

»Jana manipulierte seit einem Jahr unbemerkt mein Leben. Sie machte sich das Wissen um meine Gewohnheiten zunutze, verwendete mein blindes Vertrauen gegen mich. Sie hatte einen Schlüssel zu meiner Wohnung, zu der Hütte, überhaupt gewährte ich ihr Zugang zu jedem Bereich in meinem Leben, was sie schamlos ausnutzte. Sie säte Misstrauen, wo es ihrem Plan diente. Sie wusste auch um deine Gewohnheiten, Leon, deshalb lagen die Fotos, die mir im Endeffekt den letzten Anstoß gaben, aus deinem Haus zu fliehen, in deinem Briefkasten, als wir zusammen dort ankamen. Sie wusste, dass ich zu dir gehen würde, weil ich es ihr erzählt habe, und sie wusste genau, dass du den Briefkasten leerst, ehe du ins Haus gehst.« Elena hatte sich warmgeredet, ihre müden Augen glühten. »Weißt du, wie sie es geschafft hat, dass ich immer um drei Uhr morgens aufgewacht bin?«

Die Männer, die ihr gebannt zuhörten, schüttelten die Köpfe.

»Sie hat sich ein Prepaid-Handy besorgt und diese Nummer unbemerkt unter dem Namen Anonym mit der Melodie von

Schneewittchen in meinem Telefon abgespeichert. Sie weiß, nein, wusste, dass ich bei anonymen Anrufen nie genauer nachsehe. Als ich eines Nachts mein Telefon nicht finden konnte, hatte sie es. Als du dachtest, ich hätte dich angerufen und von deinem Beobachtungsposten weggeholt, war sie das. Überhaupt ist alles sie gewesen.« Elena presste die Lippen aufeinander, schluckte schwer. »Die Opfer, die sie tatsächlich nach ihren Namen ausgesucht hat, dienten ihr dazu, mich einerseits indirekt mehrfach töten zu können, und andererseits, um mir echte Opfer zu liefern, nur um sie mir dann unter den Augen wieder wegzustehlen, damit mir keiner glaubte, dass sie wirklich da gewesen waren. So forcierte sie das Bild einer armen irren Elena mit Wahnvorstellungen, das Marius mit seiner Diagnose komplettierte, ich würde unter Schizophrenie und einer dissoziativen Identitätsstörung leiden. Auf diese Weise schotteten sie mich von der Umwelt ab, drängten sich als einzige Vertraute auf.«

»Sie war außerdem gut vernetzt«, stellte Leon fest. »Nicht nur du hast bei Ernst ein Praktikum absolviert, sie hat das ebenfalls getan, nicht wahr, Elena?«

Elena nickte.

»Jana hat den Kontakt aufrechterhalten. So war es für Ernst nicht ungewöhnlich, als sie kürzlich bei ihm war. Dass sie ihre Leiche bei ihm entsorgt hatte, konnte er ja nicht ahnen. Zudem habt ihr beide zusammen das Medizinstudium begonnen, das kam mir auf einmal wieder in den Sinn. Ihr habt aber beide abgebrochen, richtig?«

Elena schüttelte den Kopf. »Nicht ganz. Wir sind rausgeflogen. Man hat uns beschuldigt, Medikamente und andere Produkte aus der Klinik geklaut zu haben. Als wir das bestritten, hat man uns nicht geglaubt.«

»Dinge wie Transfusionsbeutel zum Beispiel?«, fragte Leon nach, dem auf einmal einiges klar wurde.

»Zum Beispiel.«

»Das würde dazu passen, was wir in der E-Zigarette gefunden haben«, schaltete sich Till in die Unterhaltung ein. »Das Liquid war ein seltenes und teures Anästhetikum. Jedes Mal, wenn Elena rauchte, betäubte sie sich quasi selbst. Das erklärt die Ohnmachtsanfälle, während derer um dich herum inszeniert und aufgeräumt werden konnte, ohne dass du das Geringste davon bemerkt hast.«

»Dann nutzte sie als ehemalige Medizinstudentin ihr Wissen, um die Medikamente einzusetzen, die er als Psychiater beschaffen konnte. Eine moderne Version von Bonnie und Clyde, quasi.« Leon konnte es kaum fassen. »Und wir haben ihnen aktiv geholfen, immer einen Schritt voraus zu sein. Sie klebten uns an den Fersen, wir fütterten sie mit Infos. Jana erfuhr alles, was sie wissen musste, von dir und von mir; Doktor Steffen machte Bernard zu seinem Verbündeten. Unfassbar.«

»So sieht es aus.« Elena hustete, sog scharf die Luft ein.

»Warum Schneewittchen?«, fragte Leon neugierig.

»Mein Lieblingsmärchen. Daher auch die Elemente daraus. Das Herz, der Fuchs als Symbol für den Jäger, das Kleid, die Musik. Das Leben hat ihr alles entrissen, was sie sich je gewünscht hat.«

»Und was ist mit dir? Dir hat das Leben auch so einiges genommen …«, Leon zögerte plötzlich, ehe er behutsam fortfuhr: »ein eigenes Kind zum Beispiel.«

Ein Anflug von tief sitzendem Schmerz huschte über Elenas Gesicht. »Ich schätze, das war es, was Janas abgrundtiefen Hass auf mich wirklich ausgelöst hatte. Ihrer Meinung nach habe ich nicht gut genug auf mich aufgepasst und das Baby deshalb verloren.«

»Das ist doch kein Grund, dich auf so perfide Art und Weise vernichten zu wollen! Es klingt ja beinahe so, als hättest du ihr Baby verloren!«, rief Leon entrüstet aus, ehe er in Elenas Gesicht schaute. Ihr betretener Ausdruck sprach Bände. »Oh mein Gott«, flüsterte er, als er sich seiner Aussage bewusst wurde. »Es war ihr Baby.«

Elena nickte traurig. »Ich habe mich angeboten, mit dem Samen eines Spenders ein Kind für sie auszutragen. Aber es hat nicht funktioniert.«

Leon wusste nicht, was er sagen sollte. »Es tut mir leid«, war alles, was ihm einfiel.

Elena betrachtete Leon, musterte seine Kopfwunde. »Mir tut's auch leid. Bitte entschuldige, dass ich dir die Eule über den Schädel gezogen habe.« Sie schluckte den Kloß in ihrem Hals entschlossen hinunter, hob schuldbewusst ihre Hand und legte sanft den Finger auf seine Schläfe, an der Stelle, wo sie ihn getroffen hatte.

»Angesichts der Umstände sei's dir verziehen.« Er lächelte schief.

»Wir sind da«, informierte der Sanitäter hinter dem Steuer seine Mitfahrer. Er fuhr noch eine Kurve, dann hielt er die Ambulanz an und stieg aus. Der andere Sanitäter bereitete alles zum Abladen der Patientin vor, während die Heckklappe des Fahrzeuges von außen geöffnet wurde. »Wir müssen Sie jetzt ausladen«, drängte der Fahrer, der an der Rückseite erschien.

»Warten Sie nur noch einen Moment«, bat Elena, griff nach Leons Hand und hielt seinen Blick gefangen. »Du hast es gewusst, oder?«

Ihm war klar, wovon sie sprach. »Ich war zugegeben verunsichert, bis ich die Halskette sah. Dass nur sie sichtbar war, schien mir verdächtig.«

Elena biss sich auf die Unterlippe. »Ich werde wohl einen Moment brauchen, um das alles zu begreifen und zu verdauen.«

»Was? Dass du nicht verrückt bist?« Leon lächelte sie gutmütig an. Ein Lächeln, das Elena nur zu gern erwiderte.

»Ich bin nicht verrückt«, wiederholte sie erleichtert.

Der Sanitäter räusperte sich auffällig. »Es tut mir leid, aber ich muss die Zufahrt zur Notaufnahme freigeben.« Er gab seinem Kollegen ein Zeichen, und zusammen holten sie die Trage aus dem Krankenwagen. Elena hielt weiterhin Leons Hand fest.

»Vor ein paar Tagen im Regen beim Brunnen habe ich dir gesagt, dass ich der Frau, die dort vor mir stand, nicht mehr widerstehen will. Erinnerst du dich?«

Die Hand entglitt Leon, die Trage klappte auf. Leon sah zu, wie Elena weggeschoben wurde. »Nein, bitte warten Sie. Nur noch zwei Sekunden«, flehte Elena den Sanitäter an, der sich widerstrebend überzeugen ließ. Dankbar sah sie ihn an, wechselte dann den Blick zu Leon, der an ihre Seite zurückkehrte und seine Finger zwischen ihre schob.

»Ich erinnere mich«, wisperte sie heiser.

»Gut. Ist das dieselbe Frau, der ich in Erlach in der Bäckerei begegnet bin, die sich einbildete, mich auf der Kartbahn schlagen zu können, und die jetzt hier etwas angeschlagen vor mir liegt?«

Elena musste schmunzeln. »Ja, sie ist es.«

»Sicher?« Leon hob skeptisch eine Augenbraue. »Das kann jede behaupten. Ich hatte in letzter Zeit mit so vielen Versionen von Frauen zu tun. Bevor ich eine Einladung zu einem exquisiten Krankenhauskaffee ausspreche, würde ich mich gerne selbst überzeugen, ob du dieselbe bist.« Leon strich ihr mit der freien Hand über die Stirn, dann über das Haar, senkte seinen Kopf, ohne ihre Augen loszulassen, und küsste sanft ihre geschundenen Lippen.

Das Schild der Notaufnahme leuchtete hell über ihnen, aus den Gängen hallte der Trubel zu ihnen herüber, in der Ferne rückten neue Sirenen an. Das blaue Licht der Ambulanz in der Einfahrt zuckte über die sandfarbenen Wände. Der Sanitäter baute sich mahnend hinter der Trage auf und löste die Bremse. Alles in allem eine Umgebung, die keinen Platz für Romantik bot, und dennoch schien sie in diesem flüchtigen Augenblick allgegenwärtig.

»In der Tat, dieselbe Frau.« Zufrieden lächelnd zog sich Leon zurück. »Erstaunlich, dass ich trotzdem immer noch nicht weiß, wer du bist.«

»Wer ich bin?« Elena wirkte überrascht, doch die Überraschung wich sogleich einem befreiten, selbstbewussten Lächeln. »Ich? Ich bin Elena Burger.«